이집트 십자가의 비밀

이집트 십자가의 비밀

2007년 3월 20일 초판 2쇄 발행

지은이 엘러리 퀸
옮긴이 설영환
펴낸이 이경선
편　집 홍인영, 김선자
펴낸곳 해문출판사
주　소 서울시 마포구 합정동 392-2 101호
전　화 325-4721
팩　스 325-4725
등　록 1978. 1. 28. 제3-82호

값 12,000원

ISBN 89-382-0359-X 04840
ISBN 89-382-0355-7 (세트)

Ellery Queen

이집트 십자가의 비밀

엘러리 퀸 / 설영환 옮김

해문출판사

차 례

제3부 신사의 십자가형

제4부 죽은 남자의 십자가형

서 문

'이집트 십자가의 비밀'의 여러 가지 중요한 수수께끼에 관련된 한 가지 작은 수수께끼가 있는데, 이 수수께끼는 이 이야기 자체와는 거의 관계가 없는 것이다. '제목의 수수께끼'라고 하는 편이 오히려 맞겠다. 내가 그것에 관심을 기울인 이유는 원고에, 저자인 나의 친구 엘러리 퀸이 쓴 메모가 붙여져 있었기 때문이다. 이 원고는 헌신적인 봉사자가 엘러리에게 전보를 쳐 간곡히 청하자 그가 이탈리아의 검소한 집에서 보내온 것이다.

그 메모에는 다른 사연들과 함께 다음과 같이 기록되어 있었다.

"이 원고를 지옥에나 갖다 버리게, J.J. 이것은 이집트학적인 범죄로, 세상의 인기를 끌기 위한 그런 흔한 소설이 아니라네. 피라미드도 등장하지 않고, 한밤중 음침한 박물관의 어둠 속에서 흔들거리는 콥트 인의 단검도 없으며, 펠라힌(fellahin ; 이집트 농민)도 나오지 않고, 어떠한 종류의 동양적인 푸바(오페라 '황제'의 등장 인물 중 하나)도 없으며, 사실 이집트학과는 아무런 관계도 없다네. 그러면 왜 '이집트 십자가의 비밀'이냐고 자네는 물을 테지? 그렇게 묻는 게 지극히 당연하다는 걸 나도 인정하네. 틀림없이 이 제목은 어떤 면에서는 좀 선정적이야. 하지만 정말 나를 매료시킨다네. 아니, 사실 이집트적인 것과 아무 관련이 없다고 하더라도 거기에는 그 나름대로의 아름다움이 있다네. 기다리게. 그리고 지켜보게나."

전형적인 엘러리야나(엘러리적인 취미)이다. 보시는 대로 엘러리의 애독자 여러분은 이미 당연히 알고 있겠지만, 그것은 항상 흥미진진한 것이며 또한 신비롭기까지 하다.

이번의 전율할 만한 살인사건은 내 친구가 수사를 맡은 마지막 사건 중 하나다. 이것은 소설 형태로 세상에 공표된 엘러리 퀸의 다섯 번째 사건이다. 이 소설은 매우 특이한 요소로 구성되어 있다. 고대종교의 광신, 나체촌의 등장, 뱃사람, 중앙 유럽의 미신과 폭력의 온상에서 싹튼 복수의 화신, 파라오 시대의 이집트에서 재생한 기괴하고 미친 '신의 화신' 등 상당히 특이해서 도저히 믿을 수 없는 일들이 혼합되어 있다. 불가능하고 환상적인 여러 요소가 포푸리(potpourri) 표면에 나타난다. 그리고 실제로 이 사건은 현대 경찰사상 가장 교활하고 잔학한 일련의 범죄를 배경으로 하고 있다.

만일 여러분이 그 희한한 고집쟁이 늙은 인간 사냥꾼 리처드 퀸 경감이 나타나지 않아서 실망했다고 하면—나는 항상 엘러리가 아버지에 대해서는 그 가치의 반도 제대로 평가해 주지 않았다고 주장하고 싶다. —확신하건대, 경감은 돌아올 것이다. 그러나 '이집트 십자가의 비밀'에서 엘러리는 사건의 특수한 지리적 조건 때문에 뜻밖에도 혼자서 고군분투하게 된다. 나는 이 소설에서 독자의 편의를 위하여 지도를 참조하도록 하거나, 아니면 책의 첫머리에 미국 지도를 삽입할 것을 출판사에 요청할까 생각했었다. 이 이야기는 웨스트버지니아 주에서 시작된다.

그러나 나는 그냥 내버려두었다. 결국 이것은 엘러리의 이야기인 것이다. 엘러리로 하여금 말하게 해두자.

J.J. 맥

1932년 8월 뉴욕 주 라이에서

제1부 초등학교 교장의 십자가형

정신의학의 실질적인 지식은 범죄학이라는 내 직업에 헤아릴 수 없이 귀중한 도움이 되었다.

— 장 튀르코

제1장 애로요의 크리스마스

웨스트버지니아 주의 작은 마을 애로요에서 반 마일 정도 떨어진 두 개의 도로 교차점에서 이 이야기는 시작된다. 한 개의 도로는 뉴컴벌랜드에서 퓨타운으로 통하는 주도로(主道路)이고, 다른 하나는 애로요로 통하는 갈림길이다.

엘러리 퀸은 이 지형이 중요하다는 것을 금방 알아차렸다. 그는 그저 한번 바라본 것만으로도 많은 것을 파악했지만 그 증거들이 서로 모순되고 있어 더 혼란스럽기만 했다. 어느 것 하나 앞뒤가 맞지 않았다. 한 발자국 물러나서 생각해 볼 필요가 있었다.

코스모폴리탄의 엘러리 퀸이 어떤 이유에서 12월 말인 오늘 오후 2시에, 스산한 추위와 먼지를 뒤집어쓴 웨스트버지니아 주의 프라이팬 자루(이 주는 이웃 주로 홀쭉하게 들어가 있다.) 언저리에서 덜커덕거리는 낡은 뒤센버그 경주용차 옆에 멀거니 서 있게 되었는지 설명할 필요가 있다. 이 이상한 광경은 여러 요인이 겹쳐져서 발생한 것이다. 그 중 하나—주된 요인은—는 엘러리가 아버지 퀸 경감의 부탁으로 휴가 아닌 휴가를 갔기 때문이다. 그 노인은 경찰관 회의에 초대받았다. 시카고의 사정은 여느 때처럼 혼란스러웠기 때문에 관할구역 내의 한심스러운 무법상태에 대해 근심하던 경찰 본부장이 해결 방안을 논의하기 위해 주요 대도시의 유능한 경찰관들을 초청했던 것이다.

퀸 경감이 밝은 표정으로 호텔에서 시카고의 경찰본부로 서둘러 가는 중에 아버지와 함께 있던 엘러리는 애로요 근처에서 발생한 범죄사건, 유나이티드 프레스 통신사가 'T살인사건'이라고 일방적으로 지칭해 버린 기괴한 범죄 얘기를 듣게 되었다. 이 사건의 신문기사에는 엘러리의 흥미를 끌 만한 요소가 많았다. 예를 들자면, 크리스마스날 아침에 앤드류 밴이라는 사람이 목이 잘린 채 십자가에 못 박혀 죽은 사실 등에 그는 큰 호기심을 느꼈다. 엘러리는 담배 연기가 자욱한 시카고의 회의장에 있던 아버지를 억지로 설득했다. 그리고는 중고이기는 하지만 믿을 수 없을 정도로 속도가 빠른 뒤센버그 경주용차를 끌고 동쪽으로 달렸던 것이다.

평소 아들이 효자이긴 했지만 경감은 이 일로 기분이 상하고 말았다. 시카고에서 톨레도를 지나 샌더스키, 클리블랜드, 레이브나, 리스본까지 차례로 통과해 일리노이 주와 오하이오 주 마을의 손님이 되어 웨스트버지니아 주의 체스터에 도착할 때까지 노인은 입을 꾹 다물고 있었다. 들리는 소리라고는 엘러리가 가끔 장난기 어린 혼잣말로 투덜거리는 소리와 뒤센버그에서 배출되는 증기 소리, 가스가 윙윙거리는 소음뿐이었다.

두 사람은 애로요에 도착한 것도 모르고 그냥 지나쳐 버렸다. 인구 200명 남짓한 작은 마을, 그리고 문제의 교차점. 꼭대기에 가로막대가 붙은 표지판은 자동차가 도로 끝에 다다르기 전인데도 불구하고, 상당한 거리에서도 딱 벌어진 검은 그림자로 보였다. 애로요 도로는 거기서 끝났다. 뉴컴벌랜드는 퓨타운 고속도로와 직각으로 교차하고 있었다. 따라서 표지판은 애로요 가도의 출구에 세워진 채 한쪽은 북동쪽의 퓨타운을 가리키고, 또 한쪽은 남서쪽의 뉴컴벌랜드를 가리키고 있었다.

경감은 큰소리로 불평을 장황하게 늘어놓았다.

"마음대로 해라. 이런 바보 같은 짓을 하다니. 도무지 어처구니가 없어! 나를 이런 곳까지 끌고 오다니…… 기껏 미치광이가 저지른 살인사건을 가지고…… 난 도대체가 모르겠다."

엘러리는 엔진 점화용 스위치를 끄고 성큼성큼 앞쪽으로 걸어갔다. 길에는 사람 그림자 하나 없었다. 맑게 갠 하늘에 강철 같은 웨스트버지니아 산들이 우뚝 솟아 있었다. 발밑의 먼지투성이 길은 금이 가 있고 딱딱하게 굳어 있었다. 살을 에는 듯한 추위 속에서 찌를 듯이 파고

드는 바람이 엘러리의 외투 자락을 펄럭였다. 그리고 바로 눈 앞에는 애로요의 초등학교 괴짜 교장인 앤드류 밴이 마치 십자가에 못 박혀 죽은 듯이 매달려 있었던 도로표지판이 우뚝 서 있었다.

도로표지판은 원래 하얬었지만 지금은 회색빛의 진흙까지 달라붙어 있어서 더럽게 얼룩이 져 있었다. 높이는 6피트(1피트는 30.48cm. 즉, 약 1m 80cm) 정도이며, 꼭대기는 엘러리의 머리 높이와 비슷했고 옆으로 뻗은 나무는 튼튼하고 길었다. 엘러리가 몇 피트 떨어져서 바라보니—하긴 누가 바라본다 해도 그렇겠지만—그것은 거대한 T자로 보였다. 이제야 UP통신의 기자가 이 사건을 왜 'T살인사건'으로 이름 붙였는지 알 수 있었다. 이 도로표지판이 T자 모양을 하고 있는 데다가, 도로표지판이 서 있는 막다른 길 또한 T자 모습을 한 교차로였다. 도로표지판은 마지막의 도로 교차로에서 수백 피트나 떨어져 있었기 때문에 아까 엘러리의 자동차가 그 앞을 그대로 지나쳐 갔던 것이다. 게다가 죽은 남자의 집 현관문에도 기분 나쁜 T자가 피로 휘갈겨 쓰여져 있었다.

엘러리는 한숨을 쉬고는 모자를 벗었다. 딱히 조의를 표하는 모습은 아니었다. 엘러리는 이 추위와 바람에도 불구하고 땀을 흘리고 있었다. 그는 손수건으로 이마를 닦으면서 논리적인 사고방식으로는 도저히 이해할 수 없는, 이토록 잔인한 범죄를 저지른 인물이 과연 어떤 미치광이인지 생각하고 있었다. 엘러리는 시체를 발견했을 때의 모습을 보도한 신문기사를 똑똑히 기억하고 있었다. 흉포한 범죄 묘사에 대해서는 오랜 경험을 가진 시카고에 있는 유명한 신문기자가 쓴 특별기사였다.

'올해의 가장 참혹한 크리스마스 이야기가 오늘 발생했다. 크리스마스날 새벽, 웨스트버지니아 주의 작은 마을 애로요의 초등학교 교장 앤드류 밴(46세)이 머리를 잘린 채 마을 근처의 외진 교차로에 있는 도로표지판에 십자가형을 당하듯이 매달려 있는 것이 발견되었다.

시체는 비바람에 낡아진 도로표지판 가로막대의 양끝에 손바닥을 위로 향한 채 4인치(1인치는 2.54cm. 즉, 약 10㎝)짜리 쇠못에 박혀서 매달려 있었다. 시체의 양다리는 도로표지판 기둥의 아래쪽에 가지런히 모아진 채였고 그 위에는 두 개의 쇠못이 박혀 있었다. 양 겨드랑이 밑에도 두 개의 쇠못이 박혀 있어서 시체의 무게를 지탱해 주고 있었다. 머리는 잘려 나가서 시체는 마치 거대한 T자 모양 같았다.

도로표지판도 T자 모양이며, 교차로도 T자 모양이다. 교차로에서 그리 멀리 떨어져 있지 않은 밴의 집 현관문에는 살인범이 피해자의 피로 T자를 급히 휘갈겨 써놓았다. 그리고 도로표지판에는 미치광이에 의해 만들어진 인간의 T자가…….

왜 크리스마스날을 택했을까? 왜 범인은 피해자를 집에서 300피트나 끌어내 도로표지판까지 시체를 운반해서 십자가형에 처한 것일까? T자는 무엇을 의미하는 것일까?

경찰은 무척 당황해하고 있다. 밴은 좀 특이한 인물이긴 하지만 온건하고 악의가 없는 사람이었다. 마을 사람들에게 미움을 산 일도 없었다. 하지만 친구도 없었다. 유일하게 친하게 지낸 인물은 그의 하인으로 클링이라는 지능이 낮은 남자뿐이었다. 클링은 현재 행방불명이다. 핸콕군(郡)지방 검사인 크러밋 씨는 아직 공표되지 않은 증거로 추측건대, 클링 역시 현대 미국 범죄사상 최고로 피에 굶주린 미치광이에 의해 희생되었을지도 모른다고 믿고 있다.'

그 밖에 이와 비슷한 기사가 이어졌으며, 불행한 초등학교 교장이 애로요에서 지낸 목가적인 생활에 대해서 자세히 언급되어 있는 것도 있었다. 또한 밴과 클링의 생활에 대해서 경찰이 끌어 모은 자질구레한 정보들, 지방검사의 야단스런 성명 등도 있었다.

엘러리는 코안경을 벗어 렌즈를 닦은 뒤 다시 쓰고서 날카로운 눈매로 기분 나쁜 범죄의 잔유물을 대강 둘러보았다. 가로막대 양쪽 끝 가까운 곳에 까슬까슬한 구멍이 뚫려 있어서 경찰이 못을 뽑은 흔적을 보여주고 있었다. 각각의 구멍은 모두 녹슨 듯한 갈색을 띠고 있었다. 그리고 더러운 얼룩이 져 있었으며, 갈색의 가는 덩굴 같은 것이 구멍에서 나와 늘어져 있었다. 앤드류 밴의 피가 상처난 손에서 그 구멍으로 흘러 들어갔던 것이다. 가로막대가 세로 기둥으로부터 갈라져 나와 있는 곳에 구멍이 두 개 더 있었지만 거기에서는 피의 흔적을 찾을 수 없었다. 겨드랑이 밑에 박은 쇠못이 시체를 지탱해 주었던 것이다. 도로표지판 기둥 위아래는 피해자의 목 아래의 벌어진 상처에서 흘러나온 피가 말라붙어 세로의 줄무늬를 만들어 놓고 있었다. 기둥 중심의 밑부분 근처에는 서로 4인치(약 10㎝)도 떨어지지 않은 채 두 개의 구멍이 나 있었는데 거기에도 갈색 피가 묻어 있었다. 밴의 복사뼈가 기둥에 못 박혔던 곳이다. 이들 구멍에서도 도로표지판이 박혀 있는 땅까지 피가 흘러 말라붙어 있었다.

엘러리는 딱딱하게 굳은 표정이 되어서 자동차로 되돌아왔다. 경감은 언제나처럼 신경질적이고 초조한 모습으로 운전석 옆의 가죽 시트에 축 늘어져서 기댄 채 기다리고 있었다. 노인의 턱은 낡고 퇴색한 모직 머플러로 감싸여 있었고, 뾰족하고 붉은 코는 위험신호처럼 튀어나와 있었다.

"자, 가자. 추워서 얼어죽겠구나."

재촉하듯이 말했다.

"전혀 흥미롭지 않으세요?"

엘러리는 운전석으로 미끄러져 들어가면서 말했다.

"조금도 흥미 없다."

"거짓말하지 마세요!"

엘러리는 엔진에 시동을 걸었다. 그가 싱긋 웃자, 자동차는 그레이하운드 개처럼 앞으로 튀어나가서 두 개의 차 바퀴로 중심을 옮겼다. 그리고는 흙 속에 깊은 흔적을 남긴 뒤 한 바퀴 원을 그린 다음 애로요를 향해서 돌진했다.

경감은 깜짝 놀라 기겁을 하며 좌석 가장자리에 달라붙었다.

"이상한 취미입니다. 크리스마스날에 십자가에 매달다니."

엘러리는 엔진의 윙윙거리는 소리에 지지 않으려고 소리를 지르면서 말했다.

"흠."

경감은 흥미 없다는 듯이 대꾸했다.

"왠지, 이 사건이 마음에 드는군요."

엘러리가 큰 소리로 외쳤다.

"운전에나 신경을 쓰거라."

노인이 갑자기 비명을 질렀다. 자동차가 기우뚱하다가는 다시 가라앉았다.

"마음에 들고 말고 할 것도 없어."

경감은 얼굴을 찡그리며 덧붙였다.

"나하고 뉴욕으로 돌아가자."

차는 애로요로 들어갔다.

"정말이지, 여기 놈들이 하는 짓들은 한심해. 범죄현장에 있는 도로표지판을 그냥 내버려두다니."

노인은 엘러리가 작은 목조건물 앞에 뒤센버그를 급정거시키자 투덜거리면서 말했다.

"이제 어디를 갈 거냐?"

노인이 흰 머리카락이 섞인 조그만 새와 같은 작은 머리를 갸웃거리면서 물었다.

"아버지가 흥미 없어 하는 줄 알았는데요."

엘러리는 이렇게 말하고는 보도로 뛰어내렸다.

"어이, 좀 봅시다."

엘러리는 푸른 작업복에 목도리를 두르고서 매우 낡은 마당비를 들고 보도를 걸어가는 시골 남자를 불렀다.

"여기가 애로요 파출소요?"

상대방은 바보같이 입을 딱 벌리고 있었다.

"물을 필요도 없잖소. 온 세상 사람이 다 볼 수 있을 만한 간판이 걸려 있는데. 가봐요, 얼간이 같으니."

그곳은 한가하고 조그만 정착지로, 몇 개 안 되는 건물들이 엉겨붙듯 모여 있었다. 뒤센버그가 멈춘 목조건물은 옛날 서부에서 흔히 볼 수 있었던 정면만 겉치레로 꾸민 날림 성냥갑 같은 건물이었다. 옆은 잡화점이고, 낡아빠진 휘발유 판매대가 가게 앞에 하나 있었으며, 그 밖에 작긴 하지만 자동차 수리소가 옆에 붙어 있었다. 그 목조건물에는 자랑스럽게 손으로 쓴 간판이 걸려 있었다.

'애로요 관공서'라고 쓰여져 있는 문 맞은편에서 한 남자가 책상에 엎드려 낮잠을 자고 있었다. 그는 뚱뚱하고 불그스름한 얼굴에다가 누런 뻐드렁니를 한 시골뜨기였다.

경감이 한심한 듯이 킁킁거리자 순경은 무거운 눈을 떴다. 그리고는 머리를 긁적거리면서 쉰 듯한 굵은 목소리로 말했다.

"매트 홀리스를 찾는다면 그는 나가고 없소."

엘러리는 웃었다.

"우리는 애로요의 루든 순경을 만나보고 싶은데요."

"호, 그렇다면 나요. 무슨 일이오?"

"루든 순경, 소개하겠습니다. 이쪽은 뉴욕 경찰본부의 살인과 과장인 리처드 퀸 경감입니다."

엘러리가 점잖게 말했다.

"누구시라고?"

루든 순경은 눈을 동그랗게 떴다.

"뉴욕?"

"예, 그렇습니다."

엘러리는 아버지의 발끝을 지그시 밟고서 말했다.

"그런데, 우리가 온 것은……."

"앉으시지요."

루든 순경은 발로 의자를 경감 쪽으로 밀면서 말했다. 경감은 콧방귀를 뀌고는 순순히 앉았다.

"밴에 관한 사건 때문이죠? 뉴욕에서도 이렇게 관심을 갖고 있는지는 몰랐습니다. 무슨 얘기를 듣고 싶어서…….”

엘러리가 담뱃갑을 꺼내어 순경에게 권하자 그는 커다란 씹는 담배를 한 움큼 집더니 입 속 가득히 넣고서 씹어댔다.

“무슨 얘기든지 좋습니다.”

“아무것도 얘기할 게 없어요. 시카고랑 피츠버그에서 우르르 몰려와서는 마을 전체를 휘저어놓고 가버렸습니다. 우리는 아주 질려버렸어요.”

경감이 놀리듯이 말했다.

“무리도 아니겠구먼, 자네들.”

엘러리는 윗도리의 속주머니에서 지갑을 꺼내어 활짝 펼치고서 안에 든 녹색 지폐를 의미 있는 듯 바라보았다. 순간 루든 순경의 졸린 듯한 눈이 빛났다.

“질리기는 했지만 한 번 정도라면 얘기하지 못할 것도 없죠.”

그가 재빨리 말했다.

“시체를 발견한 사람은 누구죠?”

“피트 노인입니다. 두 분은 모르겠지만 저 산 속 어딘가에 있는 오두막집에서 살고 있지요.”

“그건 알고 있어요. 농부도 한 사람 있지 않습니까?”

“마이크 오킨스 말이군요. 퓨타운의 가도 앞쪽에 1~2에이커 정도의 밭을 갖고 있는 사람입니다. 오킨스는 자기 포드 자동차를 타고서 애로요로 오는 도중이었는데……. 잠깐만, 오늘이 월요일이니까…… 그래요, 금요일 아침이었을 겁니다. 크리스마스날 아침 꼭두새벽이었지요. 피트 노인도 역시 애로요로 오고 있었고요. 산에서 가끔 내려오거든요. 오킨스는 피트 노인을 차에 태우고서 같이 오고 있었죠. 그런데 교차로까지 와서 오킨스가 애로요 쪽으로 구부러지려고 하는데, 그것이—앤드류 밴의 시체 말입니다. —도로표지판 위에 냉동고기처럼 딱딱하게 굳은 채 축 늘어져 있었던 것이죠.”

“우리들도 그 도로표지판을 보고 왔습니다.”

엘러리는 상대를 부추기듯이 말했다.

"요 2~3일 동안 거의 100명이나 되는 외부 사람들과 마을 사람들이 그것을 구경하려고 몰려들었죠."

루든 순경이 푸념하듯이 말했다.

"교통 정리하느라고 혼났습니다. 아무튼 오킨스와 피트 노인은 둘 다 부들부들 떨고만 있다가 정신도 제대로 가누지 못하고서……."

"흠."

경감이 말했다.

"두 사람 다 시체에는 손을 대지 않았겠죠, 물론?"

엘러리가 끼여들었다.

루든 순경은 백발 머리를 크게 흔들었다.

"그 사람들은 그러기는커녕 오히려 마치 악마에게라도 쫓기듯이 여기로 뛰어 들어와서는 침대에 누워 있는 나를 깨웠죠."

"그것이 몇 시쯤이었나요?"

루든 순경은 얼굴을 붉혔다.

"8시였습니다. 그 전날 밤에 매트 홀리스네 집에서 저녁을 잔뜩 차려 주는 바람에 그만 늦잠을 좀 자서……."

"그래서 당신과 홀리스 씨는 즉시 그 교차로로 달려갔겠군요?"

"그랬지요. 매트, 이 사람은 마을의 읍장인데, 매트와 나는 젊은 사람을 네 명 데리고 달려갔습니다. 아주 끔찍하더군요. 그 남자, 밴 말입니다."

순경은 머리를 흔들었다.

"태어나서 지금까지 그런 것은 본 적이 없어요. 게다가 크리스마스날에 말입니다. 하나님을 두려워하지 않는 녀석의 소행임이 분명해요. 하긴 밴도 신앙이 없는 사람이었답니다."

"흠, 신앙심이 없는 사람이란 건 무슨 뜻이지?"

경감이 얼른 말했다. 빨간 코는 머플러가 접힌 곳에서 창처럼 삐져나와 있었다.

"뭐 꼭 신앙이 없는 사람이라고 말할 순 없지만……."

순경은 설명하기가 좀 거북한 것처럼 투덜거렸다.

"나도 교회에는 별로 나가지 않는 편이지만, 밴은 단 한 번도 나간 적이 없죠. 목사님 얘기로는 뭐……, 그 얘기는 더 이상 하지 않는 게 좋겠군요."

"흥미 있는데요."

엘러리가 아버지를 돌아보면서 말했다.

"정말로 흥미 있습니다, 아버지. 어쩐지 이 사건은 광신자의 소행인 것 같은데요."

"모두들 그렇게 말하고 있지요."

루든 순경이 말했다.

"나로서는 정말 모르겠단 말입니다. 난 평범한 시골 순경이어서 아무것도 몰라요. 그렇지, 요 3년간 불한당 같은 녀석을 한 명 혼내주긴 했지요. 그렇지만 말입니다, 이보시오."

순경은 마치 비밀이라도 털어놓는 듯이 말했다.

"그 사건에는 종교 이상의 것이 있어요."

"그럼 이 마을에는 아무도 용의자가 없나요?"

엘러리가 눈살을 찌푸리면서 말했다.

"그런 인물은 아무도 없습니다만, 당신에게 하는 얘긴데, 그 놈은 분명히 밴의 과거와 관계가 있는 놈이에요."

"최근에 외부인이 이 마을에 온 적이 있습니까?"

"아무도요. 어쨌든 매트와 나는 젊은이들과 시체의 크기나 체격, 입고 있는 옷과 가지고 있는 서류 같은 것들을 보고 시체의 신원을 확인하고 나서 그 남자를 끌어내렸지요. 그리고 마을로 돌아오는 도중에 밴의 집을 들러보았습니다."

"그래서요?"

엘러리는 열을 내며 말했다.

"그래서 무엇을 보았죠?"

"마치 지옥의 가마솥을 열어놓은 듯한 광경이었답니다."

루든 순경은 입 속의 담배를 마구 씹으면서 말했다.

"얼마나 엄청나게 싸웠는지 의자가 모두 뒤집혀져 있고 온통 피투성이인 데다가 현관문에는 신문에 대서특필된 것처럼 T자가 피로 쓰여져 있었죠. 그 불쌍한 클링의 모습은 보이지 않았습니다."

"하인 말이군. 감쪽같이 없어졌단 말이지? 소지품은 갖고 갔나?"

경감이 말했다.

"그게 말입니다."

순경은 머리를 긁적거리며 대답했다.

"나로서는 어떻게 해볼 수가 없어서 그 사건은 내 손을 떠나 검시관에게로 갔죠. 그 사람들이 클링을 찾고 있는 것으로 알고 있습니다만, 내 생각으로는 말이죠."

순경은 천천히 한쪽 눈을 감았다.

"아직까지도 사람들이 그를 찾고 있는 것 같습니다. 그렇지만 나는 그것에 대해서는 아무것도 말할 수 없는 입장이어서……."

순경이 허둥대며 덧붙였다.

"클링의 행방에 관해서는 전혀 모르고 있습니까?"

엘러리가 물었다.

"난 아무것도 몰라요. 전국에 수배해 놓긴 했지만 말이오. 그 시체는 군(郡) 관청이 있는 웨어턴으로 옮겨놓았습니다. 여기에서 11~12마일 떨어진 곳인데, 검시관이 보관하고 있지요. 검시관은 밴의 집도 출입을 금지시켰습니다. 주 경찰과 핸콕 군의 지방검사도 이 사건에 착수했지요."

엘러리는 골똘히 생각에 잠겼다. 경감은 의자에 진득하게 앉아 있지 않고 몸을 뒤척이고 있었다. 루든 순경은 엘러리의 코안경을 홀린 듯이 뚫어지게 쳐다보았다.

"도무지 이해할 수가 없군. 머리까지 잘려져 나갔으니……. 도끼로 잘랐나 보죠?"

이윽고 엘러리가 중얼거리듯 말했다.

"그래요, 도끼는 집 안에서 발견되었답니다. 클링의 것이죠. 지문은 없었고요."

"그럼 그 머리는?"

루든 순경은 머리를 흔들었다.

"그림자도 없습니다. 미치광이 범인이 기념품으로 가지고 갔나보죠, 거 참."

"그럼, 이젠 가야겠는데요, 아버지."

엘러리가 모자를 쓰면서 말했다.

"고맙습니다. 루든 씨."

엘러리가 손을 내밀자 순경이 칠칠치 못한 동작으로 그 손을 잡았다. 그는 손바닥에 무엇인가가 넣어지는 것이 느껴지자 히죽 입을 벌렸다. 어지간히 기분이 좋았는지 낮잠도 포기하고 길까지 나와 배웅했다.

제2장 웨어턴의 새해

엘러리 퀸이 십자가에 못 박혀 죽은 초등학교 교장 사건에 집요한 흥미를 느낀 것에는 논리적인 이유가 없다. 그는 당연히 뉴욕으로 돌아가 있어야 했다. 경감은 휴가를 취소하고 센터 가(街)(경찰본부가 있는 거리)로 돌아오라는 통지를 받았다. 평소 같으면 경감이 가는 곳이면 엘러리도 따라갔을 것이다. 그러나 웨스트버지니아 주의 군 관청소재지의 분위기 속에 있는 무엇인가가, 웨어턴 마을의 길거리를 소곤거리는 소문으로 가득 차게 만드는 그 억제된 흥분이, 엘러리를 마을에서 떠나지 못하게 했다. 경감은 정나미도 떨어지고 질려버려서 얼른 뉴욕행 열차를 탔다. 엘러리는 아버지를 피츠버그까지 자동차로 데려다 주었다.

"도대체, 무슨 일을 저지르려고 하는 게냐? 응, 말해 봐라. 벌써 그 사건을 다 해결했다고 말할 참이지?"

엘러리가 아버지를 풀먼 열차(미국식 침대차) 좌석에 억지로 밀어넣자 노인이 말했다.

"아버지, 혈압에나 신경 쓰시는 게 낫겠어요. 저는 그저 흥미를 갖고 있을 뿐인걸요. 이렇듯 미치광이 같은 사건을 만난 건 이번이 처음입니다. 저는 검시재판을 기다렸다가 보고 싶어요. 루든이 넌지시 비친 그 증거라는 것을 들어보고 싶어요."

엘러리는 달래듯이 말했다.

"어쨌든 넌 뒷다리 사이에다 꼬리를 감추고서 뉴욕으로 돌아올 거다."

경감은 흥미 없는 듯이 예언했다.

"물론 그렇겠죠."

엘러리는 싱글싱글 웃었다.

"그렇게 되면 그 나름대로 소설의 재료로 쓰이겠죠. 이 사건은 여러 가지 많은 가능성이 있으니까요."

두 사람의 이야기는 이것으로 끝났다. 기차가 떠난 뒤 역 플랫폼에서 있던 엘러리는 자유롭긴 하지만 어딘지 차분하지 못한 느낌이 들었다. 그는 바로 당일 웨어턴을 향해 자동차를 달려서 되돌아왔다.

화요일이었다. 엘러리는 설날 다음 날인 토요일까지 핸콕 군의 지방검사에게서 될 수 있는 대로 많은 정보를 캐내려고 여러 가지 손을 썼다. 크러밋 지방검사는 빈틈없는 야심과 자기의 훌륭함에 대해서 과장된 생각을 갖고 있는 신경질적인 노인이었다. 엘러리는 대기실 문 입구까지 갔으나 아무리 비위를 맞추어도 그 안으로는 들어갈 수 없었다.

지방검사는 지금 매우 바쁘시다. 지방검사는 어느 누구와도 만날 수 없다. 내일 다시 와라. 지방검사는 어떤 사람과도 만날 수 없다. 뉴욕에서 온 퀸 경감의 아들이라고요? 미안합니다.

엘러리는 입술을 깨물고 길거리를 천천히 걸어다니며 웨어턴 주민들의 소문에 열심히 귀를 기울였다. 호랑가시나무의 번쩍번쩍한 장식품과 어울리는 화려한 크리스마스 트리로 둘러싸인 웨어턴은 끝없는 공포 속에 푹 빠져 있었다. 그곳에는 두드러지게 여자들의 모습이 적었고, 아이들은 전혀 눈에 띄지 않았다. 남자들은 입술을 오므리고 허둥지둥 모임을 갖고서는 대책을 강구하고 있었다. 사형에 처해야 한다는 이야기도 있었으나 그 안(案)은 사형에 처할 대상이 없는 탓에 계획이 허사가 되고 말았다. 웨어턴의 경찰들은 불안한 듯 거리를 방황하며 돌아다니고 있었다. 주 경찰의 일부도 어수선하게 거리에 나왔다 들어갔다 하고 있었다. 가끔씩 지방검사가 탄 자동차가 지나갈 때면 불타는 복수심으로 굳어 있는 크러밋의 화난 얼굴이 보이기도 했다. 주위의 와글와글 들끓는 소동에도 불구하고 엘러리는 냉정함과 탐구적인 태도를 지켜 나갔다. 수요일, 엘러리는 군 검시관인 스테이플턴을 만나러 갔다. 스테이플턴은 쉬지 않고 일하는 뚱뚱한 사람이었으나, 그 역시 약아빠진 인물이어서 엘러리는 그에게서 이미 알고 있는 것 이상은 알아내지 못했다.

그래서 엘러리는 남은 사흘간을 피해자인 앤드류 밴에 대해서 될 수 있는 한 철저히 조사하며 보냈다. 하지만 그 인물은 믿기지 않을 정도로 알려진 것이 거의 없었다. 생전에 그를 만나본 사람은 극히 적었다. 고독한 성격에다 집에 틀어박혀 있길 좋아했던 남자라서 웨어턴에도 좀처럼 나오지 않았었다. 소문에 의하면 애로요의 주민들은 밴을 모범적인 교사라고 생각하고 있는 듯했다. 학생들에게 관대하지는 않았지만 자상했었다. 애로요 마을 사람들의 의견에 의하면 그가 가르치는 태도는 만족할 만한 것이었다. 게다가 밴은 교회에는 나가지 않았지만 술은 전혀 마시지 않았다. 금주를 한다는 것이 하나님을 공경하는 이 고지식한 시골마을에서 밴의 지위를 확고하게 해주었던 것 같다.

목요일이 되자, 웨어턴의 유력 일간지 편집자는 약간 문학적인 쪽으로 방향을 돌렸다. 다음 날은 설날이었기 때문에 그냥 보내기엔 기회가 너무 아까웠던 것이다. 웨어턴에 정신적인 양식을 공급해 주는 역할을 하는 여섯 명의 성직자들이 신문의 제1면에 설교를 실었다. 목사들의 설교에서, 앤드류 밴은 하나님을 공경하지 않는 사람이었다. 그렇기 때문에 하나님에게서 버림받아 죽음을 당한 것이다. 그렇지만 폭력으로 인한 행위는…… 등의 내용으로 이루어져 있었다. 편집자는 여기서 그치지 않았다. 그 아래에 10포인트짜리의 굵은 활자로 된 사설이 실려 있었다. 그 사설은 프랑스의 '푸른 수염' 란드뤼, 뒤셀도르프의 색마, 아메리카의 괴인인 살인마 잭, 이 밖에 많은 실제 또는 가공의 괴물들을 인용해서 요란스럽게 꾸며 놓았다. 이것은 웨어턴의 선량한 주민들에게 신년 파티의 디저트로서의 재미있는 이야깃거리가 되어 주었다.('살인마 잭'은 1888년 영국 런던에서 8명의 여자를 죽인 살인범의 별명으로서, 범인은 잡히지 않았다. 아마도 범행 도중 피해자에게 살해당한 것으로 보여진다. 이 작품에서 '살인마 잭'을 미국인으로 표현한 것은 문장을 쉽게 연결하기 위해 엘러리 퀸이 의도적으로 쓴 것으로 생각된다.)

토요일 아침, 검시재판이 열리게 된 군(郡) 재판소는 정각 훨씬 이전인데도 출입문까지 빽빽하게 방청객이 들어 차 있었다. 엘러리는 현명하게도 제일 먼저 들어온 사람 중 한 사람이었고, 자리는 제일 앞쪽 줄, 난간 바로 뒤였다. 9시 조금 전에 검시관인 스테이플턴이 모습을 드러내자 엘러리는 그에게 잠깐 좀 보자고 하고서 뉴욕 시의 경찰국장이 서명한 전보를 보여주었다. 이 참깨('알리바바와 40명의 도둑'에 나오는 '참깨') 덕분에 엘러리는 앤드류 밴의 시체가 놓여 있는 대기실에 들어갈 수 있었다.

"시체는 이렇게 처참한 모습이오."

검시관은 흥분해서 말했다.

"크리스마스 주간이라 검시재판도 열리지 않았기 때문에 꼬박 일주일이나 지나버렸소. 시체는 이 마을 장의실의 시체 안치실에 보관해 두었었습니다."

엘러리는 묵묵히 시체를 덮고 있는 천을 젖혔다. 그러나 속이 메스꺼워지는 듯한 시체의 모습이 눈 앞에 나타나자 얼른 천을 덮었다. 시체는 체구가 큰 남자였다. 머리가 있어야 할 곳에는 아무것도 없었다. 단지 구멍이 크게 입을 벌리고 있을 뿐이었다.

옆의 탁자에는 죽은 남자가 입고 있었던 옷가지가 놓여 있었다. 수수하고 거무스름한 회색 양복, 검은 구두, 셔츠, 양말, 속옷 등…… 그 전부가 색이 바랜 피로 빳빳해져 있었다. 죽은 남자가 입었던 옷에서 연필, 만년필, 지갑, 열쇠꾸러미, 몹시 구겨진 담뱃갑, 몇 개의 동전, 값싼 시계, 낡은 편지 한 통 등이 나왔다. 엘러리는 그것들에 전혀 흥미를 느낄 수 없었다. 이들 물건의 두세 개에는 'AV'라는 머릿글자가 새겨져 있고, 또 피츠버그의 서점에서 온 편지에는 '앤드류 밴 귀하'라고 수신인의 이름이 쓰여져 있었으나 검시재판에서 중요시 여길 만한 것은 아무것도 없었다.

스테이플턴은 뒤를 돌아보았다. 키가 크고 신경질적인 노인이 막 방에 들어와서는 수상하다는 듯이 엘러리를 쳐다보고 있었다. 스테이플턴은 그에게 엘러리 퀸을 소개했다.

"이쪽은 엘러리 퀸입니다. 퀸씨, 이쪽은 크러밋 지방검사입니다."

"누구라고?"

크러밋은 날카로운 어조로 물었다.

엘러리는 미소를 지으며 고개를 끄덕이고는 검시법정으로 돌아갔다.

5분 정도 지나서 검시관 스테이플턴이 망치를 두드리자 초만원인 법정은 잠잠해졌다. 의례적인 순서를 몹시 급하게 마치고서 검시관은 마이클 오킨스를 증인대로 불렀다. 오킨스는 속삭이는 듯한 목소리로 대답하고서 검시관에게 시선을 한번 보내고는 통로를 쿵쿵 소리를 내면서 걸어 나왔다. 그는 허리가 굽고 우락부락하게 생긴 늙은 농부로서 피부는 마호가니 나무색으로 그을려 있었다. 그는 신경질적으로 자리에 앉은 뒤 두 손을 무릎에 모았다.

"오킨스 씨."

검시관이 소리를 지르듯이 불렀다.

"고인의 시체를 발견했을 때의 모습을 얘기해 주시지요."

농부는 입술을 핥았다.

"알겠습니다. 지난 금요일 아침, 전 포드 자동차를 타고 애로요로 들어가는 중이었습니다. 애로요 도로변에 가까이 갔을 때 산에서 피트 노인이 길을 터벅터벅 걸어 내려오는 것을 발견했지요. 그래서 태워주었습니다. 그리고서 도로의 길모퉁이까지 갔는데, 그 시체가 도로표지판에 매달려 있었습니다. 십자가에 매달려서요. 손하고 다리에는……."

오킨스의 목소리는 쉬어 있었다.

"우리들은 전속력으로 마을 쪽으로 달려갔습니다."

방청석에서 누군가가 소리를 죽이고 웃었다. 검시관이 망치를 두드려 정숙하게 한 후 다시 물었다.

"시체에는 손을 대지 않았습니까?"

"물론입니다. 차에서 내리지도 않았는걸요."

"좋습니다, 오킨스 씨."

농부는 '후유' 한숨을 내쉬고는 크고 붉은 손수건으로 이마를 닦으며 통로를 향해 비틀비틀 걸어갔다.

"다음, 피트 노인은?"

법정이 술렁거리고 뒤쪽 좌석에서 기묘한 인물이 일어섰다. 텁수룩하게 흰 턱수염을 기르고 눈썹이 차양처럼 드리워진 노인이었다. 자세를 꼿꼿이 세운 노인은 여기저기 기운 흔적이 있는 더럽고 찢어진 누더기를 걸치고 있었다. 노인은 통로를 비틀비틀 내려와서는 조금 서성이다가 머리를 흔들고는 증인석에 앉았다.

검시관은 그를 찬찬히 살피는 듯했다.

"당신의 이름을 정확히 말하시지요."

"뭐라고요?"

노인은 밝고 공허한 눈으로 옆쪽을 바라보았다.

"당신의 이름 말이오! 뭐지요, 피트 뭐라고 하지요?"

피트 노인은 머리를 흔들며 선언하듯이 말했다.

"이름은 없어. 피트 노인이 바로 나야. 나는 죽었어, 난 말이야. 20년 전에 죽었어."

기분 나쁜 침묵이 흘렀다. 스테이플턴은 당황하여 주위를 둘러보았다. 검시관의 상단 근처에 앉아 있던 몸집이 작고 교활하게 생긴 중년 남자가 자리에서 일어났다.

"이젠 됐습니다, 검시관 님."

"어떻게 할까요, 홀리스 씨?"

"됐습니다."

상대방은 높은 목소리로 같은 말을 반복했다.

"저 노인은 머리가 돌았습니다. 피트 노인은 벌써 몇 년이나 저런 식이죠. 산에 들어간 뒤 계속 말입니다. 애로요 산 속 어딘가의 오두막집에서 살고 있지요. 한 달에 한 번 정도 나옵니다. 아마 덫으로 짐승들을 잡아먹고 사는 모양입니다. 애로요에서는 꽤 얼굴이 알려져 있습니다. 평범한 사람입니다, 검시관 님."

"그렇습니까? 고맙습니다, 홀리스 씨."

검시관은 통통한 얼굴을 닦았고 애로요의 읍장은 말을 끝낸 뒤 방청석의 웅성거림을 뒤로 하고 자리에 앉았다. 피트 노인은 얼굴이 밝아져서는 더러운 손을 매트 홀리스에게 흔들어 보였다.

검시관은 아무런 감정이 담겨 있지 않은 목소리로 질문을 계속했다. 노인의 대답은 모호했지만, 그래도 마이클 오킨스의 진술을 공식으로 확인해 주었다. 그런 뒤에 이 산 속 노인은 풀려났다. 노인은 크게 뜬 눈을 연신 껌벅거리며 다리를 질질 끌고 원래 자리로 돌아갔다.

홀리스 읍장과 루든 순경이 각각 진술을 했다. 오킨스와 피트 노인에 의해서 어떻게 침대에서 깨어나게 되었는지, 어떻게 해서 교차로까지 가서 시체의 신원을 확인하고, 쇠못을 뽑고, 시체를 운반하고, 밴의 집에 들러 그 아수라장과 문에 피로 쓰여진 T자를 보았는지 등을 진술했다.

뚱뚱하게 살이 찐 혈색 좋은 독일인 노인이 호출되었다. 독일인은 금니를 보이며 빙긋 웃고는 배를 흔들면서 증인석에 앉았다.

"루더 번하임 씨, 당신은 애로요에서 잡화점을 하고 있습니까?"

"그렇습니다."

"앤드류 밴을 알고 있습니까?"

"알고 있습니다. 우리 가게에서 물건을 사가곤 했지요."

"언제쯤부터 알게 되었습니까?"

"벌써 오래 되었습니다. 좋은 단골이었지요. 항상 현금으로 값을 지불했습니다."

"물건은 항상 본인이 사러 왔습니까?"

"가끔은 그랬지만 대개는 하인인 클링이 왔죠. 그러나 계산은 항상 본인이 와서 지불했습니다."

"인간관계는 원만했습니까?"

번하임은 눈을 치켜떴다.

"그냥 좋았다고도 할 수 있고 좋지 않았다고도 할 수 있죠."

"결코 마음을 터놓진 않았지만, 그래도 인간미는 좋았다는 뜻입니까?"

"야, 야(Ja, Ja ; 예, 예)."

"밴은 특이한 사람이라고 할 수 있습니까?"

"예? 아, 그렇습니다. 예를 들면 언제나 캐비아(철갑상어의 알젓)를 사갔지요."

"캐비아?"

"야(Ja ; 예). 우리가게에서 그런 물건을 사는 손님은 그 사람뿐이었습니다. 나는 항상 그 사람을 위해서 특별히 그것을 준비해 놓았었지요. 벨루가(카스피 해 주위 강가의 백용상어의 알젓)라든가 제드(연어나 송어의 알을 헤쳐서 소금물에 절인 식품)라든가 모든 종류를 말입니다. 그렇지만 대개는 최상품인 블랙이었습니다."

"번하임 씨, 미안합니다만, 홀리스 읍장님과 루든 순경과 함께 옆방으로 가셔서 시체를 정식으로 확인해 주셨으면 합니다."

검시관은 세 사람의 애로요 시민을 따라 일어섰다. 그들이 돌아올 때까지 법정 안은 잠시 웅성거렸다. 선량한 상점주인의 불그레한 얼굴은 푸른 기를 띠고 눈에는 공포의 빛이 어려 있었다.

엘러리 퀸은 한숨을 쉬었다. 인구 200명 안팎의 시골마을 초등학교 교장이 캐비아를 사먹었단 말이지? 루든 순경은 확실히 외모보다는 빈틈없는 사람임이 틀림없으므로 밴은 그 직업과 환경에서 보여진 것보다는 훨씬 화려한 과거를 갖고 있었던 것이 분명하리라.

키가 크고 마른 모습의 크러밋 지방검사가 증인석으로 천천히 다가갔다. 방청석에는 희미한 전율이 스쳐 지나갔다. 지금까지 있었던 증언은 아무래도 좀 하찮은 것이었다. 지금부터 본격적으로 시작될 것이다.

"지방검사님."

스테이플턴 검시관은 쑥 몸을 앞으로 내밀면서 말했다.

"당신은 고인의 과거를 조사했습니까?"

"했습니다."

엘러리는 지친 몸을 자리에 더욱 고정시켰다. 그는 이 지방검사가 까

닭없이 싫었다. 그건 그렇고, 크러밋의 얼음같이 차가운 눈에는 불길한 빛이 감돌고 있었다.

"그럼 알아낸 것을 말씀해 주시죠."

핸콕 군 지방검사는 증인석 의자의 팔걸이를 꽉 쥐었다.

"앤드류 밴이 애로요에 모습을 나타낸 것은 9년 전으로, 그는 마을에서 초등학교 교사를 구한다는 광고를 보고 왔습니다. 신원조회 결과나 학력이 모두 만족할 만한 것이었기 때문에 마을회는 그를 받아들이기로 결정했습니다. 밴은 하인인 클링이라는 남자와 함께 찾아왔는데, 애로요 가도에 집을 빌려서 죽을 때까지 거기에 살았습니다. 교사로서의 책임은 충분히 완수했었다고 봅니다. 애로요에서 사는 동안의 행동거지는 나무랄 데가 없었습니다."

크러밋은 의미심장한 말투로 중간에 말을 끊었다.

"내 부하 수사관들은 이 인물이 애로요에 오기 전의 경력을 조사했습니다. 그 결과 애로요에 오기 전엔 피츠버그의 공립 초등학교에서 교사생활을 했었던 것이 밝혀졌습니다."

"그 전엔?"

"모르겠습니다. 그러나 그는 이민온 사람으로서 13년 전에 피츠버그에서 시민권을 얻었습니다. 피츠버그에 보존되어 있는 서류에 의하면 이민오기 이전 국적은 아르메니아이고 1885년에 태어났습니다."

아르메니아 인이라……. 엘러리는 난간 뒤에서 턱을 어루만지며 골똘히 생각에 잠겼다. 갈릴리(예수가 활동한 곳)에서 그리 멀지 않지. 여러 가지 기묘한 생각이 머릿속을 돌아다니고 있었지만, 엘러리는 황급히 그런 생각을 쫓아버렸다.

"당신은 밴의 하인인 클링에 관한 것도 조사했습니까, 지방검사님?"

"조사했습니다. 그 남자는 버려진 아이로 피츠버그의 세인트 빈센트 고아원에서 자랐습니다. 어른이 되어서는 고아원에서 잡역부로 일했지요. 일생을 죽 거기서 보냈습니다. 앤드류 밴이 피츠버그의 공립 초등학교를 그만두고 애로요에 올 때 고아원을 찾아가서 사람을 하나 쓰겠다고 했습니다. 밴은 자세히 조사한 뒤 클링으로 마음을 정했습니다. 둘은 애로요에 가서 밴이 죽을 때까지 죽 거기에서 살았지요.”

엘러리는 밴이 도대체 어떤 이유로 피츠버그와 같은 대도시에서의 확고한 지위를 중도에 그만두고 애로요와 같은 시골구석에서 직업을 구했는지 궁금했다. 거기에는 그만한 동기가 있을 것이다. 엘러리는 어렴풋이 이상한 느낌을 갖게 되었다. 전과가 있어 경찰의 눈에서 벗어나려고 한 것은 아닐까? 아니, 그런 일은 있을 수 없다. 몸을 숨기기에는 대도시가 더 안성맞춤이지 시골에서는 그렇지 않기 때문이다. 거기에는 더 깊고 더 비밀스러운, 어쩌면 죽은 남자의 머릿속에 뿌리를 내려 제거할 수 없었던 무슨 일인가가 있었던 것이 틀림없으리라. 여러 가지 실패를 거듭한 인간이 고독을 느끼는 것은 흔히 있는 일인데, 캐비아를 먹는 애로요 초등학교 교장인 앤드류 밴의 경우에도 그럴 가능성이 대단히 컸다.

“클링이라는 사람은 어떤 남자였습니까?”

스테이플턴이 물었다. 지방검사는 다소 지겨워하는 듯했다.

“고아원의 보고서에 의하면 저능아이며, 심리적으로 말하면 정신박약아 부류에 속했던 것 같습니다. 아무런 해를 끼치지도 않는 인물이고요.”

“클링은 과거에 살인을 저지를 만한 행동을 한 적이 있었습니까, 크러밋 씨?”

“아니요. 세인트 빈센트에서는 온순한 성격에다 꽤 둔하고 어리숙한 사람이라고 했습니다. 고아원의 아이들에게는 자상했던 것 같습니다. 조심스럽고, 예절도 바르고, 고아원 내의 윗사람들도 잘 모셨던 것 같습니다.”

지방검사는 새삼스럽게 입술을 축이고서 바야흐로 예정했던 새로운 사실을 진술하려는 듯한 모습이었다. 하지만 스테이플턴 검시관은 서둘러 지방검사를 내보내고 애로요의 잡화점 주인을 다시 불러냈다.

“당신은 클링을 알고 있습니까, 번하임씨?”

"예, 알고 있습니다."

"어떤 사람이었습니까?"

"꽤 조용한 사람이었습니다. 마음씨도 좋고, 황소처럼 과묵했지요."

누군가가 웃자 스테이플턴은 당황해했다. 그는 몸을 앞으로 쑥 내밀었다.

"번하임 씨, 그 클링이라는 사람은 애로요에서는 힘이 센 장사라고 평판이 나 있는데, 그것이 사실입니까?"

엘러리는 혼자 키득키득 웃었다. 이 검시관은 꼭 꼬집어 말할 수는 없지만 무척 단순한 사람인 것 같았다.

번하임의 목구멍에서 킬킬거리는 소리가 났다.

"예, 그렇습니다. 대단히 힘이 셌지요. 클링은 나무 설탕통도 들어올릴 수가 있었습니다. 그러나 파리 한 마리도 죽이지 못할 것 같은 사람이었죠. 검시관 님, 내 기억으로는 단 한 번도……."

"아, 좋습니다."

스테이플턴은 신경질적으로 말했다.

"홀리스 씨, 다시 한 번 증인석으로 나와주십시오."

매트 홀리스는 득의만만했다. 마치 막힘 없이 술술 떠벌리는 난쟁이 같다고 엘러리는 생각했다.

"당신은 마을회의 의장이죠, 홀리스 씨?"

"그렇습니다."

"배심원들에게 앤드류 밴에 대해서 알고 있는 것을 말씀해 주시지요."

"나무랄 데 없는 사람이었습니다. 어느 누구에게도 해를 입히는 일을 한 적이 없었습니다. 근면성실했지요. 학교에서의 근무시간 이외에는 내가 빌려준 집에서 지냈습니다. 개중에는 성격이 비뚤어진 사람이라고 생각하기도 하고, 외국인이라서 그렇다고 하는 사람도 있었습니다만, 나는 그렇게 생각하지 않습니다. 그는 단지 무척 조용한 사람이었을 뿐입니다."

이 읍장은 뭐라도 된 듯한 모습이었다.

"이웃과의 교제는 없었습니까?"

"그랬던 것 같습니다만, 그건 그 사람 마음이지요. 나랑 루든 순경이 함께 낚시를 가자고 제안했는데 그것을 거절한 것 또한 본인의 마음이었지요."

홀리스는 미소를 지으며 머리를 끄덕였다.

"게다가 그 사람은 나나 검시관 님처럼 훌륭한 영어를 구사했습니다."

"손님이 찾아온 적이 있었습니까? 당신이 알고 있는 범위 내에서."

"아뇨. 그러나 물론 나로서는 확실한 것을 말할 순 없습니다. 특이한 사람이었으니까요."

읍장은 골똘히 생각을 해가며 말을 계속 해나갔다.

"두 번 정돈가 내가 볼 일이 있어 피츠버그에 나갈 때 책을 사다 달라고 부탁한 적은 있었습니다. 상당히 기묘하고도 고상한 책이었지요. 철학이라든지, 역사라든지, 아니면 별에 관한 책이었지요."

"허, 대단히 재미있군. 홀리스 씨, 그런데 당신은 애로요 은행의 책임자가 아닙니까?"

"그렇습니다."

홀리스는 얼굴을 붉히고서 쑥스러운 듯이 눈을 내리깔고 자기의 다리를 바라보았다. 그 표정으로 보아 엘러리는 읍장이 애로요 마을과 관계된 일이라면 무엇이든지 하고 있다는 것을 알아차렸다.

"앤드류 밴은 당신 은행에 예금을 했습니까?"

"아닙니다. 항상 봉급은 현금으로 받아갔습니다. 아마 어느 은행에도 맡기지 않았으리라 생각됩니다. 내가 한두 번 권해 봤었기 때문에 잘 알지요. 아시겠지만, 사업은 사업이니까요. 그 사람은 돈을 집에다 둔다고 했습니다."

홀리스는 어깨를 으쓱했다.

"은행은 믿을 수가 없다고 했어요. 사람에게는 각자의 취향이 있습니다. 나로서는 그것을 가지고 탓할 입장이 못 되었죠."

"그 얘기는 애로요에서는 일반적으로 알고 있는 사실입니까?"

홀리스는 망설였다.

"흠, 아마 내가 두세 사람에게는 그 얘기를 한 것 같습니다. 우리 마을 대부분의 주민들은 그 초등학교 교장의 특이한 성격을 알고 있었다고 생각합니다."

읍장은 손을 흔들고서 증인석에서 내려왔다. 그리고 루든 순경이 또 불려나왔다. 순경은 몸이 긴장되어 굳어진 채 이런 상황에서는 어떤 식으로 행동해야 할지 나름대로 고심을 하는 듯한 모습으로 앞으로 나갔다.

"당신은 12월 25일 금요일 아침 앤드류 밴의 집을 수색한 적이 있습니까?"

"그렇습니다."

"돈은 있었습니까?"

"아뇨, 없었습니다."

법정에 숨을 들이마시는 소리만이 들려왔다. 도둑이었나? 엘러리는 눈썹을 모았다. 하지만 전혀 앞뒤가 맞지 않는다. 첫째로 이 범죄는 어느 점으로 보아도 종교적인 광신자의 징표를 나타내고 있었다. 그런데 돈을 훔치다니. 이 두 가지는 도무지 어울리지 않는다. 엘러리는 몸을 앞으로 내밀었다. 어떤 남자가 무엇인가를 상단으로 가져왔다. 그것은 찌그러진 초록색의 싸구려 양철 상자였다. 고리가 크게 휘어져 있었고 약해 보이는 자물쇠가 축 늘어져 있었다. 검시관은 상자를 담당관으로부터 받아들고는 뚜껑을 열고서 뒤집어 보았다. 속은 텅 비어 있었다.

"순경, 당신은 이 초록색 양철 상자를 본 적이 있소?"

루든은 코를 킁킁거렸다.

"말씀드리겠습니다."

순경은 굵고 쉰 목소리로 말했다.

"그것과 똑같은 것을 밴의 집에서 보았습니다. 그 사람의 돈상자입니다. 분명합니다."

검시관은 들여다보려고 목을 쭉 빼고 있는 배심원들에게 상자를 보여주었다. 배심원들은 이 지방 사람들로 구성되어 있었다.

"배심원 여러분은 부디 신중하게 이 증거물을 살펴보시기 바랍니다. 당신은 이젠 됐소, 루든 순경. 애로요의 우체국장, 증인석에 앉아주십시오."

쭈글쭈글하고 몸집이 작은 노인이 증인석으로 깡충 뛰어 올라갔다.

"앤드류 벤은 많은 우편물을 받았습니까?"

"아뇨."

우체국장은 격양된 목소리로 말했다.

"광고 인쇄물이 오는 것이 고작이었습니다."

"죽기 전 일주일 안에 편지나 소포는 오지 않았습니까?"

"오지 않았습니다."

"편지는 가끔 부쳤습니까?"

"뭐 가끔 그랬습니다. 한두 통 정도였는데, 요 서너 개월 동안엔 한 통도 부치지 않았습니다."

검시의인 스트랭 씨가 불려졌다. 그의 이름이 불려지자 방청객들이 갑자기 웅성거리기 시작했다. 그는 주머니 사정이 안 좋은 듯한 초라한 모습이었는데, 마치 시간은 얼마든지 있다는 듯이 느긋한 표정으로 통로를 천천히 걸었다.

자리에 앉자 검시관이 물었다.

"스트랭 박사님, 언제 고인의 시체를 조사했습니까?"

"발견되고 나서 두 시간 뒤입니다."

"배심원들에게 대강의 사망 시간을 알려주시겠습니까?"

"교차로에서 발견된 것은 죽은 지 여섯 시간에서 여덟 시간이 지난 뒤라고 생각해도 좋습니다."

"그러면 타살된 것은 크리스마스 이브의 한밤중 전후가 되겠군요?"

"예, 그렇습니다."

"시체 상태에 대해서, 즉 이 심문에 적절하다고 생각되는 것을 배심원들에게 상세히 얘기해 주시겠습니까?"

엘러리는 웃음이 나왔다. 스테이플턴 검시관에게 있어 지금 이 순간이야말로 애타게 기다리던 순간인 것 같았다. 그의 말은 장중했으며 태도 또한 관리임을 나타내듯이 거들먹거리고 있었다. 그 멍청히 벌린 입만 봐도 청중이 완전히 감명을 받고 있다고 여긴다는 것을 알 수 있었다.

스트랭 의사는 다리를 꼬고 앉아 귀찮은 듯한 목소리로 말했다.

"머리를 잘라낸 목의 생생한 상처 자국과 양손과 발에 난 못자국 이외에는 시체에 별다른 상처 자국은 없었습니다."

검시관은 반 정도 몸을 일으키고서 쑥 나온 배를 책상 가장자리에다 밀어붙였다.

"스트랭 박사님, 그런 사실에서 박사님은 어떤 결론을 내리게 되었습니까?"

검시관이 쉰 목소리로 물었다.

"고인은 필시 머리를 얻어맞았거나 아니면 흉기로 머리를 찔린 것이라고 생각됩니다. 시체에는 다른 폭력이 가해진 흔적이 없기 때문입니다."

엘러리는 고개를 끄덕였다. 이 기죽은 지방 의사의 머리는 믿을 만한 것 같았다.

검시관이 계속 말했다.

"내 의견으로는, 피해자는 머리가 잘리기 전에 이미 죽어 있었다고 생각됩니다. 목에 남겨진 상처의 상태로 보아 대단히 예리한 도구가 사용된 것이 틀림없습니다."

검시관은 자기 앞의 책상 위에 소중한 듯이 올려져 있는 물건을 들어올렸다. 긴 자루가 달려 있고, 어쩐지 섬뜩한 느낌이 드는 도끼였는데 피가 묻어 있지 않은 부분의 날은 번쩍번쩍 빛나고 있었다.

"스트랭 박사님, 이 흉기로 피해자의 머리를 몸에서 잘라낼 수 있다고 생각하십니까?

"가능하다고 봅니다."

검시관은 배심원석 쪽을 돌아다보았다.

"이 증거물은 앤드류 밴의 집 뒤쪽 부엌의 마루 위에서 발견된 것으로, 살인은 그 부엌에서 행해진 겁니다. 배심원 여러분, 한 가지를 환기시켜 드리겠습니다만 이 흉기에 지문이 없는 것은 범인이 장갑을 끼고 있었거나, 아니면 도끼를 사용한 뒤에 지문을 닦아낸 것을 의미합니다. 이 도끼는 밴의 소유물이며, 평상시에는 부엌에 놓여져 있었고, 행방불명이 된 클링이 장작을 패는 데 항상 사용했던 것입니다. 스트랭 박사님, 수고하셨습니다. 피켓 총경, 증인석에 앉아주십시오."

웨스트버지니아 주 경찰국장이 그 말에 응했다. 키가 크고 군인처럼 보이는 사람이었다.

"피켓 총경, 보고해 주시지요."

"애로요 근방을 철저히 수색했습니다만 죽은 남자의 머리는 끝내 발견되지 않았습니다. 실종된 클링의 행적도 전혀 발견되지 않았습니다. 클링의 인상 착의를 인접한 각 주에 구석구석 배포하고 현재 수색중입니다."

총경은 기관총 같은 목소리로 말했다.

"당신은 고인과 실종된 사람의 최근 동정에 관해서 수사를 담당하고 있지요, 총경? 무엇을 발견했습니까?"

"앤드류 밴이 마지막으로 모습을 나타낸 것은 12월 24일 목요일 오후 4시입니다. 그때 그 사람은 애로요에 사는 레베카 트로브 부인 집을 찾아가서 자기 학교 학생인 그 부인의 아들 윌리엄이 공부를 게을리하고 있다고 충고해 주었습니다. 그리고 우리들이 수사한 바로는 그 집에서 나온 뒤로 어느 누구 한 사람 그 남자의 모습을 본 사람이 없습니다."

"그럼, 클링은 어떻습니까?"

"클링을 마지막으로 본 것은 애로요와 퓨타운의 중간에 사는 농부인 티모시 트레이너로, 같은 날 오후 4시 조금 지나서입니다. 클링은 감자를 1부셸(bu;무게의 단위로 약 27㎏) 사서 현금으로 지불하고는 어깨에 메고 얼른 돌아갔다고 합니다."

"그 1부셸의 감자는 밴의 집에서 발견되었습니까? 그 점은 총경, 클링이 정말로 집으로 돌아왔는지 안 왔는지를 결정하는 데 중요하다고 생각됩니다만."

"발견되었습니다. 전혀 손을 안 댄 상태로 그냥 있었고, 트레이너 씨가 그 날 오후에 자신이 판 것이라고 확인해 주었습니다."

"이 밖에 더 말씀하실 사항은 없습니까?"

피켓 총경은 대답하기 전에 법정을 한 번 둘러보았다.

"물론 있습니다."

엄숙히 말하는 그 입은 마치 덫처럼 느껴졌다.

법정은 죽은 듯이 조용해졌다. 엘러리는 피곤한 듯한 미소를 띠었다. 드디어 새로운 사실이 세상에 공개될 때가 된 것이다. 피켓 총경은 몸을 쑥 내밀고서 검시관의 귀에 무슨 말인가를 속삭였다. 스테이플턴은 깜짝 놀라 눈을 크게 뜨고 껌벅거리다가 미소를 지으면서 그 통통한 뺨을 닦은 뒤에 고개를 끄덕였다. 방청객들은 또 무슨 일인가가 일어나려는가 보다 하고서 각자의 자리를 지키며 흥분하고 있었다. 피켓은 태연하게 법정 뒤쪽에 있는 누군가에게 신호를 했다.

키가 큰 모터사이클 순찰경관이 기묘하게 생긴 사람의 팔을 붙잡고서 나타났다. 그 남자는 몸집이 작은 사람으로 갈색 머리칼과 갈색 턱수염을 더부룩하게 기르고 있었다. 게다가 작고 번뜩이는 눈을 갖고 있었다. 그것은 광신자의 눈이었다. 피부는 더러운 청동색에다 평생 밖에서만 생활해 태양과 바람에 시달린 듯 주름이 잡혀 거칠거칠해 보였다. 입고 있는 옷은—엘러리는 눈을 가늘게 떴다. —진흙투성이의 카키색 반바지와 목을 둥글게 판 낡고 오래된 회색 스웨터였다. 회색의 혈관이 불거져 나온 갈색 피부를 가진 그는 기묘한 모양의 샌들을 신고 있었다. 그리고 손에도 기묘한 것을 들고 있었다. 막대기 같은 지팡이인데, 끝에는 서툰 목수가 파서 만들었는지 엉성한 뱀 모양이 붙어 있었다.

갑자기 웅성거림이 일더니 이윽고 웃음 소리가 폭발했다. 검시관은 미친 듯이 망치를 두드리며 조용히 하라고 소리쳤다.

순찰경관과 그 기묘한 인물 뒤에는 기름으로 얼룩진 노동자용 겉옷을 입은 하얀 피부의 한 젊은 남자가 다리를 질질 끌면서 따라오고 있었다. 그 남자는 방청객도 잘 알고 있는 사람인지 그가 통로를 내려오자 손을 내밀어 악수를 하는 사람도 있고, 격려해 주려는 듯 어깨를 두드려 주는 사람도 있었다. 그러나 대부분의 방청객들은 안절부절못하고 있는 그 남자의 모습을 거리낌없이 손가락질하고 있었다.

세 사람은 난간의 통로를 빠져나와 자리에 앉았다. 갈색 턱수염의 노인은 분명히 심한 공포에 휩싸여 있었다. 두 눈을 연신 두리번거리며, 깡마른 갈색 손에 들고 있는 기묘한 지팡이를 경련이라도 일으키는 듯이 꽉 쥐기도 하고 느슨하게 풀기도 했다.

"캐스퍼 크로커, 증인석으로."

기름으로 얼룩진 노동자용 겉옷을 입은, 얼굴이 하얀 남자가 침을 꿀꺽 삼키고는 벌떡 일어나 증인석에 앉았다.

"당신은 웨어턴 주도로(主道路)에서 자동차 수리소와 주유소를 하고 있지요?"

검시관이 물었다.

"아니, 왜……? 저를 잘 아시지 않습니까?"

"질문에만 대답하시오, 어서."

스테이플턴은 위엄 있게 말했다.

"크리스마스 이브 밤 11시쯤 어떤 일이 있었는지 배심원들에게 말하시오."

크로커는 한숨을 깊이 내쉬고는 자기에게 우호적인 시선이라도 찾는 것처럼 주위를 둘러보고 나서 말했다.

"크리스마스 이브에는 문을 닫았습니다. 파티를 열려고요. 저는 자동차 수리소 바로 뒤에 있는 집에서 삽니다. 그 날 밤 11시에 아내와 바깥쪽 방에 있는데, 계속 뭔가를 거칠게 두드리는 소리가 들렸습니다. 아무래도 우리 자동차 수리소에서 들려오는 것 같아서 제가 달려가 보았습니다. 아주 칠흑같이 어두운 밤이었지요."

젊은 남자는 또 꿀꺽 침을 삼켰다. 그리고는 서둘러서 계속 말해 나갔다.

"나가 보니 어떤 남자가 우리 자동차 수리소의 문을 두드리고 있더군요. 그 남자는 저를 보고는……."

"잠깐만 기다리시오, 크로커 씨. 그 남자는 어떤 옷을 입고 있었소?"

자동차 수리소 주인은 어깨를 으쓱했다.

"칠흑 같은 밤이어서 잘 모르겠습니다. 게다가 특별히 주의해서 볼 이유도 없었고요."

"그 남자의 얼굴은 잘 보았을 테죠?"

"보았습니다. 마침 보안등 아래에 서 있었거든요. 그런데 머리를 옷으로 완전히 뒤집어쓰고 있었습니다. 그 날 밤은 굉장히 추웠거든요. 그렇지만 저에게는 아무래도 그 남자가 얼굴을 보여주고 싶어하지 않는다고 여겨졌습니다. 그러나 어쨌든 제가 본 바로는 곱상한 얼굴에 좀 거무스름하고 어딘지 '외국인' 같은 모습을 하고 있었습니다. 그는 훌륭하고 유창하게 영어를 구사했습니다."

"어느 정도의 나이였소?"

"흠, 30대 중반 정도였는데, 그보다 조금 많은지 적은지 확실한 것은 모르겠습니다."

"무슨 일이었나요?"

"애로요까지 자동차로 태워다 달라고 했습니다."

엘러리는 뒷줄에 앉아 있는 어깨가 딱 벌어진 남자가 천식 환자처럼 숨을 내쉬는 것을 들을 수가 있었다. 법정은 그 정도로 쥐죽은 듯 조용했다. 모두가 긴장한 채 의자의 끝쪽에 걸터앉아 있었다.

"그리고 나서 어떻게 됐습니까?"

검시관이 물었다.

"그러니까."

크로커는 다소 침착을 되찾고서 대답했다.

"저는 별로 마음이 내키지 않았습니다. 크리스마스 이브의 11시인 데다가 아내를 혼자 내버려둬야 해서 말이죠. 그러나 그 남자가 지갑을 꺼내며, '태워다 주면 10달러 주겠소.' 하고 말하더군요. 저 같은 가난뱅이에게는 더할 수 없는 기회였지요. 그래서 '좋습니다. 그러지요.'라고 대답했습니다."

"그래서 그 남자를 태우고 갔다고?"

"그렇습니다. 외투를 가지러 들어가서 아내에게 반 시간 정도 집에서 나가봐야겠다는 말을 남기고 돌아가 제 고물차를 꺼내어 그 사람을 태우고 출발했습니다. 애로요 어디를 가느냐고 물으니 그 사람은 '애로요 도로와 컴벌랜드 퓨타운 도로가 만나는 곳이 있죠?' 하고 묻더군요. 저는 그렇다고 대답했습니다. 그러자 그 남자는, '그래요, 그곳에 가고 싶소.' 하고 말하더군요. 저는 거기까지 태워다 주고는 그 남자가 차에서 내려 10달러를 주는 걸 받고서 차를 돌려 얼른 집으로 돌아갔습니다. 어쩐지 괜히 소름이 끼치고 무서운 생각까지 들어서 말이죠."

"당신이 그곳을 떠날 때 혹시 그 사람이 무슨 행동을 하는지 눈여겨 보았소?"

크로커는 단호하게 고개를 끄덕였다.

"저는 어깨 너머로 살펴보았습니다. 차가 도랑에 좀 빠졌을 때 말입니다. 그 사람은 애로요로 가는 샛길 쪽으로 걸어갔습니다. 꽤 심하게 다리를 절더군요."

순찰경관 옆에 앉아 있던 갈색 머리의 노인이 꿀꺽 침을 삼키는 소리가 들려왔다. 그는 도망갈 길이라도 찾는 것처럼 미치광이 같은 표정으로 주위를 둘러보고 있었다.

"어느 쪽 다리였소, 크로커 씨?"

"글쎄요, 왼쪽 다리를 절었던 것 같습니다. 중심이 완전히 오른쪽으로 쏠려 있었거든요."

"좋습니다."

크로커는 홀가분한 듯이 증인석을 떠나 서둘러 통로를 지나 출입구 쪽으로 갔다.

"다음은……."

스테이플턴 검시관은 작고 반짝이는 눈으로, 의자에 웅크리고 앉아 있는 갈색 턱수염을 기른 작은 남자를 꿰뚫어보면서 말했다.

"당신, 증인석에 앉으시지요."

순찰경관이 일어나서는 '갈색 턱수염의 사나이'를 재촉하듯이 일으켜 세우고 앞쪽으로 밀었다. 작은 남자는 버티지도 않고 나아갔지만, 그 미친 듯한 눈에는 당황한 빛이 어려 있었고 어떻게 해서든지 도망가려는 듯이 보였다. 경관은 힘도 별로 들이지 않고 남자를 증인석에 앉히고는 자기 자리로 되돌아갔다.

"당신 이름은 어떻게 됩니까?"

스테이플턴 검시관이 물었다.

증인석이라는 특성 때문에 그 남자의 기묘한 옷과 외모가 한눈에 드러났다. 방청객 사이에서는 폭소가 터져 나왔다. 조용해지기까지는 한참이 걸렸다. 그동안 증인은 입술을 핥기도 하고 몸을 좌우로 흔들면서 뭐라고 혼잣말을 중얼거리기도 했다. 엘러리는 그 남자가 무슨 기도인가를 하고 있는 듯한 인상을 받았다. 아연실색할 일이지만, 그 남자는 지팡이 꼭대기의 나무 뱀에게 기도를 하고 있었다.

스테이플턴은 똑같은 질문을 신경질적으로 반복했다. 남자는 가슴을 내밀고 가냘픈 어깨를 뒤로 젖힌 채, 있는 힘과 위엄을 다해 스테이플턴의 눈을 똑바로 응시하고서 아주 날카로운 목소리로 대답했다.

"나는 하라크트라는 사람인데, 대낮의 태양신이오. 라-하라크트라는 송골매요."

잠시 침묵이 흘렀다. 스테이플턴 검시관은 눈을 깜박거리고는 누군가에게 원인을 알 수 없는 위협을 정면으로 받은 것처럼 갑자기 두려움에 떨며 움직이지 못했다. 방청객들도 입을 딱 벌렸지만, 곧 히스테릭한 웃음을 터뜨리고 말았다. 이번엔 조소의 웃음이 아니라 뭐라고 표현할 수 없는 공포에서 생긴 웃음이었다. 이 남자의 주위에는 왠지 두렵고 불쾌한 느낌이 감돌고 있었으며, 그 겉모습에서는 너무나도 미치광이다운 진지함이 엿보였던 것이다.

"누구라고?"

검시관이 힘없이 물었다.

하라크트라고 자칭한 남자는 앙상한 가슴에다 팔짱을 끼고서 지팡이를 단단히 앞으로 꽉 붙잡고는 대답을 하지 않았다.

스테이플턴은 얼굴을 닦고서 다음엔 어떻게 해야 좋을지 몰라 쩔쩔매고 있었다.

"흠, 직업은 뭡니까? 저…… 하라크트 씨?"

엘러리는 의자에 깊숙이 허리를 묻고서 검시관을 대신해 얼굴을 붉혔다. 그 광경을 차마 볼 수가 없었기 때문이다.

하라크트는 위엄 있게 입술을 꽉 깨물고서 말했다.

"나는 약한 사람을 구하러 온 신령이오. 나는 병든 몸을 고쳐 건강하게 만드는 일을 하고 있소. 나는 만제트(Manzet ; 여명의 배)를 움직이는 사람이오. 메센크테트(Mesenktet ; 황혼의 배)를 움직이는 사람이오. 어떤 사람은 나를 천지 끝의 신 호러스(이집트 신화의 태양신)라고 부르기도 하지. 나는 하늘의 신인 케브의 아내이며, 이시스와 오시리스의 어머니인 누트의 아들이오. 나는 멤피스(이집트의 옛 도시)의 최고 지상신이오. 나는 에톰과 함께……."

"그만두시오."

검시관이 소리쳤다.

"피켓 총경, 이게 도대체 어떻게 된 겁니까? 당신은 이 미치광이가 검시재판에서 중요한 진술을 할 것으로 생각한 모양인데, 나는……."

주 경찰국장이 당황해하며 일어났다. 하라크트라고 자칭한 남자는 처음의 갑작스런 사태에 놀라고 두려워서 당황해하던 모습은 완전히 잊고, 그 비뚤어진 뇌 속에서 자기가 이 고장의 지배자인 것을 완전히 깨달은 것처럼 태연자약하게 행동하고 있었다.

"검시관 님, 죄송하게 되었습니다."

총경이 급하게 말했다.

"미리 말해둘 게 있습니다. 이 사람은 정상이 아닙니다. 검시관님과 배심원들에게 이 사람이 무슨 일을 하고 있는지 말씀드리는 게 낫겠군요. 그러면 더 적절한 질문을 하실 수 있을 겁니다. 이 사람은 일종의 주술 약장수입니다. 어리석기 짝이 없는 짓인데, 태양이라든가 별이라든가 달이라든가 이집트의 파라오(왕)의 기묘한 그림 등을 그려주는 겁니다. 별로 나쁜 행위는 아닙니다. 집시처럼 이 마을에서 저 마을로 늙은 말이 끄는 마차를 타고 돌아다니고 있습니다. 일리노이 주, 인디애나 주, 오하이오 주에서 웨스트버지니아 주에 걸쳐 돌아다니며 설교도 하고, 머리카락까지 난다는 만병통치약을 팔기도 하는데……."

"그것은 불로장수의 영약이오."

하라크트는 진지하게 말했다.

"태양의 빛을 담은 병이오. 나는 신의 계시를 받고 태양신의 복음을 설파하고 있소. 나는 멘투이며 아트무이며, 또한……."

"내가 알고 있는 바로는 단지 흔한 간유(대구과에 속하는 식용 어류의 신선한 간에서 얻은 지방유)입니다."

피켓 총경은 한번 싱긋 웃고는 설명했다.

"이 사람의 본명은 아무도 모릅니다. 자기도 잊어버렸다고 합니다."

"고맙소, 총경."

검시관은 위엄을 보이며 말했다.

엘러리는 딱딱한 의자에 앉아 있다가 갑자기 어떤 것을 발견하고는 뼛속까지 소름이 돋는 것을 느꼈다. 미치광이의 손에 들려 있는 서툰 솜씨의 상징이 의미하는 바를 알아차린 것이다. 그것은 유리어스(uraeus ; 고대 이집트 제왕의 왕관에 달았던 뱀 모양의 표상)로서, 고대 이집트 신과 그 신의 자손인 여러 왕을 상징하는 뱀 지팡이였다. 처음엔 뱀의 모습으로 보고 케리케이온(두 마리의 뱀이 서로 감겨 있고 꼭대기에는 쌍날개가 있는 신들의 사자 머큐리의 지팡이)의 대용품일 것이라고 생각했으나, 머큐리(그리스 신화의 헤르메스의 영어 이름. 전령의 신.)의 상징에는 반드시 날개가 붙어 있는데 이것에는 뱀이 한 마리인지 한 마리 이상인지는 잘 모르겠지만, 틀어 올라간 위쪽에 어설프게 태양을 본떠 만든 원반이 놓여 있었다. 파라오 시대의 이집트인 것이다. 이 우습게 생긴 몸집의 작은 미치광이의 입에서 나오는 이름도 귀에 익은 것으로서 호러스, 누트, 이시스, 오시리스 등등……. 이 밖에 다른 것들도 이상하긴 하지만 이집트 냄새가 풍겼다. 엘러리는 똑바로 자세를 고쳐 앉았다.

"음, 하라크트. 아니면 이름을 어떻게 불러야 할지 모르겠지만, 당신도 캐스퍼 크로커가 증언한 피부색이 거무스름하고 깨끗이 면도한 절름발이 남자에 관한 얘기를 들었을 것이오."

검시관이 말했다.

턱수염의 남자 눈에 조금 이성적인 빛이 감돌더니, 그것과 동시에 좀 전의 공포스러운 표정이 되돌아왔다.

"저, 저…… 절름발이 남자 말이죠?"

남자가 입 속에서 우물거렸다.

"그래요. 혹시 그런 모습의 남자를 알고 있소?"

하라크트는 잠시 망설이다가 대답했다.

"알고 있지요."

"흠."

검시관은 한숨을 내쉬고 말했다.

"이제, 이야기가 제대로 되고 있군. 하라크트, 그 사람은 무슨 일을 하며, 당신은 어떻게 해서 그를 알게 되었습니까?"

검시관의 어조는 쾌활하고 친근감마저 띠고 있었다.

"그는 내 사도(使徒)요."

"사도라고?"

방청객들이 희미하게 수군거렸다.

"이 벼락맞을 놈아!"

바로 뒤에 앉은 남자가 이렇게 소리치는 것을 엘러리는 들을 수 있었다.

"그 남자는, 당신의 조수라는 겁니까?"

"내 제자요. 나의 사도. 호러스 신의 고승(高僧)이란 말이오."

"알았소, 알았소."

스테이플턴은 서둘러서 말했다.

"이름은 뭐라고 하지요?"

"벨랴 크로삭이오."

"흠."

검시관은 눈썹을 모았다.

"외국인 이름이구먼. 아르메니아 사람이오?"

그는 이렇게 말하고는 갈색 턱수염의 남자를 자세히 쳐다보았다.

"이집트 외의 나라는 없소."

하라크트가 조용히 말했다.

"그럼."

스테이플턴은 반짝 눈을 빛냈다.

"그 이름은 철자가 어떻게 됩니까?"

피켓 총경이 대답했다.

"스테이플턴 씨, 그것은 내가 말씀드리겠습니다. 그 이름의 철자는 'V-e-l-j-a- K-r-o-s-a-c'입니다. 이 사람의 마차 안에 있는 서류에서 찾아냈습니다."

"어디에 있소, 그 벨랴 크로삭은?"

검시관이 물었다.

하라크트는 어깨를 으쓱했다.

"어디론가 가버렸소."

그러나 엘러리는 그 남자의 크게 뜬 작은 눈에 당황하는 빛이 어려 있음을 알아차렸다.

"언제?"

남자는 또 어깨를 으쓱했다.

피켓 총경이 또다시 끼여들었다.

"스테이플턴 씨, 내가 대신 얘기하고 검시재판을 빨리 진행하는 게 낫겠습니다. 크로삭은 우리가 조사한 바에 의하면 항상 신원을 감추었던 모양입니다. 지금으로부터 2년 정도 전부터 그 남자는 이 사람과 함께 다녔습니다. 말하자면 수수께끼의 인물이지요. 그 사람은 사업 매니저로 선전활동을 해왔고, 불량약품을 판매하는 것은 하라크트에게 맡긴 모양입니다. 하라크트는 그 남자를 서부 어딘가에서 데려왔다고 합니다. 크로삭이 하라크트와 마지막으로 함께 있었던 것은 크리스마스 이브였습니다. 두 사람은 할리데이 코브 부근에서 야영하고 있었습니다."

엘러리는 웨어턴 2~3마일 앞 도로표지판에서 그 지명을 본 것을 기억해냈다.

"크로삭은 10시쯤 밖에 나갔는데, 그것이 그 남자를 본 마지막이었다고 이 '괴상한 이름을 가진 사람'이 말했습니다. 시간도 딱 맞습니다."

"크로삭의 행방을 찾아내지 못했습니까?"

총경은 울화통이 터지는 모양인지 간단하게 잘라 말했다.

"아직 발견하지 못했습니다. 땅이 삼켜버린 것처럼 사라져버린 겁니다. 그러나 결국엔 발견되겠지요. 도망칠 순 없습니다. 그 남자와 클링의 인상착의를 배포해 놓았습니다."

"하라크트, 당신은 애로요에 가본 적이 있소?"

검시관이 물었다.

"애로요? 없소."

"두 사람은 웨스트버지니아 주에서 그렇게 북쪽까지 간 적은 없습니다"

총경이 말했다.

"크로삭은 어떤 인물이었소?"

"그는 진짜 신자였소."

하라크트는 단언하듯이 태연한 태도로 말했다.

"크로삭에 대해서 아는 것이 뭐요?"

"그는 신앙심이 깊었소."
하라크트가 신중하게 대답했다.
"그는 제단에 공손하게 예배드렸소. 경전도 함께 읽고 귀중한 가르침도 열심히 들었소. 그 남자는 나의 자랑이고 영광이며……."
"흠, 이젠 됐소."
검시관이 질렸다는 듯 말했다.
"경관, 이 사람을 데리고 가시오."
순찰경관이 싱글벙글 웃으며 자리에서 일어나서 갈색 턱수염의 사나이의 야윈 팔을 붙잡고 증인석에서 끌어내렸다. 검시관은 두 사람의 모습이 군중 속에서 사라지자 안도의 한숨을 내쉬었다.
엘러리도 따라서 한숨을 쉬었다. 아버지가 말한 대로였다. 양 다리 사이에 꼬리를 감추지는 않는다 해도, 적어도 초상집 개 같은 모습으로 뉴욕으로 돌아가지 않으면 안 될 모양이었다. 모든 경위가 미치광이 짓 같고, 아무리 생각해도 이해할 수도 없었으며, 조리에도 맞지 않았다. 게다가 무참하게 목이 잘린 처참한 시체를 십자가에다 매달아 놓다니!
'십자가에 매달았다!' 엘러리는 '후휴' 하고 거의 남에게 들릴 정도로 숨소리를 냈다. 십자가…… 고대 이집트. 이 기묘한 사실을 어떻게 해석해야 할까?
검시재판은 순조롭게 진행되었다. 피켓 총경은 하라크트의 마차에서 찾아낸, 하라크트가 크로삭의 것이라고 진술한 여러 가지 물건을 제출했다. 그것들은 하찮고 보잘것없는 물건으로, 그 자체로나 또는 크로삭의 배경, 태생, 성격 등을 알아낼 만한 단서로서나 별 가치가 없는 것들이었다. 검시관이 배심원들에게 지적한 것처럼 크로삭의 사진은 한 장도 없었다. 그것은 이 남자의 체포를 한층 더 어렵게 만드는 것이었다. 게다가 더욱더 곤란하게 된 것은 당사자의 필적 견본조차 손에 넣지 못했다는 점이다.
다른 증인들이 소환되었다. 여러 가지 자세한 사항이 확인됐다. 크리스마스 이브에 앤드류 밴의 집을 신경 써서 살펴본 사람은 아무도 없었다. 자동차 수리소 주인인 크로커가 크로삭과 교차로에서 헤어진 뒤 그 모습을 본 사람도 없었다. 밴의 집은 교차로 근처에 있는 유일한 주택이었는데, 그 날 밤 그곳을 지나간 사람 역시 아무도 없었다. 밴을 십자가에 고정시켰던 쇠못은 항상 부엌 겸 식료품실에 있었던 밴의 도구 상자에서 꺼낸 것이었다. 그것은 오래 전에 클링이 잡화점 주인인 번하임에게서 산 것이라고 판명되었다. 그것들 대부분은 목장을 만드는 데 사용되었다. 엘러리는 스테이플턴 검시관이 자리에서 일어서려고 할 때 어떤 한 가지 사실을 깨닫고는 깜짝 놀랐다.

"배심원 여러분."

검시관이 말했다.

"여러분은 이 검시재판의 경과를 들으시고……."

엘러리가 자리에서 갑자기 일어났다. 스테이플턴은 갑자기 방해를 받자 당혹해하며 말을 중단하고 장내를 둘러보았다.

"무슨 일입니까, 퀸 씨? 당신은 검시재판에 참견할……."

"잠깐만 기다려 주십시오, 스테이플턴 씨."

엘러리가 얼른 말했다.

"검시 배심원들에게 말하는 것을 잠시 보류하시기 바랍니다. 전 본 검시와 관련해서 하나의 사실을 알고 있습니다."

"무엇입니까?"

크러밋 검사가 자리에서 벌떡 일어나면서 외쳤다.

"새로운 사실입니까?"

"새로운 사실은 아닙니다, 검사님."

엘러리는 웃으면서 대답했다.

"아주 오래된 사실입니다. 기독교보다도 더 오래된 겁니다."

"이것 참."

스테이플턴 검시관이 말했다. 방청객들은 뭔가를 기대하는 듯이 서로 속삭였고, 배심원들도 좌석에서 일어나서 이 뜻하지 않은 증인을 지켜보았다.

"퀸 씨, 당신은 무슨 생각을 하고 있습니까? 기독교와 이 사건이 무슨 관계라도 있다는 겁니까?"

"아무 관계도 없지요. 바라건대 말입니다."

엘러리는 코안경을 벗어서 검시관 쪽으로 내밀었다.

"이 끔찍한 범죄의 가장 현저한 특징이……."

엘러리는 엄숙한 어조로 말했다.

"제가 이렇게 말해도 될지 모르겠습니다만 이 검시재판에서는 전혀 언급되지 않았습니다. 제가 말씀드리고자 하는 사항은, 실은 범인이 누구인지는 모르겠습니다만, 그 범인은 범죄현장 근처에 T문자, 또는 표시를 일부러 만들고서 사라졌다는 겁니다. 도로 교차로의 T자형, 도로 표지판의 T자 모습, 시체의 T자 모습, 피해자의 현관문에 피로 휘갈겨 쓴 T자, 이런 사항들은 신문에 보도되었듯이, 모두 사실 그대로입니다."

"아, 물론이지요."

크러밋 지방검사가 비웃는 듯한 웃음을 띠고서 끼여들었다.

"우리들도 모두 그것을 알고 있소. 그렇지만 당신이 말하려는 사실은 어디에 있는 겁니까?"

"그것을 지금부터 말씀드리려고 하는 중입니다."

엘러리는 지방검사 쪽을 쳐다보았다. 크러밋은 얼굴을 붉힌 채 앉았다.

"저로서는 어떻게 연결시켜야 좋을지 모르겠습니다. 사실은 저 역시 당혹스럽습니다. 그러나 그 T자 표시는 알파벳과는 전혀 관계가 없을지도 모른다는 것을 여러분은 깨닫고 계신지요?"

"그 말은 무슨 의미인가요, 퀸 씨?"

스테이플턴 검시관이 불안한 듯 물었다.

"저는 그 T자 표시에는 종교적인 의미가 들어있다고 생각합니다."

"종교적 의미?"

스테이플턴은 앵무새처럼 퀸이 한 말을 그대로 되풀이했다.

성직자 복장을 한 풍채당당한 노신사가 방청객 속에서 벌떡 일어났다.

"박학한 신사분의 이야기를 중도에 방해하는 것이 실례라고 생각됩니다만……."

노신사는 날카로운 어조로 말했다.

"나는 복음 전도사입니다. 나는 T자 표시에 종교적인 의미가 있다는 말을 들어본 적이 한번도 없습니다."

누군가가 외쳤다.

"그거야 당신 얘기지요, 목사님."

목사는 얼굴을 붉히며 앉았다. 엘러리는 웃었다.

"박학하신 성직자분의 말씀에 반대를 해야 될 것 같습니다만, 바로 이 점이 중요합니다. 수많은 종교적인 상징 중에 T자 형태를 한 십자가도 있습니다. 그것은 그리스 어로 타우(tau ; 그리스 알파벳의 제19자로 T자 모양을 함) 십자가라고도 하고, 크룩스 코미사(crux commissa)라고도 합니다."

목사가 자리에서 벌떡 일어나 외쳤다.

"그렇소. 바로 그대로요. 그러나 그건 원래는 기독교의 십자가는 아닙니다. 이교도의 표시지요."

엘러리는 미소지었다.

"확실히 그렇습니다. 그러나 기원 이전의 몇 세기 동안은 기독교인 이전의 사람들에 의해서 그리스 십자가가 사용되지 않았습니까? 타우 십자가는 우리들이 잘 알고 있는 그리스 십자가보다도 수백 년 전부터 있었던 겁니다. 일설에 의하면 원래는 남근(男根) 숭배사상의 표시라고도 합니다만……. 그러나 내가 말하고자 하는 요점은 이렇습니다."

(그리스 십자가는 상하좌우가 똑같고 크룩스 심플렉스(crux simplex ; 단순 십자가)라고 하는데, 이것에서부터 여러 가지 크룩스 콤팩타(crux compacta ; 복합 십자가)가 파생되었다. 크룩스 코미사(crux commissa)도 그 중 하나로서, T자 모양을 하고 있다. 기독교에서 사용하는 십자가는 크룩스 이미사(crux immissa)라고 하며, 그리스 십자가는 이것이 변형된 것이다. 한편, 가로막대가 비스듬히 교차하

는 것은 크룩스 데스쿠사타(crux descussata)라고 하며, 머리에 둥근 고리가 있는 것은 켈트 십자가라고 한다.)

모두가 조용히 기다리고 있는 동안 엘러리는 잠시 쉬고서 숨을 들이마셨다. 그리고 나서 코안경을 검시관 쪽으로 쑥 내밀며 명쾌한 어조로 말했다.

"타우 또는 T 십자가만이 그것을 가리키는 명칭은 아닙니다. 때에 따라서는 그것은……."

엘러리는 잠시 멈추었다가 조용히 말을 맺었다.

"이집트 십자가라고도 불리어집니다."

제2부 백만장자의 십자가형

범죄가 비상습범에 의해서 저질러진 경우야말로 경찰들은 조심해야 한다. 이 경우, 이미 터득한 법칙들이 하나도 통용되지도 않으며, 오랜 세월에 걸쳐 암흑가를 조사해서 모은 정보들도 썩은 나무토막과 다름없이 되어버린다.

— 데이널로 리카

제3장 야들리 교수

그리고 그것으로 끝이었다. 믿기지 않을 정도로 이상한 일이겠지만 사건은 거기서 흐지부지되고 말았다. 엘러리 퀸이 웨어턴 주민들에게 지적해 준 신비한 설명은 수수께끼에 광명을 주기는커녕 오히려 더욱 어렵게 만들었다. 엘러리 자신도 아무런 해답을 찾아내지 못했다. 단지 미치광이의 탈선방식에는 도저히, 어떤 논리도 적용할 수 없지 않겠느냐고 스스로 위안 삼을 뿐이었다.

이 문제가 엘러리에게 너무 힘겹다고 한다면 스테이플턴 검시관이나 크러밋 지방검사, 피켓 총경, 검시 배심원들, 애로요 및 웨어턴 주민들, 또 그 검시재판날에 몰려들었던 몇십 명이나 되는 신문기자들에게 있어서는 더할 나위 없을 것이다. 명백한 것처럼 보이기도 하지만, 뒷받침할 만한 확실한 증거가 하나도 없다는 사실에 주목한 검시관의 의견에 이끌려 배심원들은 '미지의 한 사람 또는 한 사람 이상의 범인에 의한 살인'이라고 판결을 내렸다. 신문기자들이 하루 이틀 돌아다니기도 했지만 피켓 총경과 크러밋 지방검사의 수사가 점차 맥이 빠지게 되어 결국 사건은 신문지상에서 사라지게 되었다. 글자 그대로 미궁에 빠져버리게 된 것이다.

엘러리도 체념한 상태에서 어깨를 늘어뜨리고 뉴욕으로 돌아왔다. 이 문제는 곰곰이 생각하면 할수록 해석이 매우 간단한 것처럼 여겨졌다. 그 많은 증거들을 의심할 만한 이유는 없다고 판단되었다. 상황증거는 분명했지만 거기에는 상당히 함축적인 의미가 담겨 있다. 그 벨랴 크로삭이라는 남자, 그 사람이 아무래도 자신만이 알고 있는 비밀스런 이유에서, 역시 똑같이 외국 태생인 시골의 초등학교 교장에 대해서 음모를 꾸며 기회를 노리다가 마침내 그 생명을 빼앗아버린 듯이 보인다. 그 수법은 범죄학적인 측면에서 보면 흥미 있는 일이지만 꼭 중요한 것은 아니다. 전율할 만한 사건이지만 알 수 없는 불길에 사로잡힌 미치광이의 일그러진 심리라고 보면 이해하지 못할 것도 없다. 무엇이 그 배후에 깔려 있는가? 환상적인 원한인가 종교적인 광신인가, 그렇지 않으면 피에 굶주린 복수인가? 어떤 음침한 이야기가 숨어 있는가? 어쩌면 영원히 알 수 없을 것이다. 크로삭은 그 끔찍한 사명을 달성한 뒤로는 모습을 감춰버린 것이다. 어쩌면 지금쯤은 아득히 먼 해상에서 자기가 태어난 고향으로 향하고 있는지도 모른다. 그럼 밴의 하인인 클링은? 의심할 여지도 없이 무고한 희생자일 테지. 클링은 둘 사이에 끼여서 범죄를 목격했거나, 살인범의 얼굴을 문틈으로 살짝 보았거나 하여 사형집행인의 손에 결말이 나고 말았을 것이다. 크로삭은 훗날 후환이 없도록 클링을 없애야 한다고 판단했을 것이다. 복수에 대한 표시로 인간의 머리를 서슴없이 잘라낸 남자이고 보면, 자기 안전에 위협을 주는 인물을 한 명 더 죽이는 일에 아무런 망설임도 없었을 것이다.

이렇게 해서 엘러리는 경감의 호된 질책을 예상하며 뉴욕으로 돌아왔다.

"'그러게 내가 뭐라고 그랬니'라는 말은 하지 않겠다."

경감은 엘러리가 돌아온 날 밤 저녁식사를 하면서 껄껄 웃으며 말했다.

"그렇지만 한 가지 교훈을 얘기해야겠다."

"좋습니다."

엘러리가 고기 토막을 푹푹 찌르면서 대답했다.

"그건 말이다, 살인은 살인이라는 거다. 이 지구상에서 저질러지는 살인의 99%, 10분의 9는 파이처럼 간단히 설명할 수 있는 거야, 이 어리석은 녀석아. 신기할 것도 없어, 알겠느냐?"

경감은 득의만만했다.

"난 네가 신마저 버린 그곳에서 무엇을 하려 했는지 모르겠구나. 하지만 아무리 풋내기 경찰일지라도 그 근처를 돌아다녔다면 해답을 얻었을 게다."

엘러리는 포크를 놓았다.

"그러나 논리상 말이죠."

"제발 그만해라, 제발."

경감은 코를 킁킁거렸다.

"자, 자, 어서 먹고, 이젠 좀 자자."

6개월 뒤, 그동안에 엘러리는 그 기묘한 애로요 살인사건은 까맣게 잊어버리고 있었나. 여러 가지 일이 많이 있었다. 뉴욕은 펜실베이니아 주에 있는 사람과는 달리 동포애의 마을(필라델피아 주의 별명)이라는 말과는 거리가 좀 멀고 살인사건도 많이 생겨서 경감은 수사 때문에 정신없이 뛰어다녔으며, 엘러리도 그 뒤를 쫓아다니면서 흥미를 느낀 사건에는 자신의 탁월한 능력을 발휘하기도 했다.

웨스트버지니아 주에서 앤드류 밴이 십자가에 매달려 죽은 뒤 6개월이 지난 6월이 되어서야 비로소 엘러리는 애로요의 살인사건을 좋든 싫든간에 생각해내게 되었다.

그 도화선이 된 것은 그 달 22일 수요일의 일이었다. 엘러리와 퀸 경감이 아침식사를 하고 있는데 현관문의 벨이 울렸다. 퀸 집의 모든 일을 맡고 있는 아이인 듀나가 현관에 나가 보니 엘러리 앞으로 온 전보를 우편집배원이 건네주었다.

"이상한데."

엘러리는 누런 봉투를 찢으면서 말했다.

"이런 이른 아침에 도대체 누가 전보를 보냈을까?"

"누구에게서 온 거냐?"

경감이 토스트를 볼이 미어지게 입에 넣으며 물었다.

"이 무례한 사람은 야들리 교수님인데요."

엘러리는 전보를 펴고서 통신문의 마지막에 타이프로 친 이름을 훑끗 보며 매우 깜짝 놀라 외치듯이 말했다. 그리고는 아버지에게 빙긋 웃었다.

"야들리 교수님입니다. 기억하고 계시죠, 아버지? 제가 다녔던 대학의 교수님입니다."

"기억하고말고. 고대사(古代史) 교수 아니냐? 언젠가 주말에 뉴욕에 왔을 때 우리 집에 머물다 갔었지. 턱수염을 기른 못생긴 사람이었다고 기억하고 있는데."

"더 말할 것도 없이 잘 기억하고 계시군요."

엘러리가 말했다.

"정말로 몇 년 만에 온 소식인지 모르겠습니다. 그런데 어째서……."

"내가 보기엔……."

경감은 온화하게 말했다.

"내용을 읽어봐라. 상대방이 왜 소식을 보냈는지 알려면 그렇게 해야 하는 게지. 어떻게 보면 넌 도둑보다도 더 멍청하구나."

엘러리의 얼굴을 지켜보고 있는 동안 경감의 눈은 점점 생기를 잃어갔다. 경감의 턱이 두드러지게 축 늘어졌다.

"무슨 일이냐?"

경감이 급히 물었다.

"누가 죽기라도 했냐?"

경감은 아직까지도 전보는 좋은 소식을 전해주지 않는다는 중류계층의 선입관을 갖고 있었다.

엘러리는 누런 종이쪽지를 테이블 너머로 내던지고는 의자에서 튀어나가며 냅킨을 듀나에게 집어던졌다. 그리고는 급히 걸어가면서 실내복을 벗어 던지고 침실로 뛰어들었다.

경감은 내용을 읽어보았다.

'자네는 변함없이 일과 취미를 함께 하고 있겠지? 이렇게 오랫동안 왜 한 번도 찾아오지 않는 건가? 내 집에서 비스듬히 건너다보이는 곳에서 아주 흥미 있는 살인사건이 발생했네. 오늘 새벽의 일인데, 경찰도 아직 오지 않았어. 정말 흥미 있는 사건일세. 이웃집 남자가 목이 잘린 채 토템 기둥에 십자가 모양으로 묶여서 죽었어. 즉시 오게나.

야들리'

제4장 브래드우드 저택

뭔가 이상한 일이 벌어지고 있다는 것은 낡아빠진 고물 뒤센버그가 목적지에 다다르기 몇 마일 전인데도 불구하고 분명해 보였다. 엘러리가 여느 때처럼 무모할 정도로 속도를 내어 달리고 있는 롱아일랜드 가로변에는 군(郡)의 순찰경관들이 잔뜩 나와 있었다. 그들은 시속 55마일로 달리고 있는 키가 크고 엄숙한 표정의 청년에게는 도대체 관심을 갖지 않았다. 엘러리는 과속으로 달려도 괜찮은 특별허가증을 갖고 있기 때문에 누군가가 좀 세워주었으면 좋겠다고 생각했다. 그렇게 되면 모터사이클을 타고 있는 상대방의 코앞에서 '경찰 특별허가증'으로 큰소리쳐 볼 수 있는 기회가 생기기 때문이다. 이것은 엘러리가 사정을 하자 퀸 경감이 범죄현장에 전화를 걸어 요령껏 얻은 것이다. 그는 '나의 유명한 아들'이 그곳으로 가니 그 젊은 영웅에게 편의를 좀 봐달라고 낫소 군(郡)의 본 경감에게 부탁을 했다. 게다가 그는 특별히 덧붙여서 엘러리가, 본 경감의 흥미를 끌 만한 유용한 정보를 갖고 있다고 말했다. 퀸 경감은 그 밖에 낫소 군의 지방검사 아이셤에게도 전화를 걸어 똑같이 아들 자랑을 늘어놓고는 특별히 부탁을 해두었다. 아이셤은 그날 아침 매우 낙담하던 차에, "경감님, 지금은 어떤 정보라도 좋습니다. 아드님을 보내주세요." 하고 머뭇거리며 말했다. 그는 엘러리가 도착할 때까지는 범죄현장에서 아무것도 옮기지 않겠다고 약속했다.

뒤센버그가 롱아일랜드의 먼지 하나 없는 개인도로로 미끄러져 들어가 모터사이클을 탄 순찰경관을 붙잡은 것은 정오 때였다.

"브래드우드 저택은 이 길로 갑니까?"

엘러리가 큰소리로 물었다.

"그래요. 그렇지만 그쪽으로는 갈 수 없습니다."

순찰경관이 정중히 말했다.

"차를 돌리시지요, 어서."

"본 경감과 아이셤 지방검사가 나를 기다리고 있습니다."

엘러리는 싱글싱글 웃으면서 말했다.

"아, 그럼, 당신이 퀸 씨요? 실례했습니다. 빨리 가시죠."

신분이 밝혀지자 의기양양해진 엘러리는 힘껏 차를 앞으로 몰아 5분쯤 뒤에는 두 개의 고급주택이 있는 포장도로로 들어갔다. 한쪽에 관공서 차가 몰려 있는 것으로 보아 그곳이 분명히 살인이 저질러진 브래드우드 고급 주택이고, 도로를 사이에 두고 맞은편에 비스듬히 서 있는 주택이 엘러리의 친구이며 스승인 야들리 교수의 집이 분명했다.

교수는 껑충하게 키가 크고 못생긴 사람인데, 에이브러햄 링컨을 놀랄 정도로 꼭 빼어 닮았다. 그는 엘러리가 뒤센버그에서 뛰어내리는 것을 보자 달려와서 손을 덥석 잡았다.

"퀸, 와주어서 고맙네."

"예, 교수님, 꽤 오랜만이군요. 롱 아일랜드의 이런 곳에서 무엇을 찾고 계신 겁니까? 제가 들은 바에 의하면 아직 대학 구내에서 사시면서 2학년 학생들을 구박하고 계신다던데요."

교수는 짧고 검은 턱수염 속에서 싱글싱글 웃으며 말했다.

"나는 길 맞은편의 저 타지마할(인도의 무굴제국 황제 샤 자한이 애비(愛妃) 뭄타즈 마할을 위하여 세운 묘)을 빌려서 산다네."

엘러리가 돌아다보니 야들리 교수가 엄지손가락으로 가리키고 있는 나무숲 위로 몇 개의 뾰족한 탑과 비잔틴 양식의 둥근 지붕이 보였다.

"미쳐버린 내 친구의 것이라네. 동양 벌레에 물려서 저런 엄청난 것을 지었지. 그 친구는 지금 아시아 쪽을 정처 없이 헤매고 있기 때문에 이번 여름에 내가 여기에 와서 일을 하게 된 거야. 오랫동안 미뤄둔 '아틀란티스 전설의 기원'에 대한 논문을 정리하기 위해 조용히 지낼 수 있는 장소가 필요했거든. 플라톤이 거기에 관해서 쓴 내용을 기억하고 있지?"

"기억하고 있습니다."

엘러리는 웃었다.

"베이컨에게도 '뉴 아틀란티스'라는 것이 있지요. 그러나 제 흥미는 과학 방면보다도 문학적인 분야입니다."

야들리는 납득이 가지 않는 듯 코를 킁킁거렸다.

"여전히 건방진 풋내기로군. 아무튼 조용하기는커녕 이런 상황에 빠지게 되었으니……."

"그런데 어떻게 해서 저를 생각하시게 되었습니까?"

두 사람은 브래드우드의 몹시 혼잡한 자동차 도로를 따라 천천히 걸어갔다. 그곳에는 커다란 식민지풍의 건물이 한낮의 태양 아래 빛나고 있었는데, 기둥만 있는 그 건물의 복도는 매우 훌륭했다.

"나는 자네가 하는 일에 항상 흥미가 있었네. 자네의 업적을 항상 감탄하며 지켜보았지. 그래서 6개월 전에 웨스트버지니아 주에서 일어난 희한한 살인사건에 대한 기사도 자세히 기억하고 있었어."

교수는 대수롭지 않다는 듯이 말했다.

엘러리는 대꾸도 않고 주위의 모습을 머리에 새기고 있었다. 브래드우드 저택은, 구석구석 잘 손질된 정원이 있는 것으로 봐서 대단한 부호의 고급 주택 같았다.

"몇천 개나 되는 파피루스 고문서와 옛 비석을 조사하는 날카로운 눈은, 그 어느 것 하나 놓치지 않는다는 사실을 명심했어야 하는 건데요. 그러면 교수님은 지나치게 소설화된 저의 단기간 애로요 체험기도 읽으셨겠군요?"

"읽었지. 그리고 자네의 지나치게 소설화된 실패담도."

교수는 껄껄 웃었다.

"하지만 한편으로는 내가 자네의 고집센 머리에 주입하려 했던 근본 원칙을 자네가 적용하고 있다는 것을 알고서 기뻤다네. 항상 물건의 근원을 찾으라는 것 말이야. 이집트 십자가라고 했지, 응? 난 자네의 유별

난 연극적인 감각이 순수한 과학적 진리를 목졸라 죽이는 것은 아닐까 하고 걱정했었다네. 자, 여길세."

"그것은 또 무슨 말씀입니까?"

엘러리는 마음에 걸리는 듯이 눈썹을 모으며 물었다.

"타우 십자가는 확실히 원시 이집트의……."

"그 얘기는 뒤에 논하기로 하세. 아이셤을 만나고 싶지? 그 사람은 꽤나 자상해서 내가 이렇게 설치고 다니는 것을 너그러이 봐주고 있다네."

낫소 군 지방검사 아이셤은 머리 주위에 말발굽 모양의 반백의 머리칼이 있고 푸른 눈을 가진 땅딸막한 키의 중년 남자였다. 그는 식민지풍의 포치(서양식 건축에서 지붕이 있는 현관 앞의 차 대는 곳) 계단에 서서 양복을 입고 있는 키가 크고 건장한 남자와 무엇인가를 열심히 이야기하고 있었다.

"저, 아이셤 씨."

야들리 교수가 말했다.

"이쪽은 나의 프로테제(protégé ; 사랑하는 제자)인 엘러리 퀸입니다."

두 남자가 얼른 뒤돌아보았다.

"아, 그래요?"

아이셤은 무엇인가 다른 일을 생각하고 있는 듯이 말했다.

"잘 오셨습니다, 퀸 씨, 어떠한 도움을 주실지는 잘 모르겠습니다만."

지방검사가 어깨를 으쓱했다.

"낫소 군 경찰의 본 경감을 소개하겠소."

엘러리는 두 사람과 악수했다.

"빈둥거리며 돌아다녀도 용서해 주십시오. 결코 당신들에게 방해가 되지 않을 것을 약속드립니다."

본 경감은 누런 이빨을 내보였다.

"우리는 누군가가 방해라도 했으면 하고 있었소. 지금으로서는 그냥 이렇게 멍청히 서 있을 뿐입니다, 퀸 씨. 제일 중요한 증거물부터 보시겠소?"

"그것이 순서겠죠. 자, 가시죠."

네 남자는 현관 계단을 내려가 고급 주택의 동쪽 모퉁이로 나 있는 자갈길을 따라서 걷기 시작했다. 엘러리는 이 고급 주택의 웅장함에 감탄했다. 안채는 뒤센버그를 세워둔 개인도로와 바다의 후미(물가에서 휘어서 굽어진 곳)의 중간에 있었고, 안채의 높은 건물 너머에는 태양 빛에 일렁이는 잔물결이 보였다. 이 후미는 아이셤 지방검사의 설명에 의하면 롱아일랜드 만 중 하나로, '케첨의 코브(후미)'라고 불린다고 한다. 후미의 물을 사이에 둔 맞은편에는 울창한 숲을 거느린 작은 섬이 있었는데, 안채에서는 섬의 검은 그림자를 언뜻 볼 수 있었다. 교수는 오이스터 섬이라는 설명을 곁들이면서 말했다.

"그곳엔 기묘한 집단이 살고 있는데……."

엘러리가 의심스러운 듯이 교수 쪽을 바라보니 아이셤이 말했다.

"그 얘기는 나중으로 미루시죠."

아이셤이 쌀쌀하게 말하자 야들리는 어깨를 으쓱하고는 더 이상 말을 하지 않았다.

자갈길을 따라 걷다보니 점차 안채에서 멀어져갔다. 식민지풍의 건물에서 나와 30피트 정도 좀더 걸어가니 갑자기 밝은 빈터가 나오며, 그 한가운데에 한눈에 봐도 끔찍한 것이 우뚝 서 있었다.

일행은 끔찍한 시체를 보았을 때 누구라도 그렇듯이 딱 멈추어 섰다. 그 시체 주위에는 군 순찰경관과 형사들이 서 있었지만, 엘러리는 시체만을 쳐다보았다.

그것은 9피트(약 3m) 남짓한 높이의 기둥으로, 한 면에는 조각이 새겨져 있었다. 남아 있는 모습으로 추측해 보건대 원래는 요란한 색채였던 것 같다. 그러나 수백 년 동안이나 비바람에 시달렸는지 지금은 색도 바랬고 볼품이 없었다. 조각은 괴물의 얼굴과 상상의 동물들의 모습 등을 섞은 것으로, 그 꼭대기에는 부리를 아래로 향하고 날개를 편 무서운 독수리 모습이 새겨져 있었다. 날개가 거의 수평으로 뻗어 있어서 엘러리는 곧 기둥과 그 꼭대기에 펼쳐져 있는 날개가 T 대문자와 똑같은 형태를 하고 있다는 사실을 깨달았다.

그 기둥에는 목이 잘린 남자 시체가 매달려 있었는데, 양팔은 굵은 줄로 독수리 날개에 붙들어 매어 있고, 다리도 역시 비슷한 상태로 세로 기둥의 바닥에서 3피트(약 1m) 정도 올라간 곳에 동여매져 있었다. 독수리의 날카로운 나무 부리가, 잘려서 피투성이가 된 시체의 빈 목구멍으로부터 1인치(약 2.5cm) 정도 위로 나와 있었다. 기분 나쁜 그 광경은 두려우면서도 동시에 왠지 애처로운 느낌을 주었다. 불구가 된 시체는 목이 떨어져 나간 헝겊 인형처럼 안타깝고 가련한 느낌을 발산하고 있었다.

"이거 정말, 끔찍하군요."

엘러리는 떨리는 목소리로 말했다.

"소름끼치지요."

아이섬이 중얼거렸다.

"이런 것은 본 적이 없어. 피가 얼어붙을 것만 같군."

지방검사가 몸서리쳤다.

"자, 이 시체는 이제 치우도록 합시다."

그들은 기둥 가까이 갔다. 엘러리는 빈터에서 몇 야드 떨어진 곳에 작은 초가지붕의 여름 피서용 별장인 '서머하우스'가 있고, 그 입구에 경관이 한 사람 서 있는 것을 알아차렸다. 그리고 나서 눈을 시체 쪽으로 향했다. 중년 남자의 시체였다. 뚱뚱한 배를 내밀고 양손은 울퉁불퉁한 게 노인의 손 같았다. 시체는 회색의 모직바지를 입고 있었으며 실크 와이셔츠의 목 언저리는 벌어진 채였다. 하얀 구두에 하얀 양말, 그리고 담배 피울 때 입는 지저분한 실내용 윗도리인 '스모킹 재킷'을 입고 있었다. 마치 몸뚱이 전체를 피그릇에다 씻어낸 것 같은 참담한 모습이었다.

"토템 막대군요."

엘러리가 시체 밑을 지나가면서 야들리 교수에게 물었다.

"토템 기둥이야."

야들리가 엄숙한 어조로 말했다.

"보통 그렇게 부르는 경우가 더 많지. 그래, 내가 토템 의식 전문가가 아니라서 이 유물이 극히 원시적인 북아메리카 원주민들의 것인지, 아니면 정교하게 만들어진 가짜인지 모르겠지만, 아무튼 이와 같은 형태의 것은 한 번도 본 적이 없어. 저 독수리는 독수리 족(族)을 표시하는 것이겠구먼."

"시체의 신원은 확인되었겠죠?"

"물론이오."

본 경감이 말했다.

"당신이 보고 있는 시체는 브래드우드 저택의 주인이며 백만장자인 양탄자 수입업자 토머스 브래드입니다."

"시체를 끌어내리지 않았는데, 어떻게 그렇게 확실하게 말할 수 있습니까?"

엘러리는 참을성 있게 말했다.

아이셤 지방검사는 깜짝 놀란 표정이었다.

"음, 브래드가 틀림없소. 옷 입은 것도 조사했고, 저 배는 속이려고 해도 속일 수 없는 것 아니겠소?"

"그렇겠군요. 시체는 누가 발견했나요?"

본 경감이 거기에 관련된 이야기를 했다.

"오늘 아침 7시 반에 브래드의 하인 중 한 명이 발견했소. 운전사 겸 정원사로 일하는 남잔데, 이름은 폭스라고 합니다. 폭스는 안채 반대쪽의 숲 속에 있는 오두막집에서 살고 있지요. 오늘 아침에도 여느 때처럼 조나 링컨—이 집에 살고 있는 한 사람입니다. —을 태우려고 자동차를 가지러 안채로—차고는 집 뒤쪽에 있습니다. —갔답니다. 그런데 조나 링컨이 준비가 채 되어 있지 않아서 화단이나 구경하고 있으려고 이쪽으로 돌아왔지요. 그러다가 이걸 보게 되었다는군요. 아주 깜짝 놀랐다고 합니다."

"그렇겠지."

야들리 교수가 말했다. 교수는 구토감 같은 것은 조금도 느끼지 않는지 놀랄 만하게 무신경했다. 그리고 그 끔찍한 토템 기둥을 마치 진기한 역사적 유물이라도 보는 것처럼 세밀하게 조사하는 것이었다.

"그래서 폭스는 간신히 정신을 차리고 집으로 달려갔답니다. 그 뒤는 늘상 그렇듯이, 온 집안이 난리가 났었다고 하는군요. 어느 누구도 시체에는 손대지 않았답니다. 링컨이라는 사람은 신경질적이긴 하지만 분별있는 남자여서 우리들이 올 때까지 처신을 잘한 모양입니다."

본 경감이 말했다.

"그 링컨이라는 사람은 어떤 인물입니까?"

엘러리가 흥미롭다는 듯이 물었다.

"브래드 씨의 총지배인입니다. '브래드 앤드 메가라' 상사(商社)말입니다."

아이셤이 설명했다.

"큰 양탄자 수입상이지요. 링컨은 이 집에 살고 있습니다. 브래드가 그 사람을 무척 좋아했었다는군요."

"양탄자업계의 유망기업이었나 보군요. 그럼 메가라는, 그 사람도 여기에 살고 있습니까?"

아이셤은 어깨를 으쓱했다.

"여행을 하지 않을 때는 그렇다는군요. 그 사람은 지금 어딘가를 항해하고 있답니다. 벌써 몇 개월이나 집을 비웠다는군요. 브래드가 실무 쪽 일을 떠맡고 있기 때문이지요."

"그럼 그 여행가인 메가라 씨가 토템 막대를, 아니, 교수님이 감탄하신 저 기둥을 갖고 온 모양이군요. 뭐 아무래도 상관없지만 말입니다."

궁상맞고 몸집이 작은 한 남자가 검은 가방을 들고서 샛길을 따라 그들 쪽으로 어슬렁어슬렁 다가왔다.

"럼센 박사로군."

아이셤이 안도의 한숨을 쉬며 말했다.

"낫소 군의 검시의입니다. 이보세요, 박사님, 이것을 한번 보시지요."
"보고 있소."
럼센 박사가 씁쓰레한 어조로 말했다.
"이게 도대체 어떻게 된 겁니까? 시카고의 도살장 같군."
엘러리는 시체를 뚫어지게 바라보고 있었다. 완전히 굳어버린 것 같았다. 럼센 의사는 전문가다운 모습으로 시체를 쳐다보고는 코를 킁킁거리며 말했다.
"이젠 내려놓으세요. 설마 이 기둥으로 올라가 저 꼭대기에서 조사하라는 건 아니겠죠?"
본 경감이 두 형사에게 지시하자 형사들이 칼을 빼들고 다가갔다. 한 사람이 서머하우스로 모습을 감춘 지 얼마 되지 않아 촌스러운 의자를 갖고 돌아왔다. 그리고는 의자를 토템 기둥 옆에 놓고 그 위에 올라서서 칼을 들어올렸다.
"경감님, 잘라도 좋습니까?"
형사는 시체 오른팔의 끈에 칼을 대기 전에 물었다.
"밧줄을 자르지 말고 한쪽으로 밀어두는 게 좋지 않을까요? 매듭이 풀어질 것 같아요."
"잘라도 좋아."
경감이 날카롭게 말했다.
"매듭을 한번 보고 싶네. 단서가 될지도 모르니까."
다른 사람들도 그 일을 도와서, 침묵 속에서 시체를 끌어내리는 작업이 진행되었다.
"그런데, 범인이 시체를 어떻게 저기까지 끌어올렸을까요? 더군다나 독수리의 날개는 땅에서 9피트(약 3m)나 떨어져 있는데, 어떻게 독수리 날개에 손목을 동여맬 수 있었을까요?"
일행 모두가 그 작업을 지켜보고 있을 때 엘러리가 말했다.
"형사들이 지금 하고 있는 것과 똑같은 방법을 썼겠지."
지방검사가 쌀쌀하게 대답했다.

"서머하우스 안에서 지금 사용하고 있는 것과 똑같은 피투성이의 의자를 발견했소. 범인이 둘이었든지, 그렇지 않으면 한 사람이라고 해도 이 일을 한 놈은, 대단한 장사가 틀림없어요. 의자가 있었어도 저 높이까지 시체를 끌어올린다는 건 큰일이었을 테니까."

"의자는 어디에서 발견했습니까?"

엘러리가 골똘히 생각하면서 물었다.

"서머하우스입니까?"

"그렇소, 일을 끝낸 뒤 그곳에다 갖다놓은 거겠지. 서머하우스에는, 퀸 씨, 조사해 볼 만한 물건들이 그 밖에도 많이 있었소."

"당신이 흥미를 가질 만한 것이 하나 있소."

본 경감이 이렇게 말했을 때, 마침내 시체가 떼어져 풀 위에 눕혀졌다.

"바로 이거요."

경감이 주머니에서 조그맣고 둥근 빨간 것을 꺼내어 엘러리에게 건넸다. 나무로 된 체커(서양 장기의 일종)용 빨간 말이었다.

"흠, 평범한 것이군요. 어디서 발견하셨습니까?"

엘러리가 말했다.

"이 빈터의 자갈 위에서였소."

경감이 대답했다.

"토템 기둥 오른쪽에서 몇 피트 떨어진 곳이오."

"어째서 이것이 중요하다고 생각하시는 겁니까?"

엘러리는 말을 손끝으로 만지작거리며 물었다.

본이 웃었다.

"우리들의 생각은 이렇소. 먼저 여러 가지 사정으로 보아 그 말은 이곳에 떨어진 지 오래된 물건이 아니라는 것이오. 깨끗한 자갈 위에 붉은 것이 있으면 엄지손가락에 난 상처가 금방 눈에 띄는 것처럼 얼른 발견이 되죠. 게다가 이 근처는 매일 폭스가 구석구석까지 청소하기 때문에 그 말이 어제 낮부터 여기에 있었다고는 생각할 수가 없소. 아무튼 폭스 또한 그런 것은 없었다고 했소. 그래서 나는 그 말이 어젯밤 벌어진 사건과 관계가 있다고 봐도 좋다고 생각한 거요. 어둠 속에서는 안 보였기 때문이겠지."

"뛰어난 식견이십니다. 완전히 탄복했습니다."

엘러리가 웃으며 체커의 말을 돌려주었다. 그때 럼센 의사가 갑자기 날카로운 소리를 질렀다. 그는 직업에 어울리지 않게 독살스런 저주를 퍼부었다.

"무슨 일입니까?"

아이셤이 들여다보면서 당황한 듯 물었다.

"뭐 좀 발견된 게 있습니까?"

"이런 괴상한 것은 본 적이 없소. 이것을 보시오."

검시의가 내뱉듯이 말했다.

토머스 브래드의 시체는 토템 기둥에서 몇 피트 떨어진 풀밭 위에 마치 대리석이 넘어져 있는 것처럼 가로눕혀져 있었다. 썩 유쾌하지만은 않은 엘러리의 경험으로 미루어 판단해 보건대, 부자연스럽게 굳어진 모습으로 보아 리고르 모르티스(rigor mortis ; 사후경직)가 진행되고 있는 것이 분명했다. 양팔은 아직 펼쳐진 채 있었는데, 튀어나온 배와 옷을 제외하고는 엘러리가 6개월 전에 웨어턴에서 본 앤드류 밴의 시체와 놀라울 정도로 흡사했다. 두 시체 모두 T자 모양으로 잘려진 인간의 모습이었다. 그 사실을 엘러리는 이해할 수 없는 마음으로 골똘히 생각해 보았다. 그리고 잠시 뒤 엘러리는 머리를 흔들고서 럼센 의사를 깜짝 놀라게 한 것이 과연 무엇인지 보려고 다른 동료들과 함께 주저앉아 시체를 쳐다보았다.

의사는 죽은 사람의 오른손을 들어올려서 창백하고 생명 없는 손바닥을 보여주었다. 그 한가운데에 도장을 찍은 것처럼 또렷한 둥글고 붉은 윤곽이 손바닥에 묻어 있었다.

"도대체 이것은 뭐죠?"

럼센 박사가 신음하듯이 물었다.

"피는 아니고, 페인트나 물감처럼 보이는데. 그렇지만 도대체 어째서 이런 것이 묻어 있는지 모르겠습니다."

"아무래도……."

엘러리가 천천히 말했다.

"경감님의 예상이 맞은 것 같습니다. 체커용 말 말입니다. 기둥의 오른쪽에 있었다는 그것. 그리고 이건 죽은 사람의 오른손입니다."

"정말 그렇구먼."

본 경감이 외쳤다. 그리고는 그 말을 꺼내어 그것을 죽은 사람의 손바닥 얼룩 위에 올려놓았다. 딱 들어맞았다. 경감은 만족감과 의아함이 뒤섞인 듯한 표정을 하고서 몸을 일으켰다.

"하지만 도대체 어떻게 해서……."

아이셤 지방검사가 머리를 가로저었다.

"나로서는 이게 별로 중요하다고 생각지 않는데. 본 경감, 자네는 아직 브래드의 서재를 조사해 보지 않았기 때문에 잘 모를거요. 거기에는 체커 게임을 한 흔적이 남아 있더군. 집에 들어가 보면 좀더 자세히 알 수 있을 거요. 브래드는 살해당할 때 무슨 이윤가로 해서 체커용 말을 하나 가지고 있었는데, 범인이 그것을 몰랐던 것 같소. 그래서 여기다 매달 때 손에서 떨어진 거겠지."

"그렇다면 살인은 집 안에서 일어난 겁니까?"

엘러리가 물었다.

"아니 그렇지 않소. 저쪽의 서머하우스 안입니다. 이 가설에는 많은 증거가 있지요. 그래요. 체커에 대한 설명은 간단하다고 생각합니다. 이 체커는 싸구려라서 아마 땀이나 브래드의 온기로 인해 칠이 녹은 거겠지요."

럼센 의사는 말 없이 서 있는 담당 형사들에게 둘러싸여, 풀밭 위에 눕혀진 사람이라고는 할 수 없는 형체를 마구 주물러대고 있었다. 그들은 조용히 서머하우스로 향했다. 그곳은 토템 기둥에서 얼마 떨어지지 않은 곳에 있었다. 엘러리는 나지막한 입구로 들어가기 전에 대충 주위를 훑어보기도 하고 둘러보기도 했다.

"밖에는 전기를 끌어들이는 장치가 없는 것 같군요."

"범인은 손전등을 사용한 게지."

경감이 말했다.

"어두웠을 텐데 정말로 여기서 그랬을까요? 럼센 박사님이 브래드가 죽은 지 몇 시간 정도 지났는지 알려주면 그 점은 확실해지겠죠."

입구에 있던 순찰경관이 경례를 한 뒤 한쪽으로 비켜섰다. 일행은 안으로 들어갔다. 서머하우스는 작은 원형 모양을 하고 있었는데, 나무줄기와 가지를 교묘히 써서 시골 냄새가 물씬 풍기고 있었다. 지붕은 뾰족한 초가지붕으로, 둘레는 아래 반쪽이 벽이고 위쪽은 초록색의 격자를 댄 구조였다. 내부에는 아무렇게나 생긴 테이블 하나와 의자가 두 개 있었는데, 그 중 하나는 온통 피투성이였다.

"의심할 여지가 없구먼."

아이셤 지방검사가 마루를 가리키면서 신음하듯 힘없이 말했다.

마루 한가운데에는 불그스름하게 퇴색된 큰 얼룩이 나 있었다.

야들리 교수는 비로소 신경이 예민해지는 듯했다.

"설마, 저 섬뜩하고 매우 지저분한 것이 사람의 피는 아닐 테지."

"분명히 사람의 피입니다."

본이 진지하게 대답했다.

"어째서 저렇게 많은 피를 흘렸는지를 설명할 유일한 길은, 브래드의 머리가 바로 이곳 마루에서 잘려졌기 때문이지요."

엘러리의 날카로운 눈은 투박한 테이블 바로 옆의 마루에 고정되었다. 그곳에 피로 휘갈겨 쓴 대문자 T자가 있었던 것이다.

"끔찍하군."

엘러리는 이렇게 중얼거리면서 침을 꿀꺽 삼키고는 시선을 그 T자에서 떼었다.

"아이셤 씨, 이 마루에 쓰여진 T자의 의미를 아십니까?"

지방검사는 전혀 모르겠다는 듯이 양손을 펼쳐 보였다.

“내가 당신에게 물어보고 싶은거요, 퀸 씨. 난 이런 일은 아주 서툰데, 들은 바에 의하면 당신은 이런 경험이 많다고요? 보통 사람이라면 어느 누구라도 이것이 미치광이가 저지른 범죄라는 것을 의심치 않을 것입니다.”

“보통 사람이라면 누구나 그렇게 생각하겠죠.”

엘러리가 말했다.

“그 밖에는 달리 생각할 수가 없죠. 당신이 말씀하신 그대로입니다, 아이셤 씨. 게다가 토템 막대도 멋지게 만들어지지 않았습니까, 교수님?”

“토템 기둥이야.”

야들리가 말했다.

“자네는 거기에 어떤 종교적인 의미가 있다는 것이지?”

교수는 어깨를 으쓱했다.

“북아메리카 원주민의 주물숭배의 표시와 기독교, 그리고 원시적인 남근 숭배사상을 어떻게 연결시켰는지 모르지만, 이것은 어떤 미치광이일지라도 상상조차 할 수 없었을 거야.”

본과 아이셤은 눈이 휘둥그레졌다. 그러나 야들리나 엘러리는 두 사람에게 아무런 설명도 해주려 하지 않았다. 엘러리는 쭈그리고 앉아서 굳은 피 옆에 떨어져 있는 무언가를 살펴보고 있었다. 그것은 길다란 브라이어 담배 파이프였다.

“그것도 한 차례 조사해 봤소.”

본 경감이 말했다.

“브래드의 지문이 있더구먼. 그 남자 거요, 틀림없이. 여기서 담배를 피우고 있었겠지. 당신 때문에 원래 있던 장소에 그대로 놔둔 거요.”

엘러리는 고개를 끄덕였다. 참으로 희한한 파이프였는데, 모양이 아주 특이했다. 담배를 넣는 구멍에는 넵튠(로마 신화에 나오는 바다의 신)의 머리와 삼지창이 교묘하게 조각되어 있었다. 반 정도 피우다 만 재가 남아 있고, 담배를 넣는 구멍 바로 옆에는 본이 이야기한 대로 똑같은 색과 질의 담뱃재가 떨어져 있었다. 파이프가 떨어져서 재가 조금 흩날렸던 모양이다.

엘러리는 손을 뻗어 파이프를 주우려고 했다. 그러다가 문득 손을 멈추고서 경감 쪽을 보았다.

"경감님, 확실합니까? 이것이 죽은 사람의 파이프라는 것 말입니다. 이 집 사람들에게 확인해 보셨습니까?"

"실은 아직 확인해 보진 않았소."

본이 딱딱하게 굳어서 대답했다.

"그러나 의심할 여지가 없다고 생각해요. 지문도 있고 하니……."

"게다가 그 남자는 스모킹 재킷을 입고 있었소. 그리고 다른 담배는 하나도 갖고 있지 않았소. 궐련도 여송연도. 나로서는 도무지 모르겠는데, 퀸 씨, 어째서 당신은……."

아이셤이 지적했다.

야들리 교수는 턱수염 속에서 미소지었다. 엘러리는 아주 쌀쌀한 어조로 대답했다.

"그런 의미로 말씀드린 게 아닙니다. 단지 제 습관이라서요. 아이셤 씨, 아마도……."

엘러리는 파이프를 들고 조심스럽게 두드려서 재를 테이블 위에다 모두 다 털어냈다. 휴대용 작은 상자(「프랑스 가루분의 비밀」에서 베를린 경시총감으로부터 받은 선물)에서 반투명 봉투를 꺼내어, 담배 구멍 제일 아래에서 피우다 남은 담배를 긁어내어 그것을 봉투 안에다 쏟아 부었다. 다른 사람들은 잠자코 쳐다보고만 있었다.

"저는……."

엘러리는 몸을 일으키면서 말했다.

"어떤 일이든 그대로 받아들이질 않아요. 이것이 브래드의 파이프가 아니라는 이유는 없습니다. 그러나 파이프 안의 담배가 어쩌면 결정적인 단서가 될지도 모른다고 말하고 싶군요. 이것이 브래드의 파이프일지라도 담배는 범인에게서 받았을지도 모르는 거니까요. 그런 일은 흔히 있을 수 있습니다. 그런데 이미 알고 계시겠지만 이 담배는 큐브 컷입니다. 이건 보통의 방식으로 자른 담배가 아니죠. 브래드의 담배통을 조사해 보시지요. 큐브 컷 담배가 들어 있을지도 모르니까요. 만일 들어있다면 이것은 그 사람의 것이고 범인에게서 받은 것이 아니지요. 어떻든 손해볼 건 하나도 없잖습니까. 큐브 컷 담배가 발견되지 않는다면 이 담배는 범인에게서 나온 거라는 추정이 성립되고, 그렇게 되면 이것이 중요한 단서가 되겠지요. 쓸데없는 요란을 떨어서 죄송합니다."

"대단히 재미있구먼, 정말로."

아이셤이 말했다.

"범죄과학수사의 정수지."

야들리 교수가 껄껄 웃었다.

"그럼 지금까지 살펴본 것으로는 어떻게 생각하시오?"

본 경감이 물었다.

엘러리는 정성들여 코안경을 닦고 있었다. 그 갸름한 얼굴에 뭔가를 생각하고 있는 듯한 표정이 나타났다.

"지금 이보다 더 구체적인 것을 언급한다는 것은 오히려 우습죠. 지금으로선 그렇게만 말씀드리겠습니다. 범인이 브래드가 서머하우스에 왔을 때 함께 왔는지 안 왔는지 그 점에 대해서는 현재로서는 아무것도 말할 수가 없습니다. 하지만 어떻든 브래드는 정원으로 나와 서머하우스 쪽으로 어슬렁거리며 걸어왔을 때 한 손에다 붉은 체커 말을 하나 갖고 있었죠. 무엇인가 좀 특별한 이유로 집에서 그 말을 갖고 온 것이 틀림없습니다. 아무래도 남아 있는 체커를 살펴볼 필요가 있습니다. 그 남자는 서머하우스에서 공격당해 죽었습니다. 공격당했을 때는 아마 담배를 피우고 있었겠지요. 그래서 파이프가 입에서 떨어져 마루에 굴렀을 겁니다. 그리고 아마 그때까지도 주머니 속에는 체커 말을 쥐고 있었을 겁니다. 죽을 때에도 역시 손에서 그 말을 놓지 않았고, 목이 잘리고 토템 기둥에 끌려가 독수리 날개에 묶일 때까지도 그대로 쥐고 있었던 겁니다. 다 묶인 뒤에 그 말이 자갈 위로 떨어졌는데 범인은 그 사실을 알지 못했던 겁니다. 그건 그렇다 치고, 왜 체커 말을 갖고 있었는가? 바로 이것을 알아내는 것이 가장 최선의 방법이라고 생각합니다. 혹시 이 사건의 결정적인 단서일지도 모르니까요. 그다지 빛을 발하는 해석은 아니군요. 어떻습니까, 교수님?"

"빛의 본질은 아무도 모른다네."

야들리가 중얼거리듯이 말했다.

럼센 의사가 서머하우스로 허둥지둥 들어와서는 말했다.

"일이 끝났소."

"어떻게 되었습니까, 박사님?"

아이셤이 힘차게 물었다.

"몸에는 폭행을 당한 흔적이 없어요."

럼센 의사가 내뱉듯이 말했다.

"그것으로 보아, 무엇을 사용했는지는 모르지만 머리를 내리쳐서 죽인 것만은 분명하군."

엘러리가 소리쳤다. 몇 개월 전 웨어턴의 검시재판에서 스트랭 의사가 한 증언을 반복하고 있는 것이었다.

"목을 졸렸을 가능성이 있습니까?"

엘러리가 물었다.

"지금으로서는 뭐라고 말할 수 없소. 해부해서 허파의 상태를 조사하면 알 수 있을 게요. 시체가 딱딱하게 굳어 있는 것은 사후경직으로서 앞으로 12시간에서 24시간 안에는 풀리지 않을 겁니다."

"죽은 지 어느 정도 지났습니까?"

본 경감이 물었다.

"14시간 정도요."

"그러면 한밤중이구먼."

아이셤이 외쳤다.

"그 끔찍한 행동이 어젯밤 10시쯤 행해진 것이 틀림없어."

럼센 박사가 어깨를 으쓱했다.

“내 얘기부터 먼저 들어보시죠. 난 빨리 집에 돌아가고 싶소. 시체에는 오른쪽 무릎 7인치(약 18cm) 정도 위에 태어날 때부터 갖고 있는 붉은 멍이 있습니다. 이상입니다.”

일행이 서머하우스에서 나올 때 본이 갑자기 말했다.

“그래, 지금 생각났는데, 퀸 씨, 당신 아버님이 전화로 한 이야기에는 당신이 우리들에게 줄 중요한 정보를 갖고 있다고 하던데요?”

엘러리와 야들리 교수는 서로 얼굴을 마주보았다.

“그렇습니다.”

엘러리가 대답했다.

“경감님, 갖고 있습니다. 경감님은 이 범죄에 이상한 점이 있다는 것을 알아차리지 못하셨습니까?”

“처음부터 끝까지 이상해서 당황하고 있는 중이오.”

본이 신경질적으로 말했다.

“당신이 말하는 것은 어떤 의미요?”

엘러리는 생각에 잠긴 채 길에 있는 작은 돌을 하나 걷어찼다. 일행은 잠자코 토템 기둥 옆을 지나왔다. 토머스 브래드의 시체는 천으로 씌워진 채 몇 사람의 손에 의해 들것에 실리고 있는 중이었다. 일행은 안채 쪽으로 향했다.

“두 분은 생각해 보지 않으셨나요?”

엘러리가 계속 말했다.

“왜 사람의 목을 잘라 토템 기둥에 묶어놓지 않으면 안 되었는지 말입니다.”

“생각은 해봤지만 그게 무슨 도움이 되겠소? 미친 짓이라고밖에는 할 말이 없소.”

본이 냉소적으로 말했다.

“그러면 경감님은 T자가 계속해서 나왔다는 것을 눈치채지 못하셨다는 말입니까?”

엘러리가 항의하듯이 말했다.

"T자가 계속해서 나왔다고?"

"기둥, 그것이, 기묘하게도 T자 모습을 하고 있습니다. 기둥이 세로줄이고, 수평으로 뻗은 날개가 가로줄입니다."

일행은 눈을 깜박거렸다.

"시체는 머리가 잘려나가고, 팔은 양옆으로 뻗쳐 있고 양다리는 가지런히 모아져 있었습니다."

일동은 또 눈을 껌벅거렸다.

"범행장소에는 피로 T자가 휘갈겨 쓰여져 있고요."

"하긴, 그것은 보았지. 그러나……."

아이셤은 납득이 가지 않다는 듯이 말했다.

"좀 우스꽝스런 결론을 도출해낸다면, 토템(totem)이라는 말 자체 역시 T자로 시작된다는 겁니다"

엘러리가 조금도 웃지 않고 말했다.

"허, 웃기는 일이군!"

지방검사가 얼른 말했다.

"단순한 우연이오. 기둥이나 시체의 모양이 그렇더라도, 그냥 어쩌다 된 거겠죠."

"우연이라는 겁니까?"

엘러리는 한숨을 쉬었다.

"그럼 좋습니다. 6개월 전쯤에 웨스트버지니아 주에서 살인사건이 있었는데, 그 피해자도 머리가 잘려진 채 T자형의 교차로, T자형의 도로 표지판에 묶여 있었고, 거기에서 100야드(1야드는 91.44cm. 즉, 약 91m)도 떨어지지 않은 피해자의 집 문에도 T자가 피로 휘갈겨 쓰여져 있었습니다. 이 말을 들으시고도 우연이라고 하시겠습니까?"

아이셤과 본이 갑자기 멈춰섰다. 지방검사는 새파랗게 되었다.

"농담이 아니겠죠, 퀸 씨?"

"내가 보기엔, 당신들은 좀 어이가 없군요."

야들리 교수가 덤덤하게 말했다.

"당신들은 전문가인데도 그 사실을 모르고 있다니 말이오. 나나 이 풋내기조차도 그 정도의 일은 완벽하게 알고 있소. 그 사건은 미국 내의 신문에 몽땅 보도되었던 일인데 말이오."

"그렇게 말씀하시니, 생각이 나는 것 같군요."

아이셤은 투덜거리듯이 말했다.

"그렇다 치더라도, 도대체, 퀸 씨."

본이 소리쳤다.

"그런 일은 있을 수 없어요. 그건 너무 엉뚱합니다."

"엉뚱하다고요? 사실 그렇습니다."

엘러리가 말했다.

"그러나 있을 수 없다고 하는 것과는 다르지요. 정말 있었던 일입니다. 그때 라-하라크트라던가 하라크트라던가 하는 이름을 가진 이상한 남자가 있었는데……."

"그 노인에 관해서 자네에게 얘기하고 싶었다네."

야들리 교수가 말했다.

"하라크트!"

본 경감이 큰소리로 말했다.

"그런 이름을 가진 미치광이 노인이 후미 건너편 오이스터 섬에다 나체족 마을을 만들었는데!"

제5장 내부 사정

잠시 동안 입장이 역전됐다. 어안이벙벙해진 것은 이번엔 엘러리였다. 그 갈색 턱수염을 기른 미치광이가 브래드우드 저택 근방에 있다니. 처음의 범죄를 그대로 복사한 듯한 이번 범죄도 너무너무 얘기가 잘 맞아 들어가고 있었다.

"다른 사람도 그곳에 있는 것이 아닌지 모르겠군요."

일행이 현관의 계단을 올라가고 있을 때에 엘러리가 말을 꺼냈다.

"어쩌면 우리는 처음의 살인사건과 똑같은 등장 인물을 갖고 있는 연쇄살인사건에 처해 있는지도 모릅니다. 하라크트는……."

"자네에게는 아직 얘기해 줄 기회가 없었는데, 이 사건을 이집트와 연결시킨 자네의 기발한 사고방식으로 보면, 자네는 이미 나와 똑같은 결론에 도달해 있는 모양이군."

야들리가 말했다.

"그렇게 빨리요?"

엘러리는 내키지 않는 듯 말했다.

"그럼 교수님의 결론은 어떤 겁니까?"

야들리의 우스울 정도로 못생긴 얼굴 전체에 미소가 번졌다.

"그 하라크트라는 남자 말일세. 나는 남을 함부로 헐뜯는 것을 싫어하지만, 그래도 확실히 그 남자에게는 십자가형과 T자가 붙어다니고 있단 말이야."

"크로삭이 있다는 것을 교수님은 잊고 계시는군요."

"허, 자네……."

교수가 급히 되받았다.

“자네도 나라는 사람에 대해 잘 알고 있을 텐데. 나도 그런 사실을 결코 잊지 않았다네. 아무리 크로삭이 있다 하지만 내가 방금 조심스럽게 얘기한 견해가 왜 적당치 않다는 겐가? 범죄에는 공범자가 있어도 상관없지 않은가? 여기에 매우 원시적인 인물이 한 사람 있어. 그것이…….”

본 경감이 뛰어와 현관에서 나누던 그들의 이야기를 중단시켰다.

“지금 오이스터 섬을 감시하라는 지시를 하고 왔소.”

경감이 숨을 헐떡이면서 말했다.

“만일에 대비하기 위해서요. 이쪽 일이 끝나면 빨리 그 일당을 조사하도록 합시다.”

지방검사는 사건의 급속한 전개에 당황해하는 모습이었다.

“그럼 그 하라크트의 영업 매니저가 이 범죄의 용의자란 말이오? 도대체 어떤 인물입니까?”

지방검사는 엘러리의 애로요 사건 설명을 진지하게 들었다.

“그런 피상적인 것만으론 알 수 없어요. 그것을 토대로 해서 수사를 진행하기에는 불충분합니다. 그 남자가 절름발이라는 사실을 제외하고는 말이오. 그래요, 아이셤 씨, 문제는 결코 단순하지 않습니다. 내가 알고 있는 한에서는 크로삭이라는 수수께끼의 인물을 확인할 수 있는 단 하나의 인물은 하라크트라고 자칭하는 남자뿐이지요. 만일 우리의 친구인 그 태양신이 고집을 부린다면…….”

“집으로 들어갑시다.”

본이 불쑥 말했다.

“이제 나로서는 어떻게 해볼 도리가 없는 것 같습니다. 집 안에 있는 사람들을 만나 여러 가지를 물어보면 좋겠군요.”

식민지풍 고급 주택의 응접실에는 슬픔에 싸인 사람들이 모여 일행을 기다리고 있었다. 엘러리와 그 밖의 사람이 들어가자마자 세 사람이 의자를 삐걱거리며 일어났다. 모두 충혈된 눈에 얼굴은 굳어 있고, 두려움과 놀라움으로 인해 매우 신경질적인 동작을 보이고 있었다.

"허, 이거 참."

그 자리에 있던 한 남자가 메마른 목소리로 말했다.

"기다리고 있었습니다."

그 남자는 키가 크고 그리 마르지 않은 건강한 사람이었는데, 30대 중반쯤 되어 보였다. 선이 뚜렷한 얼굴과 약간 코멘 소리로 보아 뉴잉글랜드 출신 같았다.

"하, 부인, 이쪽은 엘러리 퀸 씨로 뉴욕에서 우리를 도와주러 오신 분입니다."

아이셤이 신경질적으로 말했다.

엘러리는 조의를 표하는 통상적인 말을 건넸다. 아무도 악수는 하지 않았다. 마거릿 브래드는 무서운 악몽 속을 헤매는 것처럼 몸을 이리저리 뒤척이고 있었다. 45세쯤 되어 보이는 여자로, 성숙하고 탄력 있는 몸매를 지닌 꽤 아름다운 여자였다. 그녀는 굳은 입술로 말했다.

"참으로, 감사합니다, 퀸 씨, 저는……."

그녀는 그 뒤의 말은 다 잊은 것처럼 말을 채 끝맺지 못하고서 그대로 자리에 앉았다.

"그리고 이쪽은 저, 브래드 씨의 양녀이고."

지방검사는 계속 말했다.

"브래드양, 이쪽은 퀸 씨."

헬레네 브래드는 어색하게 엘러리에게 미소짓고는 야들리 교수에게 고개를 끄덕여 보이고서 한마디도 하지 않고 어머니 옆에 가서 앉았다. 그녀는 똑똑해 보이며 어딘지 모르게 사랑스러운 눈을 한 순수한 용모의 젊은 여자로, 약간 붉은 빛을 띤 머리카락을 갖고 있었다.

"어떻게?"

키가 큰 남자가 물었다. 목소리는 아직 목구멍에 걸려 있었다.

"적절히 진행되고 있습니다."

본이 투덜거리듯이 말했다.

"퀸 씨, 이쪽은 링컨 씨입니다. 퀸 씨에게 납득할 만한 설명을 부탁드리고 싶습니다. 한 시간 전에 여기서 한 우리들의 회의도 아직 처리되지 않았으니까요."

일동은 모두 연극의 등장 인물처럼 진지하게 끄덕였다.

"퀸 씨, 당신이 이끌어 주시겠소?"

"아니, 그런 것은. 아무 것이나 생각이 나는 대로 말씀하십시오. 저에 대해선 전혀 개의치 마시고."

엘러리가 말했다.

본 경감은 눈을 링컨에게로 고정한 채 양손을 느슨하게 뒷짐진 뒤 난로 옆으로 가, 딱 벌어진 등을 펴고 섰다. 아이셤은 앉아서 머리가 벗겨진 부분을 손수건으로 닦고 있었다. 교수는 한숨을 쉬더니 조용히 창가로 가 그곳에 서서 앞뜰과 자동차 도로를 바라보고 있었다. 집 안은 떠들썩한 파티나 장례식을 치른 뒤처럼 쥐죽은 듯 조용했다. 소란함도 없고 우는 소리도, 히스테리도 없었다. 브래드 부인, 양녀, 조나 링컨 외에 다른 가족은 아무도 모습을 보이지 않았다.

"자, 그럼 먼저."

아이셤은 피곤한 듯이 말을 꺼냈다.

"링컨 씨, 어젯밤 극장표에 관한 일부터 마무리를 짓는 게 좋겠소. 당신이 전부 얘기해 주시지요."

"극장표라, 흠, 그렇습니다."

링컨은 폭탄으로 충격을 받은 병사처럼 얼빠진 눈으로 아이셤의 머리 위 벽을 가만히 보고 있었다.

"어제 톰 브래드 씨가 사무실에서 부인에게 전화를 걸어 부인과 헬레네와 저를 위해 브로드웨이의 연극표를 구했다고 하셨습니다. 브래드 부인과 헬레네는 시내에서 저와 만나기로 했습니다. 그런데 브래드 씨가 갑자기 집에 돌아가야겠다고 하시더군요. 제가 그분에게서 그 얘기를 들은 것은 몇 분 뒤였습니다. 왜 그런지 저에게 꼭 두 모녀를 모시고 가달라고 하시는 듯한 말투였습니다. 그래서 저는 거절하기가 어려웠지요."

"왜 거절하고 싶으셨습니까?"

경감이 재빨리 물었다.

링컨의 딱딱한 표정은 변하지 않았다.

"사실은 그런 때에 그런 기묘한 부탁을 하시는 게 조금 의외였기 때문입니다. 사무실 쪽에 좀 성가신 일이 있었거든요. 경리업무였는데, 저는 어젯밤 늦게까지 남아 회계 감사와 함께 일을 할 예정이었습니다. 그래서 그 얘기를 톰에게 해주었지요. 그러나 그분은 그런 것은 걱정하지 않아도 된다고 하시더군요."

"저로서도 도무지 이해할 수가 없어요."

브래드 부인이 기운 없이 말했다.

"마치 우리들을 내쫓고 싶었던 모양이에요."

부인이 갑자기 몸을 떨자 헬레네가 가볍게 그 어깨를 두드려 주었다.

"부인과 헬레네는 롱셤 레스토랑에서 저와 만나 함께 저녁식사를 했습니다."

링컨은 긴장된 목소리로 계속했다.

"식사 뒤에 저는 두 분을 극장에 모시고 갔지요."

"어느 극장입니까?"

아이셤이 물었다.

"파크 극장입니다. 저는 거기서 두 분과 헤어져서……."

"흠, 미리 계획했던 일을 하기로 했단 말이지요?"

본 경감이 말했다.

"그렇습니다. 저는 두 분에게 죄송하다고 말씀드리고 연극이 끝날 무렵 다시 오겠다고 하고서 사무실로 돌아갔습니다."

"그리고 회계 감사와 함께 일을 했단 말이죠, 링컨 씨?"

본이 부드럽게 물었다.

링컨은 눈을 크게 떴다.

"그렇습니다, 흠."

링컨은 머리를 헝클어뜨린 채 물에 빠진 사람처럼 크게 숨을 들이마셨다. 아무도 말을 꺼내지 않았다. 다시 말을 꺼냈을 때에는, 링컨은 아무 일도 없었던 것처럼 침착해져 있었다.

"일 정리가 늦어져서 극장에 되돌아가니……."

"회계 감사는 어젯밤 죽 당신과 함께 있었습니까?"

경감이 부드러운 목소리로 물었다.

링컨은 움찔했다.

"글쎄요."

링컨은 현기증이라도 난 것처럼 머리를 흔들었다.

"그것은 무슨 말씀이신지요? 아뇨, 감사는 8시쯤 돌아갔습니다. 저는 혼자서 일을 계속 했지요."

본 경감은 헛기침을 했다. 눈은 빛나고 있었다.

"극장에서 부인을 만났을 때는 몇 시였습니까?"

"11시 45분이었어요."

헬레네 브래드가 갑자기 침착해져서는 점잖은 목소리로 말했다. 어머니는 꼼짝도 하지 않고 딸 쪽으로 흘끗 시선을 던졌다.

"본 경감님, 당신이 말씀하시는 것은 온당치 않아요. 무슨 이유인지는 모르겠습니다만 조나를 의심하시면서 말꼬리를 잡고 늘어지려고 하시는 것 같네요."

"진실은 아무에게도 해를 끼치지 않습니다."

본이 냉정하게 말했다.

"계속하시지요, 링컨 씨."

링컨은 두어 번 눈을 껌벅거렸다.

"저는 휴게실에서 부인과 헬레네를 만났습니다. 그리고 함께 돌아왔지요."

"자동차로 말입니까?"

아이셤이 물었다.

"아뇨. 롱아일랜드 철도로 말입니다. 열차에서 내렸으나 폭스가 차로 마중을 나오지 않았기 때문에 택시를 타고 돌아왔습니다."

"택시로?"
본은 중얼거리듯이 말했다. 경감은 선 채로 생각에 잠겨 있다가 이윽고 잠자코 방을 나갔다. 브래드 집안의 두 여자와 링컨이 눈에 공포의 빛을 띠고서 그 뒤를 지켜보았다.
"계속하시지요."
아이셤이 초조한 듯이 말했다.
"집으로 돌아왔을 때 무엇인가 변한 것은 없었습니까, 그리고 몇 시쯤이었나요?"
"실은 잘 기억이 나지 않습니다. 새벽 1시쯤이었다고 생각합니다만."
링컨의 어깨가 힘없이 늘어졌다.
"1시가 지났어요."
헬레네가 말했다.
"생각 안 나세요, 조나?"
"그렇군요. 아무 이상도 없었습니다. 서머하우스로 가는 샛길도……."
링컨은 몸을 떨었다.
"그쪽은 제대로 살펴볼 생각도 하지 않았지요. 뭐 하나도 보이지 않았거든요. 너무 어두워서요. 그리고 나서 우리들은 곧 잠이 들었습니다."
본 경감이 조용히 돌아왔다.
"부인, 부인은 남편이 없어진 것을 아침까지 몰랐다고 아까 말씀하셨는데, 그게 도대체 어떻게 된 겁니까?"
아이셤이 물었다.
"우리는 바로 옆에 있는 침실에서 따로 자거든요."
부인이 핏기 없는 입술로 설명했다.
"그래서 저는 몰랐던 거지요. 토머스에게 무슨 일이 일어났는지 안 것은 오늘 아침 폭스가 깨웠을 때였어요."
본 경감이 다가와서 몸을 구부리고 무슨 말인가를 아이셤의 귀에 대고 속삭였다. 지방검사는 멍청히 고개를 끄덕였다.

"이 집에서는 얼마나 오래 사셨습니까, 링컨 씨?"
본이 물었다.
"꽤 오래 되었습니다. 몇 년이 되죠, 헬레네?"
키가 큰 뉴잉글랜드 남자가 헬레네 쪽을 돌아보았다. 두 사람의 눈이 마주치면서 순간 동감의 빛이 스쳤다. 남자가 눈을 돌리고 깊은 숨을 들이마시자 눈에서 반짝임이 사라졌다.
"8년쯤 돼요, 조나."
헬레네의 목소리는 떨리고 있었다. 그리고 이어서 눈물이 그 눈을 덮었다.
"저, 전 꼬마였어요, 당신과 헤스터가 오셨을 때에는요."
"헤스터?"
본과 아이셤이 동시에 물었다.
"헤스터가 누구입니까?"
"제 여동생입니다."
링컨은 조용한 목소리로 대답했다.
"여동생과 저는 아주 어렸을 적에 고아가 됐습니다. 저는 그래서…… 그애는 저하고 함께 지내고 있습니다."
"어디에 있습니까? 보이지 않는 것 같은데?"
링컨이 부드럽게 말했다.
"저 섬에 있습니다."
"오이스터 섬 말입니까?"
엘러리가 놀랍다는 듯이 물었다.
"그거 희한하군요. 글쎄, 설마 태양숭배자가 된 것은 아니겠죠, 링컨 씨?"
"아니, 어떻게 그걸 알고 계세요?"
헬레네가 깜짝 놀라 물었다.
"조나, 당신이 설마."
"동생은……."

링컨이 말하기 거북한 듯이 설명했다.

"말하자면 새 것을 좋아하고, 또 받아들이지요. 그런 것들을 잘 따릅니다. 그 하라크트라고 하는 미치광이가 케첨에게서—옛날부터 그 섬에 살고 있는 집안인데, 사실은 그 섬의 주인이지요. —그 케첨에게서 섬을 빌려 새로운 종교를 연 겁니다. 태양교라고. 즉, 나체주의자들입니다만."

링컨은 어쩐지 목이 메인 듯한 소리를 냈다.

"헤스터는, 그래서 헤스터는 거기 있는 녀석들에게, 뭐라고 할까요, 흥미를 갖게 되어 우리들은 그것 때문에 싸움도 했지요. 동생은 고집쟁이여서 브래드우드 저택을 나가 그 종교로 들어가 버렸습니다. 못된 사기꾼들이지요."

링컨이 거칠게 말했다.

"그 녀석들이 이번의 이 불쾌하고 끔찍한 사건에 관련이 있다고 해도 조금도 이상하지 않을 겁니다."

"좋은 생각이오, 링컨 씨."

야들리 교수가 낮은 목소리로 말했다.

엘러리는 노인네처럼 헛기침을 하고서 브래드 부인의 굳어 있는 얼굴로 눈길을 돌렸다.

"두세 가지 사항을 물어보겠습니다. 대답해 주시겠죠?"

부인은 잠시 눈을 들었다가 다시 무릎 위의 손을 향해 고개를 수그렸다.

"제가 알기로는, 따님은 부인에게는 따님이지만 남편께는 양녀죠? 두 번째 남편입니까, 부인?"

아름다운 부인이 대답했다.

"예."

"브래드 씨는 이전에도 결혼했었습니까?"

부인은 입술을 깨물었다.

"우리들은 결혼한 지 12년이 됩니다. 저는 남편의 처음……, 톰의 처음 부인에 대해서는 잘 몰라요. 유럽에서 결혼했을 거라고는 생각됩니다만……. 첫번째 부인은 아주 젊어서 죽었을 거예요.”

“쯧쯧.”

엘러리는 안됐다는 듯이 눈썹을 모으고서 말했다.

“유럽 어디쯤이죠, 부인?”

엘러리를 바라보고 있는 부인의 뺨이 천천히 붉어졌다.

“실은 잘 몰라요. 토머스는 루마니아 인이었답니다. 그러니까 아마 그쪽에서…….”

헬레네 브래드는 머리를 들고서 화가 난 듯이 말했다.

“정말 우스운 분이로군요. 남이 어디에서 왔건, 몇 년 전에 누구와 결혼했건 무슨 상관이죠? 그것보다도 누가 그분을 살해했는지 왜 수사하려고 하지 않는 거죠?”

“어쩐지, 헬레네 양…….”

엘러리가 힘없이 웃으면서 대답했다.

“지리 문제가 중요할지도 모른다고는 생각지 않으세요? 메가라 씨도 루마니아 태생입니까?”

브래드 부인은 멍청하게 있었다. 링컨이 얼른 대답했다.

“그리스 인입니다.”

“어디라고요?”

지방검사가 참을 수 없다는 듯한 모습으로 말을 꺼냈다. 본 경감이 웃었다.

“그리스 인이라. 당신들은 모두 귀화를 한 미국인인가 보죠?”

모두들 고개를 끄덕였다. 헬레네의 눈은 분노로 타고 있었다. 그러나 머리카락이 불처럼 반짝이는 것이 오히려 한층 더 빛을 발하는 것 같았다. 그녀는 조나 링컨이 항의라도 해주길 바라는 듯 그를 쳐다보았다. 그러나 링컨은 아무 말도 하지 않고 단지 눈을 내리뜨고는 구두 끝을 바라보고만 있을 뿐이었다.

“메가라 씨는 어디에 있습니까?”

아이셤이 계속해서 물었다.

"항해중이라고 어느 분이 말해 주긴 했는데. 어떤 항해입니까? 세계 일주입니까?"

"아뇨."

링컨이 천천히 대답했다.

"그런 것이 아닙니다. 메가라 씨는 말하자면 세계 여행가 겸 아마추어 탐험가입니다. 자가용 요트를 갖고 있어서 그것을 타고 항해하고 있는 겁니다. 그냥 무턱대고 떠나서는 3~4개월 동안 여행하시지요."

"이번 여행은 어느 정도 되었습니까?"

본이 물었다.

"거의 1년 가까이 됩니다."

"지금은 어디에 있습니까?"

링컨은 어깨를 으쓱했다.

"모르겠습니다. 편지도 결코 쓰지 않는 분인 데다가, 불쑥 연락도 없이 돌아오시곤 해서요. 이번엔 어째서 이렇게 긴지 저도 잘 모르겠습니다."

"제 생각으로는……."

헬레네가 이마에 주름을 만들면서 말했다.

"남양(말레이 제도, 필리핀 제도 등의 총칭)에 가셨다고 여겨져요."

그녀는 눈을 반짝이며 입술을 떨고 있었다. 엘러리는 이상한 느낌으로 헬레네를 바라보며 왜 저럴까 하고 의심스럽게 생각했다.

"요트 이름은 어떻게 되나요?"

헬레네가 얼굴을 붉혔다.

"'헬레네'예요."

"증기기관 요트입니까?"

엘러리가 물었다.

"예."

"라디오는? 무선장치는 있습니까?"

본이 물었다.

"있습니다."

경감은 수첩에 무엇인가를 적더니 매우 만족해하는 모습이었다.

"직접 운전합니까?"

경감이 글씨를 쓰면서 물었다.

"아니, 그렇진 않습니다. 정규 선장과 승무원이 있습니다. 스위피트 선장과는 벌써 몇 년간이나 함께 지내고 있지요."

엘러리는 갑자기 자리에 앉으며 긴 다리를 쭉 뻗었다.

"그렇군요. 메가라 씨의 첫 이름은 어떻게 됩니까?"

"스티븐입니다."

아이셤이 목구멍에서 신음하는 듯한 소리를 냈다.

"허, 이게 어떻게 된거지. 핵심에서 옆길로 좀 새지 않을 순 없소? 브래드 씨와 메가라 씨는 양탄자 수입업을 몇 년간 공동으로 하셨습니까?"

"16년 됐습니다."

조나가 대답했다.

"함께 사업을 시작하셨지요."

"사업은 잘돼가고 있었나요? 재산상의 분쟁은 없었습니까?"

링컨은 머리를 흔들었다.

"브래드 씨나 메가라 씨는 모두 대단한 재산을 모으셨습니다. 요즘 같은 불경기에는 조금 타격을 받을 텐데, 이 사업만은 튼튼합니다."

링컨이 대답했다. 갸름하고 건강한 얼굴 표정이 묘하게 바뀌었다.

"이번 사건에 금전상의 분쟁이 얽혀 있다고는 생각지 않습니다."

"그러면, 당신은 이 사건 밑바탕에 무엇이 얽혀 있다고 생각합니까?"

아이셤이 신음하듯이 말했다.

링컨은 깜짝 놀란 듯이 입을 다물었다.

"링컨 씨, 당신은 어쩌면……."

엘러리가 의심스러운 듯이 말했다.

"이 사건 배후에 종교가 있다고는 생각지 않습니까?"

링컨이 눈을 껌벅거렸다.

"아니, 저는 그런 말을 한 적이 없는데요. 그렇지만 범죄 자체가 십자가형이어서……."

엘러리는 동감한다는 듯이 미소지었다.

"그런데 브래드 씨의 종교는 어떻게 됩니까?"

브래드 부인이 널찍한 등을 펴고 가슴을 내민 채 앉아서는 작은 소리로 말했다.

"남편은 어렸을 땐 그리스 정교에 다녔다고 했습니다. 그러나 열심히 믿는 편은 아니었답니다. 사실 예배 같은 건 전혀 하지도 않아서, 남편을 무신론자로 여기는 사람들도 있었습니다."

"메가라 씨는?"

"음, 그분은 아무것도 믿지 않아요."

그녀의 말투에서 무언가 특별한 것이 풍겼기 때문에 모두 그녀를 돌아보았다. 그러나 부인의 얼굴에는 아무런 표정도 없었다.

"그리스 정교라."

야들리 교수가 골똘히 생각하는 모습으로 말했다.

"그것은 루마니아와 일치하는 것 같은데……."

"교수님은 일치하지 않는 점을 찾고 계시는가 보죠?"

엘러리가 작은 목소리로 물었다.

본 경감이 헛기침을 하자 브래드 부인이 경감 쪽을 긴장한 눈빛으로 바라보았다. 부인은 지금부터 무슨 일이 일어나려는지 알아차린 듯했다.

"부인, 남편은 몸에 무슨 특이한 표시 같은 것이 있습니까?"

헬레네는 속이 메슥거리는 듯 얼굴을 돌렸다. 브래드 부인은 낮은 목소리로 대답했다.

"오른쪽 넓적다리에 붉은 반점이 하나 있어요."

경감은 안도의 한숨을 내쉬었다.

"시체의 특징과 일치하는군요. 그럼, 여러분, 이제부터 사건의 밑바닥을 좀더 자세히 조사해 보기로 하겠습니다. 브래드 씨에게 적이 있었습니까? 브래드 씨를 죽이고 싶어했던 인물은 없습니까?"

"십자가에 매단 거라든지 그 밖의 일들은 당분간 잊으시고 말입니다."

지방검사가 덧붙였다.

"살인 동기를 가질 만한 사람은 없었습니까?"

어머니와 딸은 서로 마주보았다. 그리고는 거의 동시에 딴 곳으로 눈길을 돌렸다. 링컨은 잠자코 양탄자만을 내려다보고 있었다. 엘러리는 그것이 생명나무(창세기 2장 9절에 나오는 것)의 모습을 훌륭하게 짠 멋진 동양 양탄자임을 알아차렸다. 양탄자의 주인에게 일어난 사건을 생각해 볼 때, 그 상징물과 지금 일어난 불행한 현실은 확연히 대조적인 것이었다.

"아뇨."

브래드 부인이 대답했다.

"토머스는 행복한 사람이었습니다. 적 같은 건 없었어요."

"부인은 별로 친하지 않은 사람들도 초대하셨습니까?"

"아뇨, 아이셤 씨. 우리들은 여기에서 세상과는 접촉하지 않고 생활을 하고 있어요."

또다시 그 어조에는 모든 사람들로 하여금 예리하게 부인 쪽을 바라보게 하는 무엇인가가 들어 있었다.

엘러리는 한숨을 쉬었다.

"여러분 중 아무라도 이 집에, 손님으로서든 아니면 다른 무슨 일이라도 좋습니다만 절름발이가 왔었던 것을 기억하고 계신 분은 없습니까?"

또다시 모두들 부인했다

브래드 부인은 다시 반복해서, "토머스에게는 적이 없었어요." 하고 그 사실을 모두에게 심어주는 것이 중요하다고 생각한 듯이 엄숙하고 무게 있게 애써서 말했다.

"마거릿, 부인은 잊으신 게 있습니다."

조나 링컨이 천천히 말했다.

"로메인 말입니다."

링컨은 이글거리는 눈으로 부인을 바라보았다. 헬레네는 윤곽이 뚜렷한 링컨의 옆얼굴에 무서운 힐책의 표정이 나타난 것을 알아채고는 입술을 꽉 깨물었다. 그녀의 눈에서 눈물이 스며 나왔다. 그 저변에 무언가 그럴만한 사정이 있을 것이라는 기대로 인해 네 남자의 흥미는 점차 고조되어 갔다. 어쩐지 불건전한 것이 있는 듯했다. 브래드의 가정 자체에 아픈 상처가.

"그래, 로메인이 있었군요."

부인은 입술을 축이면서 말했다. 부인의 자세는 10분 동안이나 조금도 변하지 않았다.

"잊고 있었어요. 남편과 한 번 다툰 적이 있었답니다."

"도대체 그 로메인이라는 사람은 누굽니까?"

본이 물었다.

링컨은 낮은 목소리로 빠르게 말했다.

"폴 로메인이에요. 오이스터 섬의 하라크트가 '수제자'라고 하는 사람입니다."

"아!"

엘러리가 외치며 야들리 교수 쪽을 보았다. 못생긴 교수는 의미 있게 어깨를 으쓱하고는 미소를 지었다.

"그놈들은 그 섬에다 나체주의자 촌을 만든 겁니다. 나체주의자 말입니다."

링컨은 불쾌한 듯이 외쳤다.

"하라크트는 미치광이입니다. 그 사람은 아마 자기 딴에는 진지한지도 모르지요. 그러나 로메인은 엉뚱한 인간입니다. 가장 나쁜 부류의 사기꾼이지요. 자기 몸을 파는 겁니다. 타락한 영혼을 감춘 외투에 지나지 않는 몸을 말이죠."

"그렇지만 홈스가 이렇게 말하지 않았나요! '더욱더 넓고 훌륭한 저택을 지어라. 오오, 내 영혼이여.'라고 말입니다.(홈스는 올리버 웬델(1809~1897, 미국)을 가리키며, 시인이자 수필가이다. 여기 나오는 인용구는 「아침 식탁의 독재자」 제2장에 나오는 대사이다.)"

엘러리가 중얼거리듯이 말했다.

"그거야 그렇죠."

본 경감이 이 기묘한 증인을 진정시키려고 애쓰며 말했다.

"알고 있소. 그런데, 링컨 씨, 다투었다니요?"

갸름한 얼굴의 그 남자가 딱딱하게 말했다.

"로메인은 그 섬 '침입자들'의 책임자입니다. 모든 일을 맡고 있지요. 철저히 감정이 눌려진 채 알몸으로 뛰어다니는 불쌍한 바보들을 희생물로 해서, 그 남자는 자신을 신이라고 생각하는 게……."

링컨이 갑자기 말을 중단했다.

"미안해요, 헬레네, 마거릿. 이런 말은 하는 게 아니었는데. 헤스터는…… 아니, 그 패거리들은 여기에 살고 있는 우리에게는 아무런 피해도 끼친 적이 없습니다. 그것은 저도 인정합니다. 하지만 톰이나 템플 의사는 그 녀석들에 대해서는 저와 똑같은 생각을 갖고 있습니다."

"흠, 나에게는 아무도 상의하지 않았었는데."

야들리 교수가 말했다.

"템플 의사라고?"

"동쪽 이웃에 살고 있는 사람입니다. 그 녀석들을 가서 보았더니, 마치 사람의 모습을 한 염소같이 알몸으로 오이스터 섬을 이리저리 뛰어다닌다더군요. 우리는 예의를 갖춘 사회에서 살고 있는데 말입니다."

엘러리는 생각했다.

'오, 청교도같이 말하고 있군.'

"톰은 후미 이쪽 땅을 모두 소유하고 있었습니다. 그래서 참견할 권리가 있다고 판단한 거지요. 때문에 로메인과 하라크트를 상대로, 말하자면 약간의 말썽이 있었습니다. 그 일당을 섬에서 쫓아버리기 위해 법적 절차를 밟겠다고 했으니까요. 그리고 그 일당에게도 그 사실을 알렸지요."

본과 아이셤은 얼굴을 마주보고 나서 엘러리 쪽을 보았다. 브래드 모녀는 매우 조용히 앉아 있었다. 링컨은 억눌렸던 울분을 모조리 털어내고 난 뒤, 지금은 걱정스러운 표정을 하며 안절부절못하고 있었다.

"좋습니다. 그 사건은 나중에 좀더 조사하기로 하지요. 그 템플 의사라는 사람이 동쪽에 있는 저택을 가지고 있단 말이지요?"

본이 얼른 말했다.

"가지고 있는 게 아니에요. 그냥 빌려 사는 거지요. 토머스가 빌려주었어요."

브래드 부인의 눈이 침착성을 되찾았다.

"벌써 오랫동안 이곳에서 살고 있답니다. 퇴역한 군의관이에요. 토머스와는 친한 친구 사이랍니다."

"서쪽 이웃집에 살고 있는 사람은 어떤 분인가요?"

"예, 린이라는 영국인 부부예요. 퍼시스와 엘리자베스라고 해요."

브래드 부인이 대답했다.

헬레네가 낮은 목소리로 말했다.

"작년 가을 제가 로마에 갔을 때 만나 친하게 되었어요. 그런데 그분들이 미국에 와보고 싶다고 하길래 귀국할 때 저와 함께 이곳으로 왔어요. 제가 미국에 머무는 동안은 저희 집 손님으로 와 계시라고 했거든요."

"당신은 언제 돌아오셨습니까, 아가씨?"

엘러리가 물었다.

"추수감사절 때였습니다. 린 부부는 저와 함께 배로 왔다가 뉴욕에서 헤어져서 잠깐 국내여행을 했습니다. 그리고는 1월에 이쪽으로 오셨지요. 이 고장이 대단히 마음에 드신다면서……."

링컨이 못마땅한 듯 코를 킁킁거리자 헬레네는 얼굴을 붉혔다.

"그래요, 조나, 그분들은 그렇게까지 폐를 끼칠 순 없다고 했어요. 물론 그건 어리석은 일이긴 하지만, 알고 계실 거예요. 영국인들은 원래 고집이 세잖아요. 그래서 서쪽에 인접한 집을 빌리게 된 거예요. 그 집은 아버지 소유의 집이랍니다. 그런 뒤에 두 분은 죽 거기서 살고 있어요."

"그렇습니까? 어쨌든 만나서 이야기해 보기로 하지요.

아이셤이 말했다.

"그 템플 의사 말입니다, 부인, 당신 말로는 남편과 사이좋은 친구라고 했습니다만, 아주 친했었던 모양이죠?"

"아이셤 씨, 당신이 그렇게 물으시는 게 뭔가 의심스러운 것이 있어서 그런 거라면, 그것은 잘못 짚으신 거예요. 저는 템플 의사를 그다지 좋아하지 않지만 사람을 알아보는 데에는 명수인 토머스는 그분을 대단히 좋아했어요. 두 사람은 한밤중에 종종 체커도 했답니다."

부인이 딱딱하게 말했다.

야들리 교수는 자기라면 더 예리하게 파고들 텐데, 이웃 사람들의 미운 점 고운 점 같은 시시콜콜한 이야기나 듣고 있으려니 정말 따분하다고 항변이나 하듯 한숨을 쉬었다.

"체커라……."

본 경감이 무의식중에 커다란 소리를 냈다.

"그거 정말 흥미 있군. 다른 사람 중에 브래드 씨와 게임을 한 사람은 없었습니까? 그 템플 의사하고만 했나요?"

"그렇지는 않아요. 우리들도 가끔 토머스와 함께 두었거든요."

본은 실망한 듯했다. 야들리 교수는 검은 수염을 쓰다듬으며 말했다.

"경감, 그런 얘기들을 시시콜콜 캐봤자 아무것도 얻는 게 없을 게요. 브래드 씨는 체커 솜씨가 뛰어난 사람이어서 이 집에 오는 사람에게는 아무에게나 게임을 하자고 했답니다. 상대가 하는 방법을 모르면 억지로라도—악착같이 말이죠. —하나하나 가르쳐 주기까지 했지요."

교수는 껄껄 웃었다.

"이 집에 와본 사람치고 그 사람의 말에 넘어가지 않은 사람은 나밖에 없을 겁니다."

이렇게 말하고는 또 진지한 표정으로 돌아가서 입을 다물어 버렸다.

"남편은 정말로 잘했어요."

브래드 부인이 슬픈 듯하면서도 좀 자랑스럽다는 듯한 표정으로 말했다.

"전국 체커 선수권을 갖고 계신 분이 그렇게 말했답니다."

"그럼 부인도 꽤 잘 두시겠군요?"

아이셤이 즉시 물었다.

"아니, 아니에요. 천만의 말씀입니다, 아이셤 씨. 그래도 우리는 요전 크리스마스 이브 때 그 챔피언을 초대했었답니다. 토머스는 그분과 계속해서 게임을 했지요. 나중에 그 챔피언은 토머스가 자기와 대등하게 두었다고 말했답니다."

엘러리는 긴장하며 갑자기 고쳐 앉았다.

"아무래도 우리가 이 선량한 분들을 너무 괴롭히는 것 같군요. 다음에 두세 번 더 찾아뵙기로 하고 이제 더는 폐를 끼치지 않겠습니다. 부인, 혹시 언젠가 벨랴 크로삭이라는 이름을 들어보신 적 없습니까?"

브래드 부인은 정말로 당황한 것 같았다.

"벨랴 크로삭? 아주 기묘한 이름이군요. 아니요, 퀸 씨, 한 번도 들어본 적이 없어요."

"당신은, 아가씨?"

"아뇨."

"당신은, 링컨 씨?"

"없습니다."

"클링이라는 이름도 들어보신 적이 없습니까?"

모두 머리를 저었다.

"앤드류 밴이라는 이름은?"

또다시 반응이 없었다.

"웨스트버지니아 주의 애로요에 대해서는?"

링컨이 중얼거리듯이 말했다.

"도대체 뭐 하는 겁니까? 이거, 게임입니까?"
"어떤 의미로는 그렇습니다."
엘러리는 이렇게 말하며 미소지었다.
"여러분 중 누구라도 알고 계시지 않나 해서요."
"아뇨."
"그럼, 이건 아마 대답하실 수 있을 겁니다만, 하라크트라고 하는 그 미치광이가 오이스터 섬에 온 것은 정확하게 언제입니까?"
"오, 그것은 3월이었지요."
링컨이 말했다.
"그 폴 로메인이라는 남자도 함께 왔었나요?"
링컨의 얼굴이 어두워졌다.
"그렇습니다."
엘러리는 코안경을 닦아서 곧게 뻗은 코 위에 얹어놓은 뒤 몸을 앞으로 기울였다.
"T라는 글자에서 무엇인가 짚이는 것은 없습니까?"
모두들 엘러리를 놀란 눈으로 바라보았다.
"T? 무슨 뜻이죠?"
헬레네가 다시 물었다.
"아는 것 같군요."
야들리 교수가 껄껄 웃으며 무슨 말인가를 귀에 대고 속삭이자 엘러리가 말했다.
"아, 좋습니다. 부인, 남편은 루마니아 어를 자주 하셨습니까?"
"아뇨. 한 번도 한 적이 없어요. 제가 알고 있는 것은, 남편이 18년 전에 스티븐 메가라와 함께 루마니아에서 미국으로 왔다는 것뿐이에요. 두 분은 그 나라에서도 친구 사이였거나 아니면 함께 일을 했었던 것 같았어요."
"어떻게 그것을 아십니까?"
"아니, 뭐 토머스가 그렇게 말해 주었거든요."

엘러리의 눈이 반짝 빛났다.

"사사로운 일을 캐물어서 죄송합니다만, 혹시 중요한 사항일지도 몰라서 말이죠. 남편은 이 나라에 이민오실 때에 부자였나요?"

브래드 부인은 얼굴을 붉혔다.

"모르겠군요. 우리가 결혼할 때에는 부자였습니다만."

엘러리는 무엇인가를 생각하는 모습이었다.

"흠."

자기 생각과 일치했는지 몇 차례 머리를 끄덕이고는 잠시 뒤에 지방검사 쪽으로 돌아섰다.

"그런데, 아이셤 씨, 어딘가에 지도가 있으면 여러분들을 방해하지 않고 금방 끝낼 수 있을 텐데요."

"지도라고?"

지방검사는 어처구니없는 얼굴을 했고, 야들리 교수까지도 당황해하는 것 같았다. 본 경감은 얼굴을 찌푸렸다.

"도서실에 하나 있는데요."

링컨은 만사가 귀찮은 듯이 말하고는 응접실에서 나갔다. 엘러리는 입술에 멍청한 미소를 머금고 왔다갔다했다. 다른 사람들은 이유를 몰라 엘러리를 눈으로 쫓고 있었다.

"부인, 그리스어나 루마니아 어를 할 줄 아십니까?"

엘러리가 멈추어 서서 물었다.

부인은 당황하며 머리를 저었다.

링컨은 커다란 파란 표지의 책을 가지고 되돌아왔다.

"링컨 씨, 여러분들은 주로 유럽과 아시아를 상대로 해서 사업을 하고 있습니다. 그럼 그리스 어나 루마니아 어를 할 줄 아십니까?"

엘러리가 물었다.

"아뇨. 우리는 외국어를 사용할 기회가 없어요. 유럽이나 아시아의 거래처는 영어를 사용하고, 국내의 판매점도 마찬가지지요."

"그렇습니까?"

엘러리는 그렇게 대답하고는 생각에 잠기며 지도를 집어들었다.
"내가 듣고 싶었던 것은 이것뿐입니다. 아이셤 씨."
지방검사는 피로한 듯이 손을 저었다.
"부인, 이제 이것으로 됐습니다. 솔직히 말씀드려 해결하기 어려운 사건입니다만, 우리는 최선을 다할 생각입니다. 단, 집에서 떠나지는 마십시오. 링컨 씨도. 그리고 아가씨도. 하여간 잠시 동안은 저택에서 나가지 않기 바랍니다."
브래드 모녀와 조나는 머뭇거리며 얼굴을 마주보다가 곧 일어서서 아무 말도 하지 않고 방에서 나갔다.
문이 닫힘과 동시에 엘러리는 팔걸이의자에 몸을 파묻으며 파란 표지의 지도를 펼쳤다. 야들리 교수는 눈썹을 모았다. 아이셤과 본은 딱히 눈 돌릴 곳이 마땅치 않다는 듯이 서로 멀거니 바라보았다. 엘러리는 꼬박 5분간 지도에 몰두했다. 그동안에 세 개의 다른 지도와 찾아보기를 펼쳐서 각 페이지를 모두 면밀히 살펴보았다. 그러더니 곧 얼굴이 밝아졌다.
엘러리는 책을 아주 조심스럽게 의자의 팔걸이에 올려놓은 뒤 일어섰다. 모두 기대에 차서 그를 바라보았다.
"틀림없이 그럴 거라고 생각했습니다."
엘러리는 이렇게 말하고 교수 쪽으로 뒤돌아보았다.
"우연이라 하기에는 놀랄 만한 일치입니다. 판단은 교수님에게 맡기겠습니다. 교수님, 우리가 기묘하게 연결시킨 등장 인물들의 이름에 대하여 뭐 짚이는 것은 없으십니까?"
"이름이라고, 퀸?"
야들리가 정말로 당황해하며 말했다.
"그렇습니다. 브래드, 메가라. 브래드는 루마니아 인이고, 메가라는 그리스 인. 이렇게 연결시키면, 그 음의 진동으로 무엇인가 짚이는 것이 없으십니까?"
야들리는 고개를 가로저었고, 본과 아이셤은 어깨를 으쓱했다.

"잘 아시겠지만 이런 사소한 것들이 인생을 즐겁게 만들지요. 저는 한 가지에만 몰두하는 친구를 한 명 알고 있습니다. 지리(地理)라는, 대화도 할 수 없는 어린애 같은 게임에 말입니다. 왜 그 친구가 그런 것에 흥미를 갖는지는 하나님만이 아실 테지요. 여하튼 그 친구는 틈만 있으면 시간과 장소를 가리지 않고 그 게임에 빠져버리는 겁니다. 브래드의 경우엔 그것이 체커였고, 그 밖의 많은 사람들에게 있어서는 골프입니다. 그리고 그 친구에게 있어서는 지리였던 겁니다. 그러한 결과로 그는 몇천 개나 되는 지리상의 작은 이름들을 기억하게 되었지요. 바로 얼마 전에 있었던 이야기입니다만……."

엘러리는 담배 한 개비를 꺼내어 불을 붙인 뒤, 뻑뻑 짙은 연기 고리를 내뿜으며 말했다.

"자네는 늘 울화통이 치밀게 한단 말이야. 뜸들이지 말고 말하게."

야들리 교수가 토해내듯이 말했다.

엘러리는 빙긋 웃었다.

"토머스 브래드는 루마니아 인이었습니다. 루마니아에는 브래드라는 도시가 있더군요. 그럼, 뭐 좀 짐작가는 게 없습니까?"

"손톱의 때만큼도."

본이 불만스러운 듯이 으르렁거렸다.

"스티븐 메가라는 그리스 인입니다. 그리스에도 메가라라고 하는 마을이 있더군요."

"그래서 그것이 어쨌다는 게요?"

아이셤이 중얼거리듯이 말했다.

엘러리는 아이셤의 팔을 가볍게 두드렸다.

"그럼 이렇게 말하면 어떨까요? 우리의 백만장자인 양탄자 수입업자와 백만장자인 요트광, 또한 겉으로 보기엔 아무런 관계도 없는 것 같은 인물, 즉 6개월 전에 애로요에서 살해된 불쌍한 초등학교 교장, 그러니까 한 마디로 말해서 그 앤드류 밴이……."

"당신이 말하려는 것이, 설마……."

본이 열을 내며 말했다.

"밴의 이민증명서에는 고향이 아르메니아로 되어 있습니다. 아르메니아에는 밴이라는 도시가 있더군요. 덧붙여 말하면, 그런 이름의 호수도 있습니다."

엘러리는 태도를 부드럽게 바꾸고서 미소를 지었다.

"그런데 이 세 가지 중 둘은 표면적으로 서로 관계가 있고, 다른 하나는 지금 말한 두 가지 중 하나와 살인 방법이 같다는 점에서 밀접한 관련이 있으며, 또한 세 가지 모두 같은 특징을 갖는다면……."

엘러리는 어깨를 으쓱했다.

"이것이 우연의 일치라면 저를 시바의 여왕이라 해도 좋습니다."

"분명히 이상하군."

야들리 교수가 중얼거렸다.

"아마도 국적을 증명하기 위해 일부러 그런 이름을 붙여놓은 것 같구먼."

"마치 모든 이름이 지도에서 따온 것 같습니다."

엘러리가 고리 모양의 연기를 내뿜었다.

"재미있죠? 외국 출신이 분명한 세 사람은 본명을 감추려고 애쓴 것 같은데도, 국적을 나타내는 듯한 흔적을 남겼으니까 말이죠. 더욱이 그 상황을 생각해 볼 때 자신들이 태어난 곳은 감추고 싶어했던 것 같은데요."

"놀랍군요."

아이셤이 탄성을 질렀다.

"그런 다음엔 어떻게 되는 겁니까?"

"또 의미심장한 것은 밴, 브래드, 메가라, 이 세 명이 이름을 바꾸었다면, 비극의 네 번째 외국 배우이며 행방불명된 크로삭도 그 이름을 랜드 맥널리(유명한 지도 출판사)에서 빌려왔다고 추정하고 싶어지죠. 그러나 그 남자는 그렇지 않더군요. 적어도 유럽이나 중동에는 크로삭이라는 이름의 도시가 없습니다. 도시든 호수든 그런 건 없어요. 그럼 이것을 어떻게 해석해야 할까요?"

엘러리는 신나게 말했다.

"세 개의 가명이라…… 하나는 본명 같은데, 그 본명 같은 이름의 주인공이 가명을 가진 세 인물 중 한 사람의 살인에 의심할 여지없이 관계되어 있단 말이야. 퀸, 아무래도 우리는 상형문자를 해독할 열쇠를 잡은 것 같구먼."

야들리 교수가 천천히 말했다.

"그럼 교수님은 이 사건에 이집트 냄새가 난다는 것에 찬성하시는 거죠?"

엘러리가 흥미를 나타내며 말했다.

야들리는 깜짝 놀랐다.

"오, 저런. 아니, 자네는 교사라는 자가, 문학적인 해석도 없이 단순히 언어의 뉘앙스만 보고 말할 수는 없지 않겠나?"

제6장 체커와 파이프

일행은 모두 생각에 잠긴 채 응접실을 나갔다. 아이셤이 죽은 토머스 브래드의 서재가 있는, 저택의 오른쪽으로 가기 위해 앞장섰다. 형사 한 사람이 잠겨진 도서실 문 앞의 복도를 왔다갔다하고 있었다. 일행이 문 앞에서 멈춰 서자 사각사각 소리를 내며 검은 옷을 입은 뚱뚱하고 사람 좋아 보이는 인상의 부인이 뒤쪽에서 나타났다.

"저는 박스터 부인입니다."

그녀가 안절부절못하며 말했다.

"선생님들에게 점심식사를 대접해 드려야겠기에……."

본 경감의 눈이 빛났다.

"이거 천사께서 오셨군요. 식사하는 것도 완전히 잊어버렸네. 당신은 가정부로군요?"

"예, 그렇습니다. 다른 분들도 드시겠습니까?"

야들리 교수는 머리를 저었다.

"나에겐 그런 폐를 끼칠 권한이 없지. 우리 집이 바로 도로 쪽에 있어요. 집에 돌아가지 않으면 내니 아주머니가 불같이 화를 낸답니다. 모처럼 만든 진수성찬이 식어버린다고 말이지요. 나는 이쯤에서 실례하기로 합시다. 퀸, 자네는 내 손님이야. 잊지 말게."

"정말 돌아가시겠습니까? 천천히 이야기라도 나누고 싶었는데요."

엘러리가 말했다.

"오늘 밤 또 만나세."

교수가 손을 흔들었다.

"자네 가방은 그 고물 자동차에서 꺼내두었네. 차는 우리 집 차고에 넣어두었고.”

교수는 두 공무원에게 가볍게 인사를 하고는 자리를 떴다.

점심식사는 엄숙한 행사였다. 밝은 식당에서 세 남자는 식사 대접을 받았다. 가족은 아무도 식당에 없었다. 세 사람은 거의 말없이 식사를 했다. 박스터 부인이 직접 시중을 들어 주었다.

엘러리는 급히 먹었다. 머릿속은 행성과 같이 빙빙 돌면서 터무니없는 생각들을 쏟아내고 있었다. 그러나 엘러리는 그것을 자신의 가슴속 깊숙이 간직해 두기로 했다. 아이셤이 좌골 신경통 때문에 몇 번 투덜거렸을 뿐, 집 안은 죽은 듯이 고요했다.

세 사람이 식당을 나와 저택 오른쪽으로 돌아갔을 때는 2시였다. 도서실은 널찍한 방이었으며, 서재는 교양 있는 사람의 서재다웠다. 네모반듯하고, 먼지 하나 없이 잘 닦여진 떡갈나무로 된 마루는 가장자리 3피트(약 90cm) 정도를 남기고는 두꺼운 중국 양탄자로 덮여 있었다. 두 개의 벽에는 마루에서 대들보가 보이는 천장까지 닿는 붙박이 책장이 있었고, 또한 책이 가득 차 있었다. 또한 두 개의 벽이 닿는 구석에는 마치 칼로 도려낸 것처럼 보이는 오목한 곳이 있었다. 그곳엔 작은 그랜드 피아노가 뚜껑이 열린 채, 반들반들한 건반을 내보이고 있었다. 분명히 토머스 브래드가 어젯밤에 열어놓은 상태 그대로인 듯이 보였다. 방 한가운데에는 낮고 둥근 독서용 테이블이 있었고, 잡지류와 담배도구가 그 위에 올려져 있었다. 한 쪽 벽 앞엔 소파가 하나 있었는데, 그 앞다리가 양탄자에 얹혀져 있었다. 그 반대쪽 벽에는 사무용 책상이 있고, 테이블보가 드리워져 있었다. 테이블 위에는 금방 눈에 띄도록 빨간색과 검은색 잉크병이 놓여 있었다. 엘러리는 그것을 확인하지 않아도 둘 다 거의 차 있다는 사실을 알 수 있었다.

“저 사무용 책상은 확대경으로 샅샅이 조사해 보았습니다.”

아이셤이 소파에 몸을 내던지면서 말했다.

“물론 처음에 말이오. 저것이 브래드의 사무용 책상이라면 수사하는데 참고가 될 서류라도 들어 있을지 모른다고 생각해서 말이오.”

검사는 어깨를 으쓱했다.

"하지만 성과는 없었습니다. 모든 것이 수녀의 일기처럼 청렴결백한 사람이더군요. 이 방의 나머지 부분은 자, 당신이 지금 보는 대로입니다. 이 방에는 개인적인 특징을 나타내는 것은 아무것도 없습니다. 게다가 살인은 서머하우스에서 일어났죠. 문제는 저 체커뿐입니다."

"어쨌든 토템 기둥 근처에서 빨간 말을 발견했으니."

본 경감이 덧붙였다.

"집 이외의 장소는 완전히 조사가 끝났겠죠?"

엘러리가 천천히 걸어가면서 물었다.

"네, 조사했습니다. 형식적이지만 일단은. 브래드의 침실도 말입니다. 하지만 주의를 끌 만한 것은 하나도 없었습니다."

엘러리는 둥근 독서용 테이블 쪽으로 주의를 기울였다. 그는 서머하우스의 담배 파이프에서 발견한 피우다 남은 담배를 넣어둔 반투명한 봉투를 주머니에서 꺼냈다. 그러고 나서는 테이블 위에 놓여 있는 커다란 담배 상자 뚜껑을 비틀어, 손을 그 안에다 집어넣었다. 한줌 꺼낸 담배는 색이나 모양이 희귀한 큐브 컷으로서, 파이프에 있었던 담배와 같은 것이었다.

엘러리는 웃었다.

"흠, 이 고약한 풀 잎사귀는 문제가 없군요. 또 하나의 단서가 굴뚝으로 사라져 버렸습니다. 이것은 브래드의 것이었어요. 이 담뱃갑이 브래드의 것이라면 말입니다."

"브래드 것이오."

아이섬이 말했다.

엘러리는 시험삼아 테이블의 둥근 위판 밑으로 보이는 작은 서랍을 열어보았다. 안을 들여다보니 그야말로 수집이라는 이름에 어울릴 만한 수많은 파이프가 어수선하게 들어 있었다. 모두 고급품으로서 잘 손질해 놓았으나, 전부 다 흔히 볼 수 있는 형태로, 보통 모양의 담배를 채워 넣는 구멍에다 쭉 뻗은 손잡이, 또는 구부러진 손잡이가 붙어 있을 뿐이었다. 해포석(海泡石)이나 브라이어, 베이클라이트 등 여러 가지의 것이 있었다. 그 중 두 개 만은 가늘고 상당히 긴, 낡은 영국풍의 도기(陶器) 제품인 처치워든이었다.

“흐음! 브래드는 그 내면이 꽤 특이한 인물이었던 모양입니다. 체커와 파이프, 이 두 개는 언제라도 함께하기 마련이지요. 난로 앞에 개가 한 마리 앉아 있으면 더할 나위 없겠군요. 이것들에는 아무런 의미가 없는 것 같군요.”

엘러리가 말했다.

“이것과 비슷한 것은 없소?”

본이 넵튠과 삼지창이 새겨진 파이프를 꺼내면서 물었다.

엘러리는 머리를 저었다.

“그런 것이 또 있으리라고 기대하는 것 자체가 무리죠. 그런 것을 두 개씩이나 갖고 있는 사람은 없을 겁니다. 그런 도깨비는 입에 물고만 있어도 턱이 빠질걸요. 선물로 받았을 겁니다.”

엘러리는 중요한 물건으로 주의를 기울였다. 그것은 소파와 방 사이의 열려 있는 사무용 책상과 같은 벽면 왼쪽에 놓여 있었다. 교묘한 장치였다. 접게 되어 있는 체커 테이블인데, 경첩에 의해 접어서 고정시키면 벽에 얕게 파낸 곳에 꼭 맞게 되어 있었다. 끌어내리는 덮개가 달려 있어서 지금은 패인 곳 위로 끌어올려져 있으나 내리면 모든 걸 감출 수가 있었다. 더군다나 테이블 양쪽에는 벽에 부착된 의자가 각각 있고, 또한 벽 속으로 접을 수 있게 되어 있었다.

“브래드는 집착이 강한 성격이었던 게 틀림없습니다. 벽에 부착시키는 장치까지 만들다니. 호, 이것은 그 사람이 남겨둔 그대로군요. 물론, 아무도 건드리지 않았겠죠?”

엘러리는 감탄한 듯 말했다.

“우리는 손대지 않았소. 한번 잘 살펴보시죠.”

아이셤이 대수롭지 않게 말했다.

테이블 표면은 멋진 세공이 되어 있고, 검은색과 흰색의 사각 무늬가

64개 교대로 된, 보통의 체커판 모양이었다. 그리고 그 둘레에는 아주 아름다운 진주 모양의 테두리가 붙어 있었다. 게임하는 사람이 앉는 쪽에는 충분한 공간이 있었고, 사용하지 않는 말도 놓을 수 있었다. 사무용 책상과 가까운 쪽의 테두리에는 아홉 개의 빨간 말, 흑(黑)이 잡은 빨간 말이 어지럽게 흩어져 있었다. 반대쪽 가장자리에는 적(赤)이 잡은 세 개의 검은 말이 있었다. 체커판 위에는 게임 도중인 듯 세 개의 검은 킹(검은 말 위에 또 하나의 검은 말을 올려서 만든 것)과 세 개의 보통 검은 말, 또 두 개의 보통 빨간 말이 있었는데, 그 중 하나는 검은 편의 첫번째 칸, 즉 출발선에 놓여 있었다.

엘러리는 체커판과 가장자리를 매우 조심스럽게 살펴보았다.

"말이 들어 있는 상자는 어디에 있습니까?"

아이셤은 사무용 책상 쪽을 턱으로 가리켰다. 열려진 뚜껑 위에 싸구려 두꺼운 종이로 만든 사각형의 빈 상자가 놓여 있었다.

"빨간 말이 열한 개 있군."

엘러리가 벽을 바라보면서 말했다.

"열두 개가 되면 안 되죠. 모양이 같은 빨간 말 하나가 토템 기둥 옆에서 발견되었으니까 말입니다."

"바로 그대로요."

아이셤이 한숨을 쉬었다.

"가족에게 물어보았습니다만, 이 집에는 다른 체커 도구는 없더군요. 그럼 우리가 발견한 빨간 말은 여기에서 나온 것이 틀림없을 게요."

"그렇겠죠, 확실히."

엘러리가 말했다.

"재미있군요. 정말 재미있습니다."

엘러리는 말을 다시 한번 내려다보았다.

"정말 그렇게 생각하시오?"

아이셤이 신경질적으로 말했다.

"잠시만 기다리시오. 당신이 무슨 생각을 하고 있는지 난 잘 알아요.

그렇지 않겠어요? 브래드의 집사가 올 때까지 기다려 보시오."

지방검사는 문 옆으로 가서 형사에게 말했다.

"다시 그 스톨링스라고 하는 사람을 이리로 데려오게. 집사 말이야."

엘러리는 말할 것이 있다는 듯이 눈썹을 치켜올렸으나 끝내 아무 말도 하지 않았다. 그는 사무용 책상 옆에 가서 멍하니 두꺼운 종이로 된 체커 상자를 들어올렸다. 아이셤이 약간 비웃는 듯한 미소를 지으면서 그것을 지켜보았다.

"그것도 같은 것이라고."

아이셤이 갑자기 말했다.

엘러리는 눈을 들었다.

"그렇군요. 전 여기에 들어온 순간부터 그 점을 이상하게 생각했습니다. 그는 체커 도구에 대한 집착이 강한 사람이었습니다. 이렇게 손도 많이 가고 돈도 많이 들인 장비를 보면 알 수 있죠. 그런데 그런 사람이 왜 싸구려 나무 말을 사용했을까요?"

"조금 있으면 알게 될 거요. 놀랄 만한 일도 아닙니다. 내 약속할 수 있소."

형사가 복도에서 문을 열어 주자 키가 크고 볼이 홀쭉하며 온화한 눈을 가진 늘씬한 남자가 들어왔다. 그는 까맣고 단순한 옷차림을 하고 있었다. 어딘지 모르게 순종하는 듯한 태도였다.

"스톨링스 씨, 여기 계신 분들에게 당신이 오늘 아침에 나에게 말한 얘기를 다시 한 번 말씀드리시오."

아이셤이 서두도 없이 말했다.

"잘 알겠습니다."

그는 온화하고 듣기 좋은 목소리로 말했다.

"우선 브래드 씨가 어째서 이런 싸구려 체커 말을 사용했는지 그 이유부터 설명해 주시오."

"그건 아까도 말씀드렸듯이 지극히 간단한 일입니다. 브래드 씨는……."

스톨링스는 한숨을 쉬며 눈을 천장 쪽으로 돌려서 흘끔 쳐다보았다.

"항상 고급품밖에 사용하지 않으셨습니다. 이 테이블과 의자도 특별 주문으로 해서 만드셨고, 벽도 딱 들어맞게 파내셨습니다. 그리고 대단히 비싼 상아로 된 말을 한 세트 사셨습니다. 그것은 아주 공을 많이 들인 문신 세공으로 되어 있었는데, 벌써 몇 년간이나 그것을 사용하셨지요. 그런데 바로 얼마 전이었습니다. 템플 박사님이 그 말을 대단히 칭찬하시자 브래드 씨가 저에게 이런 말씀을 하셨습니다."

스톨링스는 또 한숨을 쉬었다.

"그것하고 똑같은 말을 박사님에게 선물해서 깜짝 놀라게 하시겠다고 말입니다. 그래서 바로 2주일 전에 브래드 씨는 자신의 말을 브루클린에 있는 조각사에게 보내어 그 24개의 말을 전부 똑같이 한 벌 더 만들게 하셨습니다. 그것이 아직 돌아오지 않았지요. 그동안은 이런 싸구려밖에 구할 수가 없어서 임시로 이것을 사용하셨던 겁니다."

"그리고 스톨링스 씨, 어제 저녁에 무슨 일이 있었는지 이야기해 주시오."

지방검사가 말했다.

스톨링스는 빨간 혀끝으로 입술 주위를 핥았다.

"네, 저녁 때 브래드 씨의 말씀을 듣고서 집을 나서기 전에……."

"잠깐만요. 저녁 때 당신은 나가 있으라는 분부를 받았군요?"

엘러리가 날카롭게 말했다.

"그렇습니다. 어제 브래드 씨는 시내에서 집으로 돌아오셔서는 폭스와 박스터 부인과 저를 이 방으로 부르셨습니다."

스톨링스는 무엇인가 다정한 추억이 생각났는지 목이 멘 듯한 목소리였다.

"부인과 아가씨는 벌써 외출하신 뒤였지요. 확실히는 모르지만 극장에 가셨다고 생각합니다. 링컨 씨는 저녁식사를 하러 들어오시지 않았고요. 브래드 씨는 무척 피곤한 듯이 보였습니다. 그런데 10달러 지폐를 꺼내서는 저에게 주시면서, 저녁식사가 끝나면 모두 외출을 하라고 말씀하시는 거였습니다. 밤에는 죽 혼자서 있고 싶으시다고 하시면서요. 폭스에게는 작은 차를 사용해도 좋다고 하셨습니다. 그래서 우리는 외출하게 된 겁니다."

"알겠습니다."

엘러리가 중얼거리듯이 말했다.

"체커 이야기란 어떤 거요, 스톨링스 씨?"

아이셤이 재촉했다.

스톨링스는 긴 머리를 끄덕였다.

"제가 집을 나서기도 전에 폭스와 박스터 부인은 벌써 차를 타고 바깥의 자동차 도로로 나가 있었습니다. 저는 나가기 전에 브래드 씨가 무슨 시키실 일이라도 있는지 몰라서 서재로 와보았습니다. 브래드 씨는 제게 아무 일도 없다고 말씀하셨지만, 어쩐지 초조한 듯이 보였습니다. 그냥 다른 사람들하고 빨리 나가라고만 하셨습니다."

"무척 자상한 분이시군요, 당신은."

엘러리가 미소지으며 말했다.

스톨링스는 얼굴이 밝아졌다.

"그렇게 되도록 노력하고 있지요. 예, 어떻든 오늘 아침 아이셤 씨에게 말씀드린 대로 어제 저녁 때 제가 이 방에 들어왔을 때에 브래드 씨는 체커 테이블에 혼자 앉아 계셨습니다. 뭐라고 꼬집어 말할 수는 없지만, 게임을 하고 있었던 것 같습니다."

"그럼 누군가 상대가 있어서 게임을 한 것이 아니로군."

본 경감이 중얼거리듯이 말했다.

"아이셤 씨, 왜 그 말을 나에게 해주지 않았소?"

지방검사는 양손을 펼쳐보였다.

엘러리가 얼른 말했다.

"당신이 말하는 것이 무슨 뜻인가요, 스톨링스 씨?"

"그래요, 말씀드리지요. 예, 브래드 씨는 검은 말과 빨간 말을 모두 나란히 늘어놓고서 혼자 두 사람 역할을 하고 계셨습니다. 게임을 막 시작하는 것 같았고요. 처음엔 그분이 앉아 계시던 편의 말을 움직였고, 그리고 나서 잠시 생각하더니 반대쪽의 말을 움직이는 것이었습니다. 저는 두 수밖에는 보지 못했습니다."

"그럼, 그분은 어느 쪽 의자에 앉아 있었습니까?"

엘러리는 말하고서 입술을 꽉 다물었다.

"저 사무용 책상에 가까운 쪽 의자입니다. 그러나 빨간 말을 움직일 땐 일어나서 반대쪽 의자에 가서 앉으셔서는 언제나 하시던 대로 체커판을 물끄러미 바라보셨습니다."

스톨링스는 입술을 축였다.

"브래드 씨는 상당히 노련하셨습니다. 게다가 대단히 신중한 분이었지요. 자주 그런 방법으로 혼자서 연습하셨답니다."

"좋소, 알겠소."

아이섬이 지친 듯이 말했다.

"체커가 그 불행의 근원일 리는 없겠지."

지방검사가 한숨을 쉬었다.

"그런데 당신들은 그 뒤 어떻게 지냈소, 스톨링스?"

"예, 우리들은 곧바로 시내로 나갔습니다. 폭스는 저와 박스터 부인을 록시 극장에 내려주고는 영화가 끝날 즈음에 데리러 오겠다고 했습니다. 그가 어디에 갔었는지는 알지 못합니다."

집사가 대답했다.

"그리고 폭스는 당신들을 데리러 왔었소?"

본 경감이 갑자기 긴장하고서 물었다.

"아뇨, 오지 않았습니다. 우리들은 꼬박 30분이나 기다렸다가 사고나 무슨 일이 생긴 게 틀림없다고 생각하고서 기차를 타고 돌아와서는, 정거장에서 택시를 타고 왔습니다."

"택시를 타고 왔다고?"

경감은 재미있어 했다.

"역에 있는 운전사들은 어젯밤에 상당히 경기가 좋았었겠군. 당신들이 돌아온 것은 몇 시였소?"

"자정 무렵이었지요, 예, 조금 더 지났을 수도 있고요. 확실하게는 기억나지 않습니다."

"당신들이 여기에 도착했을 때 폭스는 돌아와 있었소?"

스톨링스의 얼굴 표정이 굳어졌다.

"그건 좀 말씀드리기 곤란하군요. 전 알 수가 없었습니다. 그는 후미 근처에 있는 숲 속의 작은 오두막집에 살고 있거든요. 설령 불이 켜져 있다 해도 나무 숲 때문에 보이질 않지요."

"그래요? 그것은 나중에 조사해 보도록 하겠소. 아이셤 씨, 당신은 폭스 이야기는 아직 듣지 않았나 보군요?"

"시간이 없었소."

"잠깐 실례하겠습니다."

엘러리가 말했다.

"스톨링스 씨, 브래드 씨는 어제 저녁때 당신에게 손님이 올 거라는 말을 하지 않았나요?"

"아뇨. 그냥 밤에 혼자 있고 싶다고만 하셨어요."

"그분은 그런 식으로 해서 당신과 폭스, 그리고 박스터 부인을 내보낸 적이 자주 있었나요?"

"아뇨. 어제 저녁이 처음이었습니다."

"한 가지 묻겠습니다."

엘러리는 둥근 독서용 테이블로 다가가서는 손가락 끝으로 담뱃통을 가볍게 두드렸다.

"이 통 안에 무엇이 들어 있는지 알고 있습니까?"

스톨링스는 어이없는 듯한 모습이었다.

"알고말고요. 예, 브래드 씨의 담배입니다."

"좋습니다. 이 집에 파이프 담배는 이것뿐입니까?"

"예, 그래요. 브래드 씨는 담배에 대해서는 상당히 까다롭습니다. 그것은 특별히 만든 블렌드(혼합한 것)인데 영국에서 주문하신 겁니다. 다른 담배는 무슨 이유에선지 모르겠으나 전혀 피우시지 않았습니다."
스톨링스는 자신만만하게 말했다.
"브래드 씨는 미국 파이프 담배는 돈을 내고 사고 싶지 않다고 늘 말씀하셨지요."
아무런 이유도 없이 엉뚱한 생각이 엘러리의 마음속에 순간적으로 떠올랐다. 앤드류 밴과 캐비아, 토머스 브래드와 수입담배……. 엘러리는 머리를 흔들었다.
"스톨링스, 또 하나 묻고 싶은 것이 있습니다. 경감님, 그 넵튠의 머리가 새겨진 파이프를 스톨링스에게 보여주시지 않겠습니까?"
본은 조각된 파이프를 다시 꺼냈다. 스톨링스는 잠시 그것을 바라보다가 이윽고 고개를 끄덕였다.
"예, 이 파이프는 본 기억이 있습니다."
세 남자가 일제히 한숨을 쉬었다. 행운은 벌을 내리는 쪽보다도 오히려 죄를 범한 쪽을 돕는 것같이 여겨졌다.
"그랬구먼, 역시 그랬어. 이것이 브래드 씨의 물건이었단 말이지?"
아이셤은 신음하듯이 말했다.
"예, 틀림없습니다. 브래드 씨는 어떤 파이프라도 하나를 오래 사용하지는 않았습니다. 파이프도 사람과 같아서 휴식이 필요하다고 언제나 말씀하셨지요. 저쪽 서랍에는 고급스러운 파이프가 잔뜩 들어 있습니다. 예, 그 파이프는 본 기억이 나는군요. 확실히는 모르나 눈에 띄었습니다. 최근에는 보지 못했지만 생각은 납니다."
집사가 대답했다.
"좋아요. 알았소."
아이셤은 초조한 듯이 말했다.
"그럼 이제 돌아가도 좋아요."
스톨링스는 긴장한 채 굳은 몸으로 가볍게 인사를 하더니 다시 본래의 집사 모습으로 돌아가 조용히 서재를 나갔다.
"이것으로 체커에 관한 일은 정리 되었군."

경감은 짐짓 점잔을 빼며 말했다.

"게다가 파이프와 담배에 관한 것도. 정말 대단한 시간낭비였어. 그러나 이제 폭스에 대해서는 재미있는 단서가 생겼습니다."

경감은 양손을 비벼댔다.

"그렇게 나쁘지는 않구먼. 그리고 저 오이스터 섬의 일당을 잡아다 조사하게 되면 상당히 바쁜 하루가 될 것 같소만."

"며칠 걸리지 않겠습니까? 옛날 일이 생각나는데요."

엘러리는 미소지었다.

누군가가 문을 두드렸다. 본 경감이 방을 가로질러 문을 열어주러 갔다. 잔뜩 찌푸린 채 답답한 얼굴로 서 있는 남자가 보였다. 그가 무슨 일인가를 본에게 속삭이자 경감은 몇 번 고개를 끄덕였다. 이윽고 본 경감이 문을 닫고 되돌아왔다.

"무슨 일이오?"

아이셤이 물었다.

"중요한 일은 아닙니다. 괜히 헛수고만 한 것 같습니다. 부하들의 보고로는 이 저택 내에서는 그 지긋지긋한 것을 찾아내지 못했다고 합니다. 그림자도 말이죠. 제기랄, 그럴 리가 없는데."

"무엇을 찾고 계신가요?"

엘러리가 물었다.

"머리 말이오."

오랫동안 아무도 말을 꺼내지 않았다. 참극의 으스스한 바람이 방 안에 스며들었다. 태양이 눈부시게 내리쬐는 평화로운 정원을 바라보고 있자니, 이 목 잘린 뻣뻣한 시체가 호화 주택의 주인이라는 사실이 실감나지 않았다. 그는 롱아일랜드 만에서 시체로 발견된, 아무도 찾지 않는 부랑자 시체와 함께 군(郡) 시체공시소에 길게 눕혀져 있었다.

"그 밖에 다른 것은?"

이윽고 아이셤이 물었다. 지방검사는 자기 자신에게 화가 나 있었다.

"부하들이 철도 관계자들을 모조리 심문했습니다."

본이 태연하게 말했다.

"그리고 나서 5마일 이내의 주민들 역시 한 사람도 남기지 않고 심문했습니다. 퀸 씨, 어제 저녁 때 이곳에 찾아온 사람이 있을지 몰라서 조사하고 있는 중입니다. 링컨과 스톨링스의 이야기를 듣고 생각해 보니, 브래드가 저녁 때 누군가가 오는 것을 기다리고 있었던 것은 거의 확실합니다. 참 기묘한 일입니다. 미리 계획을 세워놓지 않는 한 자기 아내와 양녀, 또 사업상의 동료, 고용인들을 모두 내보내는 사람이 어디 있겠습니까? 게다가 지금까지 그런 적이 한 번도 없었다고 하잖습니까?"

엘러리가 말을 받았다.

"그렇습니다. 경감님, 당신의 추리는 완벽하게 들어맞습니다. 브래드는 어제 저녁 때 누군가를 기다리고 있었습니다. 그것은 의심할 여지가 없지요."

"그렇지만 단서를 제공해 줄 수 있는 사람은 단 한 명도 만나질 못했으니. 열차 차장이나 정거장의 친구들도 어젯밤 9시를 전후해서 기차에서 내린 외부인은 없었다고 하는 겁니다. 그렇다면 이 근처 사람일까요?"

경감은 어깨를 으쓱했다.

"거기에선 아무것도 기대할 수 없을 것 같습니다. 아무런 흔적도 남기지 않고 왔다가 갈 수도 있으니까요."

"사실 당신은 불가능한 시도를 하고 있는 게요, 본. 밤중에 범죄 의도를 가지고 접근하는 사람이 가장 가까운 역에서 내리는 바보 같은 짓을 왜 하겠소? 한 정거장이나 혹은 두 정거장 앞에서 내려 걸어온 게 분명해요."

지방검사가 말했다.

"그 사람이 자동차로 왔을 가능성은 없을까요?"

엘러리가 물었다.

본이 머리를 저었다.

“그 점은 오늘 아침에 자세히 조사해 보았소. 그러나 저택 안은 자갈이 깔려 있어서 아무런 도움이 되지 않고, 가도(街道) 쪽은 쇄석(碎石) 포장도로인데다 비도 내리지 않아서, 어찌해볼 수가 없어요. 퀸 씨, 물론 차로 왔을 가능성도 있습니다.”

엘러리는 깊은 생각에 잠겨 있었다.

“또 다른 가능성도 있습니다, 경감님. 저 만(灣) 말입니다.”

경감은 창 너머로 밖을 내다보았다.

“저런 것까지 생각 못 할 줄 알았소?”

경감은 비웃는 듯한 작은 웃음소리를 냈다.

“정말 어렵지 않게 올 수 있는 방법이지. 뉴욕이나 코네티컷에서 모터보트를 빌린다면 말이오. 방금 부하 둘을 보내어 저 방면을 조사시켰소.”

엘러리는 빙긋이 미소를 띠었다.

“쿠오드 푸지트, 우스케 세쿠오르.(Quod fugit, usque sequor ; 도망치는 자는 어디라도 좇아간다.) 그렇죠, 경감님?”

“뭐라고요?”

아이셤이 일어섰다.

“여기서 얼른 나갑시다. 다른 일이 있으니까요.”

제7장 폭스와 영국인

일행은 다시 깊은 안개 속을 헤매게 되었다. 어디에서도 빛은 보이지 않았다. 가정부인 박스터 부인이 참고가 될 만한 단서를 알고 있으리라는 기대는 하기 어려웠다. 그러나 철저를 기하기 위해서는 일단 가정부라도 심문할 필요가 있었다. 일행은 다시 응접실로 되돌아가서 극히 따분한 그 일을 되풀이했다. 박스터 부인은 당황해하면서 전날 밤의 외출에 대하여 스톨링스의 이야기를 뒷받침해 주었다.

"아뇨, 브래드 씨는 손님에 대해서는 아무 말씀도 하지 않으셨습니다. 아뇨, 브래드 씨는 식당에서 혼자 식사를 하셨는데, 제가 시중을 들어드렸습니다만 뭐 흥분하시거나 초조해하시는 듯한 모습은 보지 못했습니다. 그냥 멍하니 계셨다고 생각되는군요. 네, 폭스는 우리들을 록시 극장 앞에 내려주었습니다. 네, 저와 스톨링스는 기차로 브래드우드로 돌아와서, 거기서 택시를 타고 자정 조금 지나 집에 왔습니다. 아뇨, 부인이나 다른 분들은 아직 돌아오시지 않았다고 생각했습니다만 확실하게는 모르겠네요. 집 안은 캄캄했냐고요? 네, 그랬습니다. 아무것도 변한 것은 없었냐고요? 네."

"그럼, 이젠 됐습니다, 박스터 부인."

중년의 가정부가 급히 물러나자 경감은 투덜거렸다.

엘러리는 묵묵히 지켜보다가 자신의 손톱의 하얀 부분을 내려다보았다. 앤드류 밴이라는 이름이 머릿속에 달라붙어 떨어지지 않았다.

"나갑시다. 운전사인 폭스를 만나봅시다."

아이셤이 말했다.

그는 본과 함께 지체 없이 집에서 나갔고, 엘러리도 그 뒤를 어슬렁

대며 따라갔다. 엘러리는 6월의 장미꽃에 코를 벌름거리며 저 두 사람이 언제쯤 돼서야 자신들의 꼬리를 쫓아다니는 일을 멈추고, 저 만 위에 떠있는 볼품 없는 땅과 나무의 섬, 오이스터를 향해 출발할지 궁금해했다.

아이셤은 앞장서 안채의 왼편으로 돌아 좁은 자갈길을 지나서 곧바로 손질이 잘된 숲 사이로 들어갔다. 나무 숲 아래를 빠져나가 조금 더 걸어가니 빈터가 나왔는데, 그 한가운데에는 통나무로 만든 아담하고 깨끗한 오두막집이 세워져 있었다. 군(郡)의 순찰경관 한 명이 오두막집 앞의 양지쪽에 거만한 자세로 서 있었다.

아이셤이 튼튼한 문을 두드리자 남자의 묵직한 목소리가 들려왔다.

"들어오시오."

일행이 들어가 보니 상대는 주먹을 꽉 쥐고, 묘하게 푸른 기가 도는 반점이 있는 얼굴을 하고서 떡갈나무와 같이 야무지게 우뚝 서 있었다. 날씬하고 키가 큰 대나무같이 가늘고 간들간들한 남자였다. 찾아온 사람들이 누군지를 알자 주먹 쥔 손을 풀고서 어깨를 늘어뜨리고는 뒤에 있는 손으로 만든 의자의 등을 더듬어 찾았다.

"폭스, 오늘 아침엔 시간이 없어서 당신의 말을 제대로 듣지 못했소."

아이셤이 거만하게 말했다.

"그렇습니까?"

폭스가 말했다. 엘러리는 이 남자의 혈색이 나빠 보이는 것은 일시적으로 그런 것이 아니라 원래 피부색이 그렇다는 사실을 발견하고 호기심이 일었다.

"당신이 시체를 발견했다는 것은 들어서 알고 있소."

지방검사가 오두막집 안에 단 하나 남은 의자에 앉으면서 말했다.

"예."

폭스가 낮은 목소리로 말했다.

"정말 끔찍한 일이었지요."

"그래서 좀 알아보고 싶은 것이 있는데, 당신이 어젯밤 왜 스톨링스와 박스터 부인을 내려주고 혼자 다른 곳으로 갔는지, 어디에 갔었는지, 또 몇 시에 돌아왔는지를 말해 주겠소?"

아이셤이 억양 없는 목소리로 말했다.

이상하게도 상대방은 안색도 변하지 않고 움츠러들지도 않았다. 반점이 있는 얼굴 역시 표정 변화가 없었다.

"그냥 시내를 돌아다녔을 뿐입니다. 자정 바로 전에 브래드 씨 댁으로 돌아왔습니다."

폭스가 말했다.

본 경감이 천천히 다가가서 폭스의 축 늘어져 있는 팔을 홱 잡아당겼다.

"잘 듣도록. 우린 당신을 겁주려거나 죄를 덮어씌우려는 게 아니야. 알겠소? 당신에게 아무 죄가 없다면 우린 당신을 그냥 내버려둘 거요."

본 경감이 재미있다는 듯 말했다.

"나는 아무런 잘못도 저지르지 않았습니다."

폭스가 말했다. 엘러리는 폭스의 발음과 말의 억양에 어딘지 모르게 교양의 흔적이 있는 것 같다는 생각이 들었다. 그래서 한층 더 흥미를 갖고 상대를 지켜보았다.

"그렇다면 좋소. 아주 좋아. 자, 시내를 돌아다녔다는 말은 그만두시지. 솔직히 말하시오. 어디에 갔었지?"

본이 말했다.

"솔직히 말씀드렸습니다."

폭스는 아무런 감정이 없는 가느다란 목소리로 대답했다.

"5번가 쪽으로 차를 몰아서 센트럴 공원을 빠져나가 강변도로를 오랫동안 달렸습니다. 바깥 날씨가 좋아 공기를 실컷 들이마셨죠."

경감은 갑자기 상대의 팔을 놓고는 아이셤에게 빙긋이 웃음을 보냈다.

"공기를 마셨다고? 그럼 영화가 끝난 뒤에 왜 스톨링스와 박스터 부인을 맞으러 가지 않았지?"

폭스의 넓은 어깨가 살짝 움츠러지는 듯했다.
"아무도 내게 그렇게 하라는 말을 하지 않았는데요?"
아이셤과 본은 서로 마주보았다. 그러나 엘러리는 폭스 쪽만 바라보고 있었다. 그리고 상대의 눈이, 믿기지 않을 정도로 눈물로 가득 차 있는 것을 보고 깜짝 놀랐다.
"좋아."
아이셤이 마지막으로 말했다.
"그게 당신 말이고, 꼭 그렇게 버티겠다면 그래도 좋소. 나중에 그렇지 않다고 판명된다면 하나님밖엔 도와줄 수 없을 테지. 당신은 여기에서 얼마 동안이나 일했소?"
"올해 초부터 일했습니다."
"신원조회처는 있소?"
"있습니다."
폭스는 무뚝뚝하게 발뒤꿈치를 돌려서 낡은 식기장 옆으로 갔다. 그리고는 서랍 속을 뒤져서 깨끗하고 소중하게 보관해 둔 봉투를 꺼내왔다.
지방검사는 그것을 열고서 속에 든 편지를 대충 훑어보고는 본에게 건넸다. 경감은 그것을 꼼꼼하게 읽고 나서 테이블 위에다 내려놓았다. 그리고선 어찌된 일인지 성큼성큼 오두막집에서 나갔다.
"착실한 사람 같구먼."
아이셤이 말하며 일어섰다.
"그런데 이 집에 사는 사람은 당신과 스톨링스, 그리고 박스터 부인뿐이오?"
"그렇습니다."
폭스는 눈을 들지 않은 채로 대답했다. 그리고는 소개장을 주워들고서 봉투와 편지를 손가락 사이에 끼운 채 흔들었다.
"저 폭스 씨, 어젯밤에 돌아왔을 때 무엇인가 달라진 것을 보았거나 들은 것이 없습니까?"

엘러리가 말을 꺼냈다.

"없었소."

"당신은 이 집에 가만히 있으시오."

오두막집을 나가면서 아이셤이 말했다. 엘러리도 밖으로 나갔으나 본 경감이 있는 것을 보고는 출입구에 멈춰 섰다. 폭스는 꿈쩍도 하지 않았다.

"저 친구의 어젯밤 이야기는 완전히 거짓말입니다."

본이 큰소리로 말했다. 폭스에게 들리지 않을 리가 없었다.

"즉시 조사해 봐야겠습니다."

엘러리는 선 채로 움직이지 않았다. 이 두 사람의 태도는 어딘지 지나친 감이 있었다. 엘러리는 폭스의 눈에 괴어 있던 눈물을 잊을 수가 없었다.

세 명은 잠자코 숲을 빠져나가 서쪽으로 향하는 길로 들어섰다. 폭스의 오두막집은 케첨의 후미 쪽 해안에서 그렇게 멀지 않았다. 나무 뿌리나 풀을 밟으며 조금만 더 걸어가니 태양에 반짝이는 파란 물결이 나무 사이로 보였다. 오두막집에서 조금 떨어진 곳에 울타리도 치지 않은 좁은 도로가 있었다.

"브래드의 땅이오."

아이셤이 말했다.

"그런데 왜 담이 없을까? 린이 빌린 집은 이 도로 저쪽에 있는 것으로 알고 있는데."

일행은 도로를 가로지르자마자 곧바로 울창한 숲 속으로 들어섰다. 5분도 걷지 않았는데 본은 빽빽이 우거진 잡초 속에서 사방으로 뻗어 있는 샛길을 발견했다. 곧 도로 폭이 넓어지고 나무들이 드문드문해진 숲 한가운데에 낮고 볼품 없는 석조로 된 집이 서 있는 것이 보였다. 한 남자와 한 여자가 천장이 없는 포치에 앉아 있었다. 남자는 세 방문객이 다가오는 것을 보고는 당황한 듯이 일어섰다.

"린 부부입니까?"

세 사람이 포치 어귀에서 멈춰 서자 지방검사가 말했다.

"그렇습니다만. 내가 퍼시 린이고, 이쪽은 제 아내입니다. 여러분은 브래드우드 저택에서 오시는 길입니까?"

남자가 말했다.

린은 키가 크고 거무스름하며 예리한 표정을 지닌 영국인으로, 짧게 깎은 윤기나는 머리카락에 가늘고 긴 눈을 가지고 있었다. 엘리자베스 린은 금발의 뚱뚱한 여자였는데 얼굴에는 늘 미소를 띠고 있는 것 같았다.

아이셤이 고개를 끄덕이자 린이 말했다.

"아, 그렇습니까. 들어가시겠습니까?"

"아니, 이대로 괜찮습니다."

본 경감이 쾌활하게 말했다.

"아주 조금만 머물다가 곧 떠나겠습니다. 사건 얘기는 들으셨죠?"

영국인은 심각한 표정을 지으며 끄덕였다. 그러나 아내는 여전히 미소를 머금고 있었다.

"소름이 끼치더군요, 정말. 그 이야기를 처음 들은 것은 도로 쪽으로 산책하러 나갔다가 이웃 사람과 우연히 만났을 때였지요. 그 사람이 그 끔찍한 이야기를 해주더군요."

린이 말했다.

"물론 우린 그때, 거기에 가볼 생각은 하지도 못했답니다."

린 부인이 날카로운 목소리로 말했다.

"그래요, 물론이지요."

남편도 맞장구를 쳤다.

잠깐 동안 침묵이 흘렀다. 아이셤과 본은 서로 의미 있는 시선을 주고받았다. 그러나 린 부부는 꿈쩍도 하지 않고 가만히 있었다. 키가 큰 남자의 손에는 담배 파이프가 들려 있었다. 한 줄기 희미한 연기가 흔들리지도 않고 똑바로 얼굴 쪽으로 올라가고 있었다.

남자가 갑자기 파이프를 흔들었다.

"거 참, 정말 일이 성가시게 되었다고 생각합니다만, 당신들은 경찰이시죠?"

"그렇습니다."

아이셤이 말했다. 지방검사는 린 쪽에서 먼저 이야기를 하게 하려는 듯해 보였고, 본은 뒤로 물러나 있었다. 엘러리는 여자의 얼굴에 나타난 소름끼치는 미소에 마음이 쓰였다. 그러나 곧 빙긋이 웃고 말았다. 여자의 미소가 왜 어색한지를 알게 된 것이다. 부인은 틀니였던 것이다.

"여권을 보여달라고 하시겠죠?"

린이 다시 엄숙한 목소리로 말했다.

"가까운 이웃 사람이나 친구 등, 그런 사람들을 조사하시겠죠, 그렇죠?"

여권은 깨끗했다.

"우리들이—아내와 내가—왜 여기에 살게 되었는지도 잘 아시리라 생각합니다만……."

지방검사가 여권을 돌려주자 영국인이 말을 꺼냈다.

"그것은 브래드의 따님에게서 들었습니다."

아이셤이 말했다. 그리고는 갑자기 두 계단을 올라갔다. 린 부부는 잔뜩 긴장했다.

"당신들은 어젯밤에 어디에 계셨습니까?"

린은 목소리를 가다듬었다.

"아, 예. 실은 우리는 시내에 나가 있었는데……."

"뉴욕 말입니까?"

"물론 그렇죠. 시내에 나가 식사를 하고 연극을 보러 갔습니다. 무언극 말입니다."

"이곳에는 몇 시에 돌아오셨습니까?"

린 부인이 느닷없이 날카로운 목소리로 말했다.

"오, 돌아오지 않았어요. 어젯밤에는 호텔에서 묵었답니다. 너무 늦어서 말이죠."

"어느 호텔입니까?"

"루즈벨트 호텔이에요."

아이셤은 미소를 지었다.

"그렇습니까? 늦으셨다고 하셨는데, 어느 정도 늦으셨는지요?"

"예, 자정은 지났었지요."

영국인이 대답했다.

"연극이 끝난 뒤에 한잔하고 나서……."

"좋습니다."

경감이 말했다.

"이곳에 아는 분이 많이 있습니까?"

둘은 함께 머리를 저었다.

"거의 아무도 없습니다."

린이 말했다.

"브래드 씨하고, 아주 유쾌한 분인 야들리 교수, 그리고 의사인 템플 씨 정도밖에, 정말 그분들뿐입니다."

엘러리는 친근하게 미소지었다.

"혹시 오이스터 섬에 가보신 적은 없습니까?"

영국인은 다시 미소를 지었다.

"당치도 않아요. 나체주의라는 건 우리에겐 희귀하지도 대단하지도 않아요. 독일에서 진절머리가 날 정도로 보았답니다."

"게다가……."

린 부인이 불쑥 끼여들었다.

"저 섬사람들 말이죠. 전 저 사람들을 내쫓아야 한다고 생각해요. 브래드 씨도 찬성하시더군요, 가엾은 브래드 씨."

부인이 품위 있게 어깨를 으쓱했다.

"흐음!"

아이셤이 말했다.

"이번의 슬픈 사건에 대해서 혹시 짐작 가는 점은 없습니까?"

"전혀 짐작도 안 갑니다. 정말 끔찍해요. 대단히 야만스런 일입니다."
린은 혀를 찼다.
"유럽 대륙에서 보면 당신들의 훌륭한 나라가 얼룩지는 격이죠."
"사실입니다."
아이셤이 냉정하게 말했다.
"감사합니다. 자, 이만 실례가 많았습니다."

제8장 오이스터 섬

'케첨의 후미'는 토머스 브래드의 소유인 해안을 약간 반원형으로 깎아지른 듯한 모양이었다. 활 모양으로 된 해안 한가운데에 커다란 부두가 튀어나와 있고, 모터보트 몇 척과 증기선 한 척이 매어져 있었다. 엘러리는 두 친구의 뒤쪽에 붙어서 서쪽으로 향한 길을 더듬어 해안 쪽으로 걸어가서는 그 큰 부두에서 수백 야드 떨어진 작은 부두 위로 나왔다. 물을 사이에 두고 1마일도 채 안 되는 곳에 오이스터 섬이 가로놓여 있었다. 섬의 해안선은 본토에서 비틀어 떼어놓은 것이 마치 조금씩 부풀어가고 있는 듯한 모습을 하고 있었다. 섬의 맞은편은 보이지 않았으나, 섬의 윤곽이 오이스터(oyster ; 굴)라는 이름에 걸맞게 생겼다.

오이스터 섬은 롱아일랜드 만의 터키 석(石)과 같은 해면에 녹색의 보석같이 끼워져 있어서, 밖에서 보면 울창한 원시림으로 덮인 것 같았다. 나무들과 야생 관목들이 거의 바닷가까지 뻗어 있었다. 아니…… 작은 선착장이 하나 보였다. 눈을 모아서 자세히 살펴보니 회색을 띤, 확실치는 않지만 희미한 윤곽이 보였다. 그 밖에는 인간이 만든 건조물 같은 것은 하나도 눈에 띄지 않았다.

아이셤은 부두 위로 성큼성큼 나아가서 본토와 오이스터 섬 사이를 한가하게 왔다갔다 순항하고 있는 경찰증기선을 향해, "이것 봐!" 하고 소리쳤다. 서쪽의 좁은 물길 저편에 있는 경찰증기선 한 척이 선미를 이쪽으로 향하고 있는 것이 엘러리에게 보였다. 섬의 뒤쪽으로 사라지는 것으로 보아 섬의 해안을 따라 순찰하고 있는 것 같았다.

처음의 증기선이 육지 쪽으로 향해 와서는 부두 옆에 나란히 댔다.

"자, 가십시다, 퀸 씨. 이것으로 끝날지도 모르니까."

본이 증기선에 타면서 약간 긴장된 목소리로 말했다.

엘러리와 아이셤이 뛰어들자 증기선이 커다랗게 활 모양을 그리며 돌더니, 굴(오이스터 섬)의 중앙부분으로 곧바로 뱃머리를 돌렸다.

일행은 후미를 가로질러 나아갔다. 섬과 본토의 모습을 모두 선명하게 바라볼 수 있게 되었다.

일행이 증기선에 올라탄 부두에서 그다지 멀지 않은 곳에 똑같은 부두가 또 하나 있었다. 분명히 린 부부가 사용하고 있는 것이리라. 배를 붙들어매는 기둥에 손으로 젓는 배가 한 척 매인 채 태양 아래에 드러나 있었다. 린의 부두가 있는 곳의 맞은 편인 후미의 동쪽에도 똑같은 부두가 하나 더 있었다.

"템플 의사가 저기에 살고 있나요?"

엘러리가 물었다.

"그렇소. 저곳이 의사의 선착장이죠."

동쪽 부두에 배의 그림자는 없었다.

증기선이 물을 꿰뚫고 나아갔다. 오이스터 섬은 작은 선착장이 가까워짐에 따라 점차 확실하게 보였다. 일행은 잠자코 앉아서 그것이 점점 커지는 모습을 지켜보고 있었다.

갑자기 본 경감이 얼굴에 흥분한 빛을 띠더니 자리에서 벌떡 일어나 커다란 소리로 외쳤다.

"저기서 무슨 일이 일어나고 있는데!"

일행은 깜짝 놀라 선착장을 보았다. 어떤 남자가 발버둥치며 희미한 비명을 지르는 여자를 팔에 안고서 관목 숲에서 뛰어나오더니 선착장 서쪽에 매어져 있던 모터를 엔진이 붙어 있는 보트에 연결했다. 그러다가 순식간에 배 안으로 뛰어 들어 여자를 아무렇게나 배 뒤쪽의 판자에다 내동댕이치고 나서 엔진을 돌리는 것이었다. 보트는 맹렬한 속도로 선착장을 떠나자마자 곧바로 경찰증기선을 향해 돌진해 왔다. 여자는 기절한 듯이 조용히 누워 있었다. 남자가 섬 쪽을 갑자기 돌아다보자 거무스름한 얼굴이 보였다.

두 명의 탈출—그것이 정말로 탈출이라고 한다면—은 10초도 걸리지 않았다. 곧이어 도망자들이 나온 길 쪽 숲 속에서 놀랄 만한 것이 튀어나왔다. 완전 나체의 남자였다. 키가 크고 어깨가 넓으며 갈색의 울퉁불퉁한 근육을 지닌 남자인데, 새까만 머리카락이 뛰어가는 데 따라서 바람에 날렸다. 타잔 같다고 엘러리는 생각했다. 그 남자 바로 뒤의 숲에서 조금 있으면 타잔의 기상천외한 친구인 코끼리가 튀어나오지는 않을까 하고 생각할 정도였다. 그런데 가죽옷은 어떻게 되었을까? 남자는 선착장 위에서 우뚝 멈춰 서서는 멀어져 가는 보트를 노려보았다. 일행은 그가 퍼붓는 욕설을 들을 수 있었다. 남자는 그 억세 보이는 팔을 축 늘어뜨린 채, 자신이 완전 나체라는 것을 전연 의식하지 않고 그대로 서 있었다. 눈은 보트만 응시하고 있었다. 보트 속의 남자 또한 자기 배 앞쪽에 무엇이 가로놓여 있는지 전혀 의식하지 못하는 듯이 긴장한 채 뒤쪽만을 바라보고 있었다.

그때 엘러리의 눈이 놀라서 휘둥그레질 만큼 갑자기 나체 남자가 모습을 감추었다. 선착장 끝에서 마치 작살과 같이 물을 뚫고 바다 속으로 뛰어들었던 것이다. 그리고는 곧 물 위로 모습을 나타내더니 스피드 있게 헤엄을 치면서 도망자를 향해 나아가기 시작했다.

"당치도 않은 바보 같은 짓이야."

아이셤이 외쳤다.

"모터보트를 따라잡을 작정인가?"

"모터보트가 멈춰 있는데요."

엘러리가 날카롭게 말했다. 아이셤은 깜짝 놀라 모터보트를 똑바로 바라보았다. 보트는 해안에서 100야드(약 91m) 정도 떨어진 물 위에 가만히 멈춰 있었는데, 그 안에 탄 남자는 말을 듣지 않는 모터를 미친 듯이 주물러대고 있었다.

"긴급해!"

본 경감이 경찰증기선의 조종사에게 고함쳤다.

"저 사람의 눈매를 보니 살인을 저지를지도 몰라."

증기선이 으르렁거리자 기적이 힘차게 뿜어져 나오면서 그 처량한 소리가 메아리되어 섬 전체를 뒤흔들었다. 증기선의 존재를 비로소 알아차렸는지 보트 속의 남자와 물 속의 남자가 동작을 멈추고서 그 경고 소리가 나는 곳을 살펴보았다. 헤엄치던 남자가 물 위로 얼굴을 내밀었다. 물 속의 남자는 매우 거칠게 머리를 흔들고서 물을 튕기며 물속으로 들어갔다. 곧바로 또 머리를 물 위로 내밀고서 또다시 기세 좋게 헤엄쳐 나아가기 시작했는데, 이번에는 지옥의 악마가 총출동해서 쫓아오기라도 하는 듯이 섬을 향해 도망가는 것이었다.

보트의 뱃머리에 누워 있던 여자는 일어나 앉더니 멍하게 하늘을 바라보았다. 남자는 배 뒤쪽에 있는 자리에 녹초가 되어 앉아서는 증기선을 향해 손을 흔들고 있었다.

증기선을 보트 옆에 갖다대었을 때 나체 남자는 물 속에서 물가로 뛰어올랐다. 그리고는 뒤도 돌아보지 않고 숲 속을 헤치면서 어느 새 모습을 감추어 버렸다.

어처구니없게도 경찰증기선이 엔진이 꺼진 모터보트에 갈고랑이를 걸치자 그 속의 남자가 머리를 뒤로 젖히고서는 큰소리로 웃기 시작했다. 꽤 안심했는지 신나게 웃어젖히는 것이었다.

나이를 짐작할 수 없는 매끈한 근육에 야무지게 생긴 남자로서 짧게 깎은 갈색 머리카락에, 얼굴은 햇볕에 타서 거의 검붉은색이었다. 오랫동안 적도 바다 밑에서 지낸 듯한 피부색이었다. 눈까지도 햇볕에 탄 듯, 거의 색이 없고 물과 같이 짙은 회색을 띠고 있었다. 입은 살로 만든 올가미와 같았고, 턱의 근육은 칼집의 고리같이 검붉은 색의 볼을 당기고 있었다. 엘러리는 참을 수 없이 재미있다는 듯이 배를 움켜쥐고 웃고 있는 보트 위의 남자를 지켜보면서, 이 남자는 비록 도망치기는 했지만 보통 인물이 아니라는 것을 알아차렸다.

이 놀랄 만한 남자가 납치해 온 여성이 조나 링컨과 매우 닮은 점으로 보아 그녀는 고집이 세다는 헤스터가 틀림없었다. 미인이라고는 할 수 없겠으나, 멋진 몸매의 아가씨였다. 몸매가 좋은 것은 별로 힘들이지 않고 알아차릴 수 있었다. 여자는 남자의 윗도리를 어깨에 걸쳐 입고 있었으나—엘러리가 살펴보니 웃고 있는 남자는 윗도리를 걸치고 있지 않았다. —그 아래는 더러운 천조각으로 가려져 있어서 환히 다 보이는 것이, 누군가가 근처에 굴러다니던 천조각으로 그냥 가려준 듯한 모습이었다.

그 여자는 남자들이 쳐다보는 것을 난처한 표정의 파란 눈으로 바라보다가, 곧 얼굴을 붉히고는 몸을 떨며 얼굴을 숙였다. 그리고 손을 무의식중에 무릎 사이로 가져갔다.

"도대체 뭐가 그렇게 재미있소?"

경감이 물었다.

"그리고 당신은 누구요? 어째서 그 여자를 납치했소?"

남자의 눈에서 눈물이 흘러나왔다.

"그렇게 묻는 것도 무리는 아니지요."

남자는 숨을 몰아쉬면서 말했다.

"하, 정말 재미있는데!"

상대방은 머리를 흔들어 거무스름한 머리에서 쾌활함의 잔재를 털어버리며 일어섰다.

"실례합니다. 나는 템플이라는 사람입니다. 이 여자는 헤스터 링컨 양이고요. 구해 주셔서 대단히 감사합니다."

"이쪽 배로 옮기시오."

본이 고함쳤다.

아이섬과 엘러리는 손을 내밀어 말없이 있는 여자를 증기선에 옮겨 태웠다.

"아니, 잠깐 기다려요."

템플 의사가 당황한 듯이 말했다.

이제 그의 얼굴엔 유머가 사라지고 의혹이 서려 있었다.

"당신들은 도대체 누구십니까?"

"경찰이오. 자, 자, 빨리."

"경찰?"

남자는 눈을 가늘게 뜨고서 천천히 증기선으로 기어올랐다. 한 형사가 모터보트를 증기선의 밧줄에 묶었다. 템플 의사는 본에서 아이셤, 아이셤에서 엘러리로 시선을 옮겼다. 여자는 녹초가 된 채 의자에 기대어 마루를 쳐다보고 있었다.

"그런데 이것 참 이상하군요. 어떻게 된 겁니까?"

아이셤 지방검사가 사건을 이야기해 주었다. 템플 의사의 얼굴은 무서우리만큼 창백하게 변했고, 헤스터 링컨은 공포가 가득 찬 눈으로 올려다보았다.

"브래드가 살해당하다니 있을 수 없는 일입니다. 어제 아침에도 만났었는데, 게다가……."

템플 의사가 낮은 목소리로 말했다.

"조나는…… 오빠는 무사한가요?"

헤스터가 말했다. 그녀는 떨고 있었다.

아무도 거기에 대답하지 않았다. 템플 의사는 아랫입술을 깨물었다. 깊은 생각에 잠긴 듯한 표정이 그 창백한 눈에 떠올랐다.

"혹시 만나보셨는지요? 린 부부 말입니다."

의사는 기묘한 목소리로 물었다.

"왜요?"

템플은 잠자코 있었다. 잠시 뒤 미소를 지으며 어깨를 으쓱했다.

"아, 아무것도 아닙니다. 단지 그냥 물어봤을 뿐입니다. 가엾게도 톰이……."

의사는 갑자기 주저앉으며 수면 너머의 오이스터 섬을 가만히 바라보았다.

"브래드의 선착장으로 되돌아가게."

본이 명령했다. 증기선은 물을 휘저으며 방향을 바꾸어 본토 쪽으로 돌아가기 시작했다.

엘러리는 큰 부두 위에 서 있는 야들리 교수의 키 큰 모습을 보고는 손을 흔들었다. 그에 답하여 야들리도 긴 팔을 흔들었다.

"아니, 템플 씨. 당신은 매우 기분이 좋은 모양이군요. 그 굉장한 납치 소동은 도대체 어떻게 된 겁니까? 게다가 당신을 뒤쫓아왔던 그 나체의 미치광이는 어떤 사람입니까?"

아이셤 지방검사가 점잖은 투로 말을 꺼냈다.

"그것은 말하기가 좀 곤란한데……. 솔직하게 털어놓고 이야기하는 게 낫겠군요. 헤스터, 용서하시오."

여자는 대답하지 않았다. 토머스 브래드의 죽음을 듣고 대단히 놀란 것 같았다.

"이 링컨 양은 뭐라고 할까요. 하는 행동이 좀 충동적입니다. 아무래도 젊으니까. 젊은 사람은 엉뚱한 것에도 결사적으로 덤벼들잖습니까."

햇볕에 탄 남자가 말했다.

"오, 빅터!"

헤스터가 가냘픈 목소리로 말했다.

"조나 링컨은 어떻게 말하면 좋을까……. 내가 보는 관점에선, 동생에 대한 의무를 게을리하고 있습니다."

템플 의사는 눈썹을 찡그리며 말을 이었다.

"당신이 그렇게 보시는 것뿐이에요."

여자가 불쾌한 듯이 말했다.

"그래요, 헤스터. 내 생각은……."

의사는 또 입술을 깨물었다.

"일주일이 지나도 헤스터가 저 울화통 터지는 섬에서 돌아오지 않기에 나는 누군가가 이 여자를 제정신으로 돌아오게 해야 한다고 생각한 겁니다. 그러나 아무도 나서지 않기에 내가 그 역할을 맡은 겁니다. 나체주의라고, 흥!"

의사는 '흥' 하고 콧소리를 냈다.

"저 일당이 하는 짓은 변태라고요. 나는 겉멋으로 의사를 하고 있는 것이 아닙니다. 저놈들은 착실한 사람들의 억제된 감정을 희생양으로 하고 있어요. 사기꾼들이지요."

여자는 숨을 삼켰다.

"빅터 템플, 당신은 자신이 무슨 말을 하고 있는지 알고 있는 거예요?"

"내가 끼여들어서 미안합니다만, 링컨 양이 아무것도 입지 않고 돌아다닌다고 해서 그것이 당신과 무슨 관계가 있습니까? 이 여자는 성년인 것 같은데?"

경감이 온화하게 말했다.

템플 의사는 턱을 쑥 내밀었다.

"내 감히 말하지요. 나는 간섭할 권리가 있다고 생각합니다. 감정적으로 이 여자는 아주 어린애이며 또한 사춘기입니다. 멋진 몸매에 눈이 팔려서 달콤한 말에 속아넘어간 겁니다."

템플은 화가 난 듯이 말했다.

"그건 폴 로메인을 말하는 거겠죠?"

엘러리가 희미한 미소를 띠면서 말했다.

의사는 고개를 끄덕였다.

"그렇습니다. 못된 악당이지요. 저 엉터리 같은 태양교의 살아있는 간판이죠. 태양은 정확하게 저 장소에 있는 것으로 충분하지 않습니까. 나는 오늘 아침 이 여자를 찾으러 나갔었습니다. 로메인과 나는 한바탕 대결했지요. 마치 원시인 같은 놈입니다. 우습더군요. 그래서 아까 그렇게 웃었던 겁니다. 그러나 그때는 진지했었습니다. 그놈은 나보다도 무척 세더군요. 도저히 그놈을 당할 수가 없겠다는 생각이 들어서 틈을 노렸다가 링컨 양을 납치해서 도망친 겁니다."

템플은 쓴웃음을 지었다.

"로메인이란 놈이 발을 헛디뎌 그 돌대가리를 바위에 부딪치지 않았더라면, 나는 그대로 뻗어버렸을 겁니다. 이 거창한 납치 소동은 바로 이렇게 된 거지요."

헤스터는 멍하니 의사를 지켜보았다. 그리고는 두려움에 몸을 떨었다.

"그래도 나는 아직 모르겠는데. 무슨 권리로 당신은……."

아이셤이 말을 꺼냈다.

템플 의사는 일어서더니 다소 위협적인 태도로 나왔다.

"당신들이 누구인지 몰라도 이것은 당신들이 끼여들 일이 아닙니다. 난 이 젊은 아가씨를 언젠가는 내 아내로 맞아들일 작성입니다. 바로 이것이 권리입니다. 이 여자는 나를 사랑하고 있지만, 아직 그것을 깨닫지 못하고 있어요. 하나님께 맹세코 나는 이 여자에게 그것을 깨우쳐줄 생각입니다."

템플 의사가 여자를 노려보자 그것을 맞받아 노려보는 그녀의 눈에서 잠시 불꽃이 튀었다.

"이게, 사랑의 황홀감 아니겠습니까?"

엘러리가 아이셤에게 속삭였다.

"그렇겠군."

아이셤이 말했다.

큰 부두에 있던 경관 한 사람이 배를 잇는 줄을 잡았다. 야들리 교수가 말했다.

"허, 퀸, 자네가 어떻게 하고 있는지 궁금해서 보러 왔네. 아니, 템플, 어찌된 게요?"

템플 의사는 고개를 끄덕였다.

"지금 헤스터를 납치해 왔습니다. 그래서 이분들이 저를 묶어서 목을 베려고 하는 거죠."

야들리의 얼굴에서 미소가 사라졌다.

"저런, 안됐구먼."

"저, 교수님, 우리와 함께 가시지 않겠습니까?"

엘러리가 말했다.

"저 섬에는 교수님을 필요로 하는 일이 있을 것입니다."

본 경감이 덧붙였다.

"그래요, 좋은 생각이오. 그런데 템플 박사님, 어제 아침 브래드를 만났다고 하셨죠?"

"아주 잠깐 동안이었소. 그는 시내로 막 나가려는 참이었습니다. 월요일 밤에도 만났지요. 어제 전날 밤에 말입니다. 그는 아무것도 변한 점이 없었고, 언제나처럼 그대로였습니다. 나는 모르겠어요. 정말 모르겠어요. 용의자는 있습니까?"

"이쪽에서 묻겠습니다."

본이 말했다.

"당신은 어젯밤 어떻게 지냈습니까?"

템플은 씁쓸하게 웃었다.

"우선 나부터 시작하겠다는 겁니까?"

"저녁 내내 집에 있었습니다. 혼자서 살고 있지요. 파출부가 한 사람 매일 찾아와서 요리와 청소를 해줍니다."

"그냥 형식적인 질문입니다. 좀더 자세히 당신에 관해 듣고 싶은데요."

아이셤이 말했다.

템플은 힘없이 팔을 흔들었다.

"무엇이든지, 원하시는 대로."

"여기에 얼마나 오래 사셨습니까?"

"1921년부터 살았죠. 나는 퇴역한 육군 장교입니다. 군인이지요. 제1차 세계대전이 일어났을 때 이탈리아에 가 있어서, 이탈리아 군의관으로 참가했습니다. 좀 충동적이라고 하시겠습니다만, 당시엔 아직 젖비린내 나는 풋내기였죠. 의대를 막 나왔을 때였으니까요. 계급은 소령이었습니다. 한두 번 총도 잡았습니다. 발칸 반도 전선에서 포로로 잡혔죠. 별로 재미있진 않았어요."

템플은 잠시 미소지었다.

"이렇게 해서 나의 군 경력은 끝났습니다. 전쟁이 끝날 때까지 오스트리아 군에 의해 그라츠에 갇혀 있었지요."

"그리고 나서 미국으로 건너왔나요?"

"몇 년 동안 여러 곳을 정처 없이 돌아다녔습니다. 전쟁 중에 대수롭지 않은 유산을 상속받았거든요. 그런 뒤에 고향에 돌아왔습니다. 우리들 중 많은 사람이 어떻게 되었는지 잘 아실 겁니다. 옛친구들은 죽었고, 가족도 없죠. 흔한 일입니다. 나는 이곳에 자리잡은 이래 줄곧 시골신사 노릇을 해오며 살았습니다."

"감사합니다, 박사님."

아이셤이 한층 격의 없이 말했다.

"당신들은 여기서 내리십시오. 그리고……."

지방검사는 문득 어떤 생각이 떠오른 모양이었다.

"링컨 양, 당신은 브래드우드 저택으로 돌아가는 게 좋겠소. 저 섬에서 난리가 벌어질지도 모릅니다. 당신 소지품은 나중에 보내드리지요."

헤스터 링컨은 눈을 감고 있었다.

"난 여기에 있지 않겠어요. 돌아가겠어요."

이렇게 말하는 헤스터의 어조에는 움직일 수 없는 강한 집념이 들어 있었다.

템플 의사의 미소가 사라졌다.

"돌아가다니! 헤스터, 당신은 미치기라도 한 건가? 모든 일이 이렇게 되었는데도……."

템플 의사가 소리쳤다.

헤스터는 어깨에서 윗도리를 벗어 던졌다. 태양이 갈색 어깨를 태웠고, 그녀의 눈도 그에 못지 않게 이글거리고 있었다.

"템플 씨, 당신이든 어느 누구든 나를 막지 못할 거예요. 돌아갈 거예요. 당신이 왜 막는 거죠? 막지 마세요."

본은 힘이 빠진 듯이 아이셤을 바라보았다. 아이셤은 기분이 언짢은 듯 뭐라고 투덜거리면서 그 근방을 걷기 시작했다.

엘러리가 귀찮은 듯이 말했다.

"좋아요, 그것도 좋겠는데요. 모두 돌아가시죠. 그것도 재미있을 것 같습니다."

그래서 다시 한 번 증기선은 케첨의 후미 쪽 바다 수면 위를 가로질러 갔다. 이번에는 무사히 그 작은 부두에 도착했다. 일행이 부두에 도착했을 때 헤스터는 부축해 주는 것을 단호하게 거절했다. 잠시 후, 갑자기 유령 같은 것이 출현해서 일행을 깜짝 놀라게 했다.

그것은 텁수룩한 머리에 갈색 턱수염을 기르고, 미치광이 같은 눈을 가진 몸집이 작은 노인이었다. 그는 새하얀 긴 옷에 싸여 있었으며, 기묘한 모양의 샌들을 신고 있었다. 오른손에는 위쪽에 뱀의 형상을 서툴게 조각해서 붙여놓은, 볼품 없지만 좀 특이한 지팡이를 들고 있었다. 그는 관목 숲에서 나오자마자 뼈와 가죽만 남은 가슴을 쑥 내밀고서 멸시하듯이 일행을 무섭게 쏘아보는 것이었다.

그 뒤에는 아까의 바로 그 나체 수영선수가 탑과 같이 우뚝 서 있었다. 이번에는 하얀 즈크 바지에 언더 셔츠를 입고 있었다. 그러나 갈색 발은 맨발 그대로였다.

양쪽 진영이 서로를 노려보았으나, 잠시 뒤에 엘러리가 먼저 감동해 마지않는 듯이 친밀하게 말했다.

"아니, 이거 하라크트 아니세요?"

야들리 교수가 턱수염 사이로 미소지었다.

몸집이 작은 유령은 깜짝 놀라 눈을 두리번거리며 엘러리를 살펴보았다. 그러나 그 눈에서는 엘러리를 적으로 간주하는 듯한 빛은 나오지 않았다.

"그게 내 이름이오."

노인은 날카롭지만 분명한 소리로 말했다.

"당신들은 내 신전의 참배자요?"

"당신 신전에 참배하겠소, 이 땅콩 같은 양반아."

본 경감이 성큼성큼 앞으로 가서 하라크트의 팔을 움켜잡으면서 소리쳤다.

"당신이 이 난리법석의 장본인이란 말이지? 당신 오두막은 어디요.

당신에게 할 이야기가 있어."

하라크트는 깜짝 놀란 모습으로 동료 쪽을 뒤돌아보았다.

"폴, 이것 봐, 폴?"

"저 사람은 폴이라는 이름이 마음에 드는 모양인데."

야들리 교수가 중얼거렸다.

"대단한 사도야."(성경에 나오는 사도 바울(Paul)의 영어식 표현이 '폴'이다.)

폴 로메인은 시선을 움직이지 않고 잠자코 템플 의사를 쏘아보고 있었다. 템플도 큰 흥미를 가지고 같이 쏘아보고 있었다. 엘러리가 정신을 가다듬고 주위를 살펴보니 헤스터는 숲 속으로 기어들어가 버리고 없었다.

하라크트는 다시 돌아섰다.

"당신들은 누구요? 무엇을 하러 여기에 왔소? 우리는 여기서 평화롭게 지내고 있는데."

아이셤은 울화통을 터뜨렸고, 본은 신음소리를 냈다.

"이 노인네는 마치 모세라도 될 작정인 모양이군. 이것 봐, 영감, 우리들은 경찰이야. 알았어? 살인범을 찾고 있단 말이야."

노인은 마치 본에게 얻어맞기라도 한 듯이 움츠러들었다. 얇은 입술을 부들부들 떨면서 괴로운 듯이 말했다.

"또? 또!"

폴 로메인은 겨우 정신을 차렸다. 그는 하라크트를 난폭하게 밀어젖히고는 앞으로 나와 경감 앞에 우뚝 섰다.

"당신이 누군지는 모르지만 할 말이 있으면 내게 하시오. 이 노인은 좀 정상이 아니오. 살인범을 찾고 있다고 했는데, 어디든 마음대로 찾으시오. 그런데 도대체 우리들이 그것과 무슨 관계가 있다는 거요?"

엘러리는 이 남자에게 감탄했다. 사람을 매혹시키는 훌륭한 몸매의 남성미를 지니고 있었다. 감정이 억압되어 있거나 감상적인 성격을 지닌 여자들이라면 누구나 이 남자에게 정신을 잃을 것 같았다.

아이셤은 부드럽게 말했다.

"당신과 이 미치광이는 어젯밤 어디에 있었소?"

"정확하게 이 섬에 있었습니다. 누가 살해당했다고요?"

"모르고 있소?"

"모르는데요. 누구죠?"

"토머스 브래드요."

로메인의 눈이 휘둥그레졌다.

"브래드라! 흠, 그렇게 될 만한 사람이었지. 그것이 어쨌다는 겁니까? 우리들은 아무런 상관도 없어요. 본토의 우거지상 할머니들에게는 볼일이 없어. 우리를 그냥 내버려두기만 바랄 뿐이오."

본 경감은 부드럽게 아이셤을 한쪽 옆으로 밀어냈다. 경감은 결코 약한 사람이 아니었다. 그는 로메인의 눈을 강하게 맞받으며 한 발자국도 물러서지 않았다.

"아니, 이 녀석이."

이렇게 말하며 로메인의 손목을 꽉 잡았다.

"정신 차리고 말해. 자네와 얘기하는 분은 이 군의 지방검사야. 그리고 경찰의 최고 간부고. 착한 아이같이 묻는 말에 대답이나 하란 말이야."

로메인은 팔을 비틀어 빼내려고 했으나, 본의 손은 강철같았다. 그의 손가락이 로메인의 튼튼한 손목 주위를 꺾쇠 모양으로 꽉 죄고 있었다.

"아, 알겠소. 당신들 말대로 하겠소. 도무지 우리를 가만히 두지 않아서 그런 거요. 도대체 무엇을 알고 싶습니까?"

로메인이 우물거리면서 대답했다.

"당신과 뒤에 있는 저 축 늘어진 노인이 최근에 이 섬을 떠난 것이 언제였지?"

하라크트가 날카로운 목소리로 말했다.

"폴, 이쪽으로 와. 그놈들은 신앙심이 없는 인간들이야."

"조용히 하세요. 저기에 있는 노인은 우리가 여기에 오고 나서는 섬을 떠난 적이 없어요. 우리는 일주일쯤 전에 물건을 사러 마을에 갔었습니다."

"좋아, 알겠어."

경감은 로메인의 팔을 놓았다.

"자, 가시지. 자네들의 본부인지 신전인지는 잘 모르겠지만, 그곳을 보고 싶군."

일행은 일렬로 서서 기묘한 모습을 한 하라크트의 뒤를 따라 해안에서 섬의 중심부를 향해 관목 숲 속으로 나 있는 작은 길을 더듬어 나아갔다. 섬은 이상하게 조용해서 작은 새나 곤충, 사람 등이 살고 있을 것 같지 않았다. 대담하게 걸어가는 로메인은, 바로 뒤에서 자기 발자국을 밟으며 눈도 깜박이지 않고 따라오고 있는 템플 의사의 존재 같은 건 벌써 잊은 것 같았다.

수사대가 도착하기 전에 로메인이 말해 둔 것이 분명했다. 일행이 숲 속으로부터 넓은 빈터로 나가자 바로 그곳에 조잡하게 판자를 붙여 날림식으로 지은 커다란 목조건물이 있었고, 하라크트의 신자들은 모두 옷을 입고서 기다리고 있었다. 황급히 명령을 받은 듯, 나이와 모습들이 서로 다른 20명 가량의 이 새로운 종교의 신자들은 모두 천조각을 걸치고 있었다. 로메인이 알아들을 수 없는 소리를 내자 그 패거리들은 원시인처럼 건물의 여러 구역으로 종종걸음으로 들어가 버렸다.

경감은 아무 말도 하지 않았다. 당분간은 풍기문란 단속에는 관심이 없었다.

하라크트는 무아지경의 모습으로 천천히 나아갔다. 그는 손으로 만든 유리어스(uraeus)를 높이 들어올리고는 기도를 하듯이 입술을 계속 움직이고 있었다. 그는 앞장서서 중앙의 계단을 올라갔다. 그 안이 '신전'인 모양인데, 참으로 놀랄만한 방이었다. 휑뎅그렁하게 넓은 데다가 갖가지 천체도(天體圖), 매의 머리를 지닌 이집트의 신 호러스의 석고상, 소의 뿔, 시스트럼(이시스가 만들었다고 하는 이집트 악기), 옥좌를 떠받치고 있는 상징적인 원반 등이 있었다. 또한 엘러리로선 무엇에 사용하는지 도무지 알 수 없는 판자로 둘러싸인 기묘한 설교단과 같이 생긴 것이 있었다. 그것의 한쪽 면은 화려하게 꾸며져 있었다. 방에는 천장이 없어서 오후의 태양이 벽에 긴 그림자를 던지고 있었다.

하라크트는 곧바로 제단으로 가서는 울퉁불퉁한 뼈와 가죽만 남은 양팔을 하늘로 향해 높이 치켜들고서 무슨 말인가를 중얼거리기 시작했다.

엘러리는 묻는 듯한 시선으로 야들리 교수 쪽을 보았다. 교수는 하라크트로부터 1피트(약 30cm)도 떨어지지 않은 바로 옆에서 볼품 없는 큰 몸을 똑바로 세운 채 긴장하고서 귀담아듣고 있었다.

"놀라운데."

교수가 낮은 목소리로 말했다.

"이 사람은 시대를 거꾸로 살고 있어. 20세기의 인간이 고대 이집트어를 말하는 걸 듣게 되다니……."

엘러리는 깜짝 놀랐다.

"그럼 저 사람은 자신이 무슨 말을 하고 있는지 정말로 알고 있단 말입니까?"

야들리는 한심스러운 듯이 미소지으며 속삭였다.

"저 사람은 미치광이야. 하긴 미치광이가 된 것도 당연하지. 게다가 진짜 이집트 어를 말하고 있으니……. 저 사람은 자신을 라-하라크트라고 자칭하고 있는데, 사실은 세계 최고의 이집트 학자 중 한 사람이라네."

노인의 주문은 계속해서 낭랑하게 울려퍼졌다. 엘러리는 머리를 저었다.

"자네에게 말해 주고 싶었는데……."

교수가 속삭였다.

"우리 둘만 있을 기회가 없었잖은가. 나는 저 사람을 한번 본 순간부터 누구인지 알았다네. 2~3주일 전에 단순히 호기심 때문에 보트를 저어서 이 섬을 조사하러 왔었거든. 이상한 이야기겠지만 저 노인의 본명은 스트라이커라고 해. 몇 년 전에 '왕가의 골짜기'로 발굴을 갔다가 극심한 일사병에 걸린 채 회복되지 못했다네. 불쌍한 사람이지."

('왕가의 골짜기'는 이집트 중앙부에 있는데, 그 중심에 기원전 1600년경 대단히 번창한 테베의 고도(古都)가 있다.)

"그래도 고대 이집트 어를 할 수 있다니."

엘러리가 의아한 표정을 지었다.

"저것은 호러스에게 바치는 승려의 기도문을 외우고 있는 거야. 그것도 고대 이집트 어로, 이 남자가."

야들리는 진지하게 말했다.

"정말이야, 믿어도 돼. 물론 지금은 머리가 돌았지. 기억도 확실하지 않을 테고. 미쳤기 때문에 이전에 알고 있는 것이 몽땅 뒤죽박죽이 된 거야. 예를 들면 이집트학의 입장에서 보면 이런 방 같은 건 없거든. 완전히 뒤죽박죽이야. 시스트럼이나 소의 뿔은 이시스에 있어 신성한 것이고, '유리어스'는 천제의 표상이지. 게다가 호러스의 상이 엉터리야. 저 시설, 즉 판자가 '사랑의 단'인데 저것은 아마도 신자들이 기도할 때나 저 사람이 감사의 주문을 올리는 예식을 할 때 기대는 걸 거야."

교수는 어깨를 으쓱했다.

"무엇이든 저 사람의 상상과 미친 머리에서 엉망으로 뒤섞여 나오는 게지."

하라크트는 팔을 올려 제단의 구석에서 이상한 향로를 끄집어내서는 자기 눈꺼풀에 끼얹고 나서 매우 조심스럽게 기도대에서 내려왔다. 미소를 머금은 모습이 다소 힘을 되찾은 듯이 보였다.

엘러리는 새로운 시각에서 그 남자를 바라보았다. 미치광이인지 아닌지는 별도 문제고, 이 사람이 권위 있는 인물이라 한다면 문제는 완전히 달라진다. 스트라이커라는 이름은 기억을 잘 더듬어보니 희미하게 생각이 날 듯도 했다. 몇 년 전 예비학교(대학 진학 코스의 사립학교)에 다닐 때……. 그래, 당시 이 인물에 대하여 쓰여진 책을 읽은 적이 있었다. 이집트 학자인 스트라이커. 벌써 몇천 년 전에 사라진 언어를 중얼거리는 인물…….

엘러리가 다시 돌아다보니 헤스터 링컨이 짧은 스커트와 스웨터를 입고서 제단이 있는 방 맞은편의 낮은 출입구에서 이쪽을 향해 서 있었다. 어디라고 꼭 꼬집어서 말할 순 없으나 창백한 얼굴 너머로는 강철 같은 의지가 나타나 있었다. 템플 의사에게는 눈길도 주지 않고 방을 가로질러 와서는 보라는 듯이 폴 로메인 옆에 바싹 다가섰다. 그리고는 남자의 손을 잡았다. 깜짝 놀란 로메인은 홍당무같이 되어 한 발자국 한쪽 옆으로 비켜섰다.

템플 의사는 빙긋 웃었다.

본 경감은 그런 사소한 일에 신경 쓸 처지가 아니었다. 조용히 서서 경찰을 바라보고 있는 스트라이커 옆으로 성큼성큼 다가가서 말했다.

"두세 가지 간단히 물어볼 테니 대답해 주시오."

미치광이는 머리를 갸웃했다.

"알겠소."

"당신은 언제 웨스트버지니아 주의 웨어턴을 떠났소?"

노인의 눈이 반짝하고 빛났다.

"5개월 전 쿠피(kuphi) 의식이 끝난 뒤였소."

"언제라고?"

본이 고함을 치며 일어섰다.

야들리 교수가 헛기침을 했다.

"이 사람이 무슨 말을 하는 건지 내가 설명해 드릴 수 있을 것 같소. 이 사람이 말하고 있는 '쿠피' 의식이라는 것은 고대 이집트의 승려가 해가 질 때 행했던 의식입니다. 손이 매우 많이 가는 의식인데, 당시에는 16가지 정도의 재료 즉 꿀, 포도주, 포도, 몰약(沒藥)이나 그 밖에 여러 가지가 있습니다만 그런 것들로 만든 '쿠피'라고 하는 당약(當藥)을 청동으로 된 향로 속에서 뒤섞으면서 경문을 읽는 겁니다. 바로 그것과 똑같은 의식을 이 사람이 5개월 전 해가 질 때 했었다고 하는 거지요.

그럼 1월이 되겠군요.”

본 경감이 고개를 끄덕이자 스트라이커가 교수에게 엄숙한 미소를 지었다. 그때 엘러리가 갑자기 큰소리로 외치는 바람에 모두들 깜짝 놀라고 말았다.

“크로삭!”

태양신과 그 매니저를 지켜보는 엘러리의 눈이 빛나고 있었다.

스트라이커의 얼굴에서 미소가 사라지고 입가의 근육이 비틀리기 시작했다. 그리고는 도움을 요청하듯이 제단 쪽을 살폈다. 로메인은 아무런 동요도 나타내지 않았다. 표정에서 보면 오히려 그 자신도 깜짝 놀란 듯했다.

“실례했습니다.”

엘러리가 내키지 않는 듯이 말했다.

“가끔 이런 바보 같은 짓을 합니다. 계속하시지요, 경감님.”

“나도 그렇게 바보는 아니오.”

본이 싱글거렸다.

“하라크트, 벨랴 크로삭은 어디에 있소?”

스트라이커는 입술을 축였다.

“크로삭……. 아니오, 몰라. 난 몰라. 그 남자는 신전을 버렸어. 도망쳤소.”

“이런 얼간이하고는 언제부터 함께 다녔소?”

아이셤이 집게손가락을 로메인에게 들이대며 물었다.

“크로삭이라니, 도대체 무슨 말입니까?”

로메인이 신음하듯이 물었다.

“내가 알고 있는 것은, 이 노인과 나는 2월에 만났다는 것뿐이오. 상당히 좋은 생각을 갖고 있는 것 같아서 말이죠.”

“어디서 만났소?‘

“피츠버그였소. 나에게는 아주 좋은 기회라고 생각했거든요.”

로메인이 넓은 어깨를 약간 으쓱하고는 앞의 말을 이었다.

“물론 이런 게 모두, 태양신 같은 건 죄다 가짜지만…… 세상의 얼간이들에게는 딱 안성맞춤이더군요. 내가 흥미를 가졌던 것은 단지 동료들에게 땀 냄새나는 옷을 벗게 하고 햇볕을 쬐게 하는 것뿐이었소. 자, 나를 보시오!”

로메인은 목소리를 높였다. 로메인이 크게 숨을 들이쉬자 그 멋진 가슴이 풍선처럼 부풀어 올랐다.

“건강해 보이지요? 그래요. 이것은 태양의 고마운 광선을 피부에 닿게 하여 피부 속에까지 스며들게 한 덕분이지요.”

“오, 그런가? 줄거리는 알고 있어. 흔히 그런 수법이지. 나는 요람에서 나온 이래 죽 옷을 입어 왔지만 자네 정도는 새끼손가락 끝으로도 비틀어 버릴 수 있어. 어떤 이유로 당신은 이곳에 왔지, 이 오이스터 섬에?”

경감이 말했다.

“호, 비틀어 버리겠다고, 정말이오? 좋소, 경찰이든 아니든, 누구든지 좋아요. 언제 한번 해보시겠소? 나는…….”

로메인의 배가 불룩해졌다.

“그것은 이미 정해져 있었소.”

스트라이커가 걱정스러운 듯이 날카롭게 소리쳤다.

“정해졌다고?”

아이셤이 눈썹을 찡그렸다.

“누가 정했소?”

스트라이커는 뒷걸음질쳤다.

“정해진 거요.”

“아, 이 사람이 말하는 건 들을 필요 없어요.”

로메인이 소리치듯이 말했다.

“억지를 부리기 시작하면 이치에 맞는 이야기는 들을 수가 없어요. 내가 만났을 때에도 똑같은 말만 했으니까. 정해져 있다는 겁니다, 오이스터 섬으로 오는 것이.”

“그건 당신이 저 사람과 동등한 신(神)이 되기 전이었소?”

엘러리가 물었다.

“그렇소.”

벽에 부딪쳐 버린 것 같았다. 미치광이든 아니든 간에 일사병에 걸린 이 이집트 학자에게서는 더 이상 사리에 맞는 이야기를 끄집어낼 수가 없는 게 분명했다. 로메인은 6개월 전의 사건에 대해서는 아무것도 모르고 있었다. 아니, 모른다고 주장했다.

조사해 보니 섬에는 23명의 나체주의자가 살고 있었는데, 대부분이 뉴욕에서 그럴 듯한 신문광고와 로메인의 개인적인 전도에 이끌려서 이 해괴한 아르카디아(Arcadia ; 고대 그리스의 이상향)로 오게 되었다는 것이다. 그들은 열차로 역까지 와서는 택시로 템플 의사의 집 맞은 편에 있는 일반인용 부두에 도착했다. 그리고는 섬의 주인인 케첨에게 얼마 안 되는 돈을 주고서 낡은 평지선(밑바닥이 평평한 배)으로 이 섬에 오게 된 것이었다.

케첨 노인은 아마도 이 섬의 동쪽 끝에서 부인과 함께 살고 있는 것 같았다.

본 경감은 태양숭배와 나체주의인 이 새로운 종교에 들어온, 두려움에 떨고 있는 23명의 태양신 신자들을 급히 불러들였다. 그 많은 사람들은 대단한 혼란에 빠져 있었다. 금지된 나체의 기쁨에 젖어 있다가 이제는 경찰의 취조를 받는 처지가 된 지금, 그들 중 대부분은 진정으로 자신을 부끄럽게 여기는 것 같았다. 몇몇 사람은 완전한 복장을 갖추고서 짐까지 들고 나타났다. 그러나 경감은 엄숙하게 머리를 흔들며 허락이 있을 때까지는 아무도 이 섬을 떠날 수 없다고 했다. 그리고는 모든 사람들의 이름과 도시의 주소를 수첩에 받아 적으며 스미스, 존 아니면 브라운이라는 흔한 이름이 나타날 때마다 심술궂은 미소를 지었다.

“당신들 중 누구라도 이 섬을 떠난 사람이 있소?”

아이셤이 물었다.

일제히 당황해하며 고개를 저었다. 아무도 요 며칠 간 본토에 발을 들여놓은 사람은 없는 것 같았다.

수사반은 돌아가기로 했다. 헤스터 링컨은 아직 로메인 옆에 서 있었다. 그때까지 한마디도 하지 않고 참을성 있게 기다리고 있던 의사가 입을 열었다.

"헤스터, 자, 이리 오시오."

헤스터는 머리를 저었다.

"고집부리지 말아요. 헤스터, 나는 당신을 잘 알고 있소. 분별을 가져야 해. 이런 데에서 저런 협잡꾼, 사기꾼 같은 변변치도 않은 녀석들과 어울려서는 안 돼요."

템플 의사가 말했다.

로메인이 앞으로 불쑥 나왔다.

"무슨 소리를 하는 거야. 지금 나를 두고 뭐라고 했지?"

흥분해서 고함을 질렀다.

"잘 들었지, 이 터무니없는 거짓말쟁이 바보야."

이 선량한 의사의 혼에 숨어 있던 독액과 억누르고 있었던 분노가 한꺼번에 용솟음치기라도 한 듯, 그가 오른팔을 휘두르자 주먹이 로메인의 턱에 둔탁한 소리를 내며 부딪쳤다.

헤스터는 잠시 동안 마루에 얼어붙은 듯이 우뚝 서 있었는데, 얼마 안 있어 입술을 떨기 시작했다. 그리고는 몸을 돌리고서 발작적으로 흐느끼면서 숲 속으로 뛰어들었다.

본 경감이 뛰어왔다. 그러나 로메인은 한동안 멍하게 있다가 어깨를 뒤로 젖히고서 웃기 시작했다.

"이 정도가 고작이야, 이 조무래기 같은 놈."

그는 귀까지 새빨개졌다.

"템플, 잘 들어. 이곳에는 얼씬도 하지 마. 다음에 이 섬에서 네놈을 붙잡으면 온몸의 뼈를 꺾어버릴 테니까. 자, 어서 꺼져!"

엘러리는 한숨을 쉬었다.

제9장 100달러의 선불

점점 더 안개가 짙어갔다. 중요한 방문은 끝났다.

일행은 착잡한 마음으로 섬을 떠났다. 세상에서 흔히 볼 수 있는 교활함과 모순이 뒤범벅이 된 미치광이와 행방이 묘연한 사나이……. 수수께끼는 더욱 깊어졌다. 그러나 브래드우드 저택 근처에 하라크트라고 자칭하는 남자가 있다는 사실은 무언가 특별한 의미가 있다고 누구나 느끼고 있었다. 우연이라고는 할 수 없다. 그러나 몇백 마일 떨어진 시골 초등학교 교장의 살인과 백만장자의 살인과는 어떤 관계가 있단 말인가?

경찰증기선은 부두에서 물을 헤치며 나아가, 초록색 벽으로 된 리본 모양의 바닷가를 둘러싸고 있는 오이스터 섬 해안을 따라 동쪽으로 뱃머리를 돌렸다. 섬 동쪽의 쑥 튀어나온 곳에 똑같은 부두가 바다 쪽으로 나 있는 것이 보였다.

"저것이 케첨의 개인 부두가 틀림없어. 배를 대게."

본이 말했다.

그 주변의 경치는 서쪽보다도 더 살벌했다. 나무로 된 부두에 서서 바라보면 장애물은 하나도 없고 만이 한눈에 바라다 보였으며, 북쪽으로는 뉴욕의 해안선이 보였다. 바람은 강하고, 공기는 소금기를 머금고 있었다.

템플 의사는 흥분이 좀 누그러졌는지 야들리 교수와 함께 증기선에 남았다. 아이셤 지방검사, 본, 엘러리 이렇게 세 사람만 삐걱거리는 부두를 건너, 꼬불꼬불 구부러진 오솔길을 더듬어서 숲 속을 빠져나왔다. 숲 속은 살벌했고, 오솔길 외에는—마치 옛날 인디언들의 발길이 닿았던 당시 그대로인 것 같았다. ―원시림에 와 있다는 생각이 들었다. 그러나 150야드(약 137m) 정도 걸어가니 허술한 문명과 만나게 되었다. 세월에 바래진 거친 통나무로 지은 오두막이 있었다. 입구의 계단에 햇볕에 타서 까무잡잡한 몸집이 큰 노인이 의자에 앉아 한가로이 콘 파이프를 피우고 있었다. 그가 사람들이 찾아온 것을 보고는 얼른 일어서자, 그의 하얗고 더부룩한 눈썹이 놀라우리만큼 맑디맑은 눈 위로 모아졌다.

"당신들, 여기에 무얼 하러 왔소?"

"경찰입니다. 당신이 케첨 씨인가요?"

본 경감이 딱 잘라 말했다.

노인은 고개를 끄덕였다.

"경찰? 허, 저 나체족을 붙잡으러 오셨구먼. 확실해. 그것 말고는 나하고 집사람에게 무슨 볼일이 있겠소? 나는 단지 이 메마른 땅을 가지고 있을 뿐인데. 땅을 빌린 사람들이 어떻게 까불어대든 그것은 다 자기들 마음이오. 내가 아는 것은 없어."

"아무도 당신을 탓하지 않습니다."

아이셤이 딱 잘라 말했다.

"당신은 본토의 브래드우드 저택에서 살인사건이 있었던 것을 모르십니까?"

"아니, 뭐라고요?"

케첨의 턱이 떡 벌어졌다. 파이프 담배가 갈색 이빨 사이에서 올라갔다 내려갔다 했다.

"들었소, 마누라?"

노인은 오두막 안 쪽으로 뒤돌아보았다. 노인의 쑥 내민 팔과 문설주 사이로 나이든 노파의 주름 투성이의 얼굴이 보였다.

"브래드우드 저택에서 살인이 있었다니……. 그거 참, 안된 일이군. 그게 우리와 무슨 상관이 있소?"

"아무 상관도 없었으면 좋겠습니다."

아이셤이 무뚝뚝하게 말했다.

"토머스 브래드가 살해당했습니다."

"브래드 씨라고!"

오두막 안에서 노파가 소리치며 머리를 내밀었다.

"무서운 일이야. 그래, 내가 늘 말했잖수."

"당신은 저쪽에 가 있어."

케첨 노인이 말했다. 눈은 서릿발같이 차가웠다. 노파의 머리가 집 안으로 사라졌다.

"그렇지만, 여러분, 나는 당신들이 어떤 말을 해도 놀라지 않아요."

"저런, 왜 그렇죠?"

본이 말했다.

"그게, 다 그럴 만한 사정이 있다오."

"무슨 뜻이죠? 그럴 만한 사정이 있다니."

케첨 노인은 한쪽 눈을 찡긋했다.

"그것은 말이오, 브래드 씨와 저 미치광이들은, 저 녀석들이 여름 동안 오이스터 섬을 내게서 빌렸을 때부터 양쪽에서 싸움이 붙었지요. 나는 이 섬의 주인이오. 우리 집은 벌써 4대 이전부터 여기에 살고 있지. 인디언 시대부터 말이오.

노인은 진흙 투성이의 엄지손가락을 쑥 내밀고서 어깨 너머를 가리키며 말했다.

"그건 알고 있습니다. 그럼 브래드 씨는 하라크트와 저 일당이 자기 집 근처에 있는 걸 좋아하지 않았었군요? 당신이 어쩌면……."

본이 초조하게 말했다.

"잠깐 실례하겠습니다, 경감님."

엘러리가 말했다. 그의 눈이 빛났다.

"케첨 씨, 당신에게서 섬을 빌린 사람은 누구인가요?"

케첨의 큰 파이프로부터 노란색 연기가 뿜어져 나왔다.

"그 미친 남자가 아니었소. 대단히 이상한 이름을 가진 남자였지. 외국인 같은 이름인데 크로삭이라고 했다오."

노인은 발음하기 어렵다는 듯이 이름을 말했다.

세 남자는 서로 얼굴을 마주보았다. 크로삭, 드디어 실마리가 잡혔다. 애로요 살인사건의 수수께끼의 절름발이 남자…….

"절름발이인가요?"

엘러리가 물었다.

"그게 말이지. 한 번도 만난 적이 없어서 나는 뭐라고 말할 수가 없다오. 잠깐 기다려 봐요. 당신들 마음에 들지도 모르는 게 있으니까."

케첨이 멍청한 어조로 말했다.

노인은 방향을 바꾸어 오두막의 어둠 속으로 사라졌다.

"흠, 그래요, 퀸 씨. 어쩌면 당신이 노리는 것이 맞을 것 같소. 크로삭……. 밴이 아르메니아 인이고, 브래드가 루마니아 인……. 그렇지 않을지도 모르지만 그래도 그들은 중앙 유럽 사람이 확실해요. 크로삭은 처음의 범죄현장에서 마지막으로 모습을 나타낸 이후로는 어딘가로 행방을 감추었다가…… 이젠 거의 가까이 갔소, 본."

지방검사가 생각에 잠긴 목소리로 말했다.

"그런 것 같군."

경감이 낮은 목소리로 말했다.

"즉시 손을 써야겠는데……. 노인이 나오는군."

케첨 노인이 땀으로 얼굴이 새빨개져서는, 손때로 매우 더러워지고 지저분해진 종이조각을 득의만만하게 휘두르며 모습을 나타냈다.

"이것이 그 편지요. 크로삭에게서 온 것이요. 직접 읽어보는 게 좋겠구먼."

노인이 말했다.

본이 노인에게서 그것을 낚아채자 엘러리와 아이셤이 경감의 어깨 너머로 들여다보았다. 색다를 것도 없는 흔한 종이에 타이핑 된 편지였는데, 날짜는 작년 10월 30일로 되어 있었다. 여름 동안에 오이스터 섬을 빌려준다는 내용의, 뉴욕 신문에 난 광고를 보고 보내온 편지였다.

그리고 다음해 3월 1일 자기들이 도착하기 전까지 선불로 우편환으로 100달러를 동봉한다고 쓰여져 있었다. 편지의 서명은 역시 타이핑 된 것으로 벨랴 크로삭이라고 쓰여져 있었다.

"우편환은 들어왔겠지요, 케첨 씨?"

본이 즉시 물었다.

"들어오고말고."

"그거 아주 잘됐군요."

아이셤은 손을 비비며 말했다.

"그것을 조사해 보십시다. 어디인지는 모르겠으나 크로삭이 우편환을 보낸 우체국에 가서 그 녀석이 만든 전표를 찾아보면 서명이 틀림없이 있을 겁니다. 그것만 찾으면 큰 도움이 될 겝니다."

"그러나 걱정스러운 것은……."

엘러리가 내키지 않는 목소리로 말했다.

"우리가 수사하고 있는 미꾸라지 같은 벨랴 크로삭은, 지금까지의 행동으로 보아 매우 교활한 인물이라, 어쩌면 동료인 하라크트의 이름으로 우편환을 보냈을지도 모릅니다. 밴 사건의 수사 때에도 크로삭의 필적은 전혀 발견되지 않았거든요."

"그 크로삭이라는 사람은 3월 1일에 직접 나타났습니까?"

지방검사가 물었다.

"아뇨. 그런 이름을 가진 사람은 아무도 오지 않았어요. 다만 그 바보 같은 늙어빠진 영감하고 하르…… 하라크트라고 했나, 그 사람 이름이? 그리고 또 한 사람 로메인이라는 남자가 와서는 임대료 잔액을 현금으로 내고는 지금까지 눌러앉아 있는 게지요."

본과 아이셤은 무언의 합의에 의해서 크로삭에 대한 질문은 그만두기로 했다. 이 노인이 그 방면에 대해서는 더 이상 아무 쓸모가 없는 게 확실했기 때문이다. 경감은 편지를 주머니에 집어넣으면서 브래드와 하라크트가 다툰 이유를 묻기 시작했다. 하라크트의 종교가 실제로는 나체촌을 만드는 데 있음을 알게 되자 브래드가 직접 섬에까지 와서는 본토에 사는 사람들의 합의된 의견을 대표해서 항의했다는 것이다. 하라크트는 달래기도 하고 어르기도 하다가 나중에는 아예 상대도 해주지 않았다. 그리고 로메인도 이를 드러내고 덤벼들었다. 브래드는 필사적인 태도로 몇 갑절의 금액을 변상해 주겠다고 하며 엄청난 금액까지 제시했다는 것이다.

"그때 임대계약에 누가 서명했나요?"

아이셤이 물었다.

"저 족제비 같은 늙은이예요."

케첨이 대답했다.

하라크트와 로메인은 브래드의 제의를 거절했다. 그러자 브래드는 그 두 사람이 공공사회의 질서를 파괴한다면서 법률 수속을 밟겠다고 협박했다. 로메인은 자기들이 어느 누구에게도 피해를 끼치지 않은 점, 섬은 공공 도로에서 멀리 떨어져 있다는 점, 섬을 빌린 기간에는 섬이 사실상 그들의 것이나 다름없다는 점을 지적하면서 대항했다. 그래서 브래드는 케첨을 설득해서 법원에 소송을 걸어서 그 패거리를 내쫓으려고 했다.

"그러나 그 녀석들은 나에게나 우리 할멈에겐 아무런 피해도 주지 않았다오. 브래드 씨는 그렇게만 해주면 천 달러를 주겠다고 하더군. 난 소송을 거는 건 싫다고 했지. 재판 같은 건 딱 질색이거든."

노인이 말했다.

마지막으로 가장 큰 싸움이 일어난 것은 바로 사흘 전, 일요일이었다고 케첨은 이야기했다. 브래드는 마치 트로이 성으로 공격해 들어가는 메넬라우스처럼 후미의 물살을 가르고 쳐들어가서는 숲 속으로 들어가 스트라이커와 만나 지독한 입씨름을 했다. 덕분에 그 작은 갈색 턱수염의 노인이 굉장히 광분했다는 것이었다.

"난 그 남자가 발작을 일으킨 줄 알았답니다. 그때 로메인이라는 힘이 세고 난폭한 사람이 끼여들어서는 브래드 씨에게 섬에서 나가라고 소리쳤지요. 난 숲 속에서 구경하고 있었답니다. 그래서 알게 되었죠.

그러나 브래드 씨가 가려고 하지 않자 로메인은 브래드 씨의 목을 잡고서, '자, 나가라면 나가! 안 나가면 네놈 어미도 몰라 볼 정도로 만들어서 두 번 다시 태양도 보지 못하도록 해주겠어.' 하고 소리치더군요. 그래서 브래드 씨는 돈을 몽땅 쏟아 붓더라도 후회하게 만들겠다고 큰소리치고 돌아갔지요."

케첨이 침착하게 말했다.

아이셤은 또다시 손을 비볐다.

"케첨 씨, 당신은 훌륭한 분이십니다. 당신과 같은 분이 이 근처에 살아서 다행이군요. 그래서 말인데요, 혹시 그 밖에도 본토에서 온 사람 중에서 하라크트나 로메인과 싸운 사람은 없었나요?"

"있었고 말고."

노인은 만족스러운 태도로 능글맞게 웃었다.

"브래드우드 저택에 살고 있는 조나 링컨이라는 사람 말이에요. 그 사람이 저번 주에 이 섬에 와서 로메인과 치고 받고 싸웠답니다."

노인은 무두질한 가죽 같은 입술을 핥았다.

"허, 그거 아주 대단한 싸움이었지. 마치 진짜 타이틀 매치 같았답니다. 링컨이라는 사람은, 이 섬에 그때 막 들어온 헤스터라는 여동생을 데리고 돌아가려고 온 것이었죠."

"그래서요?"

케첨 노인은 신이 나서 계속했다. 그의 눈이 빛났다.

"멋진 몸매를 갖고 있었지, 그 아가씨. 그 두 남자 앞에 나오자마자 자기 옷을 몽땅 찢어버리더군요. 꼭 잡아 찢은 건 아니지만 하여간 홀딱 벗어버리더라고요. 오빠가 간섭하는 바람에 그렇게 미친 듯이 되어버린 게지. 어렸을 때부터 오빠가 이런저런 핑계로 사사건건 간섭해 왔으니, 이제부터는 자기가 하고 싶은 대로 하겠다고 소리 치더군. 정말 볼 만했지. 난 나무 그늘에서 보고 있었는데……."

"케첨, 당신은 호색가야! 창피하지도 않수?"

오두막 안에서 날카로운 여자의 목소리가 울려 퍼졌다.

"후후."

케첨은 조금 웃더니 갑자기 진지한 얼굴이 되었다.

"링컨은 여동생이 돌아가지 않겠다고 버티며 태어날 때처럼 알몸으로 서 있는 것을 보자 치미는 화를 참지 못하고, 갑자기 로메인에게 달려들어 한 방 먹였죠. 그래서 두 사람이 한바탕 붙게 되었다오. 링컨은 신나게 두드려 패기도 하고 맞기도 했지. 정말 남자다운 사람이에요. 하지만 로메인이 그 사람을 후미 안에다 처박고 말았지요. 하여간 힘이 센 작자더군, 그 로메인 말입니다."

이 수다쟁이 노인에게는 더 이상 캐낼 만한 것이 없었다. 일행은 증기선으로 되돌아갔다. 야들리 교수는 조용히 담배를 피우고 있었고, 템플 의사는 험악하고 검붉은 얼굴을 하고서 갑판을 걸어다니고 있었다.

"뭐 좀 알아냈소?"

야들리 교수가 부드럽게 물었다.

"조금밖에는."

증기선이 물보라를 일으키며 본토를 향해 달리기 시작했을 때 일행은 모두 깊은 생각에 잠겨 있었다.

제10장 템플 의사의 모험

오후의 해도 저물었다. 아이셤 지방검사는 돌아갔다. 본 경감은 명령을 내리기도 하고, 대개가 쓸모없는 보고를 계속 받기도 했다. 오이스터 섬은 조용했다. 브래드 부인은 침실에 틀어박혀 있었다. 몸이 좋지 않다는 것이었다. 딸인 헬레네가 간호를 해주고 있었다. 조나 링컨은 저택 안을 안절부절못하고 돌아다니고 있었다. 경찰과 형사들은 브래드우드 저택 근방에서 하품을 하고 있었다. 신문기자들도 나왔다 들어갔다 했다. 저녁 공기는 신문기자들이 터뜨린 플래시라이트 연기로 가득 차 있었다.

엘러리는 몹시 피곤해서 야들리 교수 뒤를 따라 주도로를 가로질러 높은 돌담을 두른 문을 빠져나갔다. 자갈길을 올라가니 야들리의 집이 나왔다. 둘 다 녹초가 된 채 수심에 잠겨 있었다.

별 하나 뜨지 않은 새까만 밤이었다. 점차 어두워질수록 오이스터 섬은 마치 만 사이로 조금씩 잠겨 가는 것 같았다.

무언의 합의에 의해 엘러리와 교수는 자신들을 붙잡고 있는 기묘한 문제에 대해서는 아무 말도 하지 않았다. 둘은 오래되고 재미있는 추억인 대학 재학중의 일, 융통성이 없는 노총장에 관한 일, 엘러리가 범죄수사에 처음 착수했을 때의 경험담, 둘이 만나지 못한 동안 야들리 교수의 태평한 생활 등에 대해 얘기를 나눴다. 11시가 되자 엘러리는 이야기를 마치고 마직물로 된 파자마로 갈아입은 뒤, 싱글거리며 침실로 물러났다. 교수는 한 시간 정도 서재에서 조용히 담배를 피우며 편지를 몇 통 쓰고 나서 침실로 갔다.

자정이 가까워졌을 때 템플 의사의 석조 건물 포치에서 인기척이 났다. 그리고 문제의 그 의사는 검은 바지, 검은 스웨터, 검은 모카신(밑창과 겉이 가죽 한 장으로 된 구두)을 신고서 자기의 담배 파이프의 불을 끄고는 소리도 없이 포치로 살그머니 나와, 자기 집과 브래드우드 저택 동쪽 경계 사이에 있는 어두운 숲 속으로 모습을 감추었다.

주위에서는 귀뚜라미의 애타는 노랫소리만 날 뿐, 모두 잠들어 고요했다. 나무숲과 덤불숲에 가려 의사의 모습은 보이지 않았다. 살금살금 걷고 있는 그의 피부색조차 어둠에 파묻혀 불명확했다. 동쪽 도로의 가장자리에서 몇 피트는 잘 알고 있기 때문에 의사는 나무 그늘에서 조용히 멈춰 섰다. 누군가가 의사 쪽으로 도로를 따라 어슬렁어슬렁 걸어왔다. 그 희미하고 검은 윤곽으로 보아 템플 의사는 분명히 순찰하고 있는 군(郡)의 제복경관이라고 생각했다. 경관은 그대로 지나쳐 케첨의 후미 쪽으로 갔다.

순찰하는 사람의 발소리가 더 이상 들리지 않게 되자 템플 의사는 경쾌하게 달려서 도로를 가로지른 뒤 브래드우드 숲 그늘로 파고 들어갔다. 그는 조용히 서쪽으로 걸었다. 이따금 우연히 만나는 경관에게 들키지 않으려고 조심하다 보니 브래드우드의 땅을 가로지르는 데에 반시간이나 걸렸다. 서머하우스와 토템 기둥을 지나쳐서는 테니스 코트를 구획짓는 높은 철조망, 안채와 브래드우드 부두로 통하는 중앙보도, 그리고 폭스의 작은 오두막을 차례로 통과해 브래드우드 저택의 경계로 되어 있는 서쪽 도로로 나왔다.

거기까지 더듬어 간 템플 의사는 긴장으로 인해 철사같이 꼿꼿해진 몸을 조심스럽게 구부렸다. 린의 집을 둘러싼 나무 사이를 숨어 들어가니 그 집의 검은 그림자가 망령처럼 드러났다. 처음에는 정면으로 해서 집 가까이까지 갔다가, 잠시 뒤 어둠 속을 살피면서 숲과 집이 거의 바짝 붙어 있는 북쪽 방향으로 나아갔다.

희미한 불빛이 5피트(약 1m 50cm)도 떨어지지 않은 가장 가까운 창을 비추고 있었는데, 의사는 플라타너스 줄기를 방패로 해서 웅크리고 서 있었다. 창의 블라인드는 모두 내려져 있었다.

방 안에서 희미한 발자국 소리가 들려왔다. 침실이었다. 린 부인의 뚱뚱한 그림자가 창의 블라인드를 가로질렀다. 템플 의사는 납작 엎드려서 눈앞의 땅을 1인치(약 2.5cm)씩 손으로 더듬으면서 창 바로 밑까지 가서 웅크리고 앉았다.

그것과 동시에 문을 닫는 소리가 나면서 린 부인의 평소보다 더 날카로운 예리한 목소리가 들려왔다.

"퍼시, 그거 묻었어요?"

템플 의사는 이를 악물었다. 땀이 얼굴을 타고 흘러내렸다. 그러나 소리 하나 내지 않았다.

"그래. 제발, 베스, 그렇게 커다란 소리를 내면 어떻게 해."

퍼시 린의 목소리는 긴장해 있었다.

"정말 끔찍하군. 주위는 경찰로 꽉 차 있어."

발소리가 창으로 다가왔다. 템플 의사는 벽의 밑부분에 꼭 달라붙어 숨을 죽였다. 차일이 걷어올려지고 나서 린이 바깥을 살폈다. 그리고는 또다시 차일이 내려지는 소리가 났다.

"어디예요?"

엘리자베스 린이 낮은 목소리로 물었다.

템플 의사는 온몸이 떨릴 정도로 긴장하며 귀를 기울였다. 그러나 아무리 노력해도 린의 낮은 목소리는 한마디도 알아들을 수가 없었다.

잠시 후에 "들킬 염려는 없어."라고 린이 평상시의 어조로 말하는 것이 들렸다.

"우리들은 가만히 있기만 하면 안전해."

"그렇지만 템플이……, 난 무서워요, 퍼시."

린은 화가 치미는 듯이 저주의 말을 내뱉었다.

"기억하고 있어, 자세히. 전쟁이 끝난 뒤 바로 부다페스트였어. 분델라인 사건 때에…… 분명히 그놈의 눈이야. 그 남자야. 틀림없어."

"그러나 그 사람은 아무 말도 하지 않았어요."

린 부인이 작은 목소리로 말했다.

"아마 잊어버렸나 보죠."

"그놈은 그럴 놈이 아니야. 지난 주에 브래드의 집에서…… 우리만을 쳐다보고 있었어. 조심해야 돼, 베스. 우리들은 엄청난 구렁텅이 속에……."

빛이 갑자기 꺼졌다. 침대의 스프링이 삐걱거렸다. 목소리가 잘 알아들을 수 없는 소곤소곤하는 속삭임으로 바뀌었다.

템플 의사는 오랫동안 그대로 웅크리고 앉아 있었다. 그러나 그 이상은 아무 소리도 들리지 않았다. 린 부부는 잠이 든 것 같았다.

템플 의사는 벌떡 일어서서 다시 몇 초 간 귀를 기울여 보다가 이윽고 숲 속으로 다시 살짝 돌아갔다. 검은 그림자가 나무에서 나무로 미끄러져 나아갔다. 케첨의 후미의 반원을 두른 숲을 빠져나와 살금살금 나아가자 브래드우드의 부두에 밀려와 부서지는 철썩철썩하는 파도 소리가 들렸다.

그리고 나서 다시 한 번 템플 의사는 나무 그림자에 꼼짝 않고 붙어 있었다. 희미하게 사람 목소리가 선착장 쪽에서 들려왔다. 최대한 조심을 해가며 해안선 부근으로 좀더 가까이 다가갔다. 갑자기 거의 바로 곁에서 검은 물이 철썩철썩 소리를 내고 있었다. 눈여겨 살펴보니 물가에서 10피트(약 3m) 정도 떨어진 어두운 부두 바로 가까이에 보트 한 척이 흔들리고 있었다. 보트 한가운데에 앉아 있는 희미한 두 그림자가 보였다. 남자와 여자였다. 여자는 팔을 남자에게 감고서 무엇인가 열심히 설득하고 있었다.

"왜 그렇게 싸늘하지. 나를 섬에 데려가요. 거기라면 안전하니까, 나무 그늘로……."

남자의 목소리는 낮고 조심스러웠다.

"당신 말대로 할 수 없어요. 위험해요. 왜 하필이면 오늘 밤입니까? 마음이 달라졌나요? 누군가가 당신이 없어졌다는 것을 알아차리면 엄청난 소동이 일어난단 말입니다. 적어도 이 사건이 잠잠해질 때까지는 만나지 않기로 약속했잖아요."

여자는 남자의 목에서 갑자기 팔을 떼어내고는 히스테릭한 높은 목소리로 외쳤다.

"그건 알고 있어. 당신은 이젠 나 같은 건 사랑하지 않는 거야. 그래, 바로 그거야."

남자는 여자의 입에 얼른 손을 갖다대고 낮은 목소리로 속삭였다.

"큰소리를 내지 말아요. 주변에는 경찰이 있습니다."

여자는 남자의 팔 속에서 꼼짝 않고 있었다. 잠시 뒤 양손으로 남자를 밀어내고는 천천히 몸을 일으켰다가 다시 앉았다.

"아뇨, 당신은 그녀를 차지하지 못할 거예요. 내가 그렇게는 못하게 할 테니까."

남자는 잠자코 있었다. 그리고 노를 손에 잡고서 배를 물가에 바싹 붙였다. 여자는 서 있었다. 남자는 난폭하게 여자를 배에서 밀어냈다. 그리고 급하게 배를 물가에서 떼어내고는 오이스터 섬을 향해 노를 저어갔다.

그때 달이 떠올랐다. 템플 의사는 노를 저어가는 남자가 폴 로메인이라는 것을 알았다. 창백한 얼굴로 물가에 서서 떨고 있는 여자는 브래드 부인이었다. 템플 의사는 얼굴을 찡그리고는 나무 사이로 모습을 감추었다.

제11장 쉿!

다음 날 아침 엘러리가 브래드우드의 자갈길을 올라가 보니 자동차 길에 아이셤 지방검사의 차가 멈춰 있는 것이 보였다. 주변에 서 있는 형사들의 얼굴에는 진지한 기대의 표정이 어려 있었다. 무언가 중대한 일이 일어난 모양이라고 짐작을 한 엘러리는 서둘러서 식민지풍의 포치를 올라가 집 안으로 들어갔다.

창백한 스톨링스의 옆을 지나 응접실로 향했다. 거기에는 늑대같이 찡그린 얼굴을 한 아이셤과 노기등등한 경감이 정원사 겸 운전사인 폭스를 난폭하게 다그치고 있었다. 폭스는 잠자코 양손을 꼭 쥔 채 아이셤 앞에 서 있었다. 단지 눈만이 마음의 동요를 나타내고 있었다. 브래드 부인, 헬레네, 조나 링컨이 '세 명의 운명의 신'처럼 한쪽 옆에 몰려서 있었다.

"안녕하시오, 퀸 씨. 마침 좋은 때 왔소. 폭스, 당신은 물건을 지닌 채 붙잡혔어. 왜 자백하지 않지?"

아이셤이 쾌활하게 말했다.

엘러리는 살짝 방으로 들어갔다. 폭스는 몸을 조금도 움직이지 않았다. 단지 입술만이 잔뜩 일그러져 있었다.

"난 어떻게 된 건지 모르겠습니다."

폭스가 말했다. 그러나 모든 걸 죄다 알고 있고, 또한 추궁을 피하려 하는 것이 확실했다.

본이 이빨을 드러냈다.

"시치미떼지 말고. 자네는 화요일 밤, 패치 맬론의 집에 갔었어. 브래드가 살해당한 날 밤에."

"바로 그 날 밤, 당신은 스톨링스와 박스터 부인을 록시에서 내려주었어. 8시였지, 폭스?"

아이셤이 의미심장하게 말했다.

폭스는 바위와 같이 우뚝 서 있었다. 입술은 창백해져 있었다.

"어때?"

경감이 비웃는 듯이 말했다.

"뭐 말하고 싶은 것이 있으면 말해 보시지, 이 얼간아. 성실한 운전사가 어째서 뉴욕 갱들의 본거지에 찾아갔느냔 말이야."

폭스는 깜짝 놀라서 눈을 휘둥그레 떴지만 대답하지 않았다.

"말하고 싶지 않은가?"

경감이 문 있는 곳으로 갔다.

"마이크, 저 잉크 스탬프를 이쪽으로 가져와."

사복형사가 즉시 잉크 스탬프와 종이를 가지고 나타났다. 폭스는 이상한 소리를 지르며 문 있는 쪽으로 뛰쳐나갔다. 사복형사가 잉크 스탬프와 종이를 내버리고 폭스의 팔을 붙잡았고, 경감은 폭스의 양다리를 꽉 끌어안고서 완강하게 반항하는 상대방을 바닥에 넘어뜨렸다. 운전사는 넘어지자 더 이상은 반항하지 않고 본에게 몸을 내맡긴 채 순순히 일어섰다.

헬레네 브래드는 겁먹은 눈으로 폭스를 바라보았다. 브래드 부인은 아무런 동요도 나타내지 않았다. 링컨은 일어나서 등을 돌렸다.

"이자의 지문을 찍어."

경감이 대단히 불쾌한 듯이 말했다. 사복형사가 폭스의 오른손을 붙잡고서 손가락을 잉크 스탬프에 꽉 누른 뒤에 노련한 동작으로 종이에 눌러 찍었다. 그리고는 왼손도 똑같은 방식으로 반복했다. 폭스는 침통한 표정을 짓고 서 있었다.

"곧바로 그것을 조사해 보게."

지문을 찍은 형사가 허둥지둥 나갔다.

"자, 폭스. 그것이 진짜 이름이라면 말이야. 우리는 그렇지 않다는 걸 잘 알고 있어. 자네도 조금은 알아차렸겠지. 내 질문에 대답해. 맬론을 찾아갔었지?"

대답이 없었다.

"자네의 진짜 직업이 뭐지? 어디에서 왔지?"

대답이 없다. 경감은 문 있는 쪽으로 가서 복도를 살펴보고는 두 형사를 손짓으로 불렀다.

"이 녀석을 오두막에 데리고 가서 가둬. 나중에 처리할 테니."

두 형사들 사이에 낀 채 비틀거리며 나가는 폭스의 눈은 이글거리고 있었다. 그러나 브래드 부인과 헬레네의 시선은 피하고 있었다.

"댁의 응접실에서 이런 소동을 일으켜서 실례했습니다, 부인. 그러나 저 남자는 아무리 보아도 연극이 서툰 것 같습니다."

경감은 땀을 닦았다.

브래드 부인은 머리를 저었다.

"전 무슨 일인지 모르겠어요. 저 사람은 언제나 착한 젊은이였는데. 예의도 바르고, 일도 잘했어요. 설마 당신들은 저 남자가 저질렀다고……."

"정말 그놈이 한 짓이라면 하나님밖엔 도와줄 사람이 없을 겁니다."

"절대로 저 사람은 아니에요."

헬레네가 무뚝뚝하게 말했다. 눈에는 동정심이 넘쳐 흐르고 있었다.

"폭스가 살인을 하거나 갱단일 리가 없어요. 전 믿고 있어요. 좀 무뚝뚝한 것은 사실이지만. 술은 한 방울도 마시지 않았고, 방탕한 생활을 하거나 불평을 한 적도 한 번도 없었는걸요. 게다가 교양도 있었고요. 훌륭한 책과 시를 읽는 것을 자주 보았답니다."

"저런 녀석들은 아주 빈틈이 없게 행동한답니다, 아가씨."

아이셤이 말했다.

"우리가 알고 있는 것은 저 녀석이 여기에서 일하게 된 뒤로 계속 연극을 하고 있었는지도 모른다는 겁니다. 신용조회처를 조사해 보았습니다만 진짜였습니다. 그러나 거기서는 불과 몇 개월밖에 일을 하지 않았더군요."

"증명서를 떼기 위해 일한 건지도 모르지요. 저런 녀석들은 그런 짓에는 도통해 있으니까."

본이 말했다.

경감이 엘러리 쪽으로 돌아섰다.

"퀸 씨, 이건 당신 아버지 덕분입니다. 이 정보는 퀸 경감에게서 받았거든요. 전 뉴욕 경찰 중 어느 누구도, 경찰 끄나풀이나 정보제공자를 그만큼 많이 갖고 있지 못할 겁니다."

"아버지가 가만히 내버려두지 못하는 성미라는 건 잘 알고 있죠."

엘러리가 중얼거리듯이 말했다.

"경감님이 얻은 정보가 쓸모 있나 보죠?"

"폭스가 맬론의 본거지에 들어가는 것을 경찰 끄나풀이 보았답니다. 그것뿐이지만 그것으로 충분하지요."

엘러리는 어깨를 으쓱했다.

헬레네가 말했다.

"당신들의 나쁜 점은 모든 사람들을 언제나 최악의 상태로만 생각한다는 거예요."

링컨은 앉아서 담배에 불을 붙였다.

"헬레네, 우리는 상관하지 않는 게 좋겠어."

"조나, 당신이나 상관하지 마세요."

엘레리는 한숨을 내쉬었다.

"쓸만한 새로운 소식이 있나요? 전 지금 정보가 필요해요."

경감은 씁쓰름하게 웃었다.

"그럼 이거라도 보시지요."

그렇게 말하며 주머니에서 타이프 친 편지 몇 통을 꺼내어 엘러리에게 건네 주었다

"그 속에서 아무 거라도 찾아내면 당신은 천재요. 하지만……."

경감은 날카롭게 말을 하고는 갑자기 링컨 쪽을 돌아다보았다. 링컨

은 그때 일어서서 방에서 나가려고 하는 중이었다.

"링컨 씨, 아직 나가지는 마십시오. 이것 봐요. 좀 물어보고 싶은 것이 있소."

시기를 아주 잘 잡는 경감의 노련한 솜씨에 엘러리는 탄복했다. 링컨은 얼굴을 붉히며 멈춰 섰다. 두 여자는 그 자리에서 굳어졌다. 눈 깜짝할 사이에 침체되어 있던 방 분위가 가슴이 터질 듯한 긴장 상태로 바뀌었다.

"무슨 일이신지요?"

링컨이 머뭇머뭇하며 물었다.

"그게 말입니다."

본이 재미있는 듯이 말했다.

"어제 당신은 월요일 밤에 부인과 아가씨와 함께 돌아왔다고 했는데, 그것은 거짓말이란 말이오."

"내가 거짓말을? 그건 또 무슨 뜻입니까?"

아이셤이 말했다.

"아무래도 당신들은 모두 이 집 주인의 살해범 수사를 돕는다기보다는 오히려 방해하는 데에 열심인 것 같습니다, 부인. 경감의 부하들이 월요일 밤 당신들 중 두 명을 역에서 이 저택까지 태워다 주었다는 택시 운전사를 찾아냈습니다."

"두 명이라고요?"

엘러리가 놀란 듯이 물었다.

"부인, 택시에 타신 분은 링컨 씨와 아가씨였다고 그 운전사가 말했습니다."

헬레네가 자리를 박차고 일어섰다. 브래드 부인은 자포자기한 듯이 말도 못 하고 있었다.

"어머니, 잠자코 계세요, 세상에 이런 일이! 아이셤 씨, 당신은 우리들 중 한 사람이 이 살인사건에 관련이 있다고 말씀하시는 건가요?"

링컨이 낮은 목소리로 말했다.

"아니, 헬레네, 우린 차라리……."

"조나!"

헬레네는 몸을 부르르 떨면서 링컨 쪽으로 몸을 돌렸다.

"당신이 쓸데없는 참견을 하시면 난, 난 이제 당신과는 절대로 말을 하지 않겠어요."

링컨은 입술을 깨물고서 헬레네의 눈을 피하며 방에서 나갔다. 브래드 부인은 울음을 터뜨릴 것 같은 희미한 신음소리를 냈고, 헬레네는 어머니를 지키려고 그런 것인지 그 앞을 가로막았다.

"이것 참……."

아이셤이 양손을 들면서 말했다.

"퀸 씨, 보시는 대롭니다. 우리 수사관들이 부딪히는 일들은 언제나 이런 것들입니다. 아, 좋습니다, 아가씨. 그러나 한 가지 알려주고 싶은 것은, 지금 이 순간부터 당신들을 한 명도 남기지 않고…… 알겠습니까. 한 명도 남기지 않고 말입니다. 토머스 브래드의 살해용의자로 보겠습니다."

제12장 교수가 말하다

다소 마음이 성급해진 특별 수사관 엘러리 퀸은 진행중인 수사 경과 보고서를 들고서 먹이를 찾는 동물처럼 빠른 걸음으로 길을 건너 교수의 집으로 들어갔다. 정오의 태양이 뜨거워서 입고 있는 옷이 덥게 느껴졌다. 엘러리는 '휴' 하고 안도의 숨을 내쉬면서 실내의 시원한 공기를 들이마셨다. 야들리 교수는 '아라비안 나이트'에서 그대로 따온 듯한 방에 앉아 있었다. 대리석을 깎은 돌을 깔아놓고 터키풍의 당초 무늬를 그려 넣은 파티오와 같은 구조였다. 마치 제나나(zenana ; 인도의 여자의 방)의 내실과 같이 꾸며져 있는데, 무엇보다도 신기한 것은 모자이크 모양의 가장자리까지 물이 가득 차 있는 수영장이 있다는 것이었다. 교수는 짧고 꽉 끼는 수영복을 입고서 긴 다리를 물 속에 집어넣고 한가히 흔들며 느긋하게 파이프를 빨고 있었다.

"와! 교수님, 이 작은 하렘(harem ; 회교국의 여자의 방)이 정말 마음에 드는데요."

엘러리가 말했다.

"늘 그렇듯이, 자네 말은 터무니없어. 남자의 방은 셀라믹(selamlik)이라고 한다는 걸 잘 알잖나? 옷을 벗고 이리 오게, 퀸. 그런데 무엇을 갖고 왔나?"

교수는 엄숙하게 타이르듯이 말했다.

"가르시아에서 온 편지입니다. 그곳에 계십시오. 함께 이것에 대해 생각해 봐야겠습니다. 곧 가겠습니다."('가르시아의 편지'라는 것은 엘버트 하버드가 1899년 쿠바의 혁명가인 가르시아에 의해서 쓰여진 문장을 비유한 말. 이 문장으로 인해 당시 미군정하에 있던 쿠바가 독립한 계기가 되었다.)

엘러리도 잠시 뒤에 수영복 차림으로 나타났다. 윗몸은 땀으로 미끌거리며 빛나고 있었다. 그는 교수가 물고 있던 파이프의 불이 꺼질 정도로, 요란한 동작으로 물보라를 일으키며 실내 수영장으로 들어왔다.

"이것도 자네의 업적 중 하나인가? 자네는 늘 수영 실력이 형편 없었잖나. 빨리 나오게. 나까지 익사시키지 말고."

야들리는 화가 난 듯이 소리질렀다.

엘러리는 씩 웃고서 기어올라가 대리석 위에 길게 엎드려서 본 경감의 보고서를 손에 들었다.

"도대체 무슨 내용이 들어 있을까?"

엘러리는 제일 위에 있는 종이에 눈을 보냈다.

"흠, 대단한 것은 아닌데요. 경감이 게으름을 피우지 않는다는 점에는 감탄했습니다. 핸콕 군 관공서에 조회를 했군요."

"오라! 그 사람들이 그랬단 말이지? 그래서 뭐라고 했다던가?"

교수가 파이프에 불을 붙이려고 애를 쓰면서 말했다.

엘러리는 한숨을 쉬었다.

"제일 먼저 앤드류 밴의 시체 부검 결과인데, 흥미로운 게 발톱의 때만큼도 없군요. 교수님이 저만큼 많은 부검 보고서를 읽으셨다면 아실 겁니다만…… 이건 첫번째 조사가 완전한 허사라는 뜻이지요. 제가 아직 모르는 일이나 신문에 보도되지 않은 것은 전혀 없어요. 아, 그런데 이건 뭐지? '이렇게 사료됨.' 잘 들어보세요. 마치 그 크러밋이라는 친구의 말투처럼 들리네요. '애로요의 초등학교 교장 앤드류 밴과 최근 살해된 롱아일랜드의 부호 토머스 브래드 사이에 어떤 관계가 있을 가능성에 관한 아이셤 지방검사의 조회에 대해서 아무런 관계가 발견되지 않았다고 알리게 된 것을 유감스럽게 생각합니다. 적어도 우리는 죽은 밴의 오랜 서신왕래를 신중하게 검토한 결과 그렇게 단정하게 되었습니다.' 어떻습니까?"

"모범 답안이군."

교수는 빙긋이 웃었다.

"그렇지만 그게 그겁니다. 알로스(Alors ; 그래서) 우리는 애로요를 포기하고 케첨의 숲으로 돌아가야겠습니다."

엘러리는 네 번째 종이를 넘겼다.

"토머스 브래드의 시체에 관한 럼센 의사의 검시보고서입니다. 우리들이 알지 못하는 건 하나도 없군요. 몸에 폭력의 흔적은 전혀 없고, 내장에는 독극물의 흔적도 없고, 기타 등등, 아드 노제암.(ad nauseam ; 지긋지긋하군요.) 늘 그렇듯이 평범한 것들뿐입니다."

"자네는 그 날 럼센에게 브래드가 목을 졸리지는 않았느냐고 물었는데, 그것에 관한 얘기도 있나?"

"있습니다. 허파에 질식한 흔적은 없다는군요. 따라서 목을 졸려 죽은 것은 아닙니다."

"그럼, 왜 자네는 그런 걸 물었지?"

엘러리는 물이 뚝뚝 떨어지는 팔을 흔들었다.

"별거 아닙니다. 그러나 시체의 다른 부분에 폭력을 가한 흔적이 없다고 한다면 어떻게 해서 죽었는지 아는 게 중요하기 때문이지요. 아시다시피 공격을 받은 곳이 머리뿐이거든요. 그렇다면 목졸려 죽은 것도 생각해 봐야겠지요. 그러나 럼센은 이 보고서에 둔기로 머리를 때렸거나 권총을 쏘았거나 하는 것 이상은 생각할 수도 없다고 하는군요. 모든 점으로 보아 저는 전자의 가능성을 받아들이고 싶습니다."

야들리 교수는 물을 차올렸다.

"나도 그렇게 생각해. 그 밖의 다른 것은?"

"범인이 지나간 행적에 대한 조사가 있었군요. 한데 헛수고랍니다. 완전히 헛수고라는군요."

엘러리는 머리를 저었다.

"범행 시각에 숲 근처의 역에서 기차를 탔거나 내린 사람들 명단을 만드는 것은 불가능하다고 하는군요. 도로를 순찰하는 경관이나 이 도로 근처와 가로변에 살고 있는 사람들도 아무런 정보를 가지고 있지 않답니다. 화요일 밤 케첨의 숲이나 그 부근을 조사한 것도 성과가 없는 모양입니다. 화요일 오후부터 저녁에 걸쳐 만을 항해하며 요트를 탔던 사람들과 그 밖의 사람들도 의심스럽거나 수상한 것을 보지 못했고요. 범인을 바다에서 그 숲에 내려주었을지도 모른다고 여길 만한 배는 한 척도 찾을 수 없었답니다."

"자네 말대로 헛수고로군. 범인은 기차로 왔을지도 모르고, 자동차라든가 배로 왔을지도 모르지. 하지만 정확한 것은 밝히기 어렵겠지. 혹 엉뚱한 상상까지 해보면 수상비행기로 왔을지도 모르긴 하겠지만."

야들리 교수가 한숨을 쉬었다.

"그거 좋은 생각인데요."

엘러리가 미소지었다.

"설마 그럴 리는 없다고 생각하시는 어리석은 실수를 하셔서는 안 됩니다, 교수님. 저는 정말로 상상 밖의 일이 일어나는 것을 가끔 보았거든요. 그건 그렇고, 이걸 한번 보세요."

엘러리는 서둘러서 다음 종이를 대충 훑어보았다.

"여기에도 아무것도 없군요. 브래드의 팔과 다리를 토템 막대에 붙잡아맨 것은……."

"자네가 토템 기둥이라고 말해 주길 바라는 것은 완전히 헛수고로군."

야들리가 불만스럽게 말했다.

"토템 기둥에 붙잡아맨 것은……."

엘러리는 얼른 고쳐 말했다.

"상점이나 철물점에서 흔히 파는 값싼 빨랫줄이랍니다. 브래드우드 저택 주변 10마일 이내의 상점 어디에서도 단서가 될 만한 정보는 없었답니다. 그래서 아이셤은 본의 부하들을 시켜 넓은 지역까지 탐문 수사하도록 보고서에 써놓았군요."

"그 친구들 정말 철저하구먼." 하고 교수가 말했다.

"저는 그 말은 받아들이지 못하겠는데요."

이렇게 말하며 엘러리는 빙긋이 웃었다.

"그런 철저한 수사 방법으로 수많은 일반 범죄는 해결되겠지요. 그 매듭 묶는 방법은 본이 생각해낸 아이디어였지만 결과는 제로였습니다. 본이 확인을 요청한 전문가의 말에 따르면 서툰 솜씨였다고 합니다. 하지만 서툴러도 매듭 효과는 충분하다고 하네요. 교수님이나 제가 묶는 매듭 수준과 별 차이가 없죠."

"나는 빼주게. 난 자네와는 다르네. 이래봬도 옛날에는 배를 탔단 말이야. 옭매듭이나 반결삭(半結索) 등등 어떤 거라도 말해 보게."

야들리가 말했다.

"교수님은 지금도 옛날과 마찬가지로 H_2O에 가깝게 있을 뿐이지요, 항해 능력에서 말입니다. 아, 폴 로메인에 대한 것도 있군요. 재미있는 인물입니다. 건강비법을 터득한 아주 단호한 남자랍니다."

"자네의 말버릇은 정말로 한심스럽군."

"과거가 명확하지 않다고 본 경감님의 보고서에 쓰여 있는걸요. 그 녀석이 말한 대로 지난 2월에 피츠버그에서 그 이집트학의 권위자를 만났다고 하는 사실 이상은 그 남자에 대해서 밝혀낼 수 없었던 모양입니다. 그 이전의 경력은 백지입니다."

"린 부부는?"

엘러리는 서류를 잠시 내려놓았다.

"예, 바로 그 린 부부 말입니다. 교수님은 그 부부에 대해서 뭐 좀 알고 계신가요?"

엘러리가 중얼거리듯이 말했다.

교수가 턱수염을 어루만졌다.

"수상하단 말이지, 자네는? 어차피 자네의 눈을 속일 수는 없겠지. 그 부부에게는 뭐랄까, 마음에 들지 않는 구석이 확실히 있어. 꼭 꼬집어서 말하기는 어렵지만. 하지만 내가 알고 있는 바로는 생트집을 잡을 구석은 없네."

엘러리는 서류를 집어들었다.

"바로 이겁니다. 런던 경시청에서는 그렇게 많은 말을 하지는 않았지만, 좀 달리 생각하는 모양입니다. 제가 아이셤에게 충고해 주었지요.

그래서 아이셤이 런던 경시청에 전보를 쳤는데, 그 보고에 의하면 런던 경시청이 보낸 전문에는 이쪽에서 보내준 퍼시와 엘리자베스 린이라는 이름의 부부에 대해서는 어떤 자료도 없다고 하더라는 겁니다. 두 사람의 여권도 조사해 보았는데, 그것도 예상대로 아무 이상이 없었습니다. 아마도 불필요한 행동인지는 모르지만…… 런던 경시청에서는 린 부부가 영국인이라고 주장하기 때문에 계속 그들의 신원과 전과 기록 등을 조사해서 두 사람의 영국에서의 행동에 관한 정보를 알아보겠다고 했다는군요."

"저런, 성가시게 됐군."

엘러리는 얼굴을 찡그렸다.

"교수님은 이제야 알아차리셨습니까? 저는 지금까지 얼마 안 되는 짧은 기간이지만 여러 가지 복잡한 사건을 다루었고 꽤 성과도 있었습니다. 그러나 이번처럼 묘한 사건을 만난 것은 처음입니다. 교수님은 물론, 운전사인 폭스와 브래드 부인에 관한 최신 정보를 듣지 못하셨지요?"

교수의 눈썹이 치켜올라갔다. 엘러리는 한 시간 정도 전에 브래드우드 저택의 응접실에서 일어난 일을 얘기해 주었다.

"확실하지 않습니까, 어떻습니까?"

"갠지스 강의 물 같군."

야들리가 으르렁대듯이 말했다.

"지금에야 다시 생각해 본 것이지만 이렇게 하면 어떨까?"

"뭔데요?"

교수는 어깨를 으쓱했다.

"아니, 한번에 결론이 내려지는 건 아니니까. 자네가 가지고 있는 백과사전에는 좀 다른 것이 쓰여 있을 것 같은데."

"본 경감도 일솜씨가 꽤 빠르더군요. 파크 극장 입구의 안내원이 화요일 밤 제1막 중간에—9시쯤 말입니다. —브래드 부인의 인상과 비슷한 여자가 극장을 나갔다고 증언했습니다."

"혼자서 말인가?"

"아직까지는 그렇습니다. 본 경감의 부하들이 오이스터 섬의 임대료로 케첨에게 보낸 100달러 우편 환전표의 원본을 찾아냈습니다. 일리노이 주의 피오리아 우체국에서 벨랴 크로삭이라는 명의로 되어 있었다는군요."

"저런!"

교수의 눈이 동그래졌다.

"그럼 그 남자의 필적 견본은 손에 넣었나?"

엘러리는 한숨을 쉬었다.

"섣불리 결론 내리셨네요. 교수님, 그 점은 신중하게 생각하셔야 합니다. 이름은 활자체로 쓰여져 있었답니다. 주소는 단지 피오리아로 되어 있을 뿐이고. 분명한 것은 만나(구약성서 '출애굽기'에 나오는 하나님이 내려준 음식)를 나눠주러 다니는 남자인 스트라이크가 그곳 사람들에게 뭔가 일을 꾸미려고 거기서 지냈다는 겁니다. 대수롭지 않은 정보가 하나 더 있습니다. 회계사에게 브래드 앤드 메가라 상사의 장부를 조사하도록 해놓았다는데, 물론 이것은 수사의 연장선상에서 자연스런 겁니다만, 지금까지 알아낸 것으로는 모든 게 공명정대한 모양이더군요. 회사는 유명하고, 또 굉장히 사업도 잘되어서 재정상태도 꽤 건전하다고 합니다. 그래서 '대해'의 어딘가를 가로지르며 낯선 곳을 항해하고 있는 스티븐 메가라는 직접 사업에는 관계하지 않았다고 합니다. 벌써 5년 전부터 그랬다는군요. 브래드가 눈을 크게 뜨고 감독하는 가운데 그 젊은 조나 링컨이 거의 회사를 혼자서 휘어잡고 운영해 왔습니다. 저는 그 남자가 무슨 꿍꿍이로 회사를 꾸려 왔는지 미심쩍군요."

"미래의 장모와의 싸움?"

교수는 대수롭지 않게 단정지었다.

엘러리는 야들리의 셀라믹 대리석 마루로 서류철을 집어던졌다. 그러나 다시 생각나는 부분이 있어서 급히 집어들었다. 서류의 가장 마지막 부분에 첨부되어 있는 종이 한 장이 떨어진 것을 보았기 때문이다.

"이건 뭐지?"
엘러리는 탐욕스런 눈으로 그것을 한참 읽었다.
"허, 이거 참 재미있는데."
야들리는 멍하니 파이프를 허공에 멈춘 채, "뭔가?" 하고 물었다.
엘러리는 흥분해 있었다.
"크로삭에 관한 구체적인 정봅니다. 날짜를 보니까 나중에 추가된 보고인 것 같군요. 크러밋 지방검사는 처음의 회답에서는 감춰놓은 것을, 나중에는 이 사건에서 완전히 손을 씻고 그 가엾은 아이셤에게 몽땅 떠넘기기로 마음을 굳힌 겁니다. 6개월 동안 조사 자료가 충분히 모아져 있었을 테니까요. 벨랴 크로삭은 몬테네그로 인입니다!"
"몬테네그로 인? 거기서 태어났단 말이지? 지금은 몬테네그로라는 나라는 존재하지 않는다네. 현재는 유고슬라비아의 정치적인 일부분으로 흡수되었다네. 1922년에 세르비아, 크로아티아, 슬로베니아가 정식으로 통합되었지."
야들리는 호기심이 생겼다.
"흠, 크러밋의 조사 결과로 크로삭은 1918년, 정식으로 평화가 선언된 뒤에 몬테네그로에서 제1차 이민으로 미국에 건너온 것이 밝혀졌습니다. 미국에 입국할 때 여권에는 고향이 몬테네그로로 되어 있었으나, 다른 참고가 될 만한 것은 기입되어 있지 않았다더군요. 그 남자는 투트의 석관(石棺)에서 우연히 출현했나 봅니다."('투트(Tut)의 석관'은 1922년 영국의 고고학자 H.카터와 카나본에 의해 발굴된 이집트 '왕가의 골짜기'의 투탕카멘 왕의 묘를 가리킨다.)
"그의 미국에서의 경력에 관해서 크러밋이 뭐 좀 알아냈나?"
"대략적인 것이지만 충분히 참고는 되겠군요. 도시에서 도시로 옮겨다니던 사이에 자신이 선택한 나라의 사정에도 훤해졌고, 언어소통도 가능해졌던 것 같습니다. 몇 년간은 싸구려 행상을 했었던 것 같은데, 이것은 건전한 장사였던 모양입니다. 오밀조밀한 바느질 용품들과 조그만 직물 깔개 같은 것들을 팔았답니다."

"모두 이민 온 사람들이 하는 일이지." 하고 교수가 말했다.

엘러리는 그 다음에 쓰여 있는 것을 읽고서 간략히 설명해 주었다.

"그 남자는 4년 전에 테네시 주의 차타누가에서 하라크트, 즉 스트라이커를 만나서 둘이 협력하게 된 겁니다. 당시 스트라이커는 '태양약'을 팔러 다녔는데, 간유에 제멋대로 이름을 붙인 거였지요. 크로삭은 스트라이커의 영업 매니저 겸 흔히 말하는 제자가 됨으로서, 가엾은 미치광이 노인이 태양숭배와 건강종교를 만들어 방방곡곡을 돌아다니며 설교를 할 수 있도록 도운 것입니다."

"애로요 살인사건 뒤에 크로삭의 행동에 관해서는 뭐 좀 써 있나?"

엘러리의 얼굴이 흐려졌다.

"그것이 빠져 있습니다. 완전히 사라져 버린 겁니다. 참으로 기묘하게 사라져 버렸습니다."

"그럼, 클링은? 밴의 하인 말이야."

"그 사람의 행적 역시 드러난 게 하나도 없습니다. 둘 다 땅속으로 꺼져버린 건 아닐 텐데. 저는 클링이 얽혀있다는 사실에 매우 조바심이 납니다. 도대체 어디에 있을까요? 크로삭이 그의 영혼을 저 세상으로 보냈다면 육체는 어떻게 되었을까요? 크로삭은 어디에다 그 사람을 파묻었을까요? 교수님, 제가 장담하지만, 클링이 현재 어떤 상태인지 밝혀내지 않는 한 이 사건은 해결할 수 없을 것입니다. 크러밋은 클링과 크로삭 사이의 관계를 알아내려고 그 방면으로도 노력을 했던 것 같습니다. 혹시 그 둘이 공범자가 아닌가 하고 생각했던 거지요. 그러나 어떤 것도 알아낸 게 없네요."

"아무리 그렇다 해도, 아무런 관계가 없다고는 할 수 없지."

교수가 지적했다.

"물론 그렇죠. 하지만 크로삭에 관한 한, 그 남자가 스트라이커와 계속 연락을 해왔는지 어쨌는지 우리들로서는 확인할 방법이 없습니다."

"스트라이커라……. 그건 신의 노여움을 불러일으킨 좋은 예지."

야들리는 중얼거리듯 말했다.

"불쌍한 친구야."

엘러리는 픽 웃었다.

"확실히 해주십시오, 교수님. 이건 살인사건입니다. 그건 그렇고, 이 마지막 보고서에 의하면 웨스트버지니아 주 당국은 하라크트의 정체를 밝혀냈다고 합니다. 크러밋의 말을 빌리면 그 남자는 유명한 이집트 학자인 앨바 스트라이커라는 사람인데, 교수님이 말씀하신 대로 몇 년 전에 이집트의 '왕가의 골짜기'에서 일사병에 걸려 미쳤답니다. 지금까지 조사한 바에 의하면 인척은 아무도 없고 이제까지 죽 아무런 해도 끼치지 않은 미치광이라고만 생각해 왔다는 겁니다. 이것은 크러밋의 단서인데 잘 들어보십시오. '핸콕 군 지방검사의 견해에 의하면 자칭 하라크트, 또는 라-하라크트라고 하는 앨바 스트라이커라는 인물은 앤드류 밴 살인사건에 책임이 없다고 보인다. 그러나 이상한 외모에 약간의 정신이상, 그리고 왜곡된 신앙에 대한 망상을 갖고 있는 그는, 일반적인 규범에서 벗어나 있어서 부정한 사기행위에 이용되어 오랜 세월 동안 희생물이 되어왔다고 생각된다. 또 당국에서는 밴 살해에 관해서는 지금까지 발견치 못한 몇 가지의 동기를 가지고 있는 인물이 피해자의 죽음에 책임이 있다고 생각된다. 모든 사실은 그 인물을 벨랴 크로삭으로 지적하고 있다.' 자, 어떻습니까? 명문장이지요."

"크로삭에 대해서는 상황증거뿐이지 않은가?"

엘러리는 머리를 저었다.

"상황증거든 아니든 밴의 살해용의자로서 크로삭을 지명한 것은 크러밋이 핵심을 찌른 거지요."

"어째서 자네는 그렇게 생각하지?"

"여러 가지 사실에 근거해서 그렇습니다. 그러나 크로삭이 앤드류 밴을 죽였다는 것만으로는 우리들이 규명하려고 하는 사건의 본질을 파악할 수는 없습니다. 좀더 근본적인 문제는……."

엘러리는 몸을 앞으로 기울였다.

"'크로삭은 어떤 인물인가'라는 문제입니다."

"그건 또 무슨 뜻인가?"

야들리 교수가 물었다.

"제 말은 이 사건에서, 벨랴 크로삭이라는 자는 오직 한 사람에게만 진짜 얼굴과 용모를 드러냈다는 사실입니다."

엘러리는 진지한 표정으로 대답했다.

"그것은 스트라이커입니다. 그러나 스트라이커에게서는 신뢰할 만한 증언을 기대할 수 없습니다. 그래서 저는 되물을 수밖에 없습니다. 크로삭은 어떤 인물인가? 또, '현재의 크로삭'은 누구인가? 어쩌면 그는 우리들 주변의 누구인지도 모르지요."

"바보 같구먼. 몬테네그로 인으로 크로아티아 사투리를 쓰고 왼쪽 다리를 절름댄다고 하던데……."

교수는 우울한 얼굴로 말했다.

"이치에 맞지 않는 이야기입니다, 교수님. 이 나라에서는 국적 같은 건 물처럼 쉽게 융화될 수 있습니다. 크로삭은 웨어턴에 있는 자동차 수리소 주인 크로커와 얘기할 때는 사투리가 아닌 확실한 영어로 이야기했습니다. 크로삭이 우리들 바로 옆에 있을지도 모른다는 점에 대해서, 교수님은 아직 브래드 살해사건의 요소를 충분히 분석하시지 않으신 것 같군요."

"호, 내가?"

야들리는 딱 잘라서 말했다.

"아니, 그럴지도 모르지. 그렇지만, 자네, 이것만은 알아두게. 자네는 조금 전에 지나치게 억측을 했다는 점을 말이야."

"그 말은 전에 제가 흔히 했던 말이지요."

엘러리는 몸을 일으켜 수영장 안으로 뛰어들었다. 그러더니 조금 뒤에 물방울이 뚝뚝 떨어지는 머리를 물 밖으로 살짝 내밀고서 교수 쪽을 보고 의미 있는 미소를 지었다.

"제가 말할 필요도 없겠지만, 브래드우드로 태양교 모조품을 가지고 가라고 시킨 인물은 크로삭입니다! 그것도 밴이 죽기 전에 말입니다.

의미심장하지 않습니까? 그렇다고 한다면 그 남자는 어딘가 이 주변에 있다는 것이 아니겠습니까. 이젠 아셨죠?"

엘러리는 태연히 말하고 수영장 안에서 나와 양손을 머리 뒤로 깍지를 끼었다.

"함께 생각해 보시죠. 크로삭부터 생각해 보는 겁니다. 그 사람은 몬테네그로 인이에요. 그는 루마니아 태생임을 가장한 중앙 유럽인과 아르메니아 인을 가장한 중앙 유럽인을 죽였다고 보여지는 가장 유력한 용의자죠. 그럼 중앙 유럽인이 세 사람 있게 되고, 그들 모두가 같은 나라 태생일지도 모른다고 가정할 수 있습니다. 저는 현재까지의 여러 정황으로 보건대, 밴과 브래드가 아르메니아와 루마니아에서 온 것이 아니라고 확신합니다."

교수는 신음 비슷한 소리를 내며 성냥을 두어 번 그어서 파이프에 불을 붙였다. 엘러리는 뜨거운 대리석 위에 엎드려 담배에 불을 붙이고 눈을 감았다.

"지금부터 이 사건의 동기를 생각해보죠. 중앙 유럽? 발칸 반도라고 하면 어떤 곳일까요? 미신과 폭력의 고장이지요. 거의 일상적이라고 해도 좋을 정돕니다. 이 말에서 교수님은 짐작되는 것이 없습니까?"

"나는 발칸 반도에 관해서는 전혀 아는 것이 없네."

교수가 무덤덤하게 말했다.

"그런데 문득 그곳이 어쩐지 기분 나빠지는 전설의 발생지였다는 생각이 자네 말을 듣다보니 떠오르는군. 아마 그곳이 일반적으로 지적 수준이 낮은 데다가 황폐한 산악지대라는 점에서 그런 생각이 떠오르는 거겠지."

"하하! 그거 좋은 착상이군요. 흡혈귀 전설 말입니까? 교수님도 「드라큘라」를 기억하고 계시나 보군요. 그것은 우매한 시민에게 악몽의 씨를 뿌린 B.스토커의 불멸의 역작이지요. 중앙 유럽을 무대로 한 인간 흡혈귀 이야기 말입니다. 그 이야기에서도 역시 목이 잘리죠!"

엘러리는 껄껄 웃었다.

"허튼 소리!."

야들리는 불안한 듯 눈을 내리깔며 말했다.

"정말 그래요. 밴과 브래드의 심장에 말뚝이 박혀 있지 않았다는 사실 때문에 이 얘기는 허튼 소리가 되죠. 자존심이 있는 흡혈귀였더라면 그 유쾌한 의식을 결코 생략하지 않았을 거예요. 하지만 만일 그 말뚝이 발견된다면, 우리는 인간 흡혈귀 무리를 없애겠다고 나선 미신에 사로잡힌 미치광이를 상대하고 있다고 확신해도 좋습니다."

엘러리가 즉시 대답했다.

"자네, 장난하고 있나?"

야들리가 항의했다.

엘러리는 잠시 동안 담배를 피웠다.

"장난인지 아닌지는 아직 잘 모르는 문제지요. 그보다 교수님, 오늘날이 아무리 신성한 문명개화시대라고 하더라도 흡혈귀 전설 같은 이야기를 어린애 농담으로 치부하기만 하고 상대해주지 않는다면, 실제로 흡혈귀를 믿으며 앞뒤 가리지 않고 인간의 목을 잘라내는 크로삭 같은 사람의 신앙은 어떻게 설명할 수 있을까요? 그가 믿고 있는 것이 실제로 존재한다면 그것에 관심을 기울여야 하지 않을까요? 참으로 실용주의적 소견이긴 하지만요. 만일 그 남자에게 흡혈귀가 존재하는 거라면……."

"자네의 이집트 십자가에 관한 의견은 어떻게 됐나?"

교수는 심각하게 물었다. 교수는 마치 긴 논의를 예상하고 있다는 듯이 좀더 편한 자세를 취하기 위해 똑바로 앉았다. 엘러리도 일어나 앉아서 자기 무릎을 껴안았다.

"교수님은 어떻습니까? 마음에 짚이는 것이라도 있으신가요? 어제 그런 말씀을 넌지시 하셨잖아요. 그렇지 않으면 제가 오해한 겁니까?"

교수는 신중하게 파이프의 재를 털고, 수영장 가장자리에 파이프를 내려놓은 다음 검은 턱수염을 어루만지며 어느 때보다도 대학 교수다운 모습을 갖춘 뒤 말을 꺼냈다.

"자네는 당치도 않은 예측을 하고 있네."

그가 엄숙하게 말했다.

엘러리는 미간을 찌푸렸다.

"그러면 타우 십자가는 이집트 십자가가 아니라는 말씀입니까?"

"그렇다네."

엘러리는 조용히 몸을 앞뒤로 흔들었다.

"권위자의 말씀이시니까…… 흠. 교수님, 어떻습니까, 조그만 내기를 하지 않으시겠습니까?"

"나는 내기는 별로 좋아하지 않네. 자네는 크룩스 코미사(crux commissa ;T자형 십자가)가 이집트 십자가라고 불린다는 것을 어디서 배웠나?"

"대영 백과사전에서요. 1년쯤 전에 저는 십자가에 대해 좀 조사할 필요가 있었죠. 그때 전 소설을 한 권 쓰고 있었거든요. 지금도 생각이 납니다만, '타우' 또는 T자 십자가는 이집트에서 일반적으로 사용하고 있는 것으로 종종 이집트 십자가로도 불리고 있다고 설명해 놓았더군요. 제 기억으로는 십자가의 설명 중 '타우'가 '이집트'와 연관이 있다는 내용이 분명히 있었습니다. 교수님도 찾아보시겠습니까?"

교수는 웃었다.

"자네가 그렇게 말한다면 확실히 그렇겠지. 그 내용을 누가 썼는지는 모르겠지만 아마 박식한 사람일 걸세. 그러나 대영 백과사전이라고 해도 인간이 만든 것이기 때문에 실수가 있을 수 있으니 최고의 권위를 갖고 있다고는 할 수 없지. 나 자신이 이집트 예술의 권위자는 아니지만, 그 점은 이해해 주기 바라네. 아무튼 그쪽도 내 연구의 한 토막을 이루고 있다네. 그래서 확실하게 말할 수 있는 것은 나는 이집트 십자가라고 하는 어구를 한 번도 본 적이 없다는 걸세. 잘못 쓰여진 것이 확실해. 그런 T자 모양을 한 것이 이집트에 있다는 것이……."

엘러리는 의아스러운 표정을 지었다.

"그럼 교수님은 왜 타우 십자가가 이집트 십자가가 아니라고 말씀하시는 겁니까?"

"그렇지 않기 때문이지."

야들리는 미소지었다.

"고대 이집트 사람이 사용한 신성한 도구 중 하나에 그리스 문자의 T자와 닮은 형태를 한 것이 있긴 하지. 그것은 이집트 고대 상형문자 문헌에서도 가끔 나온다네. 그러나 그것을 타우 십자가라고 할 수는 없지. 타우 십자가는 기독교의 오랜 표상이라네. 그와 같은 우연의 일치는 많이 있어. 예를 들면, 타우 십자가는 성 앤터니 십자가라고도 하는데, 그것은 그림과 조각 속의 성 앤터니가 갖고 있는 지팡이가 타우 십자가와 너무나 닮았기 때문에 붙여진 것에 불과한 거야. 엄밀히 말한다면 타우 십자가가 성 앤터니 십자가가 아닌 것은, 자네나 내 십자가가 타우 십자가가 아닌 것과 비슷한 경우라네."

"그러면 T자 십자가는 정말로 이집트 십자가가 아니군요. 허 참, 당치도 않은 실수를 저지르다니."

엘러리는 투덜거리듯이 말했다.

"자네가 굳이 그렇게 부르고 싶다면 그것을 말릴 순 없지. 그런 형태의 십자가가 예부터 흔히 사용되어 온 것은 사실이고, 무엇보다도 원시시대부터 세계 여러 곳에서 다양한 용도로 쓰였다는 것은 부인할 수 없으니까. 십자형을 변형시킨 상징은 수없이 많이 있네. 예를 들자면 스페인 사람이 건너오기 전에 서반구의 인디언들도 이것을 사용하고 있었다네. 그러나 그것은 이 상황에서는 적절한 예가 아니지. 중요한 것은……."

교수가 눈을 부릅뜨며 다시 말했다.

"자네가 억지로 맞춰서 이집트 십자가라 부르고 싶다면, 그렇게 불러도 좋은 십자형의 상징은 단 하나뿐이야. 그것은 앵크(ankh)야."

"앵크라고요? 제가 생각하고 있었던 것이 그거였나 봅니다. 앵크라고 하는 것은 T십자가의 꼭대기에 붙어 있는 원형이 아닙니까?"

엘러리가 생각에 잠긴 표정으로 말했다.

야들리는 고개를 저었다.

“원형이 아니야. 물방울 또는 배 모양의 작은 것이지. 앵크는 열쇠 비슷한 거야. 크룩스 안사타(crux ansata)라고 불리고, 이집트의 비문 가운데에도 가끔 나오지. 신이라든가 왕위를 나타내는 것인데, 특이한 점은 그것을 갖고 있는 사람은 생명의 창조자로서 인식된다는 거야.”

“생명의 창조자요?”

엘러리의 눈빛이 반짝였다. 그리고는 “그래!” 하고 외쳤다.

“그래, 역시 이집트 십자가입니다. 이제서야 우리들이 올바로 추적하고 있다는 느낌이 듭니다.”

“설명해 보게.”

“모르시겠습니까? 아니, 헤로도토스(BC 484?~425?, 그리스의 역사가)처럼 확실하잖습니까. 앵크는 생명의 상징이죠. T의 가로대는 팔입니다. 세로 기둥은 몸통이고요. 꼭대기의 배 모양은 머리입니다. 그리고 머리는 잘려 있습니다. 거기에 하나의 의미가 있지 않습니까? 크로삭은 일부러 생명의 표상을 죽음의 표상으로 바꾼 겁니다.”

엘러리는 힘주어 말했다.

교수는 잠시 엘러리를 바라보았다. 그리고는 우스워서 견딜 수 없다는 듯이 킬킬 웃었다.

“뛰어난 생각이군. 악마 같은 예리함이야. 그러나 진리로부터 백만 패러생(페르시아의 거리 단위)이나 떨어져 있어.”

엘러리는 흥분을 가라앉히고 물었다.

“어디가 틀린 겁니까?”

“만일 ‘앵크’나 ‘크룩스 안사타’가 인간 형상의 상징이라면, 크로삭이 피해자의 몸을 자른 동기에 관한 자네의 해석이 옳은 거겠지. 그러나 실은 그렇지가 않다네, 퀸. 기원은 좀더 산문적인 거야.”

교수는 한숨을 내쉰 뒤, 다시 말했다.

“자네, 스트라이커가 신고 있던 샌들을 기억하고 있겠지. 그것은 전형적인 고대 이집트의 신발을 모방한 거야. 알다시피 난 인류학자도 이집트 학자도 아니기 때문에 사실 이것까지 말하고 싶지 않았네만…… 어떤 전문가들은 '앵크'가 스트라이커가 신고 있던 샌들의 끈 같은 것을 나타내는 거라 믿기도 한다네. 꼭대기의 원형은 발목 주위를 휘감는 부분이 되는 거지. 원형 아래 수직 부분은 발등 위를 지나 발끝으로 가서 엄지발가락과 둘째 발가락 사이의 샌들 밑으로 연결되는 끈이 되는 거야. 옆의 짧은 가로 부분은 발등의 양쪽에서 샌들 밑으로 연결되는 끈을 나타내고 있는 것이네."

엘러리는 기가 죽어 버렸다.

"아무리 비유적인 의미라고 하더라도 그 상징이 원래 샌들에서 온 것이라면, 어떻게 그게 갑자기 생명의 창조를 의미하게 되었는지 아직도 이해가 잘 안 되네요."

교수는 어깨를 으쓱했다.

"말이라든가 관념 따위의 기원은, 때론 현대적인 의식을 갖고는 이해할 수 없는 경우가 있어. 그래서 과학적 입장에서 보면 뭐가 뭔지 확실하지 않게 되는 거야. 그러나 앵크의 표시가 '삶'이라는 의미를 갖는 어간에서 파생해 여러 가지 의미를 지닌 다른 언어로 사용되었다는 점에서 본다면, 결국 어느 사이에 '앵크'는 생활 또는 생명의 상징이 됐다는 것을 알 수 있지. 그런데 기원이 되는 재료는 유연성을 갖는 것임에도 불구하고—샌들은 보통은 파피루스를 가공해서 만든 거야. —이집트 인은 그 표시를 굳은 형체, 즉 나무나 도기 같은 것으로 만들어서 부적으로만 사용하게 된 거야. 하지만 이 상징 자체가 결코 인간의 모습을 의미하는 것은 아니야."

엘러리는 코안경의 흐린 렌즈를 닦으면서 생각에 잠긴 듯이 태양에 빛나는 수면을 바라보고 있다가 실망한 듯이 말했다.

"좋습니다. 그럼 앵크설은 포기하지요. 그런데 교수님, 고대 이집트 인은 십자가형을 집행했습니까?"

교수는 웃었다.

"자네는 끝가지 항복하지 않는군. 내가 알고 있는 바로는 없었네."

엘러리는 코안경을 코 위에 살짝 얹었다.

“그럼, 이집트학에 관한 설은 포기해야겠군요. 적어도 저는 이만 포기하겠습니다. 제가 너무 지레짐작을 했어요. 최근에 자주 나타나는 징후예요. 완전히 둔해진 것 같은 기분입니다.”

“포프(1688~1744, 영국의 시인 · 비평가)는 선부른 지식이 오히려 더 위험한 것이라고 했네.”

교수가 주의를 주었다.

“그래서 생각이 났습니다만, ‘faciunt nae intelligendo, ut nihil intelligant’(어떤 것을 지나치게 아는 것은 알지 못하는 것과 같다.)라는 문구도 있지요. 물론 특정한 누구를 두고 말하려는 것은 아니지만요.”(영국의 시인 알렉산더 포프가 쓴「비평에 의한 수상」제1장에서 인용한 구절)

엘러리는 말했다.

“물론 그래. 테렌스(로마 시대의 희곡 작가)도 그런 뜻으로 말한 것은 아닐 걸세, 그렇지? 어떻든 자네는 몇 가지 사실들을 두고, 이집트학적으로만 해석하려고 했기 때문에 옆길로 새었다고 생각하네. 내가 보기에는, 자네는 대학 시절에도 사물을 낭만적으로 생각하는 경향이 강했지. 언젠가 플라톤과 헤로도토스가 얘기한 아틀란티스 전설의 기원에 대해서 논의했을 때만 해도…….”

야들리는 진지하게 대답했다.

“학식이 풍부하신 교수님의 말씀을 중간에 방해해서 죄송합니다만 저는 지금 수렁에서 빠져나오려고 발버둥치고 있는 중입니다. 그런데 교수님은 엉뚱한 고전적인 취미 얘기로 저를 더욱 혼란시키네요. 크로삭이 피해자의 머리를 자르고 범죄현장에 T자 표시를 뿌려놓은 것이 십자가의 상징을 남기기 위한 것이라면, 그것은 확실히 ‘앵크’는 아니고 ‘타우’ 십자가라고 밖에는 생각할 수 없습니다. 그런데 파라오 시대의 이집트에 ‘타우’ 십자가가 존재했던 흔적이 설령 있다 하더라도 그것은 극히 의심스러운 실정이고, 또한 크로삭이 아무리 이집트학적 의미를 갖는 종교적인 사물에 집착하는 미치광이와 관계를 맺었다고 해도 크로삭 스스로가 '타우' 십자가 따위를 염두에 두고 있었다고는 생각할 수 없습니다. 증거 말입니까? 좋습니다. 토머스 브래드는 토템 막대—죄송합니다, 기둥이군요. —토템 기둥에 목이 매져 있었습니다. 이것은 종교적인 상징이긴 하지만 고대 이집트학과는 별개의 것입니다. 또 다른 증거도 있습니다. 만일 크로삭이 앵크 십자가의 표시를 남길 생각이었다면 머리를 자르는 것보단 오히려 두는 편을 택했겠지요. 이것으로 인해 이집트설은 타당하지 않게 되었습니다. 아메리카 토템설 역시 브래드가 십자가에 매달려 죽은 장소가 토템 기둥이었다는 사실을 빼고는 아무런 근거가 없습니다. 토템 기둥이 선택된 것은 종교적인 의미보다도 오히려 그것이 T자 모습을 하고 있었기 때문에 선택된 것에 불과한 것이죠. 그리고 우리들은 또 십자가형의 방법에 대해서도 굳이 구애될 필요가 없습니다. 제가 알고 있기로는 기독교의 교리에서 '타우' 십자가가 순교자를 참수하는 데 이용된 적은 없기 때문이죠. 따라서 종교적 이론은 이 기회에 모두 포기하도록 하겠습니다."

엘러리는 조금 초조한 듯이 말했다.

"자네의 신조는 어쩐지 라블레의 신앙과 닮은 것 같군. 그 위대한 '가정'하는 것까지."(라블레는 프랑스의 풍자 작가로, '라블레 신앙'이라고 하면 모방자 · 연구가라는 의미다.)

교수가 껄껄 웃으며 말했다.

"그리고 처음부터 코앞에 매달려 있었던 것을 역(逆)으로 되돌리고요."

엘러리는 조용히 웃으며 결론 내렸다.

"그것은 또 무슨 말인가?"

"T는 T만의 의미이지 다른 어떤 의미도 아니라는 얘기입니다. T에는 알파벳의 의미밖에 없는 겁니다. T, T는……."

엘러리는 말을 끊었다. 교수는 미심쩍게 그를 바라보고 있었다. 엘러리는 아무것도 생각하지 않는다는 눈빛으로 수영장의 푸른 물과 햇빛을 빤히 바라보고 있었다.

"무슨 일인가?" 하고 교수가 물었다.

"그런 일이 있을 수 있을까?"

엘러리는 중얼거렸다.

"아니, 얘기가 지나칠 정도로 잘 맞아. 그런데 증거는 하나도 없어. 그 전에도 한 번 이런 일이 있었지."

엘러리의 목소리가 점차 작아졌다. 야들리가 묻는 말이 귀에 들어오지 않는 것 같았다. 교수는 한숨을 쉬면서 또 파이프를 집어들었다. 두 사람은 오랫동안 입을 열지 않았다. 조용한 파티오(스페인식 집의 안뜰)에서 알몸에 가까운 모습으로 그렇게 두 남자가 앉아 있을 때, 한 흑인 노파가 검은 광채를 띤 얼굴에 아주 재수없다는 표정을 띠면서 탁탁 발소리를 내며 다가왔다.

"야들리 교수님."

흑인 노파는 온화하게 호소하는 듯한 목소리로 말했다.

"어떤 사람이 문을 두드리며, 들어오겠다고 하고 있어요."

"뭐라고?"

교수는 깜짝 놀라며, 머리를 저어 꿈꾸는 듯한 황홀한 감정을 떨쳐내었다.

"누가 말이오?"

"그 경감 말이에요. 굉장히 흥분한 것 같은데요, 교수님."

"좋아요. 들여보내 주시오."

잠시 뒤에 본이 작은 종이쪽지를 흔들면서 두 사람 쪽으로 뛰어왔다. 얼굴은 흥분으로 새빨개져 있었다.

"퀸 씨, 빅 뉴스요!" 하고 그가 큰소리로 말했다.

엘러리는 멍청한 눈으로 그를 올려다보았다.

"아, 경감님이시군요. 무슨 뉴스인가요?"

"이것을 읽어보시오."

경감은 대리석 위에 종이쪽지를 펼쳐놓고서, 세랄리오(seraglio ; 회교국의 궁전, 후궁의 방)에 불법으로 들어온 침입자처럼 헐떡이며 기대에 찬 채 수영장 가장자리에 주저앉았다.

엘러리와 교수는 얼굴을 마주보고 나서 함께 종이쪽지를 들여다보았다. 그것은 자메이카 섬에서 온 무선전보였다.

'오늘 항구에 입항해서야 브래드의 사망 소식을 들었소. 곧 뉴욕을 향해 출항하겠소.

스티븐 메가라'

제3부 신사의 십자가형

나는 브뤼셀 검사국의 주임검찰관으로 재임중일 때, 범죄자의 두뇌작용은 법을 존중하는 시민으로서는 이해하기 어려운 요인에 의해 좌우된다는 것을 발견했다.

— 펠릭스 브루워지

제13장 넵튠의 비밀

스티븐 메가라의 요트 '헬레네'호는 자메이카 섬에서 바하마 군도의 많은 섬들을 걸쳐 북쪽을 향해 기록적인 질주를 하던 중, 뉴프로비던스 섬 부근에서 중대한 기관 고장을 일으켰다. 따라서 배의 책임자인 스위프트 선장은 요트를 수리하기 위해 부득이 낫소 항에 입항하지 않을 수 없었다. 거기서 바다로 다시 항해하게 되기까지에는 또 며칠이 걸렸다. 그래서 7월 1일, 본 경감이 메가라로부터 무선전보를 받은 지 8일째가 되어서야 '헬레네'호는 롱아일랜드에 그 모습을 드러냈다. 항만국을 통해 뉴욕 항으로 통관하는 수속을 미리 준비해 놓았기에 '헬레네'호는 시간 지체 없이 경찰정의 호위와 극성인 신문기자들이 세낸 작은 배들에 둘러싸인 채 롱아일랜드 만으로 곧장 입항할 수 있었다. 하지만 '헬레네'호의 깨끗하고 광택이 나는 갑판에 기자들을 올라가지 못하게 하기란 꽤나 어려운 일이었다.

8일간, 그 사이에 장례식이 있었던 것을 제외하고는 이상할 정도로 태평했던 8일간이었다. 하긴 장례식조차도 지극히 조용한 것이었지만 말이다. 브래드는 화려한 의식이나 성가신 절차 없이 롱아일랜드의 묘지에 묻혔다. 신문기자들의 관찰에 따르면, 브래드 부인은 이 시련을 강인함과 인내를 갖고 훌륭하게 견뎌냈다고 한다. 오히려 고인(故人)과 아무런 혈연관계가 없는 미망인의 딸이 그 미망인보다도 더 장례식을 가슴아파하는 것 같았다.

벨랴 크로삭에 대한 수배는 전국적 규모의 인간사냥으로 확대됐다. 그의 인상착의는 미국의 경찰서, 보안관 사무실은 물론 모든 항만 관계자들에게 보내졌다. 그는, 전국 48주와 캐나다, 멕시코의 경찰에게까지 감시받게 되었다. 그러나 수사망이 넓혀졌음에도 불구하고 몬테네그로의 물고기는 잡히지 않았다. 그는 지구에서 마치 땅으로 꺼져버린 것처럼 완전히 모습을 감추어 버렸다.

운전사인 폭스는 아직까지도 오두막에서 감시를 받고 있었다. 물론 정식으로 체포된 것은 아니었지만, 뉴욕의 싱싱 교도소 철창 안에 갇혀 있는 것과 똑같았다. 폭스에 대한 신변조사는 착착 진행되어 갔지만, 메가라가 귀국할 때까지도 동부의 전과자 기록보관소 어디에도 그의 지문은 없었다. 경감은 범위를 서부지방으로 넓혀 지문과 사진을 보냈다. 폭스는 이 비공식적인 감금에 대해 불평 한마디 늘어놓지 않고 침묵을 지켰지만, 눈빛만은 단호했기에 경감은 감시를 더욱 엄중히 했다. 전혀 말을 시키지 않는 침묵 감시와 이 남자를 완전히 무시하는 것 같은 감시는 본의 계략 중 하나였다. 폭스는 심문이나 위협도 받지 않았다. 무거운 고독 속에 놓여 있는 것이다. 그러나 이런 상황임에도 불구하고 폭스는 전혀 입을 열지 않았다. 다음 날도 그 다음 날도 오두막에 조용히 앉은 채로, 가정부인 박스터 부인이 준비해 주는 식사에도 거의 손을 대지 않고, 거의 움직이지도 않았다. 호흡마저도 멈춘 것 같았다.

7월 1일 금요일, '헬레네'호가 롱아일랜드 만에 들어와서 '케첨의 후미'인 서쪽의 좁은 물길을 빠져나와 오이스터 섬과 본토 사이의 깊은 곳에 정박했을 때는 모든 준비가 다 끝나 있었다. 브래드우드 부두는 사람들로 가득 찼다. 대개가 형사, 경관, 순찰경관 등이었다. 일동은 천천히 요트의 움직임을 지켜보았다. 뱃전이 하얗게 반짝이는 낮고 경쾌해 보이는 배였다. 맑은 아침 공기 속에서 잘 닦인 놋쇠 장식물이 반짝였고, 갑판에서 움직이는 사람들의 작은 모습이 선명하게 보였다. 좁은 배 위에는 작은 구명 보트 몇 척이 바람에 흔들리고 있었다.

본 경감, 아이셤 지방검사, 엘러리 퀸, 야들리 교수 일행은 부두에 서서 조용히 침묵한 채 기다리고 있었다. 한 척의 작은 증기선이 뱃전에서 내려지더니 후미의 물을 '철썩' 하고 때렸다. 몇 사람이 쇠로 된 계단을 내려와 증기선을 타는 모습이 보였다. 곧 경찰정 한 척이 움직였고 증기선은 조용히 그 뒤를 따랐다. 두 척의 배가 선착장을 향해 다가왔다. 군중들이 술렁거리기 시작했다.

스티븐 메가라는 키가 크고 얼굴이 검게 그을린 늠름한 체격의 남자였는데, 검은 턱수염을 기르고 있었다. 코는 격투 같은 것으로 찌부러진 것을 그대로 고치지 않은 듯한 모습이었다. 활력이 넘침과 동시에 어딘가 무서운 느낌이 드는 남자였다. 증기선에서 부두로 뛰어오르는 동작도 재빨랐고, 무척 날렵하고 민첩했다. 그 모든 동작이 일사불란했다. 엘러리는 날카로운 흥미를 갖고 그 남자를 바라보면서 그가 활동적인 사람이라고 생각했다. 토머스 브래드는 영양과도로 인해 뚱뚱해져 나이보다 더 늙어 보인 남자였던 것 같은데, 이 남자는 그와는 전혀 달랐다.

"내가 스티븐 메가라요."

그가 이튼 학교 출신 특유의 억양이 섞인 영어로 말했다.

"대단한 마중이로군. 헬레네!"

메가라는 사람들 속에서 그녀를 발견해내고 이름을 불렀다. 뒤쪽에 조용히 서 있던 주연 배우들—헬레네, 그녀의 어머니, 조나, 템플 의사—틈에서 헬레네를 찾은 것이다. 거기에는 헬레네를 비롯해 다른 사람들도 있었지만 메가라는 그쪽에는 눈길도 주지 않고, 헬레네의 팔을 붙잡고서 애정이 담긴 눈길을 보냈다. 헬레네는 얼굴을 붉히며 그의 손에서 팔을 살짝 빼냈다. 메가리는 콧수염이 조금 치켜올려지는 미소를 지은 뒤 브래드 부인의 얼어붙은 귀에 뭔가를 속삭였다. 그런 뒤에 템플 의사에게는 가볍게 목례를 하고서 제자리로 돌아왔다.

"그래, 톰이 살해됐다고요? 누가 말씀을 좀 해주시면 내가 할 수 있는 일은 다 하겠습니다."

지방검사는 콧방귀를 뀐 뒤 말했다.

"그래요? 나는 이 군(郡)의 지방검사인 아이셤입니다. 이쪽은 낫소 군 수사국의 본 경감, 그리고 특별 수사관인 엘러리 퀸, 당신의 새로운 이웃인 야들리 교수입니다."

메가라는 침착하게 일동과 악수를 했다. 그리고 제자리로 와서 옓게 그을린 손가락을 굽혀 함께 증기선을 타고 온 감색 제복을 입은 강인한 얼굴의 반백 노인을 불렀다.

"내 요트의 선장 스위프트요."

메가라가 소개했다. 스위프트의 턱은 연신 우물우물거렸고, 눈은 망원경의 렌즈 같았다. 방황하는 유태인처럼 풍우에 찌든 얼굴 속에서 눈만이 마치 수정처럼 빛났다.

"잘 부탁합니다."

스위프트 선장은 다른 말 없이 간단히 인사만 했다. 그리고 왼손으로 모자를 벗었다. 엘러리는 그에게 손가락 세 개가 없다는 것을 알아보았다. 일동이 무언의 동의에 의해 부두에서 건물로 통하는 작은 지름길을 향해 걷기 시작했을 때, 엘러리는 선장이 대양을 항해하는 뱃사람답게 몸을 흔들면서 걷는 것을 보았다.

"이번 일을 좀더 빨리 알지 못했던 것이 유감입니다."

메가라는 지방검사와 나란히 걸으면서 아이셤에게 말했다. 브래드 모녀, 링컨, 템플 의사는 무표정한 얼굴로 그 뒤를 계속 따라오고만 있었다.

"나는 몇 개월 동안 해상을 떠돌아다녔기 때문에 뉴스를 들을 수가 없었습니다. 톰에 관해서 들었을 때에는 너무나 놀랐지요."

말은 그렇게 해도 별반 놀란 것처럼 보이지 않았다. 마치 새로 살 양탄자의 가격을 흥정하는 듯한 감정이 없는 태도로 공동경영자의 살해 얘기를 하고 있었다.

"메가라 씨, 우리들은 당신의 귀항을 기다리고 있는 중이었습니다. 당신이 아시는 한에서 브래드 씨를 살해할 동기를 가지고 있을 만한 사람이 있습니까?"

본 경감이 말했다.

"글쎄요."

메가라가 말했다. 그리고는 머리를 잠시 돌려 이것저것 생각을 하더니, 브래드 부인과 헬레네 쪽을 돌아보았다.

"지금은 대답하지 않는 편이 나을 것 같군요. 그보다는 어떻게 된 건지 자세히 알려 주시지요."

아이셤이 대답하려고 할 때 엘러리가 온화한 음성으로 물었다.

"당신은 앤드류 밴이라는 남자의 이름을 들어본 적이 있습니까?"

그 순간 메가라는 걸음걸이가 잠시 흐트러졌지만, 금세 얼굴색 하나 변하지 않고 다시 리듬감 있게 걷기 시작했다.

"앤드류 밴? 그 남자가 이번 일과 무슨 관계가 있습니까?"

"그러면 당신은 그 남자를 알고 있군요?"

아이셤이 엉겁결에 큰소리로 말했다.

"그 남자도 당신의 동업자가 죽은 것과 똑같은 모습으로 살해됐습니다, 메가라 씨."

엘러리가 말했다.

"밴도 살해됐다고요!"

순간 이 요트맨은 평정을 잃었고, 눈은 불안감으로 이글거렸다.

"목이 잘리고 몸은 T자형 십자가에 묶여 있었습니다."

엘러리는 사무적인 어조로 덧붙였다.

메가라가 갑자기 걸음을 멈췄다. 뒤에서 따라오던 행렬도 똑같이 걸음을 멈췄다. 햇볕에 검게 그을린 메가라의 얼굴이 보라색으로 변했다.

"T자라고!"

그가 중얼거렸다.

"아니, 왜……. 아무튼, 여러분, 집으로 들어갑시다."

메가라는 그 말을 하면서 몸서리를 친 뒤, 어깨를 축 늘어뜨렸다. 마호가니 나무 같던 피부색도 새파래져 있었다. 갑자기 몇 년이나 늙은 듯이 보였다.

"당신은 그 T자의 의미를 아십니까?"

엘러리는 흥분해서 물었다.

"한 가지 짚이는 것이 있소."

메가라는 이를 악물고 큰 걸음으로 성큼성큼 걸어갔다. 일행은 집까지 잠자코 걸어갔다.

스톨링스가 현관문을 열더니 그 냉담한 얼굴에 갑자기 환영의 미소를 지어보였다.

"메가라 씨, 돌아오시게 되어서 참으로……."

메가라는 집사에게는 눈길도 주지 않고 옆을 지나쳤다. 다른 일행도 뒤따라갔다. 응접실에 들어가서는 그는 큰 보폭으로 마루 위를 왔다갔다하며 걷기 시작했다. 뭔가를 마음속에서 여러모로 생각하고 있는 듯했다. 브래드 부인이 그 곁을 다가가서 통통한 손을 메가라의 한쪽 팔에 얹었다.

"스티븐, 당신이 이 무서운 사건을 매듭지을 수만 있다면……."

"스티븐, 당신은 알고 있죠!"

헬레네가 소리쳤다.

"메가라 씨, 당신이 알고 계시다면 제발 어떻게든 얘기를 해서 이 기분 나쁜 공포 분위기를 해결해 주십시오. 우리들은 모두 악몽에 사로잡혀 있는 느낌입니다."

링컨도 소리를 죽여가면서 말했다.

메가라는 한숨을 쉬고는 양손을 주머니에 집어넣었다.

"침착하게. 자네도 앞에 앉게, 선장. 이런 비참한 일에 끌어들여 미안하네."

스위프트 선장은 눈만 깜박거릴 뿐 앉으려고 하지 않았다. 그는 마음이 안정되지 않는 듯 문 근처로 물러났다.

"여러분, 나는 누가 나의, 누가 브래드를 살해했는지 알 것 같습니다."

메가라가 갑자기 말했다.

"알고 있다고요?"

본이 특히 흥분한 모습이었다.

"누굽니까?"

아이셤이 소리쳤다.

메가라는 그의 넓은 어깨를 뒤로 돌렸다.

"벨랴 크로삭이라는 놈입니다. 크로삭…… 그 이름에는 의심할 여지가 없지요. T라고 하셨지요? 그것이 내가 생각하는 것과 같은 의미라면, 그것을 써서 남길 수 있는 녀석은 이 세상에서 단 한 사람밖에 없습니다. T란 말이지요? 어떤 의미에서는 그것이 산 증거입니다. 우선 일의 경위부터 알아봅시다. 브래드가 살해된 상황과 함께 밴이 살해된 사정도 알려주십시오."

본이 아이셤에게 눈짓을 하자 아이셤은 고개를 끄덕였다. 그래서 경감은 두 번에 걸쳐 일어난 범죄의 모든 경위를 간결하게 얘기하기 시작했다. 이야기는 피트 노인과 마이클 오킨스가 애로요의 도로와 뉴컴벌랜드와 퓨타운 고속도로의 교차점에서 초등학교 교장의 시체를 발견한 일에서부터 시작되었다. 자동차 수리소의 주인인 크로커의 증언에 따르면, 그가 절름발이 남자의 부탁을 받고서 그 남자를 교차점까지 차로 태워다 주었다고 본이 말했다. 그러자 메가라는 천천히 고개를 끄덕이면서 한가닥 의혹마저도 사라진 듯이 말했다.

"그 남잡니다, 그 남자."

이야기가 끝나자 메가라는 심각한 표정이 되었다.

"이제 대충은 알겠습니다."

메가라는 원래의 냉정함을 되찾았다. 그 태도에서 결의와 용기가 엿보였다.

"그럼, 서머하우스에서 발견된 내용을 들려주십시오. 약간 이상한 점이 있어서."

"아니, 메가라 씨. 나는 잘 모르겠는데……."

아이셤이 항변했다.

"즉시 거기로 안내 좀 해주시지요."

메가라는 이렇게 짧게 말하고는 문 쪽으로 성큼성큼 걷기 시작했다. 아이셤은 이해가 안 가는 모양이었지만, 엘러리는 지방검사에게 고개를 끄덕여 보였다.

일행은 줄줄이 요트맨의 뒤를 따라갔다. 일행이 토템 기둥과 서머하우스 사이에 접해 있는 작은 샛길을 지나고 있을 때 야들리 교수가 소곤거렸다.

"퀸, 이제 마지막 같지 않나, 응?"

엘러리는 어깨를 으쓱했다.

"어째서 그렇습니까? 제가 크로삭에 대해서 말한 것은 아직 적용이 됩니다. 그 악마는 도대체 어디에 있는 걸까요? 메가라가 그의 현재의 신분을 확인하지 않는 한……."

"조금 욕심이 지나치군. 자넨 왜 그 남자가 이 근방에 있다고 확신하나?."

교수가 말했다.

"그런 건 저도 알 수 없죠. 단지 그럴 가능성이 크다는 건 확실합니다."

서머하우스는 천막으로 둘러쳐져 있었고 경관 혼자서 지키고 서 있었다. 본은 천막 주위를 둘러보았지만 메가라는 주저하지도 않고 안으로 들어갔다. 서머하우스의 내부는 범죄가 있었던 다음 날 아침 수사관들이 발견한 것과 뭐 하나 달라진 것이 없는 것처럼 보였다. 경감이 다소 예상했던 것이 결국 열매를 맺은 것 같았다.

메가라는 단 한가지 외에는 눈길을 주지 않았다. T자도, 핏자국도, 격투와 잔인한 행위의 흔적도 무시했다. 메가라는 담배 넣는 구멍에 있는 넵튠의 머리와 삼지창을 조각한 파이프를 주시했다.

"그러리라고 생각했어."

책상 위에 놓여 있던 파이프를 집어들면서 메가라는 조용히 말했다.

"본 경감, 당신이 넵튠 머리의 파이프 얘기를 했을 때 곧 뭔가 잘못된 점이 있다는 것을 알았소."

"잘못됐다고요?"

본은 당황해했다. 엘러리의 눈이 의미심장하게 번쩍였다.

"무엇이 잘못되었습니까, 메가라 씨?"
"모두가 다 그래요."
메가라는 침통한 표정으로 파이프를 바라보았다.
"당신들은 이것을 톰의 파이프라고 생각하고 있었겠지요? 그렇지만 그렇지가 않소!"
"혹시 당신은 그 파이프가, 크로삭의 것이라고 말하려는 것은 아니겠지요?"
경감이 말했다.
"나도 그랬으면 좋겠소. 하지만 그렇지가 않소. 이것은 내 것이오."
메가라는 퉁명스럽게 대답했다.
잠시 동안 일행은 뭔가 그럴듯한 영양분이라도 얻으려는 듯이 이 새로운 사실을 마음속에서 이리저리 추측해 보고 있었다. 본은 아직도 납득이 가지 않는 모양이었다.
"결국에는, 만일 그것이……."
본이 말했다.
"본, 잠깐 기다리시오."
지방검사가 재빨리 말했다.
"여기에는 눈으로 보이는 것 이상의 뭔가가 있는 것 같소. 메가라 씨, 우리들은 그 파이프가 브래드의 것이라고만 생각하고 있었소. 스톨링스가 마치 그러한 것처럼 결정적인 인상을 주었기 때문인데, 지금 생각해 보면 그런 착각을 한 것도 무리는 아니구먼. 더구나 거기에는 브래드 씨의 지문이 찍혀 있었고, 살인이 있었던 날 브래드 씨가 늘 피우던 담배를 피운 흔적이 있었으니까요. 그렇지만 지금 당신은 그 파이프가 당신의 것이라고 말했소. 내가 납득이 가지 않는 것은……."
메가라의 눈이 가늘어졌다. 그의 어조는 무뚝뚝했다.
"아이셤 씨, 그것이 잘못된 거요. 이것은 확실히 내 파이프요. 스톨링스가 톰의 것이라고 했다면 거짓말을 한 것이든가, 작년에 내가 집을 떠나기 전에 집에서 이 파이프를 본 적이 있었기 때문에 톰의 것이라고 착각을 했든가 둘 중의 하나일 게요. 난 1년 전에 출항할 때 무심코 이것을 여기에 놔두고는 그만 잊어버리고 말았소."

"아이셤 씨, 당신이 납득할 수 없는 게 다른 사람의 파이프를 어떻게 해서 브래드가 사용하게 되었느냐 하는 점입니까?"

엘러리가 온화하게 아이셤에게 물었다.

"그렇소. 나는 그게 이해가 안 가요."

아이셤이 대답했다.

"무슨 소릴! 톰은 내 파이프든 다른 사람의 파이프든 남의 것으로는 담배를 피우지 않았소. 그의 서재에 있는 서랍을 열어보면 알겠지만 그는 파이프를 많이 가지고 있소. 누구도 남의 파이프를 자기 입에 갖다 대지 않아요. 특히 톰은 더했소. 그는 광적일 정도로 결벽증이 있었으니까."

메가라가 내뱉듯이 말했다. 메가라는 넵튠의 머리를 멍청하게 아무런 애정도 담지 않은 채 손가락 끝으로 만져 보았다.

"이 낡은 넵튠을 잊고 나간 것이 정말 유감입니다. 15년이나 지니고 있었던 건데. 톰은, 내가 이것을 얼마나 소중히 여기고 있었는지 잘 알고 있었소."

메가라는 잠시 아무 말 없이 있었다.

"그가 이 파이프를 피우지 않았다는 것은 스톨링스의 틀니를 자기 입 속에 집어넣지 않은 것만큼이나 확실합니다."

아무도 웃지 않았다. 엘러리가 재빨리 말했다.

"여러분 재미있게 됐군요. 처음으로 빛이 보입니다. 이 파이프가 메가라 씨의 것이라는 확인의 의미를 여러분은 이해 못 하시나 보죠?"

"내 짧은 생각으로 하나 알 수 있는 것은, 크로삭이 메가라 씨를 함정에 몰아넣으려고 했다는 것이오."

본이 다시 이야기했다.

"경감님, 농담을 해선 안 됩니다. 여기에는 그런 의미가 전혀 없습니다. 크로삭은 메가라 씨가 브래드 씨를 살해한 것처럼 보이게 하려고 한 것이 아닙니다. 메가라 씨가 분명하게 바다 여행을 떠나 수천 마일이나 떨어진 어딘가에 닻을 내리고 있을 거라는 것은 누구라도 알 수 있는 일이죠. 게다가 T자 문제도 있고 밴의 살해사건과도 연관이 있어서…… 마치 서명한 것처럼 확실합니다. 그렇다니까요."

엘러리는 유쾌한 듯이 말했다.

엘러리는 요트맨 쪽을 바라보았다. 메가라는 눈썹을 치켜뜨고서 아직도 파이프를 조사하고 있었다.

"6월 22일에 당신들은 어디에 있었습니까? 당신의 요트, 당신 자신, 그리고 승무원들 말입니다."

"우리도 그런 질문이 나올 줄 알고 있었지, 선장?"

메가라는 턱수염을 어루만지며 미소지었다.

"어디에 있었느냐……."

스위프트 선장은 얼굴을 붉히고서 감색 제복의 부풀어오른 호주머니에서 종이쪽지를 꺼냈다.

"항해일지의 기록이오. 보시면 알게 될 거요."

선장이 말했다.

일행은 그것을 조사했다. 6월 22일에 '헬레네'호는 파나마 운하의 가툰 갑문(閘門)을 통과해서 서인도제도로 향하고 있었던 것으로 기록되어 있었다. 거기에는 운하 당국에 통항료를 지불한 것을 증명하는 관청 발행 영수증 쪽지가 첨부되어 있었다.

"승무원은 전원 승선해 있었습니다."

선장은 또박또박 말했다

"항해일지는 언제라도 볼 수 있습니다. 우리들은 태평양을 순항해서 동쪽으로 가고 있는 중이었습니다. 서쪽으로는 호주까지 갔었지요."

본은 고개를 끄덕였다.

"아무도 당신들을 의심하지 않습니다. 그러나 어쨌든 항해일지는 일단 보여주십시오."

메가라는 다리를 버티고 선 채로 앞뒤로 몸을 흔들고 있었다. 선교에

양발을 벌리고 서서 대양을 항해하는 배의 흔들림에 따라서 몸의 균형을 잡는 모습을 상상하는 것은 어렵지 않았다.

"아무도 우리들을 의심하고 있지 않소. 아무렴! 설사 의심받고 있다 해도 나는 겁나지 않아. 이번 항해를 할 때, 가장 생명의 위험을 느낀 순간은 피지 제도의 수바 앞바다에서 사타구니가 아플 때였지."

아이셤은 납득이 가지 않는 모양이었다. 경감은 엘러리 쪽을 돌아보았다.

"퀸 씨, 당신은 종종 뭔가 머릿속에서 깊은 생각을 하잖소. 지금 뭔가 떠오르는 것이 있나 보구먼, 보면 알 수가 있지."

"경감님, 이 중요한 증거에 의하면 이렇습니다."

엘러리는 메모와 영수증을 가리키면서 말했다.

"크로삭이 메가라 씨를 동업자의 살인범으로 우리들에게 믿게 했으리라고는 보여지지 않아요."

엘러리는 얘기를 계속하기 전에 담배 한 개비를 입에 물었다.

"이 파이프는……."

그렇게 말하고 담뱃재를 메가라의 손에 있는 특이하게 생긴 브라이어에 털었다.

"크로삭은 메가라 씨가 살인사건 당시 의문의 여지가 없는 알리바이를 갖고 있음을 분명히 알고 있었던 게 틀림없습니다. 따라서 그 방향으로 추측을 하는 것은 올바르지 않습니다. 그러나 이것이 메가라 씨의 파이프였고 브래드가 피웠을 리가 없다는 사실에서 우리들은 한 가지 올바른 가설을 세울 수가 있죠."

"머리가 좋군. 그것이 사실이라면 말이야. 그래, 무슨 가설이지?"

야들리 교수가 말했다.

"브래드 씨는 동업자의 물건이었던 넵튠 머리의 파이프를 피웠을 리가 없지요. 그런데 이 파이프는 사용되었고, 보시는 대로 피해자의 손에 들려 있었습니다. 그러나 브래드 씨가 이 파이프로 피웠을 리는 없는데 피웠던 증거가 남아 있다면 어떻게 생각할 수가 있을까요?"

"훌륭해. 파이프는 브래드 씨가 피운 것처럼 보였을 뿐이지. 죽은 사람의 지문을 묻히는 것은 어린애라도 할 수 있으니까."

교수가 중얼거렸다.

"맞았습니다!"

엘러리는 소리쳤다.

"그리고 파이프를 정말 피웠던 것처럼 보이게 하는 것은 실로 간단하지요. 범인은 아마 담배를 피우고 재를 털고 하는 것을 몇 번 되풀이했겠지요. 베르티용 측정법(프랑스의 경관인 베르티용이 생각해낸 인체측정법)이 각 개인이 갖고 있는 박테리아의 차이를 고려하지 않은 점은 유감이죠. 좋은 생각이십니다. 그럼 브래드 씨가 이 파이프로 담배를 피운 것처럼 보이게 한 사람은 누구겠습니까? 확실히 범인 이외에는 없겠지요. 왜 그랬을까요? 그것은 브래드 씨가 집 밖에 나가 서성이다가 스모킹 재킷을 입고 서머하우스에서 파이프를 피우고 있을 때 습격을 받고 이곳에서 죽었다고 생각하게 하기 위해서입니다."

"꽤 비슷하게 들리는데."

아이셤이 감탄했다.

"그런데 크로삭은 그렇게 하는 데에 왜 메가라 씨의 파이프를 사용했을까요? 왜 브래드 자신의 파이프를 사용하지 않았을까요?"

엘러리는 어깨를 으쓱했다.

"거기에 대한 답은 잠시 생각해 보면 지극히 간단하지요. 그렇지 않습니까, 메가라 씨?"

"아마 그럴 게요. 톰은 자신의 파이프를 전부 한곳에 모아놓았소. 내가 집을 떠난 뒤에 내 파이프를 발견하자 내가 돌아올 때까지 같은 서랍에 넣어둔 것이 틀림없소."

메가라가 말했다.

"감사합니다. 그래서 크로삭이 서랍을 열어보았을 때는 많은 파이프가 그곳에 있었습니다. 그 남자는 모두 브래드 씨의 것이라고 생각했겠지요. 크로삭은 브래드가 서머하우스에서 담배를 피운 것처럼 보이게 하려고 파이프를 남겨놓기로 한 이상, 자연히 서랍에서 제일 눈에 잘 띄는 파이프를 선택한 겁니다. 눈에 제일 잘 띄는 파이프가 제일 확인하기 쉽기 때문이지요. 에르고(Ergo ; 그러므로) 넵튠을 선택할 수밖에 없었던 겁니다. 그러나 그 넵튠은 브래드 씨의 것이 아니라 메가라 씨의 소유물이라는 점이 우리에게는 다행스러운 일이었죠."

엘러리는 계속해서 큰소리로 말했다.

"그러나 우리는 여기에서 흥미로운 추측에 도달하게 됩니다. 우리의 크로삭은 브래드가 서머하우스에서 담배를 피우고 있을 때에 습격당해 살해된 것으로 보이게 하려고 대담한 수법을 쓴 겁니다. 왜냐하면 파이프도 없고 담배를 피운 흔적도 없었다고 한다면 우리들은 브래드 씨가 서머하우스에 있었다는 것에 의심을 품었을 테니까요. 게다가 브래드 씨가 여기까지 질질 끌려왔을지도 모른다고 생각했을 겁니다. 그러나 이 장소까지 와서 담배를 피웠다는 것을 알게 되면 적어도 브래드 씨가 어느 정도까지는 자신의 자유의지로 이곳에 있었던 것이라고 생각하겠지요. 그러나 지금 우리들은 브래드 씨가 여기에서 담배를 피우지 않았다는 것을 알게 되었고, 또 범인이 브래드 씨가 담배를 피우고 있었다고 생각하게끔 꾸몄다는 것도 알았습니다. 이것에서 도출해낼 수 있는 유일한 추측은 '서머하우스는 범죄의 현장이 아니고, 범인이 그렇게 믿게 하려고 꾸민 곳'이라는 점입니다."

메가라는 깊이 생각하는 듯한, 아니 빈정대는 듯한 빛을 눈에 띤 채 엘러리를 바라보고 있었다. 다른 사람들은 침묵을 지키고 있었다.

엘러리는 출입구 너머로 담배를 털었다.

"그러면 다음으로 해야 할 일이 확실해졌습니다. 여기가 범죄현장이 아니라고 하면 어딘가 다른 장소임이 틀림없겠죠. 그 장소를 조사해야겠습니다. 그곳을 찾아내는 것은, 제 생각에 그렇게 힘든 것도 아닙니다. 바로 서재이지요. 살아 있는 브래드 씨의 모습을 마지막으로 본 곳은 서재였으며, 또한 혼자서 체커를 두고 있었지요. 그리고 누군가를 기다리고 있었다는 것도 알 수 있지요. 왜냐하면 목격자가 될지 방해자가 될지 모르는 사람들을 집 안에서 몰아낸 것을 보면 짐작할 수 있으니까요."

"잠깐 기다리시오."

메가라의 어조는 날카로웠다.

"꽤 훌륭한 가설이요. 재미있게 들었소. 그러나 퀸 씨, 잘못된 부분도 있소."

엘러리의 얼굴에서 미소가 사라졌다.

"예? 잘 모르겠는데요. 어디에서 제 분석이 틀렸다는 겁니까?"

"크로삭이 이 파이프가 내 것이라는 사실을 모른다는 추측이 틀렸소."

엘러리는 코안경을 벗어 손수건으로 렌즈를 닦기 시작했다. 이것은 곤혹스러울 때나 만족스러울 때나 흥분할 때에 하는 버릇이었다.

"메가라 씨, 그것이 정말 사실이라면 놀라운 일입니다. 크로삭은 어떻게 파이프가 당신 것이라는 걸 알았을까요?"

"이 파이프는 케이스에 들어 있었기 때문이오. 서랍에 케이스가 있었습니까?"

"아뇨."

엘러리의 눈이 빛났다.

"당신의 머리 문자가 케이스에 새겨져 있다는 겁니까?"

"머리 문자라고는 하지 않았소. 내 이름 전부가 금 글씨로 모로코 가죽의 겉에 새겨져 있기 때문이오. 내가 마지막으로 보았을 때는 이 파이프는 그 케이스 속에 들어 있었소. 케이스도 파이프처럼 모양이 특이하기 때문에, 이 파이프와 모양이 꼭 닮지 않는다면 다른 파이프에는 사용할 수가 없소."

메가라가 딱 잘라 말했다.

"호, 기막히군요!"

엘러리는 미소지으며 말했다.

"지금까지 말한 것을 전부 취소합니다. 메가라 씨, 당신은 우리에게 새로운 생명을 부여해 주셨어요. 그래서 문제를 완전히 다른 방향에서 찾게 되었습니다. 우리가 새롭게 일을 할 수 있게끔 되었단 말입니다. 크로삭은 그것이 당신의 파이프라는 것을 알았겠죠. 그럼에도 불구하고 일부러 당신의 파이프를 선택해서 서머하우스에 남겨놓았습니다. 그 케이스가 없어진 걸 보면 그가 가져간 것이 확실합니다. 왜 케이스를 가져갔을까? 남겨놓아서 우리에게 발견된다면 스티븐 메가라 씨의 케이스의 형태와 브래드 씨의 것이라고 생각하게끔 해놓은 파이프의 형태가 너무 닮은 것을 보고 즉시 파이프가 브래드 씨의 것이 아님을 알게 되기 때문이겠죠. 따라서 그 케이스를 가져감으로 해서 크로삭은 일시적으로 이 파이프가 브래드의 것이라고 믿게 한 것입니다. 이 추측은 마음에 드는군요."

"왜 일시적이라는 게요?"

본이 물었다.

"그것은요. 메가라 씨가 귀국해서 파이프를 자신의 것이라고 확인하고, 없어진 파이프 케이스 얘기를 우리에게 할 것이기 때문이죠. 확실히 크로삭은 메가라 씨가 결국엔 그렇게 할 것임을 알고 있었던 겁니다. 이제 결론은 났어요. '메가라 씨가 돌아온 뒤에야' 서머하우스가 범죄현장이 아니라는 것을 알게 하려 한 거지요. 게다가 또 피할 수 없는 결과로서 그 진짜 범죄현장을 우리들에게 조사하게끔 시킨 겁니다. 제가 왜 조사하겠다고 말했는가 하면, 그것은 이러한 이유에서입니다. 즉, 서머하우스를 범죄현장으로 보이게 하려 했다면 크로삭은 이런 수법을 쓰지 않아도 다른 방법을 쓸 수가 있었기 때문입니다. 진짜 브래드 씨의 파이프를 사용하면 그것으로 끝낼 수 있지 않았겠습니까!"

엘러리는 득의양양한 얼굴로 말했다.

"그러면 자네 말은, 범인이 의도적으로 우리들에게 실제 범죄현장을 조사하도록 했다는 말인가? 나는 아무래도 잘 모르겠네."

교수가 천천히 말했다.

"나도 우습게 들리는군."

아이셤이 머리를 흔들면서 말했다.

"그것은 매우 확실합니다. 크로삭이 일주일 전이 아닌 '지금'에서야 우리로 하여금 범죄현장을 살펴보기를 바랐다고 생각지 않으세요? 바로 '지금' 말입니다."

엘러리가 싱글싱글 웃으면서 말했다.

"아니, 왜요?"

메가라가 초조해하면서 말했다.

"내가 보기엔 있을 법하지 않은데."

엘러리는 어깨를 으쓱했다.

"자세히 설명드릴 순 없지만 거기엔 중대한 의미가 있을 거라는 걸 저는 확신합니다, 메가라 씨. 크로삭은 당신이 '브래드우드 저택에 와 있을 때' 우리로 하여금 뭔가를 '발견해 주기'를 바라고 있는 겁니다. 당신이 태평양 어딘가에 있을 때에는 우리에게 발견될 수 없었던 뭔가를……."

"바보 같군."

본 경감이 찡그린 얼굴을 하고 말했다.

"그것이 뭔지는 알 수 없지만 믿지 못할 것도 없지."

아이셤이 말했다.

"자, 이제 크로삭의 생각대로 하지 않으시겠습니까? 그것이 발견되길 바라는 그에게 우리가 은혜를 베풀기로 하죠. 서재로 가시죠."

엘러리가 말했다.

제14장 상아 건반

브래드의 목이 잘린 시체가 발견된 아침 이래로, 서재는 줄곧 출입이 금지되어 있었다. 조사를 하기 위해서 아이셤, 본, 메가라, 야들리 교수, 그리고 엘러리는 서재로 들어갔다. 스위프트 선장은 부두로 되돌아갔고 브래드 모녀, 링컨은 각자의 방에 들어가 있었다. 템플 의사는 오래 전에 모습을 감추어 버렸다.

조사가 진행되고 있는 사이에 메가라는 한쪽 벽에 붙어 서 있었다. 이번에는 형식적인 조사가 아니라 먼지 하나도 남기지 않고 구석구석까지 철저하게 조사했다. 아이셤은 책상 전체를 대량학살의 처참한 장소로 바꿔놓아서 구겨진 종이조각의 시체들이 방 안 여기저기를 굴러다니고 있었다. 본은 가구를 하나하나 조사하는 일을 맡았다. 야들리 교수는 그랜드 피아노가 놓여 있는 구석 쪽으로 물러나서 그 악기에 넋을 잃고 즐거워하고 있었다.

바로 그때 새로운 것이 발견됐다. 그것은 벨랴 크로삭이 의도한 것인지, 아니면 당장 결정적인 것이 될 만한 것이 아닌지는 알 수 없었지만, 적어도 발견임에는 틀림없었다. 더구나 그것은 중요한 발견이었다. 발견한 사람은 경감 옆에서 기웃거리고 있었던 엘러리였다. 우연이었는지 혹은 철저한 수색 덕분이었는지, 책들이 잔뜩 쌓여 있는 벽 때문에 한쪽 구석에 가려져 있던 소파가 엘러리의 눈에 띄었다. 소파의 뒷다리는 맨바닥 위에 놓여 있었다. 엘러리는 소파를 바닥에서 떼어내어 양탄자 위로 올려놓았다. 그러자 소파에 의해 가려져 있었던 양탄자 위에 뭔가가 보였다. 엘러리는 큰소리를 지르며 재빨리 몸을 굽혀 그것을 조사했다. 아이셤과 본, 야들리 교수가 황급히 엘러리 곁으로 왔다. 메가라는 목을 빼고 바라보았지만 움직이지는 않았다.

"뭡니까?"

"굉장한데."

경감이 낮은 목소리로 말했다.

"알 만해. 얼룩이군."

"핏자국이에요."

엘러리가 조용히 말했다.

"제 경험이 여기 계신 존경해 마지않는 교수님처럼 서툰 교사에 불과한 것이 아니라면 틀림없을 겁니다."

그것은 말라서 굳어 있었다. 검붉은 얼룩이 양탄자의 황금색 위로 봉랍(封蠟)의 거칠음같이 튀어나와 있었다. 그 옆 몇 인치 떨어져 있지 않은 곳의 양탄자 바탕에 네모나게 움푹 패인 곳이 있었다. 오랫동안 의자나 테이블의 다리에 눌려서 생긴 자국인 것 같았다. 움푹 패인 모양으로 보아 소파 다리에 의해서 생겨난 것은 아닌 듯싶었다. 소파 다리는 둥글기 때문이다.

엘러리는 무릎을 꿇은 채 주위를 둘러보았다. 눈을 잠시 이쪽저쪽으로 두리번거리다가 이윽고 반대쪽 벽에 붙어 있는 사무용 책상으로 옮겨갔다.

"반드시 다른 뭔가가……."

엘러리는 말을 꺼내며 소파를 방 중앙에 옮겨놓았다. 그리고는 곧 고개를 끄덕였다. 처음의 움푹 패인 곳에서 3피트 정도 떨어진 곳이 납작하게 되어 있었다.

"그렇지만, 얼룩이 어째서 소파 밑에 남아 있을까요? 처음 스톨링스에게 물었을 때 그 사람은 이 방 물건은 어느 것 하나도 만지지 않았다고 했는데."

아이셤은 눈살을 찌푸리며 말했다.

"설명할 필요도 없어요."

엘러리가 선 채로 무심히 말했다.

"어느 것 하나 옮기지 않았겠죠. 양탄자만 빼고는. 스톨링스에게 그것까지 발견해 내기를 기대하는 것은 무리지요."

서재를 둘러보는 엘러리의 눈은 빛나고 있었다. 사무용 책상에 대한 그의 생각은 옳았다. 소파 밑에 있던 두 개의 움푹 패인 자국과 정확히 같은 모양을 만들 만한 다리를 가진 가구는 방 안에서는 사무용 책상뿐이었다. 엘러리는 방을 가로질러 네모난 사무용 책상 다리 하나를 들어올렸다. 그 책상 다리 끝 바로 아래에는 방 건너편에 만들어진 두 개의 움푹 패인 자국과 똑같은 모양의 것이 새겨져 있었다. 다만 그것은 윤곽이 확실하지 않을 뿐, 틀림없었다.

"한 가지 재미있는 실험을 좀 해야겠어요."

엘러리는 몸을 일으켜 세우면서 말했다.

"이 양탄자를 이동해 보시지요."

"이동하자고?"

아이셤이 물었다.

"무엇 때문에?"

"화요일 밤에 있었던 대로 놔두는 겁니다. 크로삭이 위치를 바꾸기 전에 있었던 대로."

본 경감의 얼굴이 환히 빛나기 시작했다.

"뭐라고?"

그가 소리쳤다.

"그랬었군. 그놈은 우리가 핏자국을 발견하지 않기를 바랐던 거야. 그렇다고 그것을 없애버릴 수는 없을 테고 말이야."

"경감님, 그것은 아직 가정일 뿐이오."

야들리 교수가 주의를 주었다.

"퀸이 무엇을 생각하고 있는지 상상이 가는군."

"교수님은 아시겠죠."

엘러리는 침착하게 말했다.

"이것은 단지 테이블을 치우는 문젭니다. 나머지는 쉬워요."

스티븐 메가라는 여전히 한쪽 구석에 선 채로 잠자코 귀를 기울이고 있었다. 그는 다른 사람들을 도우려 하지 않았다. 본은 둥근 테이블을 가볍게 들어올려서 복도로 옮겨놓았다. 곧 네 사람은 각각 양탄자 가장자리에 자리잡고는, 작은 가구들 아래에서 양탄자를 꺼내어 위치를 이동시켰다. 그래서 소파에 가려져 있던 부분이 브래드가 살해되던 날 밤에 놓여 있었던 바로 그 자리, 방의 반대편으로 가게 되었다. 두 개의 눌린 흔적이 사무용 책상의 두 다리와 딱 들어맞는 것을 한눈에 알 수 있었다. 그리고 마른 핏자국은…….

아이셤이 그것을 바라보며 말했다.

"체커 의자 뒤군."

"흠, 상황이 구체적으로 드러나는군요."

엘러리가 느릿하게 말했다. 핏자국이 사무용 책상 바로 옆에 있는 체커 테이블의 접는 벽 의자 뒤편으로 2피트(약 61㎝)쯤 나 있었다.

"뒤에서 맞았군."

야들리 교수가 중얼거렸다.

"체커를 두고 있다가 맞은 것 같은데. 언젠가는 그 강박관념이 그를 망치고 말 거라는 것을 스스로도 알았는지 모르겠구먼."

"메가라 씨, 당신은 어떻게 생각하십니까?"

갑자기 엘러리가 침묵에 빠져 있는 요트맨에게 물었다.

메가라는 어깨를 으쓱했다.

"글쎄요, 여러분들의 일이오."

"내 생각에는 조금 빨리 분석을 해서 시간을 절약해야겠어요. 이의 없습니까, 경감님?"

엘러리가 말했다. 그리고는 클럽 의자에 앉으며 담배에 불을 붙였다.

"나는 아직 납득이 가지 않소."

본이 투덜댔다.

"어째서 그놈은 양탄자를 돌려놓아야만 했을까? 과연 누구를 골탕먹일 계획이었을까요? 당신이 지적한 대로 그 남자가 일부러 메가라 씨의 파이프 흔적을 남겨놓아 이 방까지 수색하게끔 만들지 않았다면 우리들은 이것을 발견할 수 없었을 겁니다."

"잠깐만, 경감님. 제게 생각할 여유를 주시죠. 이것으로 이제 확실해졌습니다. 그 점에 관해서는 이의가 있을 수 없지요. 크로삭은 이 방이 범죄현장이었다는 사실을 영원히 숨기려고 했었던 것은 아니라는 사실입니다. 그 사실을 영원히 숨기려고 하지 않았을 뿐만 아니라 매우 기묘한 방법으로 자신에게 유리한 시기를 택해서 우리들을 이 방으로 불러들인 겁니다. 그리고 우리가 신중히 조사하면 이 핏자국을 발견하게 될 것이라는 것도 알고 있었던 거지요. 그가 이 사실을 영원히 숨기고 싶었다면, 우선 서재로 우리들을 끌어들인 파이프 같은 것은 남겨놓지도 않았을 겁니다. 그리고 핏자국을 그대로 남겨놓는 짓도 하지 않았을 거고. 왜냐하면……."

엘러리는 사무용 책상의 젖혀진 덮개를 가리켰다.

"보시다시피 핏자국 바로 위 가까운 곳에 잉크병 두 개가 있습니다. 크로삭이 양탄자를 원래 위치에 그대로 두고 우연히 그렇게 된 것처럼 일부러 잉크병 하나를 엎질렀다면 어떻게 되었을까요? 경찰은 잉크병과 얼룩을 발견하고는 그 모양에서 보듯이 브래드나 누군가에 의해 잉크가 엎질러진 것이라고 추정하고서, 그 잉크 아래에 핏자국이 있다고는 결코 생각지 않을 겁니다. 이렇게 간단한 방법을 사용하지 않고 크로삭은 양탄자를 빙그르 돌려 방향을 바꿔놓고는 처음 조사에서는 우리들이 핏자국을 찾지 못하도록 일을 꾸미고서 메가라 씨가 그 파이프의 주인임이 밝혀진 뒤, 우리들을 다시 이 방으로 끌어들여 핏자국을 발견하게 한 겁니다. 가장 중요한 점은 이렇게 공을 들여 꾸며놓아도 크로삭이 얻는 게 아무것도 없다는 점입니다. 단지 하나, 얻을 수 있었던 것은 시간이겠죠."

"꽤 괜찮은 가설이군. 그렇다면 왜 그 남자는 우리들에게 이것을 발견하게 했을까? 그것을 알면 속이 시원하겠는데."

교수는 초조한 듯한 어조로 말했다.

"친애하는 교수님, 그렇게 선수치지 마십시오. 지금은 제가 강의할 순서입니다. 교수님이 고대사에 관해서는 일류이듯이, 저도 윤리학은 자신 있습니다. 제 전문 분야는 어느 누구에게든 한 발짝도 양보하지 않겠습니다. 자, 시작하죠."

엘러리가 얼굴에 미소를 머금고 말했다.

"크로삭은 범죄현장을 영원히 숨기는 것은 바라지 않았고, 다만 그것이 발견되는 시기를 늦추려 했습니다. 왜 그랬을까요? 세 가지의 타당한 이유가 있습니다. 잘 들어 보세요. 메가라 씨, 당신은 특히 이 점에서 우리들을 도와주실 수 있을지도 모릅니다."

메가라는 수긍을 하고 벽에서 몸을 떼어 원래 자리로 되돌아와 소파 위에 걸터앉았다.

"첫번째는, 발견되면 크로삭 자신이 위험해지는 그 뭔가가 이 방에 있었는데, 특이한 어떤 이유로 살인하던 날 밤 가져갈 수가 없었기 때문에 나중에 가져갈 작정이었는지도 모른다는 점입니다. 두 번째는, 크로삭이 챙기고 싶은 것이나 나중에 이 방에 와서 가져가고 싶은 것이 있었는데 살인하던 날 밤에는 그것을 챙길 수도 가져갈 수도 없었던 것이 아닌가 하는 점입니다."

"잠깐 말을 멈춰요."

지방검사가 말했다. 검사는 조금 전부터 미간을 찌푸리고는 험상궂은 얼굴을 하고 있었다.

"그 두 가지 이유는 타당한 것 같소. 왜냐하면 서머하우스를 살인현장으로 가장해서 사람들의 주의를 서재에서 멀어지게 하면, 범인이 서재에 들어가기는 좀더 수월했을 테니까요."

"분명히 그 말에는 모순이 있습니다. 틀렸어요, 아이셤 씨."

엘러리는 성가신 듯이 말했다.

"애초에 크로삭은 알고 있었던 겁니다. 그가 의도한 대로 우리들이 조사에서 핏자국을 찾지 못하고, 서머하우스를 범죄현장으로 오인하고 있다고 하더라도 이 집이 감시를 받고 있어서 자신이 어떤 것을 제거

하거나 또는 가지고 오려고 침입한다는 것은 경찰의 의심을 받을 거라는 사실을 그는 분명히 알고 있었을 것입니다. 그러므로 앞에서 든 두 가지 가능성에 대한 좀더 중대한 반론이 있습니다, 지방검사님.

만일, 크로삭이 여기로 되돌아와야겠다고 생각하고서 그 때문에 일부러 서머하우스를 범죄현장으로 보이게 한 거라면 서머하우스를 영원히 범죄현장으로 보이게 해놓는 편이 더 이익이었을 겁니다. 그것이 서재를 손에 넣기에 더 유리했을 테니까요. 그러나 그 남자는 그렇게 하지 않았습니다. 일부러 이 방으로 돌아오게끔 단서를 남겨놓았습니다. 그래서 저는 처음의 두 가지 가설은 어느 쪽도 타당하지 않다고 봅니다."

"기발함이 지나쳐서 내 머리로는 도저히 따라갈 수가 없군."

본이 혐오스럽다는 듯이 말했다.

"아, 잠자코 있으시오."

아이셤이 딱 잘라 말했다.

"이것은 굴러 들어온 떡을 차버리고 마는 경찰의 수사 방식과 다른 거네. 본, 범죄를 해결하는 데에는 의외의 방법이 있다는 것을 인정해야 하는데, 이것이 바로 그 본격적인 기술인 것처럼 들리는군, 퀸 씨, 계속해요. 우리 모두 듣고 있소."

"경감님께서는 공연히 걱정을 하시는 모양인데요……."

엘러리가 나무라듯이 말했다.

"자, 이제 세 번째 가능성입니다. 그것은 지금 서재 안에 있는 어떤 것이 살인 당일날 밤에도 이 방에 있었다는 것입니다. 그걸 추측해내기는 매우 어렵겠지만, 그것은 범인에게 있어서 위험한 것도 아니고, 또한 범인이 나중에 가져가려고 계획한 것도 아니었습니다. 그러나 그것은 범인이 경찰에게 발견되도록 하려 한 것이긴 하나, 메가라 씨가 돌아올 때까지는 경찰에게 발견되지 않게 하려 한 어떤 것입니다."

"휴우."

본이 양손을 허공으로 올리면서 말했다.

"나는 자리를 뜨고 싶소."

"신경쓰지 마시오, 퀸 씨."

아이셤이 말했다.

메가라는 엘러리를 빤히 쳐다보고 있었다.

"계속해 주시오, 퀸 씨."

"우리들은 인정이 많은 사람들이므로 당신, 즉 메가라 씨가 현장에 있을 때 크로삭이 발견되도록 계획을 세운 그 뭔가를 찾아내야 하는 겁니다. 당신도 알다시피……."

엘러리는 생각에 잠긴 표정으로 계속 말했다.

"내 경험에 비추어 보면 경감님, 이것은 당신도 찬성하리라고 생각합니다만…… 살인범이란 잔꾀를 부리면 부릴수록 착오를 범하기 쉬운 법입니다. 그래서 우리의 친구인 스톨링스를 이곳으로 잠시 부르는 것이 어떨까요?"

출입구에 있던 형사가, "스톨링스!" 하고 소리쳤다. 그러자 집사가 다급하지만 위엄을 잃지 않은 채로 나타났다.

"스톨링스, 당신은 이 방에 대해 잘 알고 있지요?"

엘러리가 불쑥 말했다.

스톨링스는 헛기침을 했다.

"브래드 씨만큼이나 저도 잘 알지요, 선생님."

"그렇게 말씀해 주시니 감사합니다. 한번 둘러보시지요."

스톨링스는 찬찬히 방을 둘러보았다.

"모든 것이 제대로 정돈되어 있습니까? 어떤 것이 없어지지는 않았나요? 혹은 여기에 없어야 될 것이 있지는 않은지 잘 살펴봐 주십시오."

스톨링스는 잠시 미소를 짓고는 짐짓 점잔을 빼는 모습으로 서재 안을 걸어다니기 시작했다. 서랍을 열어보기도 하고 사무용 책상 안을 조사하는 등 구석구석 훑어보았다. 10분 정도 걸려 점검을 마치고서 집사가 말했다.

"이 방은 제가 지난번에 마지막으로 돌아보았을 때 즉, 브래드 씨가 살해되기 전입니다만, 그때 그대로입니다. 단지 테이블이 하나 없어진 것뿐이로군요."

그들은 그 이상 아무것도 들을 수가 없을 것이라고 느꼈다.

그러나 엘러리는 단념하지 않았다.

"뭔가 다른 것이 끼여들었다든가 가져간 것 같은 건 없나요?"

집사는 힘주어 고개를 흔들었다.

"아니오, 선생님. 단 하나 정말 이상한 것은 저 얼룩뿐입니다."

집사는 양탄자를 가리켰다.

"저것은 화요일 밤, 그러니까 제가 집을 나갈 때는 없었습니다. 그리고 체커 테이블이……."

"체커 테이블이 어떻다는 거죠?"

엘러리가 날카롭게 물었다.

스톨링스는 고상하게 어깨를 으쓱했다.

"체커 말입니다. 실은 체커 판의 위치가 달라져 있습니다. 브래드 씨는 당연히 제가 외출한 뒤에도 체커를 계속 두었을 겁니다."

"오! 훌륭해요, 스톨링스. 당신은 셜록 홈스가 될 소질을 충분히 갖추고 있어요. 카메라 같은 눈을 가지고 계시는군요. 수고했어요."

엘러리는 안심한 듯이 말했다.

스톨링스는 서인도산 여송연을 피우며 무심하게 벽을 바라보고 있는 스티븐 메가라를 나무라는 듯한 시선으로 슬쩍 쳐다보며 방에서 나갔다.

"그럼, 한번 쑤셔볼까요?"

엘러리가 기분좋게 말했다.

"그렇지만 도대체 무엇을 찾자는 게요?"

본이 불만스러운 듯이 투덜거렸다.

"경감님, 그것을 알고 있다면 수사할 필요가 없잖아요."

그 뒤 나타난 일련의 모습은 스티븐 메가라를 제외하면 누가 보아도 코믹한 광경이었다. 메가라에게는 웃는 기능이 마비된 것 같았다. 성인 네 명이 납작하게 엎드려서 방 안을 기어다니며 벽을 살피기도 하고,

벽의 회반죽과 널빤지를 두드리거나 소파 쿠션을 조사하며 의자와 소파, 사무용 책상, 체커 테이블 다리까지도 시험삼아 꺼내보기도 하는 등 조사에 혈안이 되어 있는 광경은 한마디로 「이상한 나라의 앨리스」를 방불케 했다. 15분 남짓이나 헛된 수색을 한 뒤 엘러리는 땀에 흠뻑 젖은 채로 녹초가 되어, 심히 당황해하며 몸을 일으켜 메가라 쪽으로 갔다. 그리고는 의자에 걸터앉더니 생각에 빠져버렸다. 얼굴 표정을 보아 그의 백일몽은 악몽의 성질을 띠고 있는 것 같았다. 교수는 어떤 것에도 굴복되지 않는다는 듯 여전히 뼈를 깎는 괴로운 일을 계속하고 있었다. 볼품 없는 긴 몸을 오그려 융단 위를 기어다니는 폼이 마치 그것을 굉장히 즐기는 듯했다. 그러다가 몸을 똑바로 펴서 고풍스러운 샹들리에를 올려다보았다.

"저것이 은밀한 장소로는 안성맞춤일지도 몰라."

그렇게 중얼거리며 의자 위에 올라가서 샹들리에의 크리스탈 장식을 만지작거리기 시작했다. 어딘가에 잘못된 전선이 합선되었는지 교수는 갑자기 비명을 지르며 마루로 굴러 떨어졌다. 본은 투덜대며 종이를 차례차례 불빛에 비춰보고 있었다.

경감은 비밀 잉크로 쓰여진 편지라도 있는 것은 아닌가 하는 나름대로의 가설에 입각해 일을 하고 있었다. 아이셤은 커튼을 흔들어 보고 있었다. 이미 그는 창살을 조사하는 일과 전등 갓 내부를 조사하는 일은 끝마친 뒤였다. 이런 모든 것들은 우스꽝스러웠고 비현실적이었으며 쓸모없는 일이었다.

그들 모두는 한두 번 책이 가득 꽂혀 있는 벽 서가를 의심에 찬 시선으로 바라보았지만, 아무도 그것을 조사하려는 엄두를 내지 못했다. 엄청난 수의 책을 하나하나 조사하는 일이 큰일임을 생각하자 시작하기 전부터 기가 질린 것이다.

엘러리는 갑자기 몸을 뒤로 살짝 젖히고는 내키지 않는 듯이 말문을 열었다.

"용케도 우리들 같은 바보가 함께 모였군요. 뒤를 졸졸 따라다니는 강아지 같아요. 크로삭은 우리들이 이 방에 돌아와서 무엇인가 조사하기를 바랐을 겁니다. 그리고 우리가 그것을 찾기를 원했을 것이고. 만일 그랬다고 한다면 후디니(1874~1926, 미국의 유명한 마술사)나 블러드하운드(후각이 예민한 영국산 경찰견) 같은 능력을 가진 사람이나 발견할 것 같은 장소에는 숨겨놓지 않았을 거예요. 또한 반대로 간단한 조사만으로도 발견될 그러한 장소에도 그것을 숨겨놓지도 않았을 겁니다. 아마도 우리가 찾고자 하는 것은 철저한 조사를 해도 발견되지 않을 정도로 어려운 장소는 아닐 겁니다. 교수님께 말씀드리겠습니다만, 샹들리에를 조사하고 싶으시다면 이 점을 잊지 마십시오. 크로삭은 이 방의 구조를 그다지 잘 파악하지 못하고 있었기 때문에 가구 다리나 전등 갓 안 같은 곳에 숨길 만한 장소가 있다는 것을 알지 못했을 겁니다. 그렇지요. 그러나 또, 그렇게 손쉬운 장소에 숨기지도 않았을 겁니다."

"달변가로군. 그렇다면 그곳이 어디겠소?"

본이 냉정하게 말했다. 경감은 녹초가 되어서 땀을 뻘뻘 흘리고 있었다.

"메가라 씨, 어딘가 숨길 만한 곳을 모르시겠습니까?"

야들리 교수는 메가라가 머리를 가로젓자 이집트 파라오의 턱수염처럼 과장되게 삐져나온 그의 수염을 쓰다듬었다.

엘러리가 말했다.

"제 아버님과 크로닌 지방검사보, 그리고 저 셋이서 이것과 유사한 조사를 한 적이 있었습니다. 그다지 오래된 얘기도 아니죠. 독살된 악덕 변호사 몬트 필드의 살인사건을 조사할 때였는데—기억나십니까?—로마극장에서(엘러리 퀸이 여기에서 말하는 것은 나중에 <로마 모자의 비밀> 이란 작품에 수록한 사건이다.) '권총 소동'을 공연하는 도중에 말입니다. 그때 우리는 찾아냈죠."

교수의 눈이 반짝 빛났다. 그리고 그는 잰걸음으로 방을 왔다갔다하며 그랜드 피아노가 놓여 있는 구석진 곳으로 갔다. 그 구석진 곳은 아이셤이 몇 분 전에 조사를 끝마친 곳이었다. 야들리는 피아노 몸체나

의자, 또는 악보함 같은 곳에는 눈길도 주지 않더니 갑자기 의자에 걸터앉았다. 엘러리가 대학에 다닐 때 강의하던 모습처럼 점잔을 빼며 저음 쪽에서부터 고음 쪽으로 건반을 하나씩 천천히 두드리기 시작했다.

"퀸, 매우 현명한 분석이야."

교수는 건반을 하나씩 두드리면서 말했다.

"그래서 나는 갑자기 어떤 것이 생각났지. 내가 크로삭이라면 어디에 숨겼을까 하고 생각한 거야. 나는 작고 평평한 물건을 숨겨야 한다. 시간의 여유가 얼마 없다. 장소는 눈에 잘 띄지 않는 곳이어야 한다. 그렇다면 어떻게 했을까? 어디에……."

교수는 갑자기 말을 끊었다. 치고 있던 건반의 음이 맞지 않는 듯했다. 여러 번 되풀이해서 쳐본 뒤 단지 음이 맞지 않는다는 것을 알게 된 교수는 다시 고음 쪽으로 탐색을 시도했다.

"크로삭은 자신이 준비될 때까지는 발견되지 않을 장소이면서 동시에 우연히라도 발견되지 않을 장소를 바랐겠지. 그리고 주위를 둘러보는데 피아노가 있었다. 이 점이 중요한 거야. 브래드는 죽었어. 이곳은 브래드의 방이지. 죽은 사람의 방에서 피아노를 치는 일은 없을 거라고 크로삭은 생각했어. 당분간은 이곳에서……."

"교수님, 지식인의 승리를 입증하고 계시는군요. 저라도 그 이상은 못했을 겁니다."

엘러리가 소리쳤다.

그런데 이 겸손한 말이 끝나면 음악회가 열리기로 예정되어 있기라도 한 듯, 교수가 그것을 발견했다. 잔물결처럼 이어져 나가던 음의 소리가 끊어지고서 아무리 눌러도 완강하게 버티고 있는 건반이 나타난 것이다.

"알았다."

야들리는 그 못생긴 얼굴로 아무래도 믿기지 않다는 듯한 표정을 지으며 말했다. 배운 마술을 처음 실험해 본 사람이 속임수가 성공하자 스스로 무척이나 놀란 듯한 모습이었다.

일행은 교수를 빙 둘러쌌다. 메가라마저 다른 사람들처럼 진지해졌다. 그 건반은 교수가 아무리 눌러도 4분의 1인치(0.6㎝) 이상은 내려가지 않았다. 그리고 원래대로 튀어 올라오지도 않았다. 엘러리가 날카롭게 말했다.

"잠깐."

그리고 아버지의 조소에도 개의치 않고 늘 가지고 다니는 작은 상자를 호주머니에서 꺼냈다. 그 상자에서 긴 바늘을 하나 끄집어내어 말을 잘 듣지 않는 건반과 양쪽의 건반 사이를 쑤셔 보았다. 정말 순식간의 일이었다. 두 개의 상아 건반 사이에서 종이 뭉치 같은 것이 나왔던 것이다.

일행은 모두 한숨을 쉬며 허리를 폈다. 엘러리는 신중하게 접혀진 것을 꺼냈다. 아무 말 없이 모두 엘러리를 감싸고서 서재로 돌아왔다. 종이는 납작하게 접혀져 있었다. 엘러리가 조심스럽게 테이블 위에 그것을 펼쳤다.

메가라는 미묘한 표정을 지었다. 엘러리 자신을 포함해서 어느 누구도 그 종이쪽지에 굵게 휘갈겨 쓴 이상한 편지의 내용을 예상할 수 없었다.

'경찰에게

만일 내가 살해된다면—나는 내 생명을 노리는 계획이 진행되고 있다고 믿을 만한 충분한 이유를 가지고 있소. —작년 크리스마스 때 십자가에 매달려 목이 잘린 채 죽은 애로요의 초등학교 교장인 앤드류 밴 사건을 즉시 조사하시오.

동시에 스티븐 메가라가 어디에 있든지 황급히 브래드우드 저택으로 돌아오라고 통고하시오.

스티븐 메가라에게는 앤드류 밴의 죽음을 믿지 말라고 하시오. 스티븐 메가라만이 앤드류 밴의 주소를 알 것이오.

제발 결백한 사람의 생명을 가치 있게 여기시거든 이 일을 절대로 비밀에 붙여주시오. 무슨 일을 하든 메가라의 지시가 있을 때까지 어떠한 행동도 삼가시오. 메가라뿐만 아니라 밴도 보호를 필요로 하고 있소.
다시 한 번 메가라의 지시에 따르라는 말을 남기겠소. 이 점은 매우 중요하오. 상대는 어떠한 것에도 굴하지 않는 편집광적인 미치광이요.'

이 유언엔 사인이 되어 있었다. 얼른 책상 안에 있는 다른 것들—토머스 브랜드의 것—과 이것을 비교해 보니 명백한 친필이었다.

제15장 나사로

스티븐 메가라의 격동하는 표정은 연구과제로 삼아도 될 것 같았다. 이 정열적이고 자제심이 강한 인물에게 변화가 일기 시작한 것이다. 미지의 압력이 마침내 메가라의 얼굴에서 의지의 가면을 찢어내 버렸다. 그의 눈은 냉정하게 번뜩였고 불안한 기색이 역력했다. 그는 재빨리 방안을 휘둘러보았다. 그리고 마치 당장이라도 망령처럼 벨라 크로삭이 뛰쳐나올 거라고 예상한다는 듯이 창문을 바라보았다. 바지 뒷주머니에서 통통한 자동권총을 꺼내더니 번개처럼 잽싼 손놀림으로 권총의 상태를 살폈다. 그리고는 몸서리를 치며 성큼성큼 문 옆으로 가서 형사의 코 앞에서 딱 멈춰 섰다. 다음에는 창가로 가서 날카로운 눈으로 밖을 바라보았다. 잠시 그렇게 조용히 서 있다가 이윽고 짧은 웃음소리를 내며 권총을 윗도리 주머니에 찔러넣었다.

아이셤이 신음하듯이 말했다.

"메가라 씨."

요트맨은 굳은 얼굴로 재빨리 말했다.

"톰은 약했죠. 나한테는 그렇게 할 수가 없을 거요. 그런 식으로는 말이요."

"밴은 어디에 있습니까? 살아 있다는 것은 어떤 의미지요? 이 메모는 무슨 뜻입니까? 왜?"

"잠깐만요."

엘러리가 느린 목소리로 말했다.

"그렇게 몰아세울 필요는 없습니다, 아이셤 씨. 다른 것들을 알기 전에 좀더 분석을 해보지요. 이제 와서 보니 브래드가 이 메모를 손쉽게 찾을 수 있는 장소에 일부러 놓은 것이 확실하군요. 사무용 책상 안에라든가, 둥근 테이블의 서랍 같은 곳에 넣어두었겠죠. 살해된 즉시 발견되도록 하기 위해서 말이에요. 그러나 브래드는 크로삭이 얼마나 신중한 녀석인지 잘 몰랐던 것 같습니다. 아니, 조사하면 할수록 저는 점점 더 크로삭의 신중함에 감탄을 금할 수가 없습니다. 브래드를 살해한 뒤 크로삭은 이 방을 조사하는 것을 잊지 않았던 겁니다. 아마 이런 메모나 경고문이 있을 것을 예상했었던 거겠죠. 아무튼 그 녀석은 이 메모를 발견하고는 자신에겐 아무런 위험도 없다는 것을 확인하고선……."

"어째서 그렇게 생각하는 게요?"

본이 되물었다.

"내 생각엔 피해자의 메모가 발견되도록 남겨두는 일 따위는 살인범이라면 절대로 하지 않을 것 같은데."

"경감님, 그런 일은 특별한 추리력을 필요로 하지 않습니다."

엘러리는 대수롭지 않게 말했다.

"그 놀라운 인간이 이런 멍청한 행동을 저지르게 된 동기를 이해한다면 말이죠. 크로삭은 만일 이 메모가 자신에게 위험한 것이라고 생각했다면 확실히 찢어 버렸을 겁니다. 적어도 가져갔을 게 틀림없죠. 그러나 그 녀석은 없애지도 않았을 뿐만 아니라, 당신이 지적한 것과 같은 타당한 모든 이유에도 불구하고 피해자의 마지막 요구사항이 기입된 메모를 범죄현장에 남겨놓았습니다."

"왜 그랬을까요?" 하고 아이셤이 물었다.

"왜냐고 물으셨나요?"

엘러리는 가늘고 작은 코를 벌름거렸다.

"크로삭은 이 메모가 경찰 손에 발견되어도 자신의 안전이 위험하지 않고 오히려 현실적으로 '유리'하다고 생각했을 겁니다. 오! 그래요, 지금 우리는 이 상황의 요점에 손가락을 끼워놓고 있는 겁니다. 그 메모에 뭐라고 써 있나요?"

메가라는 어깨를 으쓱하고는 그 정열적인 얼굴에 악의에 찬 결의의 빛을 나타냈다.

"거기에는 '앤드류 밴은 아직 살아 있으며, 그 장소를 아는 사람은 스티븐 메가라 단 한 사람'뿐이라고 쓰여져 있습니다."

야들리 교수의 눈이 둥그레졌다.

"머리가 좋은 데에는 못 당하겠군. 크로삭은 밴이 어디에 있는지 모르고 있는 거야!"

"바로 그겁니다. 크로삭은, 이제야 확실히 알게 되었지만, 애로요에서 '엉뚱한 사람'을 살해한 겁니다. 그는 처음에 앤드류 밴을 살해하고 토머스 브래드를 다음 타자로 생각하고 있었겠죠. 그런데 브래드를 죽이고서야 이 메모를 발견한 겁니다. 그래서 밴이 아직 살아 있다는 것을 알게 된 것이지요. 크로삭이 6개월 전에 밴을 죽이려고 했다면, 지금도 여전히 그런 동기와 욕구를 가지고 있을 것입니다. 이제 와서 만일 밴이 살아 있다고 한다면, 크로삭으로서는 오해로 죽인 가엾은 남자에 대한 기억은 당장 털어버리려고 하겠죠."

엘러리는 불쾌한 듯이 덧붙였다.

"우선 밴을 한 번 더 찾아내어 죽이려 할 겁니다. 그런데 밴은 어디에 있을까요? 밴이 모습을 감춰 버렸다는 것은 크로삭이 자신의 뒤를 쫓고 있고, 또 실제로 크로삭이 실수로 자기 대신에 다른 사람을 살해했다는 것을 알고서 도망갔다는 것을 뜻합니다. 그것은 말할 필요도 없는 사실이지요."

엘러리는 집게손가락을 꺼내서 흔들었다.

"자, 이제 우리의 총명한 크로삭에게 닥친 문제를 생각해 보죠. 메모에는 밴의 거처가 쓰여 있지 않았습니다. 단지 한 사람, 메가라 씨만이 밴의 거처를 알고 있다고 쓰여 있었지요."

"잠깐, 당신이 무슨 말을 하려는지 알겠소. 그런데 크로삭은 도대체 왜 메모를 없애버리지 않고 메가라 씨가 돌아오기만을 기다렸을까? 혹시 메가라 씨가 우리에게 밴의 거처를 알려준다면 크로삭은 퀸 씨가 말하려고 한 것처럼 어떻게 해서든 우리에게서 밴의 거처를 알아내려고 한 게 아니겠소?"

아이셤이 말했다.

"정말 훌륭한 질문입니만 그런 질문은 불필요합니다."

엘러리는 약간 손을 떨면서 담배에 불을 붙였다.

"만일 메모가 남겨져 있지도 않았고, 메가라 씨도 돌아오지 않았다면 메가라 씨는 밴의 죽음을 '의심할' 이유가 없었겠죠! 그렇게 생각지 않으시나요, 메가라 씨?"

"그럴 거요. 그러나 크로삭은 그 사실을 알 리가 없소."

메가라의 견고한 성격, 그리고 쇠 같은 의지가 그의 목소리마저도 지배하고 있었다. 엘러리는 당황했다.

"저로서는 잘 모르겠습니다만, 크로삭이 알 수가 없다고요? 그러나 적어도 이 점이 제 생각을 뒷받침하네요. 경찰이 발견하게끔 메모를 이곳에 남겨두면, 시체가 발견됨과 동시에 경찰은 서재가 그 범행 현장인 것을 알게 될 것이고, 경찰은 즉시 밴 사건을 다시 수사하겠죠. 그렇게 되면 크로삭 자신도 밴을 찾고 싶은데, 동시에 경찰 수사도 진행되는 셈이므로 크로삭 자신의 조사는 당연히 방해받게 되겠죠. 따라서 그 메모가 '늦게' 발견되면 크로삭은 두 개의 목적을 달성할 수 있게 되는 것입니다. 첫번째로, 브래드의 살해부터 메가라 씨가 도착하기까지의 시간 동안에 크로삭은 경찰의 방해를 받지 않고 밴을 찾아다닐 수 있게 되는 겁니다. 경찰은 아직 메모를 발견하지 못했기 때문에 밴이 살아 있는지는 모를 테니까요. 두 번째로, 크로삭이 그 기간 동안에 밴을 찾는데 성공하지 못했더라도 아무것도 잃는 것이 없다는 점입니다. 메가라 씨가 현장에 도착해서 파이프를 확인하고, 그 파이프로부터 새로운 조사가 시작되고—사실 그랬지요. —따라서 서재가 진짜 범죄현장인 것을 알아내 서재를 철저하게 조사하면 이윽고 메모가 발견되고, 메가라 씨는 밴이 죽지 않았음을 알게 되면 경찰에 밴의 거처를 알려주게 될 것이고, 그렇게 되면 크로삭은 밴이 숨어 있는 장소를 정확하게 알아내기 위해 우리 뒤를 따라다니기만 하면 되는 겁니다!"

메가라는 참을 수 없다는 듯이 낮은 목소리로 말했다.

"잠깐, 이미 늦어버렸는지도 모릅니다."

엘러리는 휙 돌아섰다.

"그럼, 당신은 크로삭이 그동안에 밴을 찾았다고 생각하시는 건가요?"

메가라는 양손을 들어올려서 어깨를 으쓱해 보였다. 이 정열적인 미국풍의 남자에게는 어울리지 않는 유럽풍의 몸짓이었다.

"있을 수 있는 일입니다. 그 악마가 어떤 일인들 못 하겠습니까?"

"잘 들어요."

경감이 딱 잘라서 말했다.

"우리는 한시라도 빨리 올바른 정보를 알아야 할 때에, 지금 터무니없는 얘기로 귀중한 시간을 허비하고 있어요. 퀸 씨, 이것은 카페클라치(커피를 마시는 모임에서 벌어지는 잡담)가 아니에요. 당신은 이미 충분히 떠들었소. 메가라 씨, 도대체 밴과 당신의 동업자 브래드, 그리고 당신은 어떤 관계입니까?"

그 요트맨은 잠시 주저했다.

"우리는, 글쎄……."

그는 본능적으로 손을 불룩한 주머니 안에 찔러넣었다.

"그래서요?"

지방검사가 기세 좋게 물었다.

"형제입니다."

"형제라고요!"

엘러리의 눈은 키 큰 남자의 입술에서 떠날 줄을 모르고 있었다. 아이셤은 흥분하고 있었다.

"퀸 씨, 그럼, 당신이 말한 것이 들어맞는군. 모두들 본명이 아니었어. 브래드도 메가라도 밴도 실제 이름이 아니야. 그럼……."

메가라는 털썩 주저앉았다.

"그렇소. 그런 이름은 어디에도 없소. 얘기하자면……."

메가라는 눈을 감았다. 그는 서재를 넘어서 아득히 먼 어딘가를 바라보고 있는 듯했다.

"어떤 이름이죠?"

경감이 천천히 물었다.

"그걸 말하면 당신들에게 깊은 의심을 받게 될지도 모르겠군요. 당신들에게서 그 T자 얘기, 그 미친 짓거리인 T자 얘기인 목 없는 시체, 손발을 단단히 박아놓은 것, 현관문과 서머하우스의 마루에 피로 쓴 T자와 교차로에 대한 것, 토템 기둥 등의 얘기를 듣는 순간……."

"혹시 당신의 본명은 T자로 시작하지 않습니까?"

엘러리가 서두르는 목소리로 말했다

메가라는 머리가 1톤이나 되는 것처럼 무겁게 고개를 끄덕였다.

"예, 그렇소. 우리들의 이름은 트바르입니다. T-v-a-r…… 그 T입니다."

그가 나직한 목소리로 말했다.

일행은 잠시 침묵에 빠졌다. 그러다가 교수가 입을 열었다.

"퀸, 항상 그렇듯이 자네 말이 옳았어. 문자의 의미 외에는 다른 뜻이 없었던 거야. 단지 T자! 십자가도, 이집트학도, 비뚤어진 종교적 의미도 없이……. 이상해. 도저히 믿을 수가 없어."

엘러리는 실망하는 빛이 역력했다. 그는 메가라를 눈도 깜박이지 않고 지켜보고 있었다.

"나는 믿을 수가 없소."

본도 가슴속에서부터 신물이 넘어온다는 듯이 말했다.

"이런 얘기는 들어본 적이 없어."

"인간을 그 이름 첫 자의 형태로 죽이다니."

아이섬이 중얼거렸다.

"본 씨, 이것을 발표하면 온 동부의 웃음거리가 될 것이오."

메가라가 벌떡 일어섰다. 몸 전체가 분노로 떨고 있었다.

"당신들은 중앙 유럽을 모르고 있소!"

그는 비웃듯이 말했다.

"당신들은 어리석소. 그 녀석은 우리들의 증오스러운 이름인 T자를 우리들의 얼굴에 던진 겁니다. 그 녀석은 미쳤어요. 정말로 끔찍합니다."

메가라의 노여움은 순간 사라졌다. 그는 털썩 의자에 걸터앉았다.

"믿기지 않아."

그는 나지막한 목소리로 말했다.

"그렇습니다. 그러나 그것은 당신들을 괴롭히는 문제와는 다릅니다. 그 녀석이 이렇게 긴 세월 동안 죽 우리들을 쫓아다녔다는 것을 믿을 수가 없습니다. 마치 영화 같아요. 게다가 목을 잘라내다니……."

메가라의 음성은 다시 거칠어졌다.

"안드레야는 알고 있습니다!"

"트바르 씨."

엘러리가 조용히 말했다.

"오랫동안 세 분이 가명을 썼군요. 분명히 중대한 이유가 있었겠지요. 그리고 중앙 유럽이라는 것, 저는 이 살인이 복수라고 생각되는데요, 메가라 씨?"

메가라는 고개를 끄덕였다. 그의 목소리는 여전히 희미했다.

"그렇소. 그러나 어떻게 그가 우리를 찾아냈을까요? 나는 그 점을 알 수가 없습니다. 안드레야, 토미슬라프와 내가 합의해서—그거야말로 정말 옛날 애깁니다. —다른 성(姓)을 쓰기로 한 뒤 우리들은 다같이 절대로 어느 누구에게도 우리의 옛 성을 알리지 않기로 약속했습니다. 비밀로 하기로 하고 그 비밀을 지켜온 것이죠. 그것은 맹세이기도 했습니다. 톰의 아내 마거릿과 그녀의 딸인 헬레네마저도 우리들 성이 트바르라는 것을 모릅니다."

"그러면 그 사실을 알고 있는 사람은 크로삭 단 한 사람뿐입니까?"

엘러리가 물었다.

"그렇소. 그래서 어떻게 그 녀석이 우리들의 행적을 알아냈는지 상상도 할 수 없다는 겁니다. 우리들이 선택한 이름은……."

"자, 어서 계속하시지요. 나는 빨리 정보가 필요합니다. 첫째로, 도대체 크로삭은 어떤 인물입니까? 당신에게 어떤 원한이 있습니까? 둘째로……."

본이 말했다.

"그렇게 서두를 필요는 없소, 본."

아이셤이 초조해하면서 말했다.

"나는 이 T에 관한 문제를 끝까지 추적해 보고 싶소. 나는 모든 것이 이해가 되지 않아요. 왜 그 남자는 세 사람의 머리글자를 사용하지 않으면 안 되었을까요?"

"그것은 트바르 집안의 운명을 나타내기 위해서지요. 참으로 어처구니없는 일입니다."

메가라가 빈 동굴에서 울리는 듯한 공허한 목소리로 대답했다. 그 웃음 소리가 일행을 비웃는 듯하게 느껴져 귀에 거슬렸다.

"만일 크로삭을 보면 알아볼 수 있겠습니까?"

엘러리가 생각에 잠긴 표정으로 물었다. 요트맨은 입술을 삐죽 내밀었다.

"그것이 정말로 곤란한 점입니다. 우리들은 벌써 20년간이나 크로삭을 못 봤습니다. 당시엔 그 녀석이 어린애였기 때문에 지금은 알아볼 수 없을 겁니다. 누구라도 그럴 거예요. 우리들은, 그러니까 거의 얼굴이 없는 인간을 상대하고 있는 겁니다."

"왼발은 물론 절름발이겠지요?"

"어릴 때 조금 절었습니다."

"그렇다고 해서 변하지 않았을 리가 없소. 꾸민 것일지도 모르지. 지금은 완치됐지만, 흔적을 숨기기 위해 예전처럼 불구로 일부러 위장하고 있을지도……. 크로삭의 빈틈없는 성격으로 보아 그것은 충분히 있을 법한 일이오."

야들리 교수가 중얼거렸다. 본은 갑자기 큰 소리를 내며 입술을 꽉 물었다.

"당신은 하루종일 떠들고 싶으신가 보죠? 나는 이제 이것으로 충분합니다. 그런데, 메가라 씨 아니, 트바르 씨, 아니면 이름이야 어찌돼도 좋습니다만, 크로삭은 왜 현실을 받아들이고서 건전한 사람이 되지 못했을까요? 또한 어째서 당신들을 살해하려 한 걸까요? 무슨 이유가 있습니까?"

"그것은 나중에 살펴보기로 하죠. 지금 무엇보다도 중요한 것은 이것입니다. 트바르 씨, 당신 동생이 남긴 메모에는 밴이 어디에 있는지 당신이 알고 있다고 쓰여 있습니다. 어떤 이유로 당신은 그것을 알고 있는 겁니까? 당신은 1년 가깝도록 세상과 연락을 끊고 있었습니다. 그리고 애로요의 살인사건은 불과 6개월 전, 작년 크리스마스 때의 일이죠."

엘러리가 날카롭게 말했다

"준비해 두고 있었던 겁니다. 완전히 준비를 해두고 있었지요."

메가라는 낮은 목소리로 말했다.

"오랜 시간에 걸쳐서, 몇 년간이나…… 난 그 메모가 없어도 안드레야가 아직 살아 있다는 것을 알고 있다고 아까 말했었지요. 그 이유는 당신들이 들려준 애로요의 사건 얘기 가운데 있지요."

일행은 깜짝 놀란 듯이 메가라를 보았다.

"그것은 당신들이 교차로에서 시체를 발견한 두 사람의 이름을 얘기할 때에……."

상대는 어두운 얼굴로 말했다. 엘러리는 눈을 가늘게 떴다.

"그래서요?"

메가라는 얼굴도 기억나지 않는 크로삭이 몰래 얘기를 엿듣지나 않을까 확인하듯이 방 안을 둘러보았다.

"나는 그때 알았습니다. 피트 노인, 당신들이 말한 산 속의 노인 말입니다. 그 노인이 살아 있다면 내 동생인 안드레야 트바르도 아직 살아 있을 것이라고."

"나로서는 도저히……."

지방검사가 이해가 가지 않는 듯한 얼굴로 말했다.

"놀랍군요."

엘러리는 야들리 교수를 돌아보면서 말했다.

"모르시겠어요? 앤드류 밴은 피트 노인이에요."

일행이 그 놀라움 속에서 아직 깨어나기도 전에 메가라는 머리를 숙인 채 계속 말했다.

"그렇소. 안드레야는 어쩌면 이번과 같은 일이 일어나지 않을까 염려해서 자기 나름대로 몇 년 전부터 산 속 노인으로 위장하고 살아왔던 겁니다. 지금도 웨스트버지니아의 산 속에서—크로삭이 아직 찾아내지 못했다면 말입니다. —크로삭이 자신의 실수를 깨닫지 않았기를 기도하면서 생명의 위태로움을 느끼며 숨어 있겠지요. 어쨌든 지난 20년간 우리들 중 아무도 크로삭을 볼 수가 없었습니다. 그래서 나도 그 녀석이 우리들 중 어느 누구도 본 적이 없을 것이라고 믿습니다."

"그래서 크로삭이 처음 살인에서 실수를 한 것이로군요."

엘러리가 말했다.

"노리던 상대를 그렇게 오랫동안 보지 못했다고 하면 그런 실수를 저지르는 것도 무리는 아니지."

"당신은 클링에 관해서 말하고 있는 거요?"

아이셤이 신중하게 물었다.

"다른 누가 또 있습니까?"

엘러리는 미소지었다.

"경감님, 당신은 행동하고 싶다고 하셨죠? 어쩌면 일이 생긴 것 같습니다."

엘러리는 유쾌한 듯이 두 손을 비볐다.

"어쨌든 한 가지만은 확실해졌어요. 우리는 선수를 쳐서 크로삭의 코를 납작하게 해주지 않으면 안 돼요. 크로삭은 아직 안드레야를 발견하지는 않았을 거예요. 피트 노인의 변장은 완벽하니까요. 웨어턴 재판소에서 그를 보았을 때 이상한 점이 있다고는 조금도 깨닫지 못했거든요.

메가라 씨, 우리는 1초라도 빨리 당신의 동생이 있는 곳으로 가지 않으면 안 됩니다. 그러나 크로삭에게는—그 인물이 누구든간에, 어떤 가면을 쓰고서 어떤 이름을 사용하든간에—산 속 노인의 변장을 알게 해서는 안 됩니다."

"그것 참 마음에 드는군."

경감이 헤픈 미소를 얼굴에 띠었다.

메가라는 일어섰다. 가늘어진 눈이 에나멜처럼 빛나고 있었다.

"여러분이 시키시는 일이라면 무엇이라도 하겠소. 안드레야를 위해서라면. 나야……."

그는 쓴웃음을 삼키며 호주머니의 권총을 가볍게 톡톡 쳤다.

"그 짐승 같은 크로삭이 고생을 자처하겠다면 내가 맛을 보여주지. 탄환이 가득 차 있는 한 말이요."

(제15장의 제목으로 나온 '나사로'(Lazarus)는 요한복음 11장에 나오는 베다니아 인으로, 죽었다가 예수에 의해 다시 살아난 인물이다.)

제16장 특 사

그 날 밤 브래드 부인과 그 딸은 스티븐 메가라가 육지에 머물도록 설득해 보았지만 결국 성공하지 못했다. 메가라는 평소의 거만하고 침착한 태도를 되찾아 그 날의 나머지를 브래드 가족과 링컨과 함께 평온하게 보냈다. 그렇지만 땅거미가 지기 시작하자 왠지 안전부절못하더니 해가 완전히 진 뒤에는 호수 위에 정박하고 있는 요트로 돌아갔다. 요트의 정박등은 오이스터 섬의 검은 그림자를 배경으로 해서 한층 더 밝게 빛났다. 브래드 부인은 남편의 동업자가 돌아와 주어서 크게 안심이 되었는지 함께 지내자고 설득하면서 어두운 샛길로 부두까지 바래다주었다.

"아니, 그만두시죠. 오늘은 '헬레네'호에서 자겠습니다, 마거릿. 오랫동안 그곳에서 생활했기 때문에 정말로 내 집 같은 기분이 든답니다. 친절은 고맙지만 부인에게는 링컨도 있는 것 같고, 게다가……."

메가라는 굳은 어조로 덧붙였다.

"내가 거기에 있는다고 해서 그 집이 더 안전해지는 것도 아니고. 가서 주무세요, 마거릿. 걱정하지 않아도 돼요."

그들과 함께 후미까지 간 두 형사는 어쩐지 이상하다는 듯이 눈을 크게 뜨고 있었다. 브래드 부인은 눈물 젖은 얼굴로 하늘을 쳐다보고는 걸어온 길을 되돌아갔다. 놀라운 것은 이번 비극이 부인의 신경에 거의 영향을 끼치지 않았다는 사실이다. 부인은 막 내려앉은 듯한 모습의 나무 독수리가 붙어 있는 그 토템 기둥 옆을 무심한 듯이 지나갔다.

음모가들은 트바르 형제에 관한 이야기를 비밀로 하기로 결정을 보았다.

스티븐 메가라는 스위프트 선장과 하인의 묻는 듯한 시선을 받으며 그 날 밤은 보호 속에서 잠을 잤다. 형사들이 갑판을 순찰하고 다녔다. 메가라는 선실에 들어가 자물쇠를 잠갔는데, 밖에서 망보는 사람은 두 시간 동안이나 액체를 따르는 소리와 끊임없이 잔이 부딪치는 소리를 밖에서 들었다. 그 다음에 동작이 멈췄다. 아무리 자신 만만한 메가라라도 술로써 기운을 찾고 싶었던 모양이다. 그런 뒤에 형사들이 밤새도록 아무 소리도 듣지 못한 걸로 봐서 그는 깊이 잠든 것 같았다.

다음 날인 토요일 아침, 브래드우드 저택은 몹시 혼잡하고 떠들썩했다. 이른 아침부터 두 대의 세단형 경찰차가 자동차 길을 들어와서 식민지풍의 저택 앞에서 부르릉거리며 기다리고 있었다. 본 경감은 정복자 시저처럼 차에서 내려 제복을 입은 부하 경관들에게 둘러싸인 채 부두로 통하는 샛길을 성큼성큼 걸어 내려갔다. 부두에는 경찰증기선 한 척이 기적소리를 내고 있었다. 굳은 표정의 경감이 얼굴을 붉힌 채 뛰어오르자 증기선은 메가라의 요트를 향해 나아갔다.

행동은 전부 공개적으로 진행되어 어느 것 하나 숨기려 하는 기색이 없었다. 오이스터 섬에서는 녹색의 해변을 배경으로 사람들의 검고 작은 그림자들이 나타나 증기선이 움직이는 것을 머리를 내밀고 바라보고 있는 것이 보였다. 템플 의사는 파이프를 입에 물고 자신의 집 선착장에 서 있었다. 린 부부는 후미를 노저어 다니면서 모든 걸 주목해서 보고 있었다.

경감은 '헬레네'호의 사다리에 올라 모습을 감추었다. 5분 정도 있다가 경감은 평상복을 입은 스티븐 메가라를 데리고 또 모습을 나타냈다. 메가라의 얼굴은 일그러져 있었고, 술냄새에 푹 젖어 있었다. 그는 선장에게는 말도 걸지 않고 본의 뒤를 따라서 이상할 정도의 딱딱한 걸음걸이로 사다리를 내려왔다. 두 사람이 타자 증기선은 즉각 해안으로 되돌아왔다.

브래드우드의 부두 위에서 두 사람은 잠시 낮은 목소리로 의논을 했다. 감시하는 경찰들이 기다리고 있었다. 제복을 입은 경찰들에 의해 주위를 빙 둘러싸인 두 남자는 성큼성큼 걸어서 샛길을 따라 완전히 경찰에 의해 포위되어 있는 저택 쪽으로 향했다. 흡사 어떤 행진 같았다.

집 맨 앞에 세워져 있던 경찰차의 뒷좌석에서 사복을 입은 경찰 한 명이 일행이 다가오는 것을 보고 뛰어나와 경례를 한 뒤 기다리며 서 있었다. 본과 메가라는 재빨리 선두차에 올라탔다. 두 번째 차에는 경찰들이 잔뜩 타고 있었다. 그리고서 두 대의 차는 자동차 길을 한 바퀴 돌더니 시끄러운 경적 소리를 내며 브래드우드 저택 옆으로 나 있는 고속도로를 향해 화살처럼 달려나갔다.

입구에서는 모터사이클에 타고 있던 네 명의 경관이 즉시 행동을 개시했다. 두 대는 선두차의 앞으로 나갔고, 다른 두 대는 그 옆에 따라붙었다. 두 번째 경찰차가 뒤쪽을 맡았다. 놀랄 만한 일이었다. 그러나 두 대의 경찰차가 나가버린 뒤, 브래드우드 저택 안과 그 근처에는 순찰경관, 경찰, 형사의 모습은 한 사람도 보이지 않았다.

차를 늘어세운 일행은 모든 통행중인 차를 양쪽으로 대피시키고는 뉴욕을 향해 빠른 속도로 주(主) 고속도로를 달려나갔다.

경감과 메가라가 출발한 뒤 브래드우드 저택에는 모든 것이 정지된 듯한 조용한 평화가 찾아왔다. 린 부부는 자신의 집으로 되돌아갔다. 템플 의사는 담배를 피우면서 숲 속으로 천천히 걸어갔다. 오이스터 섬 해안에 나타났던 사람 그림자도 사라져 버렸다. 케첨 노인은 돛단배를 타고 후미로 노저어 나와서는 본토를 향해 멈춰 섰다. 조나 링컨은 차고에서 브래드의 차를 한 대 조용히 꺼내어 앞쪽을 자동차길로 향하게 돌려놓고는 그대로 내렸다.

야들리 교수의 집은 도로에서 꽤 들어가 있었는데, 밖에서 보아서는 죽은 듯이 조용했다.

그러나 본이 브래드우드 저택과 야들리 저택 사이에 있는 거리의 양쪽 가장자리에 감시하는 사람을 세워놓았다는 것은 누구라도 쉽게 알 수 있었다. 길의 막다른 곳에는 제각기—육로로 해서 브래드우드 저택을 나가려는 사람이라면 자동차든 보행자든 반드시 통과하지 않으면 안 되는 두 개의 교차점에 각각—형사를 가득 태운 차가 눈에 띄지 않게 정차되어 있었던 것이다.

한편 오이스터 섬의 뒤쪽이라 본토에서는 전혀 보이지 않는 장소인 만에는 큰 경찰증기선이 모터의 속도를 늦춰 파도를 따라 떠다니고 있었다. 그 증기선 갑판에는 사람들이 앉아서 낚시질을 하고 있는 것이 보였는데 틈틈이 그들은 눈을 번뜩이며 케첨의 후미의 양끝 쪽을 살펴보곤 했다. 그들의 눈을 피해 수로로 빠져나가기는 도저히 어려울 것 같았다.

제17장 산 속의 노인

토요일 아침에 야들리 교수의 집이 살아 있는 기색도 없이 대단히 조용했던 데에는 그만한 이유가 있었다. 교수는 다른 경찰들처럼 지시를 받고 있었던 것이다. 흑인 노파 내니도 마찬가지였다. 본 경감과 스티븐 메기라가 큰 소란을 떨며 출발할 즈음 교수는 사람들 눈에 띄지 않도록 조심하지 않으면 안 되었다. 교수는 뉴욕에서 온 특별수사관 엘러리 퀸을 만나고 있는 것으로 되어 있어야 했다. 그러므로 교수가 혼자서 산책을 하게 되면 경계의 눈을 빛내고 있을 누군가의 의심을 사게 될 우려가 있었다. 그러나 공교롭게도 교수는 손님과 둘이 있는 모습을 보이는 것은 불가능했다. 교수의 손님은 나가버리고 없기 때문이다. 정확히 말하자면 교수의 손님은 메가라가 경찰차에 타고 있는 시간쯤이면 롱아일랜드에서 수백 마일이나 떨어진 곳에 가 있을 것이다.

꽤 빈틈없는 작전이었다. 금요일 밤, 어둠이 브래드우드 저택을 둘러싸고 있을 때 엘러리는 뒤센버그를 타고 야들리 교수의 저택을 몰래 빠져나갔다. 주(主) 도로에 나오기까지는 차를 조심스럽게 몰았다. 그리고는 미네올라를 향해 달려갔다. 거기서 아이셤 지방검사와 만나 뉴욕을 향해서 출발했다.

토요일 새벽 4시에 낡은 뒤센버그는 펜실베이니아 주의 수도에 가 있었다. 해리스버그 시는 아직 잠들어 있었다. 두 사람은 모두 지쳐서 말하는 것도 잊은 채 세니트 호텔에 차를 대고서 숙박부를 쓴 뒤 각자의 방으로 들어갔다. 엘러리는 9시에 깨워달라고 부탁해두었다. 두 사람은 매우 피곤해 침대에 눕자마자 곧 잠이 들었다.

토요일 아침 9시 반에 두 사람은 피츠버그로 향해 해리스버그에서 몇 마일이나 떨어진 곳을 달리고 있었다. 점심때도 차를 세우지 않았다. 경주용 자동차는 먼지를 뒤집어썼고, 엘러리와 아이셤은 장기간 운전으로 인해 잔뜩 피로한 기색이었다. 뒤센버그는 오랫동안 사용한 낡은 것임에도 불구하고 기특하게도 그 임무를 충실히 수행하고 있었다. 엘러리가 낡은 엔진을 시속 70마일로 달렸을 때 두 번 정도 모터사이클을 탄 경찰이 쫓아왔다. 그때마다 아이셤이 신분증명서를 보였고 그들은 계속 길을 달릴 수 있었다. 오후 3시쯤에 두 사람은 피츠버그의 소란 속을 통과하고 있었다.

아이셤이 신음 소리를 냈다.

"이제는 참을 수 없어. 그 사람은 기다려 줄거요. 당신은 어떤지 모르지만 나는 배가 고파서 죽을 것만 같소. 뭐 좀 먹지 않겠소?"

지방검사가 배불리 먹는 동안에도 그들의 귀중한 시간은 여전히 흘러갔다. 엘러리는 몹시 흥분하고 있었다. 그는 먹는 것조차도 잊은 듯했다. 얼굴에는 피로의 기색이 완연했지만 눈은 뭔가 숨기는 것이 있는 것처럼 빛나고 있었다.

5시 몇 분 전에 뒤센버그는 애로요 마을의 운명을 책임지는 수호신을 모시는 목조건물 앞에 멈추었다.

차에서 내리려고 하는데 두 사람의 관절에서 삐그덕 하는 소리가 났다. 아이셤은 뚱뚱한 독일계의 노인이 자신의 옆에 서서 바라보고 있는 것도 아랑곳하지 않고 양팔을 한껏 뻗어서 기지개를 켰다. 엘러리는 그 남자가 애로요의 잡화상 주인인 번하임이라는 것을 떠올렸다. 그리고 일년 내내 언제나 그 건물 앞길을 청소하고 있을 것만 같은 푸른 작업복 차림의 시골뜨기도 있었다. 아이셤이 하품을 하면서 물었다.

"빨리 끝내도록 하죠. 퀸, 당신이 말한 이곳 순경은 어디에 있는 겁니까?"

엘러리는 앞장서서 파출소로 안내했다. 문을 노크하자 무겁고 탁한 음성이 대답했다.

"들어오시오."

두 사람은 안으로 들어갔다. 거기에는 루든 순경의 큰 몸이 언제나 변함없는 의젓한 모습으로 땀을 흘리며 앉아 있었다. 엘러리가 애로요를 다녀간 뒤로 6개월 동안 그 자리에서 꼼짝도 하지 않은 듯한 모습이었다. 입을 딱 벌리자 뚱뚱하고 벌건 얼굴에서 뻐드렁니가 튀어나왔다.

"이거 놀랄 만한 손님이군요."

루든은 큰 걸음걸이로 마루를 쿵쿵 울리며 큰 소리를 냈다.

"퀸 씨가 아닙니까? 그 초등학교 교장의 목을 자른 놈을 아직도 뒤쫓고 있습니까?"

"아직도 휘젓고 다니지요."

엘러리가 미소지었다.

"법률을 수호하고 있는 친구를 소개하지요. 이쪽은 뉴욕 낫소 군(郡)의 지방검사인 아이셤 씨입니다. 이쪽은 루든 순경입니다, 아이셤 씨."

아이셤은 입을 우물거렸을 뿐 악수는 하지 않았다. 루든 순경은 싱글벙글 웃고 있었다.

"이 마을은 작년에는 큰 사건만 일어난 것 같군. 당신들이 무척 고생했겠소."

아이셤이 숨을 헐떡이며 말했다.

"그런데, 퀸 씨. 어떻게 된 거요?"

엘러리는 급히 말했다.

"앉아도 되겠죠? 우리들은 200~300㎞도 넘게 차를 타고 왔거든요."

"앉으시지요."

두 사람은 앉았다. 엘러리가 말했다.

"루든 씨, 당신은 요즘 그 바보스러운 산 속의 피트 노인을 못 봤습니까?"

"피트 노인? 그렇게 말씀하시니까, 글쎄요."

루든 순경은 능글맞게 아이셤을 흘끗 보고 나서 말했다.

"벌써 몇 주일이나 그 미치광이 노인을 보지 못한 것 같습니다. 좀처럼 마을에 나오지 않았거든요. 이번에는 두 달도 넘게 못 본 것 같아요. 그 전에 산에서 내려왔을 때 듬뿍 식량을 사서 들어간 것이 틀림없어요. 번하임에게 들은 것도 같습니다만."

"그 노인의 오두막집이 어디에 있는지 알고 있소?"

아이셤이 물었다.

"알고는 있지만, 그렇게 해서 피트를 쫓아가서 무슨 이득이 있습니까? 혹시 체포를 하는 건 아니겠지요? 미치광이 노인이긴 하지만 나쁜 짓은 하지 않습니다. 아니……."

아이셤이 눈썹을 찡그리는 것을 보고 순경은 당황해서 말했다.

"아니, 그것은 우리가 알 바 아니겠지만…… 전 피트 노인의 오두막에는 한 번도 가본 적이 없습니다만…… 이 부근 사람 중에서도 가본 사람이 거의 없을 겁니다. 저 위쪽은 동굴 투성이라서—아주 오래된 것인데, 천 년도 더 지난 동굴이라—모두 지독히 무서워하고 있지요. 피트 노인의 오두막은 어딘가 산 속의 깊고 조용한 곳에 있을 겁니다. 두 분에게는 도저히 눈에 띄지 않을 겁니다."

"당신이 안내해 주지 않겠습니까?"

엘러리가 말했다.

"좋고말고요. 나는 찾을 수 있다고 생각합니다."

루든은 일어나더니 마치 뚱뚱하고 늙은 마스티프 종 개처럼 몸을 흔들었다.

"이 이야기가 소문나면 곤란하겠죠?"

순경이 대수롭지 않게 말했다.

"그렇소. 당신의 아내에게도 말하지 말아요."

아이셤이 대답했다.

순경은 코를 킁킁거렸다.

"그런 걱정은 하지 마세요. 마누라는 없으니까. 고맙게도……. 자, 나가실까요."

순경은 애로요의 주 도로를 향해 차가 서 있는 건물의 정면 입구가 아닌, 사람이 없는 뒤쪽 골목으로 그들을 안내했다. 루든과 아이셤이 기다리고 있는 사이에 엘러리는 급하게 관공서 건물을 한 바퀴 돌아서 뒤센버그에 올라탔다. 2분 뒤에 차는 골목으로 들어갔고 세 명은 숨도 쉴 수 없는 먼지 속을 뚫으며 출발했다. 루든은 사람들이 그를 보지 못하도록 발판 쪽으로 몸을 숙이고 있었다. 루든 순경은 길을 돌아 근처의 산 중앙부의 진창길로 그들을 안내했다.

"샛길입니다. 차는 여기에 세워두고 지금부터는 걸어 올라가시지요."

순경이 설명했다.

"걸어서?"

아이셤이 험준하고 경사진 길을 바라보면서 불안한 듯이 말했다.

"그렇습니다. 아이셤 씨, 뭣하면 제가 업고 가지요."

루든이 기운 찬 목소리로 유유히 말했다.

세 사람은 차를 덤불 속에 감추었다. 지방검사는 주위를 둘러보고 나서 뒤센버그 옆구리에 웅크리고 앉더니 바닥에서 어떤 짐 꾸러미를 들어올렸다. 그것은 둥글고 불룩한 꾸러미였다. 루든은 호기심에 찬 눈으로 그것을 바라보았지만 엘러리와 아이셤은 입을 다물고 어떤 설명도 하지 않았다.

순경은 커다란 머리를 숙이고 덤불 속을 헤치며 느릿느릿—보이든 보이지 않든 별로 신경도 쓰지 않는 사람처럼—무언가 찾고 있다가 이윽고 희미한 발자취를 발견하고는 그것을 가리켰다. 엘러리와 아이셤은 아무 말도 하지 않고 그 뒤를 따라갔다. 거의 처녀림이라고 말해도 좋을 정도의 깊은 숲을 온 힘을 다해 올라갔다. 나무가 빽빽이 덮여 있어 하늘도 보이지 않았다. 날씨는 무더워서 50피트(약 15m)도 올라가지 않았는데 세 사람은 땀에 흠뻑 젖어 버렸다. 아이셤이 투덜거리기 시작했다.

50분 정도 등이 굽어진 오르막길을 올라가자 나무가 점점 더 무성해지고 길은 더욱더 좁아졌다. 그때 순경이 갑자기 멈춰 섰다.

"매트 홀리스에게서 언젠가 들은 적이 있는데……. 자, 저겁니다."

순경은 속삭이듯이 말하고는 맞은편을 가리켰다.

루든이 조심스럽게 앞장선 채 일행은 더욱 가까이 그 근처로 올라갔다. 그러자 사람 좋은 순경이 말한 대로 과연 그것이 거기에 있었다. 울창하고 무성한 숲 속에 작은 빈터가 있고 초라한 오두막이 서 있었던 것이다. 그 오두막의 양옆과 정면에는 나무가 30피트(약 9m) 정도 잘라져 있었고, 뒤쪽은 넓게 나온 화강암으로 막혀 있었다. 엘러리는 눈을 크게 떴다. 30피트 정도 되는 빈터의 좌우, 정면, 위쪽은 온통 잔뜩 녹슬고 엉킨 철조망으로 울타리가 쳐져 있었다.

"저것을 봐요. 입구가 없는데."

아이셤이 속삭였다.

철조망 울타리에는 어느 곳도 빈틈이 없었다. 안에 있는 오두막은 차가워 보이고 음울한 모습을 하고 있어서 마치 요새 같았다. 굴뚝에서는 연기가 피어오르고 있었지만, 그것마저도 사람의 접근을 막는 공격태세를 갖추고 있는 듯했다.

"끔찍하군. 왜 저렇게 조심스럽고 빈틈없이 경계하는 걸까? 미치광이예요, 내가 말한 대로."

루든이 투덜거리듯 말했다.

"지독한 곳이군. 어이가 없어. 상상도 할 수 없는 지독한 곳입니다."

엘러리가 낮은 목소리로 말했다.

"루든 씨, 지방검사로서 나는 당신에게 매우 이상한 부탁을 해야겠소."

루든 순경은 엘러리가 저번에 만났을 때 기분 좋게 해주었던 일을 떠올렸는지 금방 반기며 말했다.

"걱정 마십시오. 전 제 분수를 알아서 쓸데없는 일에는 참견하지 않는 사람입니다. 이 부근에서는 그렇게 하지 않을 수가 없습니다. 이 부근 산 속에서는 밀주가 꽤 성행하고 있지만 저는 손톱의 때만큼도 그런 것에는 관계하지 않고 있습니다. 전혀 말입니다. 무슨 부탁입니까?"

순경이 시원스럽게 말했다.

"오늘 일은 모두 잊어버리는 거요. 우리들은 여기에 오지도 않았소, 알겠소? 당신은 이것을 애로요나 피츠버그 군 당국에 보고하지도 말아야 합니다. 이제부터 당신은 피트 노인에 관해서는 아무것도 알지 못하는 겁니다."

아이셤이 강경하게 말했다. 엘러리는 지갑에서 지폐를 꺼내어 루든 순경의 큰 손에다 쥐어주었다.

"아이셤 씨, 저는 이제부터 귀머거리, 장님, 벙어리입니다. 돌아가는 길은 아시겠습니까?"

"알고 있소."

"그러면 안녕히 가십시오."

"루든 씨, 대단히 감사합니다."

마치 무관심의 표본처럼 루든은 발길을 돌려 숲 속으로 조용히 사라졌다. 그 뒤로 그는 한 번도 뒤를 돌아보지 않았다. 아이셤과 엘러리는 잠시 서로 마주보았다. 그러더니 두 사람은 어깨를 으쓱하고 철조망 울타리 쪽으로 발을 내딛었다.

둘이 울타리 앞의 땅에 발을 내딛기도 전에—아이셤은 갖고 있던 꾸러미를 높은 철조망의 꼭대기 너머 반대쪽으로 막 던지려고 들어올리는 중이었다. —오두막 안에서 목이 쉰 메마른 목소리가 들려왔다.

"멈춰! 돌아가라!"

두 사람은 깜짝 놀라 꼼짝도 못 하고 서 있었다. 꾸러미는 땅에 떨어졌다. 정신을 차리고 살펴보니 울타리로 둘러싸인 단 하나밖에 없는 창에서 사냥총의 총구가 보였는데, 정확히 두 사람을 겨냥하고 있었다. 그 끔찍한 무기는 조금도 움직이지 않았다. 금방이라도 쏘아댈 것만 같았다.

엘러리는 침을 삼켰고, 지방검사는 얼어붙은 듯 꼼짝도 안 했다.

"저 사람이 피트 노인입니다."

엘러리가 속삭였다.

"가짜 목소리가 변함없이 아주 훌륭하네요."

엘러리는 머리를 들고서 크게 소리쳤다.

"잠깐만 기다리세요. 방아쇠에서 손을 떼십시오. 우리들은 당신편입니다."

침묵이 흘렀다. 그 사이에 총 주인은 천천히 조심스럽게 그들을 살피고 있었다. 두 사람은 가만히 아주 얌전하게 서 있었다.

드디어 거친 목소리가 다시 한 번 두 사람의 귀에 들려왔다.

"믿지 못하겠어. 돌아가. 5초 동안에 물러가지 않으면 쏜다."

아이셤이 소리쳤다.

"우리는 경찰이오, 바보 같으니. 당신에게 줄 편지를 갖고 왔소. 메가라가 보낸 것이오. 빨리 치워요. 당신 때문에 왔소. 우리들이 사람들 눈에 띄면 당신도 좋을 것이 없잖소."

총구는 움직이지 않았다. 그러나 노인의 텁수룩한 머리가 철조망의 커튼 너머에서 희미하게 나타났다. 그리고 두 개의 빛나는 눈이 의심스러운 듯 두 사람을 바라보았다. 상대가 망설이고 있다는 것을 느낄 수 있었다.

머리가 없어짐과 동시에 총구도 사라졌다. 그 즉시 튼튼하게 못 박은 문이 삐걱 소리를 내며 안쪽을 향해서 열리고는, 피트 노인의 몸이 입구에 나타났다. 그는 반백의 턱수염을 기르고 머리는 텁수룩한 채 넝마누더기를 입고 있었다. 사냥총은 아래로 내렸지만 총구는 두 사람 쪽으로 향하게 해놓았다.

"그 철조망을 넘어서 와요. 그 밖에 다른 길은 없소."

목소리는 같았지만 여운이 깃들어 있었다.

두 사람은 어찌할 바를 몰라서 철조망을 바라보고만 있었다. 이윽고 엘러리가 한숨을 쉬고는 조심스럽게 한 발을 들어올려 제일 낮은 철조망에 걸쳤다. 그리고는 안전하게 손을 잡을 장소를 찾으려는 듯 주위를 살폈다.

"빨리빨리 서둘러요. 섣부른 짓을 하면 알지, 둘 다?"

피트 노인이 거만하게 말했다.

아이섬은 주위를 두리번거리더니 나무토막을 하나 찾아내어 제일 낮은 두 번째 철조망 사이에 끼워 버팀목으로 이용했다. 엘러리는 철조망을 넘다 틈에 옷이 걸려 어깨 부분이 죽 찢어지고 말았다. 지방검사도 볼품없는 모습으로 그 뒤를 따랐다. 두 사람 모두 한마디도 하지 않았다. 총구는 두 사람을 겨눈 채 꼼짝도 하지 않았다.

두 사람은 아주 빨리 노인 쪽으로 뛰어갔다. 상대는 오두막 안에 서 있었다. 안에 들어가자 아이섬은 무거운 문짝을 닫고 빗장을 걸었다. 상상도 할 수 없을 정도로 허술하고 엉망인 집이었지만 손질을 해서인지 정돈은 잘 되어 있었다. 돌로 된 바닥은 잘 닦아서 여기저기에 작은 매트를 깔아놓았다. 한쪽 구석에는 잘 묶어놓은 식료품 꾸러미가 난로 한쪽에 깔끔하게 쌓여 있었다. 하나밖에 없는 입구의 반대쪽 뒷벽에 세면대 같은 것이 달려 있는 것으로 보아 이 노인의 세면장 같았고, 그 위에 있는 선반에는 약품이 쌓여 있었다. 세면기 위에는 손으로 사용하는 작은 펌프가 있었는데, 우물은 집의 밑바닥에 있는 것 같았다.

"편지!"

피트 노인이 쉰 목소리로 말했다.

아이섬이 편지 한 통을 건네주었다. 그때까지도 노인은 무기를 내려놓지 않고 있었다. 그는 편지를 대강대강 읽는 중에도 한 순간도 낯선 손님들에게서 눈을 떼지 않았다. 그러나 점점 읽어 내려가면서 태도가 바뀌어 갔다. 텁수염은 아직도 그대로 있었다. 단지 인물 자체가 달라져 보였을 뿐이다. 그는 사냥총을 천천히 테이블 위에 내려놓고 앉더니 편지를 만지작거렸다.

"그러면 토미슬라프는 죽었군요."

편지를 다 읽고 그가 말했다. 그 말을 듣고 두 사람은 깜짝 놀랐다. 그 말을 꺼낸 것은 이미 피트 노인의 쉰 목소리가 아니었다. 교양 있고 낮은 목소리, 교육을 받은 장년의 남자 목소리였다.

"브래드가 살해당했다고?"

"그렇소. 살해되었소."

아이셤이 대답했다.

"유서를 남겨놓았소. 읽어보겠소?"

"주시지요."

남자는 아이셤에게 유서를 받아들고는 아주 급하게 아무런 감정의 기색도 없이 읽었다. 그러더니 고개를 끄덕이며 말했다.

"그렇게 됐군. 자, 두 분에게 인사드립니다. 내가 앤드류 밴입니다. 예전에는 안드레야 트바르였지요. 나는 아직 이렇게 살아 있습니다. 그런데 톰은 고집 센 바보여서……."

그의 밝은 눈에서 번쩍 하고 빛이 났다. 그러더니 다소 당황한 듯이 급하게 일어나서 쇠로 된 세면기 앞으로 갔다. 엘러리와 아이셤은 서로 얼굴을 마주보았다. 그 남자는 텁수룩한 자신의 턱수염을 뜯어내고 머리에서 백발의 가발을 벗겨냈다. 그리고 얼굴의 기름기도 씻어냈다. 그가 돌아왔을 때는 아까 창에서 두 사람에게 싸움을 걸던 인물과는 전혀 다른 사람이 되어 있었다. 그는 크고 날씬한 체격에 짧고 검은 머리카락을 가졌고, 긴장된 생활에 지친 탓인지 고행자와 같은 날카로운 얼굴을 하고 있었다. 몸에 걸친 강한 인상을 주는 누더기를 보면 '태도는 교활하고 어조는 미쳐 있고 이야기는 요점이 없다.'는 라블레의 문구가 그대로 들어맞는다고 엘러리는 생각했다.

"의자를 내드리지 못해서 미안합니다. 당신은 아이셤 지방검사시군요, 그리고 당신은 한 번 만난 듯하군요. 퀸 씨, 검시재판 때에 웨어턴의 재판소에서 제일 앞줄에 앉아 있지 않으셨습니까?"

"그렇습니다."

엘러리가 말했다. 놀랄 만한 사람이었다. 확실히 보통 사람이 아님은 틀림없었다. 의자가 하나밖에 없는 것을 미안해하면서, 두 손님을 세워 놓은 채 자신은 그 의자에 앉아버렸다.

"여기가 내 은신처입니다. 꽤 재미있는 곳이지요."

그 어조는 조금은 괴로운 여운을 가지고 있었다.

"크로삭이라고 생각하십니까?"

"그럴 겁니다."

아이셤이 나직한 목소리로 말했다. 지방검사와 엘러리는 이 남자가 스티븐 메가라와 아주 닮은 것에 깜짝 놀랐다. 가족끼리 정말 닮은 것 같았다.

"스티븐의 편지에 의하면 그 남자는 T자를 사용하고 있는 것 같군요."

밴이 몸을 떨면서 말했다.

"그렇습니다. 머리가 잘려져 있었지요. 완전히 눈뜨고는 볼 수 없는 비참한 모습이었습니다. 그러면 당신은 앤드류 트바르로군요."

산 속 노인은 조용히 미소지었다.

"옛날 고향에서는 안드레야라고 했지요. 우리 형제들은 스테판과 토미슬라프입니다. 우리들이 이곳에 온 것은, 여기라면 혹시……."

밴은 어깨를 한번 으쓱하고는 엉성한 의자를 꼭 잡고서 몸을 긴장시키고 앉았다. 그리고는 사람에 놀란 말같이 눈을 말똥말똥 뜨고는 철조망을 둘러친 창 쪽을 보았다.

"확실하군. 뒤는 밟히지 않은 모양입니다."

그가 쉰 목소리로 말했다.

아이셤은 상대에게 안심해도 좋다는 모습을 보이려고 애썼다.

"절대로 그런 일은 없습니다. 철저히 주의를 기울였죠. 트바르 씨, 당신 형인 스티븐 씨는 낫소 군 경찰의 본 경감과 함께 어느 누구의 눈에도 뜨이지 않도록 해서 롱아일랜드의 주 도로를 통해 뉴욕으로 갔습니다."

앤드류 밴은 천천히 고개를 끄덕였다.

"혹시 누군가가—크로삭이 어떤 변장을 해서라도—뒤를 밟게 되면 곧 그 뒤를 쫓도록 많은 경찰을 각 요소요소에 배치시켜 놓았습니다. 퀸 씨와 나는 어제 저녁에 살짝 출발했지요."

앤드류 밴은 얇은 입술을 깨물었다.

"드디어 오고 말았어. 오고야 말았어. 이번 일이 얼마나 무서운지 말로는 표현할 수 없습니다. 몇 년 동안 헛된 공포가 계속된 뒤에 그 무서운 망령이 현실로 모습을 드러낸 겁니다. 제 이야기를 듣고 싶으십니까?"

"상황이 이렇다면 우리들이 그것을 들을 만한 자격이 있다고 생각합니다."

엘러리가 담담하게 말했다.

"그래요. 스티븐과 나는 가능한 한 도움을 받을 필요가 있습니다. 스티븐과 무엇을 이야기했습니까?"

앤드류 밴이 무겁게 물었다.

"단지 당신과 브래드와 그 사람이 형제라고 하는 것만."

아이셤이 말했다.

"그럼 우리들이 알고 있는 것은……."

앤드류 밴이 일어났다. 눈이 험상궂게 변했다.

"지금은 한마디도 하지 않겠습니다. 스티븐과 만나기 전까지는 아무 말도 하지 않겠습니다."

그 태도와 말씨의 변화가 너무도 갑작스러워서 두 사람은 눈이 휘둥그레졌다.

"아니, 왜 그러십니까? 몇백 마일이나 달려서 우리가 여기까지 왔는데."

아이셤이 소리쳤다.

그 남자가 느닷없이 사냥총을 거머쥐는 바람에 아이셤은 한 발자국 뒤로 물러났다.

"당신들의 말을 의심하고 있는 것이 아니오. 편지는 스티븐의 필적이 틀림없고, 또 다른 것도 톰의 필적이 분명하오. 그러나 그런 것은 어떤 식으로든 꾸며낼 수가 있어. 그동안 애써 주의를 기울여 간신히 교묘한 올가미를 피해왔는데, 섣불리 믿을 수 없소. 스티븐은 지금 어디에 있소?"

"브래드우드 저택으로 가면 만날 수 있습니다."

엘러리가 어이없다는 듯이 대답했다.

"당신, 애들 같은 흉내는 그만두시지요. 총을 내려놓으세요. 당신이 형제를 만나기 전까지는 아무것도 이야기하지 않겠다는 점은, 물론 메가라 씨도 그럴 것이라고 예상했고, 우리들도 그것은 염두에 두었습니다. 당신의 의심은 당연합니다. 하지만 적당한 단서를 당신에게 얘기한다면 말을 해주시겠습니까? 어떻게 할까요, 아이셤 씨?"

"좋소."

지방검사는 화가 난 듯이 말했다. 그리고 산행 내내 들고 있던 꾸러미를 보여주었다.

"트바르 씨, 이것이 우리들이 생각한 방법입니다. 어떻습니까?"

남자는 반신반의하면서 그 꾸러미를 바라보았다. 그 태도로 봐서 호기심과 의심 사이에서 갈등하고 있는 것 같았다. 그러다가 드디어 말했다.

"열어보시오."

아이셤은 갈색 포장지를 찢었다. 그 꾸러미 안에는 낫소 군 순경의 제복과 신발, 권총까지 들어 있었다.

"이것이라면 의심이 없어지겠죠? 브래드우드 저택에서 입으면 당신은 경찰이 됩니다. 그곳에는 경찰이 많이 있으니까요. 트바르 씨, 제복을 입은 사람은 그저 제복일 뿐이지요."

엘러리가 말했다.

앤드류 밴이 돌바닥을 왔다갔다했다.

"이 오두막을 나가야 하나…… 나는 벌써 몇 개월이나 여기 숨어서 살아왔소. 나는……."

그가 망설이듯이 중얼거렸다.

"권총은 장전되어 있소. 그리고 탄알은 혁대에 많이 있소. 장전된 무기와 두 사람의 건장한 남자들이 보살펴주면 아무런 일도 일어나지 않을 거요."

아이셤이 쌀쌀맞게 말했다.

상대는 얼굴을 붉혔다.

"당신들에게는 내가 겁쟁이로 보이는 모양이군요. 좋습니다, 그렇게 하지요."

앤드류 밴은 넝마조각을 벗기 시작했다. 그는 속에는 깨끗하고 말쑥한 내의를 입고 있었다. 이것 또한 어울리지 않는 느낌이었다. 남자는 별로 어색하지 않은 듯 경찰제복을 입기 시작했다.

"꼭 맞는군요. 메가라 씨가 사이즈를 말해주었습니다."

엘러리가 말했다.

앤드류 밴은 아무 말도 하지 않았다. 완전히 옷을 다 입고 한쪽 옆에다 묵직한 권총 케이스까지 차자 꽤 훌륭한 모습이 되었다. 키가 커서 늠름하기도 했고, 어떻게 보면 미남이기도 했다. 손을 권총 쪽으로 가져가서 어루만져 보았다. 그렇게 함으로써 스스로 용기를 북돋으려는 것 같았다.

"준비되었소."

그가 결의에 찬 목소리로 말했다.

"좋소."

아이셤이 이렇게 말하며 문 입구로 갔고, 엘러리는 철조망이 쳐진 창밖을 내다보았다.

"아무도 없는 것 같소, 퀸 씨."

"그런 것 같군요."

아이셤은 문의 빗장을 벗겼다. 세 사람은 급히 밖으로 뛰어나갔다. 숲 속 빈터에도 사람의 기척은 없었다. 이미 해가 져서 숲에는 희미하게 땅거미가 지고 있었다. 엘러리는 울타리 밑의 철조망 사이로 기듯이 해서 빠져나가고, 아이셤이 그 뒤를 따랐다. 두 사람이 서서 지켜보고 있는 가운데 제복을 입은 피보호자는—엘러리가 부럽다고 생각할 정도로 가볍게—두 사람 앞에서 울타리를 기어올라 넘는 것이었다.

문은 앤드류 밴이 조심스럽게 잠가놓았다. 굴뚝에서는 아직도 연기가 피어오르고 있었다. 숲 속을 방황하는 사람이 있다고 해도 오두막에는 아직 주인이 살고 있다고 생각되어서 함부로 들어가지는 못할 것이다.

세 남자는 숲을 향해 급히 뛰어갔다. 거목들이 그들의 머리 위를 덮었다. 희미하게 나 있는 발자취를 더듬어 매우 조심스럽게 산을 벗어나 마침내 덤불에 이르니 '성실한 하인' 같은 뒤센버그가 기다리고 있었다. 주변의 산이나 도로에는 아무런 인기척이 없었다.

제18장 폭스, 자백하다

엘러리와 아이섐이 금요일 밤 몰래 출발해서 토요일 종일 외출해 있었던 동안, 브래드우드 저택이 마냥 평온했던 것은 아니다. 본 경감과 스티븐 메가라의 수수께끼 여행은 그 일대 전부가 지켜보고 있었고, 모든 사람들의 입에 오르내렸다. 오이스터 섬에까지도 그 여파는 미쳤다. 헤스터 링컨은 하라크트의 전당과 섬의 동쪽 끝 사이에 있는 숲을 헤치고 케첨 노인에게 와서 무슨 일이 있어났는지 물었다.

그런 한편 본과 메가라가 돌아올 때까지 브래드우드 저택은 평온한 햇살 아래 놓여 있었다. 야들리 교수는 약속을 충실히 지켜서 그 기묘한 성역 같은 저택에 틀어박혀 있었다.

정오 경—애로요를 향해 엘러리와 아이섐이 해리스버그와 피츠버그의 중간지점인 펜실베이니아 주의 남부를 질주하고 있을 즈음—그 인상적인 행렬이 브래드우드로 돌아왔다. 모터사이클을 선두로 해서 옆은 물론 뒤쪽까지도 경찰차가 이어진 채 일행은 저택 안의 자동차길로 미끄러져 들어와 시끄러운 소리를 내며 멈춰 섰다. 세단의 문이 열리자 본 경감이 내린 뒤 스티븐 메가라가 무뚝뚝한 얼굴로 천천히 따라 내렸다. 눈은 재빠르게 주위를 둘러보았다. 메가라는 곧 호위에 둘러싸여 집을 돌아서 후미의 선착장으로 향했다. 메가라의 배가 기다리고 있었다. 경찰 보트에 안내되어 메가라는 '헬레네'호로 돌아가서 사다리를 올라 모습을 감추었다. 경찰은 계속해서 요트 주위를 빙빙 돌았다.

식민지풍의 저택 포치에는 형사 한 사람이 약간 흔들리는 의자에 앉아서 경감을 기다리고 있다가 그에게 두터운 봉투를 직접 전해 주었다. 그 날 아침부터 유난히 기분이 안 좋았던 경감은 그 봉투를 생명줄이나 되듯이 홱 잡아챘다. 안 좋은 기분이 좀 나아지는 듯했다. 그러나 차츰 얼굴이 침울해졌다.

"30분쯤 전에 특별 연락원이 가져왔습니다."

형사가 설명했다.

헬레네 브래드의 모습이 문 입구에 나타나자 경감은 급히 주머니에 봉투를 집어넣었다.

"어떻게 되었나요? 스티븐은 어디에 있나요, 경감님? 이런 수수께끼 같은 일을 하면 우리에게 설명을 해줘야 할 의무가 있지 않나요?"

헬레네가 물었다.

"메가라 씨는 요트에 있소. 그리고 브래드 양, 설명해 줄 의무는 없소. 나는 좀 실례……."

경감이 대답했다.

"안 돼요. 가지 마세요."

헬레네는 화가 나서 소리쳤다. 눈이 반짝 빛났다.

"당신들이 하는 일은 정말 지독하다고 생각해요. 당신이나 메가라는 어제 어디에 갔다온 건가요?"

"유감스럽지만, 그것은 이야기할 수 없소. 알겠습니까, 아가씨?"

본이 말했다.

"그럼, 스티븐이 어딘가 아픈 게 아닌가요? 혹시 그 사람을 당신들이 고문한 것은 아니겠지요?"

본은 빙긋 웃었다.

"아, 그럴 리가 있겠습니까? 그건 신문에나 나오는 터무니없는 얘기일 뿐이지요. 그런 일은 없었습니다. 다만 몸이 안 좋은 것 같습니다. 사타구니 근처가 지독히 아프다고 하더군요. 그리고 마음 역시 편안하지 않은 듯하고요."

헬레네는 발을 동동 굴렀다.

"당신들은 정말로 모두들 지독히 인정이 없군요. 전 지금 템플 박사님께 가서 진찰을 해달라고 부탁하겠어요."

"그렇게 하시지요."

경감은 진지하게 말했다.

"우리는 조금도 신경쓰지 마시고."

경감은 그렇게 말하고는 '후' 하고 한숨을 쉬었다. 헬레네는 포치를 내려가 토템 기둥 옆을 지나 샛길 쪽으로 걸어갔다. 그것을 보며 본 경감은 턱을 쓰다듬었다.

"따라오게, 조니. 일이 있어."

경감은 형사와 함께 포치를 내려가 숲을 빠져나갔다. 서쪽으로 통하는 샛길에 닿자 그는 성큼성큼 걸어나갔다. 정원사 겸 운전사인 폭스가 갇혀 있는 오두막집이 키 큰 나무들 사이로 보였다. 입구에는 사복경찰이 혼자 어슬렁거리고 있었다.

"얌전하게 있나?"

본이 물었다.

"얼굴도 못 봤습니다."

본은 당당하게 문을 열고서 부하를 데리고 오두막 안으로 들어갔다. 푸르죽죽한 초라한 얼굴에다 눈 밑에는 검은 반점까지 띤 폭스가 즉시 독기를 품고서 경감 쪽을 돌아보았다. 폭스는 감방 안에 갇혀 안절부절 못해하는 죄수들처럼 방 안을 서성이고 있었다. 그러나 찾아온 사람이 누구인지를 확인하자 입술을 꼭 다물고 또다시 서성거리기 시작했다.

"당신에게 마지막 기회를 주겠네. 털어놓게나."

경감이 싸늘하게 말했다.

폭스는 멈추지 않고 방 안을 서성거렸다.

"어떤 일로 패치 맬론을 만나러 갔었는지 아직도 이야기하지 않겠나?"

대답이 없었다.

"그러면 좋아. 이 말은 자네에게 조의를 표한다는 뜻이야, 펜들턴."

본은 이렇게 말하며 자리에 앉았다.

상대의 발걸음이 멈칫했다. 그러나 곧 원래대로 회복되었다. 얼굴도 여전히 무표정이었다.

"어지간한 녀석이군."

본은 비웃듯이 말했다.

"대단한 심장이야. 그리고 배짱도 좋고. 하지만 그런 것은 아무 도움도 되지 않아. 펜들턴, 우리는 자네에 관해서 모두 알고 있으니까."

폭스는 투덜거리듯이 말했다.

"어떤 것을 말하라는 겁니까? 나는 모르겠는데요."

"자네는 수감된 적이 있지."

"무슨 뜻인지 모르겠습니다."

"교도소에 들어갔다가 나왔다는 말을 무슨 뜻인지 모른다는 것인가? 좋아, 좋아."

경감이 웃으면서 말했다.

"팬들턴, 내가 한마디하겠는데 자넨 지금 대단히 어리석게 굴고 있는 거야."

경감이 다시 웃음을 거두고서 말했다.

"펜들턴, 나는 진심으로 말하고 있는 걸세. 아무리 잡아떼도 소용이 없어. 자네는 뜻하지 않은 수렁에 빠진 거야, 알겠는가? 자네의 경력은 훌륭해. 이쯤해서 자백하는 게 자네에게 이로울 걸세."

상대의 눈에 고심하는 흔적이 떠올랐다.

"아무것도 말씀드릴 것이 없습니다."

"없다고 말했나? 좋아. 자, 내가 말해 주지. 내가 뉴욕 뒷골목의 강도를 한 녀석 붙잡았다고 생각해 보게. 마침 그때 어느 보석상에서 금고가 털린 사건이 일어났어. 내가 붙잡은 녀석이 그 일에 대해 뭐라고 했을지 생각해 보라는 거야. 한번 더 잘 생각해 보게."

키 큰 남자는 우뚝 멈춘 채 주먹을 불끈 쥐고는 테이블 위로 몸을 구부렸다. 꽉 쥔 주먹이 검은 테이블 위에서 하얗게 빛났다.

"경감님, 부탁입니다. 도와주십시오. 나는 분명히 펜들턴입니다. 하지만 정말로 이번 사건과는 아무런 관계가 없습니다. 나는 착실한 인간이 되고 싶습니다."

그가 말했다.

"흠. 그래야겠지. 이제야 서로 이야기가 통하게 되었군. 자네는 필 펜들턴이고 일리노이 주 밴덜리아의 교도소에서 강도로 5년형을 언도받았지. 그런데 작년에 그곳 교도소에서 폭동이 일어났을 때 자네는 놀랄 만한 활약을 해 교도소장의 생명을 구해 주었어. 그래서 주지사가 자네를 감형시켜 주었지. 자네의 전과에 대해 말하자면 캘리포니아 주에서의 폭행죄, 미시건 주에서의 가택침입죄가 있어. 그 두 번 모두 교도소에 수감됐지. 자네가 꺼림칙할 게 없다면 아무도 자네를 괴롭히지 않을 걸세. 어쩌면 빨리 정리해버리는 편이 낫지. 나는 가능한 한 자네에게 힘이 되어줄 작정이네. 자네가 토머스 브래드를 죽였나?"

경감이 말했다.

브래드우드 저택에선 폭스로 알려져 있는 남자가 털썩 의자에 주저앉았다.

"말도 안 돼요. 하나님께 맹세코, 경감님."

남자는 가냘픈 목소리로 말했다.

"지난번 직장은 어떻게 얻었나? 자네에게 추천장을 써준 사람에게서 말이야."

남자는 눈을 내리깔고 말했다.

"저는 다시 시작하고 싶었습니다. 그 사람은, 그 사람은 아무것도 묻지 않더군요. 그런데 일하는 게 시원찮으니까 그 사람이 절 내쫓았습니다. 그것뿐입니다."

"이 집에서 정원사 겸 운전사로 1인 2역을 했던 건 뭔가 다른 속셈이 있어서가 아닌가?"

"그래서가 아닙니다. 밖에서 하는 일인데다 급료도 좋아서……."

"알겠네. 그러나 자네의 사정을 조금이라도 납득시키고 싶다면 맬론을 만나러 간 것을 전부 이야기하는 게 좋아. 성실한 생활을 했다면 왜 맬론 같은 불량배를 만났지?"

폭스는 오랫동안 침묵했다. 그리고는 일어났다. 얼굴이 굳어져 있었다.

"제게도 제가 마음먹은 대로 생활을 할 권리가 있습니다."

"물론 있지, 펜들턴. 그 말이 옳네. 우리들이 도와주지."

경감이 사람 좋게 말했다.

폭스는 입구 쪽에 있는 형사를 멍하니 쳐다보면서 재빨리 말했다.

"어떻게 알아냈는지 옛날 교도소 친구들이 제가 여기에 있는 것을 찾아낸 겁니다. 처음 그 사실을 안 것은 화요일 아침이었죠. 만나서 이야기하자고 하더군요. 저는 싫다고 했습니다. 발을 빼고 싶다고 했지요. 그러니까, '네 주인에게 예전 일을 알게 하고 싶어?' 하더군요. 그래서 저는 할 수 없이 가게 된 겁니다."

본이 고개를 끄덕였다. 그는 긴장한 채 귀기울이고 있었다.

"그래서 어떻게 됐나?"

"그 남자가 장소를 가르쳐 주더군요. 이름은 알려주지 않고 뉴욕의 번지수만 가르쳐 주었습니다. 화요일날 밤 스톨링스와 박스터 부인을 록시에서 내려준 뒤 저는 그곳까지 차로 갔다가, 차는 부근의 골목길에 세워두었지요. 어떤 녀석이 안에서 데리러 나오더군요. 전 누군가를 만났습니다. 그 사람은 저에게 제안을 하더군요. 저는 싫다고 했지요. 옛날 생활과는 발을 끊고 싶다고 했습니다. 그러니까 그 사람은 다음 날까지 기다려 주겠다고 하며 잘 생각해 보라고 하더군요. 제가 받아들이지 않는다면 제 신분을 브래드 씨에게 폭로해 버리겠다고 하면서 말입니다. 그리고 저는 돌아왔는데 그 뒤의 일은 경감님이 알고 있는 대로입니다."

"살인사건이 일어났다는 것을 듣고는 그냥 내버려두었겠군. 그 녀석은 바로 패치 맬론이고, 그렇지?"

경감이 중얼거리듯이 말했다.

"저, 저는 말할 수 없습니다."

경감은 상대를 날카롭게 쳐다보았다.

"배반하면 용서하지 않겠다고 했겠구먼. 어떤 것을 의논했나?"

폭스는 고개를 저었다.

"경감님, 그 이상은 말할 수 없습니다. 경감님이야 저를 도와주시겠다고 하지만, 그 말을 하면 저는 꼼짝도 할 수 없는 처지에 빠지고 맙니다."

경감은 일어섰다.

"좋아. 우리끼리 얘기지만 자네를 나무라지 않겠네. 앞뒤가 맞는 게 거짓말 같지 않아. 그건 그렇고 폭스……."

상대의 머리가 번쩍 들려졌다. 그는 놀라움과 고마움이 뒤섞인 표정으로 경감을 쳐다보았다.

"작년 크리스마스에는 어디에 있었지?"

"뉴욕에 있었습니다, 경감님. 일자리를 찾고 있었죠. 브래드 씨의 구인광고에 응모해서 새해 첫날 아침부터 일했습니다."

"조사해 보지."

경감은 한숨을 쉬며 말했다.

"폭스, 난 자네가 말한 대로 믿고 싶네. 지금 난 매우 바빠. 자네는 이대로 있어야 하네. 감시는 하겠지만 체포는 하지 않을 거야, 알겠지? 하지만 자네는 요주의 인물이란 말이야. 도망칠 거라고는 생각지 않겠네."

"그런 일은 없을 겁니다, 경감님."

폭스가 소리쳤다. 새로운 희망의 빛이 그의 얼굴에 비치고 있었다.

"아무런 잘못도 저지르지 않았다면 그대로 가만히 있게. 자네만 결백하다면 이번 일을 브래드 부인에게도 말하지 않겠네. 또한 자네의 전력에 대해서도 말야."

이 관대한 대우에 폭스는 아무 말도 하지 못하고 벌떡 일어났다. 경감은 부하에게 신호를 한 뒤 오두막을 나갔다.

폭스는 천천히 그 뒤를 따라갔다. 그리고는 입구에 서서 경감과 두 형사가 샛길을 내려가서 성큼성큼 숲 속으로 들어가는 모습을 지켜보았다. 그리고는 가슴을 펴고 따뜻한 공기를 '훅' 하고 들이마셨다.

본은 안채의 포치에 헬레네 브래드가 서 있는 것을 발견했다.

"불쌍한 폭스를 또 몰아세웠군요."

헬레네가 콧방귀를 뀌었다.

"폭스는 걱정 마십시오."

경감이 간단하게 말했다. 피로와 절망에 지친 얼굴이었다.

"템플 씨는 만났소?"

"템플 박사님은 외출했더군요. 모터보트를 타고 어딘가로 나갔대요. 돌아오시는 대로 스티븐을 진찰해 달라고 메모를 해놓았어요."

"외출했다고?"

본 경감은 오이스터 섬 쪽을 흘끗 쳐다보고는 피로한 듯이 고개를 끄덕였다.

제19장 T

일요일 아침 9시 15분, 브래드우드 저택에 머물고 있던 본 경감은 스톨링스가 불러서 전화를 받으러 나갔다. 아마도 전화가 오기를 기다린 모양이었다. 그러나 전혀 의외라는 표정을 하고서 들으라는 듯이, "도대체 누구한테서 온 걸까?" 하고 중얼거렸다. 스톨링스가 그 말을 믿었는지 아닌지는 제쳐두고라도 꼭두새벽부터 걸려온 전화에 경감이 짧게 대답을 하는 것만 듣고서는 어떤 말이 오가는지 도무지 짐작할 수 없었다.

"흠, 그래……. 아니야, 알았어."

경감은 수화기를 놓고서 눈을 번쩍이며 급히 집에서 나갔다.

9시 45분에 아이셤 지방검사가 군(郡)의 관용차에서 세 명의 순경과 함께 당당히 내렸다. 식민지풍의 저택 앞에서 일행이 내리자 본 경감이 즉시 뛰어나와서 아이셤 지방검사의 손을 잡고 나지막한 음성으로 열심히 뭔가 이야기하기 시작했다.

다른 사람들이 그 쪽으로 주의를 기울이고 있을 사이를 틈타 엘러리는 아주 천천히 뒤센버그를 야들리 교수의 저택 앞에다 주차했다.

어느 누구도 지방검사가 데리고 온 세 명의 순경 중 다른 한 명만이 유독, 활달한 군대식의 몸동작을 하지 않는다는 사실을 눈치채지 못하는 듯했다. 그 사람은 근처에 있던 다른 경찰들에게 갔고 잠시 후 눈깜짝할 새에 경찰들은 제각기 사방으로 뿔뿔이 흩어졌다.

야들리 교수는 슬랙스 바지에 스웨터를 받쳐입고 예전처럼 파이프를 물고 있었다. 그는 엘러리를 보자 반기며 저택 내의 셀라믹으로 맞아들였다.

"주빈이 오셨구먼. 이젠 돌아오겠지 하고 생각했다네."

"교수님의 인용 버릇이 아직 남아 있다면……."

엘러리는 윗도리를 벗고서 대리석을 깐 바닥에 주저앉았다.

"'hospes nullus tam in amici hospitium diverti potest…… odiosus siet'(손님이라고 하는 것은 어떻게 환대해도 도망쳐버리는…… 마음에 안 드는 존재)라고 말할 것 같군요."

"왜 또 플라우투스(BC 254?~184? 로마의 희극작가)를 끌어들이는 거지? 어쨌든 자네는 사흘간이나 나가 있었어."

교수의 눈이 빛났다.

"그래, 어떻게 됐나?"

"잘 됐습니다."

엘러리가 말했다.

"데리고 왔죠."

"정말인가?"

야들리는 갑자기 신중해졌다.

"제복을 입고? 마치 연극을 보는 것 같구먼."

"어제 미네올라에서 미리 연락을 취해두었어요. 순찰경관 둘과 관용차를 빌린 뒤에 아이셤이 본에게 전화를 걸었고 그 다음에는 브래드우드 저택을 향해 출발했지요."

엘러리는 한숨을 쉬었다. 눈 밑에 커다란 그늘이 져 있었다.

"이번 여행에 대해 얘기하자면 밴은 그냥 대합처럼 입을 다물어버렸다는 겁니다. 완전히 지쳤어요. 그러나 피곤한 데도 쉴 틈이 없군요. 성대한 제막식을 보고 싶지 않으세요, 교수님?"

교수는 비틀거리며 일어섰다.

"물론 당연하지. 순교자의 역은 이제 충분하네. 아침은 먹었나?"

"미네올라에서 배를 채웠습니다. 나가시지요."

두 사람은 집을 나와서 길을 건너 브래드우드 저택 쪽으로 천천히 걸어갔다. 포치에 도착해 보니 본은 아직도 아이셤과 이야기하고 있었다.

"지방검사에게 말해 주었소."

본은 엘러리가 밖에 나갔다 온 일이 없었다는 듯이 말을 걸었다.

"폭스를 조사한 내용을 말이오."

"폭스라고요?"

경감은 폭스에 대해 알고 있는 것을 말해 주었다.

엘러리가 어깨를 으쓱했다.

"불쌍한 사람이군. 메가라는 어디에 있습니까?"

"요트에 있소. 선착장에서 내리자마자 곧바로 그리로 갔소. 메가라는 어제 또 사타구니 근처가 아프다고 하더구먼. 브래드 양이 템플 박사를 찾아보았으나 온종일 외출하고 없다고 하더군요. 지금쯤이면 템플 박사는 '헬레네'호에 있을 거요."

본은 목소리를 낮추었다.

"어제 한 연극으로 뭐 좀 나왔습니까?"

"아무것도 나오지 않았소. 진짜 오리가 꾀임에 빠져 하늘에서 떨어지는 일은 없더구먼. 자, 나가 봅시다. 사람들이 일어나기 전에 나가야지. 모두들 아직 잠자고 있으니까. 아무도 보이지 않는 걸 보니."

일행은 집을 빙 돌아서 후미로 나가는 샛길을 택했다. 부두에는 경관이 세 명 서 있고, 경찰증기선이 출발을 기다리고 있었다.

어느 누구도 세 명의 경관에게는 신경을 쓰지 않았다. 아이셤, 본, 야들리, 엘러리, 이렇게 네 명이 증기선에 올라타자 세 순경이 그 뒤를 따랐다. 증기선이 출발했다. 요트는 호수에서 반 마일 정도 떨어져 있었다. '헬레네'호에 옮겨탈 때에도 똑같은 순서가 지켜졌다. 우선 네 명이 사다리에 오르고, 그 뒤를 순경들이 따라 탔다. 새하얀 옷을 입고 갑판에 서 있던 '헬레네'호의 승무원들에게는 누군가를 체포하려는 것처럼 성큼성큼 걸어가는 본 경감밖에 눈에 들어오지 않았다.

스위프트 선장은 일행이 자신의 선실 앞을 지나가자 문을 열고 물었다.

"얼마나 오래……."

그러나 본은 귀머거리인 양 질문에 대꾸도 않고 또박또박 걸어가기만 했다. 다른 사람들도 그를 따라 말없이 지나쳤다. 선장은 이를 악물고 그 뒷모습을 노려보더니 무의식적으로 저주의 말을 내뱉고는 문을 '쾅' 하고 닫고서 자기 방으로 들어갔다.

경감이 주(主) 선실 문을 두드렸다. 문이 안쪽을 향해서 활짝 열리자 템플 의사의 거무스레한 얼굴이 보였다.

"아, 놀랐습니다. 지금 메가라 씨를 진찰하던 중이었습니다."

의사가 말했다.

"들어가도 좋습니까?"

아이셤이 물었다.

"들어오시죠."

선실 안에서 메가라의 목소리가 들려왔다. 일행은 조용히 줄줄이 안으로 들어갔다. 스티븐 메가라는 알몸을 시트로 가리고서 침대에 누워 있었다. 요트맨의 얼굴은 창백하게 긴장되어 있었다. 그리고 눈썹 끝에는 작은 땀방울이 맺혀 있었다. 그는 사타구니를 누른 채 몸을 잔뜩 구부리고 있었다. 순경들에게는 눈도 주지 않고 괴로운 듯이 템플 의사만 바라보았다.

"어떻습니까, 박사님?"

엘러리가 안됐다는 듯이 물었다.

"헤르니아 테스티스(고환이 본래의 위치에서 일탈한 상태)에 걸렸어요. 다행히 악성은 아닙니다. 당장은 걱정할 정도는 아닙니다. 진정제를 주사했으니까 곧 괜찮아질 겁니다."

템플 의사가 말했다.

"이번 항해에서 병에 걸린 겁니다. 이젠 괜찮아요, 박사님. 괜찮습니다. 돌아가시지요. 이분들은 나와 이야기할 것이 있습니다."

메가라가 헐떡이면서 말했다.

템플은 눈을 동그랗게 떴다. 그리고는 어깨를 으쓱하고서 진찰가방을 집어 들었다.

"그렇게 말씀하신다면야, 그러나 조심하셔야 합니다, 메가라 씨. 꼭 그런 건 아니지만 수술하는 편이 좋습니다. 물론 당장 할 필요는 없지만요"

의사는 다른 일행에게 군대식의 딱딱한 인사를 한 뒤 급히 선실을 나갔다. 경감도 그 뒤를 따라 밖으로 나갔다. 템플 의사의 모터보트가 본토를 향해 움직일 때까지 경감은 돌아오지 않았다.

본이 선실 문을 힘껏 닫은 뒤 들어왔다. 갑판에는 순경 두 사람이 문을 등지고 서 있었다.

세 번째 순경이 한 발자국 앞으로 나오며 입술을 핥았다. 침대 속의 남자는 시트를 거머쥐고 있었다.

두 사람은 서로 말없이 얼굴을 마주보았다. 그러나 악수는 하지 않았다.

"스티븐 형."

앤드류 밴이 말했다.

"안드레아."

엘러리는 웃음이 터지려는 것을 겨우 참았다. 이 상황이 지극히 비극적인데도 왠지 모르게 우스웠다. 이국 이름을 가진 풍채 좋고 심각한 두 남자. 고통스러운 침대. 볼품 없는 제복……. 엘러리는 지금까지 이런 광경은 본 적이 없었다.

"크로삭이야, 크로삭이 분명해, 안드레아."

환자가 말했다.

"네가 늘 얘기하던 대로 그자가 드디어 우리를 찾아냈어."

앤드류 밴은 쉰 목소리로 말했다.

"톰이 내 충고를 따랐다면……. 12월에도 편지로 조심하라고 했는데. 형한테 연락하지 않았나 보죠?"

스티븐은 천천히 고개를 끄덕였다.

"아니, 어디로 연락해야 할지 알 수가 없었겠지. 나는 태평양을 향해

하고 있었으니까. 안드레야, 너는 어떠냐?"

"건강해요. 정말 오랜만이군요."

"얼마나 됐지? 5~6년 됐나?"

두 사람은 침묵에 빠져들었다. 경감은 두 사람을 지그시 지켜보고 있었으며, 아이셤은 숨도 제대로 쉬지 못하는 것 같았다. 야들리가 엘러리를 돌아보자 엘러리가 재빨리 말했다.

"두 분 말입니다, 이야기를 좀 해주시죠."

엘러리는 앤드류 밴을 가리켰다.

"밴 씨는 가능한 한 빨리 브래드우드 저택을 떠나지 않으면 안 됩니다. 이 근처에 꾸물거리고 있으면 시시각각 위험이 다가옵니다. 어떤 사람인지는 모르지만 크로삭이라고 하는 인물은 머리가 기막힌 인물입니다. 우리들의 이런 속임수를 곧 알아차릴지도 몰라요. 밴 씨가 웨스트버지니아에서 올 때에, 미행했을 수도 있으니까요."

"그래요."

밴이 무겁게 말했다.

"정말 그래요. 형이 이야기해 주시죠."

요트맨은 침대 위에 완전히 일어나 앉았다. 통증이 멈춘 것이든지 아니면 흥분 때문에 통증을 잊은 모양이었다. 그는 선실의 낮은 천장을 응시했다.

"어디서부터 이야기하면 좋을까, 너무 오래된 이야기라서. 토미슬라프와 안드레야와 나는, 트바르 집안의 마지막 사람들입니다. 우리 집안은 몬테네그로 산 속의 유서 깊은 부유한 집안이었지요."

"지금은 망해버렸습니다."

앤드류 밴이 차가운 목소리로 말했다.

환자는 그런 것은 어찌되었든 상관없다는 듯이 손을 흔들었다.

"여러분이 우선 알아두어야 할 것은, 사실은 우리들이 용감한 발칸반도의 피를 이어받았다는 점입니다. 용감한, 피가 지글지글 끓는 소리가 날 정도로 정열적이며 용감했지요."

메가라는 짤막한 웃음소리를 냈다.

"트바르 집안에는 선조 대대로 적이 있었습니다. 다른 일족인 크로삭이지요. 몇 대 이전부터……."

"벤데타(맞복수)로군! 물론 이탈리아에서 일어나는 식의 전형적인 복수는 아니었겠지. 하지만 우리나라에 켄터키 산중의 산지인들 사이에서 벌어지는 휴드(대대로 이어지는 불화)가 있듯이 그곳에도 이와 비슷한 혈족간의 싸움이 있었음에 틀림없어. 좀더 일찍 생각해냈어야 하는데."

야들리가 얼떨결에 소리쳤다.

"그랬습니다."

메가라가 내뱉듯이 말했다.

"우리들은 그런 싸움이 왜 일어났는지 모릅니다. 우리 세대는 그런 피투성이가 된 싸움이 왜 일어났는지 잘 몰라요. 그러나 어릴 때부터 우리들이 배워온 것은……."

"크로삭 집안 사람들을 죽이라는 것입니다."

앤드류 밴이 쉰 목소리로 말했다.

"우리 집안은 공격적이었습니다."

메가라는 얼굴을 찡그리며 말했다.

"그리하여 20년쯤 전, 흉포하고 인정사정 없던 우리 할아버지와 아버지는 단 한 사람만 남겨두고 크로삭 집안의 남자는 모두 없애버렸습니다. 그것이 벨랴인데, 바로 당신들이 찾고 있는 남자입니다. 당시에 그는 단지 어린애였지요. 그 아이와 그의 어머니만이 크로삭 집안에서 살아남은 겁니다."

"지금 생각하면 아주 옛날 일이지요."

밴이 작은 목소리로 말했다.

"참으로 야만적이었습니다. 토미슬라프, 스테판, 그리고 나는 우리 친족을 살해한 것에 대한 복수로 크로삭의 아버지와 두 삼촌을 죽였지요. 그들을 기다리며 숨어 있다가……."

"도무지 믿기지 않네요. 문명사회의 인간들 이야기라고는 도저히 믿을 수가 없어요."

엘러리가 교수에게 속삭였다.

"그래서 그 어린애는 어떻게 됐소? 크로삭 말이오."

아이셤이 물었다.

"그의 어머니와 함께 몬테네그로에서 도망쳤습니다. 이탈리아로 가서 숨어 지냈는데 어머니는 곧 죽고 말았지요."

"그래서 홀로 남겨진 어린 크로삭이 당신들 집안에 대한 휴드를 꾀한 것이로군. 늙은 어머니가 죽기 전에 아들에게 원한을 심어준 것이겠지. 당신들은 계속 그 아들의 행방을 찾고 있었나요?"

본이 생각에 잠기며 말했다.

"그렇습니다. 스스로를 보호하기 위해 그렇게 할 도리밖에 없었어요. 그 아이가 자라면 우리들을 죽이려 할 것이 뻔한 일이므로 우리들은 탐정을 시켜 그 아이를 따라 온 유럽을 돌아다니게 했습니다. 그러나 그는 열일곱 살이 되기 전에 모습을 감추었지요. 그 뒤로는 한 번도 소식을 듣지 못했습니다, 지금까지."

"당신들은 크로삭을 직접 본 적이 있습니까?"

"없습니다. 그 아이가 열한 살인가 열두 살 때 고향에서 떠난 뒤로는 한 번도 만난 적이 없어요."

"잠깐만요."

엘러리가 눈썹을 찡그리며 말했다.

"크로삭이 당신들을 죽이려고 한다는 것을 어떻게 그렇게 확신합니까? 즉, 겨우 어린애가……."

"어떻게라고요? 우리들이 고용한 탐정 한 사람이 감시하던 중 녀석과 친해졌는데, 크로삭이 지구 끝까지라도 쫓아와서 우리들의 피를 보고야 말겠다는 말을 했다고 전해주더군요."

앤드류 밴이 불쾌하게 웃으며 대답했다.

"그래서 당신들은, 그 어린애의 말 한마디에 자신들의 고국에서 도망쳐 이름까지 바꾼 겁니까?"

아이셤이 말했다.

두 남자는 얼굴을 붉혔다.

"당신들은 크로아티아 지방의 휴드를 몰라서 그래요."

요트맨이 나지막한 목소리로 말했다. 그는 일행의 눈길을 피하고 있었다.

"크로삭 집안의 어느 한 인물은 우리 트바르 집안의 사람을 쫓아서 남부 아라비아의 오지까지 간 적도 있었습니다. 몇 대 전의 일이지만."

"그러면 당신들은 크로삭과 직접 만나도 알아볼 수가 없겠군요?"

엘러리가 갑자기 물었다.

"도저히 알 수가 없지요. 우리들은 최후의 사람입니다. 우리들 세 명만이 살아남았어요. 아버지와 어머니도 돌아가셨습니다. 그래서 몬테네그로를 떠나 미국으로 오기로 한 거지요. 가족도 없습니다. 앤드류와 나는 결혼하지 않았고, 톰은 결혼은 했지만 아내는 죽고 아이는 없었지요. 우리들은 부유해서 토지와 저택이 많았습니다. 그래서 재산을 모두 팔아버리고 이름을 바꾼 뒤에 따로따로 이 나라에 와서 사전에 약속한 대로 뉴욕에서 만났습니다."

엘러리는 깜짝 놀란 듯이 눈을 크게 뜨더니 다시 미소지었다.

"이름을 바꾸어 각각 다른 나라에서 온 것으로 꾸민 거지요. 지도를 참고해서 서로 다른 국적을 만들기로 한 겁니다. 나는 그리스, 톰은 루마니아, 앤드류는 아르메니아로 말이지요. 당시 우리들은 외모로 보나 언어로 보나, 또 달리 어떻게 보든 남유럽 인이어서 미국 출신으로는 통하지 않았기 때문이죠."

"난 늘 크로삭을 조심하라고 형들에게 얘기했죠."

앤드류 밴이 조심스레 말했다.

"톰과 나는 교육을 좀 받아서 장사를 시작했어요. 앤드류는 어릴 때부터 혼자서 공부하겠다고 했습니다. 그래서 독학으로 영어를 배우고서 결국 학교 교사가 됐죠. 물론 우리들 모두 미국 시민권을 얻었습니다. 세월이 흐르자 크로삭에 대한 것은 직접적이든 간접적이든 소식을 들을 수 없게 됐죠. 자연히 그에 대한 일은 거의 잊어버렸습니다. 그 녀석은—톰과 나에게 있어서는—전설이나 신화처럼 되어버렸던 겁니다. 우리들은 크로삭이 이미 죽어버렸거나, 아니면 우리와 너무 멀리 떨어져 있어서 찾지 못하는 것이라고 생각해 왔죠."

요트맨은 턱을 쓰다듬었다.

"우리들이 만일 알기만 했어도……. 어쨌든 톰은 결혼을 했습니다. 장사는 잘 되었고요. 그리고 앤드류는 애로요로 내려갔지요."

"형이 내 충고를 듣기만 했어도 이런 일은 일어나지 않았을 겁니다. 톰은 아직 살아 있었을 테죠. 크로삭이 반드시 찾아와서 복수를 할 것이라고 내가 몇 번씩이나 경고했잖아요."

밴이 내뱉듯이 말했다.

"아, 앤드류!"

메가라는 격하게 소리쳤지만 동생을 바라보는 눈에는 동정의 빛이 어려 있었다.

"알고 있다. 그래서 너는 거의 우리들을 만나러 오지 않았지. 너도 알고 있겠지만 그것은 네가 잘못한 거야. 네가 조금이라도 형들에 대해 생각해 주었다면 아마……."

"형이나 톰과 함께 있었으면 크로삭에게 한꺼번에 당했을 거예요."

애로요에서 온 남자가 소리쳤다.

"내가 그 동굴 같은 곳에 몸을 숨긴 이유가 뭐라고 생각해요? 나는 내 생명이 소중해요, 스티븐! 나는 앞을 내다 봤죠. 그렇지만 형들은……."

"그렇지도 않았어, 앤드류. 크로삭이 너를 가장 먼저 발견했잖아. 그리고……."

요트맨이 말했다.

"그렇소. 그 말대로요. 그렇지만 우선 우리는 애로요 살인사건을 정리하고 싶소. 밴 씨, 괜찮겠소?"

경감이 말했다.

앤드류 밴은 잠시 생각하는 듯이 몸을 긴장했다.

"애로요는 끔찍한 곳입니다. 나는 너무나 무서워서 몇 년 전부터 피트 노인으로 모습을 변장했지요. 1인 2역이 유리하다고 생각했기 때문입니다."

밴은 쉰 목소리로 말을 꺼내며 자조하듯이 말했다.

"말하자면 크로삭에게 발견되어도 말입니다. 역시 그는 나를 찾아냈지요."

앤드류 밴은 잠시 말을 끊었다가 다시 재빨리 말했다.

"나는 몇 년간 그 오두막을 사용해 왔습니다. 산 속의 오래된 동굴을 조사하러 갔다가 우연히 발견한 거죠. 황폐한 채 버려져 있더군요. 우선 철조망으로 주위를 쳐놓았습니다. 피츠버그에서 변장도구도 사왔지요. 그리고는 교장 업무가 끝나면 곧 산으로 올라가서 피트 노인으로 변장하고 마을로 내려갔습니다. 가능한 한 애로요 사람들에게 진짜처럼 보이도록 하기 위해서였죠. 톰과 스티븐, 형들은 모두 나의 속임수를 언제나 비웃었어요. 어린아이나 하는 짓이라고 했죠. 스티븐, 지금도 어린애 같은 짓이였다고 생각하나요? 지금쯤이면 무덤 속의 톰은 나처럼 하지 않은 걸 후회하고 있지 않을까?"

"그래, 그래. 이야기를 계속해, 앤드류."

메가라가 급히 말했다.

변장한 앤드류 밴은 빌려입은 제복 뒤로 뒷짐을 지고 미치광이처럼 눈을 뜬 채 선실 안을 왔다갔다했다. 일행은 그 놀랄 만한 이야기에 빠져들었다.

크리스마스가 가까웠을 무렵 밴은—그는 특유의 날카로운 목소리로 말했다. —두 달 동안이나 산 속 노인의 모습으로 변장한 채 애로요 마을에 내려가지 않았다는 사실을 깨달았다. 이렇게 오랫동안 모습을 보이지 않으면 누군가가, 아마도 루든 순경이라도 노인을 찾으러 와서 오두막을 조사해 볼지 모른다. 그런 일이라도 생기면 그토록 조심해온 일들이 다 헛수고일 거라는 생각이 들었다고 밴은 설명했다. 크리스마스

부터 새해까지는 초등학교도 쉬고, 일주일 이상의 휴가도 가능했다. 밴이 적어도 2~3일간 속세를 떠나 피트 노인 행세를 한다 해서 어느 누구 하나 이상하게 여기지 않을 것이다. 밴이 누더기 노인의 역할을 하고 있을 동안에는 초등학교 교장이 휴가나 주말이어서 어딘가로 외출했을 거라고 사람들은 생각할 것이다.

"외출을 할 때 클링에게는 어떻게 설명해 두었습니까? 아니면 당신의 하인은 그 비밀을 알고 있었나요?"

엘러리가 물었다.

"아니오."

밴이 외치듯이 말했다.

"그는 바보이며 반 백치지요. 그에게는 휴가로 휠링이든지 피츠버그에 간다고 말해 두었을 뿐입니다."

그래서 크리스마스 이브에도 밴은 클링에게는 피츠버그에 성탄절을 축하하러 간다고 일러놓았다. 저녁 때 집을 나와 산 속의 오두막으로 향했다. 물론 피트 노인의 변장도구는 모두 오두막에 있었다. 다음 날 아침—크리스마스 날 아침—은 굉장히 일찍 일어나서 마을로 내려왔다. 식료품이 필요했기 때문이다. 그 날은 크리스마스날이어서 거의 대부분의 가게가 문을 닫지만 잡화점 주인인 번하임에게서는 필요한 것을 살 수 있다는 사실을 그는 알고 있었다. 그래서 주도로와 애로요 도로가 만나는 교차로까지 갔다가 그곳에서 혼자 아침 6시 반에 무참하게 살해당한 시체를 발견하게 된 것이다. 여러 가지 T자 모양의 의미가 곧 머리에 떠올랐다. 그래서 급히 애로요 도로에서 100야드 정도 떨어진 곳에 있는 자신의 집으로 가보았다. 다른 사람들이 나중에 본 그 집 안의 참혹한 모습은 밴에게 있어서는 커다란 의미를 주는 것이었다. 그는 전날 크로삭이 찾아와서 클링을 죽이고는—크로삭은 클링을 앤드류 밴으로 착각했던 것이다. —머리를 잘라서 도로표지판에 묶어놓았다는 것을 단번에 알게 됐다.

서둘러서 사태를 판단하지 않으면 안 되었다. 어떻게 하면 좋을까?

생각지도 않았던 운명의 은혜로 인해 지금쯤 크로삭은 앤드류 밴에 대한 복수는 끝났다고 믿고 있을 것이다. 그렇게 믿도록 놔둔다고 해서 안 될 것도 없지 않은가! 영원히 피트 노인이 되어서 살면 끝까지 크로삭을 속일 수 있을 것이고, 밴이 속해 있던 웨스트버지니아 주의 작은 사회도 완전히 속일 수 있다. 다행한 것은 클링이 살해될 때 입고 있었던 옷이 얼마 전에 클링에게 준 자신의 옷이라는 점이다. 만일 앤드류 밴으로 보이게끔 서류 같은 걸 주머니에 넣어 둔다면 별 문제없이 사람들은 밴의 시체라고 생각할 것이다.

재빨리 자신의 옛날 옷에서 편지와 열쇠를 꺼낸 앤드류 밴은 교차로에 있는 끔찍한 시체에게로 돌아가 클링임을 증명할 수 있는 소지품은 모두 뺐다. (경찰옷을 입은 사내는 이 기분 나쁜 일을 떠올리면서 몸을 떨었다.) 그는 자신의 소지품을 클링의 시체에 집어넣은 뒤 급히 주도로를 빠져나가 산 속으로 숨었다. 그리고는 조심스럽게 조그마한 불을 지펴 클링의 소지품을 태운 다음 누군가가 지나가기를 기다렸다.

"왜 당신은 얼른 오두막으로 돌아가서 그대로 있지 않았소?"

본이 물었다.

"그것은……."

밴이 재빨리 대답했다.

"어떻게 해서든지 빨리 마을로 내려가 형들에게 크로삭이 나타난 것을 알려줘야 했습니다. 하지만 마을까지 갔는데 교차로의 시체에 관해 아무 말도 않는다면 의심의 눈으로 볼 것이 틀림없지요. 아무래도 마을을 가려면 교차로를 통과해야 하니까요. 또 마을에 가서 시체를 발견했다고 말한다 해도—나 혼자서 발견했다고 하면—그것 또한 의심을 사게 되겠지요.

그러나 그 부근의 성실한 주민이 지나가는 것을 기다리면 시체를 '발견'하는 동료도 생길 것이고, 또한 마을에 가서 식료품도 사올 수 있으며 형들에게도 이 소식을 알려줄 수 있지 않겠습니까?"

한 시간 정도 기다리고 있는데 농부인 마이클 오킨스가 지나갔다.

밴, 아니 피트 노인은 그 순간 교차로 방향으로 어슬렁어슬렁 걸어가는 체했다. 오킨스에게 소리를 지르자 그 농부는 차를 태워주었다. 그래서 두 사람이 시체를 발견하게 되었는데…… 그 뒤의 이야기는 '퀸 씨가 검시재판에 참석했으니 모두 알고 있을 것'으로 끝났다.

"그래서 형들에게는 운 좋게 알릴 수 있었군요?"

아이섬이 물었다.

"예. 클링의 시체를 교차로에서 발견한 뒤, 집으로 돌아가 급히 톰에게—당신들이 토머스 브래드라고 알고 있는 사람에게—편지를 썼습니다. 마을이 야단법석이 난 사이에 전, 편지를 우체국 문틈에 살짝 끼워 넣었습니다. 우체국이 닫혀 있었기 때문이죠. 나는 편지에 사건을 간략하게 설명하면서 톰에게 이 사실을 알릴 것과 크로삭이 복수를 계속해 나갈 것이 틀림없으니 조심하라고 했습니다. 그리고 앞으로는 피트 노인으로 살 생각이니까 톰과 스티븐을 제외한 모두에게 비밀로 해달라고 요청했죠. 그렇게 하면 크로삭에 관해서는 걱정하지 않아도 되니까요. 전 이미 죽은 걸로 알고 있을 테니까."

"너는 운이 좋았어."

메가라가 씁쓸하게 말했다.

"톰은 네 편지를 받고 크로삭이 온 것을 알았으나 나한테 연락할 수가 없자 경찰이 찾아낸 그 유서를 쓴 거야. 내가 브래드우드 저택에 돌아오기 전에 그의 신상에 어떤 일이 생기면 나에게 최후의 경고를 해주기 위해서 말이야."

두 형제의 얼굴은 창백하게 굳어졌다. 두 사람 모두 신경이 곤두서 있었다. 메가라마저 주문(呪文)에 걸린 것 같았다. 갑자기 갑판에서 남자의 쉰 웃음소리가 들려왔다. 두 사람은 깜짝 놀랐다. 그러나 그것이 '헬레네'호의 승무원 한 사람이 경관에게 장난을 걸고 있는 소리라는 걸 알고는 '후유' 하고 안심하는 눈치였다.

"좋습니다. 이제 잘 알겠습니다. 그러나 우리들은 도대체 어떻게 되는 겁니까? 어쩔 도리 없이 크로삭을 체포할 일만 남았는데 아무런

……."

아이셤이 어딘지 절망적인 어조로 말했다.

"비관론이 우세해졌군요. 여러분, 혹시 트바르와 크로삭 집안의 원한에 대해 알고 있거나 또는 알고 있었던 사람이 누굴까요? 그 점을 좀 수사해 보면 용의자의 범주를 좁히는 데 도움이 될지도 모르지 않습니까?"

엘러리가 말했다.

"우리들밖에 어느 누구도 모릅니다. 당연히 어느 누구에게도 말한 적이 없습니다."

앤드류 밴이 우울한 듯이 말했다.

"원한을 적어 놓은 기록도 없나요?"

"없습니다."

"좋습니다. 그럼 이 이야기를 퍼뜨릴 만한 사람은 크로삭밖에 없겠군요. 그 사람이 누군가에게 말했을지도 모르지만, 아마 그러지는 않았을 겁니다. 그 사람으로선 그럴 필요가 없지요. 지금 그는 한 사람의 인간이기 이전에 복수의 고정관념에 사로잡혀 있는 미치광이일 뿐입니다. 그 복수를 스스로 완수하지 않으면 안 된다고 여기고 있을 겁니다. 하지만 그런 일을 하수인이나 공범자에게 맡길 수도 있을까요, 메가라 씨?"

엘러리가 생각에 잠겨 말했다.

"몬테네그로에선 그런 일은 없소."

요트맨이 엄숙하게 대답했다.

"물론 원한심리를 아는 사람한테는 당연한 말이야. 게다가 옛날 발칸 지방의 휴드는 우리나라 산악 지방에서 행해지는 휴드보다도 훨씬 잔학해서 가족 일원이 복수하지 않으면 그 원한이 사라지지 않지."

야들리 교수가 말했다. 엘러리는 끄덕였다.

"크로삭은 이 나라에 와서 어느 누군가에게 그 이야기를 했을까요? 아마 그러지 않았을 겁니다. 그랬다간 이야기한 상대에게 약점을 잡히게 되고, 또한 자기 스스로 단서를 남기는 결과가 되니까요. 지금까지 나타난 점으로 미루어 보건대, 크로삭은 편집광임에도 불구하고 꽤나 빈틈이 없어서 절대 방심할 수 없는 악당입니다. 혹시 공범자를 가지고 있다고 하면—그런 일은 없겠지만—그 인물에게 무엇인가를 주지 않으면 안 되었을 겁니다."

"좋은 생각이오. 그 남자가 밴 씨의 집 양철 상자에 있던 현금을 몽땅 훔쳐갔다는 사실은 크로삭이 돈에 쪼들려 눈에 보이는 것을 닥치는 대로 가져갔다는 것을 뜻하지요. 그렇지만 당신들 형제인 토미슬라프의 집은 아무것도 도둑맞지 않았습니다. 그 점에서 보면 확실히 공범자는 없는 거지요. 혹시 공범자가 있다고 하면 그 녀석은 도둑질할 수 있는 기회를 놓치지 않았을 겁니다. 그들의 복수는 살인에 있지 도둑질은 아닙니다. 공범자가 없었다고 하는 증거는 그 밖에도 또 있습니다. 클링이 살해될 때 교차로 부근에는 단지 한 사람밖에 볼 수 없었습니다. 그 사람은 바로 벨랴 크로삭이지요."

아이셤이 찬성했다.

"당신은 도대체 무엇을 증명하려는 게요? "

본이 불만스러운 듯이 말했다.

"크로삭이 완전히 혼자서 일을 저질렀고, 범죄 의도를 어느 누구에게도 얘기하지 않았을 거라는 사실을 말하려 한 겁니다. 그 동기가 극히 개인적이라는 것, 방법의 잔인성, 단독범행이라는 증거를 숨기려고 하지 않았다는 점으로 판단하건대 거의 확실합니다. 크로삭은 두 번씩이나 범죄현장에 T자를 써놓았는데, 사실상 그것은 범죄를 자백하는 서명과 같습니다. 미치광이인지 아닌지는 젖혀두고라도 그도 이 점은 분명히 알고 있었을 겁니다. 공범자가 있다고 해도—특히 처음의 살인 뒤에는—그런 비열하고 흉악한 미치광이와 계속해서 한 패거리가 될 수는 없을 테니까요."

"그런 것은 수사해 봤자 아무 도움도 안 되지. 왜 아직까지도 확실치도 않은 공범자에 대해서 생각하는 겁니까, 퀸 씨? 우리는 여전히 주범도 못 찾아 헤매고 있는데 말이오."

경감이 강경하게 말했다.

엘러리는 어깨를 으쓱했다. 사실 엘러리는 공범자, 또는 크로삭의 비밀을 알고 있을 만한 가능성이 있는 사람을 우선 완전히 배제해 두는 것이 급선무라고 생각하고 있었다.

아이셤 지방검사는 두 형제 사이를 성급하게 왔다갔다하고 있었다.

"하지만……."

마침내 그가 말했다

"우리들은 그런 일로 힘을 빼서는 안 돼요. 한 인간이 이런 식으로 완전히 자취를 감춰버리고 그 흔적조차도 찾을 수 없다는 것은 납득할 수가 없어요. 우리는 그 사람의 외모에 대해라도 좀더 자세히 알아내야 합니다. 크로삭이 지금 어떤 모습을 하고 있는지 두 분이 알 수 없다고 하는 것은 알겠습니다만, 그래도 그 인물에 대해서 조금이라도 말해줄 수는 있지 않겠습니까? 어릴 때의 특징 중에서 어른이 되어서도 변하지 않을 만한 것은 없겠습니까?"

형제는 얼굴을 마주보았다.

"절름발이입니다."

밴이 말하고는 어깨를 으쓱했다.

"그것은 벌써 이야기했어.

어릴 때 크로삭은 허리에 가벼운 병을 앓았습니다. 몸의 형태가 변할 정도는 아니지만, 그래도 왼쪽 다리를 가볍게 절게 됐죠."

메가라가 말했다.

"불치의 절름발이입니까?"

엘러리가 물었다.

밴 형제는 멍하니 바라보고만 있었다.

"20년이나 지났으니 그 사이에 다리를 고쳤을지도 모르지요. 만일 그렇다면 웨어턴에서 자동차 수리소를 하는 크로커의 증언은 크로삭이 빈틈없는 사람이라는 걸 더욱 뒷받침해 주는 게 됩니다. 그 사람은 어릴 때 절었다는 것을 당신들이 알고 있다고 생각해서는, 야들리 교수님이 저번에 지적하신 대로 절름발이 흉내를 내고 있는 건지도 모르지요. 물론 이것은 그 사이에 다리를 고쳤다고 가정했을 때의 경우입니다만.”

“또 한편으로는 진짜 절름발이일지 모르죠. 퀸 씨, 당신은 어째서 우리가 발견한 증거마다 일일이 트집잡는 겁니까?”

경감이 딱 잘라 말했다.

“아, 미안합니다. 크로삭이 절름발이라고 해두죠. 그러면 만족하시겠습니까, 경감님?”

엘러리가 미소지으며 대수롭지 않게 말했다.

“그러나 이것만은 확실합니다. 크로삭이 진짜 절름발이이건 아니건 다음 번에 사람들 앞에 나오게 될 때는—좀처럼 그럴 리는 없겠지만—그 사람은 틀림없는 절름발이로 나타날 겁니다.”

“쓸데없이 시간만 보냈소.”

경감은 화부터 내면서 말했다.

“내가 하나만은 보증해 두지요. 당신들 두 분은 이제부터 충분히 보호를 받을 겁니다. 밴 씨, 당신은 즉시 애로요에 돌아가서 사람들 눈에 띄지 않도록 하는 게 좋을 겁니다. 감시병을 5~6명 붙여서 웨스트버지니아 주까지 보내드리지요. 그리고 감시병은 보내지 말고 그대로 잡아두십시오.”

“아, 경감님. 당신은 지금 무슨 말을 하고 있는지 알고 계신가요? 그렇게 하면 크로삭의 뜻대로 해주는 게 됩니다. 만일 우리 계획대로 크로삭이 앤드류 밴이 살아 있는 것을 알긴 하지만 아직 어디에 있는지는 모른다고 가정해 봅시다. 이 경우 우리들이 앤드류 밴에게 새삼스레 주의를 기울이면 크로삭에게 낌새를 채게 하는 것이 됩니다. 그 사람이 우리를 살피고 있을 경우의 이야기이긴 하겠지만, 그야 분명히 살피고 있지 않을까요?”

엘러리가 신음소리를 낸 뒤 말했다.

“그러면 당신은 어떻게 하자는 게요?”

본이 싸움을 걸 듯이 말했다.

"밴 씨를 가능한 한 사람들 눈에 띄지 않게끔 산 속 오두막까지 바래다 드려야 합니다. 한 사람만 붙이세요. 경찰 5~6명이 아니고 말입니다. 많은 사람을 붙일 거면 차라리 군대라도 출동시키세요. 그리고 밴 씨는 혼자 조용히 지내게 해드리는 겁니다. 피트 노인으로 생활하는 한은 안전하니까요. 이곳에서 요란만 떨지 않으면 밴 씨는 점점 안전해지겠지요."

"그러면, 메가라 씨, 저기 계시는 메가라 씨는 어떻게 합니까? 이 분도 혼자 계시게 해야 합니까?"

아이셤이 물었다. 지방검사는 두 개의 이름을 가진 형제들을 어떤 이름으로 불러야 할지 곤혹스러운 모양이었다.

"물론 그건 안 되죠. 크로삭은 당연히 메가라 씨에 경비병이 있다는 것을 알 겁니다. 경비를 서야 해요. 공개적으로, 당신들이 생각하는 그 이상의 공개적인 경비 말입니다."

엘러리가 외쳤다.

형제는 이들 외부인들이 자신들의 운명을 의논하는 것을 아무 말 없이 듣고만 있었다. 흘끗 얼굴을 마주보기도 했지만 메가라의 굳은 얼굴은 더욱 굳어졌고, 앤드류 밴은 눈을 두리번거리면서 불안하게 서성댔다.

"두 분이 서로 헤어지기 전에 의논해 둘 일은 없습니까? 있다면 무엇이든지 빨리 하십시오."

아이셤이 물었다.

"여러 가지로 생각해 보았는데, 저, 나는…… 나로서는 웨스트버지니아 주로 돌아가는 것이 아무래도 현명치 못하다고 느껴지는군요. 내 생각에는 크로삭이……."

밴이 낮은 음성으로 말했다. 밴의 목소리는 떨리고 있었다.

"나는 이 저주받은 나라로부터 멀리 떨어진 곳으로 가고 싶습니다. 크로삭으로부터 가능한 한 먼 곳으로."

"그것은 안 됩니다. 크로삭에게 피트 노인이 안드레야 트바르가 아닐까 하는 의심이 있던 중인데 당신이 피트 노인 역을 그만두고 도망쳐 버린다면 그 사람에게 당신의 뒤를 쫓게 만드는 구실을 주는 겁니다. 당신은 우리들이 범인을 찾을 때까지 피트 노인으로 있어야 합니다. 최소한 크로삭이 당신의 변장을 알아차렸다는 증거가 나올 때까지는 말이죠."

엘러리가 강경하게 말했다.

"당신들은 필시 나를 겁쟁이라고 생각하겠지요. 그러나 나는 늘 그 악마의 그림자에 떨면서 살아왔기에…….

밴이 입술을 깨물었다. 밴의 눈은 증오로 이글거리고 있었다.

"나에게는 죽은 형 토미슬라프에게서 유산으로 받은 재산이 있습니다. 나는 큰 부자가 아닙니다만, 그것을 포기하겠습니다. 전 벗어나고 싶은 마음뿐입니다."

밴이 하는 말은 확실히 일시적이고 변덕스러운 것이라 조리에도 맞지 않았다. 일행은 모두 어이가 없었다.

"그건 안 돼, 앤드류. 물론 네 일은 네가 잘 알아서 하겠지만 네가 도망치기 위해 돈이 필요하다면 재산은 내가 처분해 주겠다. 어디로 가든 돈은 필요할 테니까."

메가라가 무겁게 말했다.

"얼마나 됩니까?"

본이 의심스러운 듯이 물었다.

"그저 사소한 정도입니다."

메가라의 날카로운 눈이 더욱 날카로워졌다.

"5천 달러입니다. 톰은 충분히 더 줄 수도 있지만 안드레야는 막내동생이고, 우리들 고향에서는 유산 문제에 있어서…… 사고방식이 지극히 엄격해서 내가……."

"당신들 형제 중 톰이 큰형이었습니까?"

엘러리가 물었다. 메가라의 얼굴이 붉어졌다.

"아니오, 접니다. 하지만……."

"자, 그 일은 알아서 해결하십시오. 하지만 한 가지만은 말해 두겠소. 밴 씨, 당신은 도망쳐서는 안 됩니다. 이 점에 관해선 퀸 씨가 한 말이 옳습니다."

본이 말했다. 앤드류 밴의 얼굴이 새파래졌다.

"그 녀석이 알아내지 못한다는 전제에서 하는 말이라면……."

"어떻게 그 악마가 알 수 있겠습니까? 만일 메가라 씨만 괜찮다면 당신에게 돈을 드릴 수 있도록 해놓겠습니다. 그것을 가지고 돌아가시는 게 더 안전할 겁니다. 그렇게 되면 당신이 혹시 사전 연락 없이 도망가더라도 무일푼은 아니지 않겠습니까? 이것이 우리들이 권할 수 있는 최선의 방법입니다."

본이 화를 내며 말했다.

"오두막에 있는 내 돈과 합하면 상당한 금액이 되겠군요. 어딜 가든 충분합니다. 좋습니다. 나는 애로요로 가겠습니다. 그러면, 스티븐, 잘 지내세요."

밴이 중얼거리듯이 말했다.

"어쩌면 넌 더 필요할지도 몰라. 5천으로 부족할 수도 있어. 1만 달러도 줄 수 있다만……."

요트맨이 말했다.

"아니요. 난 내 몫만 받겠습니다. 내 길은 항상 스스로 개척해 왔으니까요. 스티븐, 아마 형도 알고 있을 겁니다."

앤드류 밴이 어깨를 으쓱했다.

메가라는 침대에서 얼굴을 찡그리며 일어나 책상 옆으로 갔다. 그리고는 앉아서 쓰기 시작했다. 앤드류 밴은 그 근처를 서성댔다. 요트맨이 수표를 흔들며 일어났다.

"앤드류, 내일 아침까지 기다리지 않겠니? 현금으로 바꾸어서 네가 내일 아침 웨스트버지니아 주로 가기 전까지 가져갈 수 있게 해주겠다."

요트맨이 말했다. 밴이 재빨리 주위를 둘러보았다.

"난 이제 도망만 다니지는 않을 겁니다. 경감님, 어디에 머물러야 하죠?"

"경찰이 당신을 밤새도록 지킬 것이오."

두 형제는 얼굴을 마주보았다.

"앤드류, 정신을 똑바로 차려야 한다."

"형도요."

둘의 시선이 마주치자 그들을 가로막던, 눈에 보이지 않는 벽이 흔들리면서 막 무너지려는 듯이 보였다. 그러나 그렇게 되진 않았다. 메가라가 눈을 돌리자 앤드류 밴은 어깨를 축 늘어뜨리고는 입구 쪽을 향해 걸어갔다.

일행이 본토로 돌아오자 앤드류 밴은 경관에게 둘러싸인 채 사라졌다.

엘러리가 사람 좋게 말했다.

"신경쓰이는 일이라도 있습니까, 아이셤 씨? 당신은 스티븐 메가라가 자신들이 어째서 몬테네그로를 빠져나와야 했는지를 이야기할 때 왜 그렇게 의심스러운 표정을 지으셨습니까?"

"그것은 아무래도 이야기가 이어지지 않기 때문이오. 원한 같은 것은 별도로 하고. 보잘것없는 꼬마가 격정에 넘쳐서 죽여버리겠다고 말했다고 해서 세 명의 큰 장정이 집과 조국을 버리고 이름까지 바꿔가며 아무에게도 알리지 않고 떠났다는 것 말이오."

지방검사가 말했다.

"그건 그렇군요. 본 경감님이 두 사람을 허위 진술죄로 그 자리에서 체포하지 않은 것이 이상할 정도지요."

엘러리가 부드러운 공기를 들여 마시며 말했다.

본 경감이 코를 킁킁댔다.

"저 역시 크로삭에 관한 이야기가 진실이라 해도 열한 살 소년의 뜬구름 같은 복수가 두려워 조국을 떠났다는 이야기는 믿지 않습니다. 그

이면에는 분명 다른 것이 있을 겁니다."

"그것은 또 무슨 뜻인가, 퀸? 나는 잘 모르겠는데……."

야들리 교수가 물었다.

"그렇게 확실한 것은 아닙니다. 아이셤 씨가 말했듯이 왜 세 사람의 어른이 조국을 버리고 가명까지 사용하면서 외국으로 도망쳤는지 아무리 생각해도 모르겠단 말입니다."

"경찰이 무서웠던 게지. "

본이 투덜거리듯 말했다.

"분명히 그럴 겁니다. 그 형제는 어린 크로삭의 복수보다도 훨씬 더 큰 위험 때문에 도망칠 수밖에 없었던 겁니다. 제가 보증합니다만, 저라면, 경감님, 해외조사를 하겠습니다."

"유고슬라비아에 전보를 치지. 아주 좋은 생각이오. 오늘 밤 곧 해봐야겠소."

경감이 말했다.

"어떻습니까? 인생은 이처럼 시시하고 덧없는 거랍니다. 그 형제들은 눈앞에 닥친 당장의 위험을 피했는지 몰라도, 20년이 지난 지금에는 더 큰 잠재적 위험에 쫓기게 된 거지요."

엘러리가 사람 좋게 말했다.

제20장 두 개의 삼각관계

엘러리, 야들리, 아이셤, 본 네 사람이 저택 동쪽 끝을 돌아섰을 때 누군가가 부르는 소리가 들렸다. 일행은 재빨리 뒤돌아보았다. 템플 의사였다.

"중요한 의논은 완전히 끝났습니까?"

템플이 물었다. 그는 진찰가방을 어디다가 두고 왔는지 빈손으로 담배를 피우며 샛길가를 어슬렁거리고 있었다.

"예, 끝났소."

아이셤이 대답했다.

바로 그때 조나 링컨의 키 큰 모습이 집 모퉁이를 돌아서 샛길을 따라 달려왔다. 링컨은 엘러리와 부딪치자 우물거리듯 사과의 말을 간단히 한 뒤 한 걸음 물러났다.

"템플 씨, 메가라 씨는 괜찮습니까?"

링컨은 다른 사람에게는 눈길도 주지 않고 말했다.

"링컨 씨, 서두르지 말고 말하시지요."

경감이 대수롭지 않게 말했다.

"메가라 씨는 괜찮습니다. 그저 탈장이 되었을 뿐입니다. 왜 그렇게 걱정하는 건가요?"

조나는 이마를 닦으며 숨을 몰아쉬고 있었다.

"아, 요즘엔 무엇이든 전부 수수께끼 투성이입니다. 우리들은 알 권리도 없습니까? 당신들이 굳어진 채 템플 씨의 뒤를 따라 요트로 갔다는 말을 듣고서 나는 틀림없이……."

"메가라 씨가 살해되었다고 생각했습니까? 그렇지는 않습니다. 본 경감이 말한 대로입니다."

아이셤이 말했다.

"그렇군요!"

링컨의 굳어 있던 얼굴은 서서히 홍조를 띠면서 침착함을 되찾았다. 템플 의사는 거북한 듯이 링컨을 바라보며 자연스럽게 담배를 피워 물었다.

"어쨌든 이 집은 마치 감옥 같아요. 제 여동생을 브래드우드로 데려오는 데 얼마나 지독한 꼴을 당했는지 모릅니다. 오이스터 섬에서 돌아오자마자 부두에 있던 남자가……."

조나는 진절머리가 나는 듯이 투덜거렸다.

"헤스터 양이 돌아왔소?"

경감이 재빨리 물었다.

템플 의사는 파이프를 입에서 떼었다. 눈빛은 침착함을 잃고 있었다.

"언제 왔습니까?"

템플이 물었다.

"바로 조금 전에 왔습니다. 형사분들이 뭐라고 하지나 않을는지……."

"혼자 왔습니까?"

"그렇습니다. 그 사람들이……."

링컨은 불쌍하게도 분노도 표현할 기회가 없는 운명이었다. 그는 입을 벌린 채 그대로 있었고, 다른 사람들은 긴장했다. 집 안 어딘가에서 미친 듯한 높은 웃음소리가 들려왔기 때문이다.

"헤스텁니다."

템플 의사가 그렇게 소리치고는 링컨을 한쪽으로 밀어젖히고서 앞으로 튀어나가 모퉁이를 돌아 모습을 감추었다.

"도대체 저건 또 무슨 일이지?"

아이셤이 쉰 목소리로 말했다.

링컨은 쓰러질 듯한 몸을 바로 하고서 의사의 뒤를 쫓아 달려갔다. 바로 뒤를 엘러리가 따르고, 다른 사람들도 일렬로 그 뒤를 따랐다

절규하는 소리가 난 곳은 2층이었다. 응접실로 뛰어들던 일행은 불쾌한 얼굴을 하고 계단 입구 옆에 서 있는 스톨링스 집사를 만났다. 가정부인 박스터 부인의 굳은 얼굴도 안쪽 문에서 보였다.

2층은 침실로 되어 있었다. 일행이 계단 위의 복도에 이르렀을 때 마침 템플 의사의 호리호리한 모습이 어떤 방의 입구에서 나왔다가 안으로 들어가는 것이 보였다. 그 비명은 아직도 계속되고 있었다. 히스테릭한 여자의, 귀청이 찢어질 듯한 울부짖음이었다.

일행이 가까이 가보니 템플 의사가 헤스터의 팔을 잡고서 그녀의 흐트러진 머리를 쓰다듬으며 달래주고 있었다. 여자의 얼굴은 홍조를 띠고 있었고, 눈은 사나왔다. 입은 헤벌어진 채 뒤틀려져 있었다. 그리고는 마치 성대가 없는 듯한 거침없는 소리를 질러댔다.

"히스테리 증세입니다."

의사는 어깨 너머로 내뱉듯이 말했다.

"도와주시지요. 침대에 눕혀야 됩니다."

본과 조나가 앞으로 나갔다. 여자의 높은 웃음소리는 더욱 높아졌으며, 이제는 난폭해지기까지 했다. 바로 그때 복도에서 성급한 발소리가 들려왔다. 엘러리가 뒤돌아보니 네글리제 차림의 브래드 부인과 헬레네가 입구에 서 있었다.

"무슨 일이지요?"

브래드 부인이 숨을 몰아쉬며 물었다.

"어떻게 된 건가요?"

헬레네가 급히 앞으로 나왔다. 템플 의사는 다리를 버둥대는 아가씨를 침대에다 누르고 뺨을 '철썩' 하고 때렸다. 비명이 높아졌다가 이윽고 사라졌다. 헤스터는 침대에서 반쯤 몸을 일으켜서 브래드 부인의 창백해진 동그란 얼굴을 쏘아보았다. 이성의 빛이라곤 없이 잔인한 증오의 빛만 번뜩였다.

"나가, 당신은, 당신은……. 내 눈앞에서 사라져! 당신이 밉살스러워, 너무도 싫어. 당신이 가지고 있는 것은 모두 다 싫어. 나가라면 나가."

헤스터가 소리쳤다.

브래드 부인이 발끈했다. 입술 전체를 부르르 떨었다. 멍하니 입을 딱 벌리며 어깨를 부들부들 떨고 있었다. 그러더니 낮은 신음소리를 내고서는 빙그르르 몸을 돌려 모습을 감추었다.

“조용히 해, 헤스터. 그런 말을 하는 게 아니야. 자, 얌전히 하고 침착해 봐. 정말 못 봐주겠어.”

헬레네가 날카롭게 말했다.

헤스터의 눈자위가 곧 뒤집힐 것만 같았다. 머리가 공기 빠진 자루처럼 ‘탁’ 하고 침대에 떨어졌다.

“모두들 나가세요.”

템플 의사가 조용한 어조로 말했다.

의사가 의식을 잃은 아가씨를 반듯이 눕히고 있는 사이에 다른 사람들은 살짝 방을 나왔다. 조나는 얼굴을 붉히며 흥분해 있었지만, 그저 그것뿐인지 다른 사람들과 함께 조용히 문을 닫고 나왔다.

“왜 히스테리를 일으켰을까?”

아이셤이 눈썹을 찡그리면서 말했다.

“격렬한 감정상의 경험에 대한 반동입니다. 심리상태는 정상일까요?”

엘러리가 위로하듯 말했다.

“뉴잉글랜드의 양심이 갑자기 폭발한 거야.”

야들리 교수가 중얼거리듯 말했다.

“왜 섬에서 나왔을까?”

본이 물었다. 조나는 희미한 미소를 띠었다.

“이제 모두 끝났습니다. 당신들에게 얘기해도 아무 지장이 없겠네요. 별 수수께끼가 아닙니다. 헤스터는 오이스터 섬에서 그 로메인이라고 하는 불량배에게 빠져서 제정신이 아니었습니다. 그러나 이번에는 깜짝 놀라서 돌아온 거지요. 왜냐하면 그 남자가 헤스터를 거들떠보지도 않은 겁니다.”

조나의 얼굴이 어두워졌다.

"그러나 한 번 더 그놈과 얘기하지 않으면 안 되는 조그마한 일이 있긴 하죠. 그 괘씸한 악당과 말입니다. 그러나 한편으로는 그놈에게 고마워요. 왜냐하면 누이의 눈을 뜨이게 하고 제정신을 차리게 해주었으니까요."

경감은 냉정하게 말했다.

"물론 내가 알 바는 아니지만 당신 여동생은 그 남자가 시라도 읽어 줄거라 기대했던 모양이지요?"

문이 열리고 템플 의사가 나타났다.

"이젠 얌전해졌습니다. 조용히 하세요."

의사가 말했다.

"헬레네 양, 당신이 들어가 보십시오."

헬레네는 고개를 끄덕이고는 안으로 들어가서 조용히 문을 닫았다.

"이젠 괜찮습니다. 진정제를 놔주어야겠어요. 가방을 가져오지 않아서."

의사는 급히 계단을 내려갔다.

조나는 템플 의사의 뒷모습을 지켜보고 있었다.

"여동생이 돌아와서는 로메인이나 그 무례한 나체족 무리에게는 완전히 질려버렸다고 했어요. 그리고 이 집을 나가서 어디든…… 뉴욕이라도 가고 싶다고 했습니다. 혼자서 있고 싶다고 하면서요. 좋은 생각이죠."

"흠, 그럼 로메인은 지금 어디에 있소?"

아이셤이 말했다.

"섬에 있을 겁니다. 이 부근에서는 얼굴을 보지 못했으니까. 그 뻔뻔스러운……."

조나는 입술을 다물고 어깨를 으쓱했다.

"헤스터가 브래드우드에서 나가도 괜찮습니까, 아이셤 씨?"

"글쎄요, 당신은 어떻소, 본 씨?"

경감은 턱을 쓰다듬고 있었다.

"지장은 없을 겁니다. 무슨 일이 발생하면 연락할 수 있는 주소만 정확하다면야."

"링컨 씨, 여동생에 관한 것은 당신이 책임지시오."

아이셤이 말했다. 조나는 진지하게 끄덕였다.

"꼭 책임지지요."

"그건 그렇고. 링컨 씨, 여동생이 뭐 때문에 브래드 부인에게 반감을 갖고 있죠?"

엘러리가 중얼거리듯 물었다. 조나의 얼굴에서 미소가 사라졌다. 그리고는 곧 눈빛이 싸늘해졌다.

"나는 전혀 모르겠소. 여동생 일은 신경쓰지 마십시오. 무슨 뜻인지 자신도 모르고 한 말이니까."

그가 차갑게 대답했다.

"이상한데. 내가 듣기로는 그녀는 명확하게 얘기한 것 같은데. 경감님, 브래드 부인과 이야기해 보아도 손해는 없을 거라고 생각합니다만."

엘러리가 말했다.

"난 좀 걱정스럽습니다."

링컨이 재빨리 말을 꺼냈다가 중단했다. 모두 아래쪽 계단을 내려다보았다.

본의 부하 형사 한 사람이 거기에 서 있었다.

"그 로메인이라고 하는 남자와 노인이 부두에 와 있습니다. 경감님을 만나겠다고 하는데요."

형사가 말했다. 경감은 두 손을 비볐다.

"하, 좋은 일 아닙니까? 알았네. 빌, 곧 가지. 퀸 씨, 브래드 부인과의 이야기는 나중에 하십시다. 급할 것은 없으니까."

"저도 함께 가도 되겠습니까?"

조나가 조용히 물었다. 그는 큰 돌 같은 주먹을 꽉 움켜쥐고 있었다.

"흠, 좋소. 함께 가십시다."

경감이 말했다. 그리고 조나의 주먹을 보고서 피식 웃었다.

일행은 샛길을 성큼성큼 걸어 내려갔다. 테니스 코트 근처에서 템플 의사를 만났다. 의사는 검은 가방을 들고 급하게 돌아오는 중이었다. 일행을 보고 살짝 웃어 보였지만 진심은 아닌 듯했다. 그는 동쪽에 있는 자신의 집에서 브래드우드의 숲을 서둘러 가로질러 오느라 오이스터 섬에서 온 두 손님을 미처 보지 못한 모양이었다.

조나는 무뚝뚝하게 계속 따라갔다.

폴 로메인의 큰 갈색의 몸이 선착장에 우뚝 서 있었다. 부두에 묶여 있는 작은 모터보트 위에는 정신이 나간 이집트 학자 스트라이커가 앙상하고 왜소한 모습으로 앉아서 떨고 있었다. 두 사람 모두 옷을 입고 있었다. 불로불사(不老不死)의 라-하라크트는 어렴풋이나마 이번 행차에 신으로서보다는 인간으로서 행동하는 게 훨씬 유리하다고 판단했는지 신성(神性)을 상징해 늘 가지고 다니는 지팡이도, 하얀 옷도 걸치지 않았다. 경찰증기선이 그 근처를 떠돌고 있었고, 형사 몇 명이 로메인 옆에 서 있었다.

로메인은 발을 부두에 뿌리박은 듯 우뚝 서 있었다. 멀리 오이스터 섬의 모습이, 장난감 같은 나뭇잎들이 팔랑팔랑 흔들리는 사이로 보였다. 거기에 '헬레네'호의 하얀 선체가 로메인의 등뒤로 보였다. 그 모습은 어딘지 모르게 로메인과 잘 어울렸다. 그런 별것 아닌 것은 놔두고라도 확실히 로메인은 자연 속의 남자였다. 그러나 그 얼굴에는 불안한 기색이 어려 있었다. 상대의 기분을 맞추기 위해서는 웃음이라도 만들어낼 것만 같았다.

로메인이 얼른 입을 열었다.

"경감님, 놀라게 해서 죄송합니다. 실은 의논할 일이 있어서요."

그 어조는 동의를 구하는 듯했다. 그는 조나 링컨을 무시하고 조용히 본 경감만 응시하고 있었다. 조나는 호흡을 가다듬고 진기한 물건이라도 보는 것처럼 로메인을 빤히 바라보고 있었다.

"이야기해 보시오. 무슨 일이지?"

경감이 카랑카랑한 목소리로 말했다.

로메인은 뒤에 있는 스트라이커의 움츠러든 모습을 살짝 돌아보았다.

"당신들 덕분에 우리 교주와 나의 일이 엉망이 되고 있소. 우리들의 손님을 섬에 가두어두었기 때문이오."

"그래? 그건 당신들이 원하던 바가 아니던가?"

"그것은 그렇지만, 그래도 그런 방법은 좀 곤란합니다. 우리 일행 모두가 어린애들처럼 무서워하고 있습니다. 나가고 싶어하는 데 당신들이 내보내 주질 않고 있어요. 하지만 그보다 더 걱정스러운 것은 그 사람들 일이 아닙니다. 나중에 올 손님들 말입니다. 새로운 손님을 받지 못하고 있어요."

로메인이 감정을 누그러뜨리며 말했다.

"그래서?"

"그래서 우리가 저 섬에서 떠나는 것을 허락해 달라는 겁니다."

그때 뜻하지 않게 갑자기 스트라이커 노인이 모터보트 안에서 일어났다.

"이것은 박해요. 선지자가 자신의 고향에서는 존경을 받는 법이 없지.(신약성경 마태복음 13장 57절에 나오는 말) 하라크트는 복음을 전파할 권리를 요구하오."

노인이 부르짖었다.

"조용히 해요."

로메인이 당황해서 소리쳤다. 미치광이 노인은 입을 딱 벌리고는 그대로 서 있었다.

"엉뚱하구먼."

야들리 교수가 투덜거렸다. 그의 얼굴은 창백했다.

"정말로 엉뚱해. 저 노인은 진짜 미쳤어. 마태복음도 인용하고, 기독교와 이집트 종교를 닥치는 대로 떠들어대고 있으니……."

"그것은 허락할 수 없소."

경감이 조용히 말했다.

로메인의 단정한 얼굴이 대번에 험악해졌다. 주먹을 쥐고 한 발자국 앞으로 나왔다. 옆에 있던 형사들이 깜짝 놀라 가까이 다가갔다. 그러자 비위를 맞추어야 한다는 생각이 복받치는 분노를 삭혀 주었는지 로메인은 태도를 가라앉혔다.

"왜 그렇습니까? 경감님. 당신은 우리들이 아무것도 못하게 하고 있습니다. 우리들은 얌전히 있지 않습니까?"

그가 있는 힘을 다해 화를 가라앉히면서 물었다.

"내 말을 들었을 텐데? 당신과 저 턱수염의 노인이 도망치게 할 수는 없지. 물론 당신들은 얌전했지. 하지만 당신들 두 사람에게 여전히 의심스러운 점이 있어. 당신들은 토머스 브래드가 살해되던 날 밤 어디에 있었지?"

"그거야 말하지요. 섬에 있었습니다."

"아, 그렇다고?"

경감은 비웃듯이 말했다.

엘러리가 놀란 것은 로메인이 울화통을 터뜨리는 대신에 생각에 잠겼다는 사실이다. 경감은 작은 코를 벌름거리고 있었다. 본은 우연찮게도 뭔가를 짐작하게 된 것 같았다. 아이셤이 뭐라 말을 하려 했지만 본이 팔꿈치로 찌르는 바람에 입을 다물고 말았다.

"어때? 나는 장난치고 있는 게 아니야. 빨리 죄를 자백하시지."

본이 소리질렀다.

"그렇다면 그 날 밤 내가 어디에 있었는지 증명해 주면 되겠습니까? 물론 믿을 만한 증인을 내세워서 말이지요. 그렇게 하면 나를 내보내주실 건가요?"

로메인이 천천히 말했다.

"오, 그렇고말고, 로메인."

아이셤이 말했다.

엘러리 외엔 어느 누구도 느끼지 못했지만 뒤에서 희미하게 중얼거리는 소리가 들렸다. 조나 링컨이 평온함을 잃고 쉰 목소리로 고함을 치더니 사람들을 헤치며 로메인을 향해 돌진했다. 그때 엘러리가 링컨의 두 팔을 꽉 붙잡았다. 잔뜩 힘을 주고 있던 팔이 풀리면서 링컨은 우뚝 멈춰 섰다.

"좋소. 나는 말하지 않을 작정이었소. 왜냐하면 사람들에게 의심을 받을 우려가 있어서 말이죠. 어떻든 우리들은 여기에서 조금도 나가지 않았습니다. 단지 나는 그 날 밤……."

로메인이 말했다. 작은 코 주위가 다소 창백해져 있었다.

"로메인, 더 이상 한마디만 더 하면 각오해라, 네 놈을 죽여버리겠다!"

조나가 깜짝 놀라서 소리쳤다.

본은 빙글 돌아서 뒤를 쳐다보았다.

"이것 봐요! 무슨 말을 하는 게요? 당신은 좀 기다리시오, 링컨 씨!"

경감이 소리쳤다.

"내 말 들었지, 로메인."

조나가 말했다.

로메인은 큼직한 머리를 흔들면서 웃었다. 엘러리의 목덜미에 있는 작은 털이 곤두설 정도의, 작고 으르렁거리는 웃음소리였다.

"멍청한 놈. 한 번 더 물 속에다 던져버리고 싶지만 이미 한 번 처넣었으니 됐어. 나는 당신이든 다른 어느 누구든 이 더러운 땅에 살고 있는 사람들은 신경쓰지 않아. 경감님, 내가 말하려는 건 이겁니다. 그 날 밤 10시 반부터 11시 반 사이에……."

그는 내뱉듯이 말했다. 아무 말 없이 조나는 붙잡힌 팔을 뿌리치며 앞으로 뛰어 나갔다. 엘러리가 신음 소리를 내며 한 손으로 조나를 붙잡아 뒤로 잡아 당겼다. 두 형사가 합류해 조나의 몸을 붙잡고 늘어졌다. 조나는 잠시 버둥거리다가 곧 얌전해졌다. 그는 숨을 몰아쉬면서 살기를 품은 눈빛으로 로메인을 노려보았다.

로메인이 빨리 말했다.

"나는 브래드 부인과 같이 섬에 있었습니다."

조나는 엘러리의 팔을 뿌리쳤다.

"이젠 됐소, 퀸 씨? 나는 이젠 됐소. 저 놈이 벌써 말해버렸으니까. 이제는 알고 싶은 것을 말하게 하시지요."

조나가 퀸에게 차갑게 말했다.

"뭐라고? 그래, 오이스터 섬에서 브래드 부인과 함께 있었단 말이지?"

경감이 물었다. 그의 눈이 가늘어졌다.

"자네들 두 사람만 있었나?"

"아, 당신은 모르시겠군요. 내가 말한 대로입니다. 우리 두 사람은 해안 근처의 나무 아래에서 한 시간 정도 함께 있었지요."

로메인이 빙긋 웃으며 말했다.

"브래드 부인이 그 날 밤 어떻게 섬으로 갔지?"

"내가 브래드우드의 부두에 보트를 대기시켜 놓았지요. 내가 도착해 보니 그 여자가 곧 나오더군요. 10시 반 조금 전이었습니다."

본 경감이 한쪽 주머니에서 참혹하게 일그러진 여송연을 꺼내어 입에 물었다.

"당신은 섬으로 돌아가. 금방 한 이야기를 조사해 봐야겠어. 저 미치광이도 함께 데려가도록 해. 그리고 당신, 링컨 씨."

경감이 로메인으로부터 등을 돌린 채 생각에 잠겨 말했다.

"당신이 저 하이에나 같은 지저분한 저질을 두어 대 때려주고 싶다면 그래도 좋소. 나는 저택으로 돌아갈 테니까."

로메인은 깜짝 놀라 눈이 휘둥그레져서는 부두에 우뚝 서 버렸다. 형사들이 그 옆에서 떨어졌다. 조나는 윗도리를 벗고 셔츠 소매를 걷어올린 뒤 앞으로 뛰어나갔다.

"첫번째는, 내 여동생에게 거짓말을 했기 때문이다. 두 번째는……."

조나가 말했다.

"그 바보 같은 여자의 머리를 돌게 했기 때문이다. 자, 받아라, 로메인."

미치광이 노인은 보트의 가장자리에 앉아서 금속성의 소리를 질렀다.

"폴, 이리로 와!"

로메인은 적의를 품고 주위를 둘러싸고 있는 얼굴들을 재빨리 둘러보았다.

"우선 네 기저귀나 떼고 와라."

이렇게 말하고서 큰 어깨를 으쓱하고는 다시 걸어가려고 등을 반쯤 보였다.

그 순간 조나의 주먹이 상대의 턱을 때렸다. 조나는 몇 주 동안에 걸쳐 길러놓은 비통한 분노를 이 한 방에 넣어서 명중시켰다. 통쾌한 한 방이었다. 웬만한 남자라면 뼈가 부러졌을 것이다. 그러나 로메인은 황소였다. 그 한 방에 약간 비틀거렸을 뿐이다. 그리고는 눈을 휘둥그렇게 뜨더니 호랑이처럼 으르렁거리는 소리를 냈다. 동시에 그는 몸을 날려 힘차게 조나에게 짧고 강력한 어퍼컷을 날렸다. 조나의 몸은 부두에서 1인치나 뛰어올라 정신을 잃고 갑판에 '툭' 하고 떨어졌다.

본 경감의 기분이 더욱 나빠졌다.

"내려가!"

그는 부하들에게 소리치는 것과 동시에 화살처럼 앞으로 달려나갔다. 로메인은 그 큰 덩치에도 불구하고 놀랄 만큼 재빨리 몸을 돌려서 스트라이커가 움츠리고 있는 모터보트로 옮겨 탔다. 그런 다음 가르강튀아(프랑스의 설화작가인 라블레의 작품에 나오는 거인) 같은 힘으로 보트를 부두에서 밀어냈다. 모터가 폭발음을 내자 보트는 오이스터 섬을 향해서 돌진해 갔다.

"난 증기선으로 가겠소. 당신들은 이 불쌍한 남자를 데려다 주시오. 곧 돌아오겠소. 저 저질 녀석에게는 본때를 보여주어야 해."

경감이 침착성을 잃고 말했다.

증기선이 모터보트를 추적하려고 부두에서 떨어지자 엘러리는 쓰러져 있는 남자 옆에 무릎을 꿇고 앉아 핏기 없는 얼굴을 부드럽게 두드려 주었다. 야들리 교수는 부두에 엎드려서 만의 물을 손바닥으로 퍼올렸다.

형사들은 윗도리를 벗고서 에이하브 선장(멜빌이 쓴 <백경>의 주인공)처럼 증기선의 뱃머리에 서 있는 경감에게 일제히 성원을 보내고 있었다.

엘러리는 조나의 얼굴에 물을 뿌렸다.

"훌륭한 모범생이죠."

아무렇지도 않게 야들리 교수에게 말을 걸었다.

"정의의 승리입니다. 정신차려요, 링컨 씨. 전쟁은 끝났어요."

15분 정도 지나 일행이 식민지풍의 포치에 앉아 있는데 경감이 집 모퉁이를 돌아서 모습을 나타냈다. 조나 링컨은 턱이 아직 얼굴에 붙어 있는 것이 신기한 듯이 턱을 양손으로 받치고 로커에 앉아 있었다. 엘러리, 아이셤, 야들리 세 사람은 조나에게는 신경쓰지 않고 등을 보인 채 느긋하게 담배를 피우고 있었다.

경감의 얼굴은 코 주위에 피가 엉겨붙어 있었고 한쪽 눈 아래에 찢어진 상처가 생겨서 천사 같은 모습은 없어졌지만 기사도적인 시합에 만족해하는 듯했다.

"여러분. 자, 링컨 씨, 당신의 대리로서 그놈을 때려눕혔소. 정정당당한 시합이었습니다. 이제 두 달 정도는 거울을 볼 수 없는 미남자가 생겼소."

경감은 유쾌하게 말하고는 포치의 기둥 사이 계단을 천천히 걸어 올라왔다.

조나는 신음했다.

"나에게는 왠지 힘이 없군요. 하지만 나는 겁쟁이는 아닙니다. 그 녀석은, 그는 골리앗(구약성경 사무엘 상 17장에 나오는 거인)입니다."

"그러면 나는 꼬마 다윗이라고 해야겠군. 나는 그 미치광이 노인이 발작을 일으키지 않을까 걱정했다오. 그 수제자를 완전히 때려 눕혔거든. 어떻습니까, 예, 교수님? 링컨씨, 얼굴을 좀 씻어야겠군요."

본은 찢어진 상처가 있는 주먹을 쥐더니 곧 웃음을 멈췄다.

"자, 일을 시작하십시다. 브래드 부인을 만나야겠습니다."

조나가 벌떡 일어나서 집 안으로 들어갔다.

"아직 2층에 있는 것 같소."

아이셤이 말했다.

"좋습니다. 링컨이 가기 전에 그 여자를 붙잡아야 해요. 저 사람은 신사답게 행동합니다. 그거야 뭐 상관없지만 이것은 공식적인 수사지 않습니까. 이제 누군가로부터 진실을 들어야 할 때입니다."

경감은 말하고 조나의 뒤를 따라 성큼성큼 걷기 시작했다.

헬레네는 아직 헤스터 링컨의 방에 있는 것 같았다. 스톨링스는 템플 의사가 2층으로 가방을 가지고 올라가서 내려오지 않았다며, 여전히 2층에 있는 것 같다고 말했다.

일행이 침실 계단을 올라갈 때 마침 조나가 자신의 침실로 들어가려는 것이 보였다. 스톨링스가 일러준 대로 일행은 집 뒤쪽에 있는 문으로 갔고, 경감이 노크했다.

브래드 부인의 떨리는 목소리가 들려왔다.

"누구세요?"

"본 경감입니다. 잠깐 실례하겠습니다."

"누구? 아, 잠깐 기다리세요."

여자의 목소리에는 완전히 당황한 듯한 여운이 있었다. 모두 잠시 기다리고 있었다. 조금 있다 문이 열렸다. 브래드 부인의 어리둥절하고 귀염성 있는 얼굴이 나타났다. 눈은 움푹 패이고 불안한 것 같았다.

"무슨 일인가요, 경감님? 저는 몸이 좀 안 좋아서."

본은 조용히 문을 열었다.

"알고 있습니다. 그러나 워낙 중요한 일이라서."

부인이 뒤로 물러서자 모두 안으로 들어갔다. 그 방은 정말 여자방 같았다. 향수 냄새가 향기로왔다. 장식도 많고, 곳곳에 거울이 있었으며,

화장대 위에는 화장품이 죽 진열되어 있었다. 부인은 등지고 서서 네글리제를 꼭 여미고 있었다.

"부인, 주인이 돌아가시던 날 밤 10시 반부터 11시 반 사이에 어디에 있었습니까?"

아이셤이 말했다.

부인은 네글리제를 여미던 손을 멈추고 모든 동작을 정지했다. 거의 호흡하는 것까지도 잊은 듯했다.

"그건 무슨 뜻인가요?"

부인은 조용히 아무렇지도 않다는 어조로 물었다.

"저는 극장에 가 있었는데, 딸하고……, 또……."

"폴 로메인이 당신과 함께 오이스터 섬에 있었다고 했는데요."

경감이 나지막하게 말했다.

부인은 비틀거렸다.

"폴이……."

크고 검은 눈이 움찔했다.

"그 사람이, 그 사람이 그렇게 말했다고요?"

"그래요, 부인."

아이셤이 무겁게 대답했다.

"부인에게 있어서 얼마나 괴로운 일인지는 잘 알고 있습니다. 그 일 외에 그 밖에 다른 일이 없었다면 물론 우리들과는 아무 관계가 없습니다. 사실을 말씀만 해주신다면 우리들은 더 이상 그 일에 상관하지 않겠습니다."

"거짓말이에요!"

부인이 소리쳤다. 그리고 갑자기 의자에 털썩 주저앉았다.

"아니, 부인, 사실입니다. 사실이라는 걸 알고 있습니다. 부인과 따님은 그 날 밤 파크 극장에 갔지만 링컨 씨와 아가씨만이 집으로 돌아왔습니다. 파크 극장의 도어맨이 그 날 밤 제1막을 하는 도중인 9시쯤 부인과 인상착의가 비슷한 여자가 극장을 나가는 것을 보았다고 했습니다. 로메인은 부인과 약속을 해두어서 부두 옆에서 부인을 만났다고 했습니다."

부인은 귀를 막았다.

"제발 부탁이에요. 내 머리가 돌았던 거예요. 어떻게 그런 일이 일어났는지 모르겠어요. 난 바보야……."

그녀가 신음소리를 내며 말했다. 일행은 얼굴을 마주보았다.

"헤스터는 나를 미워해요. 그 아가씨도 그 남자를 좋아했던 거예요. 그 아가씨는, 그 아가씨는 그 남자를 성실한 사람이라고 생각하고 있었어요."

금방 새로 생겼다고 생각될 정도의 뚜렷한 주름살이 부인의 얼굴에 나타났다.

"하지만 그 사람은 짐승 중에서도 가장 나쁜 짐승입니다."

"부인, 그 녀석도 계속 그 짓을 하지는 못할 겁니다. 그 누구도 부인을 나무랄 수도 없고, 또 나무랄 생각도 없습니다. 부인의 생활은 부인의 것입니다. 부인이 어리석어서 그런 불량배와 관계를 가졌다고 해도 벌써 그 댓가를 괴로움으로 충분히 받았으리라고 생각합니다. 우리들이 거기에 관해서 관심을 가지고 있는 것은 부인이 그 날 밤 어떻게 돌아왔는가, 어떤 일이 있었는가 하는 것뿐입니다."

본이 조용히 말했다.

부인은 무릎 위에서 깍지를 끼고 손가락을 만지작거렸다. 그러더니 흐느끼면서 숨도 제대로 쉬지 못했다.

"저는 연극이 시작되기 전에 극장을 빠져나왔습니다. 헬레네에게는 몸이 안 좋다고 말하고서, 그애에게 뒤에 남아서 조나를 기다리라고 설득했지요. 그리고는 펜실베이니아 역으로 가서 이쪽으로 오는 첫번째 열차를 탔습니다. 다행히도 마침 열차가 있어서 금방 역에서 내려 택시를 타고 브래드우드 근처까지 올 수 있었습니다. 그 뒤론 걸어서 왔는데, 어느 누구의 눈에도 띄지 않았다고 생각합니다. 그래서……, 그래서……."

"물론, 돌아온 사실은 브래드 씨에게는 알리지 않았겠지요. 잘 알겠습니다."

아이셤이 말했다.

"아……."

부인은 중얼거리듯 말했다. 얼굴엔 생기가 없고, 건강이 안 좋은 듯 창백해져 있었다.

"그게 몇 시쯤이었습니까?"

"10시 반 조금 전이었어요."

"부인은 아무것도 보지 못하고 아무 소리도 듣지 못한 것이 확실합니까? 아무도 만나지 못했습니까?"

"예."

부인은 괴로운 빛을 띠고서 올려다보았다.

"오, 알고 계시잖아요. 무엇이든 모두 말씀드리려고 한다는 것을요. 무엇을 보았거나 누구를 만났다면 숨길 리가 없어요. 그리고 돌아오자마자 곧장 집에 살짝 들어와서 제 방으로 왔습니다."

아이셤이 다음 질문을 하려는데 문이 조용히 열리고 헬레네 브래드가 나타났다. 조용히 멈춰 서서 어머니의 일그러진 얼굴과 모두의 얼굴을 차례로 바라보았다.

"무슨 일이에요, 엄마?"

헬레네는 가만히 쳐다보았다.

브래드 부인은 양손으로 얼굴을 가리고 울기 시작했다.

"결국 이렇게 됐군요."

헬레네는 가냘픈 목소리로 말했다. 그리고는 천천히 문을 닫았다.

"마음이 약해서 끝까지 숨길 수가 없었겠죠."

헬레네는 업신여기는 듯한 눈초리를 아이셤에게 흘끗 보내고는 훌쩍거리며 울고 있는 엄마 곁으로 갔다.

"울지 마세요, 엄마. 알려지면 알려지는 거죠 뭐. 다른 여자들도 새로운 사랑을 시작하기도 하고, 실패하기도 해요. 하나님은 아시겠죠."

"어서 끝내십시다. 이런 일은 당신들도 그렇겠지만 우리로서도 싫은 일입니다. 아가씨, 당신이나 링컨 씨는 그 날 밤 어머니가 어디에 있었는지 어떻게 알았소?"

본이 말했다.

헬레네는 어머니 옆에 앉아서 격하게 뛰고 있는 가슴을 진정시키고 있었다.

"전, 엄마가 그 날 밤 저를 두고 갔을 때, 저는 알고 있었습니다. 그래도 제가 알고 있다는 것을 엄마는 모르고 있었어요. 저도 마음이 약한 여자라서……."

헬레네는 바닥을 바라보고 있었다.

"저는 조나를 기다리기로 결심했죠. 우린 둘 다 눈치채고 있었거든요. 그러니까, 그 전부터 그랬던 거예요. 조나가 돌아오자 저는 그런 걸 말하고서 조나와 함께 돌아왔습니다. 이 방에 와 보니까 엄마는 벌써 침대에서 자고 있었죠. 그래서 다음 날 아침 당신들이 시체를 발견했을 때에……."

"어머니가 아가씨에게 고백했군요."

"예."

"두 가지만 더 물어보겠습니다."

엘러리가 진지한 얼굴로 말했다. 어머니와 똑같이 닮은 헬레네의 큰 눈이 엘러리 쪽을 향했다.

"아가씨, 당신이 최초로 그 관계를 눈치챈 것은 언제입니까?"

"아, 몇 주, 몇 주 전이었어요."

헬레네는 정말로 괴로운 듯이 머리를 흔들었다.

"아가씨의 양아버지도 알고 있었다고 생각하십니까?"

브래드 부인이 갑자기 머리를 쳐들었다. 그 얼굴에는 눈물이 얼룩진 채 흘러내리고 있었다.

"아네요. 아네요, 그럴 리가! 알지 못했던 게 확실해요."

헬레네가 조용히 말했다.

“이젠 됐소.”

아이셤 지방검사가 내뱉듯이 말하고는 문 쪽으로 걸음을 옮겼다.

“갑시다.”

지방검사는 복도로 나갔다. 녹초가 된 듯한 본 경감과 야들리 교수, 엘러리가 그 뒤를 따랐다.

제21장 사랑 싸움

"아무 성과도 없군요."

다음 날 밤, 엘러리가 야들리 교수의 집 잔디밭에 앉아서 롱아일랜드의 별을 박아놓은 듯한 하늘을 바라보면서 말했다.

"흠, 사실은 말이야. 퀸, 나는 불꽃놀이가 시작되기를 기다리고 있네."

교수가 말했다. 그가 한숨을 내쉬자, 타오르던 담배연기가 파이프에서 흩어졌다.

"그렇게 서두르지는 마십시오. 하지만 어느 의미에서는 폭죽이 펑펑 터지길 기대하셔도 좋을 것 같네요. 오늘밤은 경사스러운 독립기념일(7월4일)이니까요. 아! 불꽃이 하나 올라가는군요."

두 사람은 침묵한 채 빛의 화살이 캄캄한 하늘로 올라가서 팍 하고 진달래 색의 물방울을 만들며 터지는 것을 바라보았다. 이 한 발이 신호였던 모양이다. 조용했던 롱아일랜드의 전 해안에서 불이 뿜어져 나왔다. 두 사람이 앉아서 바라보고 있는 하늘 전체가 노스 쇼어 축제의 소용돌이에 휘말렸다. 후미 끝인, 뉴욕의 먼 해안 상공에서도 화답하듯 반딧불 같은 작은 불꽃이 희미하게 떠올랐다.

교수가 작게 말했다.

"탐정으로서 자네의 불꽃같이 빛나는 재능에 대해서는 싫증날 정도로 들어왔네. 하지만, 이렇게 현실로 마주 대하니……. 미안하지만, 적잖이 실망이네. 퀸, 도대체 자네는 언제쯤 시작할 겐가? 언제쯤이면 셜록 홈스처럼 적극적으로 나서서 비열하기 짝이 없는 살인마의 손목에 수갑을 찰칵 하고 채우느냐 말일세."

엘러리는 폭죽이 북두칠성 앞으로 미친 듯이 날아올라 소용돌이를 일으키며 휘황찬란하게 타오르는 것을 신경질적으로 지켜보았다.

"저는 이 사건이 시작도 끝도 없는 게 아닐까 하는 생각이 듭니다."

"그것은 말도 안 되지. 경찰들을 철수시킨 것은 무슨 의도가 있어서 그런 게 아닌가? 어제 템플에게서 들었는데, 마을 경찰서의 서장이 철수명령을 내린 것 같아. 나는 왠지 납득할 수가 없다네."

야들리가 입에 물고 있던 파이프를 떼내며 말했다.

엘러리는 어깨를 으쓱했다.

"왜 안 된다는 겁니까. 크로삭은 두 사람, 스티븐 메가라와 앤드류 밴, 아니 트바르 형제라고 불러도 상관없겠죠, 이 두 사람만을 노리고 있는 것이 확실합니다. 메가라는 해상에 격리되어 있으며 본 경감의 부하들이 충분히 지켜주고 있고, 밴은 변장을 했기 때문에 걱정하지 않아도 됩니다.

교수님, 이번의 두 번째 범죄에는 문제될 만한 요소가 많아요. 그 요소는 모두 의미심장하죠. 그러나 그것만으로는 아무런 결론이 나오지 않습니다."

"나로선 도무지 모르겠는데."

"정말이세요?"

엘러리는 말을 중단하고 쉿쉿 소리를 내는 로마 불꽃을 바라보았다.

"그럼 교수님은 그 체커가 암시하던, 흥미로운 이야기를 알아보지 못했다는 겁니까?"

"체커라, 흠."

야들리의 짧은 턱수염이 파이프의 담뱃불 탓으로 어렴풋이 보였다.

"내 고백하겠는데, 브래드의 최후의 만찬에서 나는 주의할 만한 것을 아무것도 발견하지 못했다네."

"그렇다면 저의 잃어버린 자존심이 조금은 회복되는군요."

엘러리는 투덜거리듯 말했다.

"대강의 줄거리는 확실합니다. 하지만 그것은 아이셤이나 본이 그저 예상하고 있는 것 이상으로 명백한 반면에……."

엘러리는 일어나서 손을 주머니에 찔러넣었다.

"저, 잠깐 실례하겠습니다. 머릿속을 맑게 하기 위해서는 산책이 좀 필요한 것 같습니다."

"좋도록 하게."

교수는 뒤로 기댄 채 파이프를 뻑뻑 빨면서 강한 호기심을 가지고 엘러리의 뒷모습을 바라보았다.

엘러리는 별과 폭죽 속을 천천히 걷고 있었다. 때때로 '확' 하고 밝아지는 것 이외에는 깜깜하게 어두웠다. 시골의 어둠. 엘러리는 야들리의 저택과 브래드우드 저택의 경계 도로를 건너 장님처럼 손으로 더듬어 걸으면서 밤공기를 들이마셨다. 그는 바다 위에 떠 있는 배의 희미한 소리에 테리어 종 개처럼 귀를 기울여 보면서 자신의 무능력에 대해 괴로워했다.

브래드우드 저택의 정면 포치에 단 한 개만 걸어놓은 가로등을 빼면—엘러리는 자동차길을 목표도 없이 걷다가 두 형사가 담배를 피우고 있는 것을 발견했다. —황량하고 처량했다. 오른쪽으로는 희미하게 숲이 보이고 왼쪽으로는 그것보다 약간 확실하게 큰 나무들이 보였다. 집 앞을 지나려 할 때 한 형사가 서서 누구냐고 물었다.

엘러리는 한쪽 손을 들어 손전등의 강한 불빛을 피했다.

"아, 퀸 씨로군요. 실례했습니다." 하고 형사가 말했다.

빛은 금세 사라졌다.

"꽤나 귀가 밝군." 하고 엘러리는 중얼거리며 집 모퉁이를 돌았다. 그리고 어째서 발길이 이쪽으로 향하는지 의아해했다. 엘러리는 기분 나쁜 토템 기둥과 서머하우스 쪽으로 통하는 샛길 근처에 와 있었다. 그 길에 다다르자 그곳에서 혹시 튀어나올지도 모를 공포의 악취가—그렇지 않으면 무의식에 숨어 있는 참극의 현장에 대한 감수성이었는지도 모르지만—엘러리를 감쌌다. 그는 깜짝 놀라서 그 장소를 빠져나왔다. 그가 향해 가는 길은 완전한 어둠으로 싸여 있었다.

엘러리는 갑자기 발을 멈췄다. 오른쪽으로 그다지 멀지 않은 테니스 코트가 있는 부근에서 사람의 말소리가 들렸다.

엘러리는 신사였으며, 또한 신사로서 행동하고 있다. 그는 범죄에 냉소적으로 접근하는 것 말고는 모든 것에 대해서 자상한 심성을 지니고 있는 아버지, 즉 그 선량한 경감에게서 하나의 교훈을 얻은 바 있다.

아버지는 "언제나 사람의 말에는 귀를 기울여라." 하고 입버릇처럼 말했던 것이다.

"정직하다고 믿을 만한 유일한 증거는 사람이 듣지 않는 곳에서 하는 말이다. 너는 그 같은 말을 들을 기회가 있으면 귀를 기울여 잘 들어놔라. 그러면 증인을 죽 늘어놓고 백 번 심문하는 것보다도 훨씬 많은 것을 얻을 수 있다."

이런 이유에서 효자인 엘러리는 그 장소에 서서 귀를 기울였다.

남자와 여자의 목소리였다. 그들의 대화는 들리지 않았다. 엘러리는 두 사람의 음성을 들은 적이 있었다. 엘러리는 몸을 낮게 숙이고 있어서 더 숙일 필요가 없었다. 버석버석 소리가 나는 모랫길에서 샛길을 덮고 있는 풀 위로 옮겨간 그는 인디언같이 조심스러운 발걸음으로 소리나는 쪽을 향해 접근했다.

조나 링컨과 헬레네 브래드였다. 엘러리는 그들을 알아보고 깜짝 놀라 몸이 굳어졌다.

두 사람은 테니스 코트 서쪽의 정원용 탁자에 앉아 있었다. 엘러리는 그곳의 모습을 어렴풋이 기억해냈다. 엘러리는 두 사람으로부터 5피트(약 1m 50cm) 정도 떨어진 장소의 어떤 나무 밑으로 몸을 숨겼다.

"조나 링컨, 그런 것은 부인해도 아무 쓸모없어요."

헬레네가 냉랭한 어조로 말하는 것이 들렸다.

"아니, 헬레네. 몇 번이나 말해야 하지? 로메인은……."

조나가 말했다

"아니라니까요. 그 사람은 그렇게 무분별한 짓은 하지 않을 거예요. 그저 단지 당신이 이상한 생각을 해서, 당신이…… 당신이 너무 겁쟁이라고…….”
“헬레네.”
조나는 심한 상처를 받은 것 같았다.
“당신이 어떻게 그런 말을 할 수 있죠? 나는 갤러해드 경(아서 왕의 전설적인 기사)처럼 그 남자를 두어 번 때렸지만 오히려 그 남자에게 거꾸로 꼼짝없이 당했단 말이오.”
“그래요. 바로 그것이 안 좋다는 거예요, 조나.”
헬레네가 말했다. 그리고 그녀는 침묵했다. 엘러리는 헬레네가 눈물을 참으려고 애쓰는 것을 알 수 있었다.
“나는 물론 당신이 아무것도 하지 않았다고 하는 건 아녜요. 그러나 당신은 늘…… 오, 필요 없는 간섭만 한단 말예요.”
엘러리는 그들의 모습이 눈앞에 보이는 듯한 느낌이 들었다. 젊은 남자는 몸을 딱딱하게 긴장시켰을 것이다. 틀림없이 그럴 것이다.
“그렇습니까? 괜찮아요. 그 말만 들으면 충분합니다. 간섭한다는 거로군요. 나는 그저 외부인에 지나지 않는다는 거죠. 아무런 권리도 없고. 괜찮습니다, 헬레네. 이제부터는 간섭하지 않겠소. 나는 지금부터…….”
조나는 씁쓸하게 말했다.
“조나!”
이번에는 헬레네의 음성이 당황해 있었다.
“무슨 말씀이세요? 나는 그런 뜻이 아니라…….”
“내가 지금 말한 대로요.”
조나는 차갑게 말했다.
“몇 년 동안 나는 얌전한 개 같은 취급을 받아왔지. 언제나 바다에서만 사는 남자와 집에서 체커만 두는 남자에게서 말이오. 그래요, 이젠 지겹소. 얼마 안 되는 봉급은 별 쓸모도 없어. 나는 헤스터와 함께 나가겠소. 당신의 그 중요한 메가라 씨에게는 어제 오후에 말해 두었소. 그 사람이 직접 사업을 해도 좋고, 마음이 바뀌어도 상관없소. 이젠 난 그 사람을 위해서 일하는 게 지겹고 피곤해요.”

긴장으로 인해 잠시 침묵이 흘렀다. 그 사이에 두 사람은 아무도 입을 열지 않았다.

엘러리는 나무 그늘의 안전한 장소에 숨은 채 한숨을 쉬었다. 무슨 일이 일어날 것 같다는 생각이 들었다.

헬레네의 부드러운 위로의 말이 들려왔다. 조나가 완강하게 버티는 것도 느껴졌다.

"아니, 조나. 그 말은 마치 당신이 우리 아버지에게서 아무것도 받은 것이 없다는 것처럼 들리는군요. 그분은 당신에게 많은 걸 해주었잖아요, 지금도. 그렇지 않나요?"

헬레네가 속삭이듯이 말했다.

링컨은 아무 말도 하지 않았다.

"그리고 스티븐을 위해서도 마찬가지로……. 오, 당신은 지금 그런 말을 하면 안 되는 거였어요. 내가 벌써 몇 번이나 말했지요. 우리 둘 사이에는 아무것도 없다고. 왜 당신은 그렇게 그 사람에게 앙심을 품는 거예요?"

"앙심이 아니오."

조나가 위엄 있게 말했다.

"아녜요. 오, 조나……."

또다시 침묵이 흘렀다. 엘러리는 그 사이에 헬레네가 칼립소(오디세우스를 사랑하여 7년간 섬에 붙들어 두었던 바다의 미녀)같이 자기의 희생물 쪽으로 의자를 바짝 끌어 당겨 앉거나 상대방에게 몸을 수그리는 것을 상상했다.

"난 지금까지 한 번도 당신에게 말하지 않은 것을 말하겠어요."

"응?"

조나는 깜짝 놀랐다. 그리고는 재빨리 말했다.

"그럴 필요는 없소, 헬레네. 메가라 씨에 관한 일이라면 내게는 조금도 흥미 없어요."

"조, 당신은 바보예요. 당신은 스티븐이 이번 여행에서 왜 일년도 넘게 집을 비웠는지 아세요?"

"그거야 알 수 없지. 혹시 하와이에서 그가 좋아하는 스타일의 훌라춤 아가씨라도 만났는지도."

"조나! 그런 말 하지 마세요. 스티븐은 그런 사람이 아녜요. 당신도 알고 있잖아요. 얘기해 주겠어요. 그것은 그 사람이 나에게 결혼을 청했기 때문이에요. 그 때문이라고요!"

헬레네는 자랑스럽다는 듯이 말을 끊었다.

"오, 그래, 좋아." 하고 조나가 탄성을 지르듯 말했다.

"그거 자기 미래의 신부를 다루는 방법치곤 꽤 웃기는 방법이군. 일 년씩이나 도망가 있다니. 당신들 두 사람의 행복을 빕니다."

"그렇지만 난…… 난 거절했단 말예요!"

엘러리는 또 한 번 한숨을 쉬고서 오솔길 쪽으로 돌아갔다. 밤은 조금도 달라지지 않고 황량하기만 했다. 링컨과 브래드 양 사이에는 침묵이 흐르고 있었다. 엘러리는 무슨 일이 일어나고 있는지 대강 알 것도 같았다.

제22장 외국에서 온 전보

"모든 징조들을 보니 정의는 꼬리를 감추고 허둥지둥 도망가고 있다는 생각이 드는군요."

이틀 뒤인 수요일, 엘러리는 야들리 교수에게 이렇게 말했다.

"무슨 뜻이지?"

"일이 잘 안 풀리는 경찰들 사이에는 보편적인 어떤 징조들이 보이지요. 잘 아시겠지만 저는 일생을 경찰과 함께 살아왔습니다. 지금 본 경감은, 신문에서 쓰는 말투를 빌리자면, 헛물만 켜고 있는 겁니다. 한 가지라도 확실한 것을 잡지 못하고 있어요. 그래서 더욱 맹렬한 법의 수호자가 되어 닥치는 대로 아무나 쫓아다니기도 하고 부하들을 들들 볶아서 쓸데없는 일이나 시키고 친구들에게 화를 내곤 하죠. 한마디로 말해서 바보 같은 일만 되풀이 하고 있는 겁니다."

교수는 껄껄 웃었다.

"내가 자네라면 이 사건을 완전히 잊어버리겠네. 대신 느긋하게 <일리아스>나 읽고 있겠어. 아니면 좀더 근사한 문학작품이나 영웅의 이야기를 읽겠지. 자네는 본과 똑같은 카누를 젓고 있어. 단지 그것이 가라앉고 있다는 사실에 대해 자네 쪽이 좀 고상하게 반응할 뿐이지."

엘러리는 시큰둥한 표정을 짓고는 피우던 담배를 잔디밭에 내던졌다. 엘러리는 속상해하고 있었다. 아니, 그보다는 염려하고 있다는 편이 좋을 것이다. 그 사건이 그의 마음속에 논리적인 해결을 주지 못한 것보다 일에 대해 타성에 젖은 듯한 느낌이 그를 배로 괴롭게 했다. 크로삭은 어디에 있을까? 그는 무엇을 기다리고 있는 것일까?

브래드 부인은 방에 틀어박혀 자신의 죄에 대해 눈물을 흘리고 있었다. 조나 링컨은 스스로 위협했음에도 불구하고 브래드 앤드 메가라 상사의 사무실로 돌아가 양탄자를 좋아하는 미국인들에게 양탄자를 파는 일을 계속하고 있었다. 헬레네 브래드는 달아올라서 거의 땅에 발도 디디지 않은 채 둥실둥실 떠다니고 있었다. 헤스터 링컨은 템플 의사와의 격렬한 소동이 있은 뒤 짐을 꾸려 뉴욕으로 떠나버렸다. 템플 의사는 파이프를 입에 물고 거무스름한 얼굴이 더욱 거무튀튀하게 되어서는 브래드우드 저택 부근을 맴돌고 있었다. 오이스터 섬에서는 아무런 소리도 들려오지 않았다. 이따금씩 케첨 노인이 나타나 작은 배를 저어 식료품과 우편물 따위를 운반하는 본래의 일을 할 뿐이었다. 폭스는 조용히 잔디를 돌보며 브래드 집안의 차를 운전했다.

앤드류 밴은 웨스트버지니아 주의 산 속에 숨어 있었다. 스티븐 메가라도 자신의 요트에 틀어박혀 있었다. 스위프트 선장을 제외하고는 요트의 승무원 모두가 해고되었다. 그들은 본 경감의 허가를 얻어 해산했다. 메가라의 개인적인 신변보호를 맡고 있는 두 경관은 '헬레네'호의 갑판에서 빈둥거리며 먹고 마시고 트럼프 놀이를 밤늦도록 했다. 메가라는 그들을 내쫓으려고 했다. 그는 자신은 자신이 지킬 수 있다고 잘라 말했다. 그러나 수상경찰은 순찰을 계속했다.

런던 경시청에서 보내온 전보도 이 단조로움을 깨뜨리지는 못했다. 그 전보의 내용은 다음과 같았다.

'영국에서는 퍼시와 엘리자베스 린에 대해 더 이상 조사하는 것이 어려움. 유럽 대륙의 경찰에게 의뢰할 것.'

본 경감은 엘러리가 말한 것처럼 바보 같은 일만 되풀이했다. 아이셤 지방검사는 자신의 사무실에 틀어박히는 간단한 방법으로 이 사건으로부터 약삭빠르게 빠져나갔다. 엘러리는 야들리 교수의 수영장에서 몸을 식히고는 그의 훌륭한 소장본을 읽으며 심신에 휴가를 내려주신 하나님께 감사드리고 있었다. 그러나 그와 동시에 그는 길 건너편의 큰 저택에 염려스러운 눈길을 보내는 것을 잊지 않았다.

목요일 아침, 엘러리는 브래드우드를 산책하다가 포치에 앉아 있는 본 경감을 만났다. 그는 태양에 그을린 목과 땀에 절은 칼라 사이에 손수건을 집어넣고서 부채질을 하며 이 더위와 경찰들, 브래드우드와 이번 사건, 그리고 그 자신을 한꺼번에 저주하고 있었다.

"경감님, 아무 일도 없습니까?"

"빌어먹을, 아무 일도 없소!"

헬레네 브래드가 하얀 모슬린 드레스를 입고 봄바람같이 상큼한 모습으로 집에서 나왔다. 그녀는 아침 인사를 건네며 계단을 내려와서는 서쪽으로 난 샛길로 접어들었다.

"난 방금 신문기자들에게 찌꺼기를 던져주고 왔소."

본 경감은 불쾌한 듯이 말했다.

"'진전이 있다. 잘 되어가고 있다.' 이번 사건은 너무 잘 되어서 개선될 것이 없을 거요, 빌어먹을. 크로삭은 어디에 있단 말이지?"

"수사의문문(修辭疑問文)이군요."

엘러리는 담배를 응시하면서 눈썹을 한곳으로 모았다.

"솔직히 저는 당황스럽습니다. 그는 포기한 걸까요? 그것은 불가능합니다. 미친 놈은 절대 포기하지 않지요. 그러면 왜 그는 기다리고 있을까요? 우리들이 이 사건에 손을 떼고 물러나기만을 기다리고 있을까요?"

"무슨 소리야."

본은 자기 자신에게 중얼거렸다. 그리고는 덧붙여 말했다.

"난 '최후의 심판날'까지 여기에서 한 발자국도 물러나지 않을 거요."

두 사람 사이에 침묵이 흘렀다. 정원에서는 구부러진 산책길을 따라 덩치 큰 폭스가 작업복 차림으로 털털거리는 잔디 깎는 기계로 잔디를 깎고 있었다.

갑자기 날카로운 비명소리가 들렸다. 경감은 몸을 일으켰다. 눈을 반쯤 감고 담배를 피우고 있던 엘러리는 깜짝 놀랐다. 털털거리던 기계 소리가 멈췄다. 폭스는 서쪽으로 머리를 돌린 채, 경계하고 있는 병사같이 숨을 죽이고 서 있었다. 그러더니 잔디 깎는 기계를 내팽개치고 화단을 뛰어넘어 쏜살같이 달려갔다.

두 사람도 뛰어갔다. 경감이 소리쳤다.

"폭스, 무슨 일이야?"

폭스는 황새걸음을 멈추지 않았다. 그는 나무숲 쪽을 향하여 손짓을 하며 알아들을 수 없는 소리를 질러댔다.

그때 희미한 비명소리가 들려왔다. 그 소리는 린의 집 어디에선가 들려왔다.

"헬레네 브래드!"

본이 소리쳤다.

"빨리 갑시다!"

두 사람이 린의 집 앞에 있는 빈터로 뛰어 들어가자 폭스가 비스듬히 누워 있는 남자의 머리를 무릎에 고이고 있는 것이 보였다. 헬레네는 새하얀 얼굴로 자신의 가슴을 진정시키며 서 있었다.

"무슨 일이오?"

본이 호흡을 가다듬으며 말했다.

"앗, 템플 아니야!"

"제 생각엔 이분이 죽은 것 같아요."

헬레네가 몸을 떨며 말했다. 템플 의사의 검은 얼굴은 잿빛이 되어 있었다. 눈은 감겨 있고 몸이 축 늘어진 채였다. 이마 위에는 깊은 상처가 나 있었다.

"몹시 세게 얻어맞은 것 같은데요, 경감님."

폭스가 심각하게 말했다.

"저 혼자서는 이 사람을 옮길 수가 없군요."

"집 안으로 옮기지."

경감이 재빨리 말했다.

"폭스, 자네는 의사에게 전화를 걸게. 자, 퀸 씨, 좀 도와주시오."

폭스는 벌떡 일어나서 서둘러 린의 집 돌계단을 올라갔다. 엘러리와 본은 축 늘어져 있는 몸을 들어올려 그 뒤를 따랐다.

일행은 거실에 들어갔다. 원래는 아담했을 것이 틀림없는 거실은 마치 야만인에게 유린된 것처럼 어지럽혀져 있었다. 의자 두 개가 뒤집혀져 있었고, 책상의 서랍이란 서랍은 모두 빠져나와 있었으며, 탁상시계는 엎어지고 유리는 박살이 나 있었다. 경감과 엘러리가 템플 의사를 소파 위에 눕히고 있는 사이에 헬레네는 세면기에 물을 가득 넣어 가지고 왔다.

폭스는 수다스럽게 전화를 돌려댔다.

"가장 가까운 마시 박사에게는 전화가 안 돼요."

그가 말했다.

"잠깐 기다려. 정신을 차릴 것 같은데." 하고 본이 말했다.

헬레네는 템플 의사의 이마를 적시고, 입술에다 물을 떨어뜨렸다. 템플은 신음 소리를 내며 눈을 깜박였다. 그리고 또다시 신음 소리를 내며 양팔을 떨면서 일어나려는 듯 약하게 움직였다. 그는 숨이 가빠 보였다.

"나는……."

"아직 말을 해서는 안 돼요. 그대로 누워서 쉬세요."

헬레네가 부드럽게 말했다.

템플 의사는 맥없이 몸을 떨어뜨리고 신음 소리를 내며 눈을 감았다.

"이것 참 엉뚱한 인사를 받았군. 그건 그렇다치고, 린 부부는 어디로 갔지?" 하고 경감이 말했다.

"이 방의 모양으로 보아 도망친 것 같군요."

엘러리가 대수롭지 않게 말했다.

본은 출입문을 열고 성큼성큼 옆방으로 들어갔다. 엘러리는 서서 헬레네가 템플 의사의 뺨을 가볍게 두드리고 있는 것을 지켜보았다. 경감이 집 안을 성큼성큼 걸어다니는 소리가 들렸다. 폭스는 바깥 문 옆으로 가서 어떻게 하면 좋을지 망설이고 있었다.

본이 돌아왔다. 그는 전화기 쪽으로 가서 브래드우드 저택을 불러냈다.

"스톨링스요? 본 경감이오. 내 부하 중 아무나 얼른 불러주시오. 빌인가? 잘 듣게. 린 부부가 줄행랑을 쳐버렸어. 자네는 그들의 인상을 알고 있을 테지? 죄목은 폭행구타. 서둘러. 더 자세한 것은 나중에 알려주겠네."

경감은 전화의 걸쇠를 댕그랑댕그랑 울렸다.

"미네올라의 아이셤 지방검사를 불러주시오. 아이셤 씨입니까? 본입니다. 곧장 와주시죠. 린 부부가 도망쳤습니다."

경감은 수화기를 내려놓고 성큼성큼 소파 옆으로 다가왔다. 템플 의사는 눈을 뜨고 희미한 미소를 지었다.

"이젠 괜찮습니까, 템플 씨?"

"예. 엉뚱한 일을 당했습니다. 두개골이 깨지지 않은 것만도 다행이지요."

헬레네가 말했다.

"저는 린 부부에게 아침 인사를 하려고 이쪽으로 왔어요."

그녀의 목소리는 떨리고 있었다.

"정말 뭐가 뭔지 하나도 모르겠어요. 여기에 와보니까 템플 박사님이 땅바닥에 쓰러져 있는 거였어요."

"지금 몇 시죠?"

의사가 깜짝 놀라 일어나며 물었다.

"10시 반입니다."

템플은 다시 털썩 누워버렸다.

"두 시간이나 정신을 잃고 있었군. 그럴 리가 없는데. 진짜라고는 생각되지 않는군요. 한참 전에 한 번 정신을 차렸던 것이 기억나는군요. 그리고는 집 쪽으로 기어갔었죠. 어떻게든 기어서 가보려고 했었습니다. 그런데 또 기절했던 모양이군요."

본 경감이 그 사실을 부하에게 전하기 위해 전화기 쪽으로 걸어갔다.

엘러리가 물었다.

"기어갔었다고요? 그럼 우리들이 당신을 발견한 장소에서 당한 것이 아니었군요?"

"어디서 발견되었는지는 모르지만 그렇게 묻는다면 대답은 '아니다'입니다. 얘기를 하자면 깁니다."

템플이 신음 소리를 내면서 말했다.

"그러고 보니까. 아니, 여기에는 긴 얘기가 있습니다."

의사는 경감이 전화를 끝내고 오기를 기다렸다.

"나는 어떤 이유 때문에 린 부부가 자신들이 말하는 그런 인물이 아니라고 의심하고 있었습니다. 처음 본 순간부터 의심했었죠. 2주일 전의 수요일, 나는 한밤중에 이곳에 와서 그 두 사람의 이야기를 엿들었습니다. 그리고는 내 의심이 맞았다는 것을 알았지요. 그때 린은 무엇인가를 묻고 돌아온 참이었습니다."

"무엇인가를 묻었다고?"

본이 갑자기 큰 소리를 질렀다. 엘러리의 눈썹이 치켜올라갔다. 그는 경감 쪽을 보았다. 똑같은 생각이 두 사람의 눈 속에 들어 있었다.

"맙소사, 당했군. 템플 씨, 당신은 왜 그 사실을 미리 말해 주지 않았습니까? 그 남자가 묻은 것이 무엇인지나 알고 있습니까?"

"알고 있느냐고요?"

템플은 눈을 크게 떴다. 그리고는 상처입은 이마가 갑자기 아파오는지 또 신음소리를 냈다.

"물론 알고 있고말고요. 당신들도 알고 있습니까?"

"알고말고. 머리, 브래드의 머리란 말이오!"

템플 의사의 눈은 놀라움으로 가득 찼다.

"머리! 그건 전혀 몰랐는데요. 아니, 나는 다른 것이라고 생각하고 있었습니다만."

템플 의사는 천천히 반복해서 말했다.

엘러리가 재빨리 물었다.

"그게 무엇인데요?"

"제1차 대전 뒤 몇 년이 지났을 때입니다. 나는 오스트리아의 수용소에서 석방되어 한동안 유럽의 여기저기를 돌아다녔습니다. 그런데 부다페스트에서……. 그래요, 거기에서 어떤 부부를 알게 되었지요. 그들은 나와 같은 호텔에 묵고 있었습니다. 그때 손님 중에 분델라인이라는 독일인 보석상이 있었는데, 그는 방에서 손발을 꽉꽉 묶인 채 발견되었죠. 베를린으로 가져가 달라고 위탁받았던 귀중한 보석을 도난당한 채로 말예요. 분델라인은 그 부부의 소행이라고 했는데, 그 둘은 이미 모습을 감춘 뒤였지요. 그리고 저는 여기에서 린 부부를 만났을 때 그 두 사람이 보석을 훔쳤던 부부가 틀림없다고 생각했습니다. 당시의 이름은 트럭스턴, 퍼시 트럭스턴 부부였습니다. 제기랄, 아이고, 머리야."

"믿을 수 없는 일이에요. 그렇게나 좋은 분들이. 두 분 모두 로마에서 저에게 아주 친절하게 해주셨는걸요. 교양도 있고, 부자 같았고, 또 재미있는 분이었는데……."

헬레네가 중얼거렸다.

"그것이 사실이라면, 즉, 린 부부가 템플 박사님이 의심하는 인물이라면 그들이 아가씨에게 친절했던 것도 충분히 납득이 가네요. 한번 보기만 하고서도, 당신이 백만장자의 딸이라는 걸 알아보는 것 정도는 두 사람에게는 식은 죽 먹기였을 겁니다. 게다가 그 두 사람이 유럽에서 한탕을 한 뒤라면야……."

엘러리가 생각에 잠기며 말했다.

"일과 재미를 합쳤군."

본이 토해내듯 말했다.

"박사님, 당신이 생각한 대로일 거요. 무언가 훔친 물건을 묻은 게 틀림없습니다. 그런데 오늘 아침엔 무슨 일이 있었습니까?"

템플 의사는 조용히 미소지었다.

"오늘 말이죠? 나는 이번 2주일간 시간이 나는 대로 이 부근을 돌아다녔습니다. 오늘 아침에 온 것은 물건을 묻은 장소를 알아냈다고 확신했기 때문입니다. 계속해서 찾아다녔었거든요. 저는 곧장 그 장소에 가서 파기 시작했습니다. 그러다가 문득 위를 쳐다보니 그 남자가 눈 앞에 서 있더군요. 그리고 나서 전 세계가 머리 위로 떨어지는 듯한 느낌이 들었습니다. 그때 이후론 뭐가 뭔지 모르겠군요. 린인지 트럭스턴인지 이름이 어느 것인지는 모르겠지만, 그 녀석은 나를 염탐꾼으로 생각하고서 때려눕히고는 훔친 물건을 파내어 부인과 함께 도망쳐 버렸을 겁니다."

템플 의사는 걸을 수 있다고 고집했다. 그리고는 폭스에게 부축을 받으며 비틀거리면서 숲 속으로 들어갔다. 다른 사람들은 그 뒤를 따라갔다. 숲 속을 약 30보 정도 걸어가니 풀이 무성한 땅에 움푹 구멍이 파져 있는 것이 보였다. 대략 사방 1피트의 네모난 구멍이었다.

"런던 경시청에서 밝혀낼 수 없었던 것도 무리가 아니지. 가명이었으니까."

일행이 브래드우드로 돌아가는 도중에 본이 말했다.

"템플 씨, 나는 당신에게 할 말이 많아요. 도대체 당신은 그 이야기를 왜 빨리 나에게 해주지 않았습니까?"

"내가 바보였기 때문이지요."

의사는 힘없이 말했다.

"발견하는 영예를 혼자 독차지하고 싶었던 겁니다. 게다가 확신도 없었고요. 혹시라도 아무 죄도 없는 사람을 고발하고 싶지는 않았거든요. 그놈을 놓친 것이 정말 안타깝군요."

"그런 걱정은 안 해도 돼요. 오늘 밤 안에 틀림없이 감옥에 처넣고 자물쇠를 채울 테니까."

그러나 본 경감은 지나치게 낙관하고 있었다. 밤이 되어도 린 부부는 잡히지 않았다. 발자취도 전혀 잡을 수 없었고, 두 사람의 인상에 해당하는 남녀도 발견되지 않았다.

"따로 헤어져서 변장한 게 틀림없어."

본이 신음하듯이 말했다. 그리고는 파리, 베를린, 부다페스트, 빈에 조회전보를 쳤다.

금요일이 오고 또 지나갔지만 도망친 영국인 부부를 잡기 위해 둘러쳐진 수색망에는 아직 아무런 정보도 들어오지 않고 있었다. 전국의 몇천 개나 되는 보안관 사무실이나 경찰서의 게시판에는 여권에 붙어 있던 두 사람의 사진이 복사되어 간단한 인상 설명과 함께 붙여졌다. 캐나다, 멕시코의 국경도 엄중하게 감시되었다. 그러나 린 부부를 잡아들이는 것은 미국 본토라는 거대한 둥우리에서 두 마리의 개미를 찾아내는 것같이 어려운 일이었다.

"이렇게 긴급한 경우를 생각해서 미리 숨을 장소를 완전히 준비해 두었던 게 분명해."

본 경감이 원망스러운 듯 말했다.

"그러나 곧 잡힐거야. 영원히 숨을 수는 없을 테니까."

토요일 아침 외국에서 세 통의 전보가 도착했다. 한 통은 파리 경시청에서 온 것이었다.

'조회한 두 사람은 1925년 폭행강도죄로 파리 경찰에서 수배중인 인물임. 여기에서는 퍼시 스트랭 부부라고 했었음.'

두 번째 전보는 부다페스트에서 온 것이었다.

'1920년 이래 보석절도죄로 부다페스트 경찰에서 수배중인 퍼시 트럭스턴 및 그 부인이 조회인물에 해당함.'

세 번째 전보는 가장 도움이 되었는데, 빈에서 보내온 것이었다.

'조회한 인상에 해당하는 부부는 이곳에서는 퍼시와 베스 아닉스터로 알려져 있고, 작년 봄 프랑스 여행자에게서 5만 프랑을 사기치고, 또한 값비싼 보석류를 훔친 인물임. 미국 경찰에서 이러한 남녀를 구치시키고 있으면 즉시 인도해 주기 바람. 훔친 물건은 아직 회수되지 않았음.'

그 밑에는 훔친 보석에 대한 상세한 설명이 붙어 있었다.

"그 부부를 잡게 되면 재미있는 국제적 다툼이 일어나겠군."

본이 중얼거렸다. 경감, 엘러리, 야들리 교수 세 사람은 브래드우드 저택의 포치에 앉아 있었다.

"프랑스, 헝가리, 오스트라아에서도 수배중인 인물이더군요."

"아마도 세계 법정에서 특별회의를 소집하게 되겠죠."

엘러리가 입을 열었다.

교수가 얼굴을 찡그렸다.

"자네의 말은 가끔 신경에 거슬린단 말이야. 왜 사물을 정확히 말하지 않는 거지? 상설국제사법재판소야. 그리고 그런 경우의 모임은 '특별'이 아니라 '임시'라고 불러야 하네."

"예, 예." 하고 말하며 엘러리는 눈동자를 이리저리 움직였다.

"부다페스트가 처음으로 당했던 것 같소. 1920년에 말이오."

본이 말했다.

"런던 경시청에서까지도 그 부부를 넘겨달라고 한다 해도 난 놀라지 않겠네." 하고 야들리 교수가 말했다.

"그렇지는 않을 겁니다. 그 사람들은 빈틈이 없으니까요. 만일 우리가 조회를 의뢰한 사람들의 인상에 부합되는 인물이 발견되지 않는다면, 그 두 사람은 런던에서는 범죄기록이 없다고 보는 게 옳을 겁니다. 교수님의 단벌 옷을 걸어도 좋아요."

"그 사람들이 정말 영국인이라면 영국에는 접근하지 않았을 겁니다. 남자 쪽이 중앙 유럽 태생일 가능성이 아주 많긴 하지만……. 옥스퍼드 사투리는 고상한 척하고 흉내내기 쉬운 것이니까요."

엘러리가 말했다.

"한 가지 확실한 것은, 그들이 파묻은 도난품은 빈에서 가로챈 물건이라는 겁니다. 보석상조합과 그 분야 사람들에게 경고를 해두지요. 그러나 시간 낭비일 겁니다. 그들은 미국의 장물 취급자들과는 그다지 안면이 있을 것 같지 않아요. 어지간히 돈에 급하지 않는 한, 합법적인 보석상인들에게 접근하지는 않을 테니까요."

경감이 말했다.

"제가 이상하게 생각하는 것은 유고슬라비아에서 아직 회신이 오지 않고 있다는 사실입니다."

엘러리가 먼 곳을 바라보는 듯한 눈으로 중얼거렸다.

그 날 저녁 늦게 안 사실이지만, 본 경감의 유고슬라비아의 동료에게서 회신이 늦어진 것은 지극히 그럴 만한 이유가 있었기 때문이었다. 그들은 전화나 전보로 끊임없이 들어오는 린 부부에 관한 조사보고서를 검토했다. 한 형사가 봉투를 흔들면서 달려왔다.

"경감님, 전보가 왔습니다."

"오, 이젠 알 수 있겠지."

이렇게 말하며 경감은 전보를 잡아챘다.

그러나 유고슬라비아의 수도 베오그라다의 경시총감으로부터 온 전보에는 다음과 같은 사항밖에 적혀 있지 않았다.

'트바르 형제 및 벨랴 크로삭에 관한 보고 지연에 대해 사과함. 독립국이었던 몬테네그로가 소멸되었고, 또한 몬테네그로 측의 기록서류가 약 20년이나 경과되었기 때문에 찾아내기 힘들었음. 그렇지만 위의 두 집안이 존재했었던 것엔 의문의 여지가 없고, 대대로 원수 관계에 있었는가의 여부는 현재 면밀히 조사중임. 2주일 이내에 그 결과를 통보할 수 있으리라 믿음.'

제23장 작전회의

일요일이 지나고 월요일이 되었다. 그동안 얼마나 조금밖에 성과를 올릴 수 없었는지, 또한 두 개의 살인사건의 잔해 속에서 얻어낸 단서가 얼마나 보잘것없었는지를 알고는 실로 놀랄 수밖에 없었다. 이 세상 어디에 있는지도 모르는 그 영국인들이 끝까지 잡히지 않으면 경감은 언젠가는 졸도를 할 것이라고 엘러리는 확신했다. 어떠한 방법을 취해야 하는지에 대해 거듭되는 지겨운 회의와 절망적인 토론은 언제나 똑같은 문제에 부딪쳐서 막다른 곳에 봉착했다. 크로삭은 어디에 있을까? 놀랄 만한 수법을 지닌 이 사건의 주연 배우 중 한 사람인 크로삭은 어떤 인물인가? 또 그는 왜 꾸물거리고 있는 것인가? 그의 복수는 아직 끝나지 않았다. 그가 저지른 범죄의 성질로 보아 체포되는 것을 두려워한다거나, 아니면 끊임없이 경찰이 뒤쫓고 있기 때문에 남은 두 트바르 형제의 생명을 노리는 것을 포기했다고는 생각할 수가 없다.

"우리들이 안드레야의 보호를 정말 완벽하게 했나 봅니다. 크로삭이 활동을 멈추고 있는 것은 아직 그가 밴의 거처와 또 어떻게 변장을 하고 있는지 모르기 때문이라고 생각할 수 있습니다. 우리들이 크로삭을 감쪽같이 속인 거죠."

월요일 밤에 엘러리가 한심하다는 듯이 교수에게 말했다.

"그리고 우리 자신까지도."

야들리가 덧붙여 말했다.

"난 조금 지겨워지기 시작했네, 퀸. 이런 것이 범인을 쫓는 사람의 피 끓는 모험이라면 나는 역사적 사실의 근원을 찾으면서 여생을 보내는 것에 만족하겠네. 자네, 나하고 같이 일해 보지 않겠나? 그것이 이것보다도 훨씬 파란만장하다는 것을 알 수 있을 걸세. 언젠가 자네에게 이야기한 적이 있지. 프랑스의 육군 장교인 부사르가 저지대 이집트에서 이집트학에 있어 귀중하기 짝이 없는 그 유명한 현무암 비석 로제타 스톤을 어떻게 발견했는지를. 그 뒤 32년 동안, 샹폴리옹이 나타나서 세 개의 단어로 프톨레마이오스 5세의 공적 내용을 해석하기까지 얼마나 그것이……."

엘러리는 우울한 얼굴로 말했다

"크로삭이라는 커다란 문제에 비하면 쓸모없고 하찮은 문제지요. 웰스는 <투명인간>을 쓸 때에 그 남자를 염두에 두었던 게 틀림없습니다."

그 날 저녁 스티븐 메가라는 기운을 회복했다.

메가라는 브래드우드 저택 응접실 중앙에 우뚝 버티고 서서 청중을 내려다보고 있었다. 본 경감도 그 장소에 때맞춰 와서 셰라턴(토마스 셰라턴, 1751~1806, 영국의 가구 디자이너)풍의 의자에 걸터앉아 담배를 피우기도 하고, 불안한 듯이 손톱을 물어뜯기도 했다. 엘러리는 야들리 교수와 나란히 앉아서 메가라의 힐난하는 듯한 눈 속에서 자신이 얼마나 바보같이 비쳐지고 있는지를 통감했다. 헬레네 브래드와 조나 링컨은 둘 다 침착하지 못한 모습으로 소파를 점령하고 있었다. 아이셤 지방검사는 요트맨의 요청에 의해 미네올라에서 일부러 와 있었는데, 양 엄지손가락을 빙빙 돌리면서 문 쪽을 향해 끊임없이 기침을 했다. 스위프트 선장은 모자를 만지작거리며, 고용주 뒤에 서서 딱딱한 칼라가 불편한지 뼈만 앙상한 목을 연신 돌렸다. 템플 의사는 불려오지는 않았지만, 남아달라는 요청을 받았기 때문에 불 없는 거무스름한 난로 옆에 우두커니 서 있었다.

"자, 여러분, 내 이야기를 들어보십시오."

메가라는 날카로운 목소리로 말했다.

"특히 본 경감과 아이셤 씨는 잘 들어주십시오. 브래드가 그렇게 되고 나서 벌써 3주일이 되었습니다. 내가 돌아온 이후로도 벌써 열흘이 지났습니다. 그 사이에 당신들은 얼만큼의 일을 하셨는지 말씀해 주시기 바랍니다."

본 경감은 세라턴 의자 속에서 머뭇거리고 있다가 소리쳤다.

"그 말은 마음에 들지 않는군요. 우리들이 전력을 다하고 있는 것은 당신도 잘 알고 있잖소."

"충분하다고는 말할 수 없습니다."

메가라가 단호하게 말했다.

"기대한 것의 절반도 하고 있지 않습니다. 당신들은 범인이 누군지 알고 있어요. 인상도 어느 정도 알고 있고. 내가 보기엔 정말로 전력을 다한다면 당신의 지휘 아래 그 범인을 붙잡는 것은 지극히 간단하다고 생각된단 말입니다."

"그것은 단지 시간문제입니다, 메가라 씨. 사실 그렇게 간단한 것만도 아닙니다. 당신들은 정직하게 우리에게 말해 주지 않았습니다. 당신들은 우리들이 시간을 허비하게 만들었습니다. 당신들 누구 하나 탁 털어놓고 숨김없이 얘기해 준 사람이 없었어요."

아이셤이 달래듯이 말했다. 그의 벗겨진 가운데 머리 부분이 붉고 축축해졌다.

"농담은 그만두시오."

본이 일어섰다.

"그것은 당신에게도 해당됩니다, 메가라 씨."

본은 늑대 같은 미소를 지으면서 말했다.

요트맨의 험악한 표정은 변함이 없었다. 그 뒤에서 스위프트 선장이 파란 제복의 소매 끝으로 입을 닦고는 한쪽 팔을 불거진 주머니 속에 집어넣었다.

"뭐라고요?"

"자, 자, 본 씨."

지방검사가 걱정스러운 듯이 말했다.

"지금 '자, 자, 본 씨'라고 말할 때가 아니오. 여기는 나에게 맡겨 주시지요, 아이셤 씨."

경감은 아주 험악한 얼굴을 하고서 앞으로 걸어나가 메가라와 가슴이 닿을 정도로 가까이 마주 섰다.

"당신, 모든 것을 남김없이 털어놓지 않겠소? 어때? 우리는 아무 상관이 없는데. 브래드 부인은 우리들에게 거짓말을 해서 완전히 샛길로 빠지게 했고 그녀의 그런 허튼 수작을 딸과 링컨이 입을 맞추어 감싸 주었소. 폭스는 폭스대로 우리들에게 엉뚱한 헛걸음을 시켜서 귀중한 시간과 정력을 낭비하게 했지. 여기에 계시는 템플 의사는……"

의사는 깜짝 놀랐다. 그는 천천히 본의 험악한 옆모습을 바라보면서 파이프에 담배를 채우기 시작했다.

"귀중한 정보를 가지고 있으면서도 자기 혼자서 그 두 강도를—아마도 더 흉악한 놈일지도 모르지만—잡아서 영웅이 되려고 했소. 그 결과 강도들은 감쪽같이 도망가 버렸고, 머리를 심하게 얻어맞았소. 벌을 받은 게요."

"당신은 방금 전에 나에 대한 뭔가를 얘기했는데? 내가 무슨 짓을 해서 당신네들의 수사를 방해했다는 게요?"

메가라는 침착한 어조로 자신의 눈을 경감의 눈에 고정시키며 말했다.

"본 경감님."

엘러리가 꺼림칙한 듯 느릿느릿 말을 걸었다.

"당신은 조금, 저…… 감정에 치우쳐 있는 게 아닙니까?"

"당신에게도 끼여들지 말라고 하고 싶은데."

본은 돌아보지도 않고 소리쳤다. 완전히 흥분해서 눈을 똑바로 뜬 채, 목 근육이 굳어져 있었다.

"좋소, 메가라 씨, 당신은 얼마 전에 우리들에게 어떤 이야기를 해주었소."

메가라의 큰 키가 꿈쩍도 하지 않았다.

"그래서?"

본은 기분 나쁜 미소를 지었다.

"그래, 잘 생각해 보시죠."

"모르겠군. 확실히 말해 주시지."

메가라는 차갑게 대답했다.

"본 씨."

아이셤이 애원하듯이 말했다.

"할 말 다 하게 해주시지요. 당신은 내가 무슨 말을 하고 있는지 알고 있을 텐데? 오래 전에 세 남자가 서둘러 도망을 쳤어. 왜 그랬지?"

메가라의 눈이 한 순간 감겨졌다. 그러나 입을 열었을 때 그의 어조는 정말이지 당혹스러운 듯했다.

"그 이유는 이미 이야기했을 텐데?"

"확실히 듣긴 했지. 나는 당신이 우리들에게 '이야기한 것'을 묻는 게 아니야. 당신이 '이야기하지 않은 것'을 묻고 있는 거야."

메가라는 어깨를 으쓱하고는 뒤로 물러나 미소지었다.

"아니오, 경감. 내가 보기엔 이 수사에 당신이 너무 집착하고 있는 것 같소. 나는 있는 그대로를 이야기했소. 물론 내 경력을 한 시간 안에 다 이야기할 수는 없는 노릇 아니겠소? 무언가 빠뜨린 이야기가 있다면……."

"중요하지 않다고 생각했기 때문이란 말이지?"

본은 조금 큰소리로 웃었다.

"아주 듣기 좋은 변명이오."

경감은 빙그르 몸을 돌려 자신의 의자 쪽으로 두 걸음 정도 걸었다. 그리고서 또 빙그르 다시 돌아서 요트맨과 얼굴을 마주 대했다.

"그렇지만 이건 기억해 두셨으면 하오. 당신은 방금 전에 우리들에게 설명해 달라고 했지만 우리들의 일은 살인을 수사하는 것만이 아니오. 뒤얽혀 있는 동기나 숨겨진 사실, 또는 새빨간 거짓말을 전부 씻어내는 것도 우리들의 일이란 말이오. 이것만은 꼭 기억해 주어야겠소."

경감은 납작한 볼을 부풀리면서 자리에 앉았다.

메가라는 그 폭이 넓은 어깨를 흔들었다.

"아무래도 요점에서 빗나간 듯하군요. 내가 이 작전회의를 소집한 것은 토론이나 말다툼을 하기 위한 것이 아니었소. 그러한 인상을 주었다면, 경감, 내가 사과하겠습니다."

본은 '흥' 하고 콧소리를 낼 뿐이었다.

"나는 확실한 생각을 가지고 있습니다."

"그거 잘됐군요."

아이셤이 진지하게 말하며 앞으로 다가섰다.

"멋집니다, 메가라 씨. 그런 마음가짐이 좋습니다. 우리들은 건설적인 의견이라면 즉각 받아들일 생각입니다."

"건설적인지 어떤지는 모르지만……."

메가라는 발에 힘을 주었다.

"우리들은 모두 크로삭이 공격해 오기를 기다리고 있습니다. 그런데 상대는 그렇게 나오지 않았소. 내가 단언하건대 놈이 언젠가는 공격해 올 것이 분명하오."

"그래서 어떻게 하겠다는 거요!"

경감이 신랄한 어조로 물었다.

"초대장이라도 보낼까?"

"바로 그거요."

메가라의 눈이 본의 눈을 도려내듯 빤히 쳐다보았다.

"올가미를 만들어서 유인하는 것도 좋지 않겠습니까?"

"올가미? 어떻게 하자는 거요?"

요트맨의 하얀 이가 '반짝' 하고 빛났다.

"구체적으로는 아무것도 생각해 보지 않았소, 경감. 요컨대 이런 일에 있어서는 나보다도 당신들 쪽이 경험이 많을 테니까 맡겨두지요. 그러나 크로삭이 언젠가 나올 것이라고 알고 있는 이상, 이쪽은 아무런 손해가 없소. 놈은 나를 노리고 있겠지요? 좋습니다. 노리도록 해두는 겁니다. 내 생각에는 당신네들이 계속 이 부근에 나와 있기 때문에 그 놈이 몸을 숨기고만 있는 겁니다. 당신들이 또 한 달을 이 근처에 있는다면, 그 남자도 또다시 한 달 동안 몸을 숨기겠지요. 그러나 당신들이 물러나면, 예를 들어 포기해 버렸다고 공표라도 한다면……."

"명안이오." 하고 지방검사가 외쳤다.

"메가라 씨, 정말 좋은 생각이오. 우리들이 좀더 빨리 생각해내지 못한 것이 유감입니다. 경찰이 현장에 우글우글하고 있는 데야 크로삭으로서도 어쩔 도리가 없겠지."

"그러나 그놈은 상당히 조심스런 녀석이라, 우리들이 갑자기 이곳에서 사라져 버리면 그 이유를 그놈 또한 알아차릴 거요."

본이 외치듯 말했다. 그러나 그 눈은 깊이 생각하고 있는 듯한 표정이었다.

"그놈은 무섭게 머리가 좋은 녀석이오. 그러므로 반드시 수상쩍다고 느낄 것이 틀림없어. 그러나 당신이 한 말에도 일리는 있지."

경감은 꺼림칙하게 생각하며 덧붙였다.

"생각해 볼 가치는 있소."

엘러리가 눈을 반짝이며 무릎을 내밀었다.

"메가라 씨, 그 용기는 칭찬해 마지 않습니다. 물론 실패할 경우엔 어떻게 될지 알고 계시겠죠?"

메가라는 조금도 웃지 않았다. 그리고 신중한 어조로 말했다.

"내가 세계 이곳저곳을 돌아다녔을 때 위험한 경우가 없었다고는 생각지 마시오. 나는 그 녀석의 영리함을 결코 과소평가하고 있지 않소. 그렇다고 결코 운에 맡겨두고 우선 해보자는 식의 생각도 아니오. 이쪽에서 감쪽같이 잘만 해낸다면 그놈은 나를 해치우려고 달려들 거요. 그러나 내 쪽은 충분히 준비가 되어 있단 말이오. 선장과 내가 말이오. 어떻소, 선장?"

노선원은 무뚝뚝하게 말했다.

"나는 아직 송곳 하나로 해치우지 못할 만큼 무서운 녀석을 만나본

적이 없습니다. 그러나 그것도 옛날 이야기지요. 요즈음은 훌륭하고 번쩍번쩍한 권총이라는 것이 있습니다, 메가라 씨. 하지만 당신도 가지고 있을 테죠. 둘이 있으면 하찮은 바보녀석쯤은 해치우는 데 그다지 시간이 걸리지 않을 겁니다."

"스티븐, 당신은 설마 그 무서운 미치광이가 노리고 있는데도 보호를 완전히 풀어버리려고 하는 것은 아니겠지요? 안 돼요, 그런 건."

헬레네가 말했다. 그녀는 손을 링컨에게서 떼고는 요트맨을 응시하고 있었다.

"내 자신의 일은 내가 처리할 수 있소, 헬레네. 어떻게 생각하시오, 경감?"

본은 일어섰다.

"나는 뭐라고 말할 수 없소. 그 일을 맡기에는 너무 책임이 무거워요. 내가 할 수 있는 일이라면 단지 육지나 물에서 부하들이 물러난 것처럼 보이게 하고는 당신의 요트 속에 부하들을 매복시켜 놓는 정도의 일이오."

메가라는 눈썹을 찡그렸다.

"경감, 그것은 좋지 않은 생각이오. 놈은 분명히 눈치를 챌 겁니다."

"그러면 조금 더 생각해 보도록 합시다. 당분간은 어떻게 해야 할지 요트는 그대로 놔두고 상태를 살펴보도록 하겠소. 내일 아침에 연락해 드리리다."

경감이 완고하게 말했다.

"좋습니다."

메가라는 항해복의 주머니를 두드렸다.

"나도 그 사이에 준비를 해두겠소. 나도 남은 일생을 창자가 썩은 청어처럼 '헬레네'호에 틀어박혀 있을 수만은 없으니까. 크로삭이란 놈이 빨리 습격해 오면 그만큼 이쪽도 편해지지요."

"자네는 어떻게 생각하나?"

야들리 교수는 브래드우드 저택의 기둥에 서서, 메가라와 선장이 저택에서 새어나오는 희미한 불빛을 받으며 후미를 향해 빠른 걸음으로 샛길을 내려가는 것을 지켜보면서 엘러리에게 물었다.

"저는, 스티븐 메가라는 바보라고 생각하는데요."

엘러리가 얼굴을 찡그리면서 말했다.

스티븐 메가라는 용기 또는 그 어리석음을 내세울 겨를이 없었다.

다음 날 아침 화요일, 엘러리와 교수가 아침식사를 하고 있는데 한 남자가 내니 아주머니의 항의도 무시하고 경감의 편지를 들고 식당으로 뛰어 들어왔다.

본 경감은 편지에, 바로 조금 전 '헬레네'호의 선실에서 스위프트 선장이 손발을 묶인 채 뒤통수를 얻어맞고서 의식을 잃고 있는 것이 발견되었다고 썼다.

또한 스티븐 메가라의 목 없는 시체가 꽁꽁 굳어진 채 배의 상부구조의 위쪽에 우뚝 솟아 있는 안테나 마스트에 매달려 있는 것이 발견되었다고 했다.

제4부 죽은 남자의 십자가형

많은 범죄수사의 성공 여부는 형사가 극히 사소한 모순을 관찰해낼 수 있는가에 달려 있다. 프라하 경찰의 기록에 남아 있는 가장 어려운 사건 중 하나는 6주일간의 완전한 암흑 속에서 한 젊은 경사가, 죽은 사람의 바지 속 접힌 부분에서 네 알의 쌀알이 발견되었다는 하찮은 사실을 상기함으로써 해결되었다.

— 비토리오 말렌기

제24장 또다시 T

그 날 아침 일행은 묵묵히 본토에서 '헬레네'호로 올라갔다. 며칠간의 소강상태 뒤에 이토록 재빠르고 잔악한 행위가 일어나자 공포에 짓눌린 침묵이 뒤따랐다. 엘러리는 입고 있는 마로 된 옷처럼 창백해져서, 큰 경찰증기선의 난간에 기대어 신경질적으로 요트를 바라보고 있었다. 가슴이 메슥거리는 것은 그가 배멀미에 약한 육지인이기 때문이 아니다. 엘러리는 위가 욱신욱신 쑤시고 가슴이 뛰었다. 메마른 목에서는 멀미가 올라왔다. 그 옆에 조용히 서 있던 교수가 반복해서 중얼거렸다.

"믿을 수가 없어. 무서운 일이야."

동행한 형사들조차도 묵묵히 침묵을 지켰다. 모두들 처음 보는 듯이 요트의 트림 라인을 바라보고 있었다.

갑판 위에서는 사람들 그림자가 부지런히 움직이며 돌아다니고 있었다. 움직임의 중심은 배 상부구조의 중앙 부근이었다. 한 무더기의 사람들이 그곳에 서서 북적거리고 있었고, 점점 사람들 수가 불어나는 동안에 경찰증기선이 뱃전에다 배를 댔다. 증기선을 타고 온 경관과 형사들이 갑판으로 기어올라갔다.

맑디맑은 아침 하늘을 배경으로 파자마를 입은, 기분 나쁜 형체가 피범벅이 된 채 뚜렷이 나타나 있었다. 두 개의 안테나 마스트 중 뱃머리 쪽 마스트에 시체가 단단히 묶여져 있었다. 불과 12시간 전 일행에게 호언장담하며 건장하고 혈기 넘치는 모습을 보여 줬던 남자라고는 생각할 수가 없었다. 시체는 인간 같지 않았다. 그 시체는 손이 닿지 않는 높은 장소에서 일행을 비웃고 있었다. 두 다리는 마스트에 묶인 채 인간의 형상이라고 보기엔 도저히 균형이 맞지 않을 정도로 가늘고 길게 뻗어 있었다. 끔찍한 모습의 육체는 엄청나게 큰 것 같은 착각을 주었다.

"골고다 언덕의 예수로군."

야들리 교수가 숨이 막힌다는 듯 말했다.

"아무래도 믿을 수 없어. 믿을 수가 없어."

그 입술은 재색으로 변해 있었다.

"저는 종교적인 인간은 아닙니다만 교수님, 부탁하건대 신을 더럽히는 말은 하지 마십시오."

엘러리가 천천히 말했다.

"그래요, 정말로 믿을 수가 없어요. 우리들은 옛날 이야기 책을 읽고 있는 겁니다. 역사를 말입니다. 칼리굴라라든가 반달이라든가, 모로크라든가, 아사신이나 종교재판 같은 이야기들을요. 손발을 자르고 꼬챙이에 꿰어 죽이거나 껍질을 벗긴다든가 하는……, 피비린내 나는 피로 이어진 이야기 말입니다. 그러나 단지 책을 읽는 것만으로는 김이 오르는 듯한 뜨끈한 공포는 도저히 느낄 수가 없지요. 보통인간은 인간의 몸을 파멸시키려고 하는 미치광이의 복잡 기괴한 갖가지 모습을 상상할 수가 없습니다. 그리스 전쟁이나 세계대전이 있었고, 유럽에서는 지금 포그롬스(pogroms ; 유태인 박해)가 횡행하고 있다고는 해도, 어쨌든 20세기의 오늘날 우리들은 인간의 잔학한 무서움을 확실히 이해하지는 못하고 있습니다."

"그런 것을 말해 보았자 헛된 이야기일 뿐이지."

교수는 무뚝뚝하게 말했다.

"진실은 자네도 모르네. 나도 몰라. 그러나 나는 귀향 군인의 이야기를 들은 적이 있는데……."

"그것과 이것과는 관계가 없어요." 하고 엘러리가 중얼거렸다.

"특정한 개인과는 관계가 없어요. 집단적인 미치광이들은 광기에 젖은 한 개인의 악마적인 행위만큼 직접적으로 구역질이 나는 건 아네요. 아니, 이런 이야기는 그만두기로 하죠. 저는 그렇지 않아도 벌써 가슴이 메슥거리고 있어요."

둘은 증기선이 '헬레네'호의 배에 댈 때까지 말을 하지 않았다. 그들은 사다리를 타고 갑판에 올라갔다.

그 날 아침 '헬레네'호의 갑판을 점령하고 있던 모든 사람들 가운데에서 유독 본 경감만은 이 범죄의 잔혹한 양상에 조금도 동요하지 않았다. 경감에게 있어서 이것은 하나의 일이었던 것이다. 확실히 싫은 일, 피비린내 나는 일이었지만, 이것은 바로 경감의 임무였다. 때문에 경감이 눈을 두리번거리며 독설을 토해낸다 하더라도 그것은 스티븐 메가라가 부서진 양초인형처럼 안테나 마스트에 축 늘어져 있기 때문이 아니라, 부하들의 구제불능의 무능 때문인 것이다.

경감은 수상 경찰의 경위를 향해 소리치고 있었다.

"어젯밤 아무도 자네들 눈을 빠져나간 놈이 없단 말이지?"

"예, 경감님, 맹세해도 좋습니다."

"변명은 그만둬. 누군가가 빠져나간 거야."

"밤을 새워 망을 보았습니다, 경감님. 물론 우리들에게는 보트가 네 척밖에 없기 때문에 물리적으로는 가능했을지도 모르겠습니다만."

"물리적으로 가능하다? 바보 같은 소리 하지 마. 실제로 뚫고 들어왔단 말이야."

경감이 호통을 쳤다.

경위는 젊은 남자였다. 그는 얼굴을 붉혔다.

"제 생각에는, 경감님, 범인은 본토에서 온 게 아닐까요? 요컨대 우리들은 북쪽만을, 즉 요트에 대해 만(灣) 쪽으로밖에 감시하지 않았잖습니까. 범인은 브래드우드나 그 부근에서 온 게 아닐까요?"

"자네의 의견을 들어보고 싶으면 내가 먼저 묻겠네."

경감은 소리를 질렀다.

"빌."

사복의 남자가 말없이 있던 형사들 사이에서 앞으로 나왔다.

"자네는 여기에 대해 할 말이 있는가?"

빌은 제멋대로 자란, 수염이 무성한 턱을 비비면서 난처해했다.

"아무래도, 경감님, 우리들 쪽은 담당구역이 넓어서요. 꼭 범인이 그 쪽으로 왔다고는 말할 수 없습니다. 설령 그렇다고 하더라도 우리들이 문책받을 이유는 전혀 없습니다. 경감님도 잘 알고 계시겠지만, 숲 덤불을 살짝 빠져나가는 거야 아무것도 아니죠."

"자네들, 잘 듣게."

경감은 한 발자국 물러나서 오른쪽 주먹을 꼭 쥐었다. 일동은 조용히 듣고 있었다.

"나는 이러쿵저러쿵하는 이론이나 변명 따위는 듣고 싶지 않아, 알겠나! 나는 사실을 알고 싶단 말이야. 범인이 어떻게 해서 요트에 들어왔는가가 중요해. 뉴욕 해안에서부터 후미를 가로질러 왔는지 아닌지 그것을 아는 것이 중요한 거야. 롱아일랜드 본토에서 왔는지도 알아봐야 하고. 브래드우드 저택 쪽에서 빠져나왔다고는 생각할 수 없어. 범인은 그쪽을 경비하고 있다는 것을 잘 알고 있을 테니까. 빌, 자네가 해야 할 일은……."

증기선 한 척이 파도를 일으키며 보트를 한 대 끌고와서는 요트 옆에 댔다. 엘러리는 그 보트를 어디선가 본 것 같은 느낌이 들었다. 증기선 속에서 한 경관이 일어서며 외쳤다.

"발견되었습니다."

일동은 모두 난간에 기대섰다.

"뭐야, 저것은?" 하고 경감이 소리쳤다.

"이 보트가 해안 후미에서 표류하고 있는 것을 발견했습니다."

경관이 큰소리로 부르짖었다.

"표시를 보니까 브래드우드 옆 저택의 것입니다."

한 가닥의 빛이 경감의 눈에서 반짝였다.

"린의 보트다. 틀림없어. 그것일 줄 알았지. 뭐라도 좀 있는가?"

"보트의 노만 있을 뿐, 그 밖엔 아무것도 없습니다."

경감은 빌에게 빠르게 명령했다.

"부하를 둘 데리고 린 저택으로 가게. 부두를 특히 주의 깊게 조사해. 그리고 그 부근의 땅에 발자국이 있는지의 여부도 구석구석 이 잡듯이 조사하고. 놈이 그쪽으로 오기 전의 경로를 알 수 있는지도 살펴보게."

엘러리는 한숨을 쉬었다. 빙 둘러선 사람들은 떠들썩했다. 명령을 받은 형사들은 뱃전 쪽에서 웅성웅성 댔고, 본은 큰 걸음으로 걸어다녔다. 야들리 교수는 무전기사의 작은 방문 앞에 기대어 서 있었다. 그 위로 안테나 마스트와 스티븐 메가라의 시체가 하늘 높이 치솟아 있었다. 아이셤 지방검사는 겁먹은 듯한 모습으로 난간에 기대어 서 있었다. 작은 모터보트가 깜짝 놀란 템플 의사를 태우고 달려왔다. 브래드우드의 부두에는 사람의 모습들이 조그맣게 보였다. 거기에는 하얀 스커트를 입은 여자의 모습도 보였다.

잠시 주위가 조용해졌다. 경감이 엘러리와 교수가 서 있는 곳으로 와서 문에 팔꿈치를 기대 세우고는 여송연을 입에 물고 딱딱하게 굳은 시체를 명상하듯 올려다보았다.

"어때요, 당신들? 마음에 드셨소?" 하고 본이 물었다.

"오싹하군. 마치 미치광이의 악몽 같소. 또다시 T자요."

교수가 중얼거리듯 말했다.

엘러리는 바로 그때 순간적으로 적잖이 허를 찔린 듯한 느낌이 들었다. 바로 그렇다. 마음의 동요로 인해 시체를 매단 안테나 마스트의 의미를 완전히 간과해 버리고 있었던 것이다. 마스트의 세로 기둥과 꼭대기의 가로막대는—그곳으로부터 반대쪽의 선실 위로 솟아 있는 막대까지 안테나가 매어져 있었다. —강철로 만든 화려한 T자 모양을 연상시켰다. 엘러리는 그때야 비로소 높이 걸려 있는 시체 뒤의 지붕에 두 남자가 서 있는 것을 알아차렸다. 한 사람은 검시관인 럼센 의사라는 걸 알 수 있었으나, 다른 한 사람은 지금까지 만난 적이 없었다. 그 남자는 얼굴색이 조금 거무스름하고 앙상하게 마른 노인인데, 뱃사람인 듯했다.

"지금 곧 시체를 내릴 겁니다."

경감이 말했다.

“저쪽에 올라가 있는 노인은 뱃사람인데, 밧줄의 매듭에 밝은 사람입니다. 밧줄을 끊고 시체를 내리기 전에 밧줄의 매듭을 살펴보고 싶어서요. 롤린즈, 어떻습니까?”

경감이 노인을 향해 큰 소리로 말했다.

매듭에 밝다는 그 노인은 머리를 흔들며 몸을 똑바로 폈다.

“경감님, 뱃사람이면 누구라도 이런 매듭은 짓지 않아요. 대단히 서툰 풋내기가 한 듯한 매듭입니다. 그리고 이것은 3주일 정도 전에 경감님이 보여준, 햇볕에 말린 밧줄의 매듭과 똑같은 건데요.”

“좋습니다.” 하고 경감이 호쾌하게 말했다.

“내리세요, 박사님.”

경감이 뒤를 돌아보았다.

“또 햇볕에 말린 밧줄을 사용했군. 배에서 밧줄을 찾을 때까지의 시간이 아까웠던 모양입니다. 이 배는 구식 범선과는 구조가 다르니까요. 브래드를 토템 기둥에 묶을 때 사용한 밧줄에 있었던 것과 똑같은 매듭입니다. 같은 매듭, 결국 같은 범인이라는 뜻이지요?”

“반드시 동일인이라고는 할 수 없어요.”

엘러리가 말했다.

“그렇지만 다른 점에서는 당신이 말한 그대로입니다. 정확히 어떻게 된 겁니까, 경감님? 스위프트 선장도 공격당했다고 들었습니다만.”

“그렇소. 그 가엾은 얼간이 노인은 아직도 의식불명입니다. 조만간 무슨 이야기라도 들을 수 있겠지요. 올라오십시오, 박사님.”

본은 템플 의사에게 소리쳤다. 템플 의사는 아직 모터보트의 뱃전에 선 채로 머뭇거리며, 요트에 올라가도 좋을지 망설이고 있었다.

“당신이 도와주실 것이 있소.”

템플은 끄덕거리면서 사다리를 올라왔다.

“이것 참.” 하고 의사는 중얼거리며 시체를 정신팔린 듯이 바라보고 나서 무전기사 방으로 들어갔다. 본이 벽을 가리키자 템플 의사는 선실

옆쪽에 간단한 사다리가 있음을 눈치채고 거기로 기어올라갔다.

엘러리는 혀를 찼다. 이 참극의 충격으로 완전히 정신이 나가버려서 갑판 위에 핏줄이 그어져 있는 것을 지금까지 알아차리지 못했던 것이다. 핏자국은 덩어리나 거품이 되어 메가라의 선실에서 시작되어 죽 무전기사 방의 지붕으로 오르는 사다리까지 계속되어 있었다. 지붕으로 가자 템플 의사는 럼센 의사에게 인사하고는 자기를 소개했다. 두 의사는 뱃사람 노인의 도움을 받으며 시체를 끌어내리는 끔찍한 일에 착수했다.

"이렇게 된 겁니다."

본은 빠른 말로 또 이야기해 나가기 시작했다.

"오늘 아침 부하 한 사람이 브래드우드의 부두에서 당신들이 지금 본 대로 시체가 늘어져 있는 것을 발견했습니다. 즉시 이리로 달려와 보니 스위프트 선장은 닭처럼 손발이 묶여 선실에 뒹굴고 있었고, 뒤통수가 피투성이가 된 채 완전히 의식을 잃고 있더군요. 즉시 간단한 응급처치를 해서 쉬게 했습니다만, 박사님, 스위프트 선장을 좀 봐주십시오."

경감은 템플에게 말했다.

"이쪽이 끝나면 곧 그러죠."

템플은 끄덕였다.

그리고 경감은 또 말을 계속 이었다.

"럼센 박사님이 이곳에 도착해서 즉시 그 노인을 응급처치해 주었습니다. 내가 본 바로는—알고 있는 사실이 이게 전부입니다만—이제 이야기는 확실해졌다고 생각합니다. 어제 저녁에는 메가라와 선장 외에 배에는 아무도 없었지요. 크로삭은 어떻게 해서든 린의 저택에 기어들어가 그곳의 부두에 묶여 있던 보트를 훔쳐서 요트까지 저어온 겁니다. 어젯밤엔 깜깜하게 어두웠었고, 요트에 있던 불빛이라곤 규정상의 정박등 한 개뿐이었지요. 그 녀석은 배에 들어와서는 우선 선장의 머리를 때려눕혀 손발을 묶어두고는 곧바로 메가라의 선실로 숨어 들어가서 해치운 겁니다. 선실은 참혹한 모습으로 브래드가 살해당했을 때의 서머하우스와 똑같습니다."

"물론 어딘가에 피로 쓰여진 T자도 있었겠지요?"

엘러리가 물었다.

"메가라의 선실 문에 있더군요."

본이 막 깎은 턱수염을 긁었다.

"아무리 생각해도 도저히 믿기지가 않아요. 나는 지금까지 살아오는 동안 수많은 살인을 보아왔습니다만, 이같이 냉혈한 짓은 본 적이 없어요. 생각들 해보세요. 마치, 예를 들면 카모라 당 살인사건을 수사하는 것과 같이 산 사람을 잘라놓았으니. 선실에 들어가서 모습을 보면 알 수 있습니다. 그러나 아무래도 보지 않는 게 좋을지도 모르겠군요. 마치 도살장 같습니다. 그놈이 마루에서 똑바로 목을 내리쳤는지 요트 전체가 빨갛게 물들 정도로 그곳은 피로 얼룩져 있습니다."

경감은 생각에 잠기듯이 덧붙였다.

"메가라의 시체를 선실에서 끌어내어 무전기사의 골방 지붕까지 사다리를 타고 운반해 올리는 것도 대단한 일이었을 겁니다만, 브래드를 토템 기둥에 매다는 것만큼 어렵지는 않았을 겁니다. 아무튼 크로삭이란 놈은 힘이 센 녀석이 틀림없소."

"내 생각엔 경감, 그놈은 아무래도 피해자의 피를 뒤집어쓰고 있지 않겠소? 핏자국이 있는 옷을 입고 있는 놈을 찾아내면 단서가 발견되지 않겠습니까?"

야들리가 말했다.

"아닙니다."

엘러리가 경감보다 먼저 대답했다.

"이 흉악한 행위는 클링이나 브래드를 죽인 것처럼 미리 충분한 계획을 세워서 준비한 겁니다. 크로삭은 자신의 행위로 인해 피를 뒤집어쓰게 될 것을 알고 있어서, 어떠한 경우에라도 갈아입을 옷을 준비해 두었을 겁니다. 아주 초보적인 것이지요. 경감님, 제 생각으로는, 보따리라든가 싸구려 작은 가방을 든 절름발이 남자를 추적하면 될 겁니다. 피투성이가 된 옷 밑에 갈아입을 옷을 껴입었다고는 생각할 수 없으니까요."

"거기까지는 생각지 못했소."

경감이 털어놓았다.

"좋은 착안입니다. 하지만 양쪽 다 수배하지요. 크로삭이 서성거릴 만한 장소에 부하를 배치해 놓겠습니다."

경감이 뱃전 너머로 몸을 굽히고는 증기선에 있던 한 형사에게 명령을 내리자, 증기선은 즉각 출동했다.

시체가 끌어내려지자 럼센 의사는 아무것도 없는 안테나 마스트 바로 밑의 선실 지붕에 무릎 꿇고 앉아 시체를 조사하고 있었다. 템플 의사는 그러기 몇 분 전에 내려와서 난간 부근에서 아이셤과 이야기를 하고는, 거기서 선미 쪽으로 갔다. 조금 있으려니 다른 사람들 모두 그 뒤를 따라서 스위프트 선장의 선실로 향했다.

그곳에 가보니 템플 의사는 죽 뻗은 노선장의 몸 위에 몸을 구부리고 있었다. 스위프트 선장은 침상에 누워 눈을 감고 있었다. 흐트러진 노인의 머리끝에는 마른 피가 엉겨붙어 있었다.

"정신을 차려가고 있습니다." 하고 의사가 말했다.

"심한 상처군요. 내가 당했던 것보다 훨씬 심해요. 건강한 노인이었기에 망정이지 보통 사람이었다면 뇌진탕을 일으켰을 겁니다."

선장의 선실은 조금도 흐트러지지 않았다. 아무래도 범인은 조금도 저항을 받지 않았던 것 같다. 엘러리는 침대에서 손이 닿는 테이블 위에 조그마한 자동권총이 뒹굴고 있는 것을 보았다.

"쏘진 않았습니다."

경감이 엘러리의 시선이 향한 쪽을 보고 말했다.

"스위프트는 저걸 잡을 시간도 없었던 모양이에요."

노인은 구역질을 하는 듯한 신음소리를 냈다. 속눈썹이 경련을 일으키며 열리더니 희끄무레한 힘없는 눈이 나타났다. 노인은 잠시 템플 의사를 지그시 바라보다가 머리를 천천히 돌려 다른 사람들을 쳐다보았다. 그리고 갑자기 격한 고통을 느꼈는지 몸을 움츠리고 머리에서 발끝까지 뱀처럼 꿈틀거리며 눈을 감았다. 잠시 뒤 눈을 떴을 때는 멍한 기색은 사라지고 없었다.

"가만히 있으시오, 선장. 머리를 움직이면 안 돼요. 조그만 장식을 붙여줄 테니까."

의사가 말했다.

일동은 응급처치가 되어 있다는 것을 알았다. 템플 의사는 가방 속을 뒤져서 붕대를 찾아내, 노인의 상처 입은 머리를 붕대로 감았다. 바다의 늙은 용사는 전쟁 부상자가 되어버렸다.

"이젠 기분이 좋아졌소, 선장?"

아이셤 지방검사가 힘있는 어조로 물었다. 지방검사는 노인과 이야기하고 싶어 좀이 쑤시는 듯했다.

스위프트는 신음소리를 내며 말했다.

"좋아진 것 같소. 대체 어떻게 된 겁니까?"

"메가라가 살해되었소."

본이 대답했다.

선장은 눈을 깜박거리더니 메마른 입술을 축였다.

"당했다고요?"

"그래요, 선장. 당신 이야기가 듣고 싶소."

"지금은 내일이겠죠?"

선장이 말하는 의미를 알고 있었기에 아무도 웃지 않았다.

"그렇소, 선장."

스위프트 선장은 선실의 천장을 노려보았다.

"메가라 씨와 저는 어제 저녁 저택을 나와 '헬레네'호로 돌아왔지요. 제가 본 바로는 배에는 아무런 이상이 없었습니다. 우리 둘은 잠시 이야기했지요. 메가라 씨는 완전히 일을 마무리지은 뒤 아프리카로 여행하고 싶다는 등의 이야기를 했습니다. 그리고서 우리 둘은 헤어졌지요.

그 사람은 자기 선실로, 나는 내 방으로. 그러나 그 전에 나는 항상 하던 대로 갑판을 한 바퀴 돌았소. 파수꾼이 아무도 없기 때문에 주의를 해야 한다고 생각했었죠."

"배 안에 누군가가 숨어 있었던 낌새는 전혀 없었나요?"

엘러리가 물었다.

"그래요."

선장은 잠긴 목소리를 냈다.

"그러나 그거야 확실히 얘기할 수 없죠. 선실의 어딘가에, 혹은 아래쪽에라도 숨어 있었는지 모르니까."

"그리고서 당신은 당신 방으로 돌아갔군요."

아이셤이 기운을 내라는 듯이 말했다.

"그것이 몇 시였습니까, 선장?"

"일곱 점종(點鍾)이 있었소."

"11시 반이군요."

엘러리가 중얼거렸다.

"그렇습니다. 나는 잘 때는 곯아떨어지는 편입니다. 그런데 몇 시경이라고 말할 수는 없지만 갑자기 정신이 퍼뜩 들었습니다. 그리고 침대에서 일어나 귀를 기울여 보았지요. 뭔가 이상하다는 느낌이 들었던 겁니다. 침대 바로 옆에서 사람이 거친 숨소리를 내고 있는 것이 들리는 것 같았지요. 그래서 급히 테이블 위의 총을 잡으려고 했는데 집어들 시간도 없이 눈에서 불이 튀어나오는 듯하면서 머리를 무언가로 '꽝' 하고 얻어맞았소. 알고 있는 것은 그것뿐이오. 그 뒤는 아무것도 모릅니다.

"정말 아무것도 모르는 것과 다름없군."

아이셤이 중얼거렸다.

"어떤 놈인지 조금도 못 보았나요?"

선장은 조심스럽게 고개를 흔들었다.

"조금도 보지 못했소. 방 안은 아주 캄캄했었고, 또 얻어맞는 순간 눈이 보이지 않았으니까."

일행은 선장을 템플 의사에게 맡기고 갑판으로 돌아왔다. 엘러리는 깊은 생각에 빠져 있었다. 아니, 그 이상으로 번민하고 있었다. 늘 붙어 다니면서도 아무리 해도 잡히지 않는 어떤 생각을 머릿속으로 쫓고 있는 듯했다. 마침내 진절머리가 난다는 듯 엘러리는 머리를 흔들며 쫓는 것을 포기했다.

럼센 의사가 안테나 마스트 바로 밑의 갑판에서 일행을 기다리고 있었다. 매듭 전문가는 가버리고 없었다.

"어떻습니까, 박사님?"

본이 물었다.

검시의는 어깨를 으쓱했다.

"아무것도 확실하게 말할 게 없소. 3주일 전 브래드의 시체에 대해 내가 말한 것을 기억하고 있다면 거기에 덧붙일 말은 하나도 없소."

"폭력의 흔적은 없습니까?"

"목 아래로는 없습니다. 목에서 윗부분은……. 신원확인에는 문제가 없소. 조금 전에 지붕에 올라왔던 템플 의사의 말에 의하면 메가라는 최근에 헤르니아(hernia ; 탈장)로 고생하고 있었다는군요."

검시의는 또 어깨를 으쓱했다.

"메가라도 그렇게 이야기했지요. 틀림없이 말씀하신 대로입니다."

"그렇다면 그 시체는 메가라의 것이 확실합니다. 탈장이 되어 있으니까요. 부검할 필요도 없어요. 시체를 내리자마자 곧 템플 의사가 그것부터 조사하더군요. 그리고는 메가라의 시체라고 했습니다. 그는 메가라를 나체로 진찰한 적이 있다고 하더군요."

"그러면 확실하겠구먼. 메가라가 살해된 것이 몇 시쯤이라고 추정하십니까?"

럼센 의사는 깊이 생각하듯이 눈을 가늘게 뜨고는 허공을 바라보았다.

"여러 가지 점을 합해서 생각하면 오늘 새벽 1시에서 1시 반 사이라고 말하고 싶군요."

"좋습니다, 박사님. 시체 처리는 이쪽에서 하겠습니다. 수고하셨습니다."

"천만에요."

의사는 콧소리를 내며 아래에서 기다리고 있는 증기선 쪽으로 사다리를 기어내려갔다. 그리고는 곧 본토 쪽을 향해 사라졌다.

"경감님, 뭔가 도난당한 물건은 없었습니까?"

엘러리가 눈썹을 모으면서 물었다.

"아니오. 선실에 있던 메가라의 지갑 속에는 현금이 조금밖에 없긴 했지만 없어지지는 않았소. 그리고 벽금고에는 손도 대지 않았고."

"또 한 가지 묻고 싶은데."

엘러리가 말을 하려 할 때 증기선 한 척이 배를 댔다. 땀에 흠뻑 젖은 사람들이 배에서 내렸다.

"어때? 뭔가 단서가 잡혔나?" 하고 본이 물었다.

그 일행의 지휘자는 머리를 흔들었다.

"아무것도 없습니다, 경감님. 1마일 사방의 땅을 철저하게 조사했는데요."

"해안 후미에 가라앉아 있는지도 모르지."

본이 중얼거렸다.

"무슨 이야기요?"

아이셤이 물었다.

"메가라의 머리 말입니다. 발견되지 않는다 해도 달리 뭐라고 할 것은 없겠죠. 해안 후미를 그물로 훑어볼 것까지는 없을 것 같습니다."

"저라면 그렇게 하겠습니다." 하고 엘러리가 말했다.

"그렇지 않아도 그 머리를 찾아보셨는지 물어보려던 참이었습니다."

"그렇군. 당신 말이 맞을지도 모르겠소. 어이, 자네, 준설작업 수속을 하도록 전화를 걸어주게."

"그것이 중요하다고 생각하나?"

야들리 교수가 엘러리에게 물었다.

엘러리는 평소와는 달리 두 손 들었다는 듯이 양팔을 공중에 흔들어 올렸다.

"무엇이 중요하고, 무엇이 중요하지 않은지 제가 알 수 있다면 그거야 대단한 일이겠지요. 제 머릿속에서 무언가가 꿈틀거리고 있긴 합니다만 그것을 아무리 해도 붙잡을 수가 없어요. 꼭 밝혀내야 합니다. 저는 그 무언가를 느끼고 있고, 또 알고 있을 텐데 말입니다."

엘러리는 갑자기 말을 끊고서 담배를 입에 물었다.

"이쯤되면 저는 탐정 중 한 사람으로서 가장 슬퍼해야 할 무능한 인간이라고 말하지 않으면 안 되겠군요."

엘러리는 토해내듯이 말했다.

"너 자신을 알라."

교수는 무뚝뚝하게 말했다.

제25장 절름발이 남자

한 형사가 눈에 익은 봉투를 들고 갑판으로 기어올라왔다.

"그게 뭔가?"

본이 물었다.

"전보입니다. 지금 왔습니다."

"전보?"

엘러리는 천천히 머리를 돌리면서 말했다.

"베오그라드입니까, 경감님?"

본은 봉투를 뜯고 열었다.

"그렇소."

본이 편지를 보면서 마음이 내키지 않는 듯한 모습으로 고개를 끄덕였다.

"너무 늦었어. 이젠 도움이 되지 않아. 뭐라고 쓰여 있소?"

아이셤이 말했다.

경감이 전보를 지방검사에게 건네주자, 아이셤이 소리를 내어 읽어 내려갔다.

'트바르와 크로삭 집안 간의 원한관계에 관한 옛날 기록을 찾아냈음. 트바르 가문의 스테판, 안드레야, 토미슬라프 등 세 명은 벨랴 크로삭의 아버지와 삼촌 두 명을 매복해서 살해한 데다가, 크로삭 집안의 거액의 돈을 훔쳐내어 몬테네그로에서 도망침. 크로삭의 미망인에게서 고발이 들어왔을 때는 너무 늦어 트바르 형제는 체포할 수 없었음. 그 뒤 트바르 형제의 행방이나 크로삭 미망인 및 어린 아들 벨랴의 소식을 전혀

알지 못함. 몇 대에 걸친 원한관계의 상세한 기록은 희망하시면 송부하겠음.'

전보에는 유고슬라비아, 베오그라드 경시총감의 서명이 되어 있었다.

"그렇게 되었군. 결국 자네가 말한 대로야, 퀸. 이 사람들은 평범한 도둑에 불과했어."

야들리 교수가 말했다.

엘러리는 한숨을 쉬었다.

"허무한 승부로군요. 이 전보로 인해 벨랴 크로삭에게는 트바르 형제를 살해할 만한 동기가 그 밖에도 있었다는 것을 알았을 뿐입니다. 가족이 모두 죽임을 당한 데다가 돈까지 빼앗겨 버렸으니. 이것으로 확실해진 것은 극히 사소한 것뿐입니다. 메가라가 크로삭의 행적을 뒤쫓았다고 했는데 아마도 그것은 사실일 겁니다. 단지 몬테네그로에서 탐정을 고용한 것이 아니라, 이 나라에 와서 편지로 많은 사람을 고용했을 겁니다."

"불쌍한 사람이로군. 나는 마음속에서 오히려 동정심이 이는데."

"교수님, 그런 말을 하셔도 이 범죄의 잔혹함을 씻어낼 수는 없어요."

본이 엄격한 어조로 말했다.

"확실히 그 남자에게는 동기가 있어. 어떤 살인이든지 동기는 있지요. 그러나 살인에 동기가 있다 하더라도, 그것으로 인해 죄가 깨끗이 없어지는 거라고 생각하지는 않으시겠지요? 어, 그게 뭐지?"

다른 형사가 관청의 서류 같은 종이뭉치와 전보를 가지고 갑판으로 올라왔다.

"경감님, 경사가 전해 드리라고 해서요. 어제의 보고서입니다."

"흐음."

본은 재빨리 서류를 읽었다.

"린 부부에 대한 것이로군."

"뭐 좀 새로운 것이라도?"

"별로 중요한 것은 없습니다. 어떤 시골 사람들이 그 둘을 발견한 모양입니다. 이것은 애리조나 주에서 온 거로군요. 그쪽에서도 수사를 해 준 겁니다. 또 하나는 플로리다 주에서 온 것으로 린 부부의 모습과 많이 닮은 남녀가 자동차로 템파 방면으로 향하는 것을 봤다고 합니다. 하지만 모두 가능성일 뿐입니다."

경감은 보고서를 주머니에 쑤셔 넣었다.

"내기를 해도 좋아요. 놈은 분명히 뉴욕에 숨어 있다고요. 지방으로 내빼는 엉뚱한 바보짓을 할 리가 없지. 캐나다와 멕시코의 국경은 괜찮은 모양이군요. 외국으로 도망쳤다고는 생각할 수 없고……. 어이, 이쪽이다. 빌이 뭔가를 발견한 것 같은데……."

한 형사가 엔진을 바깥쪽으로 붙인 모터보트에 서서 모자를 흔들면서 뭔가 알 수 없는 말을 외치고 있었다. 그는 눈을 빛내면서 마치 원숭이처럼 갑판을 기어올라왔다.

"경감님, 맞았습니다."

빌은 갑판에 발을 올려놓자마자 소리쳤다.

"경감님이 말씀하신 대로였습니다. 저쪽에서 커다란 수확이 있었습니다."

"뭔가?"

"먼저 보트부터 조사했지요. 그 선착장에 있었던 것이 틀림없습니다. 배를 붙들어매는 밧줄이 예리한 칼로 잘려져 있더군요. 한쪽 끝이 아직 쇠고리에 묶인 채 늘어져 있었습니다. 게다가 보트에 있던 밧줄의 잘린 자리와 저쪽에 남아 있는 밧줄의 잘린 자리가 딱 들어맞았습니다."

"좋아, 좋아, 알았네."

본이 초조하게 말했다.

"놈이 저쪽에 있는 보트를 사용했군. 그것으로 알 수가 있지. 부두 근처에서는 그 밖에 뭐 좀 발견했는가?"

"그것이 말입니다, 발자국을 발견했습니다."

일행은 일제히 그 말을 반복하며 앞으로 다가섰다.

빌이 고개를 끄덕였다.

"부두 바로 뒤가 부드러운 땅으로 되어 있더군요. 거기에서 발자국 다섯 개를 발견했습니다. 세 개는 왼발이고 두 개는 오른발인데, 구두 사이즈는 똑같습니다. 남자의 구두 발자국으로, 8인치 반 정도였습니다. 발자국을 낸 놈이 누구이건 간에 그놈은 절름발이입니다."

"절름발이라고?"

야들리 교수가 앵무새처럼 반복하며 말했다.

"어떻게 해서 그것을 알 수가 있소?"

빌은 가엾다는 듯이 키가 크고 못생긴 학자를 바라보았다.

"저런, 저는 그런 질문을 받은 건 이번이 처음입니다. 싸구려 잡지를 읽은 적도 없으십니까? 오른쪽 구두의 발자국이 왼쪽보다 훨씬 깊더군요. 분명히 말입니다. 오른쪽 뒤꿈치가 땅에 푹 들어가 있었습니다. 왼쪽 발을 많이 저는 것 같습니다. 왼쪽 발꿈치는 거의 자국이 보이지 않을 정도이니까요."

"잘했어, 빌."

본이 말하며 안테나 마스트를 올려다보았다.

"메가라 씨."

본은 기분 나쁜 목소리로 말했다.

"다음에 저 세상이라는 것이 있어서 당신과 다시 만날 수 있다면 나는 당신에게 이 한마디를 하고 싶소. 경비가 필요 없다고 했지요? 경비가 있었다면 어떻게 되었을지 이젠 아시겠소? 빌, 그 밖에는?"

"아무것도 없습니다. 린 저택과 브래드우드 저택 사이의 큰길에서 내려오는 샛길은 자갈길입니다. 그리고 큰길은 쇄석포장이 되어 있습니다. 그래서 발자국은 하나도 없습니다. 아무튼 모두 분담해서 절름발이 남자의 발자취를 자세히 조사하고 있습니다. 발자국은 없더라도 어떻게 되겠지요."

부하들의 활동이 수확이 없지는 않은 것 같았다.

또 새로운 일행이 '케첨의 후미'로 부터 파란 물살을 일으키며 요트로 다가왔다. 몇 명의 형사가 아주 겁먹은 듯한 모양의 중년 남자를 둘러싸고 있었다. 그 남자는 보트의 옆쪽에 앉아서 양손으로 뱃전을 붙들고 있었다.

"대체 어떤 사람을 붙들어 온 거야?" 하고 본이 외쳤다.

"올라와. 거기에 있는 사람이 누구야?"

경감이 점점 다가오는 보트를 향해 소리쳤다.

"빅 뉴스입니다, 경감님."

사복형사가 외치는 것이 희미하게 들렸다.

"대단한 수확입니다."

그 사복 형사는 중년의 포로의 헐렁한 바지에 손을 걸치고는 뒤에서 가볍게 밀면서 사다리를 오르는 것을 도와주었다. 남자는 딱딱한 미소를 짓고서 기어올라와 갑판에 서서는 마치 왕 앞에라도 나온 듯이 중절모를 벗었다. 일행은 신기한 듯이 그 남자를 바라보고 있었다. 남자는 금이빨을 한 가난한 시골 신사풍으로 아무런 특징이 없는 인물이었다.

"이 사람이 누구야, 피커드?"

경감이 물었다.

"달링 씨, 당신이 이야기하시지요. 이분이 제일 높은 분이니까요."

형사가 말했다.

달링은 황송해하고 있는 듯했다.

"처음 뵙겠습니다, 반장님. 뭐 대단한 사람은 아닙니다 저는 헌팅턴의 엘리어스 달링이라고 합니다, 반장님. 저쪽의 큰길에서 문방구점을 하고 있습니다. 여송연도 팔고요. 그런데 어젯밤 한밤중쯤 문을 닫으려고 하다가 문득 바깥의 큰길을 내다보았습니다. 2~3분 전부터 가게 앞에 차가 한 대 멈춰 있었거든요. 아마도 뷰익 세단인 듯 생각됩니다. 저는 아무 생각 없이 그 차를 바라보고 있었는데, 그 차를 세워둔 남자는 몸집이 작은 남자로 젊은 여자를 데리고 있었습니다. 그런데 막 가게를 닫으려고 하는데 어떤 키가 큰 남자가 차 옆으로 다가가서 차 안을 들여다보는 듯했습니다. 차 앞의 창문은 열려 있었고 열쇠는 채워져 있지 않았거든요. 그러더니 그 남자는 문을 열고서 차의 시동을 걸고서 센터포트 방면으로 달려가버렸습니다."

"그게 어쨌다는 거요?"

본이 조소하듯이 물었다.

"차를 몰고 간 남자가 차 주인의 아버지나 형제, 또는 친구일지도 모르지 않소. 그렇지 않으면 차 주인이 빌린 돈을 갚지 않아서 금융회사의 직원이 차를 차압하러 왔는지도 모르고."

엘리어스 달링은 몹시 당황해했다.

"이것 참, 그렇게까지는 생각지 못했군요. 그럼, 저는 아무 죄도 없는 사람을 신고했군요. 아무쪼록, 반장님……."

달링은 모기 같은 소리로 말했다.

"경감이오."

본이 소리쳤다.

"아무래도, 경감님, 저는 그 남자의 인상이 마음에 들지 않아서요. 그래서 일단은 마을의 경찰서장에게 신고할까 생각했습니다만, 제가 상관할 일이 아닌 것 같더군요. 하지만 그 남자는 언뜻 보니 왼발을 절고 있었거든요."

"뭐, 뭐라고?"

본이 외쳤다.

"잠깐만. 절름발이라고? 어떤 모습을 하고 있었소?"

모두들 달링의 말에 흥미를 가지며 이제 드디어 수사의 전환점이 마련되었구나 하고 생각했다. 크로삭이라는 남자의 실제 인상을 알 수 있는 시간이…….

피커드 형사는 한심하다는 듯 머리를 흔들었다. 엘러리는 달링의 설명이 웨어턴의 자동차 수리소의 주인인 크로커의 이야기와 같이 큰 참고가 되지 않을 거라고 생각했다.

"여기에 계시는 형사님에게 이야기를 했습니다만……."

헌팅턴의 가게 주인이 말했다.

"저는 그 남자의 얼굴을 본 것은 아닙니다. 그 남자는 키가 크고 어깨가 떡 벌어졌고, 흔해빠진 작은 손가방을 들고 있었습니다. 저희 집사람이 오버 나이트 백(1박 여행용 가방)이라고 하더군요."

아이셤과 본의 기세는 사라져 버렸다. 야들리 교수는 고개를 흔들고 있었다.

"좋습니다, 달링 씨. 수고를 끼쳐서 미안합니다. 피커드, 달링 씨를 경찰차로 헌팅턴까지 모셔다 드리도록 하게."

본이 말했다.

피커드는 가게 주인이 사다리를 내려가는 것을 도와주고서, 증기선이 본토로 향해 출발하자 다시 되돌아왔다.

"그것이 말입니다. 큰 참고가 되지 않습니다. 달링이 설명한 인상에 해당하는 남녀가 새벽 2시쯤 헌팅턴 경찰서에 차를 도둑맞았다고 신고했습니다. 차는 달링이 말한 대로 뷰익 세단이었습니다. 그 왜소한 남자는 동행한 여자에게 정신이 팔려서 열쇠를 빼는 것을 잊었다고 합니다."

형사는 느릿한 목소리로 말했다.

"차는 수배하도록 해놓았겠지?"

경감이 물었다.

"했습니다. 번호와 그 밖의 것을 모두 다요."

"그것도 조금은 도움이 되겠지."

아이셤이 힘없이 말했다.

"물론 크로삭이 어젯밤 도망치는 데는 차가 필요했을 테지. 새벽 2~3시에 기차를 타는 것은 위험하니까. 누군가가 얼굴을 기억할지도 모르고."

"지방검사님은 크로삭이 차를 훔쳐 달아나다가 어딘가에 버리고 갈 거라고 생각하시는 건가요?"

엘러리가 중얼거리듯 말했다.

"언제까지고 계속 타고 갈 만큼 바보는 아니겠지. 타고 가다 버릴 게 틀림없어요. 뭐가 잘못 됐소, 퀸 씨?"

경감이 잘라 말했다.

엘러리는 어깨를 으쓱했다.

"경감님, 아무런 생각 없이 그냥 묻지도 못하나요? 뭐 꼭 잘못 짚었다는 게 아닙니다, 제가 보기엔."

"이건 내 생각인데 범죄현장 근처에서, 게다가 범행 바로 뒤에 차를 훔쳤다니 크로삭도 상당히 위험한 다리를 건넌 셈이오."

야들리 교수가 생각에 잠긴 듯이 말했다.

"위험한 다리고 뭐고 없습니다."

본이 성급하게 말했다.

"세상 사람들이 모두들 지나치게들 정직해서 말이죠. 그럴 생각만 있다면, 한 시간 내에 차를 한 다스라도 훔칠 수 있습니다. 특히 이 롱아일랜드 일대에서라면."

"교수님, 상당히 좋은 생각인데요."

엘러리가 아주 중대하다는 듯이 말했다.

"그러나 경감님이 말씀하신 대로일지도 모릅니다."

바로 그때 위쪽에서 우당탕하고 발소리가 들려서 엘러리는 말을 끊었다. 일행은 위를 올려다보았다. 시트에 둘러싸인 스티븐 메가라의 시체가 무전실의 지붕에서 갑판으로 끌어내려지는 순간이었다. 몇 피트 떨어진 난간 근처에서 색이 바랜 모자를 쓰고서 파자마를 입은 스위프트 선장이 우뚝 선 채로 돌과 같은 눈으로 그 작업을 지켜보고 있었다. 그 옆에 템플 의사가 불이 꺼진 파이프를 물고서 잠자코 서 있었다.

엘러리, 본, 아이셤, 교수 등 네 명은 순서대로 아래에서 대기하고 있는 큰 경찰증기선에 옮겨탔다. 일행이 사라질 때 '헬레네'호는 '케첨의 후미'의 수면에 평온히 떠 있었다. 시체는 뱃전 너머로 막 한 척의 보트에 내려졌다. 해안에 키가 큰 모습의 조나 링컨이 기다리고 있는 것이 보였다. 여자들은 가고 없었다.

"퀸 씨, 당신은 어떻게 생각하시오?"

기나긴 침묵 끝에 아이셤이 침통한 목소리로 물었다.

엘러리는 몸을 뒤로 틀어 요트를 돌아다보았다.

"제가 생각하기에는 이 중대한 범죄의 해결은 3주 전과 같이 아직도 멀고 먼 듯합니다. 저는 완전히 졌다고 고백하겠습니다. 범인은 벨랴 크로삭입니다. 놈은 마치 살아 있는 유령 같습니다. 우리들은 여전히 크로삭이란 인물이 실제로 누구인지조차 밝혀내지 못했습니다."

엘러리는 코안경을 벗고서 초조한 듯이 눈을 비볐다.

"놈은 단서를 남겼어요. 정말로, 보란 듯이……."

얼굴이 엄숙해지며 엘러리는 침묵에 잠겨 버렸다.

"왜 그러나?"

야들리 교수가 프로테제(protégé ; 사랑하는 제자)의 쓸쓸해하는 표정을 보며 걱정스럽게 물었다.

엘러리는 주먹을 꽉 쥐었다.

"이 예감! 뭔가가 있긴 한데……. 페루의 여섯 악마와 같은 이것은 대체 무엇일까?"

제26장 엘러리가 말하다

일행은 저택 안을 서성거리며 당혹감과 혐오감에 젖어 있을 가엾은 희생자들을 피할 작정으로 서둘러 브래드우드를 빠져나갔다. 조나 링컨은 한마디도 하지 않았다. 너무나도 큰 충격으로 인해 아무 말도 할 수 없는 듯한 모습이었다. 그는 일행을 뒤따라가는 것이 지금으로선 가장 분별 있는 방법이라고 생각한 듯이 멍청히 뒤따라서 샛길을 올라갔다. 메가라의 죽음은 기묘하게도 저택의 주인이 죽었을 때보다도 훨씬 더 브래드우드를 죽음의 장막으로 쳐놓은 듯했다. 폭스는 새파란 얼굴을 하고서 머리를 양손으로 감싸고는 포치의 계단에 앉아 있었다. 헬레네는 흔들의자에 앉아서 소나기구름이 점차 퍼져나가는 하늘을 한없이 바라보고 있었다. 브래드 부인은 기절하고 말았다. 스톨링스가 겁을 집어먹고서 템플 의사에게 부인을 진단해 달라고 했다. 부인은 자기 방에서 히스테릭하게 울고 있어서, 부인의 딸조차도 어떻게 해볼 수가 없었다. 일행이 저택의 뒷문을 지날 때 가정부가 신음하듯이 우는 소리가 들렸다.

일행은 자동차길까지 가서는 잠깐 멈추어 서서 망설였으나, 무언의 합의에 의해 그대로 다시 걷기 시작했다. 링컨은 아무것도 눈치채지 못한 채 밖으로 나오는 문까지 따라왔다. 그곳에서 멈추어 선 그는 오른쪽 문 기둥에 기대어 섰다. 경감과 아이셤은 각자의 일이 바빠서 거기서 다른 사람들과 헤어져서 어디론가 가버렸다.

내니 아주머니의 주름진 검은 얼굴은 공포로 일그러져 있었다. 현관문을 열자, 그녀는 “야들리 교수님, 이건 저주예요, 교수님 말씀처럼요.” 하고 낮은 목소리로 속삭였다.

교수는 거기에 답하지 않았다. 교수는 서재에 피난처라도 있는 듯이 서재로 들어갔고 엘러리도 뒤를 따라 들어갔다.

둘은 의자에 앉아서 어색한 침묵에 빠져 있었다. 교수의 울퉁불퉁한 얼굴에는 충격과 혐오가 담겨 있었다. 엘러리는 의자에 몸을 파묻고 기계적으로 주머니 속에서 담배를 찾기 시작했다. 야들리는 테이블 너머의 큰 상아로 된 상자를 엘러리 쪽으로 내밀었다.

"무얼 그리 괴로워하고 있나?"

교수가 부드럽게 물었다.

"그 생각을 완전히 떨쳐버릴 수 없는 모양이로군."

"생각 같은 건 애초부터 없었던 것 같아요. 기분이 묘합니다."

엘러리는 무턱대고 뻑뻑 담배를 빨아댔다.

"손에 잡히지 않는 생각말입니다. 교수님도 경험하신 적이 있을 겁니다. 머릿속 어두운 골목길에 그 어떤 것이 앞장서서 뛰어가고 있고, 제가 그놈을 쫓아가면 뭔가 희미한 것이 번쩍할 뿐이지, 아무것도 잡을 수가 없는 겁니다. 그것이 바로 지금의 제 상태입니다. 그것이 잡히기만 한다면…… 중요한 건데. 저는 중요한 것이라는 느낌이 들어서 견딜 수가 없습니다."

교수는 파이프의 담배 구멍에 담배를 채웠다.

"흔히 있는 일이야. 나도 그런 경험이 있지. 하지만 그 생각을 붙잡으려고 정신을 집중시켜 보았자 더 안 되지. 가장 좋은 방법은 그런 생각을 깨끗이 잊어버리고 다른 이야기나 하는 거야. 이 방법이 가끔 효과가 있는데, 놀랄 정도야. 그걸 무시하고 내버려두면 그쪽에서 먼저 안달하기 시작해서 살짝 얼굴을 내밀고 살피는 그러한 이치지. 어디에서인지는 모르지만, 생각해내려고 애쓰던 것이 확실한 형태로 깨끗이 나타나는 거야. 마치 무에서 유가 나오듯이 말이야."

엘러리는 신음했다. 천둥소리가 집의 네 개의 벽을 흔들었다.

"조금 전, 15분 정도 전에……."

교수는 쓸쓸한 미소를 지으며 이야기를 계속했다.

"자네는 3주일 전과 똑같이 아직도 해결되려면 멀었다고 말했어. 좋아. 거기서 자네는 실패에 부딪친 거야. 하지만 자네는 표면상으로는 확실하지 않지만, 아이셤이나 본이나 나로선 모르고 있는, 자네 혼자만이 도달한 어떤 결론에 대해 지금까지 몇 번이나 넌지시 비친 적도 있지. 어째서 지금 그것을 또다시 생각해 보지 않는 건가? 사건 분석에 정신을 집중시킬 때에는 미처 보이지 않았던 것이 입 밖으로 말하게 되면 발견될지도 모르지. 내가 하는 말을 믿어도 좋아. 이것은 내 경험과 연결되어 있으니까. 차갑고 독립된 사유의 세계에 틀어박혀 있는 것과, 따뜻하고 테타테트(tete-à-tete ; 마주앉아서 하는) 이야기의 본질 사이에는 근본적인 차이가 있어.

예를 들면, 자네는 체커에 대해 말했었지. 브래드의 서재, 체커 테이블, 체커 말의 배치 등에 관해서 우리들은 확실히 전혀 눈치채지 못했었네. 하지만 자네는 뭔가 중요한 것을 깨달았었지. 그것을 또다시 한 번 소리내어 말해 보면 어떻겠나?"

야들리 교수의 입에서 흘러나오는 의미 있는 온화한 말을 듣고 있는 사이에 엘러리의 긴장된 신경이 풀렸다.

"그리 나쁜 생각은 아니군요, 교수님."

엘러리는 좀더 편안한 자세로 고쳐 앉고 눈을 반쯤 감았다.

"우선 이런 식으로 문제를 끄집어내 보죠. 교수님은 스톨링스의 증언과 우리들이 본 체커 테이블의 상황을 연결시켜서 어떤 판단을 내리셨습니까?"

교수는 깊이 생각하듯이 난로 쪽으로 담배 연기를 내뿜었다. 방은 상당히 어두워져 있었다. 태양은 암흑의 장막 뒤로 사라져 버렸다.

"구체적인 증거가 없는 여러 가지 가설을 세워 보았지. 그러나 주어진 데이터의 표면적 정황을 의심할 논리적인 이유가 없었네."

"무슨 뜻인가요?"

"스톨링스가 브래드를 마지막으로 보았을 때—스톨링스는 범인을 제외하고는 브래드를 본 마지막 인물이라고 생각해도 좋을 거야. —그때 브래드는 체커 테이블에 앉아서 혼자 체커 게임을 하고 있었어. 거기에는 아무런 이상한 점이나 불합리한 점이 없지. 스톨링스는 브래드가 자주 그런 식으로 혼자서 양쪽의 말을 움직여 게임을 했었다고 증언했고 나 자신도 그 사실을 확신했네.—이것은 전문가들이 흔히 하는 행동이지. —그러니까 스톨링스가 나간 뒤, 그리고 브래드가 아직 혼자서 게임을 하고 있을 때 크로삭이 서재에 들어가서 브래드를 죽이고, 그 뒤에 여러 가지 일을 한 것이라고 생각하네. 브래드가 살해당했을 때는 손에 빨간색 말을 한 개 들고 있었어. 토템 기둥 옆에서 빨간 말이 발견된 것으로 그것을 설명할 수 있지."

엘러리는 지겹다는 듯이 이마를 비볐다.

"교수님은 '서재에 들어가서'라고 말씀하셨습니다. 그것은 대체 어떤 의미인가요?"

야들리는 빙긋이 웃었다.

"지금 그것을 이야기하려던 참이네. 자네는 내가 조금 전에 증거의 뒷받침이 없는 가설을 세웠다고 한 것을 기억하고 있겠지. 그 가설 중 하나는 크로삭이—자네가 몇 번이나 지적했던 대로 우리 바로 가까이에 있는 남자일지도 모르네만—그 날 저녁 브래드가 기다리고 있었던 손님이었다는 거야. 그렇다고 한다면 그 남자가 어떻게 해서 집 안으로 들어갔는가가 설명이 되지. 브래드는 물론 친구, 또는 아는 사람 정도로만 생각했지. 그 남자가 실제로는 집안 대대로의 원수였다는 것을 몰랐을 거야."

"증거가 없어요!"

엘러리는 한숨을 쉬었다.

"교수님도 아시겠습니다만. 저는 지금 이 자리에서 절대로 깨뜨릴 수 없는 가설 하나를 제시할 수 있습니다. 그것은, 교수님, 아닌 밤중에 홍두깨 같은 가설도 아니고 억측도 아닌, 명확한 논리적 단계를 밟아 도달한 결론입니다. 단지 곤란한 것은 그것에 의해서도 안개가 조금도 걷히지 않는다는 것이지요."

교수는 생각에 잠긴 듯 파이프를 빨았다.

"잠깐 기다려 보게. 내 이야기가 아직 끝나지 않았어. 나는 또 다른 가설도 도출해낼 수 있어. 이것 또한 증거의 뒷받침이 없지만, 나는 조금 전의 가설과 비슷한 정도로 진실이라고 생각하네. 즉, 그것은 브래드에게는 그 날 밤 '두 명의 손님'이 있었다는 것이지. 한 사람은 브래드가 기다리고 있었던 인물인데, 그 사람이 찾아오기 때문에 아내와 양녀, 가정부를 모두 내보내 버렸던 것이지. 그리고 또 한 사람은 적인 크로삭이고. 이 경우, 정당한 손님은 크로삭보다 먼저 왔건 또는 뒤에 왔건—이 얘기는 결국 브래드가 아직 살아 있을 때에 왔거나, 아니면 죽은 뒤에 왔을 거라는 결론이 되는데—자신이 찾아왔었던 것을 말하지 않은 거야. 말려들고 싶지가 않아서 말이지. 나는 지금까지 어느 누구도 이것을 눈치채지 못했다는 것이 놀라울 뿐이야. 자네가 조만간 이 문제를 들고 나오리라고 3주간이나 기다려 왔다네."

"그렇습니까."

엘러리는 코안경을 벗어 테이블 위에 놓았다. 눈이 빨갛게 충혈되어 있었다. 번쩍 하고 번개가 빛나면서 방 안을 비추어 두 사람의 얼굴이 기분 나쁜 파란색으로 물들었다.

"대단한 기대를 걸고 계셨군요."

"설마, 자네도 그러리라고 생각지 않았던 것은 아니겠지?"

"아뇨, 생각지 않았습니다. 생각해 보지도 않았어요. 왜냐하면 그것은 사실이 아니기 때문입니다."

"하!" 하고 교수가 말했다.

"그럼, 그것을 검토해 보기로 하세. 자네는 여기에 앉아서 그 살인이 일어난 날 밤, 그 집에는 한 사람의 방문자밖에 없었다는 것을 증명할 수 있다는 말이로군."

엘러리는 옅은 웃음을 지었다.

"그렇게 말씀하시면 저는 곤란한 입장이 됩니다. 증명이라는 것은, 요컨대 증명하는 것보다는 오히려 그것을 긍정하는 것에 의해 가치가 생기는 것이니까요. 이거 이야기가 조금 복잡해지는데요. 교수님도 잘 아시겠지만, 보브나르그(1715~1747, <격언집>의 저자)라는 바보 같은 이름을 지닌 프랑스의 도덕주의자가 한 말이 있습니다만, 'Lorsqu' une pensée est trop faible pour porter une expression simple, c'est la marque pour la rejeter.'(간단한 말로 표현할 수 없을 정도로 박약한 사상은 내버려도 좋다는 증거이다.)라고요. 그러나 때가 되면 그 증거를 보여드리겠습니다."

교수는 기대한다는 듯 무릎을 내밀었다. 엘러리는 코안경을 콧등에 걸치고서 이야기를 계속했다.

"제 견해는 두 가지 요소를 토대로 하고 있습니다. 하나는 체커 테이블 위에 있던 말의 배치와 또 하나는 체커 전문가의 심리입니다. 교수님, 체커 게임 방법을 알고 계시죠? 교수님이 브래드와는 한 번도 게임을 한 적이 없다든가 뭐 그런 비슷한 말씀을 하셨던 것으로 기억하고 있습니다만."

"그래, 게임 방법은 알고 있지. 하지만 대단히 서툴다네. 몇 년간이나 두어본 적이 없거든."

"게임 방법을 알고 계시다면 저의 분석도 이해하실 수 있을 겁니다. 스톨링스는 집을 나서기 전에 서재에 들어갔을 때 브래드가 혼자서 게임을 하고 있는 모습을 보았습니다. 실제로 말을 한두 번 정도 움직인 것을 보았습니다. 이 증언 때문에 우리들은 갈피를 못 잡았던 겁니다. 스톨링스가 브래드를 마지막에 봤을 때 그가 혼자서 게임을 하고 있었다고 한다면, 살해당할 때에도 혼자서 게임을 한 것이 틀림없다고 우리들은 상상했던 거지요. 교수님도 같은 실수에 빠져들었습니다.

그런데 테이블 위의 말은 전혀 다른 것을 말해 주고 있습니다. 체커판 위에 나열된 말의 배치뿐만 아니라 '잡혀서' 판에서 제외되어 있는 말은 어떻게 되었을까요? 기억하고 계신지 모르겠습니다만, 검은 말은 붉은 말을 아홉 개 잡았는데, 그것을 판과 테이블 가장자리 사이의 빈 공간에 두었습니다. 붉은 말은 검은 말을 세 개밖에 잡지 못했는데, 그것 역시 반대쪽의 빈 장소에 놓여 있었지요. 여기서 먼저 지적하고 싶은 것은, 확실히 검정이 빨강보다 훨씬 더 우세했다는 것입니다.

체커판 위에는, 기억하고 계시겠지만, 세 개의 킹, 즉 겹친 말 세 개가 검은 쪽에 있고, 거기에 보통의 말이 세 개 있었습니다. 그리고 붉은 쪽에는 겨우 두 개의 보통 말이 있었을 뿐입니다."

"그것이 어쨌다는 것인가?"

교수가 물었다.

"나는 그런 얘기를 들어도, 아직도 브래드가 가상의 상대와 게임을 하다가 가상의 상대가 바보같이 엉뚱하게 말을 움직였다고 밖에 생각하지 않는데."

"말이 안 되는 결론입니다."

엘러리가 공격했다.

"연습으로 해보는 경우, 게임의 전문가는 처음과 끝의 말의 움직임에만 흥미를 가질 뿐입니다. 그것은 체커나 체스, 또는 그 외에 개개의 역량에 따라 지혜를 겨루어 그 승부를 결정하는 게임에서도 모두 같습니다. 브래드가 단지 연습을 위해 혼자 게임을 했다고 한다면 무엇 때문에 세 개의 킹과 한 개의 차이를 둘 정도로 한쪽 편을 압도적으로 우세하게 만들었을까요. 전문가라면 테이블을 한번 보기만 해도, 승부가 이번같이 확실하게 나지 않은 경우에라도—단 하나의 말수의 차이라든가, 혹은 말수는 동일해도 그 배치에 작전적인 우열이 있다면—쌍방이 실수를 하지 않는 한 결과가 어떻게 되리라고 예측할 수 있습니다. 브래드가 혼자 게임을 하면서 그런 일방적인 결과를 낸 것은, 마치 알레킨(1872~1946, 모스크바 태생의 체스의 대가)이 한쪽에 퀸 한 개와, 중정 두 개, 나이트를 한 개만큼 우세하게 해놓고 연습삼아 게임을 했다는 것과 같습니다. 전문가였다면 그런 일방적인, 힘의 균형이 이루어지지 않는 게임을 아무리 연습이라고 해도 할 리가 없겠지요. 하지만 누군가 상대가 있어 시합을 하고 있었다고 한다면 그렇게 일방적인, 편중된 승부를 했다는 것이 이해가 됩니다. 그러므로 결론은 이렇습니다. 그 날 밤 브래드는 혼자서 게임을 하다가 나중에는 누군가와 진짜로 게임을 했다는 겁니다."

밖엔 비가 억수같이 쏟아지고 있었다. 회색빛의 커튼이 쳐져 있는 창문을 거센 빗줄기가 두드려대고 있었다.

야들리 교수의 이가 검은 턱수염 위쪽에서 하얗게 빛났다. 그는 떨떠름하게 웃음을 지어 보였다.

"알겠네, 알겠어. 하지만 자네는 그 날 밤 브래드가 '오기로 되어 있던 손님'과 체커를 하고 있다가 우리들이 발견했던 상태의 게임판이 되었을 때에는 게임을 그만두었다. 그리고 손님이 돌아간 뒤에 크로삭에게 살해되었을 것이다라는 가설에는 반박하지 않았잖나."

"실로 정교한 착상입니다."

엘러리는 쿡쿡 웃었다.

"교수님은 끈질기십니다. 저로 하여금 연발총을 쏘지 않을 수 없게 하는군요. 논리와 상식이라는 연발총을요.

우선 이런 생각을 해보시지요. 게임을 하고 있던 시간과 관련지어 살인을 일어났던 시기를 결정할 수 있는지 말예요.

저는 될 수 있는 한 논리적으로 이야기를 이끌어가겠습니다. 우리들이 보았을 때 체커판은 어떻게 되어 있었지요? 검은 쪽 제1열에 두 개 있었던 붉은 말 중 하나가 게임 중도에 있었습니다. 체커에서는 상대의 제1열에 자신의 말이 도달하면 그 말은 성공한 말, 즉 킹이 될 권리가 있습니다. 그 방법은 교수님도 잘 아시는 대로, 다른 말을 제1열에 도달하게 하여 포개어놓는 겁니다. 그러면 이 게임에서 붉은 말이 킹이 될 수 있는 열에 도달했는데도 킹으로 하지 않은 것은 어떠한 이유일까요?"

"이제 알 것도 같구먼."

야들리가 중얼거리듯이 말했다.

"이유는 간단히 말해서 게임이 거기에서 중지되었기 때문입니다. 붉은 말이 킹이 되지 않고서는 게임은 계속될 수 없었기 때문이지요."

엘러리가 재빨리 말했다.

"게임이 거기서 중지되었다는 확증이 있을까요? 있습니다. 그러나 그 전에 우선 해결해 두어야할 의문이 있습니다. 이 게임에서 브래드는 흑이었는지, 아니면 적이었는지 하는 문제입니다. 우리들은 여러 가지 증언에서 브래드가 본격적인 체커 선수라는 것을 알고 있습니다. 사실 전국 체커 선수권 보유자를 초대하여 훌륭하게 호각의 승부를 한 적도 있을 정도입니다. 여기서 보자면 이 게임에서 서툰 플레이를 했던 붉은 쪽이 브래드였다고는 생각할 수 없습니다. 초보자 중의 초보자, 상대방과 세 개의 킹과 말 하나의 차이가 날 정도로 서툰……. 아니, 절대 그런 것은 생각할 수 없습니다. 우리들은 즉시 브래드가 검정말이었다는 것을 단언할 수 있지요. 내친 김에 말씀드리겠는데, 기록을 정확히 해두기 위해 여기에 한 가지 보충해 두겠습니다. 지금까지의 이야기에서 검은 쪽이 붉은 쪽에 우세했다는 것은 세 개의 킹과 말 한 개가 아니라, 두 개의 킹과 말 두 개였다는 것을 알 수 있습니다. 즉, 붉은 말 한 개는 아직 킹이 되지는 않았지만 킹이 될 예정이었으니까요. 그렇지만 여전히 검정말쪽이 우세합니다.

만약 브래드가 검정말이었다고 한다면, 브래드는 사무용 책상에서 가까운 쪽의 의자에 앉아 있었던 것이 틀림없습니다. 이것은 빼앗긴 빨간 말이 전부 사무용 책상에서 가까운 쪽에 있었으며, 또한 빨간 말을 빼앗은 것은 검은 말이었기 때문입니다. 거기까지는 뭐 좋습니다. 브래드는 검은 쪽, 사무용 책상에서 가까운 쪽 의자에 앉아 있었습니다. 따라서 손님인 상대방 남자는 그 반대쪽에 앉아서 사무용 책상을 마주하고 있었고, 브래드는 책상을 등지고 있었지요."

"그런데 그것이 대체 무슨?"

교수가 끼여들려고 하자 엘러리가 재빨리 가로막았다.

"교수님, 천재가 되고 싶은 마음이 있으시다면 디스렐리의 충고에 따라 인내심을 길러야 합니다. 교수님, 저는 지금 커다란 사건을 앞에 두고 있습니다. 저도 강의실에서 교수님이 1만명의 부대, 필립, 예수에 대해 느릿느릿 강의를 하실 때, 앞으로 어떻게 진행될까 조바심을 내면서 책상에 달라붙어 있었던 때가 있었습니다.('1만 명의 부대'는 크세노븐의 「페르시아 원정기」에 나오는 말이다. 크세노븐이 1만 명의 그리스 부대를 이끌고 티그리스에서 트라페자스로 탈출한다. '필립'은 마케도니아의 알렉산더 대왕의 아버지 필립(BC 382~336), 또는 예수의 제자 필립을 뜻한다.)

어디까지 이야기했죠? 아, 그렇지. 붉은 말이 하나 없어졌고 그것이 바깥—브래드가 토템 기둥에 매달려 있던 현장 가까이—에서 발견되었습니다. 손바닥에는 빨갛고 둥그런 얼룩이 찍혀 있었고요. 그러니까 결국 살해당했을 때는 붉은 말을 들고 있었던 겁니다. 브래드가 왜 붉은 말을 들어올려 그것을 손에 쥐고 있었을까요? 논리적으로는 여러 설명이 가능합니다. 그러나 알려져 있는 사실을 뒷받침할 수 있는 설명은 단 하나밖에 없습니다."

"그것이 뭐지?" 하고 교수가 물었다.

"붉은 말 한 개가 검은 쪽의 킹 열에 있었으나 아직 킹이 되지는 않았다는 사실입니다. 브래드의 손에는 즉, 검정말 쪽의 손에는 없어진 한 개의 말, 붉은 말이 있었던 것이지요."

엘러리는 힘찬 어조로 말했다.

"그러면 이런 결론에 도달할 수 있지 않겠습니까? 즉, 흑의 상대인 적(赤)은 어떻게 했는지는 모르지만 아무튼 자신의 말 한 개를 킹의 열로 보낼 수가 있었다. 검은 쪽, 즉 브래드는 자신의 킹 열에 도달한 붉은 말 위에 올려놓기 위해서 붙잡아두었던 다른 붉은 말 한 개를 들어올렸다. 그런데 '그 들어올린 붉은 말을 올려놓기도 전에 어떤 일인가가 일어나서, 게임은 거기에서 중단되고 말았다는 것'입니다. 바꾸어 말하면 브래드가 상대의 말에 왕관을 씌우기 위해 붉은 말을 들어올렸으나, 그 동작을 결국엔 완결짓지 못했다. 이 사실은, 게임이 언제 중단되었는가 뿐만 아니라 왜 중단되었는지를 가르쳐 주고 있습니다."

야들리는 말없이 진지하게 듣고 있었다.

"추론이라고 말했습니다만, 사실 뭐 대단한 추론이라고까지는 할 수 없겠지요. 단지 브래드는 그 동작을 끝낼 수 없었기 때문에 끝내지 못한 것뿐입니다."

엘러리는 잠깐 쉬고서 한숨을 쉬었다.

"브래드는 그 순간에 습격당한 것이지요. 즉, 부드럽게 말하면 붉은 말에게 왕관을 씌울 수가 없게 된 것입니다."

"그래서 핏자국이 생긴 것이로군."

교수는 중얼거리듯 말했다.

"그렇습니다."

엘러리가 말했다.

"그게 제 말을 확증해 주는 겁니다. 즉, 양탄자의 붉은 핏자국의 위치 말입니다. 핏자국은 검정—즉, 브래드—이 앉아 있던 의자 뒤쪽, 2피트 정도 떨어진 곳에 있었습니다. 우리들은 훨씬 전에 살인이 서재에서 이루어졌다는 것, 그리고 그 핏자국이 서재에 있는 유일한 것임을 입증했습니다. 브래드가 테이블에 앉아서 붉은 말을 킹으로 만들려고 하는 순간 앞쪽에서 머리를 얻어맞았다고 한다면 뒤에 있는 의자와 책상 사이에 쓰러졌을 겁니다. 그리고 핏자국은 거기에서 발견되었죠. 럼센 의사는 시체에는 달리 폭력을 당한 흔적이 없으므로, 처음부터 머리를 맞은 게 틀림없다고 했습니다. 그러면 쓰러진 곳의 양탄자에 난 핏자국은 범인이 시체를 서머하우스로 운반하기 전에 시체의 상처에서 피가 흘러나왔기 때문이라는 것을 알 수 있습니다. 이것으로 모든 게 딱 조리에 들어맞습니다. 그러나 그것에 의해 명백해진 것은 브래드는 자신을 습격하려고 한 인물과 마주 앉아 체커를 두고 있을 때 습격당했다는 것입니다. 바꾸어 말하면, 브래드를 살해한 인물은, 동시에 또 체커의 상대이기도 했다는 것이지요. 이의가 있으십니까?"

"물론 있지."

야들리가 되받아 말했다. 그리고 파이프에 다시 불을 붙여 기운 좋게 뻑뻑 빨아댔다.

"자네의 논리에는 다음 사항을 반박할 수 있는가? 즉, 브래드의 체커 상대는 전혀 죄가 없는 인물이거나 크로삭의 공범자는 아닌가 하는 점. 그리고 그 죄 없는 체커의 상대가 브래드와 게임을 하고 있을 때, 혹은 공범자가 체커로 브래드의 주의를 끌 때 크로삭이 숨어 들어와서, 뒤에서 내리친 것은 아닌가 하는 점. 이 두 가지를 자네의 논리로 반박할 수 있는가?"

"무슨 말씀이십니까? 교수님, 얼마든지 반박할 수 있습니다."

엘러리의 눈이 반짝 빛났다.

"크로삭에게는 '공범자'는 없을 것이라는 건 훨씬 전에 증명이 끝났습니다. 요컨대 이번의 흉악한 행위는 복수를 위한 것으로 이 범죄에는 금전적인 면에서 공범자를 유혹하는 듯한 요소는 조금도 없습니다. 하지만 두 사람이 있었을 가능성, 즉 한 사람은 크로삭이고, 또 한 사람은 브래드와 체커 게임을 하고 있는 죄 없는 미지의 인물일 가능성이 있다고 합시다. 그럴 경우 어떻게 되는지 생각해 보십시오. 크로삭은 미지의 목격자 앞에서 일부러 브래드를 습격한 것이 됩니다. 그것은 가소롭기 짝이 없습니다. 만일 그러한 경우라면 크로삭은 확실히 목격자가 떠나는 것을 기다렸을 것입니다. 그러나 만일 목격자가 있는 앞에서 습격했다고 해보죠. 그러면 있는 수단을 다해서 그 목격자를 입막음하려 들지 않겠습니까? 크로삭 같은 인간은 또 한 사람의 생명을 빼앗아야 할 필요성이 있을 때 조금도 주저할 리가 없지요. 하지만 그 목격자는 아무런 해도 입지 않았습니다. 그러니까…… 교수님, 목격자는 없습니다."

"그러나 그 목격자가 크로삭보다 이전에 와서 먼저 돌아가버렸다면 어떨까? 즉, 브래드와 체커를 둔 목격자가 말이야."

교수는 끈덕지게 물고 늘어졌다.

엘러리는 곤란하다는 듯이 혀를 찼다.

"아니, 교수님도 한 대 맞아 비틀비틀하기 시작하셨군요. 그 인물이 크로삭보다 먼저 왔건, 또는 나중에 왔건 그 경우엔 목격자가 될 리가 없지 않습니까, 안 그렇습니까?"

엘러리는 쿡쿡 웃었다.

"사실 중요한 것은 우리들이 본 그 시합의 체커판은 브래드 대 크로삭의 게임이었다는 점입니다. 그리고 앞이 되었건 뒤가 되었건, 방문자가 있었다 하더라도 크로삭이—즉, 범인이—브래드와 시합을 하고 있었다는 사실을 부정할 수는 없을 겁니다."

"그래서 자네의 지금까지의 긴 이야기의 결론은 대체 어떤 것인가?"

야들리가 중얼거리듯 말했다.

"방금 말한 대로입니다. 브래드를 살해한 범인은 브래드와 체커를 두었다는 겁니다. 그리고 크로삭은, 물론 크로삭으로서가 아니라 누군가 다른 사람, 브래드가 잘 알고 있는 사람이었다는 사실입니다."

"아하!"

교수는 깡마른 정강이를 툭툭 때리면서 외쳤다.

"자네, 그것은 틀렸네. 왜 잘 알고 있는 인물이라는 거지? 자네는 그런 것을 논리라고 하는가? 브래드 같은 남자가 누군가와 체커를 둔다면 그 누군가는 반드시 친구일 거라는 건가? 바보 같군. 왜냐하면 브래드는 거름을 푸는 사람과도 함께 체커를 둘 만한 남자야. 아무리 모르는 인간이라도 상대가 게임에 마음이 있다고만 하면 함께 두었단 말이야. 나는 그 남자에게 내가 체커에는 조금도 흥미가 없다고 납득시키는 데 3주일이나 걸렸다네."

"참 답답하십니다, 교수님. 브래드의 체커 상대가 그가 아는 사람이었다고 추론해낸 것이 체커 게임을 토대로 해서 추론했다는 인상을 교수님께 드렸다면 유감스럽군요. 저는 그렇게 말할 의도는 아니었거든요. 그렇게 추론한 데는 더 확실한 이유가 있습니다. 브래드는 크로삭이 원수인 트바르의 피를 찾아서 외국으로 간 것을 알고 있었습니까?"

"물론이지. 남아 있는 서류가 그것을 가르쳐 주니까. 게다가 밴이 브래드에게 편지를 써서 경고까지 해주었지."

"비앙 아쉬레망(Bien assurément ; 바로 그대로입니다). 크로삭이 조국을 떠나 외국으로 간 것을 알고 있는 브래드가 일부러 자신의 집에서 힘이 될 수 있는 가족들을 전부 쫓아내기까지 해서 알지도 못하는 외부인과 만날 약속을 했을까요?"

"흐음, 그렇지는 않겠지."

"그렇지요."

엘러리는 이렇게 말하며 지쳤다는 듯이 한숨을 쉬었다.

"충분한 데이터를 모아 짜맞추어 본다면 어떤 것이라도 증명할 수 있습니다. 자, 여기서 가장 극단적인 경우를 가정해 보겠습니다. 그 날 밤 브래드가 기다리고 있던 손님이 와서 브래드와 사업상의 거래 이야기 등을 끝내고 돌아갔다고 해보죠. 그때에 크로삭이 나타납니다. 미리 말해 두지만 전혀 모르는 인물입니다. 그런데 앞서 설명했듯이 브래드를 살해한 크로삭은 브래드와 체커 게임을 했습니다. 이것은 브래드가 무방비 상태에서 집에 전혀 모르는 사람을 일부러 초대했다는 것이 됩니다. 이것은 그야말로 빗나간 추측이 되는 거죠. 그렇다고 하면 크로삭은 브래드가 기다리고 있던 손님이었건, 그 날 밤 우연히 온 손님이었건 브래드가 잘 알고 있었던 인물임이 틀림없어요. 사실은 그런 것은 어찌되었든 조금도 상관없습니다. 저는 그 날 밤, 서재에는 브래드 외에는 단지 한 사람밖에 없었다고 믿습니다. 그리고 그 인물은 바로 크로삭입니다. 그러나 예를 들어 두 사람, 또는 세 사람, 아니 한 다스의 사람이 있었다 해도 제 결론을 바꿀 수는 없습니다. 크로삭이 어떤 변장을 하고 나타난다 해도 브래드와 크로삭은 서로 잘 알고 있는 인물입니다. 그리고 브래드는 크로삭과 체커 게임을 하다가 도중에 살해당한 거지요."

"그래서 어떻게 되었다고 말하는 건가?"

"어떻게도 되지 않았습니다."

엘러리가 유감스럽다는 듯이 말했다.

"그렇기 때문에 아까 말씀드린 대로 3주 전에 비해 사정이 조금도 좋아지지 않았다고 한 겁니다. 그리고 지금 한 가지 확실한 사실이 있습니다. 지금 막 생각이 났는데요, 이런 정리되지 않은 혼잡스런 상황에서도 충분히 얻어낼 수 있었던 사실입니다. 좀더 빨리 눈치채지 못했던 것은 제가 어처구니없이 멍청했기 때문이지요."

교수는 일어나서 난로에다 파이프를 두드려 재를 털었다.

"자네는 오늘 밤엔 뜻밖의 일만 얘기하는구먼."

교수는 뒤돌아보지도 않고 말했다.

"그것은 무언가?"

"크로삭이 절름발이가 아니라는 사실을 확신해도 좋다는 겁니다."

"전에도 그 말을 했었잖나."

야들리가 반박했다.

"그래, 자네 말이 맞아. 하지만 전에는 확실하게 그렇다고 단언하지는 않았었지. 그런데 어째서 지금은?"

엘러리는 일어서서 양팔을 늘어뜨리고 왔다갔다하며 서성거렸다. 서재 안은 습기를 머금고 있었다. 밖에서 비가 내리고 있었는데, 더욱더 빗소리가 크게 들려 왔다.

"크로삭이 어떤 인물로 꾸미고 있느냐는 모르지만, 하여튼 브래드가 잘 알고 있는 인물입니다. 브래드의 주변 인물 중에서 발을 저는 사람은 없습니다. 따라서 크로삭은 실제로는 절름발이가 아니라는 것이 됩니다. 크로삭은 경찰의 눈을 속이기 위하여 어렸을 때 불구였다는 사실을 신체적인 특징으로 이용한 겁니다."

"그렇다면 그 녀석은 일부러 절름발이인 척해서 경찰이 절름발이인 남자를 뒤쫓게 한 거란 말이지? "

야들리가 중얼거렸다.

"그렇습니다. 그리고는 위험하다고 느끼면 절름발이를 그만두는 것이지요. 그러니 그의 행방이 묘연한 것도 무리는 아니죠. 좀더 빨리 그것을 눈치챘어야 하는 건데."

야들리는 불이 꺼진 파이프를 입에서 뗀 채 큰걸음을 떼면서 몸을 앞으로 흔들고 있었다.

"그럼 좋아."

교수는 엘러리를 엄숙하게 쳐다보았다.

"자네가 쫓고 있는 그 생각은 아직 붙잡지 못했나, 응?"

엘러리는 고개를 가로저었다.

"아직도 소용돌이 속에 숨어 있어요. 한번 검토해 볼까요. 처음의 피해자인 클링은 충분히 설명이 됩니다. 그 끔찍한 행위가 있었던 현장 바로 가까이에 크로삭이 있었고 가짜 절름발이도 있었습니다. 동기, 가까운 관계, 범죄의 특성…… 모든 것이 일치하듯이 맞아 들어갑니다. 그리고 원한관계가 있습니다. 크로삭은 트바르 3형제 중 한 사람인 앤드류를 살해했다고 생각하고 있어요. 그는 어떻게 트바르 3형제 중 가장 발견하기 어려웠던 밴의 행방을 알 수 있었을까요? 이 의문엔 지금은 대답할 수가 없습니다. 하지만 언젠가는 대답할 수 있겠죠. 크로삭이 두 번째 습격을 했습니다. 이번에는 브래드입니다. 여기에서도 같은 의문이 생깁니다만, 이것 역시 해답이 불가능합니다. 계획은 더욱더 교묘해져 갑니다. 크로삭은 브래드의 유언장을 발견하고는 처음의 살인이 실수였다는 것을 알았습니다. 그리고 밴이 아직 살아 있다는 것도 알았지요. 그럼 밴은 어디에 있는 것일까? 찾지 않으면 안 됩니다. 그렇지 않으면 복수가 끝나지 않는다고 크로삭은 생각했겠지요. 거기에서 제2막이 내립니다. 아주 극적이지요. 얼마 안 있어 메가라가 돌아옵니다. 크로삭은 메가라가 돌아온 것을 알고 있습니다. 유언장에 의하면 밴의 새로운 신분과 현재의 소재지에 대한 비밀을 알고 있는 유일한 인물이 등장하게 되는 것이지요. 중간의 휴식, 발자취, 그리고 얼마 안 되어……. 그렇다!"

엘러리가 소리쳤다.

야들리 교수는 순간 몸을 긴장시키고서 숨을 죽였다. 모든 것으로 보아 엘러리가 쫓고 있던 생각이 마침내 잡혔다는 것을 알 수 있었다. 엘러리는 마루에 우뚝 선 채 눈에는 드디어 찾아냈다는 빛을 띠고서 교수를 노려보고 있었다.

"그래요!"

엘러리는 고함을 치고서 습기를 품고 있는 공중으로 2피트쯤 뛰어올랐다.

"정말 바보였습니다. 어쩌면 이렇게도 멍청이였을까! 저는 백치, 정신박약아였어요. 드디어 알아냈습니다."

"모든 건 다 제대로 되게 되어 있어."

교수는 긴장을 풀면서 얼굴을 폈다.

"아니, 이봐. 자네, 왜 그러는 건가?"

교수는 놀라며 말을 중단했다. 엘러리의 환희에 찬 얼굴에 변화가 일어나고 있었다. 턱이 덜컥 떨어지고 눈이 흐려지더니, 공격을 받았을 때처럼 두려움에 꼼짝도 못하는 상태가 되어버렸다.

그 표정은 나타났다는 생각을 할 틈도 없이 사라져 버렸다. 엘러리의 매끄러운 갈색의 뺨이 떨리기 시작했다.

"들어보세요."

엘러리가 빠른 어조로 말했다.

"대강의 줄거리밖에 이야기해 드릴 여유가 없습니다. 우리들은 무엇을 기다리고 있었습니까? 크로삭은 무엇을 기다리고 있었을까요? 우리들은 크로삭이 유일한 정보원(情報源)이었던 메가라를 통해서 '밴이 어디에 있는지'를 알아내려고 움직이는 걸 기다리고 있었습니다. 크로삭은 그걸 알아내려고 기다리고 있었지요. 그리고 그 다음으로 메가라를 살해했습니다. 그것의 의미는 한 가지밖에 없습니다."

"그렇군. 찾아낸 거야."

야들리가 외쳤다. 일의 중대함으로 인해 그의 깊은 목소리가 쉬어 버렸다.

"맞았어, 퀸. 우리들은 어쩌면 이렇게도 멍청했었지? 어쩌면 이다지도 눈 먼 바보였을까? 벌써 늦었을지도 몰라."

엘러리는 그렇게 대답하는 시간조차 헛되게 보낼 수가 없다는 듯이 전화로 달려갔다.

"웨스턴 유니온 전보회사를……. 전보를 쳐 주세요. 대단히 급합니다.

수신인은 웨스트버지니아 주 애로요 마을 루든 순경입니다. 전보문은 '즉각 민병대를 조직해서 피트 노인의 오두막집으로 가시오. 본인이 도착할 때까지 피트 노인을 보호하시오. 크러밋에게 크로삭이 되돌아왔다는 것을 알리시오. 당신이 오두막집에 도착하기 전에 다른 일이 생기면 크로삭의 행방을 조사하시오. 단, 범행현장에는 손대지 마시오.' 발신인은 엘러리 퀸입니다. 다시 한 번 읽어보시오. 뭐라고? 크로삭은 K-r-o-s-a-c입니다. 그렇습니다. 고맙소."

엘러리는 수화기를 내려놓았다가 다시 들었다. 그리고는 도로를 사이에 두고 있는 맞은편의 브래드우드 저택을 불러서 경감이 있는지를 물었다. 스톨링스의 이야기에 의하면 본은 방금 전에 급히 브래드우드 저택을 나갔다고 한다. 엘러리는 스톨링스를 내보내서 본의 부하 한 사람을 부르게 했다. 본 경감이 어디에 있는지를 묻자 전화선 저쪽 끝의 남자는 미안하지만 짐작가는 곳이 없다고 대답했다. 경감은 무슨 연락인가를 받고서 아이섬과 함께 곧바로 자동차를 대기시키라고 하고서 대단히 급히 나갔다는 것이다.

"할 수 없군."

엘러리는 신음하듯 수화기를 놓았다.

"이젠 어떻게 하면 좋지? 우물쭈물하고 있을 틈이 없어."

엘러리는 달려가 창가에 가서 밖을 살폈다. 비는 점점 억수같이 쏟아져서 폭포 소리를 내며 내렸다. 번개가 하늘에서 번뜩이고 우레 소리가 거의 연속적으로 울리고 있었다.

"제 말 좀 들어보세요. 교수님은 뒤에 남아 계셔야겠습니다."

엘러리는 뒤돌아보면서 말했다.

"자네를 혼자 가게 한다는 것이 내키지 않는데."

야들리는 망설이면서 말했다.

"특히 이런 폭풍우 속에선 말이야. 어떻게 갈 생각인가?"

"걱정하실 필요는 없습니다. 교수님은 여기에 남아 계셔서 어떻게 하든 본과 아이섬에게 연락을 해주십시오."

엘러리는 다시금 전화로 달려갔다.

"미네올라 비행장, 급히."

교수는 엘러리가 기다리고 있는 동안 침착하지 못한 모습으로 턱수염을 만지작거리고 있었다.

"이봐, 이봐, 퀸. 이런 날씨에 비행한다는 것은 아무래도 무리야."

엘러리는 한쪽 손을 흔들었다.

"여보세요, 여보세요. 미네올라입니까? 급히 남서행의 빠른 비행기를 한 대 내주실 수 있겠습니까, 없다고요?"

엘러리는 낙담한 듯한 표정을 짓고는 잠시 있다가 수화기를 내렸다.

"날씨까지 우리한테 불리하게 바뀌고 있네요. 폭풍우가 대서양 방면에서 상륙해 남서쪽으로 향하고 있는 모양입니다. 미네올라 비행장의 말에 의하면 앨리게니 산맥 방면은 지독할 거라고 하는군요. 그 친구들, 비행기를 보낼 수 없답니다. 도대체 어떻게 하면 좋죠?"

"기차는?"

야들리가 제안했다.

"안 됩니다. 그보다는 저의 고물 뒤시(뒤센버그)를 믿겠습니다. 방수복이나 레인코트를 빌려주실 수 있겠습니까, 교수님?"

두 사람은 교수의 홀로 달려갔다. 야들리가 옷장을 열고 긴 방수복을 꺼냈다. 그리고는 엘러리가 입을 수 있도록 도와주었다.

"그렇지만, 퀸. 서툰 행동을 해서는 안 돼. 그 차는 오픈카에다 길도 나쁘니 위험한 여행이 될 거야."

교수가 콜록거리면서 말했다.

"불필요한 위험한 행동은 안 합니다."

엘러리가 말했다.

"어쨌든 루든이 잘해 놓을 겁니다."

엘러리는 그렇게 말하고 뛰어나가며 문을 열었다. 교수는 현관까지 배웅했다. 엘러리는 잠자코 손을 내밀었다.

"제게 행운을 빌어주십시오, 교수님. 아니, 오히려 밴의 행운을 빌어

주셔야겠군요."

"어서 가게."

교수는 엘러리의 손을 위아래로 강하게 흔들면서 목메인 소리로 말했다.

"나도 전력을 다해서 본과 아이섬을 찾겠네. 몸 조심하도록! 자넨 이번 일에 확신이 있는 건가? 헛된 여행이 되는 건 아니겠지?"

엘러리는 침통한 목소리로 말했다.

"크로삭이 지난 2주일간 메가라를 살해하지 않았던 것엔 단지 하나의 이유가 있을 뿐입니다. 즉 밴이 어디에 있는지 알지 못했기 때문이지요. 그 녀석이 마침내 메가라를 살해했다는 것은 녀석이 피트 노인의 계략과 산 속의 은신처를 알아냈다는 것입니다. 메가라를 죽이기 전에 위협해서 그 사실을 알아냈겠지요. 제 임무는 네 번째 살인을 방지하는 겁니다. 크로삭은 분명히 지금 웨스트버지니아 주로 향하고 있을 겁니다. 어젯밤 어디선가 머물러 시간을 보냈다면 고마운 일이겠지만. 그렇지 않다면……."

엘러리는 어깨를 으쓱하고는 언제까지라도 남아서 배웅하고 있을 듯한 가련한 야들리 교수에게 미소를 지었다. 그리고는 번개와 폭우 속을 뚫고 계단을 뛰어내려가서 차고와 낡은 경주용 차가 있는 쪽으로 달려갔다.

야들리 교수는 기계적으로 회중시계를 꺼냈다. 정확히 오후 1시였다.

제27장 실 패

뒤센버그는 뉴욕 시를 뚫고서 중심가를 기듯이 지나, 홀랜드 터널을 눈깜짝할 사이에 빠져나갔다. 그리고 저지 시의 혼잡 속을 통과하여 뉴저지의 미로를 뚫고 변두리를 지나 곧바로 해리스버그를 향해 화살처럼 달려나갔다. 교통은 그다지 번잡하지 않았으나 폭풍은 아직 가라앉지 않았다. 엘러리는 행운의 신에게 빌면서 교통 규칙을 무시하고 달렸다. 다행스럽게도 펜실베이니아 주의 도시에서 도시로 총탄처럼 달리는 중에 한 번도 모터사이클 경관에게 쫓기지 않았다.

비를 막는 덮개가 없는 낡은 자동차 안은 그야말로 홍수였다. 구두는 물이 차서 질펀했고, 모자에서는 물방울이 흘러내리고 있었다. 엘러리는 차 어디에선가 찾은 경주용 바람마개인 안경을 쓰고 있었다. 마(痲)로 만든 옷 위에 방수복을 껴입고, 가벼운 펠트모자를 귀까지 덮어쓰고, 호박색 바람마개 안경을 코안경 위에 포개어 쓴 모습은 정말이지 가관이었다. 거기다 거대한 핸들 위에 웅크리고 앉아 폭풍우가 내리치는 펜실베이니아 주의 시골길을 돌진하고 있는 모습은 정말 처참했다.

그 날 저녁 7시 조금 못 되어, 엘러리는 해리스버그로 미끄러져 들어갔다. 비는 아직도 계속 내리고 있었고 그는 마치 비를 뒤쫓아가는 것 같았다.

아직 점심도 먹지 못했다. 납작해진 위장이 공복으로 욱신욱신 아파왔다. 엘러리는 뒤센버그를 자동차 수리소에 세우고서 직원에게 여러 가지 지시를 내리고는 식당을 찾아갔다. 그리고 한 시간쯤 지나서 자동차 수리소에 되돌아와 기름, 휘발유, 타이어 등을 조사하고 나서 그 도시에 작별을 고했다. 길은 잘 알고 있었다. 핸들 앞에 앉아 있자니 춥고 몸이 끈적끈적해서 무엇보다도 기분이 불쾌했다. 6마일쯤 달려가 로크빌을 지나서 곧장 나아갔다. 서스케하나 강을 건너 계속 쏜살같이 달렸다. 두 시간 뒤에는 링컨 고속도로를 통과했고, 계속해서 곧장 길을 달렸다. 비는 아직도 끈질기게 내리고 있었다.

한밤중, 한기를 느끼고 몹시 지쳐서 눈꺼풀마저 제대로 말을 듣지 않을 즈음, 할리데이스버그에 들어갔다. 또다시 자동차 수리소 앞에 차를 멈췄다. 싱글벙글 웃는 얼굴의 직원과 기분 좋게 말을 나눈 뒤에 걸어서 호텔로 향했다. 비가 흠뻑 젖은 다리를 세차게 때렸다.

"우선 세 가지 부탁이 있소."

엘러리는 작은 호텔에 들어서면서 굳어진 입술로 말했다.

"첫째 방이 하나 있어야겠고, 둘째는 옷을 말려야 하오. 그리고 마지막으로 내일 아침 7시에 깨워줄 수 있겠소?"

"제게 맡겨주십시오, 퀸 씨."

카운터에 있는 사람이 숙박객 명단에 있는 엘러리의 서명을 보고서 말했다.

다음 날 아침, 꽤 기운을 차린 엘러리는 마른 옷을 입고 위 속에 베이컨과 달걀을 채워 넣었다. 그리고 양호한 상태의 뒤센버그를 타고 이 여행의 최후의 코스를 향해 질주했다. 사납고 거친 폭풍우가 남긴 참혹한 자취들이 엘러리를 스치고 지나갔다. 뿌리째 쓰러져 있는 가로수, 물이 불어난 개천, 길가 가장자리로 버려진 차들. 그러나 밤새도록 사납던 폭풍우는 날이 밝자 어느 새 가라앉아 버렸다. 하늘은 여전히 낮고 잿빛을 띠고 있었다.

10시 15분, 엘러리는 으르렁거리는 뒤센버그를 몰아 피츠버그를 통과했다. 11시 30분, 하늘이 밝아지고 태양이 앨리제니 산맥의 봉우리들을 비출 즈음, 용감한 노력 끝에 엘러리는 뒤센버그를 웨스트버지니아 주 애로요 마을의 관공서 앞에 세웠다.

엘러리가 어렴풋한 기억을 더듬고 있을 때 푸른색의 무명 작업복 차림의 남자가 관공서 입구 앞의 보도로 들어섰다.

"이봐, 당신, 어딜 가는게요? 누구를 만나려고?"

남자는 빗자루를 놓고 급히 자기 옆을 달려 지나가는 엘러리의 소매를 붙잡았다.

엘러리는 대답하지 않았다. 서둘러 우중충한 사무실을 지나 루든 순경의 방이 있는 뒤쪽으로 갔다. 그 방은 문이 닫혀 있었다. 눈에 보이는 애로요의 관공서 안에는 인기척이라고는 전혀 없었다. 엘러리는 문을 밀어 보았다. 자물쇠가 걸려 있지 않았다.

작업복 차림의 남자가 그 촌뜨기 같은 얼굴에 고집스러운 표정을 띠고서 엘러리의 뒤에서 느릿하게 다가왔다.

루든 순경의 사무실에는 아무도 없었다.

"순경은 어디에 있소?"

엘러리가 물었다.

"그것을 말해 주려고 왔소."

남자는 무뚝뚝하게 말했다.

"그 사람은 여기에 없소."

"아!"

엘러리는 그 말만 들어도 알겠다는 듯이 고개를 끄덕였다. 그러니까 루든은 산으로 간 것이다.

"그 사람은 언제 나갔소?"

"월요일 아침이오."

"뭐라고!"

엘러리의 목소리는 흥분과 분노로 끓어올랐다.

"끝났어. 그렇다면 전보를 받아보지 못했다는 건데."

엘러리는 루든의 책상으로 달려갔다. 서류가 엉망으로 섞여 있고, 흐트러져 있었다. 엘러리가 순경의 공적인 서류를—이것이 공적인 서류인지는 모르겠지만—휘젓기 시작하자 푸른 옷을 입은 남자가 손을 뻗어서 항의를 했다. 아니나 다를까, 걱정했던 대로 전보는 거기에 있었다.

전보는 노란색 봉투에 들어 있었다.

엘러리는 봉투를 뜯고서 읽었다.

'웨스트버지니아 주 애로요 마을 루든 순경 앞.

즉각 민병대를 조직해서 피트 노인의 오두막집으로 가시오. 본인이 도착할 때까지 피트 노인을 보호하시오. 크러밋에게 크로삭이 되돌아왔다는 것을 알리시오. 당신이 오두막집에 도착하기 전에 다른 일이 생기면 크로삭의 행방을 조사하시오. 단, 범행현장에는 손대지 마시오.

엘러리 퀸'

여러 가지 일이 파노라마처럼 엘러리의 눈앞을 지나갔다. 두렵고 심술궂은, 어처구니없는 엇갈림으로 운명의 수레가 역전되어 루든에게 보낸 전보는 그 목적을 이루지 못했다. 작업복 차림의 남자가 장황하게 설명한 것에 의하면 루든 순경과 매트 홀리스 읍장은 이틀 전 아침, 두 사람의 연중 행사인 낚시 여행을 떠났다는 것이다. 대개는 일주일 정도 걸리며, 오하이오 강과 그 지류에 캠프를 하면서 낚시를 한다는 것이다. 일요일까지는 돌아오지 않는다고 했다. 전보는 어제 오후 3시 조금 지나서 도착했다. 작업복 차림의 남자—자신이 관리인 겸 당직 겸 수위 일을 보고 있다고 그가 말했다. —는 그것을 받아서 수령증에 서명하고는 루든과 홀리스가 부재중이었기 때문에 순경의 책상 위에 올려놓았다고 한다. 엘러리가 때마침 찾아오지 않았다면 전보는 일주일 동안 그곳에 있었을 것이다. 무언가 마음에 걸리는 일이 있는 듯이 수위가 중얼중얼 입 속으로 뭔가를 뇌까렸지만 엘러리는 그를 무시했다. 눈에는 희미한 공포의 빛을 띠고서 엘러리는 애로요의 중심가로 허둥지둥 되돌아와서 뒤센버그에 뛰어올랐다.

차가 질주했다. 차가 거리의 모퉁이를 돌자 엘러리는 아이셤과 루든 순경과 함께 탐험을 했던 기억을 더듬으면서 눈에 익은 도로를 돌진해

갔다. 핸콕 군의 크러밋 지방검사와 주 기동경찰대의 피켓 경감에게 연락할 틈이 없었다. 그가 염려하고 있는 일이 아직 일어나지 않았다면 지금부터 어떠한 사태가 발생해도 거기에 대처할 자신이 있었다. 뒤센버그의 주머니 안에는 장전된 자동권총이 들어 있다. 하지만 만일 이미 일이 벌어진 뒤라면…….

엘러리는 기억하고 있는 숲의 수풀에—심하게 비가 왔음에도 불구하고 잡초가 빽빽이 자란 수풀의 땅 위에는 그 전에 왔을 때의 발자국이 희미하게 남아 있었다. —차를 내버려두고 자동권총을 한 손에 쥔 채 루든 순경이 남긴 희미한 발자국을 쫓아서 거칠고 험한 산길을 오르기 시작했다. 그는 매우 서두르는 한편 경계하면서 기어올라갔다. 그는 어떤 사태에 부딪칠지 전혀 예상할 수 없었다. 그래서 무엇보다도 남의 눈에 띄지 않아야 한다고 단단히 마음먹고 있었다. 푸르고 울창한 숲은 적막했다. 그 사이를 가르면서 엘러리는 제시간에 도착하게 되기를 기도했다. 그러나 그의 머릿속에선 벌써 때가 늦었음을 알리는 경종이 희미하게 울리고 있었다.

엘러리는 나무 그늘에 몸을 감추고 텅빈 마당을 바라보았다. 울타리는 지난번 그대로였다. 현관문은 닫혀 있었다. 엘러리는 용기가 샘솟았다. 그러나 동시에 엘러리는 약간의 방심도 허락하지 않았다. 자동권총의 안전장치를 살짝 풀고서 소리가 나지 않게 나무 그늘에서 나왔다. 가시 철조망을 둘러친 창가에 피트 노인의 턱수염과 그늘진 얼굴이 보였다! 아니, 그것은 그의 상상이었다. 엘러리는 여전히 자동권총을 꽉 잡은 채 조심조심 울타리를 타고 넘었다. 그런데 그곳에 발자국이 있었다. 엘러리는 그것을 보고 정신이 번쩍 들었다.

엘러리는 꼬박 3분간이나 그곳에 선 채로 습기찬 땅 위에 나 있는 선명한 발자국이 말해 주는 의미를 생각해 보았다. 그리고는 어떤 사실을 폭로하는 이 발자국을 피해 커다란 원을 그리면서 한 발자국 한 발자국 조심스럽게 발을 옮기면서 문 앞까지 다가갔다.

다시 살펴보니까 문은 처음에 본 것과는 달리 완전하게 닫혀 있지는 않았다. 좁은 틈이 보였다.

자동권총을 오른손에 쥐고서 엘러리는 몸을 웅크린 채 귀를 그 틈새에 댔다. 오두막 안에서는 어떠한 소리도 들려오지 않았다.

그는 몸을 펴고 일어나 왼손으로 문을 냅다 밀어버렸다. 문이 '쾅' 하고 뒤로 젖혀지면서 오두막 내부가 드러났다.

심장이 두세 번 뛸 동안, 엘러리는 그곳에서 그대로 서서는 왼손을 허공에 들고서 오른손은 오두막 내부를 향해 자동권총을 들이댔다. 그는 그 자세로 눈앞에 펼쳐져 있는 무서운 광경에 넋을 잃고 말았다.

그 뒤 엘러리는 문지방을 재빨리 넘어 그 단단한 문을 자물쇠로 채워 버렸다.

12시 50분, 뒤센버그는 다시 관공서 사무소 앞에 '끽' 소리를 내며 멈춰 섰다. 엘러리는 보도로 내려섰다. 수위는 그를 이상한 젊은이라고 생각했을 것이다. 그는 머리를 흩뜨린 채 미친 사람처럼 광기에 번득이는 눈을 하고 대들 듯이 거세게 수위에게로 다가섰다.

"잠깐만 또 돌아오셨구먼."

작업복 차림의 남자는 어떻게 할까 하고 주저하는 듯한 어조로 말을 꺼냈다. 그는 여전히 뜨거운 태양 아래에서 길거리를 쓸고 있었다.

"당신에게 할 이야기가 있소. 아까는 말하지 못했는데, 혹시 당신 이름이?"

"그런 건 상관없소."

엘러리가 딱 잘라서 말했다.

"아마도 당신은 이곳에 남아 있는 유일한 공무원인 것 같군. 당신은 나를 위해 한 가지 해야 할 일이 있소. 뉴욕에서 어떤 사람이 여기로 올 겁니다, 언제가 될지는 모르겠지만 몇 시간 걸린다 해도 당신이 여기서 그를 기다려야 합니다. 알겠소?"

"저, 정확히는 잘 모르겠지만, 당신이 혹시 퀸이라는 사람 아닌가요?"

수위가 큰 빗자루에 몸을 기대면서 말했다.

엘러리는 수위를 뚫어지게 쳐다보았다.

"어떻게 알았죠?"

수위는 헐렁헐렁한 작업복 주머니 속을 뒤지더니 손을 멈추고 담배의 갈색 액체를 내뱉었다. 그리고는 접힌 종이조각을 내밀었다.

"아까 당신이 왔을 때 말하려고 했는데, 퀸 씨, 당신이 말할 틈을 주지 않아서 말이오. 당신에게 전하라고 하면서 이것을 놓고 간 사람이 있었어요. 키가 크고 약간 못생긴 늙은이였죠. 마치 에이브러햄 링컨과 비슷한 얼굴을 하고 있었는데."

"야들리 교수님!"

엘러리는 소리지르며 메모를 낚아챘다.

"어째서 당신은 좀더 빨리 그 말을 하지 않았소?"

엘러리가 서둘러 펼치려 했기 때문에 그것은 거의 찢어질 뻔했다. 그것은 교수의 사인이 들어 있는, 급히 연필로 휘갈겨 쓴 편지였다.

'퀸 군.

차근차근 설명하겠네. 현대 마법의 힘으로 자네보다 앞지를 수 있었네. 자네가 출발한 뒤, 몹시 걱정이 되어 본과 아이셤의 행방을 알아내려고 노력했지만 허사였네. 내가 알고 있는 한, 두 사람은 메사추세츠에서 린 부부의 발자취에 대해 믿을 만한 정보를 얻어낸 듯싶네. 본의 부하에게 말을 전해 달라고 부탁해 두었네. 자네 혼자 크로삭과 같은 피에 굶주린 야만인을 추적한다고는 생각지 말게. 브래드우드에는 별 문제가 없네. 템플 의사는 뉴욕으로 떠났는데, 간 곳은 헤스터가 있는 곳이라고 확신해도 좋을 걸세.

태풍이 부는 동안 밤새도록 한잠도 못 잤네. 태풍도 가라앉았고 지금은 아침 6시, 나는 미네올라에 있네. 항공 상태가 좋아서 나는 개인비행사에게 남서쪽으로 가자고 설득했지. 오늘 오전 10시쯤이면 애로요 근처에 도착할 걸세. (이상은 거의 비행기 내에서 썼네.)

추신—오두막을 발견하지 못했네. 또 얼마나 가야 현장에 도달할 수 있을지도 알 수 없네. 루든은 없네. 마을은 죽은 듯 고요하고 자네의 전보는 아마도 그대로 있을 걸세. 물론 최악의 사태가 우려되네. 절름발이 남자(이 점은 특히 중시해야만 하네.)가 이 부근에 나타났다는 사실을 내가 발견해냈네.

그 절름발이 남자는 작은 가방을 갖고 있었는데(크로삭이 틀림없다고 생각하지만, 내가 들은 인상으로는 막연하네. 더구나 얼굴은 목도리로 휘감겨 있었다네.) 어젯밤 11시 30분 애로요에서 오하이오 강 바로 건너에 있는 옐로 크리크에서 자가용차를 빌렸다네. 그 차주인과도 만나보았네. 그는 크로삭을 오하이오 주 스튜벤빌까지 데려다 주었는데, 그곳의 한 호텔에 묵었다고 하네. 나는 이 편지를 애로요 마을 관공서인 유능한 수위에게 맡기고 K를 추적하네. 즉시 스튜벤빌로 갈 걸세. 만일 다른 새로운 증거가 발견되면 포트 스튜벤 호텔에 메모를 써서 맡겨두겠네. 급해서 이만 줄이겠네.

야들리'

엘러리의 눈은 광적인 빛을 띠고 있었다.

"그 에이브러햄 링컨은 몇 시쯤 이 편지를 썼소?"

"한 11시쯤인가, 대충 그랬을 겁니다."

수위가 천천히 대답했다.

"당신이 오기 조금 전이었으니까."

"알겠소. 사람들이 왜 살인을 하는지 이제야 알 것 같군. "

엘러리는 고통스러운 듯 말했다.

"어젯밤 비가 그친 것은 몇 시쯤이었소?"

엘러리는 문득 짚이는 데가 있어서 물었다.

"자정 전후일 거요. 이쪽에는 비가 그친 뒤에도 강 쪽은 밤새도록 토사가 흘러내렸을 거요. 그래, 퀸 씨, 무슨 생각이라도?"

"아무것도 아니오."

엘러리는 딱 잘라 말했다.

"뉴욕에서 오는 사람이 있으면 이 메모를 전해 주시오."

엘러리는 야들리의 편지 뒤쪽의 빈 공간에다 무언가를 덧붙여 쓰고 나서 그것을 수위의 손에 쥐어주었다.

"이곳 밖에서 기다려요. 청소를 하든지, 무얼 먹든지, 무엇이든지 해도 좋아요. 그렇지만 그들이 올 때까지 이 길목에 붙어 있으시오. 아이셤과 본이라는 사람이오. 경찰입니다. 그 사람들에게 이 메모를 전해 주시오. 이것은 적지만 애써주는 대가요."

엘러리는 지폐 한 장을 수위에게 내팽개치듯 던지고는 뒤센버그에 뛰어 올라타 먼지구름을 일으키며 애로요의 중심가를 질주하기 시작했다.

제28장 두 번 죽다

본 경감과 아이셤 지방검사는 수요일 아침 8시, 피곤했지만 지극히 만족한 상태로 차를 타고 브래드우드에 도착했다. 연방 검사국에서 나온 인물 한 사람이 동승하고 있었다. 그리고 뒷자석에는 부루퉁한 채 무표정한 퍼시와 엘리자베스 린 부부가 타고 있었다.

영국인 도둑 부부를 감시병과 함께 미네올라에 보내고 나서 본 경감은 일단 한시름 놓았다는 듯이 양팔을 쭉 내뻗고서 천천히 기지개를 켰다. 때마침 부하인 빌이 팔을 흔들며 소리치면서 달려와서 빠르게 말하기 시작했다. 본 경감의 얼굴에서 득의만만하던 표정이 사라지고 불안한 표정이 나타났다. 아이셤은 야들리 교수가 남긴 이야기를 듣고 나서 지긋지긋하다는 듯이 저주의 말을 토해냈다.

"도대체 어떻게 하면 좋지?"

"물론 뒤따라가야지!"

본은 내뱉듯이 말하며 경찰차에 올라탔다. 지방검사는 대머리를 쓰다듬으면서 체념했다는 듯이 그 뒤를 따랐다.

그들은 미네올라의 비행장에서 야들리 교수의 소식을 들었다. 교수는 그 날 아침 6시에 비행기를 빌려 타고는 행선지도 말하지 않고 남서쪽으로 날아갔다고 했다. 10분 뒤 두 사람은 강력한 3발기의 캐빈에 몸을 싣고 똑같은 목적지를 향해서 하늘을 날아갔다.

두 사람이 길을 물어물어 터벅터벅 애로요에 도착한 것은 오후 1시 반이었다. 비행기는 마을에서 4분의 1마일 정도 떨어진 목장에 두 사람을 내려놓았다. 경감과 지방검사는 그곳의 파출소로 향했다. 푸른색 무명 작업복 차림의 남자가 낡아빠진 빗자루를 발 밑에 놓고 건물의 계단에 걸터앉아 한가하게 코를 골고 있었다. 경감이 '꽥' 하고 소리치자 그는 비틀거리며 일어났다.

"뉴욕에서 왔습니까?"

"그렇소."

"본과 아이섬이신가요?"

"그렇소."

"당신들에게 전해줄 편지가 있어요."

수위가 커다란 손을 펼쳤다. 그 손에는 꼬깃꼬깃하고 때묻은 야들리 교수의 메모가 놓여져 있었다.

'야들리 교수님의 편지로 설명을 대신하겠습니다. 저는 오두막 집에 가보았습니다. 참담한 모습이더군요. 조속히 그쪽으로 가십시오. 오두막 집 앞에서 돌아나간 발자국은 제 것입니다. 다른 두 쌍은 당신들 스스로 판단하시기 바랍니다. 포획물을 잡는데 시간에 맞게 가시려면 신속하게 행동하십시오.

Q'

"또 당했군."

아이섬이 신음하듯이 말했다.

"퀸 씨가 이곳을 떠난 것이 몇 시쯤이었소?"

본이 고함쳤다.

"1시쯤이었어요."

수위가 대답했다.

"도대체 뭣들을 하는 거야? 모두들 제멋대로 부산떨며 여기저기 뛰어다니기만 하고 있으니."

"가십시다, 아이섬 씨."

경감이 낮은 목소리로 말했다.

"길 안내를 해주시오. 우선 오두막집부터 가보지 않으면 안 되니까."

수위가 어이없다는 듯이 머리를 흔들고 있었다. 두 사람은 모퉁이를 급히 돌아갔다.

오두막의 문은 잠겨 있었다. 아이셤과 본은 고생고생 끝에 간신히 철조망으로 된 철책을 뜯어냈다.

"이 발자국 흔적 위로는 걷지 마십시오."

경감이 말했다.

"보십시오. 이것은 퀸의 것이고 다른 건 이 주위를 돌아다닌 놈의 겁니다. 그 다른 놈은……."

두 사람은 멈춰 선 채 얼마 전에 엘러리가 관찰했던 발자국을 눈으로 좇았다. 같은 신발에서 생긴 두 줄의 발자국이 두 쌍이 있었고 그 외에 엘러리의 구두 자국이 있었다. 다른 발자국은 없었다. 두 쌍의 발자국은 확실하게 구별이 갔다. 한 쌍은 철책에서 오두막의 문까지 나 있었고, 나머지 한 쌍은 그것과는 약간 떨어져서 철책 쪽으로 되돌아가고 있었다. 철조망으로 된 철책의 바깥쪽 땅은 돌조각으로 되어 있어서 눈에 띄는 발자국은 없었다. 오두막을 향해서 간 발자국은 오두막에서 나온 발자국보다도 한층 깊게 패여 있었다. 발자국은 어느 것이나 모두 오른쪽 발자국이 그것과 짝을 이루는 왼쪽 발자국보다 깊게 찍혀져 있었다.

"절름발이의 발자국이 틀림없군."

본은 중얼대듯이 말했다.

"그렇더라도 처음의 발자국은 좀 이상한데."

경감은 두 쌍의 발자국으로부터 멀리 돌아가서 문을 열었다. 아이셤이 그 뒤를 좇았다. 두 사람은 피부가 얼어붙어 버릴 정도의 공포를 느꼈다. 문 반대쪽 벽에는 거칠게 깎은 통나무 위에 마치 트로피와 같이 시체가 못 박혀 있었다. 입고 있는 피투성이의 누더기 옷—그 가짜 산속 노인의 누더기 옷—으로 보아 그 시체가 불운한 초등학교 교장의 시체임을 알 수 있었다. 피가 돌바닥에 떨어지고 있었다. 그리고 벽에도 흩뿌려져 있었다. 아이섐이 전에 들렀을 때에는 말끔히 정리되어 있던 것이 지금은 도살장 내부 같았다. 풀로 엮은 깔개에는 온통 끈적끈적한 붉은 반점이 묻어 있었다. 바닥에는 붉은 줄이 몇 개나 그어져 있었고, 그 주변은 피가 뿌려져 있었다. 튼튼하고 오래된 테이블엔 보통 때에 놓여 있던 물품들이 치워져 있고 대신 칠판으로 사용되어 있었다. 그리고 커다랗게 피로 쓴 글자 즉, 크로삭이 복수를 표시하는 글자, 대문자 T가 쓰여져 있었다.

"이것 참."

본은 낮은 목소리로 말했다.

"뱃속이 뒤집힐 것만 같은데. 이 짐승 같은 놈을 내가 잡기만 하면 이유고 뭐고 없이 그냥 이 주먹으로 숨구멍을 막아줄 테다."

"나는 밖으로 나가겠소. 아무래도 정신이 아득해지는 것 같아서 말이오."

아이섐이 쉰 목소리로 말했다. 지방검사는 비틀거리며 문 밖으로 나가 벽에 기대어 서서 토할 것 같은 느낌을 억제하고 있었다.

본 경감은 눈을 계속 깜박거리면서 어깨를 펴고 나서 결심을 한 듯이 방을 가로질러 앞으로 나아갔다. 굳어진 핏덩어리를 피해서 걸어간 그는 시체를 만져보았다. 시체는 딱딱하게 굳어 있었다. 작고 빨간 핏방울이 손바닥과 다리의 못 박힌 곳에서 떨어지고 있었다.

"죽은 지 15시간 정도 지났겠군."

본은 주먹을 꽉 쥐면서 생각했다. 십자가형에 처해진 시체를 올려다보는 경감의 얼굴에는 핏기가 없었다. 머리가 붙어 있었던 곳에 있는 선명하고 새빨간 구멍, 양쪽으로 펼쳐져 굳어진 양팔, 나란히 모아진 양다리. 이런 모습은 괴기스러웠다. 마치 광기 어린 악마가 난잡하게 그린 희극적인 그림과도 같았다. 죽은 인간의 육체로 형태를 만든, 기괴함의 극치에 달하는 거대한 T자.

본은 현기증이 날 것만 같아 머리를 흔들며 정신을 가다듬고 뒤로 물러섰다. 테이블 근처의 바닥에 여러 가지 물품이 뒹굴고 있어서 그때의 굉장한 모습을 이야기해 주고 있었다. 격투 끝에 일이 벌어진 게 틀림없다고 어렴풋이 생각되었다. 무거워 보이는 도끼가 있었다. 손잡이나 날에는 온통 피가 말라붙어 있었다. 분명히 그것이 앤드류 밴의 목을 잘라냈을 것이다. 다음으로 2차원의 도너츠와 같이 둥글게 만 둥근 붕대가 있었다. 그 끝은 풀려 때가 묻어 있었고, 한쪽은 적갈색의 액체로 물들어 있었는데 그것도 지금은 말라붙어 있었다. 경감은 몸을 굽혀서 조심스럽게 그 둥글게 말린 붕대를 주워 올렸다. 그가 들어올리자 붕대가 풀렸다. 놀랍게도 무언가 날카로운 칼 같은 것으로 잘려져 있었다. 본은 붕대를 자른 것이 가위라고 판단하고서 주위를 둘러보았다. 정말 그랬다. 2~3피트(약 60~90cm) 떨어진 곳에 내팽개친 듯이 커다란 가위가 뒹굴고 있었다.

본은 입구 쪽으로 갔다. 아이셤은 여전히 새파란 얼굴을 하고서 기력을 잃은 듯한 모습을 하고 있었는데, 다소 기운을 되찾아가는 듯했다.

"이것을 어떻게 생각하십니까?"

본은 붕대를 내밀면서 물었다.

"아이셤 씨, 토하기에 아주 좋은 곳을 찾으셨군요!"

지방검사의 코에 주름이 잡혔다. 그는 정말로 안돼 보였다.

"손목에 감았던 붕대로군."

우물거리면서 그가 말했다.

"핏자국이나 요오드팅크가 스며 있는 것을 보니 상처가 꽤 컸던 모양이군요."

"맞습니다."

본은 침통한 목소리로 말했다.

"붕대가 말려 있는 형태로 보아 손목이 틀림없습니다. 인간의 몸에서 이렇게 작은 원이 될 수 있는 곳은 손밖에 없죠. 발목은 좀더 큽니다. 어쨌든 크로삭 녀석은 손목에 꽤 큰 상처를 입은 게 틀림없어요."

"달라붙어서 싸웠나, 그렇지 않으면 실수로 자신이 상처를 낸 걸까?

머리를 잘라낼 때에 말이오."

아이셤은 몸서리치면서 말했다.

"그렇더라도 왜 붕대를 남겨놓아서 우리들에게 발견되게 했을까?"

"그 이유는 간단합니다. 보십시오. 이렇게 피가 묻어 있습니다. 싸울 때 난 상처인지 아닌지는 모르겠지만 일찌감치부터 상처가 난 게 틀림없어요. 그래서 오래된 붕대를 잘라내고 새로운 것을 다시 감은 겁니다. 어째서 이 붕대를 남겨두고 갔느냐 하면 아이셤 씨, 놈은 몹시 당황해서 이 오두막 근처에서 빨리 떠나고 싶었을 겁니다. 그래도 뭐 그리 위험한 상처는 아닌 것 같습니다. 붕대를 남겨두고 간 사실 자체가 그 상처를 감출 수 있는 것이라는 것을 나타내 주고 있습니다. 필시 팔소매로 감출 수 있었을 겁니다. 다시 한 번 안에 들어가 보지요."

아이셤은 꿀꺽 마른침을 삼키고는 경감의 뒤를 따라 오두막 안으로 들어갔다. 본은 도끼와 가위를 가리켰다. 그리고 나서 아까 붕대를 발견한 곳 근처 바닥에 뒹굴고 있는, 커다랗고 불투명한 병을 가리켰다. 병은 암청색으로 상표는 붙어 있지 않았다. 안은 거의 비어 있었다. 안의 내용물은 대부분 병이 뒹굴고 있었던 장소의 바닥에 쏟아져서 그 주변을 갈색으로 물들였다. 코르크 마개는 몇 피트 앞쪽에 튀어나가 있었다. 그리고 그 옆에, 일부가 풀어진 한 뭉치의 붕대가 있었다.

"요오드팅크입니다."

본이 말했다.

"이것으로 완전히 어떻게 된 건지 알 수 있습니다. 놈은 상처가 났을 때 저쪽의 약품 선반에서 이것을 가져온 겁니다. 병을 테이블 위에 놓은 것까지는 좋았는데, 나중에 실수로 엎질러 버렸다든가, 그렇지 않으면 바닥에다 내팽개쳐 버렸을 겁니다. 짜증이 나서 말이죠. 그런 것이 유리병이 두꺼워서 깨어지지 않은 거지요."

두 사람은 시체가 매달려 흔들거리고 있는 벽 옆으로 갔다. 거기에서 몇 피트 떨어진 한쪽 구석에는 세면장 비슷한 서랍과 펌프가 있었고, 그 위쪽에는 아이셤이 저번에 이 오두막집에 왔을 때 본 선반이 있었다. 선반은 두 군데 틈이 있을 뿐, 전부 막혀 있었다. 선반 위에는 커다란 푸른 탈지면 포장, 치약 튜브, 반창고, 한 타래의 붕대, 말아놓은 가제, 요오드팅크라고 상표가 붙어 있는 작은 병, 그리고 그것과 나란히 있는 머큐로크롬 병, 그 밖에 몇 개나 되는 병과 단지가 놓여 있었다. 병들은 설사제, 아스피린, 아연화연고, 바셀린 같은 것들이었다.

"확실하구먼."

경감이 어두운 얼굴을 하고 말했다.

"놈이 밴의 물건을 사용한 겁니다. 붕대와 요오드팅크가 담겨 있었던 저 큰 병은 밴의 선반에 있었던 겁니다. 원래대로 해놓을 틈은 없었겠지요."

"잠깐!"

아이셤이 눈썹을 찌푸리고서 말했다.

"당신은 상처가 난 것이 크로삭이라는 결론으로 비약하고 있소. 어쩌면 그건 저 벽에 매달린 채 흔들리고 있는 불쌍한 남자일지도 모르잖소. 그렇지 않소, 본 씨! 상처가 난 사람이 크로삭이 아니고 밴이라고 한다면 손목에 상처가 난 사람을 수사하는 건 큰 실수를 범하는 게 아니겠소?"

"당신은 생각보다 둔하지는 않군요."

본이 큰 소리로 말했다.

"그런 것까지는 생각지 못했습니다, 그래요. 시체를 조사해 보면 알 수 있을 겁니다."

경감은 딱 벌어진 어깨를 홱 돌렸다. 그리고 입술을 다물고 벽을 향해 나아갔다.

"아니, 이보시오. 나는…… 난, 그만두겠소, 본 씨."

아이셤은 움찔거리며 말했다.

"가만히 계십시오."

본이 고함쳤다.

"나 역시 당신과 마찬가지로 이런 일을 좋아하지 않아요. 그러나 하지 않으면 안 됩니다. 자, 가시죠."

10분 뒤, 목이 없는 시체가 바닥에 가로 눕혀졌다. 둘이서 손바닥과 발에 박힌 못을 잡아 뺐다. 본은 시체에서 누더기 옷을 벗겨냈다. 그러자 벌거숭이의 새하얀 귀신 같은 형체가 바닥에 가로 뉘어 있게 되었다. 아이셤은 배를 양손으로 누르고 벽에 기대고 있었다. 본 경감은 알몸뚱이가 된 시체의 상처 구멍을 곤혹스러운 듯이 조사했다. 그는 끔찍하고 기괴한 물건을 이쪽저쪽으로 돌려가면서 등까지 꼼꼼히 조사했다.

"없습니다."

경감이 일어서면서 말했다.

"손바닥과 발의 못이 박혔던 구멍 외에는 상처가 없어요. 손목에 상처가 난 것은 크로삭입니다. 틀림없습니다."

"이제 나갑시다, 본 씨. 부탁이오."

두 사람은 맑은 공기를 깊게 들이마시면서 불만스럽게 입을 다물고 애로요로 돌아갔다. 마을에서 본 경감은 군(郡)경찰서 소재지인 웨어턴에 전화를 했다. 그리고는 크러밋 지방검사와 5분 정도 이야기를 나누었다. 수화기를 내려놓고서 본은 아이셤 쪽으로 얼굴을 돌렸다.

"크러밋은 입을 다물고 있을 겁니다."

경감이 침통한 목소리로 말했다.

"깜짝 놀라더군요! 하지만 밖으로 새어나갈 염려는 없습니다. 내가 걱정하고 있는 것은 그것뿐입니다. 피켓 경감을 이쪽으로 보낼 모양입니다. 그리고 검시관도. 핸콕 군(郡)의 새로운 시체에 관한 일에 대해서는 우리들이 어느 정도 자유롭게 행동할 수 있도록 조치를 취해 놓았습니다."

경감이 씨익 웃었다. 두 사람은 애로요의 큰길로 나와서 조그만 자동차 수리소 쪽으로 서둘러 갔다.

"그 친구들은 앤드류 밴의 죽음에 대해 두 번씩이나 검시재판을 열지 않으면 안 되겠구먼!"

아이셤은 아무 말도 하지 않았다. 아직도 토할 듯한 느낌이 들었다.

두 사람은 속력이 빠른 차를 빌려—엘러리보다 한 시간 반 늦게—똑같이 흙먼지를 날리며 출발했다. 행선지는 오하이오 강의 다리, 그리고 스튜벤빌이었다.

독자들에 대한 도전

누가 살인범일까요?

나는 내 소설에서 독자들이 하나, 또는 여러 범죄를 올바르게 해결하는 데 필요한 모든 사실들을 알게 되는 단계에 이르면 언제나 독자들의 지혜에 도전해 왔습니다. '이집트 십자가의 비밀'도 예외는 아닙니다. 주어진 데이터로 추리를 해나가면 독자들은 바야흐로 단순한 억측이 아니라 논리적으로 범인의 정체를 설명할 수 있을 것입니다. 설명하는 장(章)을 읽게 되면 알 수 있듯이 유일하고 적절한 해결에는 '만일에'나 '그러나'도 없습니다. 그리고 논리는 운의 도움을 필요로 하지 않습니다. 아무튼 독자 여러분의 훌륭한 추리와 행운을 빕니다.

— 엘러리 퀸

제29장 지리의 문제

그것은 역사적인 수요일로, 네 개의 주에 걸쳐 이루어진, 실로 기기묘묘하고 흥미만점의 범인 추적이 시작되는 날이었다. 그것은 지그재그 코스를 더듬어 장장 550마일에 달했다. 현대의 모든 형태의 고속 교통기관 즉, 자동차, 급행열차, 비행기가 동원되었다. 다섯 사람의 인물이 이 추적에 참여했다. 여섯 번째의 참가인물은 전혀 의외였다. 이 추적은 엘러리가 오하이오 주 스튜벤빌에 발을 들여놓았을 때부터 시작하여 장장 아홉 시간이라는 고난에 가득 찬 시간이 걸렸는데, 추적을 지휘한 사람을 제외하고 추적에 참여한 다른 모든 사람들에게는 그 시간이 900년으로 느껴질 정도로 긴 시간이었다. 3중의 추적! 그들의 서로 쫓고 쫓기는 추적이 얼마나 놀라웠는지! 길고 긴 수사선상에서 범인은 언제나 손이 미치는 곳 너머로 달아나 버려서 휴식을 취할 시간도, 식사를 할 시간도, 서로 상의할 만한 시간도 없었다.

수요일 오후 1시 30분. 아이셤 지방검사와 본 경감이 애로요 마을의 관공서로 어정어정 걸어가고 있을 때, 엘러리 퀸은 뒤센버그를 달려서 번화한 도시인 스튜벤빌에 들어서고 있었다. 그는 교통순경에게 길을 묻는 데에 약간의 시간을 지체한 뒤 포트 스튜벤 호텔 앞에 차를 세웠다. 엘러리의 코안경은 코 위에서 옆으로 흘러내려 있었고, 모자는 머리 뒤로 젖혀진 채 단단히 눌려져 있었다. 영화에 나오는 신문기자와 거의 흡사한 모습이어서 호텔 프런트의 직원은 엘러리가 필시 신문기자가 틀림없다고 생각한 듯했다. 그는 빙긋빙긋 웃기만 하고 숙박부를 내밀려고도 하지 않았다.

"당신이 엘러리 퀸 씨인가요?"

직원이 엘러리에게 숨 돌릴 겨를도 주지 않고 물었다.

"그래요, 어떻게 해서 나를 알고 있습니까?"

"야들리 씨에게서 당신의 인상착의를 들었습니다."

직원이 말했다.

"게다가 오늘 오후에 이쪽으로 오신다고 하더군요. 이 편지를 당신에게 전해달라고 하면서 남겨놓고 가셨습니다."

"고맙소. 이리 주시오."

엘러리가 말했다.

메모는 얼마나 서둘러서 썼는지 전혀 대학교수답지 않은 난필로 휘갈겨 쓰여져 있었다.

'퀸, 이곳 직원에게 묻느라고 시간을 지체하지 말게. 필요한 정보는 전부 여기에 쓰여져 있으니까. K의 인상과 닮은 남자가 어젯밤 한밤중에 이 호텔에 도착해서 하룻밤 묵었네. 그는 오늘 아침 7시 반에 차를 빌려 타고 출발했어. 호텔을 나올 때는 목발을 짚고 있지 않았지만 손목은 사람들 눈을 끌 정도로 심하게 붕대를 감고 있었다고 하는데, 나로서는 납득이 가지 않네. 자신의 발자취를 숨기려고 하지 않는 점을 보면 추적을 두려워하고 있지 않은 모양이야. 그리고 제인스빌에 갈 거라고 공공연히 떠든 모양이야. 나는 자동차로 뒤를 쫓겠네. 이곳 직원에게 대충의 인상을 들어 두었네. 다음 지시는 제인스빌의 클래렌던 호텔에 남겨두겠네.

야들리'

편지를 주머니에 집어넣을 때 엘러리의 눈은 빛나고 있었다.

"야들리 씨가 스튜벤빌을 떠난 것이 몇 시였나요?"

"정오입니다. 택시를 빌려서요."

"제인스빌이란 말이지?"

엘러리는 생각에 잠겼다. 이윽고 수화기를 들어올리고서 말했다.

"제인스빌의 경찰서장을 불러주시오. ……여보세요, 여보세요. 경찰섭니까? 서장을 좀 바꿔주시오. 긴급합니다. 내 이름 같은 건 아무래도 좋아요. ……여보세요, 여보세요. 저는 뉴욕의 엘러리 퀸입니다. 뉴욕 경찰서 강력계의 리처드 퀸의 아들입니다. ……그렇습니다. 지금 스튜벤빌에 와 있습니다. 서장님, 저는 지금 손목에 붕대를 감고 택시를 탄, 키가 크고 살갗이 거무스름한 남자를 추적중입니다. 그 뒤를 턱수염을 기른 키가 큰 남자가 다른 택시를 타고 쫓고 있습니다. ……그렇습니다. 그 남자는 아침 7시 반에 스튜벤빌을 출발했습니다. 흐음! 서장님 말씀대로일지도 모르겠군요. 벌써 옛날에 그쪽을 통과해 버렸을지도 모르죠. 어쨌든 될 수 있는 한 발자취를 잡아주십시오. 두 번째 남자는 아직 제인스빌에 도착하지 않았으리라고 생각합니다. 클래렌던 호텔 프런트에 연락을 취해 주십시오. 저도 될 수 있는 대로 빨리 그쪽으로 가겠습니다."

엘러리는 포니 특급 역마차와도 같이 서쪽을 향해 덜커덩덜커덩 달리기 시작했다.

엘러리는 제인스빌에서 클래렌던 호텔을 금방 찾을 수 있었다. 호텔의 지배인과 경찰 제복을 입은, 키가 작고 나무통 같은 남자가 엘러리를 맞이했다. 제복을 입은 남자가 로터리 클럽 회원같이 얼굴 가득히 웃음을 머금고서 손을 내밀었다.

"어찌되었습니까?"

엘러리가 물었다.

"나는 하디요. 이곳 경찰서장이오."

살이 찐 남자가 말했다.

"당신이 말한 턱수염을 기른 인물은 조금 전에 이 지배인에게 말을 전해달라고 전화로 부탁했다고 합니다. 그 사람은 자기가 턱수염을 기른 사람이라고 했다는군요. 그의 앞에 간 남자가 방향을 바꾸어 제인스빌에 오지 않고 컬럼버스로 간 것 같소."

"아뿔싸, 저런!"

엘러리가 외쳤다.

"야들리 교수님이 서툴다는 것을 염두에 두었어야 하는 건데. 가엾은 책벌레 같은 분! 컬럼버스에는 수배해 놓으셨습니까?"

"물론 해놓았소. 중요한 범인입니까, 퀸 씨?"

"대단히 중요합니다."

엘러리가 짤막하게 말했다.

"서장님, 감사합니다. 저는 이만……."

"저어!"

지배인이 머뭇거리며 말했다.

"실은 전화를 걸어오신 분이 컬럼버스의 세네카 호텔에 당신 앞으로 편지를 남겨두겠다고 하셨습니다. 그쪽 지배인은 제 친구이지요."

제복을 입은 키가 작은 남자가 어이없다는 듯이 서 있는 것을 거들떠보지도 않고 엘러리는 허둥지둥 달려나갔다.

오후 7시, 본과 아이셤이 스튜벤빌과 컬럼버스 사이에서 범인의 추적에 헷갈려 하고 있는 동안에 엘러리는 머리칼이 곤두설 정도의 무시무시한 속도로 컬럼버스의 이스트 브로드 가(街)를 달려 세네카 호텔을 찾았다. 이번엔 아무런 방해도 없었다. 프런트에 있는 지배인에게서 야들리 교수의 휘갈겨 쓴 편지를 받았다.

'퀸, 아까는 실수했네. 그렇지만 곧 K의 발자취를 알아냈네. 상대방이 일부러 그렇게 행동한 것이라고는 생각되지 않아. 단지 마음이 바뀌어서 컬럼버스로 향했던 것 같네. 조금 시간을 허비했지만 K는 여기서 1시 기차를 잡아타고 인디애나폴리스로 향한 것을 알아냈네. 나는 여기서 비행기를 타고 잃어버린 시간을 되찾겠네. 정말 재미있군. 빨리 오게. 아마도 인디애나폴리스에서 잡게 될지도 몰라. 그렇게 되면 자네 얼굴이 빨갛게 되겠구먼!

Y'

"그분의 박자에 끌려다니는군."

엘러리는 혼잣말로 중얼거렸다.

"정말로 참을 수 없는 일인데……. 이분이 몇 시에 편지를 썼나요?"

엘러리는 찡그린 이마의 땀을 닦으며 물었다.

"5시 30분이었습니다."

엘러리는 수화기를 움켜잡고서 인디애나폴리스를 불렀다. 몇 분 지나지 않아 그곳 경찰본부와 이야기할 수 있었다. 자기 소개를 하자 이미 컬럼버스 경찰에서 연락이 와 있다고 했다. 인디애나폴리스에서는 대단히 유감스럽지만 인상착의 설명이 불확실해서 추적하고 있는 인물의 확인이 곤란하다고 했다. 그리고 범인의 경로나 발자취를 전혀 잡지 못했다고 했다. 엘러리는 머리를 치켜들고 수화기를 놓았다.

"야들리 씨에게서 다른 말은 없었나요?"

"있었습니다. 인디애나폴리스 비행장에 전할 말을 남겨놓겠다고 했습니다."

엘러리는 지갑을 꺼냈다.

"빨리만 수배해 준다면 답례는 톡톡히 하겠습니다. 얼른 비행기를 한 대 구해 주지 않겠습니까?"

지배인은 미소지었다.

"야들리 씨가 당신도 한 대 필요할 거라고 말씀하시더군요. 그래서 내가 당신을 위해 한 대 빌려두었지요. 비행장에서 기다리고 있습니다."

"정말 대단하시군."

엘러리는 책상 위에다 지폐 한 장을 내려놓으면서 중얼거렸다.

"내 특기를 가로채 갔으니. 도대체 이거 누가 누구를 쫓고 있는 건지 알 수가 없군."

엘러리는 싱글싱글 웃는 얼굴로 말했다.

"대단한 일입니다. 이런 시골에 이렇게 재능이 있는 분을 만나리라고는 생각지도 못했습니다. 내 차가 밖에 있는데 고물 뒤센버그입니다. 여기에 맡겨 놓아도 되겠죠? 아무 때나 찾으러 오겠습니다. 언제일지는 모르겠지만."

엘러리는 밖의 큰길로 나와서 택시를 불러 세웠다.

"비행장으로. 무척 급합니다."

엘러리가 외쳤다.

8시 조금 지나—엘러리가 야들리보다 세 시간 뒤쳐져서 컬럼버스에서 비행기를 전세 내어 출발한 지 한 시간이 지났을 즈음, 그리고 그들이 잡으려고 하는 범인이 열차로 컬럼버스를 출발한 지 일곱 시간 뒤—완전히 지쳐버린 두 여행자, 본과 아이셤이 컬럼버스로 달려 들어왔다. 본의 공적인 지위 덕택으로 두 사람의 여행은 손쉽게 이루어졌다. 두 사람이 제인스빌에서 미리 긴급연락을 해놓았기 때문에, 컬럼버스 공항에는 그들을 태울 비행기가 기다리고 있었다. 아이셤 지방검사가 겁에 질린 신음 소리를 세 번 내기도 전에 두 사람은 이미 공중에 떠서 인디애나폴리스로 향해 날아가고 있었다.

중대하고 엄숙한 목적이 없었다면 이 추적은 상당히 재미있었을 것이다. 엘러리는 비행기 속에서 유유자적하게 여러 가지 일을 생각하고 있었다. 눈은 멍하게 뜨고 있었다. 7개월 동안 불명료하고 불확실했던 일들이 확실해져 가고 있었다. 엘러리는 사건 전체를 마음속으로 다시 검토해 보았다. 앤드류 밴의 살해 대목까지 왔을 때, 그는 자신의 정신노동의 성과를 조명해 보고 만족스러운 미소를 지었다.

비행기는 구름을 흩뿌려놓은 하늘에 우주선이 떠 있는 것같이 조용히 날고 있었다. 아득한 아래, 점점이 마을의 모습이 보이고 있는 육지의 모습이 서서히 뒤쪽으로 사라져 가지 않았다면 마치 비행기가 정지하고 있다는 착각을 했을 것이다. 인디애나폴리스…… 야들리 교수님이 그곳에서 여우에게 당하지는 않았겠지? 엘러리는 얼른 계산해 보고는 그것이 시간적으로 가능한 것임을 알았다. 크로삭의 가면 아래 숨겨진 그 남자는 컬럼버스에서 기차로 출발했다. 대충 6시 전에는 인디애나폴리스엔 도착할 수 없을 터이다. 필시 6시를 한참 지나겠지. 기차로 거의 다섯 시간 걸리는 행로이니까. 그렇지만 야들리 교수는 5시 30분에 비행기로 컬럼버스를 떠났고, 비행거리로는 비교적 가깝기 때문에 7시쯤에는 도착할 것이다. 엘러리가 따져본 대로 비행조건은 최고였다. 크로삭이 타고 있는 기차가 조금 늦든가, 아니면 인디애나 폴리스에서 다음 예정지를 향해 출발하는 데에 시간이 좀 걸리면 교수가 따라잡을 가능성은 충분히 있다. 엘러리는 한숨을 쉬고는 크로삭이 교수의 어리숙한 손에 잡히는 것만은 어떻게든지 피해 주길 바라고 있었다. 아마추어치곤 야들리가 지금까지 솜씨 있게 잘 해왔지만…….

비행기는 장밋빛 저녁 노을 속의 인디애나폴리스 공항을 나뭇잎처럼 가볍게 내려앉았다. 엘러리는 시계를 보았다. 8시 30분이었다. 세 정비원이 비행기의 날개를 잡아 바퀴 밑에 접어 넣었을 때 제복을 입은 젊은 남자가 캐빈 입구로 급히 달려왔다. 엘러리는 내려서 주위를 둘러보았다.

"퀸 씨입니까?"

엘러리는 고개를 끄덕이고는, "나에게 전해 줄 메모라도 있습니까?" 하고 진지하게 물었다.

"그렇습니다. 채 한 시간이 못 되어 야들리라고 하는 분이 당신에게 전해달라고 하면서 맡기고 가셨습니다. 대단히 중요한 일이라고 하더군요."

"좋은 말이로군." 하고 중얼거리면서 엘러리는 메모를 낚아챘다.

이번에도 뒤죽박죽의 경주와, 또 엇갈린 내용의 무용담으로 되어 있을 거라고 생각하며 엘러리는 편지를 펼쳤다.

야들리의 휘갈겨 쓴 메모에는 간단하게 다음과 같이 쓰여져 있었다.

'Q. 최후의 추적에 들어선 듯싶네. 따라잡았다고 생각했는데 종이 한 장 차이로 놓쳐버렸어. K인 듯한 남자가 비행기로 시카고로 떠나버린 직후에 여기에 도착했네. 7시였어. 7시 15분까지는 비행기가 없다네. K의 비행기는 8시 45분에서 9시 사이에 시카고에 도착한다는군. 자네가 8시 45분 이전에 여기에 도착한다면 시카고의 경찰에 연락해서 그쪽 비행장에서 그 고단수의 신사를 붙잡도록 수배해 놓도록 권하고 싶네. 나는 곧 출발하겠네.

Y'

"야들리 씨가 7시 15분에 비행기를 탔습니까?"

엘러리가 물었다.

"예, 그렇습니다."

"그러면 9시에서 9시 15분 사이에 시카고에 도착하겠군요."

"그렇습니다."

엘러리는 약간의 돈을 청년의 손에 쥐어주었다.

"전화가 있는 곳 좀 가르쳐 주시지요. 신세를 좀 져야겠습니다."

청년은 씨익 웃으면서 앞장섰고, 엘러리는 뒤를 쫓아갔다. 비행장의 터미널 건물 내에서 엘러리는 미친 듯이 전화로 시카고를 불러냈다.

"경찰본부입니까? 국장님을 부탁합니다. 그렇습니다, 경찰국장 말입니다. 급한 일이오! 바보 같으니. 죽느냐 사느냐의 문제란 말입니다. 국장님입니까? 뭐라고요? ……여보세요, 여보세요? 이쪽은 뉴욕의 엘러리 퀸입니다. 국장님에게 직접 할 이야기가 있습니다. 중대사건입니다."

엘러리는 전화 저쪽의 상대가 끔찍하게 조심성이 많아 둘이서 은밀히 하는 이야기를 좋아하는 사람이라서 미주알고주알 캐묻자 화가 나고 안달이 났다. 울화통이 터지는 것 같았다. 큰소리로 욕을 퍼붓는 것 반 애원 반으로 5분간이나 대화를 주고받은 뒤에 겨우 시카고의 경찰 업무를 관장하고 있는 위엄 있는 신사와 통화할 수 있었다.

"국장님이세요? 기억하고 계시는지요. 리처드 퀸 경감의 아들되는 엘러리 퀸입니다. 롱아일랜드의 살인사건을 추적하고 있는 중입니다. 그렇습니다. 손목에 붕대를 감은, 키가 크고 거무스름한 살갗의 남자가 오늘 밤 8시 45분에서 9시 사이에 인디애나폴리스에서 비행기로 시카고에 도착합니다. 아니, 비행장에서 잡지 마십시오. 제 개인적인 희망입니다만, 그 사람이 가는 뒤를 추적해서 간 곳의 장소만 포위해 주십시오. 그렇습니다. 시카고를 빠져나가려고 한다면 그때는 체포하시고요. 캐나다로 향할 우려가 있습니다. 그렇지 않으면 태평양 해안가일지도 모르고요. 그렇습니다. 그 사람은 추적당하고 있는 것을 모르고 있습니다. 그리고 에이브러햄 링컨 같은 턱수염을 기른 키가 큰 남자가 비행장에 도착할 겁니다. 그러니까 한번 찾아보십시오. 야들리 교수라고 하는 인물입니다. 부하들에게 그 교수님에게는 모든 편의를 봐주도록 말씀해 주십시오. 감사합니다. 수고하십시오."

"자아, 그럼 비행기로 안내해 주시지요."

엘러리는 전화실 밖에서 싱긋 웃고 있는 젊은 남자에게 소리쳤다.

"어느 쪽으로 가십니까?"

청년이 물었다.

"시카고요."

10시 25분, 엘러리를 태운 단엽 비행기는 길고 널찍하게 휘황찬란한 조명으로 장식된 시카고 비행장 위를 선회하고 있었다. 엘러리가 유리창 너머로 목을 빼고 바라보니 건물, 격납고, 활주로, 나란히 늘어선 비행기들, 바쁜 듯이 분주하게 움직이는 사람의 그림자들이 보였다. 비행기가 착륙자세를 취하고 급강하함과 함께 그들의 그림자가 갑자기 희미해져 갔다. 조종사에게 빨리 착륙하면 프리미엄을 얹어주겠다고 했더니 조종사는 기운이 넘쳐 있었다. 엘러리가 다시 호흡을 가다듬자 울렁거리는 속이 가라앉았다. 비행기는 지면의 바로 위를 가깝게 날면서 착륙선을 향해 돌진하고 있었다. 엘러리는 눈을 감고 비행기의 바퀴가 땅에 닿는 것을 느꼈다. 바닥의 느낌이 달라졌고 눈을 뜨자 비행기는 큰

크리트 위를 쾌속으로 활주하고 있었다.

엘러리는 어쩐지 불안한 느낌으로 앉은 자세를 고치고서 넥타이를 만지작거렸다. 드디어 도착했다. 엔진은 승리를 자랑하는 듯이 최후의 고함을 지르고서 마침내 정지했다. 조종사가 머리를 뒤로 뒤틀고서 커다란 소리로 말했다.

"도착했습니다. 퀸 씨! 이제 내 일은 끝났습니다."

"아주 좋았소."

엘러리는 얼굴을 찌푸리면서 문 쪽으로 비틀거리며 나갔다. 명령에 따르는 데에도 정도라는 것이 있는 법이다. 누군가가 밖에서 문을 열어 주어 엘러리는 비행장에 사뿐히 내렸다. 엘러리는 강렬한 조명 속에서 눈을 계속 깜박거리며 10피트(약 3m) 정도 앞에서 자신을 지켜보고 있는 한 무리의 사람들을 바라보았다. 엘러리는 다시 한 번 눈을 깜박거렸다. 키가 크고 일부러 무뚝뚝한 얼굴을 한 야들리 교수의 모습이 보였다. 턱수염이 꽤 자라 있었다. 떡 벌어진 몸집의 시카고 경찰국장도 보였다. 엘러리는 7개월 전 아버지와 함께 처음으로 이 '바람의 도시'로 여행 왔을 때 국장을 만난 적이 있었다. 그 여행이 애로요의 살인사건 수사에 참여하게 된 계기가 되었던 것이다. 그 외에도 누군지 알 수 없는 몇몇 사람들이 있었는데, 엘러리는 형사들일 것이라고 생각했다. 그리고 저쪽은 누구인가? 말쑥한 회색의 옷을 입고, 말끔한 회색의 중절모를 쓰고 회색 장갑을 낀 작은 체구의 인물, 노인 같은 얼굴로 머리를 꼿꼿이 들고 있는 작은 남자…….

"아버지!"

엘러리는 소리치고서 앞으로 달려나가 리처드 퀸 경감의 장갑 낀 손을 잡았다.

"무슨 바람이 불어서 여기에 와 계세요?"

"오, 얘야."

퀸 경감이 대수롭지 않게 말하고는 얼굴을 활짝 폈다.

"그것도 잘 모른다면 넌 형편없는 탐정이다. 내 친구인 제인스빌 경찰의 하디가 네 전화를 받은 뒤에 뉴욕의 나에게로 전화를 걸었다. 나는 네가 내 자식놈이 틀림없다고 말해주었지. 하디는 네 일을 확인하고 싶었을 뿐이라고 하더구나. 나는 두세 군데 알아보고 나서 네가 맡은 사건의 중대함을 파악했지. 상대가 시카고나 세인트루이스로 향했을 것이라고 생각하고서 2시에 뉴욕에서 비행기를 타고 15분 정도 전에 도착했다. 그래서 여기에 있는 것이지."

엘러리는 양팔을 아버지의 조그만 어깨에 얹었다.

"아버지는 영원히 놀라운 분이십니다. 현대의 로드스 섬의 거인이에요.('로드스 섬의 거인'은 기원전 300년경 로드스 섬에 있었다고 전해지는 청동제의 아폴로 거상으로, 세계 7대 불가사의 중 하나라고 일컬어진다.) 아! 정말이지, 아버지, 전 지금 아버지를 만나게 되어서 정말 기쁩니다. 아버지 같은 노련하신 분이 옆에 계셔 주시면 든든할 겁니다. 오, 교수님!"

야들리는 눈을 빛냈다. 두 사람은 악수했다.

"나도 70대 중반에 들어서 있어. 아까도 자네 아버님과 잠깐 이야기를 했었지. 아버님은 자네가 무엇인가를 감추고 있는 게 틀림없다고 하시는구먼."

"그렇습니까?"

엘러리가 정색을 하고 말했다.

"그런 말을 하셨어요, 아버지가? 국장님, 안녕하십니까? 저의 무례한 전화에 이렇게 빨리 대처해 주셔서 뭐라고 감사의 말씀을 드려야 할지 모르겠습니다. 너무도 급해서 말이죠. 그런데 상황은 어떻게 되었습니까?"

일행은 천천히 비행장을 가로질러 터미널 쪽으로 걸어갔다. 국장이 말했다.

"더할 나위 없이 좋은 상태 같아, 퀸, 자네의 상대는 9시 5분 전에 비행기로 도착했더군. 부하 형사가 간신히 시간에 댈 수 있었지. 상대는 아무것도 눈치 못 채고 있다네."

"나는 정확히 20분 늦었다네."

교수가 한숨을 쉬었다.
"나의 이 삐거덕거리는 노골(老骨)을 비행기에서 땅으로 끌어내고 있는데 형사가 팔을 잡으며 '야들리 교수입니까?' 하고 묻는 바람에, 깜짝 놀랐지. 그렇게 깜짝 놀라 보긴 정말 처음이네."
"흐음, 그렇습니까?"
엘러리가 말했다.
"그런데, 국장님, 저어…… 크로삭은 지금 어디에 있습니까?"
"그 녀석은 비행장에서 나오는 데 대단히 시간을 지체해서 9시 5분에 택시를 탔네. 그리고 루프(시카고의 중심부)의 3류 호텔로 들어갔다네. 록퍼드라고 하는 호텔이지. 녀석은 전혀 눈치채지 못했네."
국장이 엄숙하게 덧붙였다.
"계속해서 네 대의 경찰차가 감시하고 있는 중일세. 지금은 그 호텔의 자기 방에 있어."
"도망칠 기미는 없을 테지요?"
엘러리가 걱정스럽다는 듯이 물었다.
"퀸" 하고 국장이 기분이 나쁜 듯한 목소리로 말했다.
경감이 웃었다.
"그건 그렇고, 낫소 군의 본과 아이셤이 네 뒤를 쫓아오고 있는 중이라고 생각하는데, 그 사람들을 기다려 주지 않아도 되겠니?"
엘러리는 우뚝 걸음을 멈췄다.
"그렇군요. 두 사람을 완전히 잊고 있었어요. 국장님, 말씀드리기 어렵습니다만 본 경감과 아이셤 지방검사가 도착하는 대로 안내해 주도록 부하에게 말씀해 주시지 않겠습니까? 저보다 한 시간 이상은 늦지 않을 겁니다. 록퍼드 호텔로 데려다 주십시오. 최후의 대단원에서 두 사람을 빼놓는 것은 너무하니까요."

아이셤 지방검사와 본 경감은 한 시간도 훨씬 못 되어 도착했다. 두 사람은 정각 11시에 어두운 하늘에서 시카고 공항에 내렸다. 그들은 여러 명의 형사들의 환영을 받으며 경찰차를 타고 '록퍼드 호텔'로 왔다.

순례자들의 재회는 즐거웠다. 일행은 형사들이 웅성거리고 있는 록퍼드 호텔의 한 방에 모였다. 엘러리는 윗도리를 벗고 침대에 길게 누워서 자못 행복한 듯이 쉬고 있었다. 퀸 경감과 국장은 방 한쪽 구석에 서서 이야기를 하고 있었다. 야들리 교수는 세면장에서 얼굴과 손에 낀 몇 개 주(州)의 때를 씻어내고 있었다. 긴 여행에 완전히 지쳐 충혈된 눈을 한 두 신사가 방 안을 둘러보았다.

"그러면 여기가 종점입니까? 그렇지 않으면, 알래스카까지라도 계속해서 추적해야 하는 겁니까? 그 남자는 도대체 어떤 사람이지요? 마라톤 선수라도 되는 건가, 원."

본이 으르렁거리듯이 말했다.

"여기가 정말로 끝입니다, 경감님. 앉으시지요. 지방검사님도요, 피로한 몸을 좀 쉬세요. 우린 밤을 샐 겁니다. 크로삭은 도망갈 수 없어요. 식사라도 하시겠어요?"

엘러리가 낄낄거리며 웃었다.

서로 소개를 하고 나서 그들은 김이 나는 음식과 지독하게 뜨거운 커피를 마셨다. 웃음소리와 이야기가 뒤따랐다. 그런 속에서 엘러리는 내내 말없이 가만히 있었다. 그의 생각은 저 멀리 다른 곳으로 향했다. 가끔 형사들이 보고를 해왔다. 643호실에 있는 남자—그는 인디애나폴리스에서 온 존 체이스라는 이름으로 숙박부에 기록을 했다. —가 프런트에 전화를 걸어 내일 아침에 샌프란시스코로 횡단하는 열차표를 예약해 달라고 부탁했다는 보고가 들어왔다. 이것을 놓고 예리하게 토론이 전개되었다. 그것이 체이스, 아니 크로삭이 미국 해안을 떠나 동양쪽으로 가는 긴 여행을 계획하고 있는 증거라고 했다. 그가 샌프란시스코에서 멈춘다는 것은 이치에 맞지 않기 때문이다.

"그런데 우리들이 643호실로 뛰어들어가 인디애나폴리스의 존 체이스와 얼굴을 마주했을 때 그 인물이 누구일 거라고 생각하십니까, 교수님?"

한밤중이 거의 다 되어서 엘러리가 피곤해서 만사가 귀찮다는 듯이 말을 꺼냈다.

노경감이 의아한 듯이 아들의 얼굴을 바라보았다. 야들리는 눈을 동그랗게 떴다.

"그야 물론 벨랴 크로삭이지."

"그럴까요?"

엘러리는 담배 연기로 원을 만들어 내뿜으며 말했다.

교수는 깜짝 놀랐다.

"그게 도대체 무슨 뜻이지? 내가 크로삭이라고 하는 것은, 물론 그 이름을 갖고 태어난 사람이겠지만 필시 다른 이름으로 우리들에게 알려져 있는 인물일 거야."

"그렇겠지요."

엘러리가 말했다. 그리고는 몸을 일으켜서 양팔을 죽 뻗어 기지개를 폈다.

"여러분, 이제 크로삭—크로삭이라고 해도 될까요? —을 지상으로 끌어낼 때가 온 것 같습니다. 준비는 완전히 되어 있습니까, 국장님?"

"명령만 기다리고 있을 뿐일세, 퀸."

"잠깐!"

본 경감이 말했다. 경감은 화가 난다는 듯이 엘러리를 바라보았다.

"당신은 643호실 남자의 진짜 이름을 알고 있다는 게요?"

"물론입니다, 경감님. 당신의 통찰력 부족에 실로 놀랄 따름입니다. 뻔한 일이지 않습니까?"

"뻔한 일이라니, 무엇이 뻔하다는 거요?"

엘러리는 한숨을 쉬었다.

"신경쓰지 마십시오. 그러나 미리 말해두지만 아마 깜짝 놀랄 겁니다. 나가실까요? 앙 아방(En avant ; 앞으로)!"

5분 뒤, 록퍼드 호텔 6층의 복도는 육군 병영의 연병장을 연상시켰다. 곳곳을 제복이나 사복을 입은 경관들이 지키고 있었다. 위쪽 계단과 아래 계단은 통행금지가 되었다. 엘리베이터도 모두 폐쇄되어 그야말로 쥐죽은 듯이 조용했다. 643호실에는 출구가 하나밖에 없었다. 복도로 나오는 출구뿐이다.

조그맣고 겁에 질린 벨보이가 불려와 일을 맡았다. 보이는 한 무더기의 사람들 앞에 서서 명령을 기다리고 있었다. 엘러리는 주위를 둘러보았다. 숨쉬는 소리 외엔 아무 소리도 없었다. 엘러리는 보이에게 살짝 머리를 끄덕여 보였다. 보이는 꿀꺽 침을 삼키고 문 앞에 바짝 붙어 서 있었다. 그 중 한 사람이 기운 좋게 문을 노크했다. 대답이 없었다. 난간이 붙은 창 쪽에서 본 방은 아주 어두워서 방 주인은 필시 사고 있는 듯싶었다.

형사가 다시 한 번 노크했다. 이번엔 문 저쪽에서 희미한 소리가 나고 침대의 스프링이 삐거덕거리는 소리가 났다. 낮은 남자의 목소리가 날카롭게 들려왔다.

"누구요?"

벨보이는 꿀꺽 침을 삼키고 대답했다.

"룸 서비스입니다, 체이스 씨."

"뭐라고?"

남자가 귀찮은 듯이 투덜댔다. 침대가 또 삐걱거렸다.

"보이를 부른 기억이 없는데. 도대체 무슨 일이지?"

문이 열리고 남자의 텁수룩한 머리가 나왔다.

그 다음에 계속해서 일어난 모든 사건—두 사복형사가 뛰어들고, 벨보이가 재빨리 몸을 피하고, 문지방 너머 방 안쪽 바닥에서 격투가 벌어지고 하는 과정—중에 엘러리가 기억하고 있는 것은 단지 하나의 장면뿐이었다. 그것은 정말 짧은 순간이었다. 그것은 아무도 움직이지 않은 가운데, 상대 남자가 복도의 광경을—기다리고 있는 경찰, 형사, 엘러리 퀸이나 아이섬 지방검사, 본 경감의 얼굴—알아본 그 짧은 순간이었다. 창백한 얼굴에 떠오른 뭐라고 말하기 어려운 경악의 표정, 부풀어

오른 콧구멍, 크게 벌어진 눈, 문의 틀을 잡은 손목의 붕대.

"아니, 저…… 저건……."

야들리 교수는 두 번이나 입술을 적셨지만 말을 하지 못했다.

"이럴 거라고 나는 알고 있었지."

엘러리는 방바닥에서 굉장한 격투가 벌어지고 있는 광경을 지켜보면서 어쩐지 울적한 듯이 말했다.

"그 산 속의 오두막집을 조사했을 때 금방 알아낸 겁니다."

일행은 겨우 643호실의 존 체이스를 붙잡았다. 그의 입 한쪽에는 침이 늘어져 있었다. 눈은 완전히 미친 사람의 눈빛이었다.

그리고 그 눈은 애로요의 초등학교 교장, 앤드류 밴의 눈이었다.

제30장 엘러리, 다시 이야기하다

"손들었소. 나는 완전히 손들었습니다."

본 경감이 토해내듯이 말했다.

"그런 사실에서 어떻게 해답을 산출해낼 수 있는지 내 머리로는 도무지 짐작이 가질 않아요. 손들었소, 퀸 씨. 그것이 단순한 추측이 아니라는 것을 꼭 설명해 주어야겠소."

"퀸 집안의 사람들은 결코 억측은 하지 않습니다."

엘러리가 심각한 얼굴로 말했다.

목요일이었다. 일행은 뉴욕으로 가는 도중에 특급열차 20세기호(당시 시카고와 뉴욕 간을 달렸던 초특급 호화열차)의 응접실 겸 객실에 타고 있었다. 야들리, 엘러리, 퀸 경감, 아이셤, 본은 모두 지쳐 있었지만 표정은 밝았다. 그들의 얼굴에는 지금까지 신경을 소모시켰던 경험으로 인한 긴장의 흔적이 남아 있었다. 다만 퀸 경감만이 한가하게 이 상황을 즐기고 있었다.

"그런 말을 하는 것이 당신들이 처음은 아니오."

노인은 본에게 껄껄 웃으며 말했다.

"난 그걸 결코 알지 못해서 실패하고 만다오. 저 애가 어려운 사건을 해결할 때마다 누군가가 어떻게 해서 그렇게 되었느냐고 물으면, 단지 추측해낸 거라고 합니다. 나만해도 저 애가 설명을 해준 뒤에도, 어떻게 해서 저 애가 거기에 도달했는지 도무지 알 수가 없을 정도랍니다."

"나에게는 처음부터 수수께끼입니다."

아이셤이 고백했다.

야들리 교수는 자신의 지적 능력에 도전을 당해서 기분이 나쁜 모양이었다.

"나는 배우지 못한 인간이 되어버렸어. 그러나 이번 사건에 어떻게 논리를 적용할 수 있는지를 알 수만 있다면 하만(구약성서 에스더 7장 10절)과 같이 나무에 매달려도 불평하지 않겠어. 처음부터 끝까지 모순의 연속일 뿐이야."

교수가 투덜거리듯이 말하자 엘러리는 싱글싱글 웃었다.

"아닙니다."

엘러리는 만사 귀찮다는 듯이 말했다.

"처음부터 네 번째의 살인까지만 모순과 당혹의 연속이었지요. 그때 이후로는 비로소 모든 진흙이 깨끗이 씻겨 수정과 같이 확실해진 겁니다."

엘러리는 눈썹을 모으면서 말했다.

"저는 처음부터 계속 무언가 한 가지 작은 사실의 파편을 붙잡아서 그것을 올바른 위치에 끼워 넣을 수만 있다면, 다른 모든 사실을—그것이 어쩌면 뒤죽박죽에다 비논리적으로 보일지도 모르지만—확실히 이해를 할 수 있는 형태를 취할 것이라고 믿고 있었습니다. 그리고 그 사실의 파편을 웨스트버지니아 주의 오두막집에서 손에 넣은 거지요."

"자네는 어젯밤에도 그런 말을 했었지."

교수는 괘씸하다는 듯이 말했다.

"그러나 나로서는 아직도 이해할 수 없어."

"물론 그러실 겁니다. 교수님은 그 오두막집을 조사해 보지 않으셨으니까요."

"나는 조사했는데."

본 경감이 퉁명스러운 소리로 거침없이 말했다.

"그곳에 있던 무엇이 이 빌어먹을 지긋지긋한 사건을 해결하는 실마리가 되었는지 내게 말해 줄 수 있다면……."

"하, 도전이십니까? 알겠습니다."

엘러리는 객실의 낮은 천장에 연기를 내뿜었다.

"조금 뒤로 거슬러 올라가 보시지요. 화요일 밤의 애로요 살인 때까지는 저도 아무것도 알아낼 수 없었습니다. 애로요에서 있었던 처음의 살인사건도 앤드류 밴이 모습을 나타낼 때까지는 수수께끼였지요. 당시 그는 하인이었던 클링이 자신에게 원한을 갖고 있던 벨랴 크로삭이라는 남자에 의해 실수로 살해당했다고 말했습니다. 그리고 나서 밴의 형인 토머스 브래드가 살해되었고, 또한 밴의 형인 스티븐 메가라가 살해되었습니다. 메가라는 크로삭에 대한 이야기를 뒷받침했고, 유고슬라비아의 수사당국도 이를 확인했습니다. 모든 점에서 보아 사건의 개요는 명료한 것 같았습니다. 즉 복수에 머리가 돈 편집광적인 미치광이가 아버지와 삼촌을 살해한 증오의 상대를 노리고서 날뛰고 있는 것이라고 생각할 수 있었던 것이지요. 트바르 형제가 당연히 크로삭의 것이어야 할 재산을 빼앗은 사실이 드러나자 그 이론에는 더욱 유력한 동기까지 덧붙여졌습니다.

제가 야들리 교수님에게 설명해 드린 적이 있습니다만, 브래드의 죽음을 둘러싼 상황에 대해 두 개의 결론이 나옵니다. 그 하나는 브래드의 살해범은 브래드가 잘 알고 있는 인물이라는 것, 또 하나는 브래드의 살해범은 절름발이가 아닐 것이라는 점입니다. 맞죠, 교수님?"

야들리는 인정했다. 그래서 엘러리는 체커 말의 배치나, 본과 아이셤이 잘 알고 있는 다른 모든 사실을 토대로 자신의 추리를 간략하게 이야기했다.

"그러나 이 결론으로 얻어지는 것은 아무것도 없었습니다. 하긴 방금 얘기한 두 개의 결론은 가능성이 높다 해도 결코 확실하다고는 말하기 어렵습니다. 따라서 비록 증명은 할 수 있어도, 그 가치는 거의 없는 것과 마찬가지지요. 그렇기 때문에 처음 세 건의 살인사건에서 나타난 기묘한 특징으로 제가 할 수 있는 유일한 설명은, 크로삭이 미치광이이고 T자 형태에 집착하는 강박관념—목을 잘라내어 T자 형태로 시체를 만든다던가, 휘갈겨 써 놓은 듯한 T자 등 세 건의 살인에서 기묘하다고 할 정도로 공통적으로 나타나고 있는 T자로 보아—이 있다는 것뿐이었습니다."

엘러리는 새삼스럽다는 듯이 미소짓고는 멍하니 담배를 바라보았다.

"이번 수사에서 사건이 시작되었을 때 즉, 7개월 전 웨어턴 검시재판소에서 그 무서운 첫번째의 시체를 보았을 때, 문득 어떤 생각이 머리에 번뜩였습니다. 만일 그때 그 생각을 잘 진행시켰더라면 사건이 이미 해결되었을지도 모르지요. 저는 그때 흩뿌려져 있었던 T자 표시를 전혀 다른 의미로 해석했었습니다. 그것은 단순히 불쑥 생각난 것으로 언제나 논리적으로 사고해왔던 탓에 막연하게 생각이 난 것이었지요. 저는 전혀 가능성이 희박하다고 생각했기 때문에 그 생각을 떨쳐버리고 말았지요. 그러나 그것은 머릿속에 달라붙어 떨어지지 않았던 겁니다."

"그게 도대체 무엇인데?"

교수가 흥미를 갖고 물었다.

"자네도 기억하고 있겠지만 우리들이 이집트 십자가에 대해 논했을 때……."

"아, 그것은 잠시 접어두지요."

엘러리가 재빨리 말했다.

"지금 바로 그 이야기로 들어가겠습니다. 우선 네 번째 살인을 상세하게 검토해 보지요."

엘러리는 바로 전날 철조망 울타리를 두른 산의 오두막집 출입구에 한 발 들여놓았을 때 목격한 광경을 대단히 빠른 말로 얘기했다. 야들리와 퀸 경감은 눈썹을 모으고서 그 문제에 정신을 집중하며 듣고 있었다. 그러나 엘러리가 이야기를 끝냈을 때 두 사람은 멍청히 얼굴을 마주 바라보았다.

"나는 지금 정신이 멍해."

교수가 고백했다.

"기권하겠소."

경감이 말했다.

본과 아이셤은 엘러리를 미심쩍은 듯이 바라보았다.

"좋습니다."
엘러리는 차창 밖으로 담배 꽁초를 던지며 외쳤다.
"모든 게 명백해요! 그 오두막 안과 그 근방엔 온통 흥미진진한 이야기가 쓰여져 있었단 말입니다, 여러분. 팔레 드 쥐스티스(Palais de Justice ; 프랑스의 고등법원)에 있는 경찰과학학교의 교실에 걸려 있는 표어에 뭐라고 쓰여져 있는지 아세요, 아버지? '눈은 구하는 것밖에 볼 수 없고, 또 이미 마음속에 있는 것밖에 구할 수 없다.'라고 쓰여 있습니다. 우리 미국 경찰도 그것을 마음에 새겨두어야 합니다. 본 경감님, 그 오두막집 밖에도 흔적이 있었습니다. 잘 조사해 보셨습니까?"
본과 아이셤은 고개를 끄덕였다.
"그러면 그 살인에 단지 두 사람밖에 관계하지 않았다는 사실을 곧 알아차렸을 겁니다. 발자국은 두 쌍이 있었습니다. 한 쌍은 들어갈 때 난 것, 또 한 쌍은 나갈 때 난 것이었습니다. 발자국의 형태, 크기로 판단해서 두 쌍 모두 다 같은 구두에 의해 남겨진 것이었습니다. 또 그 발자국이 만들어진 시간도 거의 추정할 수가 있습니다. 애로요에서는 전날 밤 11시경에 비가 그쳤습니다. 굉장한 비였지요. 그 발자국이 비가 그치기 전에 생긴 거라면 그 길은 집 밖에 있었기 때문에 발자국은 완전히 씻겨 내려가서 사라져 버렸을 겁니다. 그러니까 그 발자국은 확실히 11시 이후에 만들어진 것이지요. 제가 오두막집 벽에 있는 시체의 상태를 살펴보니 사후 14시간 정도는 지난 것이었습니다. 다시 말하면 피해자는 전날 밤 11시경에 죽었다는 것이 되지요. 따라서 그 발자국은 거의 살인과 동시에 생긴 것입니다."
엘러리는 새 담배를 물었다.
"그럼 그 발자국은 무엇을 나타내고 있는가? 살인이 있었던 거의 비슷한 시간대에 그 오두막집에 드나들었던 인물은 단 한사람이었음을 나타내는 겁니다. 그곳에는 출구나 입구가 단 하나, 즉 문밖에 없습니다. 단 하나밖에 없는 창문은 철조망으로 단단히 막혀 있지요."
엘러리는 성냥으로 담배에 불을 붙이고서 골똘히 생각에 잠긴 듯이 연기를 내뿜었다.

"그러면 일은 극히 간단합니다. 그곳에는 피해자가 있고 살인범도 있습니다. 우리들은 피해자를 발견했습니다. 따라서 오두막집 앞의 습기 찬 땅에 발자국을 남긴 것은 살인범이라는 것이 되지요. 또한 그 발자국은 범인이 절름발이 남자라는 것을 보여줍니다. 여기까지는 사실 아무런 문제가 없습니다.

그런데 오두막집 안의 납작한 돌을 깐 곳 위에는 실로 암시적인 물건들이 몇 개 있었습니다. 그 중 하나는 피와 요오드팅크로 더러워진 동그랗게 된 붕대인데, 그것은 형태와 크기로 보아 손목에 감겨 있었던 것으로 추측됩니다. 그 바로 옆에는 일부만 사용된 붕대 한 뭉치가 떨어져 있었지요."

여기에서 아이셤과 본은 고개를 끄덕였다. 교수가 말했다.

"그랬었지! 나는 손목이 어떻게 된 건가 하고 이상하게 생각했었지."

"증거물 제2호는 요오드팅크가 들어 있었던 큰 파란병, 그리고 몇 피트 떨어진 마룻바닥에 뒹굴고 있던 코르크 마개입니다. 그 병은 불투명하고 상표는 붙어 있지 않았지요.

그래서 저는 곧 의문을 품게 된 겁니다. 그 붕대는 대체 누구의 손목에 감겨져 있었던 것인가? 가능한 인물은 둘밖에 없습니다. 피해자와 가해자지요. 붕대는 그 둘 중의 누군가의 것입니다. 피해자가 붕대를 감고 있었다면 한쪽 손목에 상처가 났다는 것입니다. 추측건대 범인이 피해자의 몸에 도끼를 내리칠 때라든가, 아니면 피해자가 살해되기 전에 싸움을 벌여서 그때에 상처를 입은 것이든지 하겠지요.

만일 범인의 손목에 상처가 있는 것이라면 요오드팅크와 붕대를 사용한 것은 범인이 되지요. 나중에 붕대를 자르고 버린 점이 아무래도 수긍이 가지 않습니다만……. 아무튼 붕대를 보면 알 수 있듯이 상처에서는 출혈이 심했고, 오두막집을 나가기 전에 붕대를 놔두고 간 것이 분명합니다."

엘러리는 연기가 나오는 담배를 털어내며 말했다.

"여기에 얼마나 의미심장한 사실이 있는지 생각해 보십시오! 범인이 요오드팅크를 사용했다고 하면 그것은 무슨 뜻이겠습니까? 그야말로 어린애 장난 같은 겁니다. 아직도 모르시겠습니까, 여러분 중 누구도?"

얼굴을 찌푸리거나 손톱을 물어뜯고 있는 것을 보면 모두들 열심히 생각하는 것 같았다. 그러나 결국엔 모두 머리를 젓고 말았다.

엘러리는 의자에 깊숙이 앉았다.

"그 병은 원래부터 그곳에 있었던 물건들 중 하나로 보입니다. 아마도 이것은 확실하다고 생각됩니다. 범인이 마룻바닥에 남기고 간 요오드팅크 병, 이 병이 가지고 있는 두 개의 특징이 무엇이죠? 첫번째로 그것은 불투명한 푸른색 병이었습니다. 두 번째는 상표가 붙어 있지 않았다는 사실이지요. **그렇다면 범인은 그 병의 내용물이 요오드팅크라는 것을 어떻게 알았을까요?**"

야들리 교수는 갑자기 이마를 탁 쳤다. 그 모습은 엘러리와 퀸 경감으로 하여금 뉴욕에서 무수한 사건을 함께 수사했던 샘프슨 지방검사를 생각나게 했다.

"나도 참 기막힌 얼간이로군!"

교수가 혼잣말로 중얼거렸다.

"정말 그렇겠구먼. 그렇게 간단했군."

본은 놀라서 펄쩍 뛸 듯했다. 어째서 알아차리지 못하고 넘어갔는지 자기도 이해할 수 없다는 듯했다.

엘러리는 어깨를 으쓱했다.

"이젠 아시겠죠, 추론의 순서 말입니다. 범인은 병을 보기만 해선 내용물이 요오드팅크라는 걸 알 수가 없었죠. 상표도 없었고, 유리는 파랗고 불투명했으니까 내용물의 색깔을 알아볼 수도 없었지요. 그렇다면 범인이 내용물을 알아내는 데엔 두 가지 방법밖에 없죠. 그 전부터 병의 내용물이 무엇인지 잘 알고 있든가, 또는 마개를 열어서 내용물을 조사했든가 둘 중 하나입니다.

그런데 여러분들도 기억하시겠지만 '피트 노인'의 초라한 작은 세면대 위에 있는 약품 선반에는 빈 공간이 두 군데 있었습니다. 이 두 개의 빈 공간은 마루에 떨어져 있던 두 개의 물건—요오드팅크 병과 말아놓은 붕대—가 있었던 곳이라는 것을 알 수 있습니다. 둘 다 보통 약품 선반에 놓여 있을 만한 것들이지요. 바꿔 말하면 범인은 상처가 났기 때문에 붕대와 요오드팅크를 사용하기 위해 약품 선반의 신세를 지지 않으면 안 되었다는 겁니다."

엘러리는 싱글싱글 웃고 있었다.

"그러나 아무래도 이상했습니다. 그 선반에는 그 밖에 또 무엇이 있었죠? 여러분들도 기억하고 계실 테지만 거기에는 여러 가지 자잘하고 소소한 물건들 가운데 범인이 꺼내어 사용할 법한 병이 두 개나 더 있었습니다. 하나는 요오드팅크 병이고, 하나는 머큐로크롬 병이지요. 그리고 둘 다 상표가 붙어 있었습니다. 그러면 왜 범인은 소독약을 찾을 때 상표가 확실이 붙어 있는 소독약병 대신에 잘 보이는 곳에 놓여 있는 상표도 붙어 있지 않고 불투명한 병의 뚜껑을 열었을까요? 사실 여기에는 아무런 이유가 없습니다. 그는 그 병에 자기가 필요한 것이 들어 있다는 것을 알았기 때문이죠. 즉 오두막집의 사정을 모르는 사람이라면 어느 누구라도 촌각을 다투는 경우에 자기에게 필요한 것이 눈앞에 보이는데도 불구하고 내용물이 무엇인지 알 수도 없는 병을 일부러 꺼내어 조사하지는 않을 겁니다. 그러므로 당연히 범인은 불투명하고 상표도 붙어 있지 않은 병에 대해 잘 알고 있었으며, 그 내용물이 요오드팅크인 것도 이전부터 미리 알고 있었음이 틀림없습니다. 그렇다면 그러한 것을 잘 알고 있는 사람이 누구겠습니까?"

엘러리는 한숨을 내쉬었다.

"밴이 자기가 숨어 있는 집에 사람을 얼씬도 못하게 했다고 한 것과 주위 상황으로 판단해 보건대 단 한 사람만이 그것을 알 수가 있었습니다. 즉 그 사람은 오두막집 주인입니다."

"내가 말한 대로 아닙니까."

흥분한 퀸 경감이 낡아빠진 갈색 담뱃갑을 꺼내며 말했다.

엘러리가 계속 말을 이었다.

"우리는 사건에 관계되어 있는 사람이 오직 두 사람—살인범과 그 피해자—이라는 것을 알고 있습니다. 그리고 손목에 상처가 나서 요오드팅크를 사용한 사람이 범인이라는 것도 알고 있지요. 그리고 오두막집의 주인 안드레야 트바르가 앤드류 밴이며 또한 피트 노인이라는 것도 알고 있습니다. 그 수수께끼 병 속의 내용물이 요오드팅크인 것을 알만한 유일한 사람이 그라고 한다면, 손목에 상처가 난 사람은 앤드류 밴이고, 벽에 결려 있는 불쌍한 남자는 앤드류 밴이 아니라 앤드류 밴에게 살해당한 남자가 되지요."

엘러리는 말이 없었다. 본 경감은 불편한 듯이 움찔거리고 있었다. 아이셤 지방검사가 말을 꺼냈다.

"그렇구먼, 그렇다면 앞서 일어난 세 개의 살인사건은 어떻게 된 거요? 당신은 어젯밤 마지막 살인사건을 조사하자마자 곧 모든 사정을 처음부터 끝까지 확실히 알게 되었다고 했소. 예를 들어 밴이 마지막 살인의 범인이라는 것은 일단 인정한다 하더라도 그 이전 살인의 범인 역시 밴이라는 것을 어떻게 논리적으로 증명할 수 있소?."

"아이셤 씨."

엘러리는 눈썹을 치켜올렸다.

"여기까지 오게 되면 그 뒤는 완전히 일목요연해집니다. 분석과 상식의 문제이지요. 제가 어디까지 말씀드렸죠? 저는 그래서 그 행방을 감춘 남자 즉, 절름발이 발자국을 남긴 남자가 앤드류 밴이라는 것을 알게 됐죠. 그러나 밴이 범인이라는 것만으로는 아직 만족할 수가 없었습니다. 예를 들면, 밴은 자신을 노리고 있는 크로삭을 정당방위로 죽였을지도 모르니까요. 그런 경우엔 어떻게 생각해도 그 남자가 앞의 세 건의 살인사건의 범인이라고는 해석되지 않습니다. 하지만 주목할 만한 사실이 하나 있습니다. 앤드류 밴은 누군가를 죽이고서 그 시체에 자기의 낡은 누더기 옷을 입혀 죽은 사람이 자기 자신인 것처럼 가장해서 오두막집에 매달아놓았던 겁니다. 이것은 속임수지요. 이렇게 생각하자 저는 문제가 비교적 간단한 것을 알았습니다. 마지막으로 잔인하게 살해된 인물은 과연 누구일까? 시체는 제가 이미 설명한 대로 밴의 것은 아닙니다. 브래드의 시체일지도 모른다고 일단은 생각해 보았습니다만 그것은 도저히 이야기가 통하지 않기 때문에 그 가능성은 버렸습니다. 브래드의 시체는 허벅지에 빨간 점이 있다고 미망인이 증언해서 깨끗하게 확인되었으니까요. 저는 순수한 논리적인 입장에서 이 마지막의 시체가 메가라의 시체는 아닌가 하고 생각해 보았습니다. 그러나 그것 또한 있을 수 없는 일이지요. 템플 의사가 메가라가 탈장으로 고생하고 있다고 했거든요. 그리고 럼센 의사는 '헬레네'호의 안테나 마스트에 매달려 있던 시체가 탈장되어 있다는 것을 확인했습니다. 그러니 그 시체들은 브래드와 메가라의 시체가 아닌 게 분명합니다. 이제 이 사건에 관계된 사람은 둘만 남았습니다. 이 사건들과 전혀 관계가 없는 사람이 말려들었을지도 모른다는 희박한 가능성을 무시한다면 말이죠. 그 두 사람은 바로 벨랴 크로삭과 밴의 하인인 클링이지요."

엘러리는 숨을 쉬기 위해 잠깐 쉬었다가 다시 계속했다.

"그 시체는 크로삭이겠죠? 이것은 피상적인 추론입니다. 게다가 만일 그것이 크로삭이고 밴이 죽인 것이라면 밴은 완전히 정당방위를 주장할 수가 있습니다. 경찰에게 전화를 걸어 시체를 검시하게 하고, 이미 알려진 사건의 배경을 설명한다면 그것으로 끝나고 문제 없이 석방되겠죠. 밴의 입장에서 만일 자신이 죄가 없다고 한다면 그와 같은 절차를 밟는 것이 타당합니다. 그러나 그가 그렇게 하지 않았다는 사실은 그렇게 할 수 없다는 사실을 증명하는 것입니다. 왜 그럴까요? 시체는 크로삭의 것이 아니기 때문입니다!

크로삭이 아니라고 한다면 단 하나 남아 있는 가능성은 클링입니다. 그러나 클링은 첫번째 살인사건이 일어났던 7개월 전 애로요의 교차로에서 살해되었다고 추정되고 있습니다. 하지만 처음의 시체가 클링의 것인지 아닌지는 우리는 확실히 알고 있지 않습니다. 단지 밴의 이야기를 통해서 그렇게 추정하고 있었던 거지요. 그런데 이제 밴이 사람을 죽였다는 것뿐만 아니라 사기꾼이었다는 것이 증명되었습니다. 그렇다면 우리들은, 뒷받침해 주는 증거가 없는 밴의 증언을 충분히 의심해 볼 수 있습니다. 또 현재와 같은 상황에서 보면 유일한 가능성은 그 마지막 시체가 클링이라는 것입니다."

엘러리는 빠르게 말을 이었다.

"보시는 대로 모든 것이 들어맞지 않습니까? 마지막의 시체가 클링이라고 한다면 도대체 크로삭은 어디로 간 거죠? 브래드의 시체와 메가라의 시체는 각각 살해되었을 때 확인되었습니다. 그러면 7개월 전에 애로요에서 살해당한 인물은 논리적으로 말해서 크로삭이라는 것을 알 수 있습니다. 지난 7개월간에 걸쳐 48주(州)와 3개국 경찰이 찾았던 그 악마! 그의 행방을 찾을 수 없었던 것도 이상한 일이 아닙니다. 그는 이미 죽고 없었던 거니까요."

"정말 믿을 수 없을 정도로 놀랍군!"

교수가 말했다.

"저 애는 저렇게 놀랄 만한 이야기를 많이 갖고 있답니다."

퀸 경감이 껄껄 웃었다.

흑인 사환이 찬 음료를 쟁반에 들고 나타났다. 일행은 말없이 그것을 마시면서 창 너머로 천변만화하는 풍경을 바라보고 있었다. 사환이 가버리자 엘러리가 말했다.

"애로요에서 크로삭을 죽인 것은 누구일까? 우리들은 범인에게 우선 한 개의 근본적인 조건을 부여할 수 있습니다. 그것은 처음의 살인을 저지른 인물이 누구든 간에 범인이 T자 표시를 남긴 것으로 보아 트바르의 역사를 알고 있다는 것입니다. 그리고 범인은 그 사실을 이용했습니다. 그러면 누가 트바르의 역사를 알고 있을까? 밴, 메가라, 브래드, 크로삭 이 네 명입니다. 밴과 메가라는 이 이야기를 알고 있는 것은 트바르 형제와 크로삭뿐이라고 했습니다. 그러면 메가라가 애로요에서 크로삭을 살해하고 T자 표시를 남겨두었을까요? 아닙니다. 메가라는 순전히 지리적인 이유로 인해 제외됩니다. 당시 그 남자는 지구의 맞은편에 있었으니까요. 브래드는? 그 사람도 불가능합니다. 브래드 부인은 거짓말을 하면 곧 그것을 부정할 수 있는 사람들 앞에 서서, '브래드가 크리스마스 이브에 전국 체커 선수권 보유자를 초대하여 그 날 밤을 새워 게임을 했다'고 증언했으니까요. 피해자 크로삭은 물론 문제가 되지 않습니다. 그렇다면 클링일까요? 역시 클링도 아닙니다. 클링은 숙명적인 T의 의미를 알고 있지 않습니다. 그리고 그는 우둔한 사람이라 그와 같은 지능적인 범죄를 저지르는 것은 불가능합니다. 그렇다면 크로삭은, 살인범으로서 모든 조건을 갖추고 있는 유일한 인물 밴에 의해 살해되었음이 틀림없습니다.

그리고 또한 사실이 그랬던 겁니다. 밴이 크로삭을 죽인 겁니다. 어떻게, 어떠한 상황 아래서? 그러면 추정해 보지요. 밴은 크로삭이 자기 형제들을 늘 뒤쫓아다니며 노리고 있다는 것을 알고 있었습니다. 그리고 어떤 방법으로 크로삭이 있는 곳을 알아내게 되었습니다. 크로삭이 미치광이 노인 스트라이커와 함께 여행을 하고 있는 것을 말입니다. 밴은 익명의 편지 같은 것으로 그를 애로요로 유인한 게 틀림없습니다. 크로삭은 복수의 꿈이 정말로 실현될 것으로 믿고 먹이를 덥석 물었겠지요. 너무 기뻐서 그 정보의 출처에 의문도 갖지 않고 말입니다. 그리고는 스트라이커를 조종해서 애로요 부근으로 갔던 겁니다. 그래서 크로삭은—진짜 크로삭이 실제로 사건에 관여했던 것은 그때뿐이었습니다. —웨어턴 자동차 수리소에서 수리소 주인 크로커의 차를 타고 교차로까지 갔습니다. 크로삭은 웨어턴에서는 손가방을 들고 있지 않았습니다. 어째서 다음 번 살인사건 때에는 항상 들고 있던 가방을 왜 그때에는 가지고 가지 않았을까요? 그것은 피해자의 목을 자르겠다는 생각이 없었기 때문입니다. 크로삭은 복수에 대해 굳은 결심을 갖고 있었을는지는 몰라도, 아마도 정상적인 정신상태로 적을 살해하는 것만으로 만족했을 겁니다. 도살업자 흉내를 낼 생각은 없었던 것이겠죠. 크로삭이 만일 성공했더라면 우리들이 발견한 것은 아마 총에 맞아 죽은, 아무런 잔혹행위도 가해지지 않은 애로요의 초등학교 교장의 시체였을 겁니다.

그러나 이 연속적인 사건의 장본인인 밴은 아무런 의심도 없이 복수하러 온 크로삭을 숨어서 기다리다 죽여버린 겁니다. 그리고 죽은 크로삭에게 자기의 옷을 입히고는 시체의 목을 잘라냈습니다. 밴은 이미 불쌍한 클링을 붙잡아서 숨겨두었습니다. 그 다음은 아시는 대로입니다.

이 사건이 처음부터 밴, 즉 안드레야 트바르의 음모였던 것은 명확합니다. 몇 년간에 걸쳐서 계획한 범죄인 것입니다. 밴은 오랜 세월 동안 가슴에 품고 있는 복수심으로 미쳐버렸을 거라고 생각되는 인물, 즉 크로삭의 복수라고 여겨지도록 일련의 연속살인을 계획했던 것입니다. 그는 마지막에 가서는 자신이 살해당한 것처럼 보이기 위해 클링을 붙잡아 숨겨두었습니다. 그리고서 크로삭이 아무런 잘못도 없는 클링을 자기로 오해해서 죽인 다음, 그 뒤에 트바르 형제 둘을 죽이고 마지막으로 7개월 전에 범한 실수를 바로잡기 위해 자신을 또다시 죽인 거라고 보이게 계획을 꾸몄습니다. 이렇듯 밴은 마지막에는 자기도 크로삭의 복수의 먹이가 된 듯이 꾸미고서, 실제로는 일생에 걸쳐서 예금한 돈과 형 스티븐에게서 교묘하게 빼앗은 상당액의 돈을 갖고 도망치기로 한 거지요. 그렇게 하면 경찰에서는 훨씬 옛날에 죽어버린 크로삭을 영원히 찾게 되는 겁니다. 시체를 거짓으로 꾸미는 것은 지극히 간단합니다. 기억하시겠지만, 밴은 피츠버그의 고아원에 가서 클링을 직접 데리고 왔습니다. 그렇기 때문에 자기와 생김생김이 닮은 하인을 고를 수가 있었지요. 처음의 시체를 바꿔치기했을 때, 즉 크로삭의 시체를 자기의 시체로 꾸밀 때의 일 말입니다. 밴과 크로삭은 체격이 거의 비슷했겠지요. 아마도 밴은 익명의 편지를 보내기 전에 크로삭이 자기와 매우 닮았다는 것을 발견하고는 그것을 기초로 하여 모든 계획을 세웠을지도 모릅니다."

경감이 또 담뱃갑에 손가락을 집어넣으면서 말했다.

"사건의 처음, 아니 진행되어 갈 때 올바른 추적을 했었다고 아까 그러지 않았니? 그게 대체 무슨 뜻이냐?"

"처음부터뿐만 아니라 그 생각은 내내 머리에 맴돌고 있었습니다. 하지만 그걸 한쪽 옆에다 밀어놓고 만 것이지요."

엘러리가 우울한 듯이 말했다.

"아무래도 확신이 서질 않았기 때문입니다. 생각해 보십시오. 처음의 살인에서부터 특히 주목을 끄는 점이 있었지요. 그것은 시체의 머리를 잘라내서 갖고 갔다는 점입니다. 왜 그랬을까요? 범인의 편집광적인 성격으로밖에 설명할 방법이 없다고 생각했습니다. 나중에 트바르 형제의 이야기와 T가 크로삭의 복수를 표시한다고 하는 외면적인 의미를 알게 되었지요. 그래서 우리들은 머리를 잘라낸 것은 시체에 T 대문자를 표시하기 위한 것이라고 생각했습니다. 그런데도 처음에 가졌던 의문은 계속 남아 있었지요.

즉, 머리를 잘라낸 것에는 다른 이유가 있지 않을까 하는 것 말입니다. 시체가 T자와 닮아 있다는 점 외에도 T자 요소가 범죄현장에 여기저기 뿌려져 있다—처음의 살인에서는 T자 도로・도로표지판・휘갈겨 쓴 T자가 있었고, 두 번째 사건에서는 토템 기둥, 또 세 번째 사건에서는 안테나 마스트가 있었지요. 물론 휘갈겨 쓴 T자는 다른 사건 때와 마찬가지로 네 번째 살인 때에도 역시 있었습니다. —는 것에는 사실은 단 한 가지의 목적, 즉 '목이 잘렸다고 하는 사실을 숨기기' 위해서가 아닐까 하는 해석이 가능하다는 겁니다. 다른 신원확인 방법이 없는 경우 머리, 또는 얼굴이 시체를 확인하는 데 가장 확실하죠. 그래서 저는 이런 범죄가 T자의 고정관념에 사로잡힌 편집광적인 범죄가 아니라, 이성을 좀 잃고 있다 하더라도 완전히 올바른 정신을 가진 인간이 계획적으로 저지른 것이고, '머리를 잘라낸 것은 시체의 확인을 불가능하게 하기 위한 목적'이 있는 게 아닐까 하는 생각을 한 겁니다. 이 생각이 올바른 추리라고 증명해 주는 증거가 있습니다. 범인은 왜 범죄현장이나 그 근처에 머리를 버리지 않았을까요? 미쳤든 미치지 않았든 머리를 그 근처에 버리는 것은 어쩌면 살인자로서 자연스러운 행동일 수도 있는데 말입니다. 머리를 버려도 역시 시체가 T자 형태를 갖고 있는 것은 변함이 없기 때문에 T자에 대해 그가 가지고 있는 콤플렉스는 만족시킬 수 있으니까요. 그러나 머리는 도저히 찾을 수가 없었지요. 그래서 저는 아무래도 뭔가가 맞아떨어지지 않는다고 여겼던 겁니다. 그러나 그것은 하나의 가설에 지나지 않았고, 그 밖의 사실들은 모두 복수에 미친 크로삭이 범인이었다는 것을 나타내고 있었기 때문에 저는 실제로는 진실이었던 것을 계속 무시해 버렸던 거지요.

그러나 네 번째 살인을 조사하면서 안드레야 트바르가 사건의 열쇠를 쥐고 있음을 알았습니다. 그리고 이 사건의 동기를 알 수 있었습니다. 그의 첫 번째 살인—크로삭을 죽인 것 말입니다. —의 시체를 자기로 위장하기 위해서는 크로삭의 머리를 잘라내지 않으며 안 되었던 것입니다. 하지만 단순히 머리를 잘라내는 것만으로는 혐의를 모면하기 어려웠고 수사관들의 추적을 따돌리기가 힘들었겠죠. 그래서 밴은 미치광이나 생각할 법한 T자 모양, 아무런 내적인 연관성도 들어 있지 않은 T자 모양이라는, 참으로 기발하고 어처구니없는 표시를 만들어냈던 겁니다. 그것으로 인해 사건은 미궁에 빠져 버리고 밴은 어느 누구도 목이 없어진 진짜 의미를 파악하지 못할 것이라고 확신하게 된 거죠. 그래서 바로 처음과 마지막 시체의 신원을 잘못 알게 만든 겁니다.

일단 시작한 일이라 자연스럽게 그 악몽과도 같은 T자 게임을 계속할 수밖에 없었겠죠. 그는 그래서 크로삭과 T를 연관시키기 위해 브래드의 머리와 메가라의 머리도 잘라내야 했습니다. 물론, 마지막 살인에서 목을 잘라낸 행위는 그의 진짜 목적을 이루기 위한 거였고요. 이것은 심리적으로 보나 효과로 보나 실로 교묘한 계획이었습니다."

"마지막 살인에 대해서 말인데……, 단지 내 상상일지도 모르지만 오두막으로 들어간 발자국이 나오는 발자국보다 더 깊지 않았소?"

아이셤이 군침을 삼키며 말했다.

"훌륭합니다, 아이셤 씨!"

엘러리가 외쳤다.

"당신이 그 점을 말씀해 주시니 기쁘군요. 잘 지적하셨습니다. 이 사건의 전모를 밝혀낼 중요한 단서를 제공해 주셨습니다. 말씀하신 대로

저도 오두막으로 들어간 살인자의 발자국이 나간 발자국보다 깊이 패여 있다는 것을 눈치채고 있었습니다. 그 이유는 무엇이겠습니까? 이유는 간단합니다. 같은 땅 위에 난 똑같은 흔적이 왜 한쪽이 더 깊을까요? 그것은 한쪽은 살인자가 무거운 어떤 것을 운반한 증거이고, 다른 한쪽은 그렇지 않기 때문입니다. 거의 같은 시각에 동일한 인간의 무게가 발자국에서 이상하게 다른 차이를 발생시켰다고 한다면 이렇게 생각하는 게 타당합니다. 저는 마지막 시체가 클링이라는 사실을 알았습니다. 그러면 밴은 클링을 어디에 숨겨두었을까요? 오두막은 아닙니다. 그 근처의 어딘가가 틀림없겠지요. 언젠가 루든 순경이 웨스트버지니아주 산중에는 자연 동굴이 많이 있다고 말한 적이 있습니다. 밴 자신도 한때 자연 동굴을 찾아다녔었는데, 그때 그 주인 없는 오두막을 발견했다고 말한 적이 있습니다. 아마 그는 그것을 처음부터 마음속에 담아두고 있었을 겁니다! 그래서 밴은 몇 달 동안 그 동굴에 클링을 가둬놓고 있다가 오두막으로 옮긴 겁니다. 비는 밴이 클링을 옮겨놓기 위해 오두막을 떠난 뒤, 그러니까 클링을 옮겨 놓기 전에 멈췄을 테지요. 그가 나갈 때 남겨놓은 발자국은 지워졌지만 돌아올 때 생긴 발자국은 깊게 패였습니다. 낮게 생긴 발자국은 살인을 한 뒤 마지막으로 오두막을 떠날 때 남겨진 것이지요."

"왜 그 녀석은 클링을 오두막까지 걸어가게 하지 않았을까?"

아이셤이 물었다.

"분명히 그는 처음부터 절름발이 크로삭의 흔적을 남겨두려 했기 때문일 겁니다. 클링을 운반하며 발을 절게 해서 그는 두 가지 목적을 달성했던 겁니다. 그 희생자를 집으로 옮기는 것과 단 한 사람, 크로삭만이 집 안으로 들어갔다고 꾸밀 수 있었으니까요. 또한 절름거리며 떠남으로 해서 크로삭이 도망갔다고 하는 착각을 유도하려 한 거죠. 그러나 그는 단 한 가지 실수를 저질렀습니다. 부드러워진 땅 위에 무게를 가하면 깊게 패인다는 사실을 잊은 거지요."

"나의 이 둔한 머리로는 도저히 거기까지 생각할 수 없군."

교수는 중얼거리듯이 말했다.

"그 녀석은 정말로 천재가 틀림없어. 그 모든 것을 계획했다니 말야. 그 일들에는 상당한 머리 회전이 요구된단 말야."

"왜 안 그렇겠어요?"

엘러리는 시큰둥하게 대답했다.

"교육받은 사람이 몇 년간에 걸쳐서 계획한 일이니까요. 정말 기막힌 일이지요. 밴은 그동안 내내 한 가지 문제에 부딪혀 있었지요. 그는 자기가 한 일을 크로삭이 했다는 타당한 이유를 만들어 놓아야만 했지요. 그래서 그는 치밀하게 핏자국이 생긴 양탄자를 돌려놓고 브래드의 유서를 일부러 남겨놓았지요. 파이프에 대한 것도 마찬가지예요. 전에 크로삭이 범행현장이 늦게 발견되기를 원하는 이유가 뭔지 교수님에게 말씀드린 적이 있지요? 그러니까 메가라가 현장으로 돌아온 다음에 범행현장이 발견되도록 했지요. 그래서 우리로 하여금 메가라가 크로삭을 밴에게 데리고 가서 밴이 아직 살아 있다는 것을 알려주었다고 여기도록 했어요. 하지만 사실 밴은 크로삭의 교묘한 의도를 우리에게 알려주는 척하며 자신이 살인자로 밝혀지는 것을 늦추려 했던 것입니다.

만일 경찰이 즉시 서재를 조사한다면 메가라가 돌아오기 전에 브래드의 유서—이것은 밴 자신이 브래드에게 권해서 쓴 것이 틀림없습니다. —를 발견할 수 있었을 겁니다. 그렇다면 우리들은 밴이 살아 있다는 것을 즉시 알았을 테지요. 만일 밴의 행동에 어떤 실수가 있어서 경찰이 피트 노인이 밴이라는 의심을 하게 되었다면 밴의 위치는 불안해졌을 겁니다. 메가라가 영원히 돌아오지 않았다거나 항해중 어딘가에서 죽었다고 가정해 보죠. 그렇게 되면 피트 노인, 즉 밴이 실제로 브래드와 메가라의 형제라는 사실을 경찰에게 확인시켜 줄 만한 사람은 하나도 없게 됩니다. 범죄현장의 발견을 늦추면 그는 메가라가 돌아오는 때에 맞추어 자신이 메가라의 형제임을 보증받을 수 있습니다. 밴이 근거없는 말을 하면 도리어 의심을 받게 될지도 모르지만, 메가라가 밴이 말하는 진술을 사실이라고 확인해 준다면 밴은 결백한 사람으로 보이게 되겠죠.

그런데 밴은 도대체 왜 범죄현장에 다시 나타났을까요? 거기에는 밴이 메가라가 돌아올 때까지 범죄 현장이 발견되는 걸 지연시키려는 진짜 목적이 있습니다. 밴은 트바르 가(家)의 진짜 형제로서 자기를 범죄현장에 돌아오게끔 한 유서를 브래드에게 남겨놓도록 유도함으로써 자신의 상속권을 확보해 둔 겁니다. 즉, 밴은 첫번째 사건에서 자신이 살해된 것으로 경찰을 속이고 법률적으로 죽은 것으로 한 다음 크로삭으로 가장해서 자신의 형제를 죽이려고 했습니다. 그런데 만일 밴이 법률적으로 죽어 있는 상태라면 브래드가 유산으로 남겨둔 돈을 손에 넣을 수가 없게 되지요. 그래서 그는 살아서 돌아와야 했던 겁니다. 그리고 동시에 그 시기는 메가라가 밴을 자기의 형제로서 확인해 줄 때가 아니면 안 되었지요. 밴은 이런 방법으로 해서 완벽하게 자기 몫인 5천 달러를 손에 넣었습니다. 한마디 덧붙인다면 그의 그 끈질긴 노력이 존경스러울 따름입니다. 메가라가 겁에 질려 있는 동생의 딱한 처지를 안타깝게 여기고 밴에게 5천 달러를 더 주려 했지만 밴이 거절했다는 것을 기억하고 계십니까? 밴은 자신의 몫만을 받기를 원한다고 말했습니다. 그렇습니다. 그는 그 정도로 머리가 비상한 작자입니다. 그는 그 돈을 거절하는 것이 자기가 조심스럽게 쌓아올린 은둔자의 이미지를 확고하게 하는 계기가 될 것임을 알고 있었던 거지요.

그래서 마침내 유서와 함께 현장에 돌아온 그는 경찰에게 자신이 두 번이나 살해되었다는 것을 인정하도록 준비했습니다. 경찰은 복수의 화살이 트바르 집안에 겨냥되어 있다는 것을 알았고, 크로삭이 첫번째 살인에서 실수로 클링을 죽였다고 믿게 만들었습니다. 정말 악마 같은 놈입니다."

"나에게는 너무 어렵군."

본이 머리를 설레설레 흔들며 말했다.

"나는 아버지가 된 이후로 늘 이런 일에 부딪혀 왔다오."

퀸 경감이 중얼거렸다. 그는 한숨을 쉬며 행복한 듯이 창밖을 내다보왔다.

그러나 야들리 교수는 자신을 만족시킬 만한 부성애도 가지고 있지 않았고 행복해 보이지도 않았다. 그는 무심한 손놀림으로 자신의 짧은 턱수염을 힘있게 잡아당기고 있었다.

"그건 그렇다 치세. 나는 주로 오래된 수수께끼 게임엔 능숙하기 때문에 인간의 뛰어난 책략을 한 번 더 보았다고 해서 그렇게 놀라지는 않는다네. 그러나 한 가지 놀란 게 있네. 그것은 스테판과 토미슬라프의 피를 나눈 형제이며 그 형제들과 개인적인 범행을 함께 한 안드레야 트바르가 그 긴 세월 동안 자기 형제들을 살해할 계획을 세웠다는 사실일세. 대체 왜 그랬을까? 도대체 왜?"

"무엇이 교수님을 괴롭히고 있는지 알 것 같군요."

엘러리가 말했다.

"그것이 이번 사건의 무서운 점입니다. 동기는 제외하고라도 거기에는 한 가지 더 설명해야 할 게 있습니다. 교수님도 두 가지 점은 인정하실 겁니다. 우선 전체적인 계획이 성공하기 위해서는 안드레야 트바르가 여러 가지 불유쾌한 일을 직접 해야 했다는 점입니다. 가령, 목을 자른다거나(자기 형제들까지 포함해서), 십자가 모양의 틀에 시체의 손과 발을 못질하고 엄청나게 많은 피를 흘리는 일 등은 직접 해야만 하는 일이었습니다. 그리고 두 번째로 안드레야 트바르는 미친 사람입니다. 정말 그렇습니다. 이런 괴기한 계획을 꾸미고 있었을 때에는 그는 미쳐 있었습니다. 그렇게 생각하면 모든 일이 확실해집니다. 미친 사람이 신성한 영액(靈液)을, 그 중의 일부는 자기 형제의 몸에서 나온 것으로 피의 바다를 만들어 놓은 것입니다."

엘러리는 야들리를 뚫어지게 쳐다보았다.

"본질적인 차이가 어디 있겠습니까? 교수님은 크로삭을 미치광이로 여기시지요? 밴이라고 해서 그렇지 않을 이유가 있습니까? 단지 모르는 사람의 머리를 자르느냐 아니면 형제를 머리를 자르느냐의 차이뿐이지요. 교수님이 범죄에 대해 전문가가 아니시더라도 남편이 자기 아내를 불태워 죽이거나, 자기 누이를 토막내거나, 자식이 어머니의 머리를 내리치는 근친간의 범죄, 부도덕하고 퇴폐적이고 지저분한 범죄 이야기는 들어 보셨겠죠? 보통 사람으로선 이해하기 어려운 일입니다만 제 아버님이나 본 경감에게 물어보시지요. 교수님의 턱수염이 공포로 빳빳하게 설 정도로 잔학한 실화를 들으실 수 있을 겁니다."

"그렇겠구먼."

야들리가 말했다

"억제된 새디즘의 기초 위에서라면 그러한 일들이 일어날 수도 있다고 생각한다네. 그러나, 동기 말이야. 네 번째 사건에서 자네는 벨랴 크로삭을 범인으로 생각하고 있었다면 밴의 동기를 무엇이라고 생각했었나?"

"그 대답은 이렇습니다."

엘러리는 미소지었다.

"저는 밴의 동기를 몰랐습니다. 사실 지금 이 순간에도 모릅니다. 그러나 그것이 무슨 차이가 있겠습니까? 미치광이의 동기는 공기처럼 사라지기 쉬운 변절자의 마음 같아 구체적으로 지적하기가 어렵습니다. 물론 제가 미치광이라고 할 때는 그것이 반드시 난폭한 편집광을 지칭하는 것은 아닙니다. 밴은 교수님도 아시다시피 정상적인 성격의 소유자로는 보이지 않습니다. 그 남자를 미치광이라고 하는 것은 뇌수 한가운데 약간의 틈, 한 개의 비뚤어짐이 있다는 뜻이지요. 그 한 점을 제외하고는 그는 모든 면에서 건전합니다. 제 아버님이나 본 경감님은 아마도 수많은 실례를 들 수 있을 테지만, 실제로 살인자들은 겉보기엔 교수님이나 저처럼 멀쩡하지요. 정신적으로는 극히 심한 정신병자임에도 불구하고요."

"그 동기에 대해서는 제가 말씀드리지요."

퀸 경감이 한숨을 쉬며 말했다.

"엘러리나 야들리 교수님이 참석하지 않은 것이 유감스럽지만, 경찰국장과 본 경감은 어젯밤에 밴을 심문했지요. 내가 관여한 일 중에서 그것보다 재미있는 일은 없었습니다. 그는 거의 간질 발작을 일으키다시피 했는데, 나중에는 침착해져서 자기의 두 형제들의 머리에 대고 악담을 퍼붓더군요."

"한마디 더 하자면……."

아이섬이 덧붙였다.

"머리 하나는 무거운 것을 매달아 물 속에 빠드렸고, 다른 하나는 산에다 묻었다고 했습니다."

"그의 형에 대한 동기는 통속적인 동기인 여자문제였지요. 밴은 고향에서 어떤 처녀를 사랑했었던 것 같습니다. 그런데 그의 형 톰이 그 여자를 가로챈 모양입니다. 시시한 얘기지요. 그 여자는 브래드의 첫번째 부인이었는데, 밴의 말로는 브래드의 시달림을 받아서 죽었다고 합니다. 그것이 진짜인지 아닌지는 아마 우리 모두 확인할 수는 없겠지만, 그 녀석은 그렇게 말했습니다."

"그럼 메가라에 대해서는?"

엘러리가 물었다.

"그 남자는 성미가 까다로운 점은 있지만 점잖은 인물 같던데요?"

"그래요, 그것이 조금 모호합니다."

본이 얼굴을 찌푸리며 담배 꽁초를 바라보면서 대답했다.

"밴은 삼형제 중 막내였기 때문에 트바르의 재산을 상속받을 권리가 없었던 것 같습니다. 메가라와 브래드가 밴에게 돈을 주었는지에 대한 여부는 알 수 없지만, 메가라가 맏형으로서 재산관리를 했습니다. 그런데 두 형은 크로삭에게서 훔친 것을 막내에게는 한푼도 나눠주지 않았던 모양입니다. 밴에게 너무 어리다는 둥의 이유를 댔겠죠. 그래서 밴은 두 형에게 앙심을 품게 된 겁니다."

본이 비웃듯이 웃었다.

"물론 밴은 경찰에 고발할 수 없었지요. 자기도 협력했으니까. 그러나 이 모든 것이 그 삼형제가 이 나라에 왔을 때 밴이 왜 독자적으로 행동을 취했는가에 대해 설명해 줍니다. 브래드는 다소 양심의 가책을 받고 있었던 게 틀림없습니다. 밴에게 5천 달러를 남겨놨을 정도이니까. 그 결과 두 사람은 모두 큰 행운을 잡은 셈이지요!"

그들은 오랫동안 침묵을 지켰다. '20세기'호는 뉴욕 주를 향해 질주하고 있었다.

야들리 교수는 마치 불독 같았다. 그는 납득이 가지 않는 것을 그대로 내버려두지 않았다. 그는 파이프를 여러 번 빨면서 오랫동안 무엇인가를 머릿속으로 생각하고 나서 엘러리에게 말했다.

"자네, 말해 보게나. 자네는 우연을 믿고 있나?"

엘러리는 등을 천천히 펴고 연기를 내뿜었다.

"교수님, 곤혹스러우시겠지만……. 아니, 믿지 않아요. 살인에 관한 한은."

"그러면 이 불가능한 사실을 자네는 어떻게 설명하겠나?"

야들리는 파이프를 리드미컬하게 털면서 말했다.

"스트라이커, 그 사람도 미치광이였어. 맙소사! 그것 자체도 하나의 우연이 아닌가! 애로요의 사건 때도, 또 거기서 그렇게 멀리 떨어진 곳에서 한참 뒤에 일어난 범죄현장에도 나타났으니 말이야? 밴이 진범인 이상, 그 불쌍한 태양신 라-하라크트 노인은 결백한 셈이 되지. 두 번째 범죄현장에 그 노인이 있었던 것은 정말 놀랄 만한 우연이 아닌가?"

"교수님은 정말 굉장한 분입니다. 그 이야기를 꺼내주셔서 고맙습니다."

엘러리는 쾌활하게 말하면서 자세를 바르게 했다.

"물론 그것은 우연이 아니에요. 셀라믹—정말 맘에 드는 단어입니다.—에서 처음으로 우리들이 이야기를 나눌 때 제가 설명해 드린 대로입니다. 사실을 바탕으로 논리적으로 추론해 가면 교수님도 아실 수 있을 겁니다. 크로삭은 신화의 인물이 아니고 현실의 인물입니다. 크로삭은 트바르 형제 하나가 웨스트버지니아 주의 애로요에 있다는 것을 알았습니다. 따라서 밴이 쓴 '익명'의 편지로 크로삭은 트바르의 두 형제가 있는 장소를—브래드는 롱아일랜드에 있었고 메가라는 브래드와 함께 살고 있었지요. ―알게 되었다고 추론해도 무방할 겁니다. 밴의 계획에 빈틈이 있었을 리가 없지요. 밴은 크로삭이 스트라이커와 함께 일리노이 주나 혹은 더 서부쪽으로 여행을 하고 있다는 것과, 동부로 가기 위해서는 웨스트버지니아 주를 통과하지 않으면 안 된다는 사실을 알고 있었습니다. 따라서 그는 우선 교장을 죽이려고 했을 겁니다. 그런데 말입니다, 알다시피 크로삭은 결코 어리석지 않습니다. 크로삭은 우선 앤드류 밴으로 불리는 트바르 집안의 형제 한 명을 죽이고는 나중에 브래드와 메가라로 불리는 트바르 형제를 죽이려고 했을 겁니다. 크로삭은 또한 존경받는 교장 선생님인 밴을 죽이게 되면 세상이 떠들썩해져서 몸을 숨길 필요가 생길 것임을 예측했겠지요. 그는 제2, 제3의 희생자가 살고 있는 장소 부근에 숨으면 어떨까하고 생각했을 겁니다. 그래서 뉴욕 신문을 읽고 있다가 오이스터 섬을 임대한다는 케첨의 광고를 보고서 그 불쌍한 스트라이커 노인을 설득해서 그곳에서 태양교를 시작하자고 한 겁니다. 그리고는 우편으로 그 섬을 빌려두었던 겁니다. 그 뒤는 어떻게 되었는지 알고 계시죠? 크로삭은 살해되었지요. 순진한 스트라이커는 아무것도 몰랐고, 역시 아무것도 모르는 로메인에게 오이스터 섬을 빌린 것을 이야기하고서 둘이 그곳으로 간 겁니다. 이것이 태양교 신도와 나체주의자가 오이스터 섬에 나타나게 된 경위입니다."

"허!"

경감이 탄성을 질렀다.

"밴이 만일 스트라이커를 용의자로 꾸몄다면 일이 그렇게 잘 돌아갈 수는 없었을 텐데."

"그래서 말인데……."

교수가 깊은 생각에 잠겨 말했다.

"그 이집트 얘기 말이야, 퀸, 자네는 밴이 마음속으로 스트라이커 노인의 이집트학을 살인과 연결 지으려 했다고는 생각지 않나?"

"감사합니다."

엘러리는 싱긋 웃으며 말했다.

"저는 그런 생각은 해보지도 못했습니다. 그래서 생각난 것입니다만 그 '이집트 십자가'에 대한 저의 장황한 이야기가 웃음거리가 되지 않았는지 모르겠네요. 그렇죠, 교수님?"

엘러리는 급히 몸을 일으키며 손으로 무릎을 탁 쳤다.

"아버님, 아주 큰일이 떠올랐습니다!"

경감은 지금까지의 기분 좋던 감정을 어딘가로 훅 날려버리고 서둘러 말했다.

"나도 지금 그것이 생각났단다. 네가 이번에 분별 없이 비행기 같은 것들을 닥치는 대로 타고 다니며 온 나라 안을 여기저기 뛰어다닌 덕분에 퀸 가(家)의 예치금이 반이나 날아가 버렸어. 내가 그 돈을 다 내주어야 하느냐?"

엘러리는 싱글싱글 웃었다.

"그 문제에도 논리를 적용하지요. 저는 세 개의 방법 중에서 한 가지를 고르겠습니다. 첫번째 방법은 제가 쓴 경비를 낫소 군(郡)에 부담시키는 것입니다."

엘러리는 지방검사인 아이셤을 바라보았다. 그러나 아이셤은 그 야무진 얼굴 위로 묘한 웃음을 띠고는 엉거주춤하게 의자에 몸을 파묻었다.

"아니, 아무리 생각해 보아도 그것은 불가능한 것 같군요. 두 번째 방법은 제 자신이 그 금액을 부담하는 겁니다."

엘러리는 머리를 흔들며 입술을 깨물었다.

"아니, 그것은 지나친 자선행위로군요. 가만 있자, 그러고 보니 저는 단지 큰일이 생각났다고만 말씀드렸는데요."

"좋소."

본 경감이 끔찍하다는 듯이 말했다.

"당신이 그것을 수사비로 청구할 수 없고, 또 자신이 그것을 짊어질 수 없다고 한다면 내가 비난을 받아야겠지."

"친애하는 경감님."

엘러리는 점잔을 빼며 말했다.

"저는 이 사건에 관하여 책을 한 권 쓸까 합니다. 저는 때로는 충동적인 지식욕이 있다는 것을 기념해서 이 책의 제목을 '이집트 십자가의 비밀'이라고 정하지요. 그렇게 되면 독자들이 그 비용을 지불해 주게 되겠죠!"

Si finis bonus est,
Totum bonum erit.
—GESTA ROMANORUM

(끝이 좋으면 모든 것이 좋다. — 제스트 로마노룸)

작가와 작품에 대하여

이 책의 작가 엘러리 퀸(Ellery Queen)은 추리소설뿐만 아니라 세계 문학사상 아주 특이한 작가이다. 우선 엘러리 퀸은 한 사람이 아니다. 즉, 두 사촌형제가 합작하여 만든 필명이다.

이들 두 사람은 맨프리드 베닝턴 리(Manfred Bennington Lee, 1905~1971)와 프레데렉 더네이(Frederick Dannay, 1905~1982)이다. 이들은 둘 다 미국 뉴욕의 브루클린에서 태이났다. 맨프리드의 본명은 멘포드 레포프스키, 더네이는 대니얼 네이산이다. 둘 다 뉴욕 대학을 나왔다.

1928년, 뉴욕의 영화 회사에 근무하던 리와 광고대리점을 하고 있던 더네이는 당시 유명한 추리작가인 밴 다인(S.S. Van Dyne, 미국, 1888~1939)이 크게 성공하자 이에 자극을 받아 추리소설을 공동으로 쓰기로 했다. 그리하여 두 사람은 유태계의 본명을 고치고, 또한 합동 필명을 엘러리 퀸으로 정한 것이다. 이들의 소설에서 주인공의 이름이 엘러리 퀸인 것은, 보통 추리소설 독자들은 대개 소설의 탐정 이름은 기억하지만 작가를 기억하지 않는다는 것 때문으로 보인다.

이 두 사람은「매크루어」지(誌)의 현상추리소설공모에 처녀작인「로마 모자의 비밀」(The Roman Hat Mystery)을 보냈다. 이 작품은 당선작으로 내정되었으나 잡지사가 파산하고 경영주가 바뀌자 이사벨 B. 마이어스의「살인자는 아직 오지 않았다」(1930)가 당선작으로 변경되었다. 그 후 「로마 모자의 비밀」은 현상추리소설공모를 공동 주최한 출판사에 의해 1929년에 발행되었고 드디어 엘러리 퀸이 세상에 빛을 보였다. 경제공황의 여파가 남아 있는 1931년에 리와 더네이는 회사를 그만두고 본격적으로 작가로 나섰다.

엘러리 퀸의 작품활동은 대략 세 시기로 구분된다. 첫번째는 1935년까지의 활동으로서, 이 기간 동안 국명 시리즈 9편과 버나비 로스라는 또 하나의 필명으로 된「X의 비극」,「Y의 비극」,「Z의 비극」,「드루리 레인 최후의 사건」 등 4부작을 발표했다.

1935~1939년까지의 제2기는 모색기라고 할 수 있는데, 이들은 이 기간에 영화의 도시 할리우드에 들어가 있었으나 결과는 불만족스럽게 끝난다. 그 뒤 1942년에 가공의 도시 라이츠빌을 중심으로 한 시리즈를 시작해서 원숙기에 이른다.

국명 시리즈 9권은 다음과 같다.

1. 로마 모자의 비밀(The Roman Hat Mystery, 1929)
2. 프랑스 분의 비밀(The French Powder Mystery, 1930)
3. 네덜란드 구두의 비밀(The Dutch Shoe Mystery, 1931)
4. 그리스 관의 비밀(The Greek Coffin Mystery, 1932)
5. 이집트 십자가의 비밀(The Egyptian Cross Mystery, 1932)
6. 아메리카 총의 비밀(The American Gun Mystery, 1933)
7. 샴 쌍둥이의 비밀(The Siamese Twin Mystery, 1933)
8. 차이나 오렌지의 비밀(The Chinese Orange Mystery, 1934)
9. 스페인 곶의 비밀(The Spanish Cape Mystery, 1935)

이들 작품에는 J.J 맥이라는 사람이 모두 머리말을 썼는데, 실은 이 사람은 가공의 인물이다. 또한「샴 쌍둥이의 비밀」을 제외하고는 모두 '독자에 대한 도전'란을 만들어 넣었다. 이것은 밴 다인과의 경쟁의식에서 나온 것으로 페어플레이 정신을 철저히 지키기 위한 것으로 보인다.

한편, 이 소설의 주인공인 엘러리 퀸은 키가 5피트 10인치(178㎝)이며, 테가 없이 끈으로만 연결되어 주머니에 넣고 다니는 코안경을 쓰고, 1924년형 2인승 뒤센버그를 몰고 다닌다.

정통 추리문학의 진수

세계추리걸작선

세계추리걸작선은 미국, 영국, 프랑스, 일본 등 추리문학의 본고장에서 최우수상을 받았거나 추리 매니아들이 추천한 가장 뛰어난 작품들로 구성되어 있다.

1. **환상의 여인** / 윌리엄 아이리시
2. **Y의 비극** / 엘러리 퀸
3. **사이코** / 로버트 블록
4. **지푸라기 여자** / 카트린 아를레이
5. **이집트 십자가의 비밀** / 엘러리 퀸
6. **추운나라에서 온 스파이** / 존 르 카레
7. **로즈메리의 아기** / 아이라 레빈
8. **노란방의 비밀** / 가스통 루르
9. **황제의 코담배케이스** / 존 딕슨 카
10. **잃어버린 지평선** / 제임스 힐튼
11. **그리스 관의 비밀** / 엘러리 퀸
12. **안녕, 내 사랑아** / 레이몬드 챈들러
13. **Z의 비극** / 엘러리 퀸
14. **경찰혐오자** / 에드 맥베인
15. **한푼도 더도말고 덜도말고** / 제프리 아
16. **벌거벗은 얼굴** / 시드니 셸던
17. **피닉스** / 에이모스 어리처&일라이
18. **벤슨 살인사건** / S.S.밴 다인
19. **르윈터의 망명** / 로버트 리텔
20. **죽음의 키스** / 아이라 레빈

21. **교환살인** / 프레드릭 브라운
22. **움직이는 표적** / 로스 맥도널드
23. **죽은 자와의 결혼** / 윌리엄 아이리시
24. **탐정을 찾아라** / 패트리셔 매거
25. **독약 한 방울** / 샬롯 암스트롱
26. **죽음과 즐거운 여자** / 엘리스 피터스
27. **어느 샐러리맨의 유혹** / 헨리 슬레서
28. **죽음의 문서** / 마이클 바조하
29. **인간의 증명(上)**/ 모리무라 세이이치
30. **인간의 증명(下)**/ 모리무라 세이이치
31. **호그 연속살인** / 윌리엄 데안드리아
32. **교황의 인질금** / 존 클리어리
33. **내 눈에 비친 악마** / 루스 렌델
34. **두 아내를 가진 남자** / 패트릭 퀜틴
35. **심야 플러스 원** / 개빈 라이얼
36. **파리의 밤은 깊어** / 노엘 칼레프
37. **누군가가 보고 있다** / 메어리 클라크
38. **독사** / 렉스 스타우트
39. **스위트홈 살인사건** / 크레이그 라이스
40. **사라진 시간** / 빌 밸린저

※**세계추리걸작선**은 계속 출간됩니다.

43. 깨어진 거울
44. 빅 포
45. 벙어리 목격자
46. 포와로 수사집
47. 서재의 시체
48. 크리스마스 살인
49. 마지막으로 죽음이 온다
50. 창백한 말
51. 할로 저택의 비극
52. 마술 살인
53. 잊을 수 없는 죽음
54. 부부 탐정
55. 수수께끼의 할리 퀸
56. 맥긴티 부인의 죽음
57. 버트램 호텔에서
58. 죽은 자의 어리석음
59. 비뚤어진 집
60. 죽은 자의 거울
61. 잠자는 살인
62. 코끼리는 기억한다
63. 패딩턴발 4시 50분
64. 헤이즐무어 살인사건
65. 파도를 타고
66. 바그다드의 비밀
67. 리스터데일 미스터리
68. 엄지손가락의 아픔
69. 핼로윈 파티
70. 히코리 디코리 살인
71. 4개의 시계
72. 복수의 여신
73. 크리스마스 푸딩의 모험
74. 패배한 개
75. 카리브해의 비밀
76. 리가타 미스터리
77. 죽음의 사냥개
78. 비둘기 속의 고양이
79. 헤라클레스의 모험
80. 운명의 문